KB146449

증편 한국구비문학대계

8-20

부산광역시 ①-동부산권

이 저서는 2014년 대한민국 교육부와 한국학중앙연구원(한국학진흥사업단)의 구술자료 아카이브 구축사업의 지원을 받아 수행된 연구임(AKS-2014-OHA-1240001)

증편 한국구비문학대계

8-20

부산광역시 ①-동부산권

박경수 · 정규식 · 서정매

한국학중앙연구원

역락

발간사

　민간의 이야기와 백성들의 노래는 민족의 문화적 자산이다. 삶의 현장에서 이러한 이야기와 노래를 창작하고 음미해 온 것은, 어떠한 권력이나 제도도, 넉넉한 금전적 자원도, 확실한 유통 체계도 가지지 못한 평범한 사람들이었다. 이야기와 노래들은 각각의 삶의 현장에서 공동체의 경험에 부합하였으며, 사람들의 정신과 기억 속에 각인되었다. 문자라는 기록 매체를 사용하지 못하였지만, 그 이야기와 노래가 이처럼 면면히 전승될 수 있었던 것은 그것이 바로 우리 민족의 유전형질의 일부분이 되었기 때문이며, 결국 이러한 이야기와 노래가 우리 민족을 하나의 공동체로 묶어 주고 있는 것이다.

　사회와 매체 환경의 급격한 변화 가운데서 이러한 민족 공동체의 DNA는 날로 희석되어 가고 있다. 사랑방의 이야기들은 대중매체의 내러티브로 대체되어 버렸고, 생활의 현장에서 구가되던 민요들은 기계화에 밀려 버리고 말았다. 기억에만 의존하여 구전되던 이야기와 노래는 점차 잊히고 있다. 한국학중앙연구원이 1970년대 말에 개원함과 동시에, 시급하고도 중요한 연구사업으로 한국구비문학대계의 편찬 사업을 채택한 것은 바로 이러한 시대적 상황에 대한 우려와 잊혀 가는 민족적 자산에 대한 안타까움 때문이었다.

　당시 전국의 거의 모든 구비문학 연구자들이 참여하였는데, 어려운 조사 환경에서도 80여 권의 자료집과 3권의 분류집을 출판한 것은 그들의 헌신적 활동에 기인한다. 당초 10년을 계획하고 추진하였으나 여러 사정으로 5년간만 추진되었으며, 결과적으로 한반도 남쪽의 삼분의 일에 해당

하는 부분만 조사하게 되었다. 그럼에도 불구하고 한국구비문학대계는 주관기관인 한국학중앙연구원의 대표 사업으로 각광 받았을 뿐 아니라, 해방 이후 한국의 국가적 문화 사업의 하나로 꼽히게 되었다.

21세기에 들어서면서 한국학중앙연구원에서는 미완성인 채로 남아 있는 구비문학대계의 마무리를 더 이상 미룰 수 없다는 생각으로 이를 증보하고 개정할 계획을 세웠다. 20년 전의 첫 조사 때보다 환경이 더 나빠졌고, 이야기와 노래를 기억하고 있는 제보자들이 점점 줄어들고 있었던 것이다. 때마침 한국학 진흥에 대한 한국 정부의 의지와 맞물려 구비문학대계의 개정·증보사업이 출범하게 되었다.

이번 조사사업에서도 전국의 구비문학 연구자들이 거의 다 참여하여 충분하지 않은 재정적 여건에서도 충실히 조사연구에 임해 주었다. 전국 각지의 제보자들은 우리의 취지에 동의하여 최선으로 조사에 응해 주었다. 그 결과로 조사사업의 결과물은 '구비누리'라는 이름의 데이터베이스에 탑재가 되었고, 또 조사자료의 텍스트와 음성 및 동영상까지 탑재 즉시 온라인으로 접근할 수 있는 시스템을 갖추었다. 특히 조사 단계부터 모든 과정을 디지털화함으로써 외국의 관련 학자와 기관의 선망의 대상이 되고 있다.

이제 조사사업의 결과물을 이처럼 책으로도 출판하게 된다. 당연히 1980년대의 일차 조사사업을 이어받음으로써 한편으로는 선배 연구자들의 업적을 계승하고, 한편으로는 민족문화사적으로 지고 있던 빚을 갚게 된 것이다. 이 사업의 연구책임자로서 현장조사단의 수고와 제보자의 고귀한 뜻에 감사를 표하지 않을 수 없다. 아울러 출판 기획과 편집을 담당한 한국학중앙연구원의 디지털편찬팀과 출판을 기꺼이 맡아준 역락출판사에 감사를 드린다.

2013년 10월 4일

한국구비문학대계 개정·증보사업 연구책임자 김병선

책머리에

구비문학조사는 늦었다고 생각하는 지금이 가장 빠른 때이다. 왜냐하면 자료의 전승 환경이 나날이 달라지고 있기 때문이다. 전승 환경이 훨씬 좋은 시기에 구비문학 자료를 진작 조사하지 못한 것이 안타깝게 여겨질수록, 지금 바로 현지조사에 착수하는 것이 최상의 대안이자 최선의 실천이다. 실제로 30여 년 전 제1차 한국구비문학대계 사업을 하면서 더 이른 시기에 조사를 했더라면 하는 아쉬움이 컸는데, 이번에 개정·증보를 위한 2차 현장조사를 다시 시작하면서 아직도 늦지 않았다는 사실을 실감했다.

구비문학 자료는 구비문학 연구와 함께 간다. 자료의 양과 질이 연구의 수준을 결정하고 연구수준에 따라 자료조사의 과학성이 결정되기 때문이다. 실제로 1차 조사사업 결과로 구비문학 연구가 눈에 띠게 성장했고, 그에 따라 조사방법도 크게 발전되었다. 그러나 연구의 수명과 유용성은 서로 반비례 관계를 이룬다. 구비문학 연구의 수명은 짧고 갈수록 빛이 바래지만, 자료의 수명은 매우 길 뿐 아니라 갈수록 그 가치는 더 빛난다. 그러므로 연구활동 못지않게 자료를 수집하고 보고하는 일이 긴요하다.

교육부에서 구비문학조사 2차 사업을 새로 시작한 것은 구비문학이 문학작품이자 전승지식으로서 귀중한 문화유산일 뿐 아니라, 미래의 문화산업 자원이라는 사실을 실감한 까닭이다. 따라서 학계뿐만 아니라 문화계의 폭넓은 구비문학 자료 활용을 위하여 조사와 보고 방법도 인터넷 체제와 디지털 방식에 맞게 전환하였다. 조사환경은 많이 나빠졌지만 조사보고는 더 바람직하게 체계화함으로써 누구든지 쉽게 접속하여 이용할 수 있는 데이터베이스를 구축했다. 그러느라 조사결과를 보고서로 간행하는 일은 상대적으로 늦어지게 되었다.

2차 조사는 1차 사업에서 조사되지 않은 시군지역과 교포들이 거주하는 외국지역까지 포함하는 중장기 계획(2008~2018년)으로 진행되고 있다. 한국학중앙연구원 어문생활연구소와 안동대학교 민속학연구소가 공동으로 조사사업을 추진하되, 현장조사 및 보고 작업은 민속학연구소에서 담당하고 데이터베이스 구축 작업은 한국학중앙연구원에서 담당한다. 가장 중요한 일은 현장에서 발품 팔며 땀내 나는 조사활동을 벌인 조사자들의 몫이다. 마을에서 주민들과 날밤을 새우면서 자료를 조사하고 채록하여 보고서를 작성한 조사위원들과 조사원 여러분들의 수고를 기리지 않을 수 없다. 조사의 중요성을 알아차리고 적극 협력해 준 이야기꾼과 소리꾼 여러분께도 고마운 말씀을 올린다.

구비문학 조사를 전국적으로 실시하여 체계적으로 갈무리하고 방대한 분량으로 보고서를 간행한 업적은 아시아에서 유일하며 세계적으로도 그 보기를 찾기 힘든 일이다. 특히 2차 사업결과는 '구비누리'로 채록한 자료와 함께 원음도 청취할 수 있는 데이터베이스를 구축해서 세계에서 처음으로 인터넷과 스마트폰으로 이용할 수 있는 디지털 체계를 마련했다. '구슬이 서 말이라도 꿰어야 보배'인 것처럼, 아무리 귀한 자료를 모아두어도 이용하지 않으면 소용이 없다. 그러므로 이 보고서가 새로운 상상력과 문화적 창조력을 발휘하는 문화자산으로 널리 활용되기를 바란다. 한류의 신바람을 부추기는 노래방이자, 문화창조의 발상을 제공하는 이야기 주머니가 바로 한국구비문학대계이다.

2013년 10월 4일

한국구비문학대계 개정·증보사업 현장조사단장 임재해

한국구비문학대계 개정·증보사업 참여자(참여자 명단은 가나다 순)

연구책임자

김병선

공동연구원

강등학 강진옥 김익두 김헌선 나경수 박경수 박경신 송진한 신동흔
이건식 이경엽 이인경 이창식 임재해 임철호 임치균 조현설 천혜숙
허남춘 황인덕 황루시

전임연구원

이균옥 최원오

박사급연구원

강정식 권은영 김구한 김기옥 김월덕 김형근 노영근 서해숙 유명희
이영식 이윤선 장노현 정규식 조정현 최명환 최자운 한미옥

연구보조원

강소전 구미진 김보라 김성식 김영선 김옥숙 김유경 김은희 김자현
김혜정 마소연 박동철 박양리 박은영 박지희 박현숙 박혜영 백계현
백은철 변남섭 서은경 서정매 송기태 송정희 시지은 신정아 오세란
오소현 오정아 유태웅 육은섭 이선호 이옥희 이원영 이홍우 이화영
임세경 임 주 장호순 정다혜 정유원 정혜란 진 주 최수정 편성철
편해문 한유진 허정주 황영태 황진현

주관 연구기관 : 한국학중앙연구원 어문생활사연구소
공동 연구기관 : 안동대학교 민속학연구소

일러두기

■ 『증편 한국구비문학대계』는 한국학중앙연구원과 안동대학교에서 3단계 10개년 계획으로 진행하는 "한국구비문학대계 개정·증보사업"의 조사 보고서이다.

■ 『증편 한국구비문학대계』는 시군별 조사자료를 각각 별권으로 간행하는 것을 원칙으로 한다. 서울 및 경기는 1-, 강원은 2-, 충북은 3-, 충남은 4-, 전북은 5-, 전남은 6-, 경북은 7-, 경남은 8-, 제주는 9-으로 고유번호를 정하고, -선 다음에는 1980년대 출판된 『한국구비문학대계』의 지역 번호를 이어서 일련번호를 붙인다. 이에 따라 『증편 한국구비문학대계』는 서울 및 경기는 1-10, 강원은 2-10, 충북은 3-5, 충남은 4-6, 전북은 5-8, 전남은 6-13, 경북은 7-19, 경남은 8-15, 제주는 9-4권부터 시작한다.

■ 각 권 서두에는 시군 개관을 수록해서, 해당 시·군의 역사적 유래, 사회·문화적 상황, 민속 및 구비 문학상의 특징 등을 제시한다.

■ 조사마을에 대한 설명은 읍면동 별로 모아서 가나다 순으로 수록한다. 행정상의 위치, 조사일시, 조사자 등을 밝힌 후, 마을의 역사적 유래, 사회·문화적 상황, 민속 및 구비문학상의 특징 등을 중심으로 설명하고, 마을 전경 사진을 첨부한다.

■ 제보자에 관한 설명은 읍면동 단위로 모아서 가나다 순으로 수록한다. 각 제보자의 성별, 태어난 해, 주소지, 제보일시, 조사자 등을 밝힌 후, 생애와 직업, 성격, 태도 등을 중심으로 서술하고, 제공 자료 목록과 사진을 함께 제시한다.

- 조사자료는 읍면동 단위로 모은 후 설화(FOT), 현대 구전설화(MPN), 민요(FOS), 근현대 구전민요(MFS), 무가(SRS), 기타(ETC) 순으로 수록한다. 각 조사자료는 제목, 자료코드, 조사장소, 조사일시, 조사자, 제보자, 구연상황, 줄거리(설화일 경우) 등을 먼저 밝히고, 본문을 제시한다. 자료코드는 대지역 번호, 소지역 번호, 자료 종류, 조사 연월일, 조사자 영문 이니셜, 제보자 영문 이니셜, 일련번호 등을 '_'로 구분하여 순서대로 나열한다.
- 자료 본문은 방언을 그대로 표기하되, 어려운 어휘나 구절은 ( ) 안에 풀이말을 넣고 복잡한 설명이 필요할 경우는 각주로 처리한다. 한자 병기나 조사자와 청중의 말 등도 ( ) 안에 기록한다.
- 구연이 시작된 다음에 일어난 상황 변화, 제보자의 동작과 태도, 억양 변화, 웃음 등은 [ ] 안에 기록한다.
- 잘 알아들을 수 없는 내용이 있을 경우, 청취 불능 음절수만큼 '○○○'와 같이 표시한다. 제보자의 이름 일부를 밝힐 수 없는 경우도 '홍길○'과 같이 표시한다.
- 『증편 한국구비문학대계』에 수록된 모든 자료는 웹(gubi.aks.ac.kr/web)과 모바일(mgubi.aks.ac.kr)에서 텍스트와 동기화된 실제 구연 음성파일을 들을 수 있다.

차례

부산광역시 개관 ● 29

1. 기장군

▌조사마을
부산광역시 기장군 기장읍 교리1리 ··· 65
부산광역시 기장군 기장읍 내리 내동마을 ·· 66
부산광역시 기장군 기장읍 서부리 서부마을 ····································· 69
부산광역시 기장군 기장읍 시랑리 동암마을 ····································· 72
부산광역시 기장군 기장읍 죽성리 두호마을 ····································· 74
부산광역시 기장군 일광면 용천리 산수곡마을 ································· 76
부산광역시 기장군 일광면 용천리 회룡마을 ····································· 78
부산광역시 기장군 일광면 화전리 화전마을 ····································· 79
부산광역시 기장군 장안읍 명례리 대명마을 ····································· 81
부산광역시 기장군 장안읍 오리 판곡마을 ·· 83
부산광역시 기장군 장안읍 임랑리 임랑마을 ····································· 85
부산광역시 기장군 정관면 두명리 두명마을 ····································· 87
부산광역시 기장군 정관면 매학리 구연동마을 ································· 88
부산광역시 기장군 정관면 예림리 예림마을 ····································· 90
부산광역시 기장군 철마면 구칠리 점현마을 ····································· 93
부산광역시 기장군 철마면 연구리 구림마을 ····································· 94
부산광역시 기장군 철마면 와여리 와여마을 ····································· 98
부산광역시 기장군 철마면 웅천리 미동마을 ··································· 100
부산광역시 기장군 철마면 웅천리 중리마을 ··································· 101
부산광역시 기장군 철마면 이곡리 이곡마을 ··································· 103
부산광역시 기장군 철마면 장전리 대곡마을 ··································· 104

▌제보자
김기준, 남, 1935년생 ··· 107
김동준, 남, 1931년생 ··· 108

김둘년, 여, 1929년생 ·································· 108

김명조, 남, 1937년생 ·································· 110

김모란, 여, 1927년생 ·································· 111

김모순, 여, 1927년생 ·································· 111

김문수, 남, 1938년생 ·································· 112

김민선, 여, 1936년생 ·································· 113

김복수, 여, 1937년생 ·································· 114

김분수, 여, 1939년생 ·································· 115

김석필, 여, 1927년생 ·································· 115

김성염, 여, 1931년생 ·································· 116

김성진, 남, 1933년생 ·································· 118

김수종, 남, 1940년생 ·································· 118

김욱하, 남, 1933년생 ·································· 119

김재순, 여, 1936년생 ·································· 120

김정화, 여, 1939년생 ·································· 121

김태순, 여, 1931년생 ·································· 122

김하숙, 여, 1929년생 ·································· 123

노명준, 남, 1933년생 ·································· 124

노순영, 여, 1927년생 ·································· 125

문복남, 여, 1930년생 ·································· 126

박기호, 남, 1936년생 ·································· 127

박승열, 여, 1929년생 ·································· 127

박예순, 여, 1930년생 ·································· 128

백상림, 여, 1931년생 ·································· 129

백희숙, 여, 1930년생 ·································· 130

성북임, 여, 1942년생 ·································· 131

손정수, 남, 1927년생 ·· 132

송경필, 여, 1928년생 ·· 133

송소남, 여, 1930년생 ·· 134

송순남, 여, 1933년생 ·· 134

신말숙, 여, 1928년생 ·· 135

안귀남, 여, 1938년생 ·· 136

양순자, 여, 1933년생 ·· 137

원정길, 남, 1941년생 ·· 138

원제옥, 여, 1930년생 ·· 139

윤학줄, 남, 1934년생 ·· 140

이귀남, 여, 1925년생 ·· 140

이귀량, 여, 1936년생 ·· 141

이동희, 여, 1929년생 ·· 142

이묘숙, 여, 1932년생 ·· 143

이부용, 남, 1934년생 ·· 144

이애숙, 여, 1929년생 ·· 144

이영숙, 여, 1939년생 ·· 145

이창우, 남, 1939년생 ·· 146

이춘례, 여, 1937년생 ·· 147

장생금, 여, 1928년생 ·· 147

장숙자, 여, 1941년생 ·· 149

전금출, 여, 1937년생 ·· 149

정경섭, 남, 1932년생 ·· 151

정덕주, 여, 1923년생 ·· 152

정봉화, 여, 1936년생 ·· 152

정순옥, 여, 1947년생 ·· 153

정장금, 여, 1922년생 ·· 154

정태건, 남, 1936년생 ·· 155

조분순, 여, 1929년생 ·· 156

차두철, 남, 1935년생 ·· 156

최경채, 남, 1929년생 ·· 157

최무식, 여, 1926년생 ·· 158

최복덕, 여, 1939년생 ·· 160

최춘옥, 여, 1936년생 ·· 160

최필금, 여, 1929년생 ·· 161

최홍년, 여, 1940년생 ················· 162
한규준, 남, 1936년생 ················· 163

설화

매바위를 없애서 망한 집안 ················· 김기준 164
효자 서흥과 개좌산 개무덤 ················· 김명조 166
거북바위를 깨뜨려 망한 집 ················· 김명조 168
바위 머리를 깨서 손님이 끊어진 집안 ················· 김모란 169
힘겨루기로 가져온 삼형제 바위 ················· 김문수 170
자궁 모양 산에 묘를 쓴 여산 송씨와 해주 오씨 ··············· 김문수 172
어머니의 재치로 문둥이를 피한 아이 ················· 김민선 173
도깨비불에 놀란 사람 ················· 김분수 174
과객 말만 듣고 이장을 해서 망한 집안 ················· 김성진 174
삼형제가 힘겨루기로 가져온 돌과 삼정자 ················· 김수종 176
달음산의 유래 ················· 김욱하 177
아이를 물고 간 호랑이 ················· 김욱하 178
나물 캐러 여럿이 가는 이유 ················· 김욱하 179
과객 말대로 해서 결혼한 총각 ················· 김하숙 180
용이 아이를 낳은 시랑대 ················· 노명준 182
권적과 시랑대의 유래 ················· 노명준 184
바위를 깨자 장가 못가는 동네 총각들 ················· 백상림 185
집에서 쫓겨난 두 며느리 ················· 송경필 186
매바위를 깨어 과객이 끊어진 부자집 ················· 원정길 187
잘못된 보고를 바로 잡은 이도재 어사 ················· 윤학줄 188
몰래 뀌는 며느리의 방귀 ················· 이묘숙 190
집까지 안내해 준 호랑이 ················· 이부용 191
도깨비불과 도깨비에 홀린 사람 ················· 이창우 192
줄방귀를 뀐 며느리 ················· 이춘례 194
두 동네가 한 동네 되었네 ················· 이춘례 195
이야기 내기로 할아버지를 이긴 할머니 ················· 장숙자 196
시아버지에게 딸을 시집보낸 며느리 ················· 장숙자 198
저승 갔다 살아온 할머니 ················· 전금출 199
저승 갔다 살아온 점쟁이 ················· 전금출 200
용천과 회룡마을의 지명 유래 ················· 정경섭 201
도깨비와 씨름한 영감 ················· 정경섭 202

아가씨 귀신과 놀았던 총각 ┄┄┄┄┄┄┄┄ 정순옥 203
묘를 잘 써서 부자 된 사람 ┄┄┄┄┄┄┄ 정태건 204
달음산과 매남산의 유래 ┄┄┄┄┄┄┄┄ 정태건 205
주인을 살리고 죽은 충견과 개좌산 ┄┄┄┄┄ 차두철 206
거북바위의 목을 잘라 화적떼를 쫓은 정씨 ┄┄┄ 차두철 208
자기 살을 먹여서 시어른을 살린 효부 ┄┄┄┄┄ 최경채 210
미역이 걸린 미역바위 ┄┄┄┄┄┄┄┄┄ 최경채 211
메주콩 많이 먹으면 호랑이가 잡아 간다 ┄┄┄┄ 최필금 211
조심을 해도 무심결에 뀌는 방귀 ┄┄┄┄┄┄ 최필금 213
이도재 어사가 놀았던 어사바위 ┄┄┄┄┄┄ 한규준 214

● 현대 구전설화

귀신에게 홀린 사람 ┄┄┄┄┄┄┄┄┄┄ 이부용 216
용소골 애기소에서 본 귀신 ┄┄┄┄┄┄┄┄ 이부용 217

● 민요

모심기 노래 ┄┄┄┄┄┄┄┄┄┄┄┄┄ 김동준 219
이야기 노래 ┄┄┄┄┄┄┄┄┄┄┄┄┄ 김둘년 219
추경유흥가 ┄┄┄┄┄┄┄┄┄┄┄┄┄ 김둘년 220
모심기 노래 ┄┄┄┄┄┄┄┄┄┄┄┄┄ 김둘년 221
못갈 장가 노래 ┄┄┄┄┄┄┄┄┄┄┄┄ 김둘년 222
다리 세기 노래 ┄┄┄┄┄┄┄┄┄┄┄┄ 김둘년 225
놀이요 ┄┄┄┄┄┄┄┄┄┄┄┄┄┄┄ 김둘년 225
나물 캐는 노래 ┄┄┄┄┄┄┄┄┄┄┄┄ 김둘년 227
남녀연정요 ┄┄┄┄┄┄┄┄┄┄┄┄┄ 김둘년 227
양산도 ┄┄┄┄┄┄┄┄┄┄┄┄┄┄┄ 김둘년 228
권주가 ┄┄┄┄┄┄┄┄┄┄┄┄┄┄┄ 김둘년 229
청춘가 ┄┄┄┄┄┄┄┄┄┄┄┄┄┄┄ 김명조 229
베틀 노래 ┄┄┄┄┄┄┄┄┄┄┄┄┄ 김모순 229
제비 노래 ┄┄┄┄┄┄┄┄┄┄┄┄┄ 김모순 230
모찌기 노래 ┄┄┄┄┄┄┄┄┄┄┄┄┄ 김모순 231
모심기 노래 ┄┄┄┄┄┄┄┄┄┄┄┄┄ 김모순 231
모심기 노래 ┄┄┄┄┄┄┄┄┄┄┄┄┄ 김복수 232
모심기 노래 ┄┄┄┄┄┄┄┄┄┄┄┄┄ 김분수 233
아기 어르는 노래 / 둥개요 ┄┄┄┄┄┄┄┄ 김분수 233

노랫가락 / 그네 노래 ································· 김석필 234

창부타령 ······································ 김석필 234

돈타령 ·· 김석필 235

달타령 ·· 김성염 235

각설이타령 ····································· 김성염 236

모심기 노래 ···································· 김성염 237

창부타령 ······································ 김성염 237

아리랑 ·· 김성염 238

사랑가 ·· 김성염 239

다리 세기 노래 ································· 김성염 239

쾌지나 칭칭나네 ······························· 김성염 240

창부타령 ······································ 김재순 241

모찌기 노래 ···································· 김재순 241

모심기 노래 ···································· 김재순 242

쌍가락지 노래 ·································· 김재순 243

방아깨비 놀리는 노래 ··························· 김재순 244

아기 어르는 노래 / 알강달강요 ·················· 김재순 244

이갈이 노래 ···································· 김재순 245

청춘가 ·· 김재순 245

너냥 나냥 ····································· 김재순 246

나물 캐는 노래 ································· 김재순 246

쌍가락지 노래 ·································· 김정화 247

아기 어르는 노래 / 불매소리 ···················· 김정화 247

모심기 노래 ···································· 김정화 248

모심기 노래 ···································· 김태순 248

모심기 노래 ································· 김하숙 외 249

창부타령 ······································ 김하숙 252

창부타령 / 노인허무가 ·························· 김하숙 253

청춘가(1) ····································· 김하숙 254

청춘가(2) ································· 김하숙 외 254

타박네 노래 ···································· 김하숙 255

모심기 노래 ···································· 김하숙 255

아기 어르는 노래 / 불매소리 ···················· 김하숙 256

아기 재우는 노래 / 자장가 ······················ 김하숙 257

아기 어르는 노래 / 알강달강요 ·················· 김하숙 258

모심기 노래 ································· 노순영 259
창부타령 ································· 노순영 259
모심기 노래 ································· 노순영 260
모심기 노래(1) ································· 문복남 260
모찌기 노래 ································· 문복남 261
모심기 노래(2) ································· 문복남 262
모심기 노래(3) ································· 문복남 262
백발가 ································· 문복남 263
노랫가락 / 나비 노래 ···················· 문복남 263
노랫가락 / 그네 노래 ···················· 문복남 263
나물 캐는 노래 ························· 문복남 264
멸치 옮기는 노래 ························· 박기호 264
고기 푸는 노래 / 가래 소리 ·············· 박기호 265
창부타령 ································· 박기호 266
멸치 후리 소리 ························· 박기호 267
창부타령 ································· 박승열 270
잠자리 잡는 노래 ························· 박승열 271
도라지 타령 ································· 박예순 272
사발가 ································· 박예순 272
모심기 노래(1) ························· 박예순 273
아리랑 ································· 박예순 274
잠자리 잡는 노래 ························· 박예순 274
모심기 노래(2) ························· 박예순 275
모심기 노래 ································· 백희숙 275
아기 어르는 노래 ························· 백희숙 276
모심기 노래 ································· 성북임 277
아기 어르는 노래 / 불매소리 ·············· 성북임 277
창부타령 / 청춘가 ························· 손정수 278
양산도 ································· 손정수 278
쌍가락지 노래 ························· 송경필 279
모심기 노래 ································· 송경필 280
창부타령(1) ································· 송경필 282
청춘가(1) ································· 송경필 283
창부타령(2) ································· 송경필 283
청춘가(2) ································· 송경필 284

창부타령(3) ·· 송경필 284

모심기 노래 ·· 송소남 285

다리 세기 노래 ·· 송소남 286

모심기 노래 ·· 송순남 286

모심기 노래 ·· 신말숙 287

쌍가락지 노래 ·· 신말숙 287

모찌기 노래(1) ·· 안귀남 288

모심기 노래(1) ·· 안귀남 289

모심기 노래(2) ·· 안귀남 290

모찌기 노래(2) ·· 안귀남 290

청춘가 ·· 안귀남 291

다리 세기 노래 ·· 양순자 292

창부타령 ·· 원제옥 292

다리 세기 노래 ·· 원제옥 293

아기 어르는 노래 ·· 이귀남 294

미꾸라지 놀리는 노래 ·· 이귀남 294

다리 세기 노래 ·· 이귀남 295

미인가 ·· 이귀남 295

객사한탄요 ·· 이귀량 296

이 빠진 아이 놀리는 노래 / 이갈이 노래 ············ 이동희 297

두꺼비집 짓기 노래 ·· 이동희 298

꿩 노래 ·· 이동희 298

풀국새 노래 ·· 이동희 299

창부타령 ·· 이동희 300

파랑새요 ·· 이동희 300

청춘가 ·· 이동희 300

잠자리 잡는 노래 ·· 이동희 301

모심기 노래 ·· 이묘숙 301

화투타령 ·· 이묘숙 302

너냥 나냥 ·· 이묘숙 303

모심기 노래 ·· 이애숙 304

다리 세기 노래 ·· 이영숙 304

화투타령 ·· 이영숙 305

창부타령(1) ·· 이영숙 305

창부타령(2) ·· 이영숙 306

그네 노래 ……………………………………………… 이춘례 306

너냥 나냥 …………………………………………… 이춘례 307

화투 타령 …………………………………………… 이춘례 308

모심기 노래(1) ……………………………………… 장생금 308

창부타령(1) ………………………………………… 장생금 309

아기 어르는 노래 …………………………………… 장생금 309

창부타령(2) ………………………………………… 장생금 310

청춘가 ………………………………………………… 장생금 311

모심기 노래(2) ……………………………………… 장생금 312

모찌기 노래 ………………………………………… 장생금 312

창부타령 ……………………………………………… 전금출 313

노랫가락(1) / 나무 노래 ………………………… 전금출 313

청춘가 ………………………………………………… 전금출 314

노랫가락(2) / 한자풀이 노래 …………………… 전금출 314

노랫가락(3) / 나비 노래 ………………………… 전금출 315

노랫가락(4) / 정 노래 …………………………… 전금출 315

아기 재우는 노래 / 자장가 ……………………… 전금출 316

친구이별가 …………………………………………… 전금출 316

모찌기 노래 ………………………………………… 정덕주 317

모심기 노래 ………………………………………… 정덕주 318

쌍가락지 노래 ……………………………………… 정덕주 318

아기 재우는 노래 …………………………………… 정봉화 319

파랑새요 ……………………………………………… 정봉화 320

진주난봉가 …………………………………………… 정봉화 320

모심기 노래 ………………………………………… 정장금 321

나물 캐는 노래 ……………………………………… 정장금 322

창부타령 ……………………………………………… 조분순 323

모심기 노래 ………………………………………… 조분순 323

아기 어르는 노래(1) / 불매소리 ……………… 조분순 324

아기 어르는 노래(2) / 알강달강요 …………… 조분순 324

양산도 ………………………………………………… 조분순 325

너냥 나냥 …………………………………………… 조분순 326

태평가 ………………………………………………… 최무식 326

창부타령 / 첩 노래 ………………………………… 최무식 327

청춘가 ………………………………………………… 최무식 328

노랫가락 / 그네 노래 ……………………………………… 최무식 328
쌍가락지 노래 ………………………………………… 최무식 외 328
산비둘기 소리 노래 ………………………………………… 최무식 329
심청이 노래 …………………………………………………… 최무식 330
신세한탄가 …………………………………………………… 최무식 331
모찌기 노래 …………………………………………………… 최복덕 332
모심기 노래(1) ……………………………………………… 최복덕 332
진주난봉가 …………………………………………………… 최복덕 333
모심기 노래(2) ……………………………………………… 최복덕 335
청춘가 ………………………………………………………… 최춘옥 336
다리 세기 노래 ……………………………………………… 최흥년 336

2. 남구

▌조사마을
부산광역시 남구 대연6동 ……………………………………………… 341
부산광역시 남구 용호1동 ……………………………………………… 344
부산광역시 남구 용호2동 ……………………………………………… 346

▌제보자
김경순, 여, 1939년생 …………………………………………………… 349
김기숙, 여, 1928년생 …………………………………………………… 350
김봉란, 여, 1928년생 …………………………………………………… 351
김부금, 여, 1933년생 …………………………………………………… 352
김석칠, 남, 1945년생 …………………………………………………… 353
문강미자, 여, 1925년생 ………………………………………………… 354
문복열, 여, 1935년생 …………………………………………………… 355
박종숙, 여, 1925년생 …………………………………………………… 356
배석분, 여, 1931년생 …………………………………………………… 357
손명금, 여, 1935년생 …………………………………………………… 358
왕차옥, 여, 1923년생 …………………………………………………… 359
이연이, 여, 1931년생 …………………………………………………… 360
이월순, 여, 1931년생 …………………………………………………… 361
이준연, 여, 1925년생 …………………………………………………… 363

● 설화

가난한 강태공의 출세와 복 없는 부인 ·················· 김봉란 365

방망이로 무엇이든 도와주는 아치섬 도깨비 ·················· 왕차옥 366

신이 나고 혼이 나는 신혼여행 ·················· 이월순 367

코 풀 때 질식사망 ·················· 이월순 368

방귀쟁이 딸의 호각소리 ·················· 이월순 369

조치원의 유래 ·················· 이월순 370

담치를 가지고 과거 보러 간 사람 ·················· 이월순 371

동냥 귀는 어두워도 좆 귀는 밝은 부인 ·················· 이월순 373

길이만 좀 더 길게 해 주소 ·················· 이월순 374

● 현대 구전설화

첫날밤 일을 말하게 한 눈깔사탕 ·················· 김석칠 376

● 민요

베틀 노래 ·················· 김경순 380

진도아리랑 ·················· 김경순 381

댕기 노래 ·················· 김기숙 382

오돌또기 ·················· 김기숙 383

오봉산 타령 ·················· 김기숙 384

다리 세기 노래 ·················· 김기숙 385

꽃 노래 ·················· 김기숙 386

노랫가락 / 나비 노래 ·················· 김기숙 386

베틀가 ·················· 김기숙 386

노랫가락(1) / 그네 노래 ·················· 김부금 387

모심기 노래 ·················· 김부금 388

진주난봉가 ·················· 김부금 388

못갈 장가 노래 ·················· 김부금 390

노랫가락(2) ·················· 김부금 391

화투 타령 ·················· 김부금 392

풀국새 노래 / 산비둘기 소리 노래 ·················· 문강미자 392

도라지 타령 ·················· 문복열 393

아기 어르는 노래 / 알강달강요 ·················· 박종숙 393

쌍가락지 노래 ·················· 손명금 394

만고강산 ·················· 손명금 395

모심기 노래(1) ··· 왕차옥 396
진주난봉가 ··· 왕차옥 397
모심기 노래(2) ··· 왕차옥 398
보리타작 노래 ··· 왕차옥 399
모심기 노래(1) ··· 이연이 400
쌍가락지 노래 ··· 이연이 401
청춘가 ··· 이연이 401
모심기 노래(2) ··· 이연이 402
모심기 노래(3) ··· 이연이 403
청춘가 ··· 이연이 403
파랑새요 ·· 이연이 404
아기 어르는 노래 / 불매소리 ································ 이연이 404
아기 재우는 노래 / 자장가 ·································· 이연이 405
쾌지나 칭칭나네 ··· 이월순 405
사발가 ··· 이월순 408
어랑타령 ·· 이월순 408
신세한탄가 ··· 이월순 409
아기 어르는 노래(1) / 둥개요 ······························ 이월순 409
아기 어르는 노래(2) / 알강달강요 ························ 이월순 411
시집살이 노래 ··· 이월순 411
각설이 타령 ··· 이월순 412
월령가 ··· 이월순 415
노랫가락 / 그네 노래 ·· 이준연 417

● 무가
회심곡 ··· 배석분 419
성주풀이 ·· 배석분 432

3. 수영구

▌조사마을
부산광역시 수영구 광안4동 ································· 445
부산광역시 수영구 남천1동 ································· 447
부산광역시 수영구 남천2동 ································· 450
부산광역시 수영구 망미1동 ································· 453

부산광역시 수영구 망미2동 ··· 454
부산광역시 수영구 민락동 ··· 456

▌제보자

구경희, 여, 1930년생 ·· 459
김복동, 여, 1928년생 ·· 460
김복순, 여, 1923년생 ·· 461
김선이, 여, 1927년생 ·· 462
김순옥, 여, 1943년생 ·· 463
김호선, 여, 1919년생 ·· 464
박제임, 여, 1921년생 ·· 465
백남순, 여, 1930년생 ·· 466
손정식, 남, 1930년생 ·· 467
양모여, 여, 1913년생 ·· 468
윤정화, 여, 1927년생 ·· 469
이창우, 남, 1931년생 ·· 470
임구례, 여, 1930년생 ·· 471
임순임, 여, 1928년생 ·· 472
장복이, 여, 1927년생 ·· 472
전남옥, 여, 1921년생 ·· 473
정봉점, 여, 1923년생 ·· 474
조호순, 여, 1926년생 ·· 475
최천숙, 여, 1931년생 ·· 476
홍영대, 남, 1933년생 ·· 478

● 설화

호랑이를 속여 호식을 면한 아이들 ····························· 구경희 479
배가 고파 죽어 풀국새가 된 사연 ····························· 구경희 481
바지 벗고 물구나무서서 범을 물리친 노인 ················· 김복동 482
벙어리와 봉사 부부의 대화법 ································· 김복순 483
사자 모양의 백산과 사자 먹이의 담비 / 담비탈의 유래 ····· 김순옥 486
동래에 귀향 온 정서와 정과정 ································· 김순옥 487
시어머니를 내쫓고 벌 받은 며느리 ··························· 김호선 488
머슴과 사는 과부의 말 둘러대기 ······························· 김호선 491
가난한 집 머슴과 몰래 결혼한 부잣집 처녀 ··················· 김호선 492

자신을 골리는 부인을 혼낸 봉사 남편 ································ 김호선 493
계모의 구박에 죽은 아들의 원수를 갚은 부인 ···················· 박제임 494
아버지가 어머니 배 위에서 자요 ································· 백남순 502
꼬끼오 하면 삐악삐악 하고 오너라 ································ 백남순 503
선생을 장가보낸 어린 학동 ································· 양모여 504
두꺼비로 변신하여 부인을 구한 죽은 신랑 ······················ 윤정화 508
해골이 되어 부인에게 나타난 죽은 남편 ························ 윤정화 510
도깨비와 씨름한 사람 ································· 이창우 511
고려장하려다 되돌아온 부자(父子) ····························· 이창우 512
자식 죽여 부모 봉양한 효자 곽씨 ······························· 이창우 514
구렁이를 죽여서 어렵게 된 집안 ································ 임구례 516
친정아버지 챙기다 손해 본 며느리 ······························ 장복이 517
배고파 과식한 남동생의 노래 ································· 장복이 519
결혼하자 신랑 죽은 신부 ································· 전남옥 519
사주 책을 사서 부인을 살린 남편 ······························· 정봉점 521
도깨비와 씨름한 사람 ································· 조호순 523
용왕의 아들을 살려 부자 된 어사 ······························· 최천숙 524
스님에게 풍수 등을 배워 부자 된 고아 삼형제 ·················· 최천숙 526
호랑이를 물리치기 위해 돌로 쌓은 서낭당 ······················ 홍영대 535

● 민요

꼬부랑 이야기 노래 ································· 구경희 537
아기 어르는 노래 / 알강달강요 ································ 구경희 537
다리 세기 노래 ································· 김복동 외 539
노랫가락 / 그네 노래 ································· 김선이 540
청춘가 ································· 김선이 540
사발가 ································· 김선이 541
아기 어르는 노래 ································· 박제임 541
모심기 노래(1) ································· 손정식 542
모심기 노래(2) ································· 손정식 542
모심기 노래(1) ································· 이창우 543
모심기 노래(2) ································· 이창우 543
다리 세기 노래 ································· 임순임 544
노랫가락 / 그네 노래 ································· 최천숙 544
다리 세기 노래 ································· 최천숙 545

모심기 노래 ··· 최천숙 546
도라지 타령 ··· 최천숙 546
아기 어르는 노래 / 불매소리 ····························· 최천숙 547
사발가 ··· 최천숙 547
창부타령 ··· 최천숙 548
노랫가락 ··· 최천숙 548

4. 해운대구

▌조사마을

부산광역시 해운대구 반송1동 ································ 551
부산광역시 해운대구 반송2동 ································ 553
부산광역시 해운대구 반여1동 ································ 555
부산광역시 해운대구 우1동 ·································· 558
부산광역시 해운대구 중1동 ·································· 560

▌제보자

곽도선, 여, 1935년생 ··· 563
구금자, 여, 1928년생 ··· 564
김말순, 여, 1929년생 ··· 564
김정금, 여, 1931년생 ··· 565
김차선, 여, 1936년생 ··· 566
김차수, 여, 1936년생 ··· 567
문차순, 여, 1916년생 ··· 568
박동연, 여, 1916년생 ··· 570
박말순, 여, 1936년생 ··· 571
성귀자, 여, 1940년생 ··· 571
신계선, 여, 1938년생 ··· 572
오명선, 여, 1934년생 ··· 573
이복자, 여, 1933년생 ··· 574
이소매, 여, 1929년생 ··· 575
이순덕, 여, 1938년생 ··· 576
임명순, 여, 1935년생 ··· 577
조분이, 여, 1940년생 ··· 577
홍제분, 여, 1931년생 ··· 578

설화

도깨비불이 올라온 구청 자리 ……………………………… 구금자 580
도깨비와 씨름한 사람 ……………………………………… 구금자 581
바보 형님을 골탕 먹인 똑똑한 동생 …………………… 성귀자 583
부인의 기를 꺾고 순종하게 한 남편 …………………… 성귀자 584
곡소리도 못하는 바보 사위 ……………………………… 신계선 587
죽은 여치를 자기 아이로 안 바보 남편 ……………… 오명선 588
첫날밤에 이불보고 절한 바보 남편 …………………… 오명선 589
자식 죽여 부모 봉양하려다 쇠북을 얻은 효자 ……… 홍제분 590
여름에 어머니께 홍시를 구해준 효자 ………………… 홍제분 592

현대 구전설화

가죽 외투를 물고 간 호랑이 ……………………………… 조분이 594
아이를 함께 낳은 며느리와 시어머니 ………………… 조분이 595

민요

창부타령(1) …………………………………………………… 곽도선 597
창부타령(2) …………………………………………………… 곽도선 597
화투타령 ……………………………………………………… 곽도선 598
모심기 노래 …………………………………………………… 김말순 598
청춘가 ………………………………………………………… 김말순 599
사발가 ………………………………………………………… 김말순 599
아리랑 ………………………………………………………… 김말순 600
노랫가락 / 그네 노래 ……………………………………… 김정금 600
남녀연정요 …………………………………………………… 김정금 601
주머니 노래 …………………………………………………… 김정금 602
화투타령 ……………………………………………………… 김정금 603
아기 재우는 노래 / 자장가 ……………………………… 김정금 604
모심기 노래 …………………………………………………… 김차선 604
파랑새요 ……………………………………………………… 김차선 605
노랫가락(1) / 그네 노래 …………………………………… 김차선 605
노랫가락(2) / 청춘가 ……………………………………… 김차수 606
창부타령 ……………………………………………………… 김차수 606
청춘가(1) ……………………………………………………… 김차수 607
사발가 ………………………………………………………… 김차수 607

청춘가(2) ··· 김차수 608
권주가 ··· 김차수 608
화투타령 ··· 김차수 609
진주난봉가 ··· 문차순 609
도라지 타령 ··· 문차순 611
노랫가락 / 그네 노래 ·· 문차순 612
모심기 노래 ··· 박동연 외 612
사발가 ··· 박동연 613
쌍가락지 노래 ··· 박동연 613
창부타령 ··· 박동연 614
너냥 나냥 ··· 박동연 615
노랫가락(1) / 정 노래 ·· 박말순 615
노랫가락(2) / 님 노래 ·· 박말순 616
노랫가락(3) / 그네 노래 ·· 박말순 616
노랫가락(4) / 나비 노래 ·· 박말순 617
종지 돌리는 노래 ··· 오명선 617
청춘가 ··· 이복자 618
모심기 노래 ··· 이소매 618
노랫가락 ··· 이순덕 619
노랫가락 ··· 임명순 619
창부타령 ··· 임명순 620
모심기 노래 ··· 홍제분 620
노랫가락 / 그네 노래 ·· 홍제분 621

부산광역시 개관

1. 지리적 위치와 역사

부산은 우리나라 제1의 국제무역항을 가진 항구도시이자 서울특별시 다음으로 큰 제2의 도시로 한반도의 남동쪽 끝에 위치하고 있다. 부산은 전체 15개 구와 1개 군으로 구성되어 있는 광역시로 한국의 광역시 중에 가장 큰 도시이다. 부산의 지리적 위치를 자세하게 말하면, 동쪽으로는 동경 129°18'13"(장안읍 효암리), 서쪽으로는 동경 128°45'54"(천가동 미백도), 남쪽으로는 북위 34°52'50"(다대동 남형제도), 북쪽으로는 북위 35°23'36"(장안읍 명례리) 안에 자리잡고 있다. 부산의 총 면적은 765.94km²에 달하는데, 동남쪽으로 남해와 동해 바다를 접하면서 대한해협과 연결되고, 북쪽으로는 울산광역시와 양산시 동면과 물금읍, 서쪽으로는 김해시 대동면과 경계를 이루면서 경상남도와 닿아 있다.

부산은 지정학적 위치 때문에 해양을 통해 일본 등 세계로 진출하는 관문 역할을 해왔을 뿐만 아니라 해양과 대륙을 잇는 교두보 역할을 담당해 왔다. 특히 1970년대 이후 한국의 국력이 신장되면서부터 세계 경제권이 태평양 연안국가로 집중되면서 부산은 태평양시대를 이끌어가는 중요한 전진기지로서 역할을 해왔다.

부산이 국제도시로 성장하게 된 배경에는 지정학적 위치 외에도 사람이 살기 좋은 기후 조건도 놓여 있다. 부산은 온대 계절풍 기후대에 속해 있는데, 대한해협과 접하면서 해양의 영향을 받아 여름과 겨울의 기온차가 크지 않는 해양성기후의 특징을 보인다. 따라서 여름에는 타 지역보다 온도가 낮고 해운대해변 등 모래해변이 많아 피서객들이 몰리고 있으며, 겨울에는 따뜻하여 사람이 살기에 좋은 도시로 각광을 받고 있다.

부산의 처음 명칭은 부자 부(富)자를 쓰는 부산(富山)으로 칭해졌다. 『태종실록』태종 2년(1402년) 1월 28일조에 부산(富山)이란 명칭이 처음 보이며, 이후 『경상도지리지』(1425년), 『세종실록지리지』(1454년) 등에 '동래부산포(東萊富山浦)'라 하였고, 신숙주가 편찬한 『해동제국기』(1471년)에는 '동래지부산포(東萊之富山浦)'라 하여 오랫동안 부산(富山)이란 지명이 사용되었다.

그런데 『성종실록』성종 1년(1470년) 12월 15일자에는 가마 부(釜)자의 부산(釜山)이란 명칭이 사용되고 있어서 이 시기를 전후하여 두 명칭이 혼용되었던 것으로 추정된다. 그러다 『동국여지승람』(1481년)에서 다시 부산(釜山)이란 명칭을 사용한 이래 계속 이 지명이 사용되고 있는 것으로 보아, 대체로 15세기 말엽부터 부산(釜山)이란 지명 표기가 일반화되었던 것으로 본다. 그리고 『동래부지』(1740년) 산천조에 "부산은 동평현에 있으며 산이 가마꼴과 같으므로 이같이 일렀는데, 밑에 부산·개운포 양진(兩鎭)이 있고, 옛날 항거왜호(恒居倭戶)가 있었다."라고 하였으며, 『동래부읍지』(1832년)에도 같은 내용이 기록되어 있다고 한다. 이 같은 사실로 미루어 보아, 부산(釜山)이란 지명은 가마꼴과 같은 산[이 산은 현재 좌천동의 증산(甑山)을 지칭하는 것으로 봄]이 있다고 하여 붙여진 명칭임을 알 수 있다.

부산이 일제 강점기인 1914년 3월 1일 행정구역 개편에 따라 부산부제가 실시되면서부터 근대도시로서의 면모를 서서히 갖추어 갔다. 당시 부산의 면적은 불과 84.15km²로 지금의 중구·동구·영도구 그리고 서구의 일부를 포함한 지역에 지나지 않았다. 그러다 1936년 제1차 행정구역 확장으로 동래군 서면과 사하면 암남리를 편입하면서 면적이 크게 늘어났으며, 1942년 제2차 행정구역 확장으로 동래군 동래읍과 사하면·남면·북면 일부가 편입되어 1914년 당시보다 면적이 세 배 이상인 241.12km²로 확대되었다.

2. 행정 구역과 인구

부산은 행정구역 확장에 따라 행정 중심지가 과거의 동래군 동래읍으로 이동되는 추세를 보였다. 부산의 제3차 행정구역 확장이 1963년 1월 1일자로 직할시로 승격되면서 동시에 이루어졌다. 이때 동래군 구포읍·사상면·북면과 기장읍의 송정리가 편입되었는데, 그 면적은 360.25km²로 늘어났다. 이후 1978년 제4차 행정구역 확장으로 김해군 대저읍·명지면·가락면의 일부 지역이 편입되었고, 1989년 제5차 행정구역 확장으로 경상남도 김해군의 가락면·녹산면과 창원군 천가면(가덕도)의 편입으로 면적은 525.25km²로 크게 확대되었다. 부산은 1995년 1월 1일 행정기구 개편에 따라 직할시에서 광역시로 개칭되었으며, 동년 3월 1일자로 제6차 행정구역이 확장되면서 양산군 5개 읍·면(기장읍·장안읍, 일광면·정관면·철마면)과 진해시 웅동 일부 지역이 편입되었다. 2010년 8월 현재 부산광역시는 일부 해안지역의 매립으로 767.347km²로 확장되어 오늘에 이르고 있다. 부산광역시의 15개 구와 1개 군 중에 가장 큰 면적을 차지하는 지역이 기장군이다. 기장군이 전체의 28.47%를 차지하고 있고, 다음으로 강서구(23.59%), 금정구(8.51%)의 순이며, 구도심지에 해당하는 중구와 동구가 각각 0.37%와 1.28%로 적은 면적의 순위를 보인다.

부산은 1914년 행정구역 개편 이래 계속 행정구역을 확장하면서 항구도시로서 발전해 왔는데, 1990년대 이전까지 인구도 계속 늘어나는 추세를 보였다. 1914년 당시 20,000명을 조금 넘었던 인구가 1942년에 334,318명으로 늘어났다가, 일본인들이 물러간 1945년 당시 28만여 명으로 잠시 줄어들었으나, 그 이후부터 계속 인구가 늘어났다. 특히 1950년 6월 25일 한국전쟁이 발발한 이후에는 부산이 임시수도가 되면서 전국 각지에서 피난민들이 몰려들었는데, 1951년 844,134명으로 인구가 급증했다. 그러다 1955년 인구가 100만 명을 넘어선 이래 1980년에 300만 명이 넘는 도시로 성장했다. 이후 인구 증가의 속도가 약간 둔화되다가, 1995년 양산군의 5개 읍면의 편입으로 인구가 3,892,972명으로 정점을 이루었다. 그러나 1996년 이후부터 기업의 역외 이전, 출산율 감소, 청년층의 타지역 진학이나 취업 등에 의해 인구가 감소하기 시작했다. 2010년 8월 현재 부산의 인구는 3,566,437명으로 줄어들었는데, 최근 출산율의 증가와 외국인의 증가 등으로 360만 명 선에서 주춤거리는 상태에 있다.

3. 지형지세와 문화권

부산은 크게 동부 구릉과 해안지대, 서부 평야와 공장지대, 중부 내륙과 해안지대로 구분할 수 있다. 이는 부산에서 금정산맥이 북쪽에서 남쪽으로 내륙의 중심을 관통하고 있고, 그 동쪽으로는 구릉을 끼고 해안이 발달되어 있으며, 그 서쪽으로는 낙동강을 끼고 길게 뻗어있는 지형지세를 기준으로 한 것이면서, 각 지형지세에 따라 서로 다른 산업과 문화권이 형성되어 있다는 점을 고려한 것이다.

먼저 동부 구릉과 해안지대는 금정산의 동남 방향으로 해운대의 장산을 중심으로 구릉을 끼고 있는 해안지대로 오늘날 흔히 '동부산권'이라 불리는 지역에 해당한다. 이 지역은 북쪽에서 남쪽으로 해안을 따라 기장군, 해운대구, 수영구, 남구를 잇는 곳으로 전형적인 리아스식 해안을 이루면서 어업과 수산업이 발달하고, 구릉지대 주변으로는 밭작물 중심의 농업이 성행했다. 오늘날에는 해운대신도시, 정관신도시, 센텀시티, 마린시티 등의 조성 등으로 부산에서 가장 인구가 밀집되고 있는 대도시로 변모했으며, 기장군 곳곳에 산업단지가 조성되는 한편 동부산 관광단지가 예정되어 개발을 앞두고 있다. 그리고 해운대해변을 비롯하여 송정, 광안리, 일광 등 해변을 끼고 관광리조트 산업이 발달되고, 센텀시티의 영상단지와 부산벡스코를 중심으로 영상산업과 전시컨벤션 산업이 급속하게 성장함으로써 부산에서 새로운 중심 도시로 이미 자리를 잡고 있다.

부산광역시의 행정구역(2010년 기준)

다음으로 서부 평야와 산업지대는 낙동강을 기준으로 강 서쪽으로 신어산맥과 강 사이의 분지를 이루는 평야지대와 강 하구의 삼각주 지대, 그리고 강 동쪽으로 금정산맥과 강 사이에 발달한 공단의 산업지구로 구분할 수 있다. 이들 지역은 현재 강서구, 북구, 사상구, 사하구로 구성된 이른바 '서부산권'으로 일컫는 지역인데, 사하구의 일부 지역을 제외하고 대부분의 지역은 1963년 이후 거듭된 행정구역 확장으로 편입된 곳이다. 이들 지역은 과거 동래군 구포읍·사상면·북면과 김해군 대저읍·명지면·가락면·녹산면과 창원군 천가면(가덕도)에 속해 있었던 곳으로, 김해군과 창원군에서 편입된 지역은 현재의 강서구를 이루고, 동래군에서 편입된 지역은 현재의 북구, 사상구, 사하구를 이룬다. 그리고 전자의 지역은 평지와 삼각주를 중심으로 논농사와 밭농사가 발달했거나 천가면처럼 어업과 농업으로 생계를 꾸렸던 곳이며, 후자의 지역은 사상공업단지와 장림공업단지 등이 있는 곳으로 공업과 상업이 발달한 곳이다.

마지막 중부 내륙과 해안지역은 금정산의 동남쪽으로 길게 위치한 내륙지역과 남쪽의 해안지역을 포함하는데, 이 지역을 동부산권, 서부산권과 구분하여 '중부산권'으로 명명할 수 있다. 이 지역은 부산의 구도심권인 중구·서구·동구·영도구와 동래군에서 편입된 지역인데, 후자의 지역은 인구가 증가하면서 금정구·동래구·연제구·부산진구로 분구되어 오늘에 이르게 되었다. 1970년대까지 부산은 전자의 구도심권인 중구와 서구를 중심으로 발전했다. 그러나 1980년대 이후 금정구가 개발되어 신흥주거지역으로 자리를 잡고, 구도심권에 있던 부산광역시청·법원·부산경찰청 등이 연제구로 옮겨오면서 구도심권은 급격히 쇠락하는 반면 구 동래군 지역은 행정·상업·주거가 복합된 도시로 크게 성장했다. 물론 구도심권도 최근 롯데월드 유치, 도시재개발사업, 북항개발사업 등을 추진하면서 과거 화려했던 도심지로의 부활을 꿈꾸고 있다.

이제 부산광역시의 15개 구와 1개 군을 동부산권, 서부산권, 중부산권으로 나누어 차례대로 각 구·군 지역을 개관해 보자.

4. 동부산권 : 기장군, 해운대구, 수영구, 남구

먼저 동부산권의 기장군은 부산에서 가장 넓은 지역을 차지하는 지역이면서, 1995년 행정구역 확장에 따라 양산군에 속해 있다 기장군으로 분리되어 가장 늦게 부산에 편입된 지역이다. 이 기장군은 삼한시대 거칠산국 갑화양곡(甲火良谷)으로 불렸는데, 통일신라시대 경덕왕 16년(757년)에 지금의 기장(機長)이란 명칭을 쓰는 기장현으로 동래군에 속했다. 고려시대에는 한때 울주의 영현으로 차성(車城)이란 별호로 불렸다. 이후 양산군에 속했다가 공양왕 3년(1391년)에 기장군으로 개칭되었다. 기장군은 조선시대에 기장현으로 다시 개명되고, 선조 때 폐현되는 등 곡절을 겪었다가 광해군 9년(1617년)에 기장현으로 복현되었다. 고종 32년(1895년) 이후에는 동래부의 기장군으로 개명되었는데, 1914년 행정구역 개편 때 기장군이 폐지되고 동래군에 속하게 되었다. 그러다 1973년 행정구역 개편 때 양산군에 병합되어 양산군의 관할에 있었다. 1995년 행정구역 개편 때 비로소 양산군에서 분리되어 기장군의 이름을 되찾고 부산광역시에 편입되었다. 현재 기장군은 1986년 이후부터 기장읍, 장안읍, 일광면, 정관면, 철마면으로 2개 읍과 3개 면을 두고 있다. 기장군의 인구는 2010년 말 기준으로 40,664가구에 103,762명(남자 52,082명, 여자 51,680명)으로 조사되었다.

기장군은 큰 면적에 비해 인구는 10만을 약간 넘는 정도로 부산광역시에 속해 있지만, 경상남도의 여러 군 지역과 같이 대부분의 주민이 농업과 어업을 주요 생업으로 삼고 생활하고 있는 곳이다. 이런 까닭에 청년들은 대도시로 빠져나가서 노인들만 주로 남아서 생활하고 있어 노인 인구가 절대 다수를 차지한다. 그런 만큼 전통사회의 풍습과 민속이 유지되고 있는 곳이 많고, 구비문학도 부산의 다른 지역에 비해 잘 전승되고 있는 편이다. 조사자도 이런 점을 고려하여 기장군 지역의 구비문학을 집중 조사하였다. 특히 철마면은 산으로 둘러싸인 분지에 위치하고 있는 농촌 지역으로, 기장군 중에서도 전통사회의 모습이 가장 잘 유지되고 있으면서 구비전승도 가장 활발하게 이루어지고 있는 지역이었다. 그런데 정관면은 신도시로 개발되면서 자연마을이 크게 줄어드는 변화를 겪으면서 구비문학도 크게 쇠퇴하는 국면을 보였으며, 해안을 끼고 있는 기장읍, 일광면, 장안읍에서는 어업노동요의 전승이 기대에 비해 매우 미약했다.

다음으로 해운대구를 살펴보자. 해운대구는 한반도의 동남단에 위치하여 북쪽으로는 개좌산(450m) 줄기를 경계로 기장군과 금정구와 나뉘고, 서쪽으로는 수영강을 경계로 동래구, 연제구, 수영구와 마주 접하고 있다. 이 지역은 신라 때 동래현에 속했다가 고려 때는 울주에 병합되었다. 조선시대 후기에 해운대는 동래부 관할로 있었으며, 1914년 행정구역 개편 이후에는 동래군 남면에 속했다가 1957년에는 동래구에 편입되었고, 1980년에 비로소 동래구에서 분리되어 해운대출장소가 해운대구로 승격되었다. 해운대의 '해운(海雲)'이란 지명은 신라 말의 석학 고운(孤雲) 최치원 선생의 자(字)에서 유래된 것으로, 최치원 관련 유적이 여러 곳에 있다. 과거 해운대구는 어업을 주로 했던 운촌, 승당마을과 장산 주변에서 농업을 했던 장지, 지내마을 등으로 구성되어 부산에서도 변두리 지역이었으나, 현재는 부산의 문화관광 중심 도시일 뿐만 아니라 컨벤션·영상·해양레저 특구로 기능하며, 달맞이온천축제, 모래축제, 바다축제 등 사계절 축제가 열리고 아쿠아리움, 요트경기장, 벡스코, 부산광역시립미술관, 갤러리, 추리문학관 등 각종 문화 관광시설이 몰려 있는 곳으로 변모했다. 게다가 해운대해수욕장과 송정해수욕장, 동백섬, 달맞이언덕 등 천혜의 자연경관과 해운대온천의 자연 조건이 어울려 관광벨트를 형성하고 있는 곳이 해운대구이다.

해운대구는 또한 지하철 2·3호선, 광안대로, 부·울고속도로 등 기반 시설 확충으로 동부산권의 교통·물류 요충지로 부상하고 있으며, 해운대신도시·센텀시티·마린시티 등이 조성되어 부산에서 계속 인구가 유입되고 있는 주거지역으로 각광을 받고 있다. 해운대신도시는 1990년대에 장산 아래 군수송부대가 있던 자리에 조성되었으며, 센텀시티는 과거 수영비행장이 있던 곳으로 2000년대 초에 전시·컨벤션과 영상·IT 중심의 산업시설과 대형백화점의 상업시설을 비롯하여 고층아파트로 조성되었으며, 마린시티는 한때 멸치잡이가 성행했던 수영해변의 매립지역으로 역시 고층아파트와 요트 등 위락시설 등이 집중된 곳이다. 해운대구는 물론 급격하게 발전된 이들 지역 외에도 과거 기장현의 관할에 있다 편입된 송정동, 그리고 도시 외곽에 위치하면서 상대적으로 개발이 늦게 진행된 반송동·재송동·반여동 지역을 아우르고 있다. 현재 해운대구의 관할 행정구역으로는 송정동, 좌동(1~4동), 중동(1~2동), 우동(1~2동), 재송동(1~2동), 반여동(1~4동), 반송동(1~3동) 등 18개 동이 있는데, 전체 면적이 51.45km²로 부산의 6.8%를 차지한다. 그리고 해운대구의 인구는 2010년 8월 말 현재 42만을 넘고 있어 부산 전체 인구의 12%를 차지할 정도로 면적에 비해 인구밀도가 높은 곳이다. 그런데 해운대구의 급격한 도시화는 전통 구비문학의 전승을 어렵게 하고, 과거 지내, 장지, 운촌, 승당 등 자연마을을 중심으로 전승되었던 민속도 급격하게 쇠퇴하는 요인이 되었다. 이 지역에서 구비전승의 문학을 조사하려면 힘들게 수소문하여 토착민을 찾아서 조사하거나, 상대적으로 도시화가 늦게 이루어진 반송동과 재송동 지역을 주로 조사해야 했다.

부산의 동부산권에 속하는 수영구는 수영강의 하류에서 동북쪽으로 해운대구와 인접하면서 황령산 동남쪽에 위치하고 있으며, 서북쪽으로 금련산을 경계로 부산진구, 북쪽으로는 연제구, 서남쪽으로는 대남로터리를 경계로 남구와 인접하고 있는 지역이다. 이 수영구는 조선시대에는 동래부, 1914년에는 동래군, 1936년에는 부산부 부산진출장소 관할에 있었다가, 1953년 부산진구 대연출장소 관할로 변경되고, 1957년에는 동래구 수영출장소로 분리되었다가 1975년에는 남구로 승격됨에 따라 남구에 속했다. 그러다 1995년에 남구에서 분리되어 수영구가 신설되어 오늘에 이르렀다. 현재 수영구에는 수영동, 망미동(1-2동), 광안동(1-4동), 남천동(1-2동), 민락동 등 10개 동으로 구성되어 있다. 이 중 망미동, 남천동은 아파트가 밀집된 주거 중심 지역이라면, 수영동은 수영구의 중심으로 수영공원, 팔도시장이 있는 개인 주택 중심의 주거지역이다. 그리고 광안동과 민락동은 광안리해변과 2003년 완공된 광안대교를 볼거리로 하면서 많은 횟집을 끼고 있는 지역으로 해운대와 함께 관광객이 몰려드는 관광 휴양지역이 되어 있다. 특히 광안대교는 부산의 새로운 명소로 각광을 받고 있는데, 매년 10월 말에 광안대교를 배경으로 열리는 부산불꽃축제는 부산의 새로운 볼거리로 주목받고 있다.

수영구의 중요 인물로 고려조 18대 의종 때 사람으로 고려가요 「정과정곡」의 지은 정서(鄭敍, 호 瓜亭)를 들 수 있다. 망미동에 그의 호를 딴 과정로가 있고, 그가 기거한 곳에는 「정과정곡」이 새겨진 시비가 있다. 그리고 수영 출신으로 조선 숙종 때 인물로 울릉도와 독도를 지킨 안용복 장군이 있다. 수영공원에 그의 충혼탑이 세워져 있다.

수영구는 동래구와 함께 국가중요무형문화재를 가진 지역이다. 수영야류가 국가중요무형문화재 제43호, 좌수영어방놀이가 국가중요무형문화재 제62호로 지정되어 있다. 이 외에도 수영농청놀이가 시 지정 무형문화재 제2호로 지정되어 있는데, 수영구의 민속문화재는 매년 수영공원에서 수영전통민속제로 정기공연되고 있다. 그리고 광안리해변에서는 매년 정월 대보름에 수영전통달집놀이를 하고, 4월 말에는 과거 멸치잡이를 직접 시연하는 광안리어방축제를 열고 있다.

동부산권에서 가장 남쪽에 위치한 남구는 동북쪽으로는 대남로를 경계로 수영구, 서쪽으로는 동천을 경계로 동구, 서북쪽은 황령산을 경계로 부산진구와 접하고 있는 지역이다. 남구는 시대에 따라 동래군, 동래진,

동래부, 동래구 등 여러 명칭으로 불리는 지역 관할에 있었다가, 1975년에 남구로 승격되어 독립된 지역이 되었다. 1995년에는 남구에서 일부 지역이 수영구로 분리되어 나뉘게 된다. 그리고 남구 지역 관할에 부산의 상징이자 시 지정 문화재인 오륙도가 있고, 해안절경으로 유명한 이기대공원, 신선대유원지, UN기념공원 등이 위치하고 있다.

남구는 부산에서도 교육·문화의 중심 지역이라 할 수 있다. 부경대학교, 부산외국어대학교(2014년 1월 금정구 남산동으로 이전), 경성대학교, 동명대학교가 유엔로터리를 중심으로 1km 반경 이내에 몰려 있으며, 이들 5개 대학 이외에도 55개의 교육시설이 집중되어 있다. 그리고 부산문화의 요람인 부산문화회관, 부산박물관, UN기념공원이 서로 넘나들 수 있게 인접해 있다. 그런가 하면 남구는 부산의 항만시설이 밀집된 지역이기도 하다. 부산의 중요 항만시설인 신선대, 우암, 감만 등의 컨테이너 부두가 소재하고 있기 때문이다. 남구의 인구는 2010년 8월 말 현재 11만여 세대에 296,208명(남자 147,247명, 여자 122,665명)으로 조사되었다. 현재 남구에는 대연동(1-6동), 용호동(1-4동), 용당동, 감만동(1-2동), 우암동(1-2동), 문현동(1-4동) 등 19개 동이 있다.

5. 서부산권 : 강서구, 북구, 사상구, 사하구

서부산권에는 낙동강 좌우 지역인 강서구, 북구, 사상구, 사하구 등의 4개 구를 포함한다.

먼저 강서구는 낙동강 하류의 서쪽에 길게 위치하면서 경남 김해시와 접하고 있는데, 평야가 많은 비옥한 지대로 일찍부터 사람이 살기 시작했던 것으로 보인다. 이 지역에서 신석기시대와 청동기시대의 유적과 유물이 많이 출토되었던 사실에서 이를 미루어 알 수 있다. 강서지역은 금관가야 문화권으로, 김해는 철 생산의 중심지로 여기서 채집된 사철을 제련

하여 멀리 낙랑, 왜(일본), 대방까지 수출하였다는 기록이 보인다.

　삼한과 삼국시대에 강서지역은 변한 12국의 하나인 구야국(狗耶國)으로 변한의 맹주국이었다. 중국의 『후한서(後漢書)』 건무(建武) 18년 기록에 보면, "가락국(駕洛國)을 세워 김수로왕이 시조가 되어 맹주국이 되었다"고 기록하고 있다. 『삼국사기』 법흥왕조에 보면, 동왕 19년(532년)에 금관가야가 신라에 병합되어 금관군으로 고쳐져 태수가 다스리게 하였다고 한다. 문무왕 20년(680년)에는 금관소경으로 개칭하여 낙동강 상류를 하주(下州), 하류를 상주(上州)라 하였다. 경덕왕 16년(757년)에 지방제도를 개편할 때 김해소경(金海小京)으로 바꾸면서 비로소 김해라는 지명을 사용했다. 고려 초기 태조 23년(940년) 김해소경을 김해부로 개칭, 다시 임해현(臨海縣)이라 하다가 다시 군으로 승격하였고, 성종 3년(1012년)에는 금주방어사라 하였다. 충렬왕 19년(1293년) 금주현으로 되었다가 1308년에 금주목으로 승격되었다.

　조선시대 태종 3년(1413년)에 김해도호부가 되었고, 연산군 5년(1499년)에는 김해진관이 설치되어 그 관할에 있었다. 그 후 고종 33년(1896년)에 김해군으로 개칭되었다. 일제 강점기에도 계속 김해군에 소속되어 있었으며, 1978년 2월에 김해군 대저읍과 명지면 일부(신호리는 제외), 가락면 일부(북정, 대사, 상덕, 제도리)가 부산광역시 북구에 편입되어 대저, 강동, 명지동이 되었다. 1983년 5월에는 시 직할 강서출장소가 설치되었다가, 1989년 1월 김해군 가락면·녹산면과 의창군 천가면(가덕도, 1914년부터 1979년까지 창원군에 속했음)을 편입시켜 강서구로 승격하였다. 1995년 3월 1일에는 진해시 웅2동 일부가 강서구에 편입되었다. 강서구 관할 행정구역으로는 대저동(1~2동), 강동동, 명지동, 가락동, 녹산동, 천가동 등 7개 동이 있다.

　북구는 조선조에 양산군의 행정 관할이었다가 한말에는 경상남도 동래부 관할이 되었다. 1904년에는 동래부 계서면 구포리, 1906년에는 동래부 좌이면 구포리, 1919년에는 부산부로 편입되었다. 1943년에는 동래군 구포읍으로 승격되면서 구포리, 덕천리, 만덕리, 화명리, 금곡리, 금성리를 아래에 두었다. 1963년에는 부산진구의 구포출장소와 사상출장소의 관할에 있었다. 1975년 부산진구의 구포 및 사상출장소를 통합하여 부산광역시 직할 북부출장소로 개칭되었고, 1978년 북구로 승격되었다. 이때 김해군 대저읍, 가락면, 명지면 일부가 북구에 편입되었다. 1987년 강서지역은 시 직할 강서출장소로 분리되었고, 1995년 3월 1일에는 사상구와 분리되었다. 이 북구는 과거부터 물산의 중심 집결지였는데, 경부선이 개통되기 이전에는 해로를 통해 물자를 수송했다. 당시 북구의 구포는 물자의 집산·교역지였다.

북구는 1970년대에 들어 흥아공업유한회사와 부국제강주식회사 등 2개의 큰 공장이 들어서면서 부근의 인가도 늘어나기 시작했다. 1983년부터 화명과 금곡지구가 주거단지로 개발되면서 신흥 주거지역으로 발전했다. 그런데 1980년대 후반까지도 도시의 변두리 지역으로 교통이 불편한 곳이 많았는데, 1988년에 구포~양산간 4차선도로가 완공되어 교통난 해소와 지역발전에 획기적인 계기가 마련되었다. 그리고 동년 9월에는 제2만덕터널이 개통되어 덕천교차로에서부터 동래 미남로타리까지의 상습적인 교통 체증현상이 많이 감소하게 되었다. 1990년대에 들어와서 서부산권의 교통과 상권의 중심지로 발돋움하기 위해 구포대교 기공식을 가진 후 1996년 마침내 완공을 보게 되었고, 1992년 12월에는 동서고가도로가 1단계로 개통되었다. 1996년 6월에는 구포~냉정간 남해고속도로와 만덕로 확장 공사를 완료하고, 1998년에는 지하철 2호선 공사가 마무리되어 교통 불편이 크게 해소되었다. 북구는 현재 교통의 요충지로서 김해국제공항과 남해고속도로, 구포대교, 경부선 구포역 등을 통한 부산 서북부의 관문이 되고 있다. 또한 구포구획정리지구, 금곡·화명지구, 만덕·덕천지구 등 대단위 주택단지 조성으로 신흥 주거 중심 도시로 성장하고 있다.

현재 북구의 총면적은 38.28Km로 8,600여 세대가 살고 있으며 총인구는 30만 명에 육박하고 있다. 북구의 관할에는 구포동(1~3동), 금곡동, 화명동(1~3동), 덕천동(1~3동), 만덕동(1~3동) 등 13개 동이 있다.

사상구는 모라동과 학장동의 신석기 조개무지 유적에서 김해문화기의 김해식 토기 파편이 발견된 것으로 보아 일찍부터 사람이 살았을 것으로 추측된다. 낙동강을 끼고 있는 지리적 조건과 따뜻한 기후 등이 정착 생활에 적합한 조건이 되었다. 이 지역은 낙동강 하구의 동안지역으로 삼한시대에 변한 12국 중 독로국에 속하였던 곳으로 추정하고 있다. 삼국시대에는 거칠산국의 영역 하에 있었을 것으로 추정하는데, 사상구 지역은 신라 경덕왕 때 거칠산군의 동평현에 속했던 것으로 본다. 고려 성종 14년(995년)에는 전국 12도 중 영동도의 양주군(현 양산) 동평현에 속했으며, 조선시대에는 동래부 사상면에 속했다. 일제 강점기인 1914년에는 동래군 사상면에 속했다가 1936년에 부산부에 편입되어 부산진출장소의 관할이 되었다. 1975년에 부산진구의 구포 및 사상출장소를 통합하여 북부출장소로 했으며, 1978년 2월에 북구로 승격되었다가, 1995년 3월에는 북구 관할에 있던 삼락동, 모라동, 덕포동, 괘법동, 감전동, 주례동, 학장동, 엄궁동 지역을 분할하여 사상구로 발족하게 되었다.

사상구는 36.06km²(부산광역시의 3.6%)를 차지하고 있으며, 2010년 8월 말 현재 94,391세대에 256,205명(남자 130,665명, 여자 125,540명)으로 부산광역시 전체 인구의 7%를 약간 상회하고 있다. 그리고 65세 이상 인구가 21,821명으로 전체 인구의 8.5%로 매우 낮은 편인데, 이는 사상공업지구에 주로 청장년층이 밀집해 있기 때문이다. 사상공업지구에는 2,448개 업체(업종별 : 기계·장비 794개, 철강금속 649개, 신발고무 247개, 자동차부품 198개, 기타 560개)가 입주해 있는데 부산광역시 전체 업체의 29.2%를 차지하며, 이들 업체에 근무하고 있는 종업원 수만 해도 31,372명에 이른다. 말하자면 사상구는 부산 최대의 공업지역으로 부산

경제의 중심지가 되었는데, 이는 공항·항만·육로가 입체적으로 연결된 지역의 이점이 최대한 고려된 것이다. 현재 사상구의 관할 행정구역으로는 삼락동, 모라동(1, 3동), 덕포동(1~2동), 괘법동, 감전동, 주례동(1~3동), 학장동, 엄궁동 등 12개 동이 있다.

사하구는 서부산권에서도 낙동강의 하류의 남단에 위치하고 있다. 사하구는 북쪽으로 사상구, 동쪽으로 서구, 서쪽으로 강서구와 접하고 있는데, 다대포해수욕장과 을숙도 등의 좋은 자연경관을 가지고 있는 한편, 신평·장림공단이 위치하고 있는 곳이기도 하다. 이 지역 역시 다대동 조개무지 유적이나 괴정동 유적에서 출토된 유물의 성격으로 보아 신석기시대부터 사람들이 살기 시작하였을 것으로 추측된다. 삼한 및 삼국시대 사하지역은 거칠산국의 영역 하에 있었을 것으로 추측된다. 고려시대에는 울주의 속현인 동래현에 속했지만 변두리 지역이었다. 조선시대에는 이 지역이 군사요충지가 되어 세종 때 다대진이 설치되었으며, 명종 2년(1547년)에는 도호부로 승격되었다. 조선 후기에는 동래부 관할이었으며 일본과 대치하는 군사상 요충지로서 구본산성(다대포), 구덕산성 등의 성곽이 수축되었다. 1910년에 사하지역은 경상남도 부산부에 편입되었다가, 1914년 부산부가 동래군으로 분리되면서 동래군에 속했다가 1942년 행정구역 개편으로 다시 부산부에 편입되어 부산부 사하출장소의 관할이 되었다. 1949년 부산부가 부산광역시로 개칭되면서 부산광역시에 속하게 되었고, 1957년에 서구 직할의 사하출장소가 설치되었다. 그러다 1983년 12월 사하구로 승격되어 오늘에 이르고 있다.

사하구의 전체 면적은 40.94km²(부산광역시의 5.4%, 16개 자치구군 중 5번째)이며, 2010년 9월 말 현재 130,832세대에 356,359명(남자 178,520명, 여자 177,839명)이 거주하고 있다. 사하구의 관할 행정구역으로는 괴정동(1~4동), 당리동, 하단동(1~2동), 신평동(1~2동), 장림동(1~2동), 다대동(1~2동), 구평동, 감천동(1~2동) 등 16개 동이 있다.

6. 중부산권 : 금정구, 동래구, 연제구, 부산진구, 중구, 동구, 서구, 영도구

부산의 중부산권은 양산의 원효산에서 시작하여 금정산(801m) 상계봉(638m), 백양산(642m), 고원견산(504m), 구덕산(562m) 시약산(590m) 승학산(495m)으로 이어지고 있는 금정산맥을 끼고 있는 지역으로 북쪽의 금정구에서부터 동래구, 연제구, 부산진구, 동구, 중구, 서구와 영도구를 포함하는 지역을 말한다. 영도구를 동부산권으로 소속시킬 수 있으나, 영도구의 생활권이 서구와 연결되어 있다는 점에서, 그리고 남구의 오륙도를 기점으로 볼 때 남해안에 접해 있는 지형적 조건을 고려하면 중부산권으로 구분하는 것이 적합하다고 생각한다.

중부산권의 가장 북쪽에 위치한 금정구부터 개관해 보자.

금정구는 서쪽으로 북구, 남쪽으로 동래구, 동쪽으로 해운대구, 북동쪽으로 기장군과 접하고 있으며, 밖으로는 경남의 양산시와 경계를 이루고 있는 지역이다. 고대에는 이 지역이 장산국(또는 거칠산국)의 영향권에 있었을 것으로 본다. 신라 경덕왕 16년(757년)에 동래군으로 지칭된 후에 고려와 조선시대를 거치면서 동래현, 동래진, 동래부(도호부) 등으로 불리다, 1914년 행정구역 개편 때에는 부산부와 분리되어 경남 동래군이 되었다. 1942년에 부산부에 동래군의 일부 지역이 편입되어 동래출장소의 관할에 있었으며, 1963년 부산직할시로 승격될 때 동래군 북면에 있었던 6개 동(선동, 두구동, 노포동, 청룡동, 남산동, 구서동)이 추가로 편입되어 북면출장소 관할에 있게 되었다. 1975년에는 북면출장소가 폐지되고 동래구에 들었다. 1988년 1월 1일에 동래구에서 과거 북면 지역과 장전동, 부곡동, 금사동, 서동, 금성동을 분리하여 금정구를 설치했다. 이후 금정구의 관할에 있던 부곡1동에서 부곡4동으로(1992년 9월 1일), 오륜동을 부곡3동에 흡수하고, 선동과 두구동을 합쳐서 선두구동, 노포동과 청룡동을 합쳐서 청룡노포동으로 통합(이상 1998년 11월 1일)했으며, 서3동과

서4동을 합하여 서3동으로(2009년 1월 1일) 했다. 현재 금정구 관할 행정동은 선두구동, 청룡노포동, 남산동, 구서동(1~2동), 장전동(1~3동), 부곡동(1~4동), 서동(1~3동), 금사동, 금성동 등 17개 동이다.

금정구는 경부고속도로 및 부울간 국도 7호선, 산업도로, 지하철 1호선의 기점 내지 종점으로 타 지역으로 나아가기 편리하고, 또한 부산 시내로 진입하기도 좋다는 점에서 교통이 편리한 곳이다. 그리고 이 지역의 배후에 있는 금정산에는 금정산성과 음식점이 즐비한 금성동, 우리나라 5대 사찰의 하나인 범어사가 있는 곳이어서 등산, 관광, 여가, 휴식 등을 즐길 수 있다. 금정구는 이와 같은 쾌적한 자연환경과 부산대학교, 부산가톨릭대학교 등을 비롯한 많은 교육시설 등이 이 지역에 계속 인구를 유입하게 하는 요인이 되었다. 특히 1980년대 이후 부곡, 장전, 남산, 구서, 청룡지구에 대단위 아파트 단지가 조성되면서 금정구의 인구는 계속 증가되는 추세를 보였다. 그런데 금정구의 주거환경의 변화와 외부 인구의 유입은 오랜 세월 조성된 자연마을들을 해체시키는 결과를 빚었다. 자연마을의 해체는 지역 관련 구비문학의 전승을 끊어지게 하는 중요한 요인이 되었다. 화훼·채소 등 농업을 주로 하고 있는 선두구동 지역에 아직도 자연마을들이 남아 있는 것을 그나마 다행으로 생각해야 하는 상황이다. 금정구는 이처럼 대단위 아파트지역, 주택 밀집지역, 공단이 남아있는 금사동 지역, 농업을 하는 선두구동 지역 등이 도·농복합지역의 특성을 보여준다. 2010년 8월 말 현재 금정구에는 93,310세대에 250,538명(남자 123,830명, 여자 126,708명)이 거주하고 있는데, 이는 부산광역시 전체 인구의 7.2%를 차지한다. 해운대구 다음으로 인구가 밀집된 지역이 금정구이다.

다음 동래구 지역은 삼한시대에는 변한, 삼국시대에는 거칠산국으로 있다 신라에 병합되면서 거칠산군에 속하게 되었다. 신라 경덕왕 16년(757년)에 처음 동래군(東萊郡)으로 개칭되었다가 고려 현종 9년(1018년) 울주

(蔚州) 동래현(東萊縣)으로 되었다. 조선 태조 6년(1397년)에는 동래진(東萊鎭)이 설치되었으며, 명종 2년(1547년) 국방과 대일외교의 중요성을 인정하여 도호부로 승격되었으나, 임진왜란 최초의 패전지(敗戰地)라는 이유로 일시 현(縣)으로 격하되었다가 선조 32년(1599년) 다시 도호부로 승격되었다. 1914년 부제(府制)의 실시로 동래부는 부산부와 분리되어 부산부에 속하지 않는 지역과 기장군 일대를 관할 구역으로 하는 동래군(東萊郡)에 소속되었는데, 현 동래구 지역은 동래군 동래부 읍내면에 주로 속했다. 1942년에는 기장군과 일부 지역을 제외하고 부산부에 편입되어 동래출장소로 개편되었다. 1957년 구제의 실시로 동래출장소에서 동래구(東萊區)로 직제를 개편하게 되었다. 이후 동래구는 1988년에 금정구, 1995년에 연제구로 분구되면서 관할 행정구역이 크게 축소되었다. 현재 동래구 관할 행정구역은 온천동(1~3동), 사직동(1~3동), 명륜동, 복산동, 수민동, 명장동(1~2동), 안락동(1~2동) 등 13개 동으로 구성되어 있다. 동래구의 전체 면적은 16.65km²이며, 2010년 8월 말로 101,522세대에 279,336명(남자 138,368명, 여자 140,968명)이 거주하고 있는 것으로 조사되었다.

동래구는 과거 동래군의 중심지로 유서 깊은 역사를 가진 곳이면서 많은 유·무형문화재를 가진 문화의 고장이라 할 수 있다. 국가 지정 문화재로 동래패총(東萊貝塚, 사적 제192호), 복천동고분군(福泉洞古墳群, 사적 제273호)의 사적지가 있으며, 동래야류(東萊野遊, 중요무형문화재 제18호), 대금산조(중요무형문화재 제45호)의 국가중요무형문화재가 있다. 그리고 시 지정 문화재로 동래향교, 동래부동헌, 충렬사, 동래읍성지, 송공단 등 유형문화재가 있고, 동래학춤, 동해한량춤, 동래고무, 동래지신밟기, 가야금산조, 충렬사제향 등 무형문화재가 있다. 동래구는 역사가 깊은 만큼 유명한 인물이 많이 배출된 고장이다. 충렬의 인물로 동래부사였던 송상현, 조선시대 측우기 등을 발명한 장영실, 육종학의 권위자였던 우장춘 박사(일본 출생이나 동래 원예고교에 재직했음), 독립운동가 박차정 의사가 동래의 인물로 잘 알려져 있다. 동래야류, 동래학춤, 동래한량춤, 동래고무, 동래지신밟기 등 무형문화재는 부산민속예술보존협회에서 온천동 금강공원 내에 사무실과 공연장을 두고 전승과 보전에 힘쓰고 있다. 동래구는 또한 동래온천, 각종 위락시설을 가진 금강공원, 금정산, 사직동의 부산종합운동장 등이 위치하고 있는 곳으로 부산에서 볼거리가 많은 관광·체육의 중심지이다.

연제구는 동래구와 함께 부산의 중심에 자리하고 있는 곳으로, 과거에는 동래부, 동래군, 동래출장소, 동래구 등으로 불렸던 지역에 포함되어 있었다. 그러다 1995년 3월 1일자로 동래구에서 연산동과 거제동을 묶어서 분구되면서 연제구로 탄생되었다. 이 연제구는 북쪽으로 동래구, 동쪽으로 해운대구, 수영구, 서쪽으로 부산진구, 남쪽으로 남구와 경계를 이루고 있다. 연제구의 현재 관할 행정동은 거제동(1~4동)과 연산동(1~9동)으로 모두 13개 동이다. 그런데 연제구에 부산광역시청, 부산지방검찰청, 부산지방법원, 부산지방노동청, 부산지방경찰청 등 중요 행정기관이 옮겨오면서 부산의 행정중심지가 되었으며, 과거 거제동과 연산동에 속했던 넓은 들판이 주택지구와 행정지구로 변모되면서 인구가 급격하게 늘어나게 되었다.

부산진구는 삼한 시대에 거칠산국(居漆山國), 신라 때에는 동래군 동평현, 고려 때는 양주 동평현, 조선시대에는 동래부의 동평면 일부와 서면 일부 지역에 속해 있었다. 부산진구의 명칭은 임진왜란 당시 부산포구의 관문이라고 할 수 있는 부산진성에서 유래되었다, 1914년에는 동래군 서면에 속했으며, 1936년에 부산부로 편입되면서 부산진출장소가 설치되었다. 1957년에 구제의 실시로 비로소 부산진구가 발족을 보게 되었다. 1963년에는 부산직할시 승격과 동시에 부산진구 직할 동과 대연출장소 내 6동에 동래군 구포읍 사상면을 부산진구에 편입하면서 38개 동을 관할하는 큰 지역이 되었다가, 1975년 10월에 10개 동을 분리하여 남구로 분구하고, 1978년 2월 15일에 14개 동을 분리하여 북구를 발족하게 했다. 이때 부산진구의 관할은 22개 동으로 줄어들었으나, 1979년에 양정동, 개금동, 부암동이 분동이 되어 다시 29개 동으로 늘어났다. 이후 여러 차례 동의 경계지역 조정, 동의 통합(1998년 7월 1일, 양정1동 등 8개 동을 4개 동으로 조정)으로 25개 동이 되었다. 부산진구의 현재 면적은 29.68km²이며, 동북쪽으로 연제구, 동남쪽으로 남구, 남쪽으로 동구·서구, 서쪽으로 사상구, 서북쪽으로 북구와 경계를 두고 있다. 여기에 백양산(642m), 황령산(428m), 화지산(199m)이 지역의 경계를 형성하고 있으며, 백양산 기슭 성지곡에 초읍어린이대공원이 조성되어 시민들의 휴식공간이 되고 있다. 부산진구는 또한 서면을 중심으로 부산의 중심 상업권이 형성된 곳이다. 이곳에 롯데백화점, 지오플레이스와 밀리오레, 홈플러스 서면점과 가야점, 이마트 서면점 등 여러 대형백화점과 할인점이 있다. 그리고 부산진구의 문화공간으로 2008년 개관된 국립부산국악원, 2006년 쥬디스태화신관 맞은편에 개관된 부산포민속박물관, 부산여자대학의 차박물관 등이 있다. 그런데 서면 등 중심 지역은 낮으로는 인구가 늘었다가 밤으로는 인구가 빠져나가는 상업지역의 특성을 보여준다. 2010년 8월 말 현재 부산진구의 인구가 153,395세대에 391,846명(남자 193,873명, 여자 197,973명)으로 조사되었는데, 이웃 금정구, 연제구 등에 대형 아파트 단지가 조성되면서 그곳으로 많은 주민들이 이주하는 등 인구가 계속 감소하는 추세를 보이고 있다. 부산진구의 관할 행정구역에는 부전동(1~2동), 범전동, 연지동, 초읍동, 양정동(1~2동), 전포동(1~3동), 부암동(1, 3동), 당감동(1~4동), 가야동(1~3동), 개금동(1~3동), 범천동(1~2, 4동) 등 25개 동이 있다.

부산 동구 지역은 중부산권의 다른 지역들과 마찬가지로 삼한시대는 변한, 삼국시대는 거칠산국, 금관가야의 지배를 받다 신라에 편입되어 거칠산군, 후에 동래군으로 개칭된 지역이다. 고려시대에는 울주군 동래현에 소속되었다가 조선시대에는 동래군 동래현, 영조 16년(1740년)에는 동래부 동평면에 소속되었다. 이때 동래부는 읍내면, 동면, 남면, 남촌면, 동평면, 서면, 북면의 7개면으로 구성되었으며, 이 중 동평면은 현 부산진구 당감동, 가야동과 동구 지역을 포함했다. 당시 동평면에는 부현리, 감물리, 당리, 미요리, 가야리, 부산역 내리, 범천리, 범천2리, 좌백천1리, 두모포리, 해정리 등 12개 리가 있었다. 1910년에는 동래군 동평면은 초량동(사중면으로 편입됨)을 제외하고 대부분의 지역이 부산면에 소속되었다. 당시 부산면은 범일1동, 범일2동, 좌천1, 2동, 좌천동, 수정동, 동천동, 로하동, 서부동, 산수동 등 10개 동이 있었다. 1913년에는 동래군의 부산면과 사중면이 부산부에 편입되었는데, 1914년 4월에 행정구역 개편 때 동구 지역은 부산부 부산면에 소속되었다. 이때 부산면에 속한 지역은 범1동, 범2동, 좌1동, 좌2동, 좌천동, 동천동, 수정동, 두포동, 산수동, 서부동이었다. 1949년 8월 15일에 부산부가 부산광역시로 개칭되고, 1957년부터 부산광역시의 구제 실시로 초량출장소 관할에 있던 초량동, 수정동, 좌천동, 대창동3가, 범일1~3, 6~7동 등 9개 동이 묶여 동구가 되었다. 1966년에는 동구 관할은 초량동, 수정동, 좌천동, 범일동이 분동이 되어 전체 18개 동이 되었으며, 1970년 7월에는 초량4동, 좌천2동, 범일4동이 분동이 되어 21개 동으로 늘어났다. 1975년 10월에는 범일3동 일부가 남구에 편입되고, 범일2동이 범일5동으로 편입되면서 범일3동이 폐동이 되어 20개 동으로 줄었다. 이후 행정동의 구역이 여러 차례 조정되는 과정을 겪었으며, 1985년에는 초량5동이 초량3동에 편입되어 19개 동으로 줄었다. 1989년에는 부산진구 범천동에 속했던 동천 일부가 동구에 편입되고, 1993년에는 중구 영주동 일부가 동구에 편입되었다. 동구 관할 동은 이후 1998년 9월 17일과 2008년 1월 1일 두 차례 행정동을 통합·축소함으로써 14개 동으로 줄어 현재에 이르고 있다. 동구 관할 현재의 행정구역은 초량동(1~3, 6동), 수정동(1~2, 4~5동), 좌천동(1, 4동), 범일동

(1~2, 4~5동) 등 14개 동이다.

동구는 부산광역시의 중앙에 위치하여 동쪽은 동천을 경계로 남구, 동북쪽은 수정산·구봉산을 경계로 부산진구·서구, 서쪽은 영주천을 경계로 중구와 접하고 있으며, 동남으로 길게 뻗쳐있는 지형을 보인다. 그런데 동구는 배산임해의 지형으로 주로 초량천·부산천·호계천등 하천 주변과 구봉산·수정산 기슭에 주거와 상업지역이 위치하여 이들 지역을 중심으로 발전하여 왔으며, 시가지의 3분의 1 정도는 일제 강점기(1909~1913년)에 해안 매립으로 조성되었다. 그러면서 동구는 부산항 3·4·5부두를 포용하고 있는 국제무역의 요충지이며, 부산역사가 위치함으로써 부산 교통의 심장부 역할을 하고 있다. 동구의 전체 면적은 9.78km²로 부산광역시 전체의 1.3%를 차지하며, 2010년 말 기준으로 인구가 44,018세대에 101,514명(남자 50,649명, 여자 50,865명)이 거주하고 있는 것으로 조사되었다.

동구와 함께 부산의 중앙부에 있으면서 구도심권을 형성했던 지역이 중구이다. 중구는 신라 때 동래군 동평현에 속했으며, 고려와 조선시대에 동래군, 동래부, 동래도호부의 관할에 있었다가 1914년 행정구역 개편으로 부산부에 속했다. 1951년 9월 1일에는 중부출장소가 설치되었으며, 1957년 1월 구제 실시로 중구가 탄생되어 오늘에 이르고 있다.

중구는 일찍부터 도시화가 진행된 지역이다. 1876년 개항 이후 전국 각처에서 모여든 상인들이 현재의 영주동터널 위쪽에 정착함으로써 새로운 마을이 생겨나게 되었으며, 1889년 말에는 현재의 대청로에서 구 미화당백화점 사이의 도로가 개설되면서 송현산(현 용두산)을 중심으로 시가지가 형성되었다. 1910년 10월에는 1910년 10월 30일 부산역사(1953년 화재로 소실)를 준공하여 제1부두까지 철도를 부설하면서 동양 굴지의 무역항으로 발돋움하게 되었다. 그리고 1909년부터 1912년까지 해안을 매립하여 현재의 중앙로가 형성되고, 중앙동 4가와 대청동 1·2가 지역이 생겼으며, 남포동 일원에 자갈이 많은 바닷가를 매축하여 택지를 조성하고 상가지역을 만들어 오늘날의 자갈치시장이 되도록 했다. 중구는 현재 부산의 관문인 부산항 1·2부두와 국제여객부두, 연안여객부두가 있는 곳으로 국제간 물류교역과 인적 교류의 중추기능을 담당하고 있다. 이뿐만 아니라 부산경남본부세관, 부산지방보훈청 등 47개소의 행정기관과 한국은행, 산업은행 부산지점 등 65개소의 금융기관, 부산전화국, 국제전화국, 무역회관을 중심으로 관련 업체들이 밀집되어, 중구는 행정·무역·금융·업무·정보·통신의 중심지일 뿐만 아니라 자갈치시장, 국제시장 등 시장과 롯데, 코오롱 지하상가 등이 위치한 광복, 남포, 부평동의 상가 지역을 포함하여 부산상권의 중심지역을 형성하고 있다. 또한 용두산공원, 중앙공원, 보수동 책방골목, 한복거리, 미문화원, 사십계단 등은 부산광역시민과 함께 한 부산 역사의 현장이기도 하며, 1998년 1월 부산광역시청이 연제구로 이전한 곳에 제2롯데월드를 건립 중에 있고, 자갈치시장의 현대화 추진 등으로 과거의 화려했던 구도심권을 부활하려는 노력을 계속 진행하고 있다. 중구는 현재 면적 2.82km²에 2010년 8월 말 현재 22,046세대에, 48,264명(남자 23,761명, 여자 24,503명)이 거주하고 있으며, 관할 행정구역에 중앙동, 영주동(1~2동), 동광동, 대청동, 보수동, 광복동, 남포동, 부평동 등 9개 동이 있다.

서구는 부산광역시 16개 구·군 중에 영도구, 사하구 등과 함께 남단에 위치한다. 행정구역상으로 동쪽으로는 중구·동구, 서쪽으로는 사하구, 북쪽으로는 부산진구·사상구와 경계를 이루고 있고, 남쪽으로 송도연안과 남항을 낀 남해바다와 접하고 있다. 이 지역은 암남동패총 등을 통해 신석기시대부터 사람들이 주거했음을 알 수 있다. 이 지역 역시 부산의 다른 지역과 마찬가지로 1914년 부산부에 편입되기 전에는 동래군, 동래부 등에 속해 있었다. 개항 이후부터 서구 지역은 중구 지역과 함께 시가지가 조성되어 부산의 중추 도심권으로 성장했다. 한국전쟁 중에는 대한민국 임시정부 청사가 있었으며, 오랫동안 경남도청과 법조청사 소재지로서 부산 발전에 크게 기여했다. 1957년 구제의 실시로 오늘날의 서구가 탄생 되었는데, 2003년 1월부터는 대신동 청사시대를 마감하고 충무동 청사시대를 맞고 있다. 서구의 총 면적은 13.85km²이며, 2010년 8월 말 현재 51,574세대에 124,285명(남자 61,812명, 여자 62,473명)이 거주하고 있다. 서구의 관할 행정동은 동대신동(1~3동), 서대신동(1·3·4동), 부민동, 아미동, 초장동, 충무동, 남부민동(1·2동), 암남동 등 13개 동으로 구성되어 있다.

　서구는 행정과 교육의 중심지로 명성을 간직한 곳으로, 현재에도 행정 기관 및 관공서 29개소·교육시설 41개소 종합병원 4개소가 소재하고 있고, 구덕운동장과 국민체육센터 등의 체육시설이 있으며, 구도심의 축인 기존 시가지 중심 일반 주택 밀집지역으로 이루어져 있으나, 뉴타운 건립 등 도심지 재개발·재건축 사업으로 주거환경이 크게 개선될 예정이다. 그리고 송도해안과 북쪽의 부산 최초의 해수욕장인 송도해수욕장이 송도 연안정비사업을 기반으로 관광지로서의 옛 명성을 회복하고 있고, 천마산 조각공원, 구덕문화공원 조성 등을 통해 환경친화적 문화예술 도시로 탈바꿈되고 있다. 또한, 공동어시장은 전국 수산물 수급에 중요한 역할을 하고 있는데, 감천항 일대에 해양국제수산물류·무역기지 조성, 꽃마을 전통문화·휴양관광단지 건립 등이 이루어지면 향후 관광특화도시로 변모될 것으로 기대하고 있다. 이 지역의 구덕망깨소리와 아미동농악이 시 지정 무형문화재로 구덕민속예술협회를 중심으로 전승되고 있다. 그리고 동대신2동 당산제, 꽃마을 당산제, 시약산 당산제, 아미동 산신제, 암남동 용왕제와 산신제, 천마산 산신제가 매년 지속되고 있다.

　영도구는 중부산권의 동쪽 남단에 있으면서 독립된 섬인 영도에 위치하고 있다. 영도의 원래 이름은 절영도(絶影島)였는데, 신라시대부터 조선 조 중기까지는 목장으로 말을 방목한 곳이었다. 일제 강점기에는 영도를

'마키노시마(牧島)'라고 하기도 했다. 광복 후에 행정구역을 정비하면서 옛 이름 '절영도'를 줄여서 현재의 '영도'로 부르게 되었다. 영도는 신석기시 대의 동삼동패총, 영선동패총 등으로 보아 일찍부터 사람이 살기 시작했 던 곳임을 알 수 있다. 이 지역은 삼한시대 변한, 후에 가락국의 속령이 되었다가 신라시대 거칠산국 속령이 되었으며, 고려시대에는 동래현, 조 선시대에는 동래부 관할에 있었다. 1881년에 절영도진(絶影島鎭)이 설치 되었다가 1910년 10월 1일 동래부를 부산부로 개편했는데, 영도지역은 부산부에 속했다. 1914년 3월 행정구역 개편 이후 1951년 9월 영도출장 소가 설치될 때까지 계속 부산부에 속했다. 1916년부터 1926년까지 절영 도 대풍포 매축공사가 이루어졌으며, 1934년에 영도대교가 완공되어 영 도가 비로소 육지로 연결되었다. 1945년에 현재의 한국해양대학교가 개 교되었으며, 1957년에 구제 실시로 영도출장소가 영도구로 승격되었다. 이후 청학동, 봉래동, 동삼동 등의 분동이 계속 이루어져 17개 동을 관할 하게 되었다가 1998년 10월과 2007년 1월 규모가 작은 동의 통폐합이 이루어져 11개 동으로 축소되었다. 2008년 7월에는 남항대교가 개통되어 부산 내륙과 한층 쉽게 연결되고, 부산신항 및 녹산공단으로의 물동량 이 동이 원활하게 되었다. 그리고 2013년 완공 예정으로 항만 배후도로인 북 항대교의 건설이 진행되고 있고, 해양박물관이 건립중에 있어 영도구는 향후 해양 분야의 특화지역으로 발전될 전망이다.

영도구는 섬 중앙에 봉래산(395m)이 봉우리를 이루고 있으며, 동남쪽 으로 천혜의 절경인 태종대가 자리 잡고 있다. 북동쪽 해안 일대에는 한 진중공업 등 부산 최대의 조선공업단지가 있으며, 남항, 봉래동 등 저지 대에는 상업지역이 형성되어 있다. 이외 주거지역은 깨끗한 남해와 접한 전형적인 배산임해의 지형에 따라 산비탈과 해안가에 조성되어 있다. 현 재 부산영도태종대와 동삼동패총이 국가지정 문화재로 되어 있다. 영도구 의 총 면적은 14.13km²이며, 2009년 12월 말 현재 57,651세대에 149,787

명(남자 74,997명, 여자 74,850명)이 거주하고 있으며, 이 중 65세 이상이 20,893명으로 높은 비중을 차지한다. 영도구의 인구가 한때 21만 명을 넘었는데, 1980년대 중반 이후 인구가 내륙으로 많이 빠져나가면서 인구 감소가 계속 이루어지고 있다. 그렇지만 섬지역의 특성 때문에 도시화가 상대적으로 늦게 이루어지면서 자연마을이 아직도 많이 보존되고 있어 구비문학 조사 환경은 다른 도심지 지역에 비해 좋은 편이었다.

7. 구비문학의 전승과 조사

부산광역시 전체를 대상으로 구비문학을 조사한 전례가 지금까지 없었다. 그러나 각 지역별로 구·군의 관청이 주도하거나 뜻있는 개인에 의해 민요와 설화를 조사한 사례들이 있다. 부산광역시 역사편찬위원회에서 『부산지명총람』(1985)을 간행하면서 해당 지역의 지명 유래 등을 설명하기 위해 관련 지명설화들을 언급한 바 있으며, 부산광역시 시사편찬위원회에서 『부산광역시사』(1991), 『부산의 자연마을1~5』(2006~2010)을 편찬하면서 부산지역 전승 설화와 민요를 내용 기술에 포함시킨 바 있다. 그리고 부산광역시청 홈페이지를 통해 그동안 간행된 부산광역시지에 수록된 설화(전설 포함)를 추려서 올려놓고 있다. 이외 부산광역시의 구·군에서 구지와 군지를 간행할 때 해당 지역의 설화와 민요를 일부 수록한 것들이 있다. 개인적으로 부산의 구비문학을 조사한 사례들도 있다. 박원균이 『향토부산』(태화출판사, 1967)을 펴내면서 부산의 설화와 민요를 일부 포함시켰으며, 김승찬·박경수·황경숙이 『부산민요집성』(세종출판사, 2002), 류종목이 『현장에서 조사한 구비전승민요1 : 부산편』(민속원, 2010. 2)을 간행하여 부산지역 전승 민요의 성격과 양상을 파악하는 데 중요한 기여를 했다. 그런데 부산의 구비전승 설화를 현장에서 조사한 자료집이 아직 간행되지 않은 단계에 있다.

각 구·군별 구비문학 조사 현황을 살펴보자. 먼저 기장군의 경우, 『동래부읍지』(1832), 『양산군지』(1986), 『기장군지(상·하)』(2001) 등에 기장군 지역 설화가 조사되어 수록되어 있고, 기장군의 각 읍·면사무소별로 부산광역시에 편입된 이후 간행한 『기장읍지』(2005), 『장안읍지』(2008), 『일광면지』(2006), 『정관지』(2000), 『철마면지』(2007) 등에 지역별 설화와 민요가 조사되어 수록되어 있다. 그러나 이들 민요나 설화 자료의 대부분이 지역 인사들로부터 원고를 받아 수록한 것들로 전승설화를 부분적으로 다듬은 흔적이 드러나고 제보자나 조사장소가 분명히 드러나지 않는 것들이 많다. 또 일부 지역의 자료는 개인이 조사한 자료를 전재하고 있는 경우도 있다. 관 주도가 아닌 개인이 기장군의 민요와 민속을 조사하여 간행한 업적도 있다. 기장군의 대표적인 향토사학자이자 민속학자인 공태도는 기장군의 군지와 각 읍·면지의 편찬에도 많은 도움을 주었을 뿐만 아니라 『기장군의 민요와 민속』(기장군향토문화연구소)을 간행하고, 『기장이바구』(기장향토문화연구소, 2009)를 편찬, 간행한 바 있다. 기장군의 설화와 민요는 이상의 자료들을 통해 대강이나마 그 전승 상황과 성격을 파악할 수 있다. 그렇지만 구비전승 자료는 현장성이 잘 드러나도록 채록되어야 자료로서의 가치를 가질 뿐만 아니라 학문적 활용을 위한 유용성을 지닌다. 이런 점에서 이상의 자료들이 상당한 한계를 지니고 있다는 점도 부인할 수 없다.

기장군 외에 해운대구에서 『해운대민속』(1996)을 간행하면서 당제와 관련된 설화를 수록한 바 있고, 동래구에서도 『동래향토지』(1993), 수영구에서는 『수영역사문화탐방』(2000)을 간행하여 관할 지역 동의 유래담과 중요 무형문화재를 소개했다. 부산남구민속회에서는 수영구와의 분구 이전에 남구청의 지원을 받아 『남구의 민속1』(1997)과 『남구의 민속과 문화』(2001)를 간행하여 수영야류 등 국가중요무형문화재와 당제, 설화 등에 대해 구체적인 내용을 조사하여 보고했다. 금정구의 금정문화원에서는

『장전동의 이야기』(2009)와 관내 동별 사료집으로 『향토문화』를 2002년 선두구동 편부터 2006년 구서동 편까지 6권을 간행하였으며, 북구에서는 『부산북구향토지』(1991), 강서구에서는 『부산강서구지』(1993)를 펴낸 바 있다. 연제구의 연제문화원에서는 지명 설화를 50편 조사하여 홈페이지에 올리고 있다. 이밖에 각 구청에서도 지역 향토지의 간행하고 홈페이지를 통해 관내 마을의 지명유래담이나 지역전설 등을 올리고 있다.

개인적으로 부산의 민속과 구비전승 자료를 조사, 연구한 것으로 김승찬이 『가덕도의 기층문화』(부산대학교 한국민족문화연구소, 1993), 『두구동의 기층문화』(상동), 『부산 산성마을의 기층문화』(부산대학교 한국민족문화연구소, 1994), 황경숙이 『부산 기장군 장안읍 효암리 민속문화』(세종출판사, 2002), 『부산의 민속문화』(세종출판사, 2003)를 간행하여 부산의 민속뿐만 아니라 관련 지역의 설화와 민요를 현장조사한 자료를 제공하면서 해당 자료에 대한 특징을 연구했다. 이밖에 김병섭이 개인적으로 『장산의 역사와 전설』(국제, 2008)을 간행하여 장산 관련 설화를 소개했으며, 영도가 고향인 황동웅이 『아름다운 섬 절영도 이야기』(정명당, 2009)를 펴내 영도의 역사와 명승고적, 교육, 종교 등과 함께 전승 설화와 지명유래담 등을 소개한 바 있다.

『한국구비문학대계』 개정·증보사업의 일환으로 2010년도에는 부산광역시의 구비문학을 현장조사하기로 한 일행은 현장조사 전에 구·군청이나 읍·면사무소를 방문하여 구비문학 관련 자료를 사전에 입수하거나 관련 정보를 파악하여 현장조사에 참고하기로 했다. 현장조사단은 크게 3팀으로 구성하여, 각 팀별로 지역을 나누어 일정한 기간에 조사하기로 했다. 다만 기장군은 조사지역이 매우 넓을 뿐만 아니라 자연마을이 많이 남아 있어 부산광역시의 다른 지역보다 구비문학 조사를 위한 좋은 조건을 갖추고 있다는 점을 고려하여 현장조사단 전체가 공동 조사를 하기로 했다. 기장군을 제외한 부산의 15개 구는 3팀이 각 5개 구씩 분담하되, 1팀은

사하구, 강서구, 북구, 서구, 중구를, 2팀은 금정구, 동래구, 연제구, 부산 진구, 동구를, 3팀은 해운대구, 남구, 수영구, 사상구, 영도구를 조사하기로 했다.

구비문학 현장조사는 기장군부터 시작했다. 2010년 1월 18일(월)부터 20일까지 3일간 진행된 기장군의 조사지역과 조사 결과를 보이면 다음과 같다.[1]

조사일	구/군	읍/면	조사마을	설화	민요	소계
1. 18(월) ~ 1. 20(수)		기장읍	죽성리 두호마을	4	22	26
			내리 내동마을	0	19	19
			시랑리 동암마을	2	8	10
			교리1동 교리마을	3	11	14
			서부리 서부마을	3	3	6
1. 20(수)		일광면	용천리 산수곡마을	3	0	3
			용천리 회룡마을	2	1	3
			화전리 화전리 화전마을	3	24	27
1. 20(수)	기장군	장안읍	명례리 대명마을	1	8	9
			대명마을회관	0	11	11
			오리 판곡마을	0	4	4
			임랑리 임랑마을			
1. 20(수)		정관면	예림리 예림마을	2	16	18
			두명리 두명마을	2	6	8
			매학리 구연동마을	2	0	2
1. 19(화) ~ 1. 20(수)		철마면	장전리 대곡마을	2	1	3
			웅천리 중리마을	3	29	32
			웅천리 미동마을	0	11	11
			와여리 와여마을	4	14	18
			구칠리 점현마을	1	0	1
			연구리 구림마을	4	1	5
			이곡리 이곡마을	2	0	2
소계			21개 마을	43	189	232

---

1) 도표의 통계는 2010년 9월 당시 현장조사 결과 보고 때의 기록이다. 당시 조사한 설화와 민요의 편수는 이 책에 자료가 수록되는 과정에서 일부 자료의 삭제 또는 통합 등에 의해 변경되었음을 밝혀둔다.

이상에서 보듯이, 기장군에서 기장읍과 철마면에서 집중 조사가 이루어 졌으며, 다른 읍·면에서는 3개 마을씩 조사되었다. 설화의 경우 마을마 다 대체로 2-3편씩 채록되었으며, 민요의 경우 기장읍 죽성리 두호마을, 기장읍 내리 내동마을, 일광면 화전리 화전리 화전마을, 정관면 예림리 예림마을, 철마면 웅천리 중리마을, 철마면 와여리 와여마을에서 다른 지 역보다 많은 민요가 조사되었다. 설화는 지역 인물의 효행 등과 관련된 인물전설, 바위나 지형 등에 얽힌 전설이 많았으며, 민요는 <모심기 노 래>가 주로 불렸다. 3일 동안 기장군에서 설화 43편, 민요 189편을 조사 했는데, 조사기간을 더 늘렸다면 조사 성과는 더 많았을 것이다.

　기장군 다음으로 집중 조사한 지역은 강서구이다. 강서구 중에서도 가 덕도 지역을 2팀으로 나누어 여러 날에 걸쳐 집중 조사했다. 금정구와 영 도구도 부산의 다른 구지역보다 현장조사를 많이 한 지역이다. 금정구의 경우, 자연마을이 아직도 많이 남아있고, 또 금정산의 정상 아래에 있으 면서 타지 사람들이 많이 유입되었지만 그래도 자연마을에 토착민들이 많이 거주하고 있는 금성동을 집중 조사를 했다. 영도구의 경우도 오랜 기간 섬으로 내륙과 분리되어 있고, 지역민들 중 젊은 사람들은 내륙으로 많이 나갔지만 많은 노인들이 여전히 마을을 지키고 있다는 점을 고려하 여 현장조사 대상 마을을 늘렸다. 동래구와 수영구도 역사가 깊고 부산의 대표적 무형문화재가 집중된 지역인 점을 고려하여 5개 이상의 마을을 조사했다. 이와 반면, 공단지역이 많거나 상업지역이 많은 북구, 사상구, 사하구, 부산진구, 동구, 서구 등은 1~3개 마을로 조사 대상 마을을 줄였 다. 다음은 부산광역시의 각 구별 조사일정에 따른 조사마을과 조사 자료 의 결과[2]를 보이면 다음과 같다.

---

2) 도표의 통계는 2010년 9월 당시 현장조사 결과 보고 때의 기록이다. 당시 조사한 설화 와 민요의 편수는 이 책에 자료가 수록되는 과정에서 일부 자료의 삭제 또는 통합 등 에 의해 변경되었음을 밝혀둔다.

조사일	구별	조사마을	설화	민요	무가	소계
2. 3(수)		천가동11통(눌차동) 내눌마을	0	1		1
상동		천가동1통(동선동) 동선마을	1	11		12
상동		천가동3통(성북동) 선창마을	1	15		16
4. 28(수)		천가동8통(천성동) 서중마을	23	26	1	51
1. 27(수)	강서구	녹산동 본녹산마을	1	42		43
상동		녹산동 성산마을	4	4		8
1. 28(목)		명지동 사취등마을	0	7		7
상동		명지동 진목마을	0	9		9
2. 3(수)		천가동9통(천성동) 남중마을	5	13		18
상동		천가동10통(대항동) 대항마을	0	12		12
상동		천가동7통(천성동) 두문마을	1	6		7
소계		11개 마을	36	146	1	183
1. 21(목)		청룡노포동 작장마을	6	23		29
상동		청룡노포동 청룡마을	10	6		16
1. 23(토)		선두구동 선동마을	6	6		12
상동		선두구동 신천마을	10	5		15
상동	금정구	선두구동 임석마을	0	15		15
상동		금사동(회동동) 동대마을	10	31		41
1. 28(목)		금성동 공해마을	3	4		7
1. 21(목)		금성동 산성마을	0	13		13
1. 28(목)		금성동 중리마을	8	0		8
7. 7(수)		서2동	1	25		26
소계		10개 마을	54	128		182
1. 25(월)		용호1동	1	8		9
상동	남구	용호2동	7	19		26
7. 6(화)		대연6동	3	42	2	47
소계		3개 마을	11	69	2	82
2. 3(수)	동구	범일4동	3	35		38
상동		수정5동	17	11		28
소계		2개 마을	20	46		66
1. 26(화)		칠산동	8	45		53
상동		명륜동	3	0		3
1. 27(수)	동래구	명장2동	17	18		35
상동		온천3동	4	0		4
1. 28(목)		온천1동	3	2		5
소계		5개 마을	35	65		100
2. 4(목)	부산진구	개금2동	18	8		26

상동 4. 9(금) 상동		당감1동 당감3동 초읍동	0 3 9	21 0 16		21 3 25
소계		4개 마을	30	45		75
1. 21(목) 1. 23(토)	북구	구포1동 화명2동	2 0	40 25		42 25
소계		2개 마을	2	65		67
1. 23(토) 상동	사상구	모라1동 삼락동	9 0	20 1		29 1
소계		2개 마을	9	21		30
1. 25(월) 상동 1. 26(화)	사하구	당리동 하단2동 다대1동	7 5 7	15 18 11		22 23 18
소계		3개 마을	19	44		63
	서구	남부민3동	0	4		4
소계		1개 마을	0	4		4
1. 21(목) 상동 상동 1. 22(금) 상동 상동	수영구	광안4동 남천1동 남천2동 민락동 망미1동 망미2동	3 7 2 8 4 4	4 16 0 1 0 1		7 23 2 9 4 5
소계		6개 마을	28	22		50
2. 1(월) 상동 상동	연제구	연산6동 거제1동 거제2동	11 5 2	19 5 1		30 10 3
소계		3개 마을	18	25		43
1. 27(수) 상동 1. 28(목) 상동	영도구	동삼1동 동삼2동 신선3동 청학2동	1 1 1 8	13 29 7 8		14 30 8 16
소계		4개 마을	11	57		68
2. 4(목)	중구	보수1동	4	13		17
소계		1개 마을	4	13		17
2. 3(수) 상동 2. 4(목)	해운대구	반송1동 반송2동 반여1동	2 0 0	3 11 13		5 11 13

상동		우1동	0	16		16
상동		중1동	9	1		10
소계		5개 마을	11	44		55
합계		61개 마을	286	794	3	1,083

　이상에서 보듯이, 부산광역시에서 기장군을 제외하고 15개의 각 구별로 매우 제한된 마을을 대상으로 조사한 결과이지만 설화와 민요를 합해 총 1,083편을 조사했다. 설화에 비해 민요가 약 3배 가까이 조사되었다. 노인정을 중심으로 현장조사를 하다 보니, 남성 노인들보다 여성 노인들을 많이 만나게 된 결과이다. 남성 노인에 비해 여성 노인이 오래 살면서, 설화보다 민요를 더 적극적으로 구연했기 때문이다. 도시에서 남성 노인들이 모여서 이야기하는 기회가 여성 노인들에 비해 많이 부족한 까닭에 남성 노인들을 대상으로 구비문학을 조사하기가 어려웠다. 그렇지만 이런 가운데서도 강서구 가덕도의 천성동 서중마을의 김기일(1929년생, 남) 제보자는 훌륭한 설화 구술자였다. 그는 19편의 설화를 앉은 자리에서 짧은 시간에 연이어 구술할 정도로 설화 구연능력이 뛰어났다. 그리고 같은 마을의 박연이(1925년생, 여) 제보자도 민요 16편, 설화 3편, 무가 1편 등을 구연했는데, 시간을 두고 좀 더 조사했다면 더 많은 자료들을 채록할 수 있었을 것이다. 강서구 가덕도와 함께 비교적 많은 구비문학 자료를 조사한 지역이 금정구이다. 아직도 자연마을이 여러 곳에 남아 있는 조건이 다른 지역보다 구비문학 조사에 유리한 조건이 되었던 셈이다. 금정구 다음으로 역사가 깊은 동래구에서도 구비문학 자료가 상당히 채록되었는데, 다른 지역보다 설화가 많이 채록된 것이 특징이다. 남구와 영도구에서도 비교적 많은 설화와 민요가 채록되었다. 두 지역 모두 민요가 많이 채록되었는데, 영도구의 경우 아쉽게도 어업노동과 관련된 민요의 채록은 이루어지지 못했다. 이 지역에서 더 이상 어업노동 관련 민요의 채록은 힘

들 것이란 생각이 들었다. 그렇지만 도시화가 많이 이루어진 부산에서 설화와 민요를 합해 전체 1,300편에 가까운 자료가 채록된 것으로, 아직도 전통 구비문학의 전승이 노인들을 중심으로 명맥을 이어오고 있음을 확인했다는 것이 성과라면 성과이다. 그러나 이런 구비문학의 전승 현황은 향후 5년 이상 경과된다면 크게 달라질 것으로 전망된다. 그만큼 전통사회에서 전승되어 온 구비문학은 부산광역시의 급격한 도시화와 전승자의 노령화로 인하여 맥이 거의 끊기는 상황을 맞고 있다고 볼 수 있다.

1. 기장군

증편 한국구비문학대계 ● 부산광역시 ①-동부산권

부산광역시 기장군 기장읍 교리1리

조사일시 : 2010.1.19

조 사 자 : 박경수, 서정매, 황영태, 최수정

교리1리 교리1마을회관 건물

　교리의 옛 이름은 고성리이다. 교리는 향교가 있는 리(里)라고 하여 붙
여진 명칭이다. 고성리는 이 마을에 옛날 기장의 옛 성(城)이 있었다고 해
서 붙여진 이름이다. 옛날 기장성이 이곳에 있다가 언제부터 현재의 기장
읍으로 옮겨졌는지 불명이다. 기장읍성은 고려 공민왕 5년(1356년)에 축
성되었으니 이 무렵에 기장성이 없어진 것으로 추정된다. 이곳 교리는 기
장 고을의 중심 읍지였다. 갑화양곡이라는 본성이 이곳에 있었다고 하니,

교리는 당시 고을의 주 읍지로 기장지역에서 가장 오래된 마을이라 할 수 있다.

옛날에는 기장현 동면 고성리였고, 서기 1895년 5월 26일 을미개혁으로 기장군 동면 교동이었다가 서기 1914년 3월 1일 군과 읍·면을 정비할 때 동래군 기장면 교리가 되었다. 이후 동래군이 양산군으로 변경될 때는 양산군에 속했다가, 양산군 일부가 기장군으로 독립되는 동시에 부산광역시에 편입됨에 따라 현재 교리는 부산광역시 기장군 기장읍에 속해 있다. 법정동인 교리는 교리1리~5리의 행정동으로 구분되어 있다.

교리1리에 있는 교리1마을회관은 새로 지은 경로당으로, 향교 옆에 넓은 길가에 위치하고 있어서 찾기가 쉬웠다. 마을회관에는 여성 노인들만 있었는데, 조사자들을 반기면서 방금 해온 떡을 썰어서 나누어 주는 등 호의적이었다. 2명의 제보자로부터 민요와 설화를 제공받을 수 있었다.

민요로 <창부타령>, <모심기 노래>, <아기 어르는 노래(불매소리)>, <아기 어르는 노래(알강달강요)>, <양산도>, <화투타령>, <너냥 나냥>, <다리 세기 노래> 등이 구연되었다. 설화로는 <메주콩 많이 먹으면 호랑이가 잡아간다>, <조심을 해도 무심결에 뀌는 방귀>, <몰래 뀌는 며느리의 방귀> 등 민담 3편이 구술되었다.

부산광역시 기장군 기장읍 내리 내동마을

조사일시 : 2010.1.19
조 사 자 : 박경수, 정규식, 서정매, 황영태, 박지희, 최수정, 오소현

내동(內洞)마을은 기장읍 내리 550번지 일대로, 안에 있는 마을이라는 뜻이다. 따라서 내리는 '안골' 또는 '안골아리'라고도 불렀다. 내리에는 내동·오신·소정의 세 자연마을이 있는데, 내동마을은 가장 안쪽에 있는 마을이면서 내리의 중심 마을이다.

옛날에는 기장현 남면 석산방 내동이었고, 1895년에 기장군 남면 내동이라는 동리명이 처음 공식적으로 인정되었다. 1914년에는 동래군 기장면 내리 내동마을, 1995년 3월부터 기장군이 부산광역시로 편입되면서 기장군 기장읍 내리 내동마을이 되었다.

내동마을 입구에 들어서면 마을을 알리는 표지석이 있는데, 표지석이 서 있는 입구를 따라 길을 들어서면 1969년 1월 준공된 내리교가 있다. 내리교를 가로질러 흘러내리는 내동천은 북서쪽 앵림산(鶯林山) 골짜기에서 시작된다. 내동천을 따라 난 도로 내리길을 따라 오신2반(안오신)을 지나 오르면 갈림길을 만나게 된다. 왼쪽 길은 안적사로 가는 길이다. 오른쪽으로 난 시멘트포장길을 따라 낮은 언덕을 돌아서 들어서면 내동마을을 알리는 표지석이 또 하나 있다. 표지석 왼쪽 아래편에 당집과 당산나무가 어우러져 있고, 길을 따라 몇 걸음 옮기면 공터에 마을게시판이 세워져 있다.

이 마을에 터를 잡고 45년을 살아온 김재순(金在順, 여, 75세) 씨의 증언에 따르면, 내동마을이 깊숙한 마을이다 보니 한국전쟁 때 무장공비가 수차례 내려와 약탈해서 마을을 떠나는 사람도 더러 있었다고 한다. 그리고 기장읍으로 장을 보거나 통학을 하려면 최장군묘가 있는 '건네고개'를 많이 넘어 다녔다고 한다.

내동마을 북동쪽에서 청강리 무곡마을로 넘어가는 고개를 무곡고개, 삼글들에 있는 논을 바지배미논이라 한다. 지형이 바지처럼 생긴 데서 바지배미논으로 불린다. 삼글들(삼거리들)에서 내동-안적사간 도로 개설이 수년 내 완공될 예정이다.

해운대 장산(莨山)의 북쪽 연봉인 앵림산에 위치한 안적사(내리 692번지)는 신라 30대 문무왕 원년(661년)에 원효대사가 가람을 세운 유서 깊은 사찰이다.

조사자 일행이 이 마을을 방문한 날은 2010년 1월 19일(화)이었다. 마을 노인회 회장과 전화 통화를 한 후 방문하였다. 김재순(여, 75세), 김모순(여, 84세), 이영숙(여, 72세) 등의 제보자들로부터 <모심기 노래>, <모찌기 노래>, <청춘가>, <다리 세기 노래> 등 여러 편의 민요를 조사하였다. 호랑이 이야기나 당산제 관련 전설을 유도하였으나 이야기로서의 면모를 갖춘 자료는 확보하기가 어려웠다.

조사자 일행은 오전 10시 30분경에 이곳에 도착하여 조사를 시작하였으며 1시 30분경에 조사를 마쳤다. 조사가 끝나갈 때 할머니들이 떡국을 끓였다고 먹고 가라고 해서 조사자 일행은 떡국을 먹고 다음 조사지로 이동하였다.

부산광역시 기장군 기장읍 서부리 서부마을

조사일시 : 2010.1.20

조 사 자 : 박경수, 정규식, 박지희, 오소현

서부(西部)마을은 기장읍 서부리 100번지 일대로, 옛날 기장의 동헌이 있던 곳이다. 지금은 그곳에 기장초등학교가 있다. 동헌에서 옛 남문으로 가는 큰 도로가 있는데, 길의 동쪽은 동부동(東部洞), 서쪽은 서부동(西部洞)이라 하였다. 기장현청은 1356년(고려 공민왕 5)에 기장 발생지인 교리에서 이곳으로 옮겨 왔다. 서부리는 동부리와 더불어 성내(城內)마을이었다.

1914년 지방제도 개편에 따라, 경상남도 기장군 읍내면 서부동 일부가 동래군 기장면 서부리가 되었다. 1995년 복군과 동시 부산광역시 편입으로 기장군 기장읍 서부리가 되었다. 2001년에는 서부 1, 2, 3리로 분리되었다.

서부1리는 반송로 남쪽으로 읍내1길과 읍내3길, 기장초등학교 앞에 읍내길을 경계로 한다. 서부주공아파트(서부3리)를 빼고 용소골 저수지를 포함한다. 기장읍의 동부리·서부리·대라리를 에워싸고 있는 기장읍성(機張邑城)은 부산광역시 지정기념물 제40호이다. 광복 이후 학교와 주택이 들어서면서 성벽이 심하게 훼손되었다. 읍내1길에 교리에서 출생한 기장읍의 토박이 도예가 황산 이수백(凰山 李守伯) 씨가 살고 있다.

서부2리는 이진테마빌이 들어서 있는 곳이다. 테마임도로 가는 길목에 위치하는 마을로 반송으로 가는 14번 국도의 오른쪽 마을이다. 반송로에서 두화길과 배산길 사이에 있다. 가파른 오르막길(배산길)을 올라가면 34번지에 기장군보훈회관이 있다. 2003년에 개관되어 기장군안보협의단체 8개 단체가 함께 상주하고 있으며 1층에는 전쟁기념관을 마련해두고 있다. 서부3리는 동부3리와 마찬가지로 한 아파트(서부주공아파트) 단지가

단일 마을을 구성하고 있어 체계적인 마을관리가 이루어지고 있다.

수령산 건너편 성산(筬山) 밑에 참샘(지하에서 솟는 자연수)이 있었다. 2천 년 전부터 있었다는 기장의 옛 관문길 옆 개울 건너에 있어서 용소계곡을 오르내리는 많은 사람들이 목마를 때 이 참샘 물을 마셨다 한다. 예로부터 이 참샘은 무속인들의 신앙 장소가 되었는가 하면 일반 가정에서도 용왕제를 올리는 곳으로 이용되기도 했다. 이 참샘은 1970년도 들어 도로 옆 바위에 각자된 많은 금석문과 함께 아쉽게도 저수지공사로 파손, 매몰되어 버렸다. 서부리 산7-2번지 일원 용소저수지(서부주공아파트 뒤) 주변에는 운동과 휴식, 문화생활을 함께 즐길 수 있는 용소웰빙공원이 조성되어 있다. 서부리 348번지 일원(서부주공아파트 뒤)에 용소저수지와 연계한 생태공원인 습지식물원을 조성중이다.

서부리 서남쪽에 위치한 용소골은 용이 승천하였다는 곳으로 그와 관련된 설화가 구전되어 내려온다. 그리고 지금의 서부주공아파트에 못미처 옛 권선생과수원으로 들어가는 왼편 평평한 밭이 기장현 때 옥(獄)터였다. 조선시대 때 죄인을 가둔 감옥 건물은 없어지고 한때 밭으로 이용되었다가 현재는 주택지로 되었다. 주민들은 이곳을 옥골(獄谷)이라고 한다.

마을이장 박성찬(朴成贊, 60세) 씨의 증언에 의하면, 서부마을은 예전의 농토는 거의 사라지고 주택밀집단지로 두드러진 경제활동은 없고, 자영업이나 근로자가 대부분이라고 했다. 서부리 할매당산은 탑마트에서 주공아파트 3단지로 들어가는 도로의 우측에 위치하며, 기장읍성의 서쪽 성벽에 붙어 있다. 건립 연대는 1949년이다. 제의 날짜는 음력 1월 14일 밤 자정이며 1년에 한 번 제를 지낸다. 특기 사항으로 옛날에는 제의 뒤 보름날 농악놀이를 하였다고 한다.

조사자 일행이 이곳을 방문한 날은 2010년 1월 20일(수)이었다. 이날은 비가 내려 마을 노인정에 어른들이 나오지 않을 가능성이 있어 조사지로 향하기 전에 노인회 이용부 회장에게 미리 전화를 하여 조사에 협조를 요청했다. 노인정은 1층 할머니방과 2층 할아버지 방으로 구분되어 있었는데, 할아버지방에는 사람들이 많지 않았다. 조사자 일행이 방문했을 때 할머니방에서는 화투판이 벌어져 있었다. 이부용(남, 77세), 노순영(여, 84세) 등의 제보자로부터 <집까지 안내해 준 호랑이>, <귀신에게 홀린 사람>, <용소골 애기소에서 본 귀신> 등 설화 3편과 <모심기 노래>, <창부 타령> 등 민요 3편을 조사할 수 있었다. 조사자 일행이 이곳을 방문한 시간은 11시 경이었으며 조사를 마친 시간은 12시 30분경이었다. 제보자들은 조사자들의 방문을 그렇게 반가워하지 않는 눈치였다. 특히 점심을 먹어야 하니 어서 다른 곳으로 가보라고 종용하기도 하였다.

서부리 서부마을회관과 노인정

부산광역시 기장군 기장읍 시랑리 동암마을

조사일시 : 2010.1.20

조 사 자 : 박경수, 정규식, 박지희, 오소현

시랑리 동암마을 동암노인정

　동암(東岩)마을은 기장읍 시랑리 140번지 일대로, 시랑리 동쪽에 있는 마을로 연화리의 서암마을과 경계를 이루고 있는 이웃 마을이다. 동암마을의 옛 이름은 대내(臺內)다. 공수마을 동북쪽 바닷가에 있는 시랑대와 오랑대 두 대의 안에 있다 하여 대내라 하였다고 한다.

　버스정류장에 동암마을, 다른 정류장 표지판에는 '대변 동암 송정'이라고 표기되어 있다. 마을 입구에는 '동해의 명소, 동암횟촌'이라는 표지판이 서 있다. 국립수산과학원 입구에도 '시랑리 동암마을'이라고 쓴 표지석이 서있다. 마을 중간에는 동암마을회관이 있는데, 동암노인정과 함께 사용되고 있다. 마을에는 동암어촌계가 있고, 해안가에 동암청년회사무실,

사단법인 대한경신연합회 무속·민속지정연수원이 있다. 마을 도로가(기장해안로)에는 동암백숙을 비롯 많은 음식점들로 예전의 논밭은 찾아보기가 힘들어졌다. 불과 10년 전만 해도 드라이브 코스로 많이 지나다니던 도로에 불과했는데, 이제는 각종 음식점들이 들어서 있는 외식타운으로 입소문이 자자해졌다.

시랑대는 용궁사 옆에 위치하며 시랑 권적이 다녀갔다고 하여 시랑대라는 글자를 바위에 새기면서부터 널리 알려지게 되었다. 오랑대는 서암마을과 동암마을의 경계에 있는 해광사를 지나면 나온다. 시랑대의 뒤에 있다고 해서 미랑대라고도 부른다. 시랑대라고 부르기 전에는 원앙대라 불렸는데, 이곳에 용녀에 얽힌 전설이 전하고 있다.

동암마을 남쪽 해안에 위치한 국립수산과학원은 1921년 5월에 수산시험장으로 창설하였다가 1999년 1월에 해양수산공무원교육원에 편입되어 지금에 이르고 있다.

국립수산과학관 입구 옆으로 해동용궁사 입구가 있다. 기장읍에서 대변리를 통하거나 혹은 해운대구 송정동에서 군도 15호선의 포장길을 따라가면 해동용궁사를 찾을 수 있다. 용궁사 뒷쪽의 시랑산(82m)이 있다. 동쪽 바닷가에 시랑대가 자리 잡고 있는 데서 시랑산이라 불리게 되었다.

1914년 지방제도 개편에 따라, 경상남도 기장군 남면 동암동과 공수동이 합쳐져서 동래군 기장면 시랑리의 동암마을이 되었다. 1995년 복군관 동시 부산광역시 편입으로 기장군 기장읍 시랑리의 동암마을이 되었다. 동암 마을은 70%가 어업, 30%가 농업에 종사하는데 동부산관광단지 개발에 들어가면 농토는 거의 없어질 것이라고 한다. 국립수산과학관 입구에 과학관 표지판과 함께 동암마을의 표지석도 세워져 있다. 길을 따라 들어가다 보면 마을 중간에 동암마을회관이 있다.

시랑리 동암 골매기당산은 동암해안길의 진미상회 옆으로 복개된 길을 따라가다 산으로 오르는 길을 만나게 된다. 10m 못가서 골매기(할매)제당, 산신당, 제물조리당이 위에서부터 차례로 위치한다. 제당에서 다시 내려와 왼쪽 민가 한 채를 돌아들면 동암마을 공동우물이 있다. 지금도 식수로 이용되며, 산신제, 골매기제, 우물제, 거릿대제 순서로 제를 함께 올린다. 제의 날짜는 음력 1월 14일 밤 자정 경이며, 1년에 한 번 제를 지낸다.

제보자 일행이 이 마을을 방문한 날은 2010년 1월 20일(수)이었다. 노인회 노명준(남, 78세) 회장과 미리 전화 통화를 해서 방문 시간을 조율하였지만 조사자 일행이 이 마을에 도착하자 노인정에는 사람들이 아무도 없었다. 노인정에서 다시 노인회 회장에게 전화하자 혼자 노인정으로 나왔다. 조사자 일행은 노인회 회장을 상대로 설화 몇 편을 조사하였다. 이후 다른 제보자를 찾아 직접 집을 방문하기로 하였다. 그러다가 김성염(여, 80세) 제보자를 만나서 조사를 하게 되었다. 조사를 시작한 시간은 오후 3시 15분경이었으며 조사를 마친 시간은 5시경이었다.

부산광역시 기장군 기장읍 죽성리 두호마을

조사일시 : 2010.1.18
조 사 자 : 박경수, 정규식, 박양리, 정혜란

두호(豆湖)마을은 부산광역시 기장군 기장읍 죽성리에 속한 자연마을이다. 두호마을 위쪽에 원죽마을, 아래쪽에 월전마을이 있어, 죽성리에서 한가운데 위치한 어촌마을이다. 이 마을로 가려면 기장역으로 들어가는 삼거리 큰 길에서 오른쪽 야산으로 나 있는 길을 들어가야 한다. 왕복 2차선의 좁은 길을 가다 보면, 신천리 신앙촌을 지나 왜성이 있는 바닷가 마을에 이르게 된다. 이 마을이 바로 두호마을로 마을 안에 죽성초등학교가 있다. 2007년 10월 자료 통계에 의하면, 이 마을에 216호가 살고 있으며, 남녀를 합해 532명이 거주하고 있다.

죽성리 두호마을 전경

두호마을의 옛 이름은 두모포(豆毛浦)이며, 『세종실록』에 의하면 해안 방어를 위해 수군들이 있던 두모포영이 있었다 한다. 도모포영은 이후 동래로 진을 옮김에 따라 마을 이름까지 없어지게 되었으며, 현재 성벽의 일부가 민가 뒤쪽으로 남아 있다. 그런데 도모포영은 죽성리 왜성과 연결되는데, 임진왜란 때 왜군들이 쌓은 왜성이 현재 기장군 기념물 제48호(1999년)로 지정되어 있고, 죽성리 249번지에 있는 수령 약 300년이 된 해송이 기장군 기념물 제50호(2001년)로 지정되어 있다. 특히 이 해송은 당산할배를 모신 국수당(1933년 건립)이 있는 곳으로 민속학적으로 중요하다. 그리고 이 마을의 오른쪽 뒷편에는 황학대(黃鶴臺)가 있는데, 고산 윤선도가 1618년 죽성으로 유배지를 옮겨와 6년간 지내면서 시, 서, 제문 등을 남겼다 한다. 이 마을을 조사마을로 선정한 까닭에는 왜성, 황학대, 해송 등이 있어 역사적으로나 민속적으로나 의미가 있는 지역이라는 점도 고려되었지만, 직접적으로는 이 마을에 있는 매바위와 어사암(御使岩)에 얽힌 설화가 있었기 때문이다.

조사자 일행은 기장문화원과 대한노인회 기장지회를 들러 인사를 한 후, 부산시의 첫 조사장소인 이 두호마을로 갔다. 도호마을 마을회관에 도착한 시간이 오후 3시 30분경이었다. 기장노인회에서 미리 연락하여 우리 일행이 갈 것을 말해두었기 때문에 마을회관에는 미리 마을 노인들이 우리를 기다리고 있었다.

마을회관에서 먼저 남성 노인들이 있는 곳으로 가서 인사를 하고 조사의 취지를 설명했다. 조사자 일행이 예상했던 대로 매바위와 이도재(李道宰, 고종 19년인 1882년에 암행어사로 기장군을 다녀갔다 함) 암행어사가 놀았다는 어사암에 얽힌 이야기를 조금씩 다른 형태로 윤학줄(남, 76세), 김기준(남, 76세), 한규준(남, 75세), 원정길(남, 70세) 노인들로부터 들을 수 있었다. 그런데 <멸치 후리 소리> 같은 어로요는 기대와 달리 부를 수 있는 사람이 없어서 듣지 못했다. 남성 노인들을 대상으로 설화 조사를 마치고, 여성 노인들이 있는 방으로 가서 민요 조사를 했다. 장생금(여, 83세), 이동희(여, 82세), 박승렬(여, 82세), 원제욱(여, 81세) 등으로부터 짧은 시간에 <모찌기 노래>, <모심기 노래>, <애기 어르는 노래> 등 노동요와 다양한 사설의 창부타령, 그리고 어렸을 때 부른 <다리 세는 노래>, <잠자리 잡는 노래>, <이 빠진 아이 놀리는 노래>, <두꺼비집 짓는 노래> 등 다양한 전래동요를 수집할 수 있었다. 비교적 성공적인 조사를 첫 조사지역에서 할 수 있었다.

부산광역시 기장군 일광면 용천리 산수곡마을

조사일시 : 2010.1.20

조 사 자 : 박경수, 서정매, 황영태, 최수정

용천리 산수곡마을 산수곡회관과 경로당

용천리의 고명(古名)은 취정동이라 하였다. 취정동이라는 이름은 이 마을 앞을 흐르고 있는 강을 취정천이라 하였는 데서 유래되었다. 그런데 취정천이라는 이름은 달음산을 취봉산이라 하였는 데서 유래되었다. 오늘날 취정천은 일광천이라 부르고 있다. 이 취정천의 옛 이름은 미리내라 하였는데, 한문으로 미리[龍], 내[川]로 표기하였다. 결국 '용천리'는 '용천 가에 있는 마을'이라는 말이 되고 '용천'은 '머리내'이니 '머리내마을'로 풀이된다.

용천리는 산수곡마을, 대리마을, 상곡마을, 회룡마을을 합친 법정동리이다. 옛날은 기장현 동면 취정리였고, 서기 1895년 5월 26일 을미개혁으로 기장군 동면 용천동이 되었고, 1914년 3월 1일 행정구역 폐합으로 동래군 일광면 용천리가 되었다.

용천리에 속해 있는 산수곡마을은 '물만골'이란 옛 이름으로도 불린다.

그 본래의 이름은 뫼머리골이 되어 용천(일광천)의 상류가 되는 산골에 있는 마을이라는 뜻이 된다.

산수곡 마을은 용천리의 맨 첫 동네로, 당산나무 바로 옆에 회관이 들어서 있었다. 또한 회관은 마을의 삼거리에 위치하여 오가는 사람들이 한눈에 보이는 중심지이기도 했다. 비가 오는 날에 방문을 하게 되었는데, 처음에는 3명 정도의 어른들이 담소를 나누고 있었는데, 조금 후에는 청중이 7명으로 늘어났다. 그러나 노래는 구연 받지 못하였고, 김욱하(남, 78세)에 의해 <달음산의 유래> 등 설화 몇 편을 제공받았다.

부산광역시 기장군 일광면 용천리 회룡마을

조사일시 : 2010.1.20
조 사 자 : 박경수, 서정매, 황영태, 최수정

용천리 회룡마을경로당

용천리의 고명(古名)은 취정동이라 하였다. 취정동이라는 이름은 이 마을 앞을 흐르고 있는 강을 청정천이라 하였는 데서 유래되었다. 그런데

용천리에 속해 있는 회룡마을은 용천리 마을 중에 가장 깊은 곳에 위치하고 있는 마을로 뒤에는 달음산이 있어 등산객들이 자주 드나드는 마을이다. 비가 오는 날에 도착을 한 터라 회관에는 사람들이 없었다. 부득이 집으로 찾아가서 두 분의 제보자를 만날 수 있었다. 이들로부터 <모심기 노래>와 <회룡마을의 유래>, <도깨비와 싸운 사람> 등의 짧은 설화를 제공받았다.

부산광역시 기장군 일광면 화전리 화전마을

조사일시 : 2010.1.20
조 사 자 : 박경수, 서정매, 황영태, 최수정

화전마을은 일광천의 본류와 곳이매기(꼬지매기)에서 흘러내리는 시냇물이 하류에서 합쳐지면서 삼각주를 이루고 있다. 그 모양이 우리나라 지도처럼 반도형을 이루고 곶이 되어 있다. 이 곶을 이루고 있는 들판을 새들이라 부르고 있다.

곶을 이루고 있는 밭이라 하여 곶밭이라 부르고 곶을 꽃으로 풀이하여 꽃(花) 화 자와 밭(田) 전 으로 차음표기를 하여 화전이라 하였는데, 이를 차훈표기로 한다면 곶밭(串田)이 된다. 그래서 곳이매기는 곶(串)이고 항새목골이라 부르고 있는데 황새목은 항관(項串)이다.

화전마을은 진전이라 하였다. 진전(陳田)이라는 말은 조선 왕조 때의 용어이다. 토지대장에는 있으나 실제로는 경작하지 않는 황무지를 일명 진탈전, 영진전이라 하였다. 옛날 이곳은 제방도 없고 수리관개시설이 없었기 때문에 홍수가 되거나 한발이 되면 경작을 할 수 없었다.

옛날은 기장현 동면 화전이었다가 서기 1895년 5월 26일 을미개혁으로

기장군 동면 화전동이라는 동리명이 처음으로 공인되었고, 서기 1914년 3월 1일 행정구역 폐합으로 동래군 일광면 화전리의 화전마을이 되었다.

화전마을에는 미리 연락을 하지 못하고 방문을 하였다. 비가 오는 날이어서 노인정에 노인들이 오지 않았을까 걱정이 있었지만, 다행히 삼삼오오 모여 있었고 조사자들을 반가이 맞아주었다. 과자와 음료를 대접하며 구연 취지를 설명하고 협조를 부탁하였는데, 이야기보다는 노래가 더 많이 나왔다.

정장금(여, 89세), 이춘례(여, 74세), 송경필(여, 83세), 김둘년(여, 82세) 등 제보자들로부터 다수의 민요를 채록할 수 있었다. 설화로는 <줄방귀를 뀐 며느리>, <엉덩이가 못에 찔린 며느리> 등 소담을 주로 조사할 수 있었다.

화전리 화전마을 화전경로당

부산광역시 기장군 장안읍 명례리 대명마을

조사일시 : 2010.1.21
조 사 자 : 박경수, 정규식, 박지희, 오소현

명례리 대명마을 대명마을회관

대명(大鳴)마을은 장안읍 명례리 423-1번지 일대에 있는 자연마을로, 상장안 마을에서 명례리로 가는 협동로가 1978년 완공되었는데, 이 협동로는 명례리의 대명·도야·신명마을, 오리의 대룡마을, 장안리의 상장안 마을에서 각각 부지를 내어 주민들이 협동하여 만든 길이다. 이를 기념하는 표지석이 상장안마을 가마솥가든 앞에 서 있다.

여기서 명례리로 나 있는 협동로를 따라 가면 큰 저수지가 나오고, 금샘농원이라는 음식점이 나온다. 이곳을 지나면 대명마을이 나온다. 마을에는 명례리 423-1번지에 대명마을회관이 있다. 2007년에 2층으로 증축공사를 해서 회의실과 대명마을 경로당으로 사용되고 있다.

대명마을에는 지명이나 지형 관련 여러 전설이 전한다. 마을 뒷편에는 아직도 그 흔적이 남아있는 불당이 있었던 자리가 양지산 서쪽에 있는 골짜기를 말하는 뿔당골이 있었다. 뿔당골 절터 바로 옆에 절이 건재할 시절에 암반에서 떡을 찧었다고 하는 평퍼짐한 암반을 '떡친방우'[반석]이라고도 하고, 뿔당골 절터 동쪽 산 정상부에는 부엉이가 집을 짓고 살았다는 바위를 부엉이 바위라고도 했다. 그리고 대명마을에서 발원하여 효암 앞 바다에 이르는 명례천이 도야마을 서북쪽 고래골 물과 합수되는 곳이라고 해서 양수바지[내]라고도 한다.

1904년(광무 8) 간행된 『경상남도기장군가호안』에 의하면, 당시 상북면(上北面) 명례동(鳴禮洞)에는 42호가 살고 있었다. 집은 대개 초가 2~3칸 집으로 42호 가운데 김씨(21호)가 가장 많고, 그 다음은 최씨(4호), 권씨(3호) 순으로 되어 있다.

마을에는 건립연도를 자세히 알 수 없는 숭모재(崇慕齋)라는 경주 김씨 대명종친회의 재실이 있다. 그리고 『기장군지』에 보면, 옛날 뿔당골에 빈대절 터가 있었다. 일제강점 말기에 이 절터에서 작은 불상이 발견되었다고 하며, 돌을 뒤집으면 굵어서 몸체가 투명한 흰 빈대가 발견되기도 하였다고 한다. 뿔당골 절터 바로 옆에 평퍼짐한 암반이 있는데 절이 건재할 시절 이 암반에서 떡을 찧었다고 해서 '떡친바위'라 했다.

대명 할배당산은 마을의 동쪽 약 400m 지점의 논 가운데 소나무와 느티나무 숲이 있는 동산에 있다. 건립연대는 알 수 없지만 제의 날짜는 음력 1월 14일 자정과 6월 14일 자정이며, 1년에 2회 제를 올리며 마을의 안녕을 기원하는 당산제를 지낸다. 당사의 담장 오른쪽 밖에서 240m 떨어진 곳에 시멘트로 만든 산신제단이 있다. 당산제를 모시기 전에 산신제를 먼저 지내고 다음으로 당산제를 지낸다.

조사자 일행이 이곳을 방문한 날은 2010년 1월 21일(목)이었다. 대명마을 회장과 먼저 전화로 약속을 정한 후 방문을 했다. 마을회관에는 많은 노인분들이 모여 있었으며 조사자 일행을 반갑게 맞아 주었다. 정봉화(여, 75세), 김정화(여, 72세), 송순남(여, 78세), 이창우(남, 72세) 등의 제보자들로부터 <모심기 노래>, <아기 어르는 노래>, <자장가>, <시집살이 노래> 등의 민요와 <도깨비와 씨름한 사람>에 관한 설화 1편을 조사할 수 있었다. 비교적 도심에서 떨어진 자연마을이라 설화 조사에 대한 기대감이 높았지만 조사 결과는 그렇지 못해 아쉬웠다. 조사를 시작한 시간은 3시 30분경이었으며 조사를 마친 시간은 5시경이었다.

부산광역시 기장군 장안읍 오리 판곡마을

조사일시 : 2010.1.21
조 사 자 : 박경수, 정규식, 박지희, 오소현

오리 판곡마을 판곡회관

판곡(板谷)마을은 장안읍 오리 441-1번지에 있는 자연마을로, 대룡마을에서 개천마을로 가다 보면 중간에 우측으로 난 농로가 있다. 이 길을 따라가면 1992년에 세워진 어두봉교라는 조그만 다리가 있다. 이 다리를 건너 좁은 길을 따라 가면 판곡마을이 나온다.

마을에는 오리 411-1번지에 1989년에 신축된 판곡회관과 판곡노인정이 있다. 회관 앞에 넓은 주차장이 있어 마을주민이나 명절이면 친척들에게 편리하게 사용되고 있다. 신리마을이나 판곡마을로 가려면 기룡리 하근마을에서 가는 것이 쉽다.

판곡마을 입구에 있는 버스정류장에는 '대룡(판곡) 신리'라고 쓰여 있고, 판곡 버스정류장에서 우측으로 난 길로 가면 신리마을이다. 판곡에서 신리로 가는 길에는 '한일농원'이라는 큰 알림돌이 있고, 그 외 마을에는 한성양어장이 있다. 옛 이름은 너실 또는 널실이다. 임진왜란 당시 동래 정씨(東萊 鄭氏)가 피난처로 정착했는데, 울창했던 송림에서 소나무를 이용하여 널판지를 만들어 팔아 생계 수단으로 삼았다고 한다.

판곡은 오리에 속한 자연마을의 하나로 대룡 마을과 신리마을 중간지점, 밋밋한 야산의 정상부에 펼쳐진 들을 끼고 형성된 마을이다. 본 마을인 위각단과 아래각단인 배나무골을 합하여 30가구 미만의 작은 마을이다. 널[板]만드는 골짜기[谷] 즉, 널실이 한문표기로 판곡이 되었다고 전해져 온다. 이 마을 중간에는 한옥으로 1993년 12월에 건립된 영훈재(永薰齋)라는 남원 양씨 신리문중(南原梁氏 新里門中)의 재실이 있다.

장안읍 오리(五里)에 딸린 판곡(板谷)마을 뒷산에 여우바위가 있다.『기장군지』에 따르면, 이 골짜기를 여수더미라고 하여 여우 둔갑 설화가 전한다.

신리마을에서 마을로 들어가는 입구 커브 길을 돌면 옛날에 서당이 있었다고 한다. 지금도 마을사람들은 마을입구에 버스정류소 있는 곳을 '서당모티'라고 부르고 있다. 마을 주업으로는 농업과 버섯, 채소재배, 축산이 주를 이루고, 이곳 출신 인물로는 장안읍장을 역임한 최영해 씨가 있다.

조사자 일행이 이곳을 방문한 날은 2010년 1월 21일(목)이었다. 마을 이장과 전화 통화를 한 후 시간 약속을 하고 이 마을을 찾아 갔다. 하지만 조사 당일 억수같은 비가 내려 마을을 찾기가 어려웠다. 인근 보건소에 문의하여 겨우 찾아갔지만, 약속 시간보다 1시간쯤 늦게 마을에 도착하였다. 마을회관에 할머니들은 많이 모여 있었으나 할아버지는 1명밖에 없었다. 박예순(여, 81세), 이귀남(여, 86세) 등의 제보자들로부터 <도라지 타령>, <사발가>, <모심기 노래> 등 민요를 조사하였다. 이곳에서도 설화는 조사하지 못하였다. 조사를 시작한 시간은 오후 1시경이며 마친 시간은 2시 30분경이었다.

부산광역시 기장군 장안읍 임랑리 임랑마을

조사일시 : 2010.1.20
조 사 자 : 박경수, 서정매, 황영태, 최수정

임랑리(林浪里)는 숲이 울창하고, 물결이 아름답다 하여 '수풀 림(林)'자와 '물결 랑(浪)'자를 따서 지어진 마을이다. 그런데 '임랑'이란 명칭이 임진왜란 당시 임계안(林溪岸) 뒷산에 왜적들이 왜성을 쌓고 이 성을 임성이라고 부른 데서 임랑이란 이름이 생겼다고도 한다. 또한 임랑리와 월내리는 옛날에 같은 권내의 마을로 군영이 있었는데, 이 군영의 주진이 임랑리에 있었으므로 주진의 권내라는 뜻을 가진 옛말로 임을랑(林乙浪) 곧 님울랑이라 한 데서 임랑이란 말이 생겼다고도 한다.

임랑리는 옛날에 기장현 중북면 임을랑이었다. 임진왜란 후 1599년에 울산군 하미면 2동 임을랑으로 되었다가, 1681년에 환속되어 기장현 중북면 임을랑이 되었다. 그 후 1895년 5월 을미개혁으로 기장군 중북면 임랑동이라는 동리명을 가졌다. 1914년 3월 1일 행정구역 폐합으로 인해 동래군 장안면 임랑리로 되었다가 1973년 동래군이 폐지되면서 양산군에 소속되었다. 그리고 1995년 양산군의 동부출장소 관할 지역이 부산광역시에 편입되는 동시에 기장군으로 복군되어 현재는 부산광역시 기장군 장안읍에 속하게 되었다. 임랑리에는 임랑해수욕장이 있고, 매년 정초에 이곳에서 기장해맞이축제를 한다. 자연마을로 임랑마을, 원림마을(월림), 삼칸마을 등이 있었으나, 현재는 임랑마을만 존속하고 있다.

임랑마을은 당일 연락을 취해서 찾아갔다. 조금 늦은 시간인 오후 4시경에 갔지만 다행히 많은 분들이 있었다. 박기호(남, 75세) 어른이 주축이 되어 멸치잡이 노래의 구연이 이루어졌다. 임랑 멸치잡이 노래는 오랫동안 이어져 내려왔지만, 요즘에는 과거 식으로 멸치를 잡지 않기 때문에 다 잊어버렸다며 안타까움을 토로하기도 하였다. 미리 연락을 주었더라면 생각을 좀 더 해 두었을 것이라며 노래를 더 많이 구연해주지 못한 것을 아쉽게 생각했다. 그래도 가능한 대로 멸치잡이 노래를 구연했는데, <멸치 옮기는 노래>, <고기 푸는 노래(가래소리)>, <멸치 후리 소리> 등을 불러 주었다.

부산광역시 기장군 정관면 두명리 두명마을

조사일시 : 2010.1.20
조 사 자 : 박경수, 박양리, 정혜란, 정다혜

두명리 두명마을 두명부락경노회관

두명(斗明)마을은 행정구역상 부산시 기장군 정관면 두명리에 속한 자연마을이다. 정관면 두명리는 두명마을, 부명마을, 두전마을을 합친 법정리인데, 두명마을이 두명리에서 세대수가 가장 많은 마을이다. 2008년 10월 통계에 의하면, 두명마을은 117세대에 272명의 주민이 거주하고 있다. 이 두명마을은 정관신도시에서 정관로를 따라 월평 방면으로 가면, 백운공원묘지가 있는 진태재고개를 넘어서 아래쪽으로 난 길을 가다보면 왼편에 위치하고 있는 마을이다. 부명마을은 두명마을의 아래쪽 건너편에 있으며, 두전마을은 두명마을 위쪽 건너편 용천사가 있는 쪽에 위치한 20여 세대의 작은 마을이다.

두명마을은 뒤에 백운산과 오른편에는 '솟음산'이라 불리는 용천산이 병풍처럼 둘러져 있고, 월평 방면으로는 평야 지대가 있다. 마을의 주업은 농업으로 농사를 짓거나 채소 재배와 화훼 재배를 한다. 과거에는 이 마을의 동북쪽 산 아래 할배당이 있었으나 지금은 없어졌다고 한다. 그리고 용천산 쪽에 납석광산과 조선시대 백자가마터가 있다.

조사자 일행은 2010년 1월 20일(수) 오후에 정관면 구연리에 있는 대한노인회 기장지회 정관면분회 사무실과 예림리 예림마을을 조사한 후 오후 3시 30분 경에 두명리 두명마을 두명부락경노회관으로 가서 30분 정도 조사를 했다. 두명부락경노회관에는 10여 명의 여성 노인들이 환담을 하고 있었는데, 조사 취지를 이야기하고 조사에 임했다.

두명마을 조사에서 민요 5편과 설화 2편을 채록할 수 있었는데, 김복수(여, 74세)가 <모심기 노래> 4편을 하고, 김분수(여, 72세)가 <모심기 노래>와 <애기 어르는 노래(둥게요)>를 하고 <도깨비불에 놀란 사람> 이야기를 했다. 그리고 정순옥(여, 64세)이 <아가씨 귀신과 놀았던 총각> 이야기를 했다. 두명마을이 백운공원묘지와 가까운 마을이기 때문에 귀신 이야기나 도깨비 이야기를 채록할 수 있을 것으로 기대했는데, 기대보다는 설화성을 갖춘 이야기는 많이 나오지 않았다. 다만 귀신이나 도깨비를 보았다거나 들었다는 정도의 간단한 이야기들이 많았다. 다른 이야기를 더 채록하고자 유도해 보았으나 더 이상 이야기가 나오지 않아 조사를 중단하고, 철마면으로 넘어가 조사를 계속했다.

부산광역시 기장군 정관면 매학리 구연동마을

조사일시 : 2010.1.20
조 사 자 : 박경수, 박양리, 정혜란, 정다혜

구연동(龜緣洞)마을은 행정구역상 부산광역시 기장군 정관면 매학리에 속한 신흥 마을이다. 이 마을은 정관신도시 개발로 인하여 땅이 수용되면서 그곳에 살았던 정관 사람들이 모여 살도록 새롭게 조성한 마을이다. 그리고 구연동이란 마을 이름은 마을이 들어선 곳이 거북이 등처럼 생긴 지형에서 새로 인연을 맺으며 산다는 뜻으로 붙여진 명칭이라 한다. 2008년 10월 말 현재 이 마을은 62가구에 주민 281명이 모여 살고 있다.

조사자 일행이 이 마을로 가게 된 것은 2010년 1월 19일(화) 오전에 대한노인회 기장지회에 들러 다음 날인 1월 20일(수)에 정관면 구비문학 조사를 하겠다고 하자, 마침 정관분회에서 정관면 노인회장들이 모여 회의를 한다고 일러주었다. 다음 날 조사자 일행은 오전에 철마면 연구리 구림마을을 조사한 후, 오후 일정으로 정관분회에 가서 조사하기로 했다.

1월 20일 오후 1시경에 정관분회에 도착하여 건물 안으로 들어가니, 정관분회 총무를 맡고 있는 정태건(남, 75세)을 식당에서 만나게 되었다.

조사자는 이곳에 오게 된 과정과 조사의 취지를 정태건 씨에게 설명하자, 그는 식당의 앉은자리에서 마을의 지형과 산에 얽힌 이야기 2편을 구술했다.

정태건의 설화 구술을 듣고, 그가 안내하는 2층 사무실로 가니 정관면의 여러 마을에서 온 노인회장들이 모여 있었다. 이들은 회의를 마치고 식사를 한 후 막 각자의 마을로 가려던 참이었다. 조사자 일행은 이들에게 인사를 하고 조사취지를 설명한 후 설화나 민요 구연을 요청했다. 그러자 용소리 평전마을에서 온 신인찬(남, 73세)과 매학리 매곡마을에 있는 정인언(남, 69세)가 <모심기 노래>를 불렀으나 모두 앞소리만 부르고 뒷소리를 부르지 못했다. 아쉽지만 구비전승 자료로 온전하지 못해 채록 대상에서 제외할 수밖에 없었다. 다른 노인들에게도 민요나 설화 구연을 유도했지만, 모두 구연하기를 꺼렸으며 마침 집으로 가는 상황이어서 조사를 포기했다. 그런데 예림리 예림마을에서 온 손정수(남, 84세) 노인이 예림마을에 가면 노래를 잘하는 사람들이 많다고 하면서 그곳으로 가보자고 하여 예림마을로 향했다.

부산광역시 기장군 정관면 예림리 예림마을

조사일시 : 2010.1.20
조 사 자 : 박경수, 박양리, 정혜란, 정다혜

예림(禮林)마을은 부산광역시 기장군 정관면 예림리에 속한 자연마을이다. 정관면 예림리는 서편마을, 예림마을이 합쳐져서 법정리를 이루고 있는데, 예림마을이 서편마을보다 주민수가 2배 이상 큰 마을이다. 2008년 10월 통계에 의하면, 서편마을이 72세대, 예림마을이 170세대로 구성되어 있었다. 그리고 예림마을을 기준으로 서편마을이 서쪽에 있는 마을이라 하여 붙여진 마을 이름인 점을 고려하면, 예림마을이 서편마을보다 먼저 생긴 마을임을 알 수 있다.

예림리 예림마을노인정 건물

기장군 좌천에서 정관으로 들어가는 고개를 넘어가면 첫 번째로 만나
는 법정리가 예림리인데, 정관면 신도시로 들어가는 초입에 아직 자연마
을 그대로 남아 있는 마을이다. 본래 예림리는 상리, 중리, 하리로 구성되
어 있었으나, 요즈음에는 따로 구분하지 않고 모두 예림마을로 통한다.
예림마을은 큰 고개 너머에 있다 하여 '너머마을'이란 뜻의 '남아마을'로
불렸다고 한다. 이 남아마을은 후에 남을 여(餘)와 마을 리(里)로 바뀌어져
여리(餘里)라 하였다가, 뜻이 좋은 예(禮)와 수풀 림(林)자로 작명되어 예
림마을로 정착하게 되었다고 한다. 그리고 이곳 주민들에 의하면 이 마을
은 예로부터 예의 바른 사람들이 많고, 송림이 울창했기 때문에 예림마을
로 부르게 되었다고 했다.

예림리는 정관면에서 가장 큰 마을이었으나, 지금은 신도시가 들어서면서 초라한 옛 동네가 되고 말았다. 예림마을에서 자랑하는 인물로 임진왜란 때의 의병공신인 김일개, 김일덕, 김일성 삼형제가 있으며, 옥천재(玉泉齋)라는 서당이 있었다. 그리고 1989년에 마을의 북쪽에 할배당산, 마을에서 100m 동쪽에 할매당산을 지었는데, 할배당산에는 이씨 장군, 할매당산에는 이씨 장군의 부인인 박씨를 모시고 매년 음력 정월 14일 밤에 제를 올린다고 했다.

과거 예림마을 앞에는 넓게 논밭이 펼쳐져 있었다. 마을주민 대부분은 농사를 짓고 살았는데, 요즈음은 비닐하우스 농사와 채소, 미나리 농사를 많이 지으며, 더러는 근처 공단의 공장에서 일하며 지내고 있다.

조사자 일행이 예림마을을 방문한 날은 2010년 1월 20일(수)이다. 이날 오전에 기장군 철마면 연구리 구림마을로 가서 구비문학 조사를 한 후에 정관면 구연리에 위치한 대한노인회 기장지회 정관면분회사무실로 갔다. 조사자 일행은 이곳 정관면분회사무실에서 노인회장들을 대상으로 구비문학 조사를 시작했으나 기대보다 조사가 잘 되지 않았다. 조사자 일행이 이곳에서 조사를 마치면서 예림마을로 조사를 떠날 것이라 말하자, 마침 예림마을 노인회장인 손정수(남, 84세) 노인이 그 자리에 있어서 그분의 안내로 예림마을로 가게 되었다.

손정수 노인은 예림마을경로정으로 우리를 안내한 다음 그곳에 있던 여성 노인들에게 우리 일행을 소개하고 적극 협조해줄 것을 당부하고 또한 민요 2편을 가창해 주기도 했다. 그런 덕분에 구비문학 조사 분위기가 매우 좋았으며, 약 1시간 20분 동안(14 : 00~15 : 20) 8명의 제보자로부터 민요 16편과 설화 2편을 조사할 수 있었다. 과거 이 마을에서 농사를 많이 지었기 때문인지 <모찌기 노래>, <모심기 노래>를 주로 했으며, 이외 <돈 타령>, <창부타령>, <쌍가락지 노래>, <아기 어르는 노래>, <다리 세기 노래> 등을 불러 주었다. 설화 2편은 재치를 겨루는 재담이었다. 이곳 조사를 마친 오후 3시 30분경에 조사자 일행은 정관면 두명리 두명마을로 조사장소를 옮겼다.

부산광역시 기장군 철마면 구칠리 점현마을

조사일시 : 2010.1.20
조 사 자 : 박경수, 박양리, 정혜란, 정다혜

구칠리 점현마을 점현노인정(점현회관)

점현(店峴)마을은 부산광역시 기장군 철마면 구칠리리에 속한 자연마을이다. 이곳에서는 '갓안'마을로 불리기도 하는데, 행정지도에는 갓안이 점현마을보다 조금 아래쪽에 위치하고 있는 것으로 표시되어 있다. 점현마을은 철마면사무소에서 기장 방면으로 난 국도를 따라 가다 보면 점현마을 표지석을 만나서 좁은 오른쪽 길로 들어가면 만나는 조그만 마을이다.

점현마을 아래쪽의 갓안마을에는 해주 오씨의 재실인 삼정재(三亭齋)가 있고, 점현마을 서쪽에 삼정자(三亭子)라는 정자가 있으며, 정자가 있는 고개를 삼정자 고개라 한다. 이 마을에는 2008년 10월에 현재 27호에 65명의 주민이 거주하고 있는 것으로 조사되었다.

점현마을 안쪽에는 점현회관과 함께 사용되는 점현노인정이 있다. 조사자 일행은 2010년 1월 20일(수) 철마면 두명리 두명마을 조사를 마치고 오후 4시 30분경에 점현노인정으로 갔다. 그런데 마침 마을이장을 비롯한 6명이 회의를 하고 있었다. 실례를 무릅쓰고 조사의 취지를 이야기하니, 회의를 잠시 멈추고 조사에 임해 주었다. 조사자가 삼정자에 얽힌 삼형제 장사 이야기를 듣고 싶다고 하니, 김수종(남, 71세) 씨가 나서서 삼형제의 힘겨루기 이야기를 해주었다. 회의 때문에 마음이 바빠서인지 빠른 말씨로 이야기의 요점을 중심으로 구술했다. 삼형제의 힘겨루기 이야기를 마치고 마을 뒷산 중턱에 있는 '굿한바위' 이야기를 했으나 설화성이 없어 채록을 하지 않았다.

부산광역시 기장군 철마면 연구리 구림마을

조사일시 : 2010.1.20
조 사 자 : 박경수, 박양리, 정혜란, 정다혜

구림(龜林)마을은 행정구역상 부산광역시 기장군 철마면 연구리에 속한 자연마을이다. 연구리는 이 구림마을과 구노실마을, 보림마을, 연구리 본동마을을 합친 법정 리인데, 구림마을은 연구리에서 보림사와 철마생활체육시설이 들어서 있는 마을로 세대수는 52가구(2008년 10월 기준)로 그리 인구가 많지 않으나 최근 한우불고기촌을 형성하며 크게 발전하고 있다. 그리고 구림마을의 보림사는 합천 해인사의 부산 분원으로 지어진 절이며, 4월 초파일이 되면 근처 신도들이 주로 이 절에 모여든다고 했다.

구림마을을 조사지역으로 정한 까닭은 구림마을에 '효자서홍정려지각(孝子徐弘旌閭之閣)'이라는 효자각과 '월성김씨지려(月城金氏之閭)'라고 한 효부각, 그리고 생거북바위에 얽힌 이야기가 전해 오고 있기 때문이다.

조사자 일행이 2010년 1월 20일(수) 기장읍 숙소에서 철마면 연구리 구림마을로 간 시간이 오전 11시 경이었다. 미리 구림마을 이장에게 전화를 해서 협조를 부탁해 놓았기 때문인지 5명 정도의 노인이 마을회관에 나와 있었다. 조사자가 조사 취지를 설명하고, 이 마을에 전해 오는 효자효부담과 생거북바위 이야기를 듣고 싶다고 하자, 차두철(남, 75세) 노인이 먼저 나서서 이야기를 하기 시작했다. 차두철 제보자는 서홍의 정려각과 관련하여 주인 서홍인을 살린 개와 개좌산 이야기와 생거북바위를 잘라 화적대를 쫓은 이야기를 했다. 그리고 김문수(남, 73세) 노인이 삼형제가 힘겨루기를 한 삼형제바위와 여성의 자궁 모양으로 생긴 산에 묘를 쓴 여산 송씨와 해주 오씨 이야기를 했으며, 김동준(남, 80세) 노인이 <모심기 노래> 1편을 구연했다. 그러나 마을에서 전해오는 이야기 외에 다른 이야기는 모른다고 해서 더 이상의 설화 조사는 하지 못했다. 조사를 마치고 나서 김문수 노인은 조사자 일행을 효자 서홍의 정려각과 월성 김씨의 효부각, 그리고 생거북바위가 있는 곳으로 안내해 주었다. 조사자 일행은 이곳을 둘러보면서 사진을 찍고 다음 조사지인 정관면으로 갔다.

연구리 구림마을 거북바위(거북의 목이 잘려 나간 모습)

연구리 구림마을회관

구림에서 바라본 암산

연구리 구림마을 효자서홍정려지각

부산광역시 기장군 철마면 와여리 와여마을

조사일시 : 2010.1.19
조 사 자 : 박경수, 박양리, 정혜란, 정다혜

와여(瓦余)마을은 행정구역상 부산광역시 기장군 철마면 와여리의 법정 마을이자 자연마을이다. 와여리는 철마면사무소와 철마초등학교가 있는 철마면의 중심 지역이다. 와여마을의 옛 이름은 '애몰이'라 하였다. 작은 산마루가 있는 마을이란 뜻인데, 한자명으로 아여(阿餘)라 했다가 지금의 와여로 변했다 한다. 그러나 지금도 이 마을을 '아여'라고 하기도 한다고 했다. 2008년 10월에 조사한 통계에 따르면, 이 마을은 현재 112가구에 주민이 304명으로 철마면에서는 가장 큰 마을이다. 이 마을은 해주 오씨들이 집성한 곳으로 <장전구곡가>를 지은 오기영(吳璣泳), 동래학원 설립자인 오태환(吳泰煥) 등 이름난 오씨들이 많이 살았으며, 부자들이 많아 기와집이 많았다 한다.

와여마을에는 임진왜란 때 의병장으로 활약한 김일개(金一介), 김일덕(金一德), 김일성(金一誠) 삼형제 등 6명의 신위를 모신 의열사(義烈祠)가 있으며, 해주 오씨의 재실이면서 임진왜란 때 공을 세운 오홍(吳鴻), 오춘수(吳春壽) 두 분을 모신 의용당(義勇堂), 기장의 문장가인 김상영(金相英), 김성련(金誠鍊)의 업적을 기리는 모원정(慕源亭)이 있다. 그리고 와여리 동리(듬모)에는 할배당산(듬모제당)과 할매당산(골목장군제당 또는 거릿대제당)이 있고, 서리(안모)에도 할배당산이 있다.

조사자 일행은 오부자 이야기가 전해 오는 와여마을을 조사하기로 하고, 2010년 1월 19일(화) 대한노인회 기장지회의 도움을 받아 와여마을의 노인회장인 김성진(남, 78세) 노인에게 연락을 취했다. 그런데 조사자 일행이 오전 11시 40분 경에 들렀으나, 노인정에 사람들이 많이 모여 있지 않았다. 노인정에 아직 사람들이 모이지 않는 시간이었기 때문이었다. 일단 조사취지를 이야기하고 인사를 나눈 뒤, 김성진, 이귀량(여, 75세), 백상림(여, 80세) 노인들로부터 설화 3편과 민요 1편을 조사하고 오후에 다시 오겠다고 하고 나왔다. 그 사이 웅천리 미동마을과 중리마을 조사를 마치고 오후 3시 20분경에 와여노인정을 다시 찾아갔을 때는 26명의 노인들이 모여 있었다. 이때 여성 노인들을 대상으로 주로 민요 조사를 했는데, 최복덕(여, 72세)과 정덕주(여, 88세) 두 사람으로부터 민요 13편과 설화 3편을 채록할 수 있었다. 이들은 주로 <모찌기 노래>, <모심기 노래>를 다양하게 불렀으며, 설화로 <바위 머리를 깨서 손님이 끊어진 집안>, <어머니의 재치로 문둥이를 피한 아이>, <바위를 깨자 장가 못가는 동네 총각들> 등의 이야기를 했다. 조사자 일행은 와여마을 조사를 흡족하게 마치고 숙소로 돌아왔다.

와여리 와여마을 와여노인정

부산광역시 기장군 철마면 웅천리 미동마을

조사일시 : 2010.1.19

조 사 자 : 박경수, 정혜란, 정다혜

웅천리 미동마을 미동마을회관

　미동(薇洞)마을은 행정구역상 부산광역시 기장군 철마면 웅천리(熊川里)에 속한 자연마을이다. 웅천리는 철마면의 중심 지역인 와여리의 안쪽에 있으며, 미동마을, 석길마을, 중리마을의 세 자연마을로 구성되어 있다. 이 중 미동마을은 웅천리의 앞쪽에 위치하고 있는 33세대(2008년 10월 현재)의 작은 마을이며, 예전에는 고사리가 많이 자생하여 고사리밭이란 뜻의 미전(薇田)이라 했다. 마을 뒤로는 일광면 용천리와 경계를 이루는 아홉 봉우리가 있다는 아홉산이 둘러 있다. 마을에는 남평 문씨가 주성받이인데, 아홉산 숲 지킴이인 문백섭 씨가 2003년 9월부터 '아홉산 숲 사랑시민모임'을 만들어 친환경의 숲을 만들기 위해 애를 쓰고 있다. 마을의 주업은 논농사와 밭농사인데, 최근에는 한우불고기집을 운영하는 사람이 늘고 있다.

조사자 일행은 2010년 1월 19일(화) 오후에 철마면 웅천리 중리마을을 조사할 목적으로 가던 중 이 마을부터 먼저 들러서 조사하기로 하고 미동경로당으로 갔다. 미동경로당에는 문복남(여, 81세) 노인과 백희숙(여, 81세) 노인만 쉬고 있었다. 조사자가 조사취지를 설명하자 두 사람은 적극적으로 조사에 임했다. 조사는 오후 1시 30분부터 2시 30분까지 약 1시간 동안 진행되었다. 문복남 노인이 <모찌기 노래>, <모심기 노래>와 노랫가락으로 <나비 노래>, <그네 노래>, <청춘가> 등을 불렀으며, 백희숙 노인이 <모심기 노래> 2편과 <애기 어르는 노래>를 불러 주었다. 그런데 이들은 나이 탓으로 목소리가 가늘고 작았으며, 노래를 듣고 호응하는 청중들이 없어서인지 흥을 제대로 내지 못했다. 두 사람에게 민요 조사를 한 것으로 만족하고 다음 조사지인 중리마을로 향했다.

부산광역시 기장군 철마면 웅천리 중리마을

조사일시 : 2010.1.19
조 사 자 : 박경수, 정혜란, 정다혜

중리(中里)마을은 행정구역상 부산광역시 기장군 철마면 웅천리(熊川里)에 속한 자연마을이다. 웅천리는 철마면사무소와 철마초등학교가 있는 철마면의 중심지역인 와여리의 안쪽에 위치한 곳으로 철마면사무소에서 오른쪽으로 난 길을 올라가면 만나게 된다. 웅천리는 미동마을, 석길마을, 중리마을의 세 자연마을로 구성되어 있는데, 이 중 중리마을은 웅천리의 중간에 위치하고 있다.

마을 입구에 철마면의 특산물인 한우불고기집들이 있었으며, 마을 한가운데 수리정(愁離亭)이란 정자가 있다. 이 수리정은 1689년 숙종 15년에 이선(李選)이 이곳에 귀향을 와서 근심을 떨쳐버리면서 송강 가사 등을 재정리하여 『송강가사 이선본』을 집성하기도 한 곳으로 알려져 있다. 이 마을에는 2008년 10월 현재 주민 285명이 110세대를 이루며 살고 있으며, 남평 문씨와 동래 정씨가 많은 곳이다. 중리마을의 당산은 수리정이 있는 서북쪽 40m 지점에 있으며 할매당산이라 하고, 근처 석길과 미동마을에서 지낸 할배당산제와 합쳐서 음력 정월 14일 밤에 제를 지내왔다고 했다.

조사자 일행은 2010년 1월 19일(화) 오전에 철마면 장전리 대곡마을과 와여리 와여마을을 조사한 후 점심을 먹고 웅천리를 조사하기로 하여 먼저 미동마을을 1시간가량 조사한 다음에 간 곳이다. 이때가 오후 2시 30분경이었다. 중리마을에 도착한 조사자 일행은 중리마을회관으로 갔으나 그곳에는 남성노인들 몇몇이 화투를 치고 있어 조사가 불가능했다. 이곳에서 웅천리경로당을 가면 여성노인들이 모여 있다고 일러주어 그곳을 찾아갔다. 웅천리경로당에는 여성노인들이 10명 조금 넘게 모여 있었는데, 조사 취지를 설명한 뒤 바로 민요 조사부터 했다. 이곳에는 김하숙(여, 82세), 최무식(여, 85세), 전금출(여, 74세) 세 사람이 <모심기 노래>부터 <창부타령>, <청춘가>, <노랫가락> 등을 번갈아 부르며 노래판을 주도했다. 이들은 모두 27편의 민요를 부르며 뛰어난 민요 구연 능력을 보여주었을 뿐만 아니라 흥을 내어 춤을 추기까지 했다. 최춘옥(여, 75세)과 최흥년(여, 71세)도 민요판의 막바지에 끼어들어 민요 1편씩을 구연했다. 청중들은 이들이 부르는 민요에 박수를 치며 장단을 맞추면서 흥을 돋우어 주었다. 김하숙과 전금출은 민요를 부른 후에 각각 설화 1편과 2편을 구술하기도 했다.

부산광역시 기장군 철마면 이곡리 이곡마을

조사일시 : 2010.1.20
조 사 자 : 박경수, 박양리, 정혜란, 정다혜

이곡(耳谷)마을은 부산광역시 기장군 철마면 이곡리에 속한 자연마을이다. 이곡리는 이곡마을과 곽암마을로 이루어져 있는데, 이곡마을 안쪽에 곽암마을이 위치하고 있다. 이곡마을의 옛 이름은 구실(龜室)인데, 구실이 귀실로 부르다 귀(耳)와 발음이 같아 이실이 되었다가 지금의 이곡으로 바뀐 것이다. 이 마을에는 2008년 10월 말 현재 76가구가 살고 있는 것으로 조사되었다. 마을 입구 쪽에 경로당과 함께 사용하는 이곡마을회관이 있으며, 마을회관 앞에 당산나무와 당집이 있었다. 마을 주민 상당수는 농사를 지으며 살고 있고, 일부는 한우불고기집을 운영하고 있었다.

조사자 일행은 2010년 1월 20일(수) 오후에 정관면 조사를 마치고 시간 여유가 있어 미역바위 이야기가 전해지는 철마면 이곡리로 향했다. 기장군 노인회에 들러 미리 이곡리의 노인회장을 맡고 있는 최경채(남, 82세) 노인에게 연락을 하여 오후에 들리기로 약속을 해놓았다. 오후 5시경에 이곡마을에 도착하여 최경채 노인 댁을 찾았으나 잠시 출타중이어서, 아들 내외와 함께 운영하는 한우불고기집의 방에서 잠시 기다렸다가 만났다. 늦은 시간이라 최경채 노인이 알고 있는 효부담과 곽암마을의 미역바위에 얽힌 이야기를 간단히 조사하고 숙소로 돌아왔다.

이곡리 이곡마을 이곡회관(경로당)과 당산나무

부산광역시 기장군 철마면 장전리 대곡마을

조사일시 : 2010.1.19
조 사 자 : 박경수, 정혜란, 정다혜

대곡(大谷)마을은 부산광역시 기장군 철마면 장전리에 속한 자연마을이다. 대곡마을의 본래 이름은 '한실'이다. 크다는 뜻의 한과 골(谷)이란 뜻

의 실이 합한 말이 한자어로 바뀌어 마을이름으로 정착된 것이다. 이 대
곡마을은 철마면사무소에서 금정구 회동동으로 나 있는 길을 따라 500m
정도를 가다보면 오른편에 40여 호가 모여 있는 마을이다. 마을 뒤로는
개좌산이 있고, 옛날에는 이 개좌산고개로 난 산길을 넘어 부산으로 오고
갔다.

장전리 대곡마을 전경

대곡마을의 앞쪽 산 중턱에 할배당산이 있으며, 서홍(徐弘)이라는 주인
을 살린 개무덤이 개좌산고개에 있다. 조사자 일행은 효자 서홍과 개무덤
에 얽힌 설화를 조사하기 위해 대곡마을 조사하기로 하고, 2010년 1월 19
일(화) 오전 9시 30분경에 대한노인회 기장지회를 방문하여 그곳의 노인
회 총무의 도움을 받아 대곡마을 노인회장에게 연락을 취했다. 조사자 일
행이 대곡마을을 찾았을 때가 11시경이었는데, 미리 연락을 받고 마을회

관 근처로 김명조(남, 74세) 옹이 나와 있었다. 김명조 옹은 우리 일행을 자신의 집으로 안내하여, 설화 2편과 민요 1편을 제공했다. 설화 2편은 서홍이란 사람이 개좌산고개에서 잠시 잠이 든 사이 불이 났는데, 개가 주인을 살리고 자신은 불에 타 죽었으며, 잠을 깬 주인이 이를 알고 개무덤을 만들어 주었다는 이야기와 연구리 구림마을에 있는 거북바위에 얽힌 이야기였다. 그리고 민요 1편은 산에 나무하러 가서 부르는 것으로 머슴살이 신세를 타령조로 부른 노래였다. 이들 설화와 민요 외에 다른 자료를 유도해 보았으나 알지 못한다고 하여 더 이상 조사를 할 수 없었다.

▌제보자

김기준, 남, 1935년생

주 소 지 : 부산광역시 기장군 기장읍 죽성리 두호마을
제보일시 : 2010.1.18
조 사 자 : 박경수, 정규식, 박양리, 정혜란

김기준(金基俊)은 1935년 돼지띠 생으로 부산광역시 기장군 기장읍 죽성리 두호마을에서 태어났다. 경주가 본이며, 7대째 두호마을에서 살고 있는 토박이로 마을에 대한 자부심도 강했다. 27세 때 3살 연하의 부인과 결혼을 하여 슬하에 2남 1녀를 두었다. 자녀들은 모두 회사원으로 천안, 서울, 기장에 흩어져 거주하고 있고, 두호마을에는 부인과 둘이서 생활하고 있다. 학력은 중학교까지 졸업을 하였다고 했다. 예전에는 어업과 농업을 겸하여 생활했으며, 농협 대의원을 지냈다. 현재는 특별히 하는 일은 없다고 했다.

제보자는 조사자 일행이 조사를 한참 진행하던 중에 마을회관에 들어와서 설화 1편을 구술했다. 매바위와 새바위에 얽힌 이야기를 가장 실감나면서도 구체적으로 구술했는데, 예전에 책에서 보고 알게 된 이야기라고 했다. 조사하는 동안에도 집에서 가져온 책을 살펴보고 있었다.

제공 자료 목록
04_21_FOT_20100118_PKS_KKJ_0001 매바위를 없애서 망한 집안

김동준, 남, 1931년생

주 소 지 : 부산광역시 기장군 철마면 연구리 구림마을
제보일시 : 2010.1.20
조 사 자 : 박경수, 박양리, 정혜란, 정다혜

김동준(金東駿)은 1931년 양띠 생으로 부산광역시 기장군 철마면 연구리 구림마을에서 태어났다. 본은 김해이다. 제보자는 군대를 다녀온 시기를 제외하면 지금까지 계속 구림마을에서 생활했다 한다. 1950년 한국전쟁 당시 참전하여 함경북도 청진까지 갔으며, 7년 동안 군 생활을 하였다. 그때의 공으로 훈장도 받았다고 한다. 4살 연하인 부인과 결혼을 하여 슬하에 1남 4녀를 두었다. 자녀들은 모두 타지에서 지내고 있어 현재는 부인과 둘이서 생활하고 있다. 학력은 초등학교를 졸업하였으며 현재는 구림마을 노인회장을 맡고 있다.

제보자는 <모심기 노래> 1편을 불러 주었는데, 노래를 불러본 지 오래 되어서 그런지 여러 각편의 사설이 뒤섞여 있었다. <모심기 노래>는 직접 모를 심으면서 듣고 배운 것이라 했다. 나이 탓으로 약간 어눌하게 말을 했지만, 노래 가창에는 별로 무리가 없었다.

제공 자료 목록
04_21_FOS_20100120_PKS_KDJ_0001 모심기 노래

김둘년, 여, 1929년생

주 소 지 : 부산광역시 기장군 일광면 화전리 화전마을
제보일시 : 2010.1.20
조 사 자 : 박경수, 서정매, 황영태, 최수정

김둘년은 1929년생으로 청강마을에서 태
어났다. 올해 82세로 뱀띠이며 마을에서는
청강댁으로 불린다. 나이 16세에 남편을 만
나 결혼하였으나 남편은 2년 전에 작고하였
다. 슬하에 3남 2녀를 두고 있으며, 서울,
기장 등지에서 살고 있다. 주로 밭농사를 지
었으나 지금은 쉬고 있다. 학교는 다닌 바가
없으며 종교는 불교이다. 결혼을 하고 난 후
지금까지 화전마을에서 65년간 살고 있다. 기억력과 흥이 많은 편이어서
많은 노래를 구연해 주었다. 모두 따로 배운 것이 아니라 사람들이 부르
는 것을 들으면서 알게 된 것이라고 했다.

제공해 준 노래는 <이야기 노래>, <추경유흥가>, <못갈 장가 노래>,
<모심기 노래>, <다리 세기 노래(이거리 저거리 갓거리)>, <놀이요>,
<나물 캐는 노래>, <남녀연정요>, <양산도>, <권주가> 등이다.

제공 자료 목록
04_21_FOS_20100120_PKS_KDN_0001 이야기 노래
04_21_FOS_20100120_PKS_KDN_0002 추경유흥가
04_21_FOS_20100120_PKS_KDN_0003 모심기 노래
04_21_FOS_20100120_PKS_KDN_0004 못갈 장가 노래
04_21_FOS_20100120_PKS_KDN_0005 다리 세기 노래
04_21_FOS_20100120_PKS_KDN_0006 놀이요
04_21_FOS_20100120_PKS_KDN_0007 나물 캐는 노래
04_21_FOS_20100120_PKS_KDN_0008 남녀연정요
04_21_FOS_20100120_PKS_KDN_0009 양산도
04_21_FOS_20100120_PKS_KDN_0010 권주가

김명조, 남, 1937년생

주 소 지 : 부산광역시 기장군 철마면 장전리 대곡마을
제보일시 : 2010.1.19
조 사 자 : 박경수, 정혜란, 정다혜

김명조(金命祚)는 1937년 소띠 생(정축생)
으로 부산광역시 기장군 철마면 장전리 대
곡마을에서 태어났다. 본관은 김해이다. 26
살 때 3살 연하의 부인과 결혼하여 슬하에
3남 1녀를 두었다. 자녀들은 모두 결혼하여
타지에서 거주하고 있어 현재는 부인과 둘
이서 생활하고 있다. 제보자는 고등학교를
중퇴하였으며, 예전부터 지금까지 농사를
짓고 있다고 했다.

제보자는 1편의 민요와 2편의 설화를 제공했다. 산에 지게를 지고 가면
서 불렀던 노래라고 하면서 흥타령 조로 머슴살이 신세타령를 불렀다. 그
리고 이 마을에 전해오는 효자 서홍과 개좌산 개무덤에 얽힌 이야기와 거
북바위를 잘라 망한 부잣집 이야기를 했다. 대한노인회 기장군 지회의 도
움을 받아 미리 연락을 하고 가서 그런지, 자신의 집에서 차분하게 설화
를 구술했다. 민요와 설화는 모두 마을 어른들에게 들어서 알게 된 것이
라고 했다.

제공 자료 목록

04_21_FOT_20100119_PKS_KMJ_0001 효자 서홍과 개좌산 개무덤
04_21_FOT_20100119_PKS_KMJ_0002 거북바위를 깨뜨려 망한 집
04_21_FOS_20100119_PKS_KMJ_0001 청춘가

김모란, 여, 1927년생

주 소 지 : 부산광역시 기장군 철마면 와여리 와여마을
제보일시 : 2010.1.19
조 사 자 : 박경수, 박양리, 정혜란, 정다혜

본관이 김해인 김모란은 1927년 정묘년
토끼띠로 부산광역시 기장군 철마면 영구마
을에서 태어났다. 현재 나이는 84세 이고
마을에서 영구댁으로 불린다. 16세에 결혼
을 하였고 25년 전에 남편은 작고하였다.
슬하에 2남의 자녀를 두었지만 1명은 일찍
사망하였다고 한다. 나머지 한 자녀와는 현
재 함께 거주하고 있다. 학교는 다니지 못했
으며 농사를 지으며 살았다고 하였다. 종교는 불교이지만 이제는 다리가
아파서 절에는 가지 못한다고 하였다.

설화 1편을 구술하였는데, 할머니들이 하는 이야기를 듣고 알게 된 이
야기라고 하였다.

제공 자료 목록
04_21_FOT_20100119_PKS_KMR_0001 바위 머리를 깨서 망한 집안

김모순, 여, 1927년생

주 소 지 : 부산광역시 기장군 기장읍 내리 내동마을
제보일시 : 2010.1.19
조 사 자 : 박경수, 정규식, 서정매, 황영태, 박지희, 최수정, 오소현

김모순은 1927년 정묘생으로 토끼띠이다. 부산광역시 기장군 장안읍
기룡리에서 태어났다. 기룡에서 태어나 택호가 기룡댁으로 불린다. 내리

마을에서 약 55년간 살았다. 34년 전 남편
은 작고했으며, 슬하에 1남 1녀를 두었다.
자녀들은 모두 타지에서 살고 있다.

제보자의 목소리는 칼칼하다. 실제로 호
랑이를 봤다고 계속해서 주장할 만큼 자신
의 주장이 강하게 보였다. <베틀 노래>는
직접 베를 짜면서 배운 노래라고 했다. 제공
한 자료는 <베틀 노래>, <제비 노래>,
<모찌기 노래>, <모심기 노래> 등 총 4편의 민요이다.

제공 자료 목록
04_21_FOS_20100119_PKS_KMS_0001 베틀 노래
04_21_FOS_20100119_PKS_KMS_0002 제비 노래
04_21_FOS_20100119_PKS_KMS_0003 모찌기 노래
04_21_FOS_20100119_PKS_KMS_0004 모심기 노래

김문수, 남, 1938년생

주 소 지 : 부산광역시 기장군 철마면 연구리 구림마을
제보일시 : 2010.1.20
조 사 자 : 박경수, 박양리, 정혜란, 정다혜

김문수(金文洙)는 1938년 범띠 생으로 부산광역시 기장군 구칠리 점현
마을에서 태어났다. 본은 창원이다. 15살 때 현재의 연구리 구림마을로
이사를 와서 지금까지 생활하고 있다. 26살 때 3살 연하의 부인과 결혼하
여 슬하에 2남 2녀의 자녀를 두었다. 자녀들은 타지에서 살고 있어 현재
는 부인과 둘이서 생활하고 있다고 했다. 중학교 졸업의 학력을 가졌다.
예전부터 지은 농사를 지금도 조금 짓고 있다고 했다.

제보자는 2편의 설화를 구술했다. 고향마을인 점현마을에서 전해오는

<힘겨루기로 가져온 삼형제 바위> 이야기와 구림마을에서 들은 <자궁 모양 산에 묘를 쓴 여산 송씨와 해주 오씨> 이야기를 했다. 그는 하얗게 센 머리를 했지만, 키가 훤칠하여 젊어 보였으며, 구술할 때의 발음도 잘 들리도록 했다. 조사를 마치고 나서 조사자 일행과 함께 밖을 나와서 남근 모양의 산과 자궁 모양의 산 모습을 직접 가리키며 확인하도록 했다.

제공 자료 목록
04_21_FOT_20100120_PKS_KMS_0001 힘겨루기로 가져온 삼형제바위
04_21_FOT_20100120_PKS_KMS_0002 자궁 모양 산에 묘를 쓴 여산 송씨와 해주 오씨

김민선, 여, 1936년생

주 소 지 : 부산광역시 기장군 철마면 와여리 와여마을
제보일시 : 2010.1.19
조 사 자 : 박경수, 박양리, 정혜란, 정다혜

본관이 경주인 김민선은 1936년 병자년 쥐띠 생으로 정관면 용수리 삼막마을에서 태어났다. 현재 나이는 75세이고 삼막댁이라는 택호로 불린다. 19세에 시집을 와서 지금까지 계속 와여마을에서 살고 있다. 슬하에 3남의 자녀를 두었으며 큰아들 내외와 현재 함께 거주하고 있다. 나머지 자녀는 모두 타지에서 거주하고 있다고 하였다. 학교

는 다니지 못했으며, 현재까지 농사를 지으며 살고 있다고 하였다. 종교는 불교이며 자주 절에 다닌다고 했다. <문둥이에 얽힌 이야기> 1편을 또박 또박 구술해 주었다.

제공 자료 목록

04_21_FOT_20100119_PKS_KMS_0001 어머니의 재치로 문둥이를 피한 아이

김복수, 여, 1937년생

주 소 지 : 부산광역시 기장군 정관면 두명리 두명마을
제보일시 : 2010.1.20
조 사 자 : 박경수, 박양리, 정혜란, 정다혜

김복수는 1937년 정축년 소띠 생으로 경상남도 양산시 동면 법기리 법기마을에서 태어났다. 본관은 김해이며, 법기댁이라고 불린다. 현재 나이는 74세이며, 21세에 시집을 부산광역시 기장군 정관면 두명리 두명마을로 오게 되었다. 슬하에 2남 2녀의 자녀를 두었으며, 남편은 20년 전에 작고하였다. 어렸을 때 초등학교를 졸업하였다고 했으며, 지난해까지만 해도 농사를 지었다고 했다. 종교는 불교이며, 자녀들은 모두 타지에 살고 있어 현재 집에서 혼자 생활하고 있다고 했다. 제보자는 <모심기 노래>를 여러 편 이어서 구연했는데, 일명 '숭금씨 노래', '찰수제비 노래', '연기 노래', '모 노래' 등 사설이 다양했다. 이들 노래는 처녀 때 모를 심으면서 듣고 따라 부르다가 알게 된 것이라 했다.

제공 자료 목록

04_21_FOS_20100120_PKS_KBS1_0001 모심기 노래

김분수, 여, 1939년생

주 소 지 : 부산광역시 기장군 정관면 두명리 두명마을
제보일시 : 2010.1.20
조 사 자 : 박경수, 박양리, 정혜란, 정다혜

김분수는 1939년 기묘년 토끼띠로 부산
광역시 기장군 정관면 두명리 두명마을에서
태어나서 지금까지 살고 있다. 본관은 김해
이며, 두명댁이라 부른다. 현재 나이는 72세
이며, 21세에 결혼을 하여 슬하에 2남 2녀
의 자녀를 두었다. 자녀들은 모두 외지에 나
가서 살고 있다고 했다. 남편은 두명마을 이
장이었으나 작년에 작고했다. 초등학교를
다녔으며, 예전에는 농사를 지으며 생활을 했다고 했다. 종교는 불교이다.
제보자는 민요 2편과 설화 1편을 제공했다. 민요는 <모심기 노래>와
<아기 어르는 노래>(일명 둥개요)를 불렀으며, 설화는 <도깨비불에 놀란
사람> 이야기였다. 이들 민요와 설화는 일을 하면서 듣고 알았던 것이라
고 했다.

제공 자료 목록
04_21_FOT_20100120_PKS_KBS2_0001 도깨비불에 놀란 사람
04_21_FOS_20100120_PKS_KBS2_0001 모심기 노래
04_21_FOS_20100120_PKS_KBS2_0002 아기 어르는 노래 / 둥개요

김석필, 여, 1927년생

주 소 지 : 부산광역시 기장군 정관면 예림리 예림마을
제보일시 : 2010.1.20
조 사 자 : 박경수, 박양리, 정혜란, 정다혜

김석필은 1927년 토끼띠 생으로 부산광역시 기장군 철마면 임기마을에서 태어났다. 본관은 김해인데, 고향이 임기마을이라서 택호는 임기댁으로 불린다. 21세에 결혼을 하여 정관면 용수리 덕전마을에서 살다가 2003년부터 예림마을로 들어와 살고 있다고 했다. 자녀에 대해서는 말하고 싶지 않아 했다. 올해 초 남편이 작고한 이후로 혼자  생활하고 있으며, 자녀들은 다른 지역에 거주하고 있다고 했다. 학력은 무학이다.

제보자는 다른 제보자들이 노래를 부르는 동안 가만히 듣고 있다가 그네 노래와 청춘가, 돈타령을 불렀다. 노래를 부르기 전까지는 노래를 부르는 것이 수줍은지 부르지 않으려고 하였다. 하지만 노래를 한 번 부르고 난 후에는 자진해서 가창했다. 민요 3편을 불렀는데, <돈타령>은 사설이 해학적인 노래로 청중들의 웃음을 자아내게 했다. 나이 탓으로 목소리는 가늘고 약간 떨리는 편이었다. 제보자가 가창한 노래들은 결혼 후 덕전마을 어른들에게 배운 것들이라고 하였다.

제공 자료 목록
04_21_FOS_20100120_PKS_KSP_0001 노랫가락 / 그네 노래
04_21_FOS_20100120_PKS_KSP_0002 창부타령
04_21_FOS_20100120_PKS_KSP_0003 돈타령

김성염, 여, 1931년생

주 소 지 : 부산광역시 기장군 기장읍 시랑리 동암마을
제보일시 : 2010.1.20
조 사 자 : 박경수, 정규식, 박지희, 오소현

김성염은 1931년 신미생으로 양띠이다. 기장군 연화리에서 태어났으며 택호는 해수댁이다. 20세에 여덟 살 위의 남편과 결혼하여 아들 다섯을 두었다. 아들은 모두 타지에 나가 살고 있으며 현재 동암마을에서는 남편과 함께 거주하고 있다. 과거에는 농사와 고기잡이를 했다고 했는데, 할머니는 요즘도 물질을 하는지 우리가 방문했을 때도

물질을 하고 온 듯 보였다. 학교는 다니지 못했다고 한다. 제보자는 수줍음이 많은 편이었다. 조사자가 처음 제보자의 집을 방문했을 때는 출타중이었다. 다른 제보자를 찾아다니다가 제보자의 집으로 다시 오니, 막 물질을 마치고 온 상태였는데 조사자를 보자마자 기피하는 모습이 역력했다. 조사자가 조사의 의도와 목적을 이야기하고 조사에 협조해 달라고 했지만 처음에는 완강히 거부하였다. 하지만 남편이 재차 권유하고 조사자들이 완곡히 부탁하자 노래를 불러 주었다. 구연 후 사진 찍는 것도 기피하였다. 구연한 자료들은 예전에 듣고 배운 것들이라고 했다. 제공한 자료는 <달타령>, <창부타령>, <아리랑>, <모심기 노래> 등 민요 8편이다.

제공 자료 목록

04_21_FOS_20100120_PKS_KSY_0001 달타령
04_21_FOS_20100120_PKS_KSY_0002 각설이타령
04_21_FOS_20100120_PKS_KSY_0003 모심기 노래
04_21_FOS_20100120_PKS_KSY_0004 창부타령
04_21_FOS_20100120_PKS_KSY_0005 아리랑
04_21_FOS_20100120_PKS_KSY_0006 사랑가
04_21_FOS_20100120_PKS_KSY_0007 다리 세기 노래
04_21_FOS_20100120_PKS_KSY_0008 쾌지나 칭칭나네

김성진, 남, 1933년생

주 소 지 : 부산광역시 기장군 철마면 와여리 와여마을
제보일시 : 2010.1.19
조 사 자 : 박경수, 박양리, 정혜란, 정다혜

본관이 김해인 김성진(金成鎭)은 1933년
계유년 닭띠 생으로 기장군 철마면 와여마
을에서 태어났다. 현재 나이는 78세이며 매
우 정정한 모습이었다. 23세에 3살 연하의
부인과 결혼을 하여 슬하에 2남 3녀를 두었
으나 아들 1명이 사망하여 현재는 1남 3녀
가 있다고 했다. 초등학교를 졸업하였고 예
전에는 버스와 택시 운전을 하였으며 운수
업에도 잠시 종사하였다고 했다. 현재는 노인회 회장을 맡고 있고 깔끔하
고 세련된 옷차림을 하고 있었다.

설화 1편을 제공해 주었는데, 노인회 어른들과 제사를 지내면서 알게
된 이야기라고 하였다.

제공 자료 목록
04_21_FOT_20100119_PKS_KSJ_0001 과객 말만 듣고 이장을 해서 망한 집안

김수종, 남, 1940년생

주 소 지 : 부산광역시 기장군 철마면 구칠리 점현마을
제보일시 : 2010.1.20
조 사 자 : 박경수, 박양리, 정혜란, 정다혜

김수종(金洙宗)은 1940년 경진년 용띠로 부산광역시 기장군 철마면 구
칠리 점현마을에서 태어났다. 본관은 창원이다. 현재 나이는 71세이며, 1

살 연상의 부인과 결혼하여 슬하에 1남 8녀
의 자녀를 두었는데, 모두 외지에 나가 살고
있다고 했다. 현재 집에는 부인과 둘이 농사
를 지으며 살고 있다. 학력은 초등학교 졸업
이다. 조사자가 삼정자에 얽힌 이야기를 부
탁하자 자신 있게 구술했다. 삼정자와 관련
하여 삼형제가 들돌로 힘겨루기를 했던 이
야기를 마치고 마을 산에 있는 '굿한바위'

이야기를 했으나 설화성이 없어 채록하지 않았다. 발음은 정확한 편이었
으나 말이 약간 빨랐다. 삼형제의 힘겨루기 이야기는 어렸을 때 들어서
알게 된 것이라 했다.

제공 자료 목록

04_21_FOT_20100120_PKS_KSJ_0001 삼형제가 힘겨루기로 가져온 돌과 삼정자

김욱하, 남, 1933년생

주 소 지 : 부산광역시 기장군 일광면 용천동 산수곡마을
제보일시 : 2010.1.20
조 사 자 : 박경수, 서정매, 황영태, 최수정

김욱하(金郁廈)는 부산광역시 기장군 일광
면 용천동 산수곡마을에서 태어나 지금까지
살고 있는 토박이이다. 올해 나이 78세로
닭띠이며 본관을 김해이다. 26세 때 4살 연
하인 부인 송일연(올해 74세, 소띠)을 만나
결혼하여 슬하에 1남 1녀를 두었다. 자녀들
중 아들은 현재 울산에 살고 있고 딸은 경

산에 시집 가서 살고 있다. 현재 회관옆에 거주하고 있으며, 벼농사를 지으며 평생을 살아왔다. 초등학교를 졸업하였으며 종교는 불교이다.

6·25 전쟁 때 포탄에 고막이 터져서 장애 2급 판정을 받은 상황이며, 현재 보청기를 하고 있다. <달음산의 유래>, <아이를 물고 간 호랑이>, <단체로 나물을 캐러 가는 이유> 등을 구연해 주었다.

제공 자료 목록
04_21_FOT_20100120_PKS_KWH_0001 달음산의 유래
04_21_FOT_20100120_PKS_KWH_0002 아이를 물고 간 호랑이
04_21_FOT_20100120_PKS_KWH_0003 나물을 캐러 여럿이 가는 이유

김재순, 여, 1936년생

주 소 지 : 부산광역시 기장군 기장읍 내리 내동마을
제보일시 : 2010.1.19
조 사 자 : 박경수, 정규식, 서정매, 황영태, 박지희, 최수정, 오소현

김재순은 1936년 병자생으로 쥐띠이다. 부산광역시 기장군 장안읍에서 태어났다. 장안에서 태어나 동래 아래로 이사했다가 27살 때 기장으로 이사 왔다. 택호는 자야네댁으로 불린다. 22세에 결혼하였다. 현재 79세의 남편과 같이 살고 있다. 슬하에 1남 3녀를 두고 있다. 모두 김해, 동래, 울산 등으로 타지에 살고 있다. 학력은 무학이고 농사, 축사 한약상까지 다양한 일을 했다. 농사는 아직까지도 짓고 있다.

제보자는 높임말을 썼다. 기억나면 말하거나 다른 사람이 한 말을 이어받아 말하곤 했다. 제공한 자료는 <모심기 노래> 등 민요 10편이다. 특히 <모심기 노래>는 여러 편의 노래를 연이어 부른 것이다.

제공 자료 목록

04_21_FOS_20100119_PKS_KJS_0001 창부타령

04_21_FOS_20100119_PKS_KJS_0002 모찌기 노래

04_21_FOS_20100119_PKS_KJS_0003 모심기 노래

04_21_FOS_20100119_PKS_KJS_0004 쌍가락지 노래

04_21_FOS_20100119_PKS_KJS_0005 방아깨비 놀리는 노래

04_21_FOS_20100119_PKS_KJS_0006 아기 어르는 노래 / 알강달강요

04_21_FOS_20100119_PKS_KJS_0007 이갈이 노래

04_21_FOS_20100119_PKS_KJS_0008 청춘가

04_21_FOS_20100119_PKS_KJS_0009 너냥 나냥

04_21_FOS_20100119_PKS_KJS_0010 나물 캐는 노래

김정화, 여, 1939년생

주 소 지 : 부산광역시 기장군 장안읍 명례리 대명마을

제보일시 : 2010.1.21

조 사 자 : 박경수, 정규식, 박지희, 오소현

김정화는 1939년 기묘생으로 토끼띠이다. 울산광역시 울주군 명란읍에서 태어났다. 본관은 김해이며 택호는 없다고 했다. 50여 년 전에 울주군에서 기장군 장안읍 대명마을로 이사해 왔다. 17세에 결혼하였는데 남편은 13년 전에 작고했다. 슬하에 2남 3녀를 두고 있으며 모두 타지에 살고 있다. 학력은 무학이고 현재까지도 농사를 짓고 있다. 제공한 자료는 민요 3편이다.

제공 자료 목록

04_21_FOS_20100121_PKS_KJH_0001 쌍가락지 노래

04_21_FOS_20100121_PKS_KJH_0002 아기 어르는 노래 / 불매소리

김태순, 여, 1931년생

주 소 지 : 부산광역시 기장군 정관면 예림리 예림마을
제보일시 : 2010.1.20
조 사 자 : 박경수, 박양리, 정혜란, 정다혜

김태순은 1931년 양띠 생으로 부산광역
시 기장군 철마면 이곡리 이곡마을에서 태
어났다. 택호는 웃골댁으로 불린다. 22살 때
결혼을 하면서 예림마을로 온 제보자는 슬
하에 2남을 두었다. 아들 둘은 타지에 거주
하고 있고, 1년 전 남편이 작고하면서 현재
는 혼자 생활하고 있다. 학교를 가지 못했기
때문에 글자를 잘 알지 못해서 아쉬움이 크
다고 했다. 과거에는 농사를 지었으나 지금은 농사도 짓지 않고 있다고
했다.

다른 사람들이 모심기 노래를 부르자 자신이 알고 있는 모심기 노래를
가창했는데, 모심기를 할 때 '아침소리'로 부르는 일명 '찔레꽃 노래'와 '문
어전복 노래'의 2편이었다. 나이가 많은 데 비해 목소리는 아직도 낭창하
고 좋았으나, 사설을 온전하게 기억하지 못해 중간에 다른 사람의 도움을
받으면서 불렀다. 모를 심으면서 남들이 부르는 것을 듣고 알게 된 노래
라고 하였다.

제공 자료 목록
04_21_FOS_20100120_PKS_KTS_0001 모심기 노래

김하숙, 여, 1929년생

주 소 지 : 부산광역시 기장군 철마면 웅천리 중리마을
제보일시 : 2010.1.19
조 사 자 : 박경수, 박양리, 정혜란, 정다혜

김하숙은 1929년 뱀띠 생으로 기장군 철마면 백길리 백길마을에 태어나 16살 때 남편과 결혼하면서 기장군 철마면 웅천리 중리마을로 와서 농사를 지으며 살게 되었다. 본은 오봉이며, 택호는 백길댁이다. 슬하에 3남 3녀를 두었는데, 모두 타지에서 거주하고 있다. 남편이 10년 전쯤 작고하여 현재는 혼자서 생활하고 있다. 가정 형편이 어렵기도 했지만, 여자는 글을 배우지 않아도 된다는 집안 어른들 때문에 학교를 가지 못하였다.

제보자는 제보자들 중에서 가장 많은 10편의 민요를 제공했다. <모심기 노래>를 최무식과 함께 불렀는데, 제보자가 앞소리를 하면 최무식이 이를 받아서 뒷소리를 했다. 그리고 <애기 어르는 노래>로 '불매 노래'와 '알강달강요'를 부르고, 애기 재우는 노래로 <자장가>를 불렀다. <창부타령>과 <청춘가>도 신명을 내어 흥겹게 불렀는데, 목청이 좋아 청중들이 잘한다고 하면서 박수로 장단을 맞추어 주었다. 제보자도 어깨와 손을 들썩거리면서 박자를 맞추다가 일어서서 춤을 추기도 했다. 이들 노래는 어른들이 부르는 것을 듣고 알게 된 것이라 하였다. 제보자는 기억력이 매우 뛰어났으며, 조사자가 요청하는 노래를 거의 다 기억하여 불렀다. 철마면에서 가장 뛰어난 민요 구연자라고 말할 수 있다. 제보자는 1편의 설화도 구연하였는데, 해학적인 이야기를 웃으면서 하였다.

제공 자료 목록

04_21_FOT_20100119_PKS_KHS_0001 과객 말대로 해서 결혼한 총각

04_21_FOS_20100119_PKS_KHS_0001 모심기 노래

04_21_FOS_20100119_PKS_KHS_0002 창부타령(1)

04_21_FOS_20100119_PKS_KHS_0003 창부타령(2) / 노인허무가

04_21_FOS_20100119_PKS_KHS_0004 청춘가(1)

04_21_FOS_20100119_PKS_KHS_0005 청춘가(2)

04_21_FOS_20100119_PKS_KHS_0006 타박네 노래

04_21_FOS_20100119_PKS_KHS_0007 모심기 노래

04_21_FOS_20100119_PKS_KHS_0008 아기 어르는 노래 / 불매소리

04_21_FOS_20100119_PKS_KHS_0009 아기 재우는 노래 / 자장가

04_21_FOS_20100119_PKS_KHS_0010 아기 어르는 노래 / 알강달강요

노명준, 남, 1933년생

주 소 지 : 부산광역시 기장군 기장읍 시랑리 동암마을

제보일시 : 2010.1.20

조 사 자 : 박경수, 정규식, 박지희, 오소현

노명준(盧明俊)은 1933년 계유생으로 닭 띠이다. 태어난 곳은 기장읍 시랑리 동암마을이며 본관은 광주이다. 6·25전쟁 당시 21세의 나이에 이분옥(75세)과 결혼하여 현재 1남 4녀의 자녀를 두고 있다. 자녀들은 모두 부산, 울산 등 타지에서 살고 있으며 동암마을에서는 제보자와 부인과 함께 살고 있다. 학교는 중학교를 마쳤다고 한다. 현재 동암마을의 노인회 회장을 맡고 있다.

제보자는 안경을 끼고 있으며 목소리가 아주 걸걸한 특징을 가지고 있었다. 제보자는 주로 이야기를 많이 구연하였는데 이들은 모두 어릴 적부

터 어른들로부터 들은 것들이라 했다. 제공한 자료는 <용이 아이를 낳은 시랑대>, <권적과 시랑대의 유래> 등 설화 2편이다. 제보자는 이야기를 하면서도 이야기의 내용이 실제 사실이 아닐 가능성이 있다면서 조사자들에게 계속적으로 주지시켰다.

제공 자료 목록
04_21_FOT_20100120_PKS_NMJ_0001 용이 아이를 낳은 시랑대
04_21_FOT_20100120_PKS_NMJ_0002 권적과 시랑대의 유래

노순영, 여, 1927년생

주 소 지 : 부산광역시 기장군 기장읍 서부리 서부마을
제보일시 : 2010.1.20
조 사 자 : 박경수, 정규식, 박지희, 오소현

노순영은 1927년 정묘생으로 토끼띠이다. 김해에서 태어났으며 17세에 결혼한 후부터 기장군 기장읍 서부마을에서 살았다. 남편은 43년 전 작고했고, 3남 1녀 자녀들 모두 타지에서 생활한다고 했다. 학교는 다지지 못했다. 제보자는 무슨 노래를 하느냐면서 역정을 냈지만, 노래 실력은 상당히 좋았다. 제공한 자료는 <모심기 노래>, <창부타령>이다.

제공 자료 목록
04_21_FOS_20100120_PKS_NSY_0001 모심기 노래(1)
04_21_FOS_20100120_PKS_NSY_0002 창부타령
04_21_FOS_20100120_PKS_NSY_0003 모심기 노래(2)

문복남, 여, 1930년생

주 소 지 : 부산광역시 기장군 철마면 웅천리 미동마을
제보일시 : 2010.1.19
조 사 자 : 박경수, 정혜란, 정다혜

본관이 남평인 문복남은 1930년 경오년 말띠 생으로 부산광역시 기장군 철마면 미  동마을에서 태어났다. 현재 나이는 81세이 고 본동댁으로 불린다. 17세에 결혼을 하여 슬하에 4남 2녀를 두었다. 결혼 후에도 계 속 미동마을에서 계속 살고 있다. 둘째아들 은 간암으로 사망하고 나머지 자녀들은 모 두 타지에 나가서 살고 있다고 하였다. 남편 은 약 10년 전에 작고하여 홀로 마을에서 거주하고 있다. 학교는 다니지 못했다.

제보자는 <모심기 노래>, <노랫가락> 등 여러 편의 민요를 차분하게 불렀다. <모심기 노래>를 부를 때는 주고받는 소리를 혼자서 하면서 설명을 덧붙이기도 했다. 이들 민요는 모두 동네 어른들이 부르는 것을 듣고 알게 된 것이거나 시집와서 어른들을 모시면서 알게 되었다고 했다.

제공 자료 목록

04_21_FOS_20100119_PKS_MBN_0001 모심기 노래(1)

04_21_FOS_20100119_PKS_MBN_0002 모찌기 노래

04_21_FOS_20100119_PKS_MBN_0003 모심기 노래(2)

04_21_FOS_20100119_PKS_MBN_0004 모심기 노래(3)

04_21_FOS_20100119_PKS_MBN_0005 백발가

04_21_FOS_20100119_PKS_MBN_0006 노랫가락(1) / 나비 노래

04_21_FOS_20100119_PKS_MBN_0007 노랫가락(2) / 그네 노래

04_21_FOS_20100119_PKS_MBN_0008 나물 캐는 노래

박기호, 남, 1936년생

주 소 지 : 부산광역시 기장군 장안읍 임랑리 임랑마을
제보일시 : 2010.1.20
조 사 자 : 박경수, 서정매, 황영태, 최수정

박기호(朴基浩)는 1936년생으로 울산광역시 울주군 서생읍 나사리에서 태어났다. 올해 75세 쥐띠로 본관은 밀양이다. 22세 때 동갑내기인 부인 한순남(74세)을 만나 슬하에 3형제를 두고 있다. 평생을 고기를 잡으며 살아왔으며 현재는 복지회관에서 컴퓨터도 배우면서 민요도 배우고 있다. 민요를 구연할 때 목청이 구성지고 좋았다.

고등학교를 졸업했으며 종교는 없다. 현재 회관에서 바닷가 쪽으로 100미터 쯤 되는 위치에서 살고 있다. <멸치 옮기는 노래>, <고기 푸는 노래(가래소리)>, <창부타령>, <멸치 후리 소리> 등을 구연해 주었다. 청중들에게 받는 소리를 가르치며 모두 함께 부를 수 있도록 유도했다. 젊었을 때 바다에서 직접 고기를 잡으면서 불렀던 노래를 부른 것이라고 했다.

제공 자료 목록
04_21_FOS_20100120_PKS_PKH_0001 멸치 옮기는 노래
04_21_FOS_20100120_PKS_PKH_0002 멸치 푸는 노래 / 가래소리
04_21_FOS_20100120_PKS_PKH_0003 창부타령
04_21_FOS_20100120_PKS_PKH_0004 멸치 후리 소리

박승열, 여, 1929년생

주 소 지 : 부산광역시 기장군 기장읍 죽성리 두호마을

제보일시 : 2010.1.18

조 사 자 : 박경수, 정규식, 박양리, 정혜란

박승열(朴承烈)은 1929년 뱀띠 생으로 부
산광역시 기장군 기장읍 죽성리 두호마을에
서 태어나 지금까지 계속 살고 있다고 했다.
본은 밀양이다. 어릴 적 서당에 다니기는 하
였지만 정규 학교교육을 받지는 않았다고
했다. 어떤 사연이 있는지 결혼과 자녀에 관
한 이야기를 하기 꺼렸다. 슬하에 자녀가 없
는 듯 했다. 제보자는 2편의 민요를 불렀는

데, 창부타령 곡조로 부른 것이다. 노래 중에 자신의 처지를 대신하는 듯
한 '신세타령'과 '기생 절개 노래'를 창부타령 곡조로 진지하게 불렀다.
이동희 제보자가 <잠자리 잡는 노래>를 부르자 자신은 다르게 부른다며
짧게 동요를 불러 주었다. 노래를 어떻게 알게 되었느냐고 하자 전해오는
노래를 자연스럽게 듣고 부르게 되었다고 했다.

제공 자료 목록

04_21_FOS_20100118_PKS_PSY_0001 창부타령

04_21_FOS_20100118_PKS_PSY_0002 잠자리 잡는 노래

박예순, 여, 1930년생

주 소 지 : 부산광역시 기장군 장안읍 오리 판곡마을

제보일시 : 2010.1.21

조 사 자 : 박경수, 정규식, 박지희, 오소현

박예순은 1930년 경오생으로 말띠이다. 본관은 밀양이며 기장군 정관
면에서 태어났다. 택호는 여름댁이다. 제보자는 17세 때 2살 연상인 남편

과 결혼했다. 그때부터 부산광역시 기장군
장안읍 오리 판곡마을에 63년째 살고 있다.
자녀는 1남 5녀로 모두 타지에서 산다. 학
교는 다니지 못했다. 제공한 노래들은 주로
어릴 적 배운 것이라 했다. 지금은 자주 부
르지 않아 기억을 잘 못한다고도 했다.

　제공한 자료는 <도라지 타령>, <사발
가>, <모심기 노래> 등 6편의 민요이다.

제공 자료 목록
04_21_FOS_20100121_PKS_BYS_0001 도라지 타령
04_21_FOS_20100121_PKS_BYS_0002 사발가
04_21_FOS_20100121_PKS_BYS_0003 모심기 노래(1)
04_21_FOS_20100121_PKS_BYS_0004 아리랑
04_21_FOS_20100121_PKS_BYS_0005 잠자리 잡는 노래
04_21_FOS_20100121_PKS_BYS_0006 모심기 노래(2)

백상림, 여, 1931년생

주 소 지 : 부산광역시 기장군 철마면 와여리 와여마을
제보일시 : 2010.1.19
조 사 자 : 박경수, 박양리, 정혜란, 정다혜

　본관이 수원인 백상림은 1931년 신미년
양띠 생으로 경상남도 거창군 주상면 완대
리에서 태어났다. 현재 나이는 80세로 거창
댁으로 불린다. 24세에 동래로 시집을 와서
살다가 35세에 와여마을로 이사를 왔다고
한다. 남편은 1년 전에 84세라는 나이에 작

고하였으며 슬하에 1남의 자녀를 두었다고 하였다. 백상림은 현재 혼자 생활하고 있다. 초등학교를 다녔으며 예전에는 가게 일을 하면서 농업도 지었다고 하였다. 작년까지 마을에서 부녀회장을 맡아서 일을 하였다고 했다.

제보자는 다른 제보자에게 이야기를 구연해 보라고 권하다가 자신도 1편의 설화를 구술했다. TV를 보고 알게 된 이야기라고 하였다.

제공 자료 목록

04_21_FOT_20100119_PKS_BSL_0001 바위를 깨자 장가 못가는 동네 총각들

백희숙, 여, 1930년생

주 소 지 : 부산광역시 기장군 철마면 웅천리 미동마을
제보일시 : 2010.1.19
조 사 자 : 박경수, 정혜란, 정다혜

본관이 부여인 백희숙은 1930년 경오년 말띠생으로 부산광역시 기장군 철마면 웅천리 중리마을에서 태어났다. 현재 나이는 81세이고 중리댁으로 불린다. 17세에 동갑내기 남편과 결혼을 해서 슬하에 1남 1녀의 자녀를 두고 있다. 남편은 12년 전에 작고해서 현재 혼자 살고 있다. 야학을 다녀 글을 조금 배웠고 50세까지 농사를 지으며 생활했다. 그리고 5년 전부터 교회를 다니기 시작했다고 하였다.

제보자는 노래를 부르려고 적극적으로 노력하였으나 기억이 잘 나지 않아서 매우 안타까워하였다. 목소리는 가늘고 작았다. <모심기 노래>, <아기 어르는 노래>를 불러 주었다.

제공 자료 목록

04_21_FOS_20100119_PKS_BHS_0001 모심기 노래
04_21_FOS_20100119_PKS_BHS_0002 아기 어르는 노래

성북임, 여, 1942년생

주 소 지 : 부산광역시 기장군 정관면 예림리 예림마을
제보일시 : 2010.1.20
조 사 자 : 박경수, 박양리, 정혜란, 정다혜

성북임은 1942년 말띠로 부산광역시 기
장군 정관면 두명리 두명마을에서 태어났다.
택호는 두명댁이다. 22세 때 예림마을로 시
집을 왔으며 현재까지 46년 동안 계속 거주
하고 있다. 남편이 10년 전 작고한 이후 홀
로 생활하고 있다.

제보자는 '저녁소리'로 부르는 <모심기
노래> 한 편과 일명 '불매소리'라 하는
<아기 어르는 노래> 한 편을 불렀다. 다른 사람들이 <모심기 노래>를
부를 때 조용히 따라 듣고 부르더니 잠시 후 제보자가 자진하여 나서서
노래를 불렀다. 목소리는 비교적 낭창한 편이었다. 노래는 모심기할 때
듣고 배운 것이거나 어른들이 부르는 노래를 듣고 따라 부르면서 알게 된
것이라고 하였다.

제공 자료 목록

04_21_FOS_20100120_PKS_SBI_0001 모심기 노래
04_21_FOS_20100120_PKS_SBI_0002 아기 어르는 노래 / 불매소리

손정수, 남, 1927년생

주 소 지 : 부산광역시 기장군 정관면 예림리 예림마을
제보일시 : 2010.1.20
조 사 자 : 박경수, 박양리, 정혜란, 정다혜

손정수(孫正秀)는 1927년 정묘생으로 부
산광역시 기장군 정관면 예림리 예림마을에
서 태어났다. 본관은 경주이다. 19세에 중국
으로 잠시 갔다가 해방되던 해 1월에 다시
한국으로 와서 예림마을에서 계속 생활하고
있다. 6·25전쟁 때 참전했으며, 고향마을
로 돌아와서 계속 살아왔다. 4살 연하(현재
80세)인 부인과는 27세 때 결혼했으며, 슬
하에 2남 3녀를 두었다. 자식들은 전부 타지에서 거주하고 있으며, 현재
의 집에는 부인과 둘이서 생활하고 있다.

제보자는 학교를 다니지 않았고 계속 농사일을 하며 살아왔다. 마을의
노인회장을 맡고 있는 제보자는 정관면 노인지부회 모임 참석차 노인회
사무실에 나와 있다가 조사자들을 만났다. 조사의 취지를 듣고 자기 마을
사람들이 민요를 잘한다며 조사자들을 예림마을로 친절하게 안내를 해주
었다. 조사자도 마침 예림마을을 조사할 계획을 가지고 있던 차였다. 제
보자는 예림마을 노인정에 와서 제보자는 여성 노인들에게 조사자 일행
을 소개하고 조사 취지를 직접 설명하면서 노래를 많이 불러달라고 독려
하기도 했다. 여성 노인들을 대상으로 한 조사가 끝나갈 무렵, 조사자의
부탁에 제보자도 <청춘가>와 <양산도> 2편을 불렀다. <청춘가>는 세
태를 담은 노래였으며, <양산도>는 노래를 하다 목소리가 갔다며 서두를
부르다 그만 두고 말았다. 옛날에는 자신이 노래를 하면 여자들이 모두
반한다고 자랑할 정도로 목소리가 좋았으나 지금은 목이 상해 그렇게 부

르지 못한다고 했다. 모두 어릴 적 어른들이 하는 것을 듣고 배운 노래라고 하였다.

제공 자료 목록

04_21_FOS_20100120_PKS_SJS_0001 청춘가
04_21_FOS_20100120_PKS_SJS_0002 양산도

송경필, 여, 1928년생

주 소 지 : 부산광역시 기장군 일광면 화전리 화전마을
제보일시 : 2010.1.20
조 사 자 : 박경수, 서정매, 황영태, 최수정

송경필은 1928년생으로, 기장군 장안읍
대룡마을에서 태어났다. 올해 나이 83세 용
띠로, 대룡댁으로 불린다. 17세에 결혼하여
슬하에 5남 1녀를 두고 있다. 남편은 72세
때에 작고하였으며, 자녀들은 기장, 울산,
부산 등지에서 살고 있다. 학교는 다닌 바가
없으며, 벼농사를 지으며 살아왔다. 결혼을
하게 되면서 화전마을에서 지금까지 64년째
살고 있다. 종교는 불교이다.

민요 7편과 설화 1편을 구연해 주었다.

제공 자료 목록

04_21_FOT_20100120_PKS_SKP_0001 집에서 쫓겨난 두 며느리
04_21_FOS_20100120_PKS_SKP_0001 쌍가락지 노래
04_21_FOS_20100120_PKS_SKP_0002 모심기 노래
04_21_FOS_20100120_PKS_SKP_0003 창부타령(1)
04_21_FOS_20100120_PKS_SKP_0004 청춘가(1)

04_21_FOS_20100120_PKS_SKP_0005 노랫가락
04_21_FOS_20100120_PKS_SKP_0006 청춘가(2)
04_21_FOS_20100120_PKS_SKP_0007 창부타령(2)

송소남, 여, 1930년생

주 소 지 : 부산광역시 기장군 기장읍 교리1동
제보일시 : 2010.1.19
조 사 자 : 박경수, 서정매, 황영태, 최수정

송소남은 1930년 부산광역시 기장군에서
태어났다. 올해 나이 81세이며 말띠로 여산
댁이라는 택호로 불린다. 18세에 1살 연상
인 남편을 만나 결혼하여 4남 1녀의 자녀를
두고 있으나, 남편은 4년 전에 작고하였다.
현재 기장 읍내의 흑시루초가집에서 살고
있다. 예전부터 농사를 지었으며, 지금도 농
사를 짓고 있다. 기장에서 태어나서 지금까
지 살고 있는 본토박이로, 18세에 결혼하여 지금까지 교리마을에서 살고
있다. 종교는 불교이다. <모심기 노래>, <다리 세기 노래> 등을 제공해
주었다.

제공 자료 목록
04_21_FOS_20100119_PKS_SSN_0001 모심기 노래
04_21_FOS_20100119_PKS_SSN_0002 다리 세기 노래

송순남, 여, 1933년생

주 소 지 : 부산광역시 기장군 장안읍 명례리 대명마을
제보일시 : 2010.1.21

조 사 자 : 박경수, 정규식, 박지희, 오소현

송순남은 1933년 계유생으로 닭띠이다. 부산광역시 기장군 장안읍 명례리 대명마을에서 태어나서 현재까지 살고 있다. 택호는 화천댁이다. 남편은 84세로 슬하에 2남 5녀를 두고 있다. 큰아들만 부산에 있고 모두 객지에 나가 타지 생활을 하고 있다. 학력은 무학이며 농사를 짓고 살았다. 제공해 준 민요는 <모심기 노래>인데, 이 노래를 예전에 모심기를 할 때 불렀던 것이라고 했다.

제공 자료 목록

04_21_FOS_20100121_PKS_SSN_0001 모심기 노래

신말숙, 여, 1928년생

주 소 지 : 부산광역시 기장군 정관면 예림리 예림마을
제보일시 : 2010.1.20
조 사 자 : 박경수, 박양리, 정혜란, 정다혜

신말숙은 1928년 용띠로 기장군 정관면 용수리 덕전마을에서 태어났다. 택호는 덕전댁으로 불린다. 18세에 예림마을로 시집을 온 뒤에 지금까지 계속 거주하고 있다. 슬하에 딸 한 명을 두었다. 남편은 60년 전인 23살 때 6·25전쟁으로 사별하였으며, 젊은 나이에 홀로 되어 딸을 키우며 사는 동안 고생을 많이 했다고 했다. 작고한 남편

은 뒤에 국가유공자로 추서되었다고 했다. 학교는 다니지 못했으며, 농사일로 세월을 보냈다고 했다. 2편의 민요를 불렀는데, 일명 '과거 노래'라 하는 <모심기 노래> 한 편과 <쌍가락지 노래>를 불렀다. 노래는 차분하게 불렀는데, 나이 탓으로 목소리에 힘이 없었다. 이들 노래는 시집을 온 이후 일을 하면서 배운 것이라고 했다.

제공 자료 목록
04_21_FOS_20100120_PKS_SMS_0001 모심기 노래
04_21_FOS_20100120_PKS_SMS_0002 쌍가락지 노래

안귀남, 여, 1938년생

주 소 지 : 부산광역시 기장군 정관면 예림리 예림마을
제보일시 : 2010.1.20
조 사 자 : 박경수, 박양리, 정혜란, 정다혜

안귀남은 1938년 범띠로 부산광역시 기장군 정관면 예림리 서편마을에서 태어났다. 본관은 순흥인데, 마을에서 서편댁으로 통한다. 결혼을 하면서 예림마을로 온 다음 계속 예림마을에서만 생활하고 있다. 슬하에 4남을 두었는데, 모두 외지에서 거주하고 있다. 20년 전 남편이 작고한 후에 현재의 집에는 제보자 홀로 생활하고 있다. 계속 농사일을 하며 살아왔으며 지금은 소일거리로 텃밭이나 조금 보고 있다고 했다.

조사를 시작할 때, 마을 사람들이 제보자가 제일 노래를 잘한다며 추천을 했다. 제보자는 조금 쑥스러워하는 듯 했지만, 조사자의 요청에 <모심

기 노래>부터 시작하여 5편의 민요를 구연했다. 목청이 좋았으며 모심기 노래를 부를 때는 길게 빼거나 꺾기도 잘했다. 가창한 민요는 모심기 등 농사일을 하면서 다른 사람이 부르는 소리를 듣고 알게 된 것이라고 하였다.

제공 자료 목록

04_21_FOS_20100120_PKS_AKN_0001 모찌기 노래(1)

04_21_FOS_20100120_PKS_AKN_0002 모심기 노래(1)

04_21_FOS_20100120_PKS_AKN_0003 모심기 노래(2)

04_21_FOS_20100120_PKS_AKN_0004 모찌기 노래(2)

04_21_FOS_20100120_PKS_AKN_0005 청춘가

양순자, 여, 1933년생

주 소 지 : 부산광역시 기장군 정관면 예림리 예림마을

제보일시 : 2010.1.20

조 사 자 : 박경수, 박양리, 정혜란, 정다혜

양순자는 1933년 닭띠 생으로 부산광역시 기장군 장안읍 오리 신리마을에서 태어났다. 본관은 남원이며, 신리댁으로 마을에서 통한다. 20살 때 예림마을로 시집을 와서 계속 살아왔다. 현재 78세로 슬하에 2남 2녀를 두고 있다. 남편은 20년 전에 작고하였으며, 학교는 다니지 못했고 농사를 지으며 살았다고 했다. 그러나 현재는 나이가 들어 농사를 짓고 있지 않다고 했다. 종교는 불교라 했다.

제공한 자료는 조사자가 유도하여 부른 것으로, 일명 '이거리 저거리 갓거리'라 하는 <다리 세기 노래> 한 편이다. 제보자는 이 노래를 직접

다리를 세는 동작을 하며 가창했다. 이 노래는 시집오기 전에 어렸을 때 마을에서 놀면서 불렀던 것이라 하였다.

제공 자료 목록
04_21_FOS_20100120_PKS_YSJ_0001 다리 세기 노래

원정길, 남, 1941년생

주 소 지 : 부산광역시 기장군 기장읍 죽성리 두호마을
제보일시 : 2010.1.18
조 사 자 : 박경수, 정규식, 박양리, 정혜란

원정길(元禎吉)은 1941년 뱀띠 생으로 부
산광역시 기장군 기장읍 죽성리 두호마을에
서 태어나서 계속 거주한 토박이로 마을을
떠나 본 적이 없다고 했다. 당시 30세라는
다소 늦은 나이에 5살 연하의 부인을 만나
결혼하여 슬하에 3남을 두었다. 자녀들은
기장, 마산, 울산에 흩어져 살고 있지만 그
렇게 멀지 않은 곳에 거주하고 있어 자주
아들들을 본다고 했다. 현재는 부인과 둘이서 마을에서 생활하고 있다.
학력은 초등학교를 졸업한 것이 전부이며, 종교는 불교라고 했다. 과거에
는 어업에 종사했다.

제보자는 매바위에 얽힌 이야기를 한 편 구술하였는데, 어릴 적 마을
어른들에게 들었다고 했다. 다른 제보자가 구술한 매바위 이야기와 비교
할 때, 제보자의 이야기는 매바위를 부수자 과거에 드나들던 과객이 끊어
졌다는 데까지이며 집안이 망했다는 등의 이야기는 덧붙이지 않았다. 비
교적 차분하게 설화를 구술했다.

제공 자료 목록

04_21_FOT_20100118_PKS_WJK_0001 매바위를 깨어 과객이 끊어진 부자집

원제옥, 여, 1930년생

주 소 지 : 부산광역시 기장군 기장읍 죽성리 두호마을
제보일시 : 2010.1.18
조 사 자 : 박경수, 정규식, 박양리, 정혜란

　원제옥은 1930년 말띠 생으로 부산광역
시 기장군 일광면 동백리 동백마을에서 태
어났다. 택호는 쓰지 않고, 마을에서는 '수
복이 엄마'로 알려져 있다. 22세 되던 해 두
호마을에 사는 5살 연상의 남편과 결혼을
하여 이 마을로 온 뒤 지금까지 생활하고
있다. 슬하에는 3남을 두었는데, 모두 부산,
기장 등지에서 거주하고 있다. 1년 전 남편
이 작고하면서 현재는 혼자서 생활하고 있다. 학력은 무학이다. 과거에는
농사도 짓고 미역을 따기도 했으나 현재는 아무 일도 하지 않고 있다고
했다.

　제보자는 다른 사람들이 부르는 노래를 주로 듣는 편이었는데, 조사자
가 가까이 가서 노래를 유도하자 두 편의 민요를 불러 주었다. <창부타
령> 한 곡과 <다리 세기 노래>였다. <다리 세기 노래>를 부를 때는 직
접 청중 한 명과 함께 다리를 세는 놀이를 하면서 불렀다. 노래는 친구들
과 놀면서 부르는 것을 듣고 알게 된 것이라고 했다.

제공 자료 목록

04_21_FOS_20100118_PKS_WJO_0001 창부타령
04_21_FOS_20100118_PKS_WJO_0002 다리 세기 노래

윤학줄, 남, 1934년생

주 소 지 : 부산광역시 기장군 기장읍 죽성리 두호마을
제보일시 : 2010.1.18
조 사 자 : 박경수, 정규식, 박양리, 정혜란

윤학줄(尹學茁)은 1934년(갑술년) 개띠 생
으로 부산광역시 기장군 기장읍 죽성리 두
호마을에서 태어났다. 본은 파평이다. 1963
년에 공병으로 군대에 가는 바람에 고향을
떠나 있었고, 다시 포항 포스코에서 근로자
로 일했기 때문에 다시 고향을 벗어나 있었
다. 54세 되던 해 회사를 그만두고 고향으
로 돌아와 지금까지 지내고 있다고 했다. 9
대째 두호마을에서 산 토박이임을 은근히 자랑했다. 28세 되던 해 7세 연
하의 부인과 결혼을 하여 슬하에 1남 2녀를 두었다. 3남매 모두 타지로
시집, 장가를 가서 현재는 부인과 둘이서 생활하고 있다. 학력은 중학 졸
업이며, 종교는 불교라고 하였다. 현재 두호마을 노인회 회장직을 맡고
있으며, 나이에 비해 건강한 모습을 하고 말끔한 차림새를 했다.

제보자는 이 마을 다녀갔다는 이도재 암행어사에 얽힌 이야기를 한 편
구술했는데, 어릴 적 어른들에게 들은 이야기라고 했다. 이야기를 막힘이
없이 잘 했으며, 성격도 호방하고 시원시원해 보였다.

제공 자료 목록
04_21_FOT_20100118_PKS_YHJ_0001 잘못된 보고를 바로 잡은 이도재 어사

이귀남, 여, 1925년생

주 소 지 : 부산광역시 기장군 장안읍 오리 판곡마을

제보일시 : 2010.1.21
조 사 자 : 박경수, 정규식, 박지희, 오소현

이귀남은 1925년 을축생으로 소띠이다.
본관은 경주이며 부산광역시 초량에서 태어
났다. 택호는 남국댁이다. 제보자가 부산광
역시 기장군 장안읍 오리 판곡마을에 살게
된 것은 19세 때 남편 박종식 씨와 결혼하
고부터라고 한다. 자녀는 4남 2녀로 모두
부산에 살고 있고, 남편은 작고했다. 학교는
다니지 못했다.

　제공한 노래는 예전에 농사를 지을 때 자주 불렀던 노래라고 했다. 제
공한 자료는 <아기 어르는 노래> 등 민요 4편이다.

제공 자료 목록
04_21_FOS_20100121_PKS_LKN_0001 아기 어르는 노래
04_21_FOS_20100121_PKS_LKN_0002 미꾸라지 놀리는 노래
04_21_FOS_20100121_PKS_LKN_0003 다리 세기 노래
04_21_FOS_20100121_PKS_LKN_0004 미인가

이귀량, 여, 1936년생

주 소 지 : 부산광역시 기장군 철마면 와여리 와여마을
제보일시 : 2010.1.19
조 사 자 : 박경수, 박양리, 정혜란, 정다혜

　본관이 학정인 이귀량은 1936년 병자년 쥐띠 생으로 당시 경상남도 양
산군 웅상면 명곡리 명곡마을에서 태어났다. 현재 나이는 75세이고 명곡
댁으로 불린다. 19세에 결혼을 하여 슬하에 2남 3녀의 자녀를 두고 있다.
자녀 중에 1명은 일찍 사망하였으며 모두 타지에서 살고 있다고 하였다.

현재 3살 연상의 남편과 함께 생활하고 있
다. 학력은 초등학교 졸업이고, 가사를 돌보
는 전업주부로 살아왔다. 성격은 매우 호탕
하게 보였다. 오랫동안 금정구 구서동 역들
에서 거주했다고 하였다.

<신세타령> 1편을 불러 주었는데, 이는
어릴 때 숙모님에게 배운 것이라고 하였다.

제공 자료 목록

04_21_FOS_20100119_PKS_EGR_0001 신세타령요

이동희, 여, 1929년생

주 소 지 : 부산광역시 기장군 기장읍 죽성리 두호마을
제보일시 : 2010.1.18
조 사 자 : 박경수, 정규식, 박양리, 정혜란

이동희는 1929년 뱀띠 생으로 부산광역
시 기장군 일광면 동백리 동백마을에서 태
어났다. 18세에 남편과 결혼을 하여 기장군
죽성리 두호마을로 와서 지금까지 살고 있
다. 슬하에 2남 1녀를 두었다. 택호는 달리
부르지 않고, 마을에서는 '보애 엄마'로 통
한다고 했다. 학력은 무학으로 배우지 못한
아쉬움이 늘 있다고 했다.

제보자는 회관의 안쪽 구석에 앉아 있었는데, 다른 제보자가 노래를 부
르는 동안 조용하게 듣고 있었다. 조사자가 가까이 가서 어릴 때 부르던
동요를 불러달라고 하자, 동요를 중심으로 모두 8편의 노래를 불러 주었

다. 이들 노래는 주로 어렸을 때 불렀거나 처녀 때 들어서 알게 된 것이라 했다.

제공 자료 목록

04_21_FOS_20100118_PKS_LDH_0001 이 빠진 아이 놀리는 노래 / 이갈이 노래

04_21_FOS_20100118_PKS_LDH_0002 두꺼비집 짓기 노래

04_21_FOS_20100118_PKS_LDH_0003 꿩 노래

04_21_FOS_20100118_PKS_LDH_0004 풀국새 노래

04_21_FOS_20100118_PKS_LDH_0005 님 그리는 노래

04_21_FOS_20100118_PKS_LDH_0006 파랑새 노래

04_21_FOS_20100118_PKS_LDH_0007 청춘가

04_21_FOS_20100118_PKS_LDH_0008 잠자리 잡는 노래

이묘숙, 여, 1932년생

주 소 지 : 부산광역시 기장군 기장읍 교리1리

제보일시 : 2010.1.19

조 사 자 : 박경수, 서정매, 황영태, 최수정

이묘숙은 1932년생으로 부산광역시 기장군 기장읍 구동마을에서 태어났다. 올해 79세로 원숭이띠이며 구동댁으로 불린다. 나이 20세에 결혼하여 슬하에 3남 1녀의 자녀를 두고 있다. 자녀들은 모두 부산과 울산 등지에서 살고 있다. 예전부터 농사를 지어왔으나, 현재는 나이가 많아 일을 쉬고 있다. 학교는 다닌 바가 없으며, 종교는 불교이다. 결혼을 하게 되면서 교리1동에서 살게 되어 지금까지 52년째 교리마을에서 살고 있다. 민요 3편과 설화 1편을 제공해 주었다.

제공 자료 목록

04_21_FOT_20100119_PKS_LMS_0001 몰래 뀌는 며느리의 방귀

04_21_FOS_20100119_PKS_LMS_0001 모심기 노래

04_21_FOS_20100119_PKS_LMS_0002 화투타령

04_21_FOS_20100119_PKS_LMS_0003 너냥 나냥

이부용, 남, 1934년생

주 소 지 : 부산광역시 기장군 기장읍 서부리 서부마을

제보일시 : 2010.1.20

조 사 자 : 박경수, 정규식, 박지희, 오소현

이부용은 1934년 갑술생으로 개띠이다. 부산광역시 기장군 철마면 이곡리 구실마을에서 태어났으며 본관은 영천이다. 가족으로 74세인 부인 김정숙씨와 1남 3녀의 자녀가 있다. 자녀는 모두 타지에서 살고 있다. 학교는 초등학교를 졸업했다. 현재는 노인회 회장을 맡고 있다.

제공한 자료는 <집까지 안내해 준 호랑이> 등 설화 3편이다. 이 중 2편은 체험담으로 현대 구전설화에 속한다.

제공 자료 목록

04_21_FOT_20100120_PKS_LBY_0001 집까지 안내해 준 호랑이

04_21_MPN_20100120_PKS_LBY_0001 귀신에게 홀린 사람

04_21_MPN_20100120_PKS_LBY_0002 용소골 애기소에서 본 귀신

이애숙, 여, 1929년생

주 소 지 : 부산광역시 기장군 일광면 용천리 회룡마을

제보일시 : 2010.1.20
조 사 자 : 박경수, 서정매, 황영태, 최수정

이애숙은 1929년 경상남도 양산시에서
태어났다. 올해 82세이며 뱀띠로 남동댁이
라는 택호로 불린다. 20세가 되던 해에 남
편을 만나 결혼했으나 남편은 5년 전에 작
고하였다. 슬하에 2남 3녀를 두고 있으며
울산, 부산, 동래에서 거주하고 있다. 벼농
사를 지으며 살아 왔는데, 지금도 농사를 짓
고 있다. 학교는 다닌 바가 없으며, 종교는
불교이다. <모심기 노래>를 가사를 읊듯이 구연해 주었다.

제공 자료 목록
04_21_FOS_20100120_PKS_LYS_0001 모심기 노래

이영숙, 여, 1939년생

주 소 지 : 부산광역시 기장군 기장읍 내리 내동마을
제보일시 : 2010.1.19
조 사 자 : 박경수, 정규식, 서정매, 황영태, 박지희, 최수정, 오소현

이영숙은 1939년 기묘생으로 토끼띠이다.
부산광역시 기장군 기장읍 내리 내동에서
태어났다. 슬하에 2남 1녀를 두었다. 자녀들
은 해운대와 연산동, 울산으로 모두 떨어져
살고 있다. 지금은 6살 연상(현재 78세)의
남편과 함께 살고 있다. 학력은 무학이며 지
금까지도 농업을 하고 있다. 21세 때 결혼

하면서 내리마을로 이사를 왔다.

제보자는 몸동작, 손동작을 많이 쓰면서 노래를 불렀다. 눈을 자주 깜박거리거나 고개를 자주 끄덕였다. 시어머니나 친구들에게 들은 민요 4편을 제공해 주었다.

제공 자료 목록

04_21_FOS_20100119_PKS_LYS_0001 다리 세기 노래
04_21_FOS_20100119_PKS_LYS_0002 화투타령
04_21_FOS_20100119_PKS_LYS_0003 창부타령(1)
04_21_FOS_20100119_PKS_LYS_0004 창부타령(2)

이창우, 남, 1939년생

주 소 지 : 부산광역시 기장군 장안읍 명례리 대명마을
제보일시 : 2010.1.21
조 사 자 : 박경수, 정규식, 박지희, 오소현

이창우(李昌雨)는 1936년 병자생으로 쥐
띠이다. 부산광역시 기장군 장안읍 명례리
대명마을에서 태어나 현재까지 살고 있다.
본관은 경주이다. 결혼은 20세에 했고 부인
(69세)과의 사이에 2남 2녀를 두고 있으며,
자녀는 모두 타지에서 살고 있다. 초등학교
까지 공부했으며 현재 마을에서 노인회 회
장을 맡고 있다. 지금도 농사를 짓고 있다.
제보자는 단어를 반복하거나 강조하는 경향이 있었다. 제공한 자료는
설화 1편이다.

제공 자료 목록

04_21_FOT_20100121_PKS_LCW_0001 도깨비불과 도깨비에 홀린 사람

이춘례, 여, 1937년생

주 소 지 : 부산광역시 기장군 일광면 화전리 화전마을
제보일시 : 2010.1.20
조 사 자 : 박경수, 서정매, 황영태, 최수정

이춘례(李春禮)는 1937년생으로 울산광역
시 울주군 서생면 용동리 용지마을에서 태
어났다. 올해 나이 74세로 소띠이며, 택호는
용동댁이다. 본관은 경주이다. 22세가 되던
해에 동갑인 남편을 만나 결혼하였으나 안
타깝게도 남편은 50년 전에 작고하여 홀로
살아왔다. 슬하에 자녀는 2남 2녀를 두었으
며, 모두 부산, 서울, 창원, 거제 등지에서
생활하고 있다. 벼농사를 지었으나 지금은 나이가 많이 쉬고 있다. 초등
학교를 졸업하였으며, 종교는 불교이다. 결혼을 한 후부터 지금까지 화전
마을에서 살고 있다.

<줄방귀를 뀐 며느리>, <엉덩이가 못에 찔린 며느리> 등을 구술해
주었다.

제공 자료 목록
04_21_FOT_20100120_PKS_LCY_0001 줄방귀를 뀐 며느리
04_21_FOT_20100120_PKS_LCY_0002 두 동네가 한 동네 되었네
04_21_FOS_20100120_PKS_LCY_0001 그네 노래
04_21_FOS_20100120_PKS_LCY_0002 너냥 나냥
04_21_FOS_20100120_PKS_LCY_0003 화투 타령

장생금, 여, 1928년생

주 소 지 : 부산광역시 기장군 기장읍 죽성리 두호마을
제보일시 : 2010.1.18

조 사 자 : 박경수, 정규식, 박양리, 정혜란

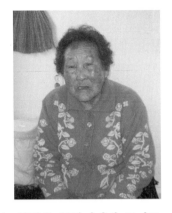

　　장생금은 1928년 용띠 생으로 부산광역
시 기장군 기장읍 죽성리 두호마을에서 태
어났다. 본은 안동이다. 17세에 두호마을에
살고 있는 남편과 결혼을 하여 미역을 따거
나 미나리 농사를 지으며 살았는데, 지금까
지 두호마을을 떠난 적이 없다고 했다. 슬하
에 5남 1녀를 두었으며 기장군 대변에도 자
녀가 살아서 자주 본다고 했다. 30년 전 남
편이 작고하여 현재는 혼자서 생활하고 있다. 학력은 무학이라서 글자를
잘 알지 못한 아쉬움이 크다고 했다.

　　제보자는 귀가 어두워서 큰소리로 말을 해야 들을 수 있었다. 예전에는
노래를 많이 불렀다고 하면서 7편의 민요를 불러 주었다. <모찌기 노
래>, <모심기 노래>, <애기 어르는 노래>를 비롯한 노동요를 불렀으며,
<창부타령>으로 일련의 노래를 흥을 내어 가창했다. 제보자는 이가 모두
빠지고 없는데다가 사탕까지 물고 노래를 하였지만 노래를 듣기에는 무
리 없었다. 오히려 귀가 어두워서 큰소리로 노래를 했기 때문에 노랫소리
가 또렷이 잘 들렸다. 청중들이 노래를 잘한다고 하면서 노래 한 곡이 끝
날 때마다 박수를 쳤다.

제공 자료 목록
04_21_FOS_20100118_PKS_JSK_0001 모심기 노래(1)
04_21_FOS_20100118_PKS_JSK_0002 창부타령(1)
04_21_FOS_20100118_PKS_JSK_0003 아기 어르는 노래
04_21_FOS_20100118_PKS_JSK_0004 창부타령(2)
04_21_FOS_20100118_PKS_JSK_0005 청춘가
04_21_FOS_20100118_PKS_JSK_0006 모심기 노래(2)
04_21_FOS_20100118_PKS_JSK_0007 모찌기 노래

장숙자, 여, 1941년생

주 소 지 : 부산광역시 기장군 정관면 예림리 예림마을
제보일시 : 2010.1.20
조 사 자 : 박경수, 박양리, 정혜란, 정다혜

장숙자는 1941년 뱀띠 생으로, 부산광역시 기장군 장안읍 좌동리 덕산마을에서 태어났다. 본관은 안동이며, 덕산댁으로 불린다. 20살 때 결혼을 하면서 남편이 있는 예림마을로 옮겨와서 살았다. 슬하에 2남 4녀를 두었는데, 남편은 3년 전에 작고했으며, 현재 두 아들과 함께 생활하고 있다. 제보자는 초등학교를 졸업했다고 했으며, 줄곧 농사를 짓고 살았는데, 지금은 약간의 농사만 짓고 있다고 했다.

제보자는 민요 조사가 끝날 무렵, 조사자의 이야기 유도로 2편의 설화를 구술하였다. <이야기 내기로 할아버지를 이긴 할머니>와 <시아버지에게 딸을 시집보낸 며느리>로 2편 모두 주인공이 재치를 발휘하는 재담의 설화였다. 이들 이야기는 어릴 때 친할머니로부터 들은 것이라고 했다.

제공 자료 목록

04_21_FOT_20100120_PKS_JSJ_0001 이야기 내기로 할아버지를 이긴 할머니
04_21_FOT_20100120_PKS_JSJ_0002 시아버지에게 딸을 시집보낸 며느리

전금출, 여, 1937년생

주 소 지 : 부산광역시 기장군 철마면 웅천리 중리마을
제보일시 : 2010.1.19
조 사 자 : 박경수, 박양리, 정혜란, 정다혜

전금출은 1937년 소띠 생으로 과거 울산군 온양면 내광리에서 태어났

다. 본은 경산이다. 21세 되던 해 4살 연상
의 남편(문진규)과 결혼을 하여 기장군 정관
면에서 생활했다. 10년 전에 철마면 웅천리
중리마을로 이사를 와서 지금까지 생활하고
있는데, 정관에서 살았던 적이 있어서 정관
댁으로 마을에서 불린다고 했다. 슬하에 2
남 4녀를 두었는데, 모두 결혼하여 타지에
서 거주하고 있다. 선생님을 하고 있는 자녀

를 자랑스럽게 생각했다. 학력은 초등학교 졸업이다. 현재 중리마을노인
회 총무를 맡고 있다. 과거에는 농업, 축산업에 종사하고 가게도 운영하
였지만, 현재는 별다른 일은 하고 있지 않다고 했다. 나이에 비해 얼굴이
고와 매우 젊어 보였다.

제보자는 8편의 민요와 2편의 설화를 제공했다. 처녀 시절과 시집을 와
서 어른들이 하는 노래를 듣고 배운 노래라고 하였다. 특히 <창부타령>,
<청춘가>, <노랫가락> 등 유흥적인 민요에 일가견이 있었다. 다른 사람
에 비해 젊어서인지 목소리도 좋고 흥을 내어 노래를 잘 불렀다. 김하숙,
최무식 제보자와 번갈아가며 노래를 불렀는데, 박수를 치거나 춤을 추면
서 노래판을 흥겹게 만들었다. 제보자는 저승 갔다 온 사람 이야기를 2편
구술했다. 약간 빠르게 말을 했으나 발음이 분명했다. 한 가지 이야기는
학자였던 큰아버지께 들은 것이고, 다른 하나는 다른 사람에게 직접 들은
것이라고 했다. 의성어나 의태어를 실감나게 표현하면서 이야기를 했다.

제공 자료 목록

04_21_FOT_20100119_PKS_JKC_0001 저승 갔다 살아온 할머니
04_21_FOT_20100119_PKS_JKC_0002 저승 갔다 살아온 점쟁이
04_21_FOS_20100119_PKS_JKC_0001 창부타령
04_21_FOS_20100119_PKS_JKC_0002 노랫가락(1) / 나무 노래

04_21_FOS_20100119_PKS_JKC_0003 청춘가

04_21_FOS_20100119_PKS_JKC_0004 노랫가락(2) / 한자풀이 노래

04_21_FOS_20100119_PKS_JKC_0005 노랫가락(3) / 나비 노래

04_21_FOS_20100119_PKS_JKC_0006 노랫가락(4) / 정 노래

04_21_FOS_20100119_PKS_JKC_0007 아기 재우는 노래 / 자장가

04_21_FOS_20100119_PKS_JKC_0008 친구이별가

정경섭, 남, 1932년생

주 소 지 : 부산광역시 기장군 일광면 용천리 회룡마을

제보일시 : 2010.1.20

조 사 자 : 박경수, 서정매, 황영태, 최수정

　　정경섭은 1932년생으로 부산광역시 기장
군 일광면 용천리 회룡마을에서 태어나 지
금까지 회룡마을에서 살고 있는 토박이이다.
올해 79세로 원숭이띠이다. 22세에 부인(75
세, 쥐띠)을 만나 결혼하여 지금까지 함께
살고 있다. 슬하에 자녀는 3남 2녀를 두었
으며 부산에서 거주하고 있다. 초등학교를
졸업하였고, 예전부터 지었던 벼농사를 지
금도 짓고 있다.

　　제공한 자료는 설화 2편이다.

제공 자료 목록

04_21_FOT_20100120_PKS_JGS_0001 용천과 회룡마을의 지명 유래

04_21_FOT_20100120_PKS_JGS_0002 도깨비와 씨름한 사람

정덕주, 여, 1923년생

주 소 지 : 부산광역시 기장군 철마면 와여리 와여마을
제보일시 : 2010.1.19
조 사 자 : 박경수, 박양리, 정혜란, 정다혜

정덕주는 1923년 계해년 돼지띠로 부산
광역시 기장군 철마면 석길리 석길마을에서
태어났다. 현재 나이는 88세이며 석길댁으
로 불린다. 많은 나이에도 불구하고 매우 정
정한 모습이었으며 기억력도 좋은 편이었다.
18세에 시집을 와여마을로 오게 되어 지금
까지 계속 살고 있다. 약 30년 전에 남편은
작고했다. 슬하에 3남 4녀를 두었고, 현재
큰아들 식구와 함께 살고 있다고 했다. 30년가량 농업에 종사하였으며 야
학을 다녔다고 했다. 종교는 불교이기는 하나 이제 나이가 들어 더 이상
절에 다니지는 않는다고 하였다.

제공한 자료는 민요 3편인데, 마을 어른들이 부르는 것을 듣고 배운 것
이라고 했다. 얌전히 앉은 자세로 노래를 불렀다.

제공 자료 목록

04_21_FOS_20100119_PKS_JDJ_0001 모찌기 노래
04_21_FOS_20100119_PKS_JDJ_0002 모심기 노래
04_21_FOS_20100119_PKS_JDJ_0003 쌍가락지 노래

정봉화, 여, 1936년생

주 소 지 : 부산광역시 기장군 장안읍 명례리 대명마을
제보일시 : 2010.1.21
조 사 자 : 박경수, 정규식, 박지희, 오소현

정봉화는 1936년 병자생으로 쥐띠이다.
울산광역시 울주군 원양리에서 태어났으며
본관은 동래라고 했다. 21세에 결혼하면서
기장군 장압읍 명례리 대명마을로 왔다. 남
편은 20년 전에 작고했다. 슬하에 4남매를
두었는데 모두 객지에 나가 살고 있다. 학력
은 무학이며 농사를 지었다고 했다.

제보자는 잔잔한 목소리로 노래를 불러
주었다. 사진 찍는 것을 부끄러워하는 것으로 보아 수줍음이 많은 성격
같았다. 제공한 자료는 <아기 재우는 노래>, <파랑새요>, <진주난봉
가> 등이다.

제공 자료 목록
04_21_FOS_20100121_PKS_JBH_0001 아기 재우는 노래
04_21_FOS_20100121_PKS_JBH_0002 파랑새요
04_21_FOS_20100121_PKS_JBH_0003 진주난봉가

정순옥, 여, 1947년생

주 소 지 : 부산광역시 기장군 정관면 두명리 두명마을
제보일시 : 2010.1.20
조 사 자 : 박경수, 박양리, 정혜란, 정다혜

정순옥은 1947년 정해년 돼지띠로 울산
광역시 웅촌면 대복마을에서 태어났다. 현
재 나이는 64세이며, 마을에서는 대복댁으
로 불린다. 1968년(22세)에 결혼을 하여 슬
하에 2남 2녀의 자녀를 두었다. 남편은
1991년에 작고하였고, 자녀들은 모두 울산,

서창 등 타지에 나가서 살고 있다고 하였다. 초등학교를 졸업하였고 예전부터 지금까지 농사를 지으며 생활하고 있다고 했다. 두명마을 부녀회장을 한 적도 있다. 제보자는 <아가씨 귀신과 놀았던 총각> 이야기 1편을 해주었다. 이 이야기는 옛날에 들어서 알게 된 것이라 했다.

제공 자료 목록
04_21_FOT_20100120_PKS_JSO_0001 아가씨 귀신과 놀았던 총각

정장금, 여, 1922년생

주 소 지 : 부산광역시 기장군 일광면 화전리 화전마을
제보일시 : 2010.1.20
조 사 자 : 박경수, 서정매, 황영태, 최수정

정장금은 1922년생으로 부산광역시 기장군 화전리 화전마을에서 태어났다. 올해 89세로 개띠이다. 18세에 결혼하여 지금까지 화전마을에서 계속 살고 있는 토박이이다. 남편은 12년 전에 작고하였고, 슬하에 4형제를 두었다. 택호는 화전댁이다. 학교는 다닌 바 없으며, 종교는 불교이다. 벼농사를 짓고 살아왔으며, 할아버지 유리공장에서도 일하다가 다시 화전마을에 들어와서 살고 있다. 화전마을에 다시 들어온 지는 20년쯤 되었다고 했다.

<모심기 노래>와 <나물 캐는 노래>를 구연해 주었다. 모두 젊었을 때 어른들이 부르는 것을 따라 배운 것이라고 했다.

제공 자료 목록
04_21_FOS_20100120_PKS_JJG_0001 모심기 노래

정태건, 남, 1936년생

주 소 지 : 부산광역시 기장군 정관면 매학리 구연동마을
제보일시 : 2010.1.20
조 사 자 : 박경수, 박양리, 정혜란, 정다혜

　정태건(鄭泰鍵)은 1936년 병자년 쥐띠 생으로 일본에서 태어났다. 본관은 동래이다. 현재 제보자의 나이는 75세이며, 해방될 때 10살로 일본에서 건너와 울산에서 잠시 살다가 정관면 매학리 구연동마을로 와서 지금까지 살고 있다고 하였다. 슬하에 3남 1녀의 자녀를 두었는데, 모두 출가하고 집에는 자녀 한 명과 같이 살고 있다. 부인은 20년 전에 작고했다고 했다. 초등학교를 졸업했으며, 농사를 지으며 생활했다. 현재는 대한노인회 기장지회 정관분회 총무 일을 맡고 있다. 그는 '옹녀산발'의 혈 자리에 묘를 써서 부자 된 정관 사람 이야기와 달음산과 매남산의 유래에 대해 짧게 이야기했다. 다른 이야기를 유도했으나 더 이상 아는 이야기가 없다고 하며 분회사무실에 모인 노인들에게 알아보라고 하며 구술을 마쳤다.

제공 자료 목록
04_21_FOT_20100120_PKS_JTG_0001 묘를 잘 써서 부자 된 사람
04_21_FOT_20100120_PKS_JTG_0002 달음산과 매남산의 유래

조분순, 여, 1929년생

주 소 지 : 부산광역시 기장군 기장읍 교리1동
제보일시 : 2010.1.19
조 사 자 : 박경수, 서정매, 황영태, 최수정

조분순은 1929년생으로 부산광역시 국정
구선 두구동 두구마을에서 태어났다. 올해
나이 82세로 뱀띠이며 영양댁이라는 택호로
불린다. 20세가 되던 해에 8살 연상의 남편
을 만나 결혼하였으나, 3년 전에 남편은 작
고했다. 슬하에 1남 4녀의 자녀를 두었으며
농사를 지으며 살아왔다. 학교는 다닌 바가
없으며 종교는 불교이다.

쑥스러움이 많은 성품으로 다른 제보자들의 노래를 듣고 난 뒤에 기억
나는 노래가 있으면 불러주곤 하였다. <창부타령>, <모심기 노래>, <아
기 어르는 노래>, <양산도>, <너냥 나냥> 등을 구연해 주었다.

제공 자료 목록

04_21_FOS_20100119_PKS_JBS_0001 창부타령
04_21_FOS_20100119_PKS_JBS_0002 모심기 노래
04_21_FOS_20100119_PKS_JBS_0003 아기 어르는 노래(1) / 불미소리
04_21_FOS_20100119_PKS_JBS_0004 아기 어르는 노래(2) / 알강달강요
04_21_FOS_20100119_PKS_JBS_0005 양산도
04_21_FOS_20100119_PKS_JBS_0006 너냥 나냥

차두철, 남, 1935년생

주 소 지 : 부산광역시 기장군 철마면 연구리 구림마을
제보일시 : 2010.1.20
조 사 자 : 박경수, 박양리, 정혜란, 정다혜

차두철은 1935년 돼지띠로 부산광역시 기장군 철마면 연구리 구림마을에서 태어났다. 본은 연안이다. 고향인 구림마을에서 현재까지 계속 생활하고 있다. 23살 때 1살 연하의 부인과 결혼을 하여 슬하에 1남 2녀를 두었다. 자녀 모두 타지에서 살고 있어서 현재는 부인과 둘이서 생활하고 있다. 학력은 고등학교 졸업이며, 현재 구림마을 노인회 총무를 맡고 있다.

제보자는 2편의 설화를 구술했다. 효자 서홍을 기리기 위해 세운 정려각과 마을에 전해지는 거북바위에 얽힌 이야기이다. 자신이 알고 있는 이야기를 적극적으로 구술하고자 했으며, 목소리가 크고 분명했다. 이들 이야기들은 모두 젊었을 때 주변 어른에게서 들어서 알게 된 것이라고 했다.

제공 자료 목록
04_21_FOT_20100120_PKS_CDC_0001 주인을 살리고 죽은 충견과 개좌산
04_21_FOT_20100120_PKS_CDC_0002 거북바위의 목을 잘라 화적떼를 쫓은 정씨

최경채, 남, 1929년생

주 소 지 : 부산광역시 기장군 철마면 이곡리 이곡마을
제보일시 : 2010.1.20
조 사 자 : 박경수, 박양리, 정혜란, 정다혜

최경채(崔景采)는 1929년 기사년, 즉 뱀띠 생으로 부산광역시 기장군 철마면 이곡리 이곡마을에서 태어났다. 본관은 해주이다. 동래 정(鄭)씨와 결혼하여 슬하에 2남 3녀를 두었다. 큰아들은 현재 부산에서 교직생활을

하고 있다. 부인은 열흘 전에 작고했다고 했
다. 현재 이곡마을에서 한우불고기 식당을
하고 있는 막내아들 가족과 함께 생활하고
있다. 과거에 농사를 지었으며 당시 보통 학
교를 졸업하였다. 홀로 한학을 공부하기도
했다. 제보자는 2008년과 2009년에 기장향
교 성균관지부장을 맡았으며, 2009년부터
철마면노인회 회장을 지내고 있다. 또한 현
재 한국전쟁 참전 유공자 철마분회 부의장을 맡고 있기도 하다.

조사자 일행은 2010년 1월 20일(수) 오후 5시 경에 제보자를 아들 내
외와 함께 운영하는 한우불고기 식당에서 제보자를 만나 주변 마을에 전
해지는 설화를 조사했다. 제보자는 보림마을에 있는 열녀비에 얽힌 이야
기와 이곡리 곽암마을의 미역바위에 대한 이야기를 했다. 자신이 알고 있
는 이야기를 차분하게 구술했다. 제보자가 구술한 이야기는 어렸을 때 어
른들에게 들은 것이라고 했다.

제공 자료 목록
04_21_FOT_20100120_PKS_CKC_0001 자기 살을 먹여서 시어른을 살린 효부
04_21_FOT_20100120_PKS_CKC_0002 미역이 걸린 미역바위

최무식, 여, 1926년생

주 소 지 : 부산광역시 기장군 철마면 웅천리 중리마을
제보일시 : 2010.1.19
조 사 자 : 박경수, 박양리, 정혜란, 정다혜

최무식은 1926년 범띠 생으로 부산광역시 회동수원지 쪽에 있는 금정
구 선두구동 하정마을에서 태어났다. 본은 경주이며 하정리댁으로 불린

다. 20세 되던 해 2살 연상의 남편과 결혼
을 하여 철마면 웅천리 중리마을로 와서 지
금까지 65년 동안 거주하고 있다. 슬하에 2
남 3녀를 두었는데 모두 타지에 거주하고
있다고 했다. 약 21년 전에 남편이 작고하
면서 현재는 혼자서 생활하고 있다. 어렸을
때 야학을 다닌 적이 있다고 했다. 예전에는
농사도 짓고 길쌈도 하였는데, 현재는 밭을
조금 일구면서 지낸다고 했다.

　제보자는 김하숙 할머니와 번갈아 노래를 불렀는데, 모두 9편의 민요를
제공했다. 독특하게 클레멘타인 곡조로 <심청이 노래>를 부르고, 창가조
로 <신세한탄가>를 불렀다. 제보자가 어렸을 때 야학을 다니며 배웠던
노래가 아닌가 한다. 제보자는 앞니가 모두 빠져 말소리가 약간 새는 듯
했지만, 조사자가 노래를 듣는 데에는 지장이 없었다. 손으로 지휘를 하
듯이 박자를 맞추며 눈을 지그시 감고 노래를 불렀다. 다른 제보자가 노
래할 때는 춤을 추기도 하면서 신명 나는 모습을 보였다. 주로 일하면서
다른 사람이 부르는 것을 듣고 알게 된 노래들이라고 했다.

제공 자료 목록
04_21_FOS_20100119_PKS_CMS_0001 태평가
04_21_FOS_20100119_PKS_CMS_0002 창부타령 / 첩 노래
04_21_FOS_20100119_PKS_CMS_0003 청춘가
04_21_FOS_20100119_PKS_CMS_0004 노랫가락 / 그네 노래
04_21_FOS_20100119_PKS_CMS_0005 쌍가락지 노래
04_21_FOS_20100119_PKS_CMS_0006 산비둘기 소리 노래
04_21_FOS_20100119_PKS_CMS_0007 심청이 노래
04_21_FOS_20100119_PKS_CMS_0008 신세한탄가

최복덕, 여, 1939년생

주 소 지 : 부산광역시 기장군 철마면 와여리 와여마을
제보일시 : 2010.1.19
조 사 자 : 박경수, 박양리, 정혜란, 정다혜

본관이 경주인 최복덕은 1939년 기묘년 토끼 생으로 기장군 일광면 동천리 큰말마을에서 태어났다. 현재 나이는 72세이며 큰 말댁이라는 택호로 불린다. 23세에 시집을 오면서 와여마을로 오게 되었다고 한다. 4년 전에 남편은 작고를 하였고 슬하에 1남 2녀의 자녀가 있다고 하였다. 현재는 혼자 생활하고 있다고 하였다. 초등학교 6년을 다녔으며 예전에는 농사도 지었다고 하였다. 얼굴이 작고 피부가 흰 편으로 성격은 차분하게 보였다. 종교는 불교이며 마을에서는 여자경로회 총무를 맡고 있다.

제보자는 민요 4편을 차분하게 기억을 해내며 불러 주었다.

제공 자료 목록

04_21_FOS_20100119_PKS_CBD_0001 모찌기 노래
04_21_FOS_20100119_PKS_CBD_0002 모심기 노래(1)
04_21_FOS_20100119_PKS_CBD_0003 진주난봉가
04_21_FOS_20100119_PKS_CBD_0004 모심기 노래(2)

최춘옥, 여, 1936년생

주 소 지 : 부산광역시 기장군 철마면 웅천리 중리마을
제보일시 : 2010.1.19
조 사 자 : 박경수, 박양리, 정혜란, 정다혜

최춘옥은 1936년 쥐띠 생으로 부산광역시 기장군 장안읍 좌천리에서 태어났다. 22살 때 3살 연상의 남편과 결혼을 하여 기장군 철마면 웅천리 중리마을로 와서 지금까지 거주하고 있다. 본은 경주이다. 슬하에 2남 5녀를 두었다. 자녀들은 모두 타지에 살고 있어서 현재는 남편과 둘이서 생활하고 있다. 학력은 초등학교를 졸업한 것이 전부이다.

제보자는 다른 사람들이 부르는 노래를 계속 듣고 있다가 조사가 끝날 무렵 <청춘가> 1편을 불렀다. 그러나 다른 사람의 도움을 받고서야 끝까지 부를 수 있었다.

제공 자료 목록

04_21_FOS_20100119_PKS_CCO_0001 청춘가

최필금, 여, 1929년생

주 소 지 : 부산광역시 기장군 기장읍 교리1리
제보일시 : 2010.1.19
조 사 자 : 박경수, 서정매, 황영태, 최수정

최필금(崔必今)은 1929년생으로 부산광역시 기장군 철마면에서 태어났다. 올해 나이 82세로 뱀띠이며, 하전댁이라는 택호로 불린다. 17세에 남편을 만나 결혼하였으나 19년 전인 1991년에 남편이 작고하여 홀로 살아왔다. 슬하에 3남 4녀의 자녀를 두었다. 자녀들은 서울, 부산, 덕계 등지에서 살고

있다. 제보자는 농사를 지으며 살아왔는데, 지금도 농사를 짓고 있다. 초등학교를 졸업하였으며, 현재 교리마을에서는 노인회장직을 맡고 있다. 웃음이 많아서 이야기를 구연하면서도 자주 웃었다. 이야기판의 분위기를 재미있게 이끄는 역할을 했다. 어릴 적에 할머니에게 들었던 이야기라고 하며 2편의 설화를 구술했다.

제공 자료 목록

04_21_FOT_20100119_PKS_CPG_0001 메주콩 많이 먹으면 호랑이가 잡아 간다
04_21_FOT_20100119_PKS_CPG_0002 조심을 해도 무심결에 뀌는 방귀

최흥년, 여, 1940년생

주 소 지 : 부산광역시 기장군 철마면 웅천리 중리마을
제보일시 : 2010.1.19
조 사 자 : 박경수, 박양리, 정혜란, 정다혜

최흥년은 1940년 용띠 생으로 부산광역시 기장군 일광면 원리에서 태어났다. 본은 경주이다. 24세 되던 해 2살 연상의 남편과 결혼을 하여 철마면 웅천리 중리마을로 오게 되었다. 슬하에 1남 3녀를 두었는데, 인천, 부산, 울산 등지에서 거주하고 있어 현재는 남편과 둘이서 생활하고 있다. 초등학교를 졸업하였다.

제보자는 1편의 민요를 불렀다. 조사자의 요청에 의해 민요 조사의 막바지에 <다리 세기 노래>를 불렀다. 어릴 때 놀면서 부르는 것을 들어서 알게 되었다고 했다.

한규준, 남, 1936년생

주 소 지 : 부산광역시 기장군 기장읍 죽성리 두호마을
제보일시 : 2010.1.18
조 사 자 : 박경수, 정규식, 박양리, 정혜란

한규준(韓奎準)은 청주가 본이며, 1936년 쥐띠 생으로 부산광역시 기장군 기장읍 죽성리 두호마을에서 태어났다. 지금까지 두호마을에서 태어나 외지로 가서 산 적이 없다고 했다. 24살 때 1살 연하의 부인과 결혼을 하여 슬하에 3남을 두었다. 울산에서 근로자로 일하는 아들을 비롯하여 모두 외지에 가서 살고 있고, 현재 부인과 둘이서 농사를 지으며 생활하고 있다. 학력은 초등학교를 졸업한 것이 전부이다.

작년까지 마을이장을 역임하였다. 조사자가 마을회관에 도착하여 조사 취지를 설명한 후 조사에 임하자 가장 먼저 나서서 설화 1편을 구술했다. 이 마을에 있는 어사바위에 얽힌 이야기였는데, 마을 어른들에게 들어서 알게 된 것이라고 했다.

제공 자료 목록
04_21_FOT_20100118_PKS_HKJ_0001 이도재 어사가 놀았던 어사바위

매바위를 없애서 망한 집안

자료코드 : 04_21_FOT_20100118_PKS_KKJ_0001

조사장소 : 부산광역시 기장군 기장읍 죽성리 두호마을 두호마을회관

조사일시 : 2010.1.18

조 사 자 : 박경수, 정규식, 박양리, 정혜란

제 보 자 : 김기준, 남, 76세

구연상황 : 조사마을과 관련된 여러 이야기가 좌중들 사이에 계속 되었다. 그러던 중에
조사자가 앞서 들은 매바위 이야기를 다른 분들은 어떻게 알고 있는지 묻자
제보자가 나서서 이 이야기를 했다.

줄 거 리 : 매바위라 불리는 바위 밑에 영천 이씨가 살았다. 영천 이씨는 마을에서 풍족
하게 살아서 항상 과객이 많았다. 과객들이 많이 와서 오래 머물렀기 때문에
집안 부녀들이 과객 오는 것을 싫어했다. 한 과객을 불편하게 대접했는데,
그 과객이 가면서 매바위를 없애면 과객이 오지 않을 것이라고 일러주었다.
그 말을 듣고 매바위를 없애자 과객이 끊어지고 영천 이씨 집안이 망하게 되
었다. 그런데 매가 없어지면 새들이 활개를 치듯, 매바위가 있던 마을은 망했
지만, 그 앞에 새바위가 있던 마을은 흥하게 되었다.

저 내가 듣기로는 여기가 요쪽이 우리 부락 앞에 요 새바우가 있고, 요
쪽에는 우리 부락에서 열 한번썩 제사를 지내구마는, 동제. 그라고 한 오
년만에 인자 풍어제를 지내고.

그래 인자 고게 매바우가 있었는데, 매바우를 지냈는데, 매바우 보면은
요쪽에 한쪽에 보며는 꼭 날라가는 매같이 생긴 돌이 있었어요. 돌이 있
었는데, 요쪽에는 인자 새바우고. 글런데 매바우에서러 요 밑에 이- 저,
그때 영천 이씨죠. 영천 이씨가 요 우리 부락에서는 이용준이라고, 그 조
모님께서 잘 살았어요.

잘 살았는데, 하도 잘 살다 보니까 옛날에 늘 과객들이 많이 옸는(왔는)

기라. 오가지고 사흘쓱 나흘쓱 며칠쓱 먹고 인자 지내다 보이께네 집안에서러 부녀자들이 싫어했는 기라, 손님 많이 치이까네.

그래해서는 그때 모 한 과객이 오가이고(와가지고), 오니까네 그 집안에서 쪼금 대접을 좀 거하게 했어, 불편하게 좀 인자. 그래서 그 과객이 가면서러,

"당신네 집에 손님이 안 올라카거든 조 앞에."

고 인자 고 매바우라 하모 지금도 그렇지마는 그때도 완전히 여 배로 타고 사람이 옷을 건지가(걷어서) 건너가야 되거든요.

"그 매바우 돌을 없애뿌라. 없애뿌면은 당신네 집에 손님이 안 올거다."

이런 얘길 하고 갔어요. 그까지 거 돌 하나만 빼, 매같이 생긴 거 뭐 메가지고 가이 빠뿌면(부숴버리면) 되거든요. 그래가지고 그 집에서러 그 매바우라고 생긴 거로 매를 가서러 그 다음에 없애뺐어요, 뿌아뺐어.

뿌우고 보니까네 그 집안이 완전 망했는 기라. 지금도 그 분님들의 이 지역 영천 이씨들 몇 집이 있습니다. 살고 있는데, 큰댁이 그분들 완전이 망했지. 망해가지고 손도 인자 없어졌지. 없어졌는데, 그래 매가 없어지니까네 새바우가, 매 앞에 있는 새가 인자 그거 아입니까? 그런데 매가 없어지이 새가 활개를 친다 이기라.

활개를 치니까, 원죽하고 요 원죽, 요게는 두무포고 저쪽에는 원죽이라고 두 개 부락, 자연부락인데 두 개 부락입니더. 그 원죽 부락이 새가 활개치니 잘 되더라 이기라. 그래가 논을 사고 밭을 사고 동네가 잘 되고, 요 두모포는 그 이씨 집안도 망하고 동네도 망하더라 이런 이야기 인자 들었어예.

효자 서홍과 개좌산 개무덤

자료코드 : 04_21_FOT_20100119_PKS_KMJ_0001
조사장소 : 부산광역시 기장군 철마면 장전리 대곡마을 제보자(김명조) 자택
조사일시 : 2010.1.19
조 사 자 : 박경수, 정혜란, 정다혜
제 보 자 : 김명조, 남, 74세

구연상황 : 조사자가 제보자에게 조사의 취지를 설명한 후, 책에서 이 마을에 전하는 개
　　　　　좌고개 개무덤 이야기를 보았다고 하면서 그 이야기를 아느냐고 하자 다음
　　　　　이야기를 했다.

줄 거 리 : 옛날에 구림에 서홍이란 사람이 살았다. 서홍은 동래성에 병사로 근무를 했
　　　　　는데, 병환이 든 어머니 병 구환을 위해 피곤함을 무릅쓰고 구림과 동래를 매
　　　　　일 왕복했다. 서홍은 혼자 다니기 외로워서 개를 한 마리 데리고 다녔다. 밤
　　　　　에는 어두워서 횃불을 들고 다녔는데, 하루는 너무 피곤해서 깜빡 잠이 들고
　　　　　말았다. 횃불이 잔디에 옮겨 붙어 점점 가까이 불이 왔다. 개가 근처 냇가에
　　　　　가서 몸에 물을 묻혀 몸을 굴려서 불을 껐다. 개는 너무 지치고 자신의 몸에
　　　　　불이 붙어 그만 죽고 말았다. 서홍은 그 사실을 모르고 잠이 깊이 들었다가
　　　　　깨보니 근처에 불이 난 흔적과 죽어있는 개를 보았다. 서홍은 개 무덤을 만들
　　　　　고 묘비를 세워 주었다.

　글쎄요 상세한 내역은 고기 돼가 있고. (조사자 : 알고 있는 대로만.) 들
은 바로는 사실은 지금 현재 이 도로가 신설이 돼가지고, 지금 고 옛날에
있던 데서 요리 이동이 돼가지고, 지금 그 개무덤에 대한 고 전설 고 묘
비가 서가 있지만은, 그 이전에는 어 순수하게 개좌, 이 고개를 넘나드는
소로(小路) 길이 있었거든요. 있었는데, 그 길로 동래장에 시장을 주로 봐
가 먹기 위해서 이 정관 사람, 정관면 사람도 이 길로 다녔고, 철마면 전
체 사람들도 전부 다 이 길을, 여기서 동래시장이 30리나 되는데 걸어서
갔다가 왔다가 물건을, 쌀을 이고 가서 팔아가지고 또 거기서 물물교환
해가지고 오고.
　이런 식으로 할 때, 딱 고 개무덤이 고 저 우리 어릴 때 인자 고기 나
무하러든지 소 믹이러(먹이러) 가면은, 능선에 팡팡한데(평평한 데) 잔디

가 딱 심어져가 있고, 돌이 한 [팔을 크게 벌리며] 이 정도 되는 돌이 딱 고게 무덤이 저 묻히가 있어요, 돌이, 돌이.

거기 인자 우리는 보지는 못했지만은 내려오는 전설이 고게 인자 그 고게 나오는 고 저 여게 마 무슨? (조사자 : 서홍?) 야, 서홍. 서홍이라는 분이 저 구림에 살면서 그 동래성에 머 저 말하자면 요즘겉으몬 군 보충력인가 뭐 그런 인자 근무를 하러 다니다가 혼차 다니기가 거해서 뭐 개를 다니고(데리고) 다녔는데, 이분이 인자 뭐 좀 피로해가지고 거서 잠을 자다가 인자 잠이 깜빡 들어뿠는데, 그 개가 가마 보니까, 아 담뱃불을 아 횃불을 들고 인자 밤에는 어두워서 다녔는데, 그 횃불이 인자 붙는데. 잔디에 놔놓고 누버자다 보이카 그게 마 불이 붙어가지고 보니 사람의 옷에 가까이 불이 오는데도 주인은 뭐 모르고 곯아떨어져가 잠을 자고 있으이께,

개가 그 밑에 골짜기에 개는 늘 다니니깐 어디 조금 내려가몬 물이 있다는 걸 알기 때문에 그 내려가가 온 몸을 물에 적시가지고 막 이래 구불러가지고 그 불을 인자 전부 꺼뿌리고 나서 개는 지는 지쳐가지고 지 몸에 불도 붙고 해가 죽었버리고. 그래가 이 인자 서홍이라는 분은 한숨 실컨 자고 일어나가 깨보니까 그 인자 그 모양이 돼 있으이 인자 느꼈죠. '개가 지를 살릴라꼬 이래 하다가 죽었구나' 싶어서 거게다 인쟈 이 개를 무덤을 인자 만들었다.

요런 글을 우리가 알고 있었는데, 그 길이 나는 바람에 고기 없어져가지고 지금은 요게 요짝에 옮기났습니다. 그 묘비를 개무덤 비를, 예예. 그래 그 정도로 알고 있지 뭐 더 이상은 알 수도 없고.

(조사자 : 아구 아구 좋아요. 고맙습니다. 근데 그 서홍, 서홍인이라고 책에는 나와 있던데 이분이 참 여게 60리, 30리 길을 갔다가 참 멀리서, 저 저기서 다녔다모 더 멀 것 아닙니까?) 그렇죠. 요 구림이라고 요기 고기서 동래성까지. (조사자 : 와따 그까지 왔다갔다 하면서.)

예, 매일 왔다 갔다 하는데도 자기 모친이 또 아주 그 불편해가지고 그러이까 거서 누뷔자고 안 와도 되는데 모친을 여 와서 또 보살피야 되는기라.

(조사자 : 효자네요.) 예예. 거 가가 근무하고 와가지고 집에 와서 또 모친을 밥도 해디리야 되고 병 구환도 해야 되니까 못 자고 왔다가 갔다가 이런카네 너무 피로했지. 인자 그 사람이, (조사자 : 그래서 그 분이 한편으로 참 효자면서.) 그래가 효자각을, 효자각이 저기 있거든, 구림에.

(조사자 : 그러네요) 그렇다고 듣고 있습니다.

거북바위를 깨뜨려 망한 집

자료코드 : 04_21_FOT_20100119_PKS_KMJ_0002
조사장소 : 부산광역시 기장군 철마면 장전리 대곡마을 제보자(김명조) 자택
조사일시 : 2010.1.19
조 사 자 : 박경수, 정혜란, 정다혜
제 보 자 : 김명조, 남, 74세
구연상황 : 조사자가 생거북 머리를 잘라서 집안이 망했다는 이야기가 있지 않느냐고 물어보자, 제보자가 그런 이야기가 있다며 다음 이야기를 했다.
줄 거 리 : 어떤 부잣집에 저녁만 되면 과객이 너무 많이 와서 밥도 먹고 자고 가기도 했다. 이들을 쫓아내지도 못하고 귀찮아 하다가, 어떤 과객에게 사정을 말했다. 그 과객이 거북처럼 생긴 바위를 깨어 부수면 된다고 하여 그대로 했다. 그 후로 그 집은 망해버렸다.

바위가 고 사람 집에서 딱 보면은 딱 정면으로 딱 비치는 기라. 요래 바위가 요래 있는데.

아주 부자라 옛날겉으몬, 옛날겉으몬 마 먹을 기 풍부하고 부자라. 그래가지고 있으이, 그때는 하도 못사는 사람이 많으니까, 과객이라고 옛날에는 마 무조건 이래 와가 마 마 저녁되모 와가 밥 얻어묵고 누뷔자고 마

이래 하던갑데.

이 오는 사람을 쫓아내지는 모하고 하도 치닥거리를 할라 카이께네 귀찮는 기라. 그래서 하 그런 말을 언자 하니까, 어떤 과객이,

"그라몬 좋은 수가 있다. 내 시기는 대로 해라."

이라더라네.

"그라몬 어짜면 되노?"

카니까,

"조 저게 보이는 뾰족한 바위를 우를 좀 마 깨뿌리라."

그래서 마 그 주인이 하도 과객이 많이 오니까 거기 귀찮아가지고 한 분 해보자 카고 깨뿌렸거든. 깨뿌린 그 다음부터는 마 그냥 살림이 마 폭삭 망했뿠다 카는 그런 말은 들었습니다.

(조사자 : 그기 똑 거북 머리처럼 생깄던 모양이죠?) 예. 요기 이래 찔죽한 요래 있었는데, 고래가 안 되가지고 인자 나중에 살림이 파하고 집구석이 안 되니까 [웃으며] 쎄멘을(시멘트를) 가지고 땜빵을, 지금 가몬 땜빵을 해났어요.

바위 머리를 깨서 손님이 끊어진 집안

자료코드 : 04_21_FOT_20100119_PKS_KMR_0001
조사장소 : 부산광역시 기장군 철마면 와여리 와여마을 와여노인정
조사일시 : 2010.1.19
조 사 자 : 박경수, 박양리, 정혜란, 정다혜
제 보 자 : 김모란, 여, 84세
구연상황 : 앞서 다른 제보자가 바위 이야기를 하고 나니, 제보자도 다음 이야기가 생각났는지 이야기를 하기 시작했다. 청중들에게 자신의 이야기가 맞는지 확인하기도 했다.
줄 거 리 : 예전 차씨 집인 만화동댁에 손님이 너무 많이 왔다. 그집 시어머니가 손님이

오지 못하도록 하는 방도가 없느냐고 과객에게 묻자, 집 앞에 있는 바위 머리를 깨면 손님이 안 온다고 이야기했다. 그 이야기를 듣고 바위 머리를 깨자 바위에서 피가 흘렀다. 그 후 그 집에는 손님이 더 이상 오지 않았다.

최씨들이 있는데, 최씨들이가, 아 차씨, 차씨들이제. (청중 : 차씨.) 그 이전에 만화동댁 집에 거. 어찌 손님이 와싸서 마 그 이전에 그 만화동댁 시어마시가 그랬다 카데. 얼매 손님이 오싸서 마,

"손님 그 몬오도록(못 오도록) 할 재주가 없나?"

카이카네, 저 과객이 그랬대.

"저 방구 저 대가리 띠봐라. 너거집에 손님 오는강."

카더라 카대. 그래가 방구 그대로 참 띠니카네 피가 나더라 카대. 그라고 마 손님이 안 오이카네 방구 그 대가리 또, 지금 가봐라 안중 떼-났다 (떼워 놓았다) 돌가리로 마. 돌가리로가 떼났대. 그 아직 방구도 있다.

(조사자 : 그게 그게 거북처럼 생겼나 모양이죠? 그래서 거북.) 뭐 거북이든동 어떻든동 보이 마 요 쌀만한(쌀처럼 조그만) 기 사람 머리겉이 요래 쪼맨쪼맨 요래 생겼는데 우리 가봤거든.

힘겨루기로 가져온 삼형제 바위

자료코드 : 04_21_FOT_20100120_PKS_KMS_0001
조사장소 : 부산광역시 기장군 철마면 연구리 구림마을 구림마을회관
조사일시 : 2010.1.20
조 사 자 : 박경수, 박양리, 정혜란, 정다혜
제 보 자 : 김문수, 남, 73세
구연상황 : 제보자가 다른 이야기 중에 삼형제 이야기와 관련된 이야기가 나오자 조사자가 그 이야기에 대해 자세히 해달라고 요구하자 이 이야기를 했다.
줄 거 리 : 옛날에 힘이 장사인 삼형제가 살았다. 삼형제가 누가 힘이 센지 알아보기 위해 각자의 힘에 맞는 돌을 주워가지고 오기로 했다. 형제 순서대로 큰형의 돌이 가장 크고, 막내가 가져온 돌이 가장 작았다. 한때 백길마을에서 마을의

경계표석으로 이 돌을 굴려서 세워놓았다. 후에 선비 한 사람이 전설이 있는 돌을 그렇게 해서 안 된다고 해서 다시 그 돌을 가져와 세워두었다. 그곳에 삼형제바위가 있다고 해서 오늘날 삼정지라고 부른다.

우리는 뭐 나이가 어리카넌(어려서) 구전으로 약간 뭐 그거만 알지 저거는 잘 모르지요. (조사자 : 아는 데까지만 삼정자가 인자 뭐, 거기 장사가 있었다, 예예.)

거 내가 사는 고향이, 점현마을이 인자 고향이라는데, 요기 이사로 왔어요. 와가지고 우리 어릴 때 그 들어보면 삼형제바위라 삼형제바윈데, 지금 마 우리 부르기로 삼정지, 삼정지 이래 인자 쓰고 있는데. 거 가몬 인자 형제분 세 사람이 한날 모아가지고 서로 힘이 마 글자 그대로 옛날에는 장사 이래 됐는데,

"니 힘에 맞게끔 돌을 하나썩 조와 오나라."

이래가지고, 그래 인자 큰형이 갖다난(갖다놓은) 바위가 지금 보면 엄청시리 큰데 제일 크고, 그 다음에 둘째형이 갖다난 바위가 이쪽 여 앞에 있는 기 조금 작고, 막내 동생이 갖다논 기 조금 작는데, 고 세나가 요 나란히 요래 있었어요. (조사자 : 아, 들돌이네.) 그 세나가(셋이) 있어가지고 그 이후로 인자 지명이 삼정지다 이랬는데.

옛날에 그 어떤 사람이 거 인자 한 동네에서 도로 부역할 때 자갈 이래 막 우리가 지게를 져다가 도로 포장되기 전에는 이리 깔고 할 때, 마을마다 경계표식 할 때, 백길부락에서러 그 돌로 구불라가지고 그 인자 표식을 이래 세놨어요. 세놓은 걸 점현에 정현무씨라고 그분이 아주 그거 뭐 참 박식다양하고, 옛날 선비 한 분이 그 마을에 가가지고,

"너거가 이런 전설 있는 이 돌을 갖다가 너거가 이리 구불러놔서 안 된다, 원대복귀시키라." 캐가지고 다부(도로) 구불라가지고 원대복귀 되가 저기 요 가모 나란히 있습니다. 야 고것뿍이 모릅니다.

자궁 모양 산에 묘를 쓴 여산 송씨와 해주 오씨

자료코드 : 04_21_FOT_20100120_PKS_KMS_0002

조사장소 : 부산광역시 기장군 철마면 연구리 구림마을 구림마을회관

조사일시 : 2010.1.20

조 사 자 : 박경수, 박양리, 정혜란, 정다혜

제 보 자 : 김문수, 남, 73세

구연상황 : 제보자는 조사자의 유도에 따라 삼형제바위 이야기를 한 뒤, 이 마을의 산이
나 바위에 얽힌 이야기로 전해오는 것이 없느냐고 하자 이 이야기를 했다.

줄 거 리 : 남근 모양으로 생긴 산과 여성의 자궁 모양으로 생긴 산이 마주보고 있다. 해
주 오씨가 자궁 모양 산의 주인인데, 자궁 자리에 여산 송씨가 돈을 많이 주고
묘를 썼다. 그런데 해주 오씨가 여산 송씨 묘 위에 선대조의 묘를 썼다. 오랫
동안 부끄러워서 성묘를 하지 않았으나, 근래에 들어 성묘를 하게 되었다.

요 산이 요래 쫄 보몬 인자 남자 그 형으로 생기가지고 남근바위다 이
래 호칭을 부르고, 고 앞산에서 보몬, 해주 오씨 만석꾼 핸 사람이 그 오
씨가 고 지금 자기 산인데, 고기가 여자 자궁스럽다 이래가지고 그 딱 마
주 보이 요래 산이 있는데, (조사자 : 암바위.) 예, 바위는 말고 산이 고래
생겼어요 (조사자 : 산이.) 산이 고래 생기가 있는데, 해주 오씨가 만석을
할 때, 고 이전에 근디 여자 자궁설에 묘를 써 있는데, 누가 써가 있었는
고 하몬 여산 송씨가 그 묘를 써가 있었어요.

써져가 밑에 요래 인자 저 뭐꼬 써져가 있는데, 고 꼴짝에 가몬 요래
물이 항상 암만 가봐도 물이 납니다. 물이 나는데 여서 물이 꼭 나야 된
다 그런 얘기를 듣고, 고 인자 만석꾼 말이지 세력이 한창 그거 할 때, 여
산 송씨 그 묘에다가 용상에다가 그래 딱 눌리가지고 그그 써낸(써 놓은)
기라 묘를. 묘를 써가지고 인자 여산 송씨 묘는 밑에 있고, 만석꾼 해주
오씨 묘는 우에 있는데, 그래가지고 이 여산 송씨가 자기 선조네 말이지
묘, 그 돈을 많이 받았겠죠. 뭐 그런 거지 옛날인카네.

그래 부끄루부서러(부끄러워서) 성모(성묘)도 안 하고, 내 이리 막 그리

있다가 지금 자 시대가 인자 개방되고 이래가지고, 자기네들이 그 묘, 선대조를 성모도 하고 구월 구일날 그그 제사도 지내고 마 그래 하고 있습니다.

요 보모(보면) 산이 그 요쪽 산 저쪽 산 묘하게 생겨가 있습니다.

어머니의 재치로 문둥이를 피한 아이

자료코드 : 04_21_FOT_20100119_PKS_KMS_0001
조사장소 : 부산광역시 기장군 철마면 와여리 와여마을 와여노인정
조사일시 : 2010.1.19
조 사 자 : 박경수, 박양리, 정혜란, 정다혜
제 보 자 : 김민선, 여, 75세
구연상황 : 조사자가 옛날에 문둥이가 무서웠지 않느냐고 하며 이야기를 유도했더니 제보자가 다음 이야기를 했다.
줄 거 리 : 옛날 한 어머니가 아이를 데리고 고개를 넘는데 문둥이가 아이를 잡아먹으려고 했다. 어머니가 꾀를 생각해서 아이에게 뒤에 아버지가 따라온다고 말하게 했다. 문둥이가 이 소리를 듣고 아이를 잡아먹지 못했다.

옛날에 어느 사람이에 안자 애로 덥고(데리고) 고개를 넘을라고 이래하니카네, 문디가(문둥이가) 수빅이(소복하게, 많이) 앉아가지고 안자 그 애를 잡아물라 카는데, 여자가 참 수단이 좋아서, '이래 내가 이양 고개를 넘다가 이 애를 뺏기겠다.' 싶어가지고 그래 인자 아한테 수단을 했답니다.

그래 아를 보고 시깄어(시켰어).

"내가 그래 앞에 가고 니가 뒤에 따라오거들랑 그래 저 아무것아 이래 부르거들랑 엄마 아빠가 올라카디 아부지가 안 따라오네."

이러카이 카네, 문디가 겁을 내가 그 아를 몬자(못 잡아) 묵더라 카대.

도깨비불에 놀란 사람

자료코드 : 04_21_FOT_20100120_PKS_KBS2_0001
조사장소 : 부산광역시 기장군 정관면 두명리 두명마을 두명부락경노회관
조사일시 : 2010.1.20
조 사 자 : 박경수, 박양리, 정혜란, 정다혜
제 보 자 : 김분수, 여, 72세
구연상황 : 다른 제보자가 귀신 이야기를 구술한 후, 이야기를 조용히 듣고 있던 제보자
가 도깨비 이야기를 하나 해주겠다고 하고는 다음 이야기를 했다.
줄 거 리 : 옛날 목넘개라는 논에 도깨비들이 불을 켜고 이야기를 주고받고 있었다. 한
사람이 길을 지나다 이를 보고 논에서 타작하는 줄 알고 물었으나 아무 소리
도 하지 않았다. 그러자 불을 켠 도깨비들이 줄을 지어 못둑으로 올라갔다.
이를 보고 놀란 사람이 땀을 흘리고 집으로 왔다.

어 우리 옛날에 우리 영감이 이장질 할 때, 밤에 인곡에 갔다 오는데,
요 목넘개라 카는 저 논이 있거든. 글(그곳으로) 오니카네, 마 불이 훤하
이 마, 밤에 마 구저구저 씨부리는 소리가 나서, 그래가,

"형님 거 타작하는교?"

카이 아무 소리가 없더란다.

그래보이 휘우휘우 카매, 불로 번쩍번쩍해가 그 저 몰맨디(마을 꼭대기)
못이라, 인곡못이라고 있거든. 글로 못둑에 훤하이 캐가지고 올라가더란다.

그래 우리 아저씨가 마마 놀래가, 겁이 나가 '이 사람이 아니고, 호재비
다.' 싶어서, 마 그냥 뛰왔는 거라. 땀을 폴죽겉이(팥죽같이) 흘리고.

과객 말만 듣고 이장을 해서 망한 집안

자료코드 : 04_21_FOT_20100119_PKS_KSJ_0001
조사장소 : 부산광역시 기장군 철마면 와여리 와여마을 와여노인정
조사일시 : 2010.1.19
조 사 자 : 박경수, 정혜란, 정다혜

제 보 자 : 김성진, 남, 78세

구연상황 : 제보자가 조사자에게 전설을 하나 이야기해 주겠다고 하면서 이 이야기를 시작했다. 차분하게 이야기를 잘 구술했으며, 청중들도 조용히 들었다.

줄 거 리 : 옛날에 김해 김씨 집이 잘 살았다. 이 집에서 조상 묘를 이장하려고 날을 받았다. 지나가던 과객이 묘터를 보고 조금 위에 잡았으면 더 좋았겠다는 말을 하고 갔다. 이장을 하는 날 무덤에서 함박꽃 세 송이와 새 세 마리가 날라 나왔다. 한 마리는 해주 오씨 집터에 앉고, 한 마리는 앞산에 앉고, 한 마리는 심선골에 가서 앉았다. 심선골에서 논을 갈던 농부가 내려와서 새 한 마리가 내 앞에 와서 앉았다고 했다. 이상한 일이라고 생각하여 그 자리에 묘를 써서 이장했다. 그후 그 집안은 망하고 말았다.

김해 김씨, 그 저 일자 석자 할아버지가 연남공신 갔다가 막내형이라 하던 포로로 잡혀갔다단 그분이 이 마을에서 울리고 살았어요. 울리고 살았는데, 그 묘지가 바로 요 마을 뒤에 바로 뒤에 요 있는데 어느 가각이(과객이) 지나가면서, (조사자 : 과객이?) 예. 지나가면서 하는 말이,

"이 묘터를 쪼끔 우로 썼으믄 더 좋을 건데 내라(내려서) 썼다."

이러더라네. 그래고 이 가각은 가뿠는 기라요. 그날로 딱 받아놓고 인자 이장을 할라고 날로 딱 받고, 장마가 계속 비가 내 오는 기라. 그래가지고 한 근 한 달 정도가 계속 비가 따루이카네 오이카네, 안 되가지고 포장을 치고 이장을 하는데, 그 무덤에서 이 함박꽃 세 송이하고 학이, 새가 세 마리 날라 나왔어요.

세 마, 세 마리 날라왔는데, 한 마리는 요 오씨 해주 오씨 그 집터에 앉고, 한 마리는 앞산에 요 앉고, 한 마리는 저- 드가면 심선골이라고 있어요, 거게 가 앉았는데, 이상하게 논을 갈다가 보이카네 이 앞에 새가 한 마리 앉더라예. 그래서 그 논 가던 분이 점심 무러(먹으러) 내려와가지고,

"이상하게 내가 논을 가는데 그 새가 한 마리 내 앞에 와가 앉더라."

그라이 그러카이까네 인자 마을에서 하는 말이 어떻게 나왔는가 하몬,

"저 김부잣집 묘를 파이카네 꽃 세 송이하고 새가 세 마리 날라와가지

고 오데 앉고 오데 앉았다."

이러이,

"아 가 마 신기하다."

그래가지고 그분이 자기 선조 묘를 요 위에다 이장을 했는 기라. (조사자 : 아 그 내나 새가 앉았던 자리.) 응. 새가 앉았던 자리 이장을 하고. 이 장을 하고 나서는 그 집에 살림을 싹, 우리 집은 뭐 망하는 기라

그래가지 마 요 집터에 앉은 데는 집을 짓고, 한 마리 앉은데 요는, 요 앞산에 요는 자기 재실 오홍씨 신위 모시난 재실로 짓고, 그래가지고 그 래 했다 하는 전설이 내려오고. 인자 그 가각은, 여 요 보통 옛날에는 요 우리 이쭉에(이쪽에) 나름터라고 이 길이 있거든. 욜로(요리로) 넘어가는 데 조 가머는 그 길이 아주 나쁘다고 내려가는, 거 내려가다가 말이 넘어 져가지고 그 사람 말 타고 가다 떨어져가지고 뭐 죽었다 캤다.

그런 전설이 내려오고 있다고. (조사자 : 그러니까 그 이장을 안 했으면 은 잘 됐을 낀데.) 그렇지 잘 됐을 낀데 이장을 했든, (조사자 : 이장을 하 는 바람에.) 이장을 하는 바람에 망했다.

삼형제가 힘겨루기로 가져온 돌과 삼정자

자료코드 : 04_21_FOT_20100120_PKS_KSJ_0001
조사장소 : 부산광역시 기장군 철마면 구칠리 점현마을 점현노인정
조사일시 : 2010.1.20
조 사 자 : 박경수, 박양리, 정혜란, 정다혜
제 보 자 : 김수종, 남, 71세
구연상황 : 노인정에 들어서니 곧 마을 회의를 시작한다고 했다. 그래서 조사자가 간단 히 조사의 취지를 설명하고 이 마을에서 전해지는 이야기를 해달라고 요구하 자 이 제보자가 흔쾌히 이 이야기를 해 주었다.
줄 거 리 : 삼정자가 있는 곳에 삼형제가 살았다. 먼저 막내아들이 힘자랑을 한다고 큰

돌을 가져왔다. 둘째는 더 큰 돌을 가져왔다. 큰형이 정말 큰 돌을 가져왔다. 삼형제가 돌을 갖다 놓았던 곳에 정자를 지어서 그곳을 삼정자라고 했다.

삼정지, 삼정자 바위, 저 저거는 삼정자라고 카거든요. 삼정자는 어찌 됐느냐 카면은 옛날에 거게 삼영자라 하는 거게 사람이 한 집에 살았는데 아들이 서이가(셋이) 있었어요, 서이가.

서이가 있었는데 큰아들은 가마이 있고, 작은아들이 저 하 저거 행님들에게 힘자랑 한다고 돌 하나 갖다놨어요.

갖다노이 가운데 기 가마 보이 '내가 지카마(저보다) 새이고(형이고) 내가 지카마 센데.' 싶어 더 큰 거를 갖다논 거요. 갖다놨는데 큰형님은 입도 안 띠고(떼고) 있었는데, 저거꺼지(자기들끼리) 힘자랑 한다고 갖다놨으니까 큰형은 진짜 넙덕한 큰 거를 갖다놨뿌리.

그래 형은 암말도 안 해도 동생카마 힘이 세다라는 거. 고래 골(그럴) 때 나무가 있어가 정자, 정자 밑에 앉아 놀게끔 고 바위를 갖다놓은 기 그 삼형제가 갖다놨다고 해서 삼정자. (조사자 : 삼정자.) 예 아들 자(子)자도 있고, 정자(亭子)도 있었다 이래가 삼정자라. 고래 인자 고 자리가 잘리가(잘려서) 있었는데 우린 뭐 정확하게 모르지만 또 이런 게 있어요.

달음산의 유래

자료코드 : 04_21_FOT_20100120_PKS_KWH_0001
조사장소 : 부산광역시 기장군 일광면 용천리 산수곡마을 산수곡회관
조사일시 : 2010.1.20
조 사 자 : 박경수, 서정매, 황영태, 최수정
제 보 자 : 김욱하, 남, 78세
구연상황 : 제보자가 먼저 달음산 유래를 이야기해 보겠다고 하며 구술해 주었다.
줄 거 리 : 바다에서 해일이 일어나 닭 한 마리 앉을 자리 만큼 남았다고 해서 달음산이라 불렸다.

달음산에 해열이(해일이) 해가지고(일어나서) 바다가 끌고 올라가이 해열이 되가 달(닭) 한 바리(마리) 앉은 자리 마이(만큼) 남아서 달음산이라. (조사자 : 달음산?) 달음산.

아이를 물고 간 호랑이

자료코드 : 04_21_FOT_20100120_PKS_KWH_0002
조사장소 : 부산광역시 기장군 일광면 용천리 산수곡마을 산수곡회관
조사일시 : 2010.1.20
조 사 자 : 박경수, 서정매, 황영태, 최수정
제 보 자 : 김욱하, 남, 78세
구연상황 : 옛날에 호랑이가 이 마을에도 살았다고 하면서 다음 이야기를 구술해 주었다.
줄 거 리 : 마을에서 소 먹이는 아이를 범이 물고가자 놀란 아버지가 낫을 들고 범과 싸우려고 했으나, 범이 빠르게 물고 가버려서 결국 아이를 잃게 되었다.

풀로 비가지고(베어가지고), 그때는 비로(비료)가 없으이카네, 풀로 비가지고 재(재워) 났다가 논에 이리 있는 기 퇴비라, 퇴비.

그 비를 이래 가이까, 서근덤 몬디(꼭대기에) 자 위에 올라가이케네, 그 저 속각, 머루 속각 가지가 하나 마 '핑' 날라 가더라 카네.

핑 날라가서, 그 뭐 '희안하다' 싶어서, 그 가는 기 속각 가지가 뻘건 기 하나 날라가이카네 속 가지가 이런데, 소 믹이는데 알라(어린 애) 보라고, 소 보라고 했는데 마, 아가 달났다는(달아났다는) 기라.

그래가 안자 담말아(달려서) 아한테 가보이카네, 아가 범이 아로 물고 뜯어 묵는 판이라. 그래 놓이카네 마, 저거 아부지가 낫을 가지고 마,

"내 자-무라(잡아먹어라)."

카미, 마 마 밀고 땡기고 이래도 안 놓더라 카네. 물고 달아 빼뿌니까네 그 놈을 잃어뿠다 카대. (조사자 : 아, 아기를 호랑이에게 물려서?) 아

로, 소 믹이는 아로 범이 물고 있는 거로, '내 자─무라' 카매 마, 밀고 땡기고 이라이카네, 아로 물고, 범 따라갈 수가 있나 물고 달아빼부이(달아나버리니까), 그래 마 아로 마 잃어뿠다.

(조사자 : 그 이 얘기는 언제 들었던?) 옛날 말이 그렇다 이거야. (조사자 : 옛날에 이 마을에요?) 아, 그렇지.

나물 캐러 여럿이 가는 이유

자료코드 : 04_21_FOT_20100120_PKS_KWH_0003
조사장소 : 부산광역시 기장군 일광면 용천리 산수곡마을 산수곡회관
조사일시 : 2010.1.20
조 사 자 : 박경수, 서정매, 황영태, 최수정
제 보 자 : 김욱하, 남, 78세
구연상황 : 마을 뒷산에 호랑이가 많았다며 호랑이 이야기를 계속 구술해 주었다. 이야기를 하던 중간에 청중이 끼어들어 호랑이의 호식 습성을 이야기하기도 했다.
줄 거 리 : 마을 뒷산에 호랑이가 나타나서 마을 사람들이 여럿이 모여서 나물을 캐러 다녔다. 호랑이는 초저녁에 '살찐 처자'를 찾지만, 새벽에는 '개나 중이나' 하며 먹을 것을 찾는다.

개를 못 키워. 낮으로는 놔 두도, 밤만 되면 정개, 부엌이제 그제.

부엌에 개로 이래 가두는 기라, 범이 아가(와서) 물고가사서(물고 가버리곤 해서). 범이 인자 기 지 양석인(양식인) 기라.

그라고 나물 캐러 가면 집단적으로 댕기야 되는 기라. 산에 나물 뭐 이래 촌에는 풀 입사구(입사귀) 없으이카네, 나물도 마 우리 반찬 아이가(아닌가). 그거 하러 갈라카모 집단적으로 이래 댕기야지.

하내이(한 사람이) 개적으로(개인적으로) 가삐면(가면) 호랭이인테 물리 죽는 기라.

그리 떼로 지아가지고 온 마을사람들이,

"오늘 나물 캐로 가자."

이카모(이렇게 하면), 온 동네 여자들이 인자 집단적으로 나오가지고 바구미(바구니) 가지고 나물 캐로 가야지. 하내이 둘이 가다가는 범인테 물리 죽는 기라.

(청중 : 이전에는 범이 초지녁에는, '살진 처이. 살찐 처이' 카매 댕기다가, 새벽녘에는, '개나 중이나. 개나 중이나' 카매 물고간다 안 카나.) 그래 옛날에는 범이 이래, 범이 초저녁에 이래 내리 올 때는.

"좋은 살찐 암캐나, 좋은 처이나(처녀나)."

자아물라꼬, 좋은 처이나, 이런 거 그러 카매 내려오는 기라. 내려오다가 마, 이거 가지다 저거 가지다 보이 아무것도 자아물 끼(잡아먹을 것이) 없거던. 인자 그래 마 올라가면,

"늙은 개나 늙은 중이나."

(청중 : 중이나 개나.)

"중이나 개나, 늙은 중이나."

(청중 : 중이나 개나 카매 물고간다 안 카나.) 개나 카매 물고 대든지 뭐. 그라이 인제 골짜기로 달아빼다, 가다가 보이카네 절이 있으이, 절에 중도 물고 달아 빼고, 예전에 이바구가 그렇대.

과객 말대로 해서 결혼한 총각

자료코드 : 04_21_FOT_20100119_PKS_KHS_0001
조사장소 : 부산광역시 기장군 철마면 웅천리 중리마을 웅천리경로당
조사일시 : 2010.1.19
조 사 자 : 박경수, 정혜란, 정다혜
제 보 자 : 김하숙, 여, 82세
구연상황 : 조사자가 설화 구연을 유도하기 위해 다른 지역에서 들은 설화 한 편을 이
　　　　　야기했다. 그리고 청중에게 이야기한 값으로 이야기 한 자리 해달라고 요구하

자, 제보자가 자기가 하나 해 보겠다고 나서며 이 이야기를 했다.

줄 거 리 : 옛날 장가를 못간 어떤 총각이 있었다. 과객이 말하기를 짚신을 한 켤레 신
고 신이 터지는 곳에 가서 살라고 했다. 그 총각이 그 말을 듣고 정처 없이
길을 가다 어느 부잣집 앞에서 신이 터졌다. 그 집에 머슴을 사는데, 그 집에
는 예쁜 처자가 있었다. 하루는 처녀가 밤에 가려워서 속곳을 벗어 놓았다.
이를 본 총각이 처자의 속곳을 훔쳐 입고, 대신 자신이 입던 속곳에 개미를
넣어서 그곳에 두었다. 총각이 보리타작을 하면서 속곳을 입지 않은 처자를
놀리는 노래를 부르자, 처남들이 어쩔 수 없이 처자를 총각과 결혼을 하게 했
다. 두 사람은 결혼하여 잘 살았다.

내가 한 가지 할게요. 나중에 우스바(우스워) 죽을라꼬.

옛날에요. 과객이 장개를 못가고 총각이 있으니까 과객이 시키더라요.
짚신을 한 켤레 삼아가 신고 어데까지 가도 신날 터진데 가 니가 살아라.
(조사자 : 신날이 터진데?) 신날이 터지모 그래 니가 살 때가 닥칠끼다(닥
칠 것이다). 그래 신을 한 켤레 삼아 신고 정처 없이 갔답니다.

가이까 어느 부잣집 대문가에 가이 신날이 툭 터져서 그 집 머슴을 살
았다요. 머슴을 사는데 처이(처자)가 참 좋더라요. 그래 인자 머슴이 가만
히 들으이카네 처이가 저거 어머이한테,

"엄마, 엊저녁에(어제 저녁에) 어띠기 무럽은지(가려운지) 속곳을 벗어
가 뒤 봉창 짙에(곁에) 거 엱어놨다."

인자 그래. '옳다, 이제 됐다.' 대롱을 하나 다듬어다가 암캐미를 한거
(많이) 좌엱다(주워 넣었다). (조사자 : 암개미를.) 개미를. 그래 인자 그 이
튿날 저녁에 인자 궁을(구멍을) 뚫고 처이 속곳 안에다가 꽉 봐놨다(부워
놓았다).

아 봐놓고 지 주우를(바지를) 벗어가, 총각 주우를 벗어가 거 엱어놓고
처녀 주우는 자기가 입고, 개미는 지 주우에 벗어가 좌엱고, 엱어놨다.

엱어놓고, 와이구 내가 거꾸로 했네. 인자 처녀 속곳으로 지가 입고, 그
래가 인자 있으카네 인제 보리타작을 하는데요, 확 넣고 보리타작을 할

적에 각시 사촌오래비 저거 친오래비 그래가 하거든. 하이카네 이 총각이
요 보리를 뚜드리매 뭐라고 두드리냐면,

"[노래로 부르며] 사촌처남은 여게(여기에) 치고 친처남은 저게(저기에)
쳐라."

카고, 속곳 가랭이가 이전에 이만치 너르거든(넓거든). 풀어놓고,

"[다시 노래로] 사촌처남은 여게 치고 친처남은 저게 쳐라. 에헤라 여
기 해는 나 보지요. 저게 해는 풋보지요. 저게 저산 모대기(꼭대기)."

뭣이고?

"[다시 노래로] 무슨 산모대기 비 넘어온다. 앞집에 지추는 내보, 앞집
에 지추는 나보지, 앞집에 정추는 풋보지. 사촌처남은 여게 치고 친처남
은 저게 쳐라."

속곳 가랭이가 펄펄. 처남들이 보이 안 돼서 처이를 치워 그리 잘 살더
라요.

용이 아이를 낳은 시랑대

자료코드 : 04_21_FOT_20100120_PKS_NMJ_0001
조사장소 : 부산광역시 기장군 기장읍 시랑리 동암마을 동암노인정
조사일시 : 2010.1.20
조 사 자 : 박경수, 정규식, 박지희, 오소현
제 보 자 : 노명준, 남, 78세
구연상황 : 조사자가 마을의 명칭이 유래한 시랑대와 관련된 이야기를 해달라고 하자
이 이야기를 구연해 주었다. 마을 노인정에는 제보자와 조사자 일행이 전부였
으며 다른 청중은 없었다. 제보자는 다른 사람들이 있으면 이야기를 더 많이
할 수 있을 것이라고 하면서 자신이 아는 것만 해주겠다고 하였다.
줄 거 리 : 시랑대에는 신랑 각시가 아이를 낳고 탯줄을 끊었던 자국이 붉게 남아 있고
사람이 무릎을 꿇고 앉아 있는 모습의 바위가 있다. 시랑대 아래에 샘이 있는
데, 이 샘은 명주실을 아무리 풀어도 끝이 닿지 않을 정도로 깊다. 파도가 심

하게 치는 날에는 샘에서 쿵쿵 거리는 소리를 내동 뒤의 안적사 법당에서 들을 수 있다. 용이 그 샘으로 연결된 굴에 살았다는 이야기도 있다. 용궁사라는 절 이름에도 용 용자를 쓴다.

그분이 요기가 여게 예전에 이 전설로는 뭣이 있냐면, 각시가, 신랑 각시가 아이를 낳아가이고 이래 안태[安胎]로 끗고(끊고) 갔다 이래가이고, 예전에 바닷가에서 벽을 보몬 이래 바위 안에 벌거무리하이 핏줄을, 그게 전설이겠지.

이래 끗고 가는, 안티로 끗고 가는 피가 그 저 바위에 묻어가서 저기 발갛다 이래 하고. (조사자 : 아-, 그 시랑대에 붉은 부분 그래, 탯줄처럼.) 탯줄처럼 끗고 가는 길이 있습니다. 그라고 그 밑에 가몬 샘이라꼬 이래 있어, 그 아기로 놓은 데. 거 거 돌에 보몬 사람이 [꿇어앉는 시늉을 하며] 꿇어앉아가이고, 요래 헌 형식이 딱 요래 있임다.

고게(그기에) 고개 이리 샘이가 있는데, 고 샘이가 지금 당신은 알란가 모르지만은 맹지방울이라(명주방울이라, 명주방울은 명주실을 방울처럼 감은 실타래를 말함) 함다, 맹지방울. 예전에 할매들이 맹지 짜고 이라모 저 저. (조사자 : 명주, 명주방울 예.) 이래 짜고, 맹지 짤 때 그 실 방울 안 있습니꺼?

그놈을 이아도(이어도) 밑이 안 바친다(부딪친다). 그마큼(그만큼) 우리는 갱험을(경험을) 안해 봤는데, 예전 그런 전설이 있고. 거게가 파도가 치몬 쿵쿵 하몬, 여 여게 아까 내동이라 했지요? 내동 뒤에 그 안적사 절이라는. (조사자 : 안적사 거 갔다 왔습니다.) 갔다 왔습니까? 그 절이 신라시대 원조스님이(원효스님이, 원효스님을 원조스님이라 함), 거기에 쿵쿵 하는 소리가 난다 하는 이런 전설이죠. 그마큼, 마 그 확실한 건 누가 모르지만은 그런 전설이 있습니다.

(조사자 : 아- 그렇구나. 그 샘에 파도가 치면.) 쿵쿵, 태풍이 치몬 쿵. (조사자 : 안적사 있는 데까지 소리가 난다고예?) 예. 안적사에서 앉아있으

몬 밑이 울리가 쿵쿵 하는 소리가 난다 하는 그런 전설이 있습니다.

(조사자 : 그라모 어르신, 그러면 그런 전설이 있으면 용이 그 굴을 통해가지고 안적사까지 가고 뭐 그런 이야기는?) 그런 이야기지. 그러까네 용이 아를, 신, 용이 아를 낳아가이고 안티를 끗고 올라갔다 하는 그런 전설이라. 그래서 여게도 용궁사 이름도 용자, 용 용(龍)자로 따가이고 그래 용궁사라고 그래 지았구만은.

(조사자 : 아 그렇구나. 예 그래서 그 안적사까지 그게 연결이 돼 있는.) 마 확실한 건 모르지만은, 거게 안적사에 대법당에 앉아가 있으몬 파도가 마이(많이) 치몬 거게 법당이 웅웅웅 울린다 하는 이런 전설이 있습니다.

권적과 시랑대의 유래

자료코드 : 04_21_FOT_20100120_PKS_NMJ_0002
조사장소 : 부산광역시 기장군 기장읍 시랑리 동암마을 동암노인정
조사일시 : 2010.1.20
조 사 자 : 박경수, 정규식, 박지희, 오소현
제 보 자 : 노명준, 남, 78세
구연상황 : 조사자가 시랑대의 이름이 왜 시랑대인지 이야기해 달라고 하자 제보자는
　　　　　 다음 이야기를 구술해 주었다.
줄 거 리 : 옛날에 권적이라는 정승이 기장고을로 낙향해 왔다. 정승을 지내다 낙향하니
　　　　　 할 일이 없어 시랑대에서 친구들과 낚시를 하며 지냈다. 시랑대라는 이름은
　　　　　 권적의 벼슬을 따서 붙여진 것이다. 시랑대 주위에는 학사암과 제룡당이 있다.

여게는 예전에 신라시대, 권적(權襐, 1675～1755, 조선 후기의 문신으로 대사헌, 호조참판, 예조판서 등을 지냄)이라는 그 저 정승이 있었는데, 그분이 낙향을 대가이고, 낙향을 대가지고 인자 기장고을로 왔어.

내려 오가이고 고을에, 정승으로 있다가 고을에 내려오이 뭐 할 짓이 없다 이 말이, 고을 원이. 이래가이고 인자 그 낚시꾼들로 덥고(데리고)

친구들도 덥고, 이래 이래 시랑대라 하는데, 저게 가가이고, 거게 뭐 학사암이라는 데도 있고, 시랑대도 있고, 제룡당(祭龍堂)이, 여 비가 안 오몬 머 무제(舞祭)지내는 제룡당도 있고.

거게에서 인자 저저 고기 가지고 놀다가 또 가면 가면서, 요 우리 여게 사람이 어둡으몬 횃불로 캐가이고 여다리까정 해주고, 여다리서 횃불로 해주가 저쭉에 이렇게 했는데, 그 분의 시랑대라 하는 기 왜 시랑대라 했느냐 하면 그 분의 벼슬이라, 이름이, 그때 시랑이라는 벼슬이 있었다. 있었는데, 그 벼슬을 따서 여기는 시랑대라.

바위를 깨자 장가 못가는 동네 총각들

자료코드 : 04_21_FOT_20100119_PKS_BSL_0001
조사장소 : 부산광역시 기장군 철마면 와여리 와여마을 와여노인정
조사일시 : 2010.1.19
조 사 자 : 박경수, 박양리, 정혜란, 정다혜
제 보 자 : 백상림, 여, 80세
구연상황 : 바위를 깨드려 집안이 망하거나 묘 자리를 써서 집안이 망한 이야기가 이어졌다. 제보자는 앞에서 한 이야기를 듣고 다음 이야기가 생각났는지 구술하기 시작했다.
줄 거 리 : 옛날에 고촌 뒷산에 바위가 둘 있었다. 그 동네 처녀들이 모두 바람이 나서 그 바위를 깨뜨리기로 했다. 바위를 깨뜨리고 난 후에는 그 동네 총각들이 장가를 못 가게 되었다.

고촌에, 옛날에 고촌 뒷산에 바위가 두나(둘) 있었는데, 그 인자 그 저 처이들이 마캉(모두) 바람이 나더래요.

그 동네 처이들이 바람이 나이까는(나니까) 인자 그 동네 사람이,

"그 바위를 그양 도서는(두어서는) 안 된다. 저거 지빠뿌자.('부셔버리자'의 뜻을 강하게 말함.)"

이러 카이까네 그래 마 가서 저 처이들이 자꾸 바람이 나 야단지기니까는 사람들 가마 지**뺐다** 카대. 그 뽀니간 그거 뿌고나이까네 마 총각들이 장개를 몬 가더랍니더, 그걸 뿌고나이까네.

그래 장개를 못 가서러 그걸 다시 그걸 할라 카니까는, 인자 맞출라 카이 그기 안 되거든, 지뿌았으니까는. 그래 그 뿌고부터는 마 장개를 못가가 그래 애를 먹었다대 옛날에.

집에서 쫓겨난 두 며느리

자료코드 : 04_21_FOT_20100120_PKS_SKP_0001
조사장소 : 부산광역시 기장군 일광면 화전리 화전마을 화전경로당
조사일시 : 2010.1.20
조 사 자 : 박경수, 서정매, 황영태, 최수정
제 보 자 : 송경필, 여, 83세
구연상황 : 다른 제보자가 했던 이야기를 다시 한 번 더 해주겠다며 구술해 주었다. 모두 아는 이야기라서 그런지 청중들이 제보자의 이야기를 듣고 웃기도 하고, 한 청중은 제보자의 이야기가 끝나자 더 재미있는 이야기가 있다며 '두 동네가 한 동네가 되었다'는 이야기를 구술했다.
줄 거 리 : 이웃집 며느리 둘이 집에서 쫓겨나왔다. 서로 쫓겨난 이유를 물으니, 한 며느리가 채로 불을 담는다고 쫓겨나왔다 했다. 다른 며느리는 시아버지가 물을 갖다 달라고 해서 급한 김에 화장실에서 엉덩이를 잘못 닦다가 길게 찢어지고 말았다. 그래서 '두 동네가 한 동네가 되었다'는 것이다. 물이고 불이고 별 것 아닌 일로 집에서 쫓겨나왔다.

쫓기(쫓겨) 나오가지고, 너머(남의) 집 메느리 둘이가 쫓기나와가,

"니는 어쩌다 쫓기났노?"

카이, 그래 인자, 이란다고(이렇게 말했다).

"나는 채로 가지고, 채로 가지고 불 담는다고 그리 쫓기나왔다. 니는 어쩌가(어떻게 해서) 나온노?"

카이, 그래 내나 인자,

"메늘아 물 가온나(가져 오너라) 카이카, 물이고 불이고 마, 둣 동네 합동 됐다."

이카고, 그리 그리 또. 모르지. 아 그리 카데.

쬧기나가가지고 딴 데 계시매, 요새는 이 담이지만, 전부 울탈(울타리) 아이가, 나무 그 인자. 쬧기나와가 두 동시가,

"니는 어짜다 쫓기 나온노?"

카이,

"나는 채로가 불 담는다 그래 마 쫓기 나왔다고."

"나는 마 아부이가 물 가오라. 두 동네 합동네 됐는데, 물이고 불이고."

매바위를 깨어 과객이 끊어진 부자집

자료코드 : 04_21_FOT_20100118_PKS_WJK_0001

조사장소 : 부산광역시 기장군 기장읍 죽성리 두호마을 두호마을회관

조사일시 : 2010.1.18

조 사 자 : 박경수, 정규식, 박양리, 정혜란

제 보 자 : 원정길, 남, 70세

구연상황 : 조사자가 조사의 취지를 설명하고, 마을에 있는 매바위에 대해 전해오는 이야기가 없느냐고 묻자 제보자가 나서서 이 이야기를 했다.

줄 거 리 : 고을에 부자 원님이 살았다. 부잣집이라서 거지들이 동냥을 하러 너무 많이 왔다. 주인이 지나가는 스님에게 어떻게 하면 과객이 안 오겠느냐고 묻자, 스님이 앞에 있는 매바위를 깨버리면 된다고 일러주었다. 하인들을 시켜 매바위를 깨어버리니, 아무도 집에 찾아오는 사람이 없었다. 현재 매바위가 있던 자리에는 매 발 부분만 남아 있다.

이야기 들은 풍인데, 옛날에 말이지, 여게 고을 인자 아주 부자 원이 살았답니다.

바로 그 내내 수지집에. 그 앞에 가 딱 살았는데 과객들이 하도 마이(많이) 오는 거라. 그 부잣집이 되고 보니까 얻어물라고(얻어먹으려고) 거러지들이지, 마이 오가이 너무 얻어묵고 이라이까, 주인이 너무 신경이 쓰이거든.

그래 인자 어떤 스님이 딱 오가 이야기를 하기를, 보고 이야기를 하는데,

"이 어짜면 과객들이 안 오겠느냐?"

이라니까,

"앞에 탁 매바위가 있는데, 매바위. 매바위가 있는데 그 매바위를 깨뿌라, 없애뿌라."

이래 [멋적은 듯 웃으며] 이라더랍니다.

그래가 하인들을 보내서 매바위를 깨뿠어. 매바위 깨뿌고부터는 일절 사람이 안 오는 거라. 지금도 매바위 있는기, 그 매바위 발에, 돌 얹혀있는 그기 그 발이랍니다.

바위 자체는 깨뿌고 없고, 그런 이야기를 한분(한 번) 들었어. (청중 : 매같이 생긴 거를 깨뿌리고.) 그래가이 깨뿌리고 없애뿌리고 그 밑에 발만 남아 있는 기라, 발만. 그래 과객이 안 오더랍니다.

잘못된 보고를 바로 잡은 이도재 어사

자료코드 : 04_21_FOT_20100118_PKS_YHJ_0001
조사장소 : 부산광역시 기장군 기장읍 죽성리 두호마을 두호마을회관
조사일시 : 2010.1.18
조 사 자 : 박경수, 정규식, 박양리, 정혜란
제 보 자 : 윤학줄, 남, 77세
구연상황 : 조사자들이 마을회관에 모인 노인들로부터 여러 가지 이야기를 나누고 있는
　　　　　 중에 이 제보자가 들어왔다. 주변 사람들이 조사자에게 노인회장이라고 소개

를 했다. 조사자가 제보자에게 애기섬 이야기를 아느냐고 하며 구술을 요청하
자, 애기섬 이야기는 잘 모른다고 하며 이 이야기를 했다.

줄 거 리 : 옛날에 물건을 싣고 한양으로 가던 배가 두호마을 앞바다에서 풍랑을 만나
서 배가 침몰됐다. 배가 고팠던 동민들이 침몰된 배에서 곡식, 육류 등을 주
워서 먹었다. 하지만 해적들에게 물건을 탈취 당했다고 보고를 했다. 왕이 이
도재를 암행어사로 파견하여 사실을 밝히도록 했다. 이도재 어사가 잘못된 보
고를 사실대로 바로 잡고, 기생 월매와 앞바다에 있는 바위에서 놀다 시를 새
겨 남겼다.

우리 문화원에서도 이거를 자료로 해가지고 많이 그걸 하고 있는데요.

그 택길 말하자면 옛날에 우리 여게 말이지 앞을 지나가는 해창(海倉),
해창이라 하면은 바다 물건을 저장하는 창고, 거서 인자 물건을 좌(주워)
싣고 한강으로 서해바다로 올라가는 모양이지요.

그런데 우리 앞바다 오다가 풍랑을 만나가이 배가 침몰이 되뿠는 거라.
그래 인자 배가 침몰이 되니까 그 실었던 곡식이고 육류고 해류고 할것없
이 전부 물에 다 떨어져가지고, 어렵게 살다보니 그걸 조와먹었는 기라요.

근데 이제 관가에서 보고를 중앙에다가 어떻게 했냐 하면은, 해적들이
나타나가지고 말이지, 이거 말이지 우리 한양에 올라오는 배에 뭐 물건을
싣고 올러오는 배를 몽땅 말이지 탈취를 당하고 했다는 이런 보고를 했는
기라.

그래서 인자 왕이, 임금님이 그 암행어사를 소문을 보내, 여기다 조
사하라. 그래 조사하러 떡 내려와 보이께네 사실 그기 아니거든요. 그래
가이고 여기 관기가 있었어요. 관기가 있는데, (조사자 : 월매라고 나오던
대요.) 예, 월매 관기가. 그래 그 기생캉(기생하고) 말하자면 이도재(李道
宰, 고종 19년인 1882년에 암행어사로 기장군을 다녀갔다)라는 어사님하
고. 그래 사실대로 틀린 점을 고치고 그렇잖다는 걸 갖다가 전부 말하자
면 이도재 어사가 그래가 보고를 올리고 만찬을 했는 기라요.

만찬을 하면서 인자 저 매바우라는 데 가면은 거기서 마 초식(초시게,

짚으로 만든 돗자리)을 깔아놓고, 장단을 울리고, 춤도 추고 노래도 하고 술도 먹고 말이지. 그래가 고게 기념으로 월매하고 이도재 그걸 파가지고, 돌을 파가지고 새긴 글자가 있어요.

그래 있고, 여기 시를 읊었는 거라. 말하자면 예성 먼 데서 내려오는 바람에, 국수당에, 요 국수당이거든요, 저 큰 소나무 있는 데가, 국수당 나무가 춤을 추고, 애기섬에 무슨 뭐가 다 들어가더만은, 그래가이 그때 뭐 이뤄진 [말을 얼버무리며] 저는 이리 알고 있는데, 예-.

(조사자 : 그래가 이도재란 사람이 암행어사로 내려왔네요.) 그렇지. (조사자 : 그래 인자 관기가, 월매가 사실을 다 인자 이래.)

그래 인자, 예- 그렇지. 하고 실제 조사해본 그 결과에 그게 아이고 배가 싣고 가다가 침몰을 당해서 넘어진 걸 갖다가 여 여 서민들이 없는 사람들이 배고파가 그리 주워먹은 기라.

그거를 갖다가 말이지 동내사람들이 와가 해적매꾸로(해적처럼) 탈취를 해가지고 말이지 했다는 보고가 이리 올라가가지고 그래 어사가 인자 내려와요. 그래 내용이 그렇다요.

몰래 뀌는 며느리의 방귀

자료코드 : 04_21_FOT_20100119_PKS_LMS_0001
조사장소 : 부산광역시 기장군 기장읍 교리1리 교리1마을회관
조사일시 : 2010.1.19
조 사 자 : 박경수, 서정매, 황영태, 최수정
제 보 자 : 이묘숙, 여, 79세
구연상황 : 조사자가 며느리가 방귀를 잘 뀌는 이야기가 있는지 묻자, 제보자가 다음 이야기를 구술해 주었다. 청중들도 재미있게 경청하였다.
줄 거 리 : 며느리가 젊으니 밥을 많이 먹고 방귀를 뀌었다. 시어머니가 조심을 하지 않는다고 타박을 했다. 그 다음부터 며느리는 솥뚜껑을 열면서 솥뚜껑이 끌리는

소리에 맞추어 방귀를 시원하게 뀌었다.

　시집을 턱 와가(와서) 사는데, 할배도 나가많고, 할매도 나가 많은데, 이놈 집안 이게 메느리 한참 클 때가 되놓이, 푸짐하이 음식을 마이 묵고 나이, 밥을 물라 카이 빵구가 뿡 나이, 영감재이가,

　"이편 할매,"

　"으응~ 니는 조심을 안 하고."

　이라거든. 이놈 메느리, 또 빵구 나올라카제, 우습제.

　이전에 조선솥을 왈 열면 소리가 크거던. 정지에 물 뜨러 가서 어째 하더마는, 빵구 나올라 캐사서 솥뚜뱅이로(솥뚜껑을) 타르르르~ 끌민서 빵구를 풍-, [일동 웃음](청중1 : 아이고, 그런 빵구가 많이 안 나온나.) (청중2 : 그 유식한 얘기다.)

　그 할배가 참 행실을 마이 했거마는, 이러노이카네, 무슨 말이라도 이래 메늘네들이(며느리들이) 터벅 터벅 터벅 하이, 마마 말도 잘하고, 일도 잘하고.

　"어이구 여자가 되가 이리 조심이 없어 어짜노."

　이카몬, 이제 시아마이는 듣기 싫버가지고(싫어가지고),

　"니는 시아바지 앞에 조심을 좀 안 하고 와 그렇노?"

　(조사자 : 그래가지고?) 그래가 마, 그래도 마 그 천성은 못 고치니까네. 지는 버젓이 마, 밥을 무도 마이 묵고, 뭐도 묵으면 마이 묵고. 마이 묵으면 소화가 잘 시키이 방구가 잘 나오는 기라.

집까지 안내해 준 호랑이

자료코드 : 04_21_FOT_20100120_PKS_LBY_0001
조사장소 : 부산광역시 기장군 기장읍 서부리 서부마을 서부마을회관

조사일시 : 2010.1.20

조 사 자 : 박경수, 정규식, 박지희, 오소현

제 보 자 : 이부용, 남, 77세

구연상황 : 조사자가 호랑이 이야기에 대해 간단하게 이야기를 하자, 이 제보자가 증조부가 관련된 호랑이 이야기가 생각이 났는지 다음 이야기를 했다.

줄 거 리 : 정달호라는 사람의 증조부가 타지에 갔다가 돌아오는 길에, 범이 집까지 데려다 줬다. 그런데 범이 집에 도착해서도 가지 않아서, 개 한 마리를 던져주니 그것을 물고 갔다.

　어. 정달호라고 자기 그 증조부 되시는 분, 그 양반 이야기는 뭐. 그 양반은 자기 그 저 직접 내가 들었는데. 그 노인네들이 어데 출타해가지고 오면은 범이 나와서 어 안래를(안내를) 하고 집에까지 덥어다주고(데려다 주고). 집에 개를, 개가 안 가고, 이놈 덥어다주고, 이놈 범이 안 가니까 자기 집에 개로 한 바리 던져주가지고 물고 가라고 말이지, 이 이런 이야기도 있더라고요.

　(조사자 : 아— 집에까지 데려다주고 안 가니까 개를 던져주면서 개를 먹이로 삼아서 인제 돌아가게 하는 보답을 해준 거네요.)

도깨비불과 도깨비에 홀린 사람

자료코드 : 04_21_FOT_20100121_PKS_LCW_0001

조사장소 : 부산광역시 기장군 장안읍 명례리 대명마을 대명마을회관

조사일시 : 2010.1.21

조 사 자 : 박경수, 정규식, 박지희, 오소현

제 보 자 : 이창우, 남, 72세

구연상황 : 조사자가 도깨비불이나 도깨비를 본 이야기가 없느냐고 물어보자, 조사자가 다음 이야기를 했다.

줄 거 리 : 날씨가 흐릴 때, 마을 아래 당산이 있는 곳에 도깨비불이 왔다갔다 했다. 이 도깨비불이 술을 먹고 가는 사람 앞을 환하게 밝혀서 안내를 하기도 한다. 어떤 사람은 도깨비에 홀려서 정신을 잃고 밤새도록 도깨비를 따라 돌아다니기

도 했다. 또 도깨비와 싸워서 이겨 도깨비를 묶어 놓고 다음 날 아침에 가면 빗자루가 묶여 있었다.

우리 어릴 때만 해도 그기 그 뭐꼬 또깨비불이라 안 하고 허잽이불이다 이래 이야기했어요. 그거는 우리가 목격을 했어요, 저도 목격을 했어요.

(조사자 : 어르신도 직접?) 그렇죠. 그때는 비가 이래 구름이 확 끼가지고 있을 때, 비가 오도 안 하고 막 콱 흐리가 있을 때, 그때 보면은 저 밑에 요래 내나 우리 당산 있는데. 저기 보면은 저기 인자 불이 마 똑 뭐뭐 뭣것으까요(뭐 같을까요)? 빨-간불이 쫘-악 가면은 뒤에 마 불이 마 몇 발되지요 마.

막 앞에 가는 불하고 뒤에 거서 따라 나가는 불이 마 쫘-악 갔다가 또 저서(저쪽에서) 이쪽으로 또 짝 왔다가 말이지, 그거는 우리가, 내가 직접 그거는 보고 그 목격은 다 했어요. 했고, 또 우에 어른들이 인자 그 하시는 말씀어는, 그 인자 선생님 말따나 그 인자 술을 먹고, 옛날에는 전부 여 소릿길(좁은 길) 아입니까? 오새는(요새는) 길이 좋지마는 그때는 막 소릿길이고, 막 이래 했는데, 그때는 또 옛날에는 술을 참 많이 무울 그 인자 그 시절이었던 모양이지요.

그래 술을 묵고 인자 이래 집에 온다고 오며는, 내나 아까 이야기하듯이, 그건 거 인자 불 겉은 기 사람을 인도로 한다 하대요. 그게 인자 우리는 적어보진(겪어보지) 안했는데, 인도로 하는데, 그래 인자 앞에 똑 사람겉이 이래가 불로 환하이 해가 앞에 가이까네 그래 자꾸 따라가는 기라요.

그래 술은 관(거나하게, 과하게) 됐제, 이래 자꾸 그 밤새-도록 돌아댕기다가 그거 따라댕기다가 보면은, 그래 따라가지고 [노인정에 손님이 방문하여 잠시 이야기를 멈춤], 그래가이고 밤새도록 다니다가 그래가 그 인자 그 허깨비지 숩게(쉽게) 말하자몬.

그래 당기는 허깨빈데, 허깨비에 홀끼가지고(홀려가지고) 오래 몬 살고 돌아간 사람도 있고. 또 그래 안고 싸암을(싸움을) 해가지고, 괜히 보몬 인자 이래가 어째 쌈을 하다가 보면은, 그기 뭐뭐뭐 뭐로 묶었다 카든가, 이래 놓으며는 아침에 가보몬 그기 뭐뭐뭐 저저저 이래 씨는 거, 빗자루 같은 거 그런 기 말이지 있고, 뭐 그런 이야기를 해싸습디다. 인자 우리는 보지는 안 해도.

그래 밤새-도록 쌈 하고, 그놈 안고지고 구불고 묶아가지고 어떻게 해 놓고 보이까네, 아침에 보이까네 그놈이 딴 기 아이고 빗자루가, 아 빗자루 그기 인자 이렇게 말이지 있더라. 그래가지고 밤새도록 홀끼가지고 인자 정신을 일거가지고(잃어가지고) 오래 못 살았다.

줄방귀를 뀐 며느리

자료코드 : 04_21_FOT_20100409_PKS_LCY_0001
조사장소 : 부산광역시 기장군 일광면 화전리 화전마을 화전경로당
조사일시 : 2010.1.20
조 사 자 : 박경수, 서정매, 황영태, 최수정
제 보 자 : 이춘례, 여, 74세
구연상황 : 조사자가 제보자에게 방귀이야기가 있으면 하나 해 달라고 부탁을 하자, 하나 재미난 것이 있다며 구술해 주었다.
줄 거 리 : 며느리가 방귀를 꼈는데, 시아버지가 며느리가 부끄러워할까 보아서 그것이 복방귀라고 했다. 그러자 며느리는 "봉채 받는다고 그런지 줄방귀가 나온다"고 하며 참았던 방귀를 계속 뀌었다.

인자 며느리가 방구를 뽕 끼니까네, 인자 부끄럽어가 민망 부끄럽어가지고 시아바시가,

"아따 그 방구가 복방구다."

카이,

"아버님 말씀이 나이 하는 말이지, 봉채 받는다고 줄방구가 나온다."

이래 카니까 카더라. 며느리가 방구를 '뽕' 끼니카네, 그리 인자 무참하다
(무안하다) 아이가. 어른들 앞에서 끼니까네. 무참시럽아 그리,

"아가 아가."

칸다 카더만. 그래서 그리 인자,

"그 방구가 복방구다."

카니까네,

"아버님, 말씀이 나이 하는 말이지, 봉채 받나 줄방구가 나오더라."

복방구라 카니까.

두 동네가 한 동네 되었네

자료코드 : 04_21_FOT_20100409_PKS_LCY_0002
조사장소 : 부산광역시 기장군 일광면 화전리 화전마을 화전경로당
조사일시 : 2010.1.20
조 사 자 : 박경수, 서정매, 황영태, 최수정
제 보 자 : 이춘례, 여, 74세
구연상황 : 다른 제보자의 이야기 중에 '두 동네가 한 동네가 되었다'는 말이 있었는데,
제보자가 재미있는 이야기를 해주겠다고 하면서 구술한 것이다.
줄 거 리 : 옛날 재래식 화장실에는 휴지가 없어서 볼일을 보고는 기둥나무에다 닦고 했
었다. 그런데 어느 날 며느리가 화장실에서 볼일을 보는데, 시아버지가 물을
갖다 달라는 말에 급하게 기둥나무의 뾰족한 곳에 엉덩이를 닦다가 그만 길
게 째지고 말았다. 그래서 '두 동네가 한 동네가 되었다'는 말이 있다.

옛날에는, 옛날에는 이래 화장실이, 옛날에는 그 저 재래식이, 옛날 그
런 화장실이 아이가.

그래가지고 인자 내무 해가 얄구지이(얄궂게) 서까래에 얹어가 그래 화

장실이 촌에 보통 그랬거든.

그래가지고 없으니까 급하이 기둥나무 못이나 꽹이 같은 그런 데다 마 땄아뿠다(닦아버렸다). 그래가 인자 시아바시가(시아버지가) 그래,

"빨리 물 가 오이라."

"물이고 뭣이고 두 동네가 한 동네 됐다."

카대. 밑이 째져가 더 째졌다 이말이라.

이야기 내기로 할아버지를 이긴 할머니

자료코드 : 04_21_FOT_20100120_PKS_JSJ_0001
조사장소 : 부산광역시 기장군 정관면 예림리 예림마을 예림마을노인정
조사일시 : 2010.1.20
조 사 자 : 박경수, 박양리, 정혜란, 정다혜
제 보 자 : 장숙자, 여, 70세
구연상황 : 민요 조사를 끝내고 조사보조원들이 제보자 카드를 작성하는 동안, 조사자가 재미있는 이야기 있으면 해달라고 요청하자 이 제보자가 이 이야기를 했다.
줄 거 리 : 옛날에 두 노부부가 있었다. 한 집은 할아버지는 똑똑하고 할머니는 모자라는데, 다른 집은 할아버지가 모자라고 할머니가 똑똑했다. 똑똑한 할아버지가 이웃집의 똑똑한 할머니를 뺏고 싶어 모자란 할아버지와 이야기 내기를 해서 이겼다. 똑똑한 할아버지가 이웃 집 할머니를 데리러 갔는데, 똑똑한 할머니가 더 이야기를 잘하는 바람에 빼앗지 못했다.

옛날에 어떤 아저씨가 아주 똑똑하고 할머니는 좀 마 좀 마 모지라는 것 같고 이런데, 또 한 집에는 아저씨는 좀 모지래고 할머니는 똑똑하고 해가, '저 할머니를 내가 어떻게 해서 빼앗으면 좋겠노' 싶어가 그 아저씨 하고 둘이서 내기를 걸었는데, 똑똑한 아저씨가 내기를 거니까,

"나는 저거 해가지고시는 그거 한다고."

그 아저씨 인자 빼앗을, 할마이를 빼앗을기로(빼앗기로) 약속을 하고

인자 빼앗기로 했는데, 이야기를 하니까,

"아무 할 얘기가 없다."

고 이러카니까네, 그 인자 똑똑한 아저씨는 무슨 이야기를 했는고, 거기 좀 기억이 안 난다. 그래가 그거 하니까 빼앗기로 인자 그거로 했는데,

"나는 마 이야기가 없다."

마 이런 식으로 이야기를 하이,

"나는 때추를(대추를) 하나 먹고 나이카네 똥을 누이까네 똥이 일만 일 무더기고, 근 똥을 눈 나무에 때추나무가 생겨가지고 때추를 따이 때추를 일만 일 섬을 땄다."

고 이러카니까, 그 아저씨는 마 이기고, 이래 놓이까 인자 할머니를 빼앗기로 됐는데, 그래 할마이 데불러(데리러) 오이까 똑똑한 할마시가 하는 말씀이,

"영감 어데 갔느냐?"

고 이래 물으니까,

"우리 영감님은 어제 아래 난 꼬새끼('꿩 새끼'인 듯하다) 매새끼, 뒷동산 사역 갔다."

고 이래 카이께네,

"어제 난 매새끼 아래 난 꼬새끼가 무슨 사역을 가느냐."

고 이렇게 이야기를 하니, 그 아지매보고 그러 카니까,

"아저씨는 무슨 똥 한 무더기 놓은 기 대추로 갖다가 나무를 가, 몇 나무가 생겨가지고 똥을 일만 일 섬을 누고, 그래 땄겠느냐고, 그거나 이거나 안 똑같느냐고."

카며 그래가 할마이를 못 빼앗더라고 카는 이야기가 있대예.

시아버지에게 딸을 시집보낸 며느리

자료코드 : 04_21_FOT_20100120_PKS_JSJ_0002
조사장소 : 부산광역시 기장군 정관면 예림리 예림마을 예림마을노인정
조사일시 : 2010.1.20
조 사 자 : 박경수, 박양리, 정혜란, 정다혜
제 보 자 : 장숙자, 여, 70세

구연상황 : 조사자가 제보자에게 이야기가 참 재미있다고 부추기면서 다른 이야기를 해
　　　　　달라고 부탁하자 제보자가 이 이야기를 했다.
줄 거 리 : 옛날에 정승이 부인과 아들이 죽고 없어 며느리와 둘이서 지냈다. 하루는 며
　　　　　느리가 시아버지 방에 옷을 벗고 들어가자, 시아버지가 재산을 탐내어 들어왔
　　　　　느냐고 하며 내쫓았다. 시아버지는 말과 소 천 마리를 며느리에게 주며 내쫓
　　　　　았는데, 어떤 오막살이집에 도착했다. 그 오막살이집에는 영감과 딸이 살고
　　　　　있었다. 이 며느리는 그 집의 영감과 결혼을 하고 그 딸을 시아버지에게 보내
　　　　　살게 했다.

　　옛날에 어떤 정승이 할마이가 죽고 없었는데, 메느리는(며느리는) 아들
이 죽고 없었는데, 둘이서 있으니까 메늘로 어데 보낼라 카이 다시 보낼
그기 없는데,

　　이 정승 메느리 어데 갈라카이시는 마 못 구해가 옷을 벗고 시아바님
방에 들어갔는데, 그래 시아바님 하는 말씀이,

　　"야야 니가 나를 보고 좋아서 내 방에 오는 것이 아니고 이 살림을 보
고 오는 것이니까 배삐(바쁘게) 나가라."

고 이렇게 이야기를 하니까,

　　"그게 아니고 좋아서 그렇다."

고 이렇게 이야기를 하니까, 대감이 종들로 불러가지고 말 천 마리 소 천
마리에 짐을 실으라고 명령을 내루이까네, 그 인자 메느리를 갖다가 보내
는 거라예.

　　천리나 만리나 보내는 거라요, 어데 가라고. 그래 인자 말 천 마리 소
천 마리 싣고 메느리 시아바님인데 쫓기나와가 가니까, 어떤 오막살이집

에 거 가가 인자 내렸는데, 그 집에 가니까 처녀가 하내이(한 명이) 있고 영감님이 계시는데, 그 영감님이 할마시가 없고 처녀는 그 집 딸인데, 그래 인자 거게 살림을 다 풀아가지고 그 영감님인데 인자 이 각시가 살러 갔는데, 살러간다고 가니까, 그래 처녀가 있어가지고,

"이렇게 해가는 안 되겠다고, 메느리 딸로 데꼬(데리고) 사는 데는 아무 이유가 없으니까, 우리 딸을 갖다가 우리 시아버님인데 보내면 좋겠다."고. 그래 그 딸을 갖다가 시아바님인데 줬기(주었기) 때문에, 메느리 딸로 데꼬 사는 데는 아무 이상이 없다 카는 전설이 있다고 이야기를 들었습니다.

저승 갔다 살아온 할머니

자료코드 : 04_21_FOT_20100119_PKS_JKC_0001
조사장소 : 부산광역시 기장군 기장읍 웅천리 중리마을 웅천리경로당
조사일시 : 2010.1.19
조 사 자 : 박경수, 정혜란, 정다혜
제 보 자 : 전금출, 여, 74세
구연상황 : 조사자가 저승 갔다 온 사람 이야기가 없느냐고 하자, 제보자가 그런 이야기를 들었다고 하면서 이야기를 시작했다. 청중들이 관심 있게 들으면서 저승에 관해 이야기를 나누기도 했다.
줄 거 리 : 어떤 사람이 죽어서 저승에 갔다. 저승에 가니 큰집이 있었는데, 그곳에서 어떻게 왔느냐고 묻고는 노란 개를 따라 가라고 했다. 노란 개를 따라 가다 그 개가 갑자기 난간에서 떨어지는 바람에 놀라서 깼다. 노란 개와 함께 떨어지지 않고 정신을 차려서 다시 이승으로 오게 되었다.

우리 저저 할매하는 이야기 들으니까 그렇더라구요.

잠깐 죽어 한 시간만에 깨어났는데, 그래 참 어데-로 가이까네 마 이런, 이런 큰 우리 여어 치면 면사무소 같은 그런 집이 있더래요. 그래 떡

가이까네,

　"그래 우째 왔느냐?"

카이께네,

　"하이구 내가 마 저 어데 간다고 왔다."

카이께네, 그라모 이래 글로 써가 이래 주고서리 이런 노란 개, 개를 한 바리 앞에다 세우거던.

　"조 개를 따라 가라."

카거든. 어데-라고 어데라고.

　(청중 : 그처러 멀기(멀리) 갔다 카제.) 예, 마 억-수로 가디만은 개가 이래 큰 난간에 마 툭 떨어지고 마 없더랍니다. 할매가 깜짝 놀래 깨이까네 이승이라요.

　그래 그 개로 같이 떨어졌으면 죽었을낀데 할매가 안 떨어졌어요. 그래 이래 글로 써준 그거는 아직까지 저승 올 때가 안 됐다 카는 그런 걸로 주었던가 봐요.

　그래가지고 그래 진실로 그래 이야기 하더라고요, 우리 할매가.

저승 갔다 살아온 점쟁이

자료코드 : 04_21_FOT_20100119_PKS_JKC_0002
조사장소 : 부산광역시 기장군 기장읍 웅천리 중리마을 웅천리경로당
조사일시 : 2010.1.19
조 사 자 : 박경수, 정혜란, 정다혜
제 보 자 : 전금출, 여, 74세
구연상황 : 제보자는 앞에서 한 저승 갔다 온 사람 이야기에 이어서 또 다른 이야기가 있다고 하면서 했다.
줄 거 리 : 옛날에 점을 보는 어떤 할머니가 갑자기 죽었다. 동네 사람들이 모두 모여 굿을 하고 야단법석을 떨었다. 할머니가 저승에 가니 기름이 끓는 큰솥에 들

어가라고 했다. 자신은 그곳에 들어가지 않고 대신 다른 사람을 밀어 넣었다. 그 사람이 기름 솥에 들어가는 것을 보고 놀라서 깨어보니 이승이었다.

아, 예 옛날에 저 언양면 중광리라 카는 데 할매가 점을 했어요.

점하고, 점을 참 잘했다고 옛날에 그런데, 그래 그란데 갑작시레 마 죽어가지고. 그래 마 죽었다고 난리를 치고, 온 동네 사람들이 다 모아가 마 주무리고 마 뚜드리고 마 난리 엄마야고 부르고 굿이 났는데.

그래 이 늙은이가 탁 이 가이까네, 마 어데라고 가이까네 뭣이 이런 솥에다가 기름이 마 바글바글 끓는데, 할매가 마 드가라 하더랍니다. 고마 할매는 안 드갈라고 카고 드갈라고 밀어옇고 마 한참 하다가 마 할매가 탁 치니까 어떤 사람이 마 그 쑥 드가뿌더랍니다.

그래가 깨가, 깨이까네 자기가 이승을 마 엄마야고 부르고 난리가 났더랍니다. 그래갖고 이승을 왔더랍니다 그래.

용천과 회룡마을의 지명 유래

자료코드 : 04_21_FOT_20100120_PKS_JGS_0001
조사장소 : 부산광역시 기장군 일광면 용천리 회룡마을 회룡마을경로당
조사일시 : 2010.1.20
조 사 자 : 박경수, 서정매, 황영태, 최수정
제 보 자 : 정경섭, 남, 79세
구연상황 : 조사자가 회룡마을에 대한 유래를 묻자 제보자가 다음 이야기를 구술해 주었다.
줄 거 리 : 용천은 용이 하천에 살았다고 해서 붙여진 이름이고, 회룡은 용이 산을 돌아서 내려갔다고 해서 붙여진 이름이다. 회룡 아래 쪽에 용이 살았다는 우붕소라는 곳이 있다.

저 용천 입구에 용천 카는 기가, 옛날에 이야기가 용천은, 이 용이 옛날에 여기에 있었기 따문에 용천이라 카는 인자 지명이 용천이고.

인자 요 마을은 회룡이고, 용이 여 우에서 인자 저 우에 산이 바로 이 둘러 내려 오가지고, 요리 돌아가 안자, 산이 요리 돌아가 요리 딱 막카난 (막아 놓은) 기 있거든 요기.

그래서 회룡이라고. 이야기가, 회룡이라 카는 기 인자 용이 돌아간, 돌 아왔다꼬 그래 회룡이라 카는. (청중 : 그런 뜻으로 인자 용이다.)

그, 그래서 이 마을의 지명이 돌아올 회(回), 용 용(龍), 고로케(그렇게) 인자 용이 돌아왔다꼬 인자 그, 그래 인자 지명이 그래 돼 있어요.

(조사자 : 아, 그러면 용하고 관계된, 용이 살았다는 얘기 전설 같은 거.) 용이 저 밑아 걸에(개울에) 살았던, 용이 살았다 카는데, 저 밑에 가몬 바 위가 하나 있는데, 거기에 용이 살았다 카는 그 전, 전설이 있어요.

(조사자 : 그 바위 이름은 혹시?) 거, 금금포라 카나? 금금바위가 뭐야? 금금바위 카는 데고. 우붕송(우붕소)이 있어요. 우붕송. (조사자 : 우붕송? 송이라면 소나무를 얘기합니까?) 송. 송. 송. (청중 : 송이몬 물이고.) (조사 자 : 아, 소. 우붕소.) 물이 고있다는. (조사자 : 아, 예.)

도깨비와 씨름한 영감

자료코드 : 04_21_FOT_20100120_PKS_JGS_0002
조사장소 : 부산광역시 기장군 일광면 용천리 회룡마을 회룡마을경로당
조사일시 : 2010.1.20
조 사 자 : 박경수, 서정매, 황영태, 최수정
제 보 자 : 정경섭, 남, 79세
구연상황 : 도깨비 이야기가 없느냐고 하자, 도깨비에 관한 이런 저런 얘기를 하다가 다음 이야기를 구술했다.
줄 거 리 : 날씨가 흐릴 때 도깨비가 나타난다. 날씨가 흐린 날, 술을 많이 먹은 영감이 길을 가다가 도깨비를 만났다. 도깨비와 오랫동안 다투다가 이겨서 칼로 도깨 비를 찌르고 왔다. 다음날 아침에 가서 확인해 보니 나무등치에 칼이 꽂혀 있었다.

옛날에 인자 날이 꾸룸할(거무스름할, 흐릴) 때에, 인자 그 밤에 인자 나많은(나이 많은) 사람이 술을 자시고(잡수시고) 넘어오면은, 길가 오면은 인자 불이 있는 거야.

도깨비불이 있어가지고, 거서 싸워가, 몇 시간 싸우다가, 그거 짝, 그거로 가지고, 칼로 가지고 꼽아갖고 인자 집에 내려 왔는데, 거 자고나서 인자 무엇이고 싶어 가이까네, 나무 뚱거리에다가(나무둥치에다가) 칼이 꼽아져가 있어.

아가씨 귀신과 놀았던 총각

자료코드 : 04_21_FOT_20100120_PKS_JSO_0001
조사장소 : 부산광역시 기장군 정관면 두명리 두명마을 두명부락경노회관
조사일시 : 2010.1.20
조 사 자 : 박경수, 박양리, 정혜란, 정다혜
제 보 자 : 정순옥, 여, 64세
구연상황 : 조사자가 이 마을 근처에 공동묘지도 있고 하니 귀신 이야기를 들었을 것 같다고 하면서 귀신 이야기를 유도했다. 그러자 제보자가 직접 귀신을 본 사람 이야기를 들은 적이 있다며 다음 이야기를 시작했다.
줄 거 리 : 어떤 총각이 정관에 놀러 갔다 오는 길에 예쁜 아가씨를 도로에서 만났다. 그 아가씨를 따라가서 한참 재미있게 놀았다. 나중에 총각이 정신을 차려보니 아가씨와 놀던 곳이 무덤이었다. 총각이 놀라서 마을로 내려와서 문을 두드리며 살려달라고 했다. 총각은 무사히 살아났는데, 그 무덤은 정관에서 죽은 아가씨 무덤이었다.

저 지금 저거 납골당 앞이제, 저 정관 넘어가는데, 그게 이 동네 누 총각이 정관에 놀러갔다오이, 이쁜 아가씨가 도로에 나와가지고, 너무너무 이쁜 아가씨가 나오가(나와서), 그 아가씨 따라갔는데, (조사자 : 총각이?) 총각이. 한참 산에 언자 어디론가 따라갔는데 너무너무 좋아가지고, 아가씨로 마 안고 막 구불고(구르고) 이래 하다 보니 정신이 딱 돌아와가 보이

까네 그기 무덤이더라, 무덤이라.

그래가 무덤이라. 그래가 그길로 언자 마 내리왔는데, 마 이 마마 손카 발카(손과 발과) 마 전부 옷이 다 젖고, 이마고 헐 구더기가 되가, 백운공 원묘지에 그게 한 집 살고 있었는데 그때, 거 가가 문을 뚜드리고,

"사람 살리 주라."

뚜드리니깐, 그 집에 사는 사람이 귀신이라고 귀신이 왔다고, 문을 안 열어줬는 기라. 안 열어줘가, 결과적으로 얼마나 뚜드리고 하니까네, 너무 너무 뚜드리사서, 인자 살짜기 문구멍으로 한번 보이까네, 이 동네 사람 이라, 두명 사람이라.

그래가지고 문을 열어가 데리고 그래가 내려왔어. 내려왔는데, 그 사람 이 그날 저녁에 술에 너무 많이 취해가, 그래가지고 마, 영 마 죽다가 그 래 살아났는 기라.

알고 보이, 그 옛날에 정관에 아가씨가 죽어가지고, 그 묘가 그 아가씨 묘라. 그서 귀신이 나와.

묘를 잘 써서 부자 된 사람

자료코드 : 04_21_FOT_20100120_PKS_JTG_0001
조사장소 : 부산광역시 기장군 정관면 대한노인회 기장지회 정관면분회
조사일시 : 2010.1.20
조 사 자 : 박경수, 박양리, 정혜란, 정다혜
제 보 자 : 정태건, 남, 75세
구연상황 : 조사자가 정관의 산이나 지명에 관한 이야기나 풍수 이야기가 있으면 해달 라고 요청하자, 제보자가 이런 이야기가 있다고 하면서 다음 이야기를 했다.
줄 거 리 : 정관의 철마산에는 옹녀가 산발을 하고 머리를 감았다는 옹녀산발이란 혈 자리가 있다. 이 혈 자리에 묘를 쓴 정관 사람들이 부자가 되었다. 처음에는 신씨, 다음에는 고씨, 최근에는 매곡에 사는 해평 김씨가 부자였다. 해평 김씨 는 부자이면서 대대로 면장을 했는데, 일제시대에 일본인 군수가 길을 내려고

해도 혈이 끊어진다며 길을 내지 못하게 할 정도로 권력을 가졌다.

그 메(묘) 터가, 아니 그 산 혈이 옹녀산발(雍女散髮)입니다. 옹녀산발이라 카면 여자가 머리를 푸는 형태입니다. 그래서 부자가 된 원인은 앞에 옹녀가 산발에 물을 감을라고 물이 있어야 됩니다.

그래서 앞에 못을 막았고, 여게가 옛날에 여게 냇가에 구디이(구덩이) 파져 큰 우물이 있었습니다. 근데 첫째는 신씨가 울리고, 두채는(둘째는) 고씨가 울리고, 그 담에 해평 김씨가 울립니다.

삼대를 여여 울리는 기죠. 지금어는(지금에는) 인자 마 요 아들들이 서울대학 뭐 화공과나 서울로 다 갈리도 지금도 정관면에 최고 부자가 해평 김씨, 매곡 부잡니다(부자입니다).

그 옛날에 천석을 했으면 땅이 여러 정관면 다 그 사람이 세를 받아 천석입니다. 그 사람 땅에 발 한 당기('자국'의 뜻인 듯함.) 못 디디고 그 사람의 농사를 안 지이몬 농사 못 지었습니다. 그만치 부자여 권력을 가진 사람입니다.

그래 인자 자기 할아부지들이 전부 다 여 맨 여 저 그때 일제 때 면장을 했고, 면장을 다 했어요. 서이가 다 면장을 해, 글때 저저 일본의 일본서 일본의 인자 군수가, 요 뒷산에 철마 넘어가는 고개의 질이 있습니다. 그죠?

질인데, 매곡 부잣집인데, 그 철마 철대를 고개를 넘어갈라 신을 딱글라 혈로 끊어져서 못 더가게 했는 기라. 정관면장이 일제시대에도 왜놈도 꼼짝을 못했어요. 그만치 권력이 있었답니다.

달음산과 매남산의 유래

자료코드 : 04_21_FOT_20100120_PKS_JTG_0002

조사장소 : 부산광역시 기장군 정관면 대한노인회 기장지회 정관면분회
조사일시 : 2010.1.20
조 사 자 : 박경수, 박양리, 정혜란, 정다혜
제 보 자 : 정태건, 남, 75세
구연상황 : 조사자가 이 마을의 지명이나 산, 바위에 얽힌 이야기가 없느냐고 유도하자,
　　　　　제보자는 웅녀산발의 혈 이야기를 한 후에 다음 달음산과 매음산 이야기를
　　　　　시작했다.
줄 거 리 : 옛날에 홍수로 인간 세상을 심판할 때 일이다. 홍수가 져서 닭 한 마리가 산꼭
　　　　　대기에 올라 살아남았다. 그 산의 이름이 닭이 살아남았다 하여 달음산이다.
　　　　　매남산은 같은 때 매 한 마리가 살아남았던 산이라 하여 붙여진 이름이다.

　달음산이라 카는 게요. 요요 고치(고도, 즉 높이)가 요 머 오백 몇인가
육백 몇인가 내 학실히 모르겠십다.

　달음산은 옛날에 전설에 비하면은 어째서 달음산이 생겼노? 옛날에 물
로까지고, 물이 참 물로 심판할 때, 닭이 한 마리 앉아가지고 그래서 살았
다 이래가 달음산이라 이름을 지안 기고.

　요 매곡 뒤에 가모 매남산이라고 있십니다.

　(조사자 : 매남산.) 매남산이라 카는 거는 그 당시에 물이 홍수가 져 일
식 전부 거 다 죽고 없일 때 매 한 마리 앉았다 해서 그래 전설을 매남산
이라고 그래 이름을 지았는 겁니다.

주인을 살리고 죽은 충견과 개좌산

자료코드 : 04_21_FOT_20100120_PKS_CDC_0001
조사장소 : 부산광역시 기장군 철마면 연구리 구림마을 구림마을회관
조사일시 : 2010.1.20
조 사 자 : 박경수, 박양리, 정혜란, 정다혜
제 보 자 : 차두철, 남, 76세
구연상황 : 조사자가 "이 마을에 효자각이 있던데 효자각 이야기를 들을 수 있습니까?"

라고 물어보자, 제보자가 "내가 얘기를 해드리죠" 하며 이 이야기를 했다.

줄 거 리 : 옛날에 서홍이란 사람이 살았다. 그가 수영부사가 되어 철마의 집에서 개좌산을 넘어 수영까지 걸어다녔는데, 개를 한 마리 데리고 다녔다. 하루는 개좌산 고개에서 고단하여 잠이 들었다. 잠을 자고 일어나니 자기 주위만 불이 붙지 않고 근처에 풀은 모두 탔다. 자신이 데리고 다니던 개가 꼬리에 물을 묻혀 주인 근처 자리에 불을 껐기 때문이다. 개가 서홍을 살렸다 하여 그 산을 개좌산이라 했다. 후에 주인이 개무덤을 만들어주었고, 효자 서홍을 기리는 정려비가 세워졌다.

내가 이야걸 해드리죠. [기침] 그 우리 요 구노실 안에, 그 마을에 서홍 (徐弘)이란 분이 살고 있었어요. 있었는데 이 분이 수영부사로, 수영부사였던 모양이지요.

이래가지고 옛날에 뭐 요새 차가 댕기는데, 그때는 뭐 차도 없고, 여 개자(개좌) 여 산 카는 골이 있음더(있습니다). 이리 넘어서 수영꺼지 갔다가 집에 인자 왔다 자고 가고 이런 식이었던 모냉(모양)이죠.

그런데 인자 이분이 서홍이란 이 사람이 꼭 개를 한 마리 덥고(데리고) 댕깄는 기라. 개를 한 마리 딱 지고 메고 덥고 댕깄는데, 요 개자산 카는요 앞산입니더.

그 산꼭대기 올라가모 좀 쉬고, 또 쉈으몬(쉬었으면) 또 개를 덥고 수영까지 바로 가고 이랬는데, 한번은 [기침] 수영서 인자 업무를 마치고 오는길인데, 개자 고개서 쉰 텍이라요.

쉬면서 고단해가지고 잠이 들었던 모양이라, 서홍이란 분이. 이래서 인자 한숨 고단해논 잠이 들었겠죠. 자다 깨보이 고단해논 잠을 잤겠죠.

자다가 깨보이 자기 주위에 마, 자기 주위에 마 잔디풀이 마 전체 붙어나갔는데 마 뭣이 인자 불을 끄기는 껐는 기라. 자기 짙에는(곁에는) 놔놓고,

이걸 끄기로 뭣이 껐냐? 개가 껐는 기라요. 고 골짝 고 밑에 가몬 물이 나는 데가 있어요. 물로 꼬리에 적샤가지고(적셔서) 불을 껐는 기라.

끄다가 뭐 개는 끄실리가 죽어뿠는 기라, 옆에. 옆에 죽어 있고, 이래서 지금 개자산 카는 이 산 이름이, 여 개가 이 서홍이를 살렸다 해가 개자산이라 지금도 현재까지 불리고 있어요.

(조사자 : 거기 또 무슨 개무덤을 이래 만들었다.) 그 서홍이가 무덤을 했겠지요. 무덤을 했겠고, 인자 여게 효자각에 지금 가보몬 이래 돼 있어요. 여 효자서홍지정려각(정확한 명칭은 '효자서홍정려지비(孝子徐弘旌閭之閣)'이다.) 캐놨심더. 서홍정려각 캐놨습더.

거북바위의 목을 잘라 화적떼를 쫓은 정씨

자료코드 : 04_21_FOT_20100120_PKS_CDC_0002
조사장소 : 부산광역시 기장군 철마면 연구리 구림마을 구림마을회관
조사일시 : 2010.1.20
조 사 자 : 박경수, 박양리, 정혜란, 정다혜
제 보 자 : 차두철, 남, 76세
구연상황 : 조사자가 이 마을에 전해지는 생거북바위에 대한 이야기를 아느냐고 하자, 제
　　　　　보자가 나서서 이 이야기를 했다.
줄 거 리 : 구노실마을에 거북바위가 있다. 이 거북바위는 계속 크고 있었다. 이 마을
　　　　　정씨 집안의 살림도 불어났다. 화적떼가 정씨 집에 자주 들어와 물건을 가져
　　　　　갔다. 정씨 부인이 과객에게 화적떼가 오지 않는 방법이 없냐고 물어보자, 마
　　　　　을 앞에 있는 거북바위의 목을 치면 오지 않는다고 했다. 거북바위의 목을 치
　　　　　자 피가 흘러내렸다. 그 뒤, 마을 이름을 거북 구자를 써서 연구리라 했다.

우리 봐라, 내가 사는 요 마을 앞에 거북바우가 지금 이만침 올라와가 있어요. 근데 이 바위가 거북바윈데, 그라몬 우리 여 마을 이름이 연구리 캄더(합니다).

연봉산 여게 야 뒷산이 연봉산 밑에 못이 있었는데, 연구 앞에, 연구여도 마을이 있어요. 앞에 못이 있었는데, 연꽃밭이 있었는 기라요. 이 이

름을 따고 구노실 거북 구자 이 생, 생암(生岩)이라요. 거북바위가 자꾸 크는 기라요.

이기 크면서 우리 고 구노실 앞에 그 정씨라 캐샀더나? 우리는 여 온 지가 한 백 한 삼십년 그리 되는데, 이 앞에 정씨라는 분이 살고 있었어요. 있었는데, 이 거북바위가 자꾸 크면서 마 살림이 불꽃이 일어 자꾸. 이전 이때 시대에 화적떼가 말이지, 그저 어불라(어울려) 요새 같으면 깡패겠지요, 어불라 댕기면서, 그 인자 숩게 말하몬 있는 집에 와서 쌀도 짊어지고 가고 그 감당도 못했는 기라요.

이럴 때, 그 정씨 부인, 이 자 옛날에는 과객이 많이 댕깄심더. 과객이 많이 댕깄는데, 과객더러 물언 기라(물었던 것이라).

"우리 집에 지금 화적떼가 많이 들와 여사(예사) 이 문제가 아인데, 총도 준비를 하고 있었는데, 화적떼 온다고 총을 바로 쏘지는 못하고 이 일을 어떻게 처리해야 되겠노?"

이래 인자 이 안주인이, 정씨 안주인이 물으이 이 과객이 인자 때가 우연덕치라. 안 될라 카이 그렇겠죠. 그래 이 과객이 이르기로 말이지,

"저 건네 앞에, 요 생바위, 생거북이 크는데 저걸 목을 쳐뿌라 이기라. 목을 쳐뿌몬 연후는 다시 이 집에 화적떼가 들지는 안할 기다."

하께네, 그거 숩은(쉬운) 거 아인고. 그래 정 밭을 대가 말이지 목을 쳤다 이겁니다. 거북바위 목을 치이 거기서 피가 흘러요. 피가 나더라.

지금 그래가 인자 그 머리가 구불라(굴러) 댕기는 걸 우리가 여 입주하면서 거북머리를 붙이가 세맨(시멘트) 가지고 붙여놨습니다, 현재. 요요 우리 여여 5대조가 세면을 붙여놨습니다. 흔적이 환함더. 그면 내(계속) 머리가 구불라 댕기는 거라요. 이래가 우리 소지 여 마을 이름도 연꽃 연(蓮), 거북 구(龜)자, 거북 구자, 연구리. 야 이래 소지명이 되어 있습니다.

자기 살을 먹여서 시어른을 살린 효부

자료코드 : 04_21_FOT_20100120_PKS_CKC_0001
조사장소 : 부산광역시 기장군 철마면 이곡리 이곡마을 제보자(최경채) 자택
조사일시 : 2010.1.20
조 사 자 : 박성수, 박양리, 정혜란, 정다혜
제 보 자 : 최경채, 남, 82세
구연상황 : 설화 조사가 제보자가 운영하는 음식점에서 이루어졌다. 음식점의 한 방에서
　　　　　조용한 가운데 제보자와 조사자 일행이 만나 이 마을과 주변 마을에 전해지
　　　　　는 이야기를 조사하고자 했다. 조사자가 이 마을 아래의 보림마을에 있는 열
　　　　　녀비에 대한 이야기를 아는지 물어보자, 제보자는 전해오는 전설이라며 열녀
　　　　　비에 얽힌 이야기를 했다.
줄 거 리 : 옛날 보림마을에 사는 여산 송씨 집안의 시어른이 중병이 들었다. 아무리 약
　　　　　을 써도 낫지 않았다. 어떤 도사가 인육을 먹으면 낫는다고 말했다. 이 집안
　　　　　의 며느리인 월성 김씨가 자기 허벅지 살을 베어 삶아서 시어른에게 먹였다.
　　　　　후에 그 효행을 기리는 열녀비를 세웠다.

그 효자는, 여 효부가 낳는 그 효부각이 바로 요 여 밑에 보림이라는
데, 그 월송린데.

고기에 각이 다 저 금기로 가지고 보수로 해가 그대로 서 있고, 고 고
운 앞(옆)에 고 밑에 가면 달성 서씨, 그 개작골에 그 하는 그 무덤의 원
주인공이 그 저게 효자각이.

(조사자 : 월성 김씨, 여 혹시 거 어째서 그분이 효부로 이래 됐는가요?)

그기 옛날에, 아 요 밑에 여게, 나타난 거는 여산 송씨가 아마 웃대(윗
대) 같는데, 여산 송씨가 여 몇 집 삽니다. 사는데, 웃대갑는데, 그분이 시
어른이 아주 중병이 들어가지고 아무리 시탕(시탕[侍湯], 약 시중)을 해도
안 낫고 이래가지고, 어데 도사가 말하기를,

"이거는 인고기를 먹으면 낫는다."

이래가지고 자기 허벅지 살을 비어가지고 그 시어른을 구워서 시탕했
다는 그런 전설이 내려오고 있지요.

(조사자 : 아 그래가지고 그래서 그 효행을 기려서 정려비를 세웠는가 보죠.) 그 열녀빕니더, 열녀비.

미역이 걸린 미역바위

자료코드 : 04_21_FOT_20100120_PKS_CKC_0002
조사장소 : 부산광역시 기장군 철마면 이곡리 이곡마을 제보자(최경채) 자택
조사일시 : 2010.1.20
조 사 자 : 박경수, 박양리, 정혜란, 정다혜
제 보 자 : 최경채, 남, 82세
구연상황 : 조사자는 이곡리 곽암마을에 전해오는 미역바위 이야기를 제보자에게 물었
다. 제보자는 별 것 아니라고 하면서 미역바위에 얽힌 이야기를 차분하게 구
술했다.
줄 거 리 : 옛날에 해일이 곽암마을까지 들어왔다. 그때 미역이 해일을 타고 와서 바위
에 걸려 있었다. 그 바위를 미역바위라고 한다.

옛부터 흘러내려오는 전설에 의하면, 예전에 저 여 해일이 되가지고 여
기에 물이 채고 할 적에, 거기에 미역이, 저 저 안에 미역바위는 저쪽 우
에 있습니더.

저 뒤에 있고, 고는 곽암이라고 그래 돼가 있는데, 그 미역이 이래 열
렸다고 이래가 미역바위라고 이래 알고 있습니다.

메주콩 많이 먹으면 호랑이가 잡아 간다

자료코드 : 04_21_FOT_20100119_PKS_CPG_0001
조사장소 : 부산광역시 기장군 기장읍 교리1리 교리1마을회관
조사일시 : 2010.1.19
조 사 자 : 박경수, 서정매, 황영태, 최수정
제 보 자 : 최필금, 여, 82세

구연상황 : 조사자가 호랑이에 대한 이야기를 꺼내자, 제보자가 가만히 듣고 있다가 옛날 생각이 난다며 다음 이야기를 구연해 주었다.

줄 거 리 : 옛날에 먹을 것이 없던 시절에 메주콩을 삶을 때면, 아이들이 콩을 먹고 싶어 한다. 아이들이 콩을 너무 많이 먹지 못하도록, 콩을 많이 먹고 똥이 마려서 화장실에 가면 대밭에서 눈이 빨간 호랑이가 나타나 잡아간다.

내가 저 적에, 인자 호랑이 카는 말 하라 카이카네, 말 할라는데,

예전에 우리 할머니가 계셨는데, 옛날에 뭐 물끼(먹을 것이) 있나 그죠? 메주 콩을 꽉 안치 났는데, 안치 가지고.

"그리 아이고, 메주 콩 그거 무보몬(먹어 보면) 안 되나?"

카고, 이래 주개로(주걱으로) 젓어가 주개로 떠가지고 접시 겉은 거 주더라구요.

그래 묵고, 또 묵고,

"아이고 야야. 그거 마이 무몬 밤에 똥 매르비몬(마려우면), 대밭에서러 눈이 빨가이 해가지고 호랭이 내려온다." [일동 웃음]

거기 내 기억에 남더라구요. 여기서 내 클 직에.

"아이고, 야야. 할매, 그래도 맛있다."

이래 카몬,

"이거 마이 무면 안 된대이."

저녁에 똥이 메르바 똥 누러 가면, 마 똥누라 캐요. 똥 누러 가면, 우리 집에 대밭이 있거든예.

"눈이 빨가이 해가지고 호랭이 내려오면 어쩔라노? 그만 무라."

호랭이 얘길 하이까네, 기이 그런 일이 있어요. 많이 들었다고요. 옛날에 물(먹을) 끼(것이) 있나 그죠? 거, 거머 마 줄라꼬 카다 보이. (청중 : 콩거 삶으몬 아들이(아이들이) 막 물라 칸다.)거 마이 무면 똥 싸거든. 그래가 내-.

"니 저녁에 똥 누러 가몬 배밭에서러 어데 빨가이 나오몬 우짜노. 그만

무라, 그만 무라.”

　(조사자 : 아 이거 재밌네요.) 거 마이(많이) 들었어예.

조심을 해도 무심결에 꿔는 방귀

자료코드 : 04_21_FOT_20100119_PKS_CPG_0002
조사장소 : 부산광역시 기장군 기장읍 교리1리 교리1마을회관
조사일시 : 2010.1.19
조 사 자 : 박경수, 서정매, 황영태, 최수정
제 보 자 : 최필금, 여, 82세
구연상황 : 조사자가 방구 이야기를 묻자 제보자가 실제 있었던 이야기라면서 다음 이
　　　　　 야기를 구술해 주었다.
줄 거 리 : 아이들이 밥상을 앞에 두고 생각 없이 방귀를 꿔기도 한다. 어머니가 밥과
　　　　　 방귀를 섞어 먹느냐며 야단을 쳤다. 방귀를 꿔지 않으려고 조심을 해도 방귀
　　　　　 는 무심결에 나와서 무안해진다.

　방구라 카이 생각는 기, 우리 시어무이는, 애들 이전에 큰 상에다가 같
이 안 묵는교.

　이라몬 모심질에(무심결에) 이래, 빵구가 마 생각도 없이 빵구가 안 나
옵니꺼? 나오면 어머이는,

　“이노무 새끼들, 밥하고 저 빵구하고 같이 섞어 쳐물라 카나,” [일동 웃
음]
하고 아들이 빵구가 그냥 낀다 아이가.

　“너거는 그라몬 밥하고 저게 빵구하고 섞어 쳐물라 카나.” [일동 웃음]
　“참 내이 사정없이, 어찌 빵구를 그리 하고접어 놓으노. 우리 정씨들은
절대로 빵구를 안 낀다. 참아야지.”

　하이고, 그래 빵구만 나오면 우리 며느리카네 잘 안 끼지마느도, 얼매
나 조심을 안 하는교. 하는데, 어짜다가 내가 밥을 떡 마, 나도 생각도 없

이 뽕 나와뿌이. [웃으며] 아이구 그 뭐 나오니카네 마, 얼마나 기가 차는교.

그래 인자 우리 그때는 뭐 남편 신랑이,

"니는 빵구 뽕 끼놓고 얼굴이 뺄갛노?" [웃음]

그런데 그 빵구가 마 무심질에 나온 거라.

이도재 어사가 놀았던 어사바위

자료코드 : 04_21_FOT_20100118_PKS_HKJ_0001

조사장소 : 부산광역시 기장군 기장읍 죽성리 두호마을 두호마을회관

조사일시 : 2010.1.18

조 사 자 : 박경수, 정규식, 박양리, 정혜란

제 보 자 : 한규준, 남, 75세

구연상황 : 원정길 제보자의 매바위 이야기가 끝난 후, 조사자가 어사바위에 얽힌 이야기를 아느냐고 원정길 제보자에게 물었다. 그러나 그 이야기는 잘 모르겠다고 대답을 했다. 잠시 좌중이 어수선한 가운데 제보자가 나서서 어사바위 이야기를 했다.

줄 거 리 : 옛날 군량미를 싣고 가던 배가 두호마을 앞 바다에서 침몰되는 사고가 났다. 마을 사람들이 침몰된 배에서 군량미를 줍거나 가져가는 바람에 군량미가 모두 없어졌다. 군량미가 없어진 원인을 조사하기 위해 중앙에서 어사를 파견했는데, 이도재 어사가 두호마을로 오게 되었다. 그러자 기장군에서 기생을 내보내 바닷가의 큰 바위에서 어사를 접대하였다. 어사바위는 바로 이도재 어사가 접대를 받고 놀았다고 하여 붙여진 이름이다.

어사바위라 하는 거는, 에- 바로 그 매바위 옆에 암벽이 있는데, 그 인자 어사바위라 하는 거는 결과적으로 자 그때 마 지금겉으면 중앙부처겠죠.

이도재? 이도재(李道宰, 고종 19년인 1882년에 암행어사로 기장군을 다녀갔다) 어사님이가 여기 그때 인자 그 뭐 때문에 왔냐 하면은 그때 그

군량미 관계 때문에 그 국해라고 있어요.

보급을 싣고 오다가 그때 당시에는 보급을 군량미를 가지고 오다가 배가 어떻게 침몰이 돼가, 육지에서 하면은 그 군량미를 인자 주민들이 인자 예를 들어서 뭐 갖다다가(가져다가) 좌가(주워서) 먹기도 하고 또 뭐 훔쳐가기도 하고. 예를 들어서 어데 이 군량미가 확실히 어째 사고가 일어났느냐, 어째 됐느냐, 풍파가 됐느냐, 우리 기장 고을에, 기장 고을에 내사 즉 조사를 나온 거죠. 지금같으면 중앙부처에서 인자 감사를 나온 거죠. 이기 인자 즉 말할 것 같으면 기장 고을 같으면 오니깐, 그 인자 기장군청에 말하자면 행정관청에 오니까 지금 말할 것 같으면 기장 관내에서 그 이도재 어사님을 결과적으로 로비를 한 거지요.

기생, 월매 기상이라 하는 기생을 붙이가지고 거게서 인자 즉 말하자면 어사 한 명 온 모양이죠. 저 바위에 그래서 그 어사암이라고 하는 이름이, 바로 그 이도재 어사님이 이리 왔어요. 관기, 그때는 행정 관기 뭐 아무데 가도 관기가 안 있습니까? (조사자 : 그렇지요 그렇지.)

와가지고 저걸 하고 이랬는 모양이지요. 그래서 인자 어사암이라는 내력이 이도재가 여 왔기 때문에 그래 인자 그 바위를 어사암이라. 어사암이란 그 아까 그 매 안 있습니까, 매바위, 그 같이 다 있습니다.

귀신에게 홀린 사람

자료코드 : 04_21_MPN_20100120_PKS_LBY_0001
조사장소 : 부산광역시 기장군 기장읍 서부리 서부마을 서부마을회관
조사일시 : 2010.1.20
조 사 자 : 박경수, 정규식, 박지희, 오소현
제 보 자 : 이부용, 남, 77세
구연상황 : 조사자가 도깨비 이야기로 아는 것이 없느냐고 물어보자, 제보자가 동생 이
야기라며 다음 이야기를 했다.
줄 거 리 : 사촌동생이 술에 취해 철마면 안평 연못 주위에서 구신에게 홀렸다. 밤새도
록 정신을 잃고 안평 연못 뒤의 제비산을 홀려서 돌아다녔다. 아침에 닭이 우
는 소리가 나서 정신을 차리자 귀신이 갑자기 사라졌다.

사실인데, 내 동생인데, 내 사촌동생인데 이거는 쫌 오래 됐습니다.

오래 됐는데, 한문은(한 번은) 동래서 여 철마로 오면 여 안평이라고 있
지 않습니까? 안평 그 연못 있는데, 연못 밑에 거서 야가 어 술을 한 잔하
고 왔는데, 완전 정신을 잃어뿠어.

거가 상달 그 못이라는 그 안 골짜기 거서 거 여자한테 홀켰는데(홀렸
는데), 그 그 안평 그 못 뒤 그 산 제비산이라 카데, 거서 그 밤새도록 이
래 돌아다녔다고 홀키가.

돌아댕기다가 산신령이 거 앞산 보몬 똑 볼가진(도드라지게 튀어나온)
산이 있는데, 거서 새복(새벽) 4시까지 이이 돌아댕기다가 그 첫 달이(닭
이) 우니까, 아 이기 사라지더라. 아 이거는 실제다. 내 동생이 그러 카는
데, 야가 마 훗날 술이 한 잔 되가지고 뭐 내한테 거짓말하는가 모르겠는
데, 밤새도록 홀켜댕겼다 아입니까. 그래가지고 자기가 정신을 채리가, 우
리 큰집이 요 밑인데, 고 정신을 알고 있는 그 반면에 첫 달이 딱 우이카

네 이기 마 갑자기 사라지더라.

용소골 애기소에서 본 귀신

자료코드 : 04_21_MPN_20100120_PKS_LBY_0002
조사장소 : 부산광역시 기장군 기장읍 서부리 서부마을 서부마을회관
조사일시 : 2010.1.20
조 사 자 : 박경수, 정규식, 박지희, 오소현
제 보 자 : 이부용, 남, 77세
구연상황 : 제보자가 앞에서 구술한 귀신 이야기를 끝내고 바로 이어서 자신이 직접 겪
         은 일이라며 다음 이야기를 시작했다.
줄 거 리 : 젊어서 선을 보러 좌천으로 갔다가 오는 길에 용소골 애기소 근처에서 하얀
         소복을 입은 아가씨를 보았다. 그 아가씨는 쪼그려 앉아서 울고 있었는데, 미
         인이었다. 가까이 가니 개울로 내려갔다. 겁이 나서 용소골 절까지 뛰어 갔는
         데, 절 아래에서 쳐다보고 있었다. 정신 없이 달려서 근근이 역으로 왔다.

어- 이거는 뭐 용소골에 그런 봤다 카는 사람이 있어. 있는데, 이거는
실지로 내가 이기 느낀 점인데, 내가 나 스물 여섯 물(먹을) 그 해에 내가
선 보러 간다고 좌천을 갔는데, 좌천을 갔는데,

용소골 저저 지금 애기소, 소 우에 그 돌 떤진다 카는 그 우에 그 가도
(街道), 딱 지금 올라가면 가도가 요래 딱 돼 있는데, 요기 쪼맨헌 소(沼)
이 와 있었다고. 그건데 요는 길이고, 요기서 인자 옛날에 그 저 저 사람,
[청중들에게] 저 박 뭐꼬? 박흥식이 알지? 응 박흥식이 모친이 그 우에서
쌀장사를 했다고. 요만한 쌀장사, 양 사바서(사방에서) 오는 쌀장사를 받
아가 한 되 두 되 가져오는 쌀장사를 받아가주고, 그러면 거서 받아가 기
장 가지와 팔고 이런데.

내가 그날 오후에 그때 통근차가 엿 시 사십오 분인가 기장 도착에 좌
천 가는 통근차 탈라고 철마서 인자 넘어오는데, 여서 거리라 캐봐야 한

백 한 오십 메타 가까이 될까? 그러니까 옛날에는 큰 솔이 없고 이래 인자 ○○사 쪼매끔 있었는데, 저 우에서 보이카네 하얀이 소복을 입고, 어어떤 한 이쁜 아가씨가 소복을 입고 거서 이래 딱 쪼글시(쪼그려) 앉아가지고 울어쌓는 거라. 내가 직접 봤다고.

보이 하얀 소복을 했어. 이런데 뭐 일행이나 있는 것 같으몬 같이 넘어오지마는, 내 혼자 넘어올라 카이 머리가 삐쭉삐쭉 서는데, '하이구 이놈의 돌아갈 수도 없고, 내려올 수도 없고' 기가 차는 기라. 기가 차.

이래가지고 돌로 큰 거를 딱, 그때는 우리가 힘이 쫌 있으이 돌로 딱 양손에 쥐고 마 달라들면 팰라꼬, 이래 딱 쥐고 인자 마 온 몸이 서리에 쳐가 이래 내려오는데, 아 잩에(곁에) 살 올라오이카, 잩에 한 십 메타 가까이 오이카네, 와 이 하얀 소복 입은 이 아가씨가 그라이(그랑으로, 조그만 하천으로) 쏠 내려가는 기라, 그라로. 오 개울로 쏠 내려갔부는 기라. 개울로 쑥 내려가는데 마, 더 간이 쏠 올라오데.

그래 그라아서 불과해봐야 한 3메다, 4메다 가까이 사오 메다밖에 안 되거든. 그랑, 길하고 저저 개울하고. 그래 저 쪽에 건니가서 우는데, 눈물이 내가 보이까 눈물이 살- 이래 흐르는 기라. 근데 인물도 만국일색(萬國一色)이라.

이래가 마 인물이고 뭐고 마 겁이 나서 마 그 질로 두고 뛨는데, 지금 현재 용소골 절 안있나? 절에 그꺼정 한참을 뛨다고.

한 이백메타 마 같이 뛰이가지고 돌아서니까 아 이 요 밑에까지 내려와가 떡 치바다 보고 있잖아. 이래 떡 서가지고. 와따 이래가지고 그 질로 역을 쫓아와가지고 마 갔는데, 선을 우째 봤는지 그것도 모르고 정신이마. 그런 경험이 나는 실지 내가 적은 경험입니다.

모심기 노래

자료코드 : 04_21_FOS_20100120_PKS_KDJ_0001
조사장소 : 부산광역시 기장군 철마면 연구리 구림마을 구림마을회관
조사일시 : 2010.1.20
조 사 자 : 박경수, 박양리, 정혜란, 정다혜
제 보 자 : 김동준, 남, 80세
구연상황 : 조사자가 모심기 노래를 할 수 있느냐고 물어보자 제보자가 이 노래를 불렀
다. 그러나 오랜만에 부르는 노래라서 그런지 여러 각편에서 부르는 소리가
뒤섞여 있다.

해다졌네 해다졌네~ 서산에 해-가다졌네
주인양반은 어데가고

이물끼저물끼 다헐어놓고 주인양반은 어데갔노

퐁당퐁당 찰수제비~ 사우야-판으로 다올랐네

이야기 노래

자료코드 : 04_21_FOS_20100120_PKS_KDN_0001
조사장소 : 부산광역시 기장군 일광면 화전리 화전마을 화전경로당
조사일시 : 2010.1.20
조 사 자 : 박경수, 서정매, 황영태, 최수정
제 보 자 : 김둘년, 여, 82세
구연상황 : 옛날에 놀 때 불렀던 노래를 구연하였는데, 가사를 읊듯이 했다. 아이들이 이
야기를 해달라고 하면 우스개로 부르던 것이다.

이바구 태바구 강태바구

강태하나 젊어지고

밀양장 올라가니

밀양놈이 날치네-

추경유흥가[3]

자료코드 : 04_21_FOS_20100120_PKS_KDN_0002
조사장소 : 부산광역시 기장군 일광면 화전리 화전마을 화전경로당
조사일시 : 2010.1.20
조 사 자 : 박경수, 서정매, 황영태, 최수정
제 보 자 : 김둘년, 여, 82세
구연상황 : 제보자가 자진하여 다음 노래를 시작하였다. 가창하지 않고 외워서 읊듯이 했
다. 긴 노래임에도 기억력이 좋은 편이어서 가사를 비교적 잘 기억하여 읊어
주었다.

이청저청 자청밖에 금살군가 유잘런가

이-정청 대추낭게 청천나비 앉았구나

나비기경 하시다가 일천문자 잊었구나

명경사재 물풀이는 고단처매 비단처매

자기잡아 성오주름 눌리떴다 금청주야

이술한잔 채전끝에 노래한쌍 짚고가소

아가아가 메늘아가 무슨노래 짚고가꼬

꽃노래를 짚고가고 칠밑에도 청청하랴

---

3) 이 노래의 가사 일부분이 경남 함양에서 <글 읽다 종아리 맞는 노래>로 채록되어 있
다(함양군문화관광 홈페이지 '내고장민요' 참고). 그런데 이번에 조사된 노래는 앞부분
가사만 <글 읽다 종아리 맞는 노래>의 가사와 유사하지만, 전체 노래 가사는 가을의
꽃과 나비 등 경치에 취해 일천문자를 잊고 술을 마시며 노래를 부른다는 내용이다.
이 가사 내용에 따라 제목을 '추경유흥가'라 붙였다(박경수 주석).

칠우에도 청청하랴

구월구월 국화꽃은 야사마당 패여나고

[웃고는 잠시 기억을 되살린 후에]

구월구월 국화꽃은 야사마중 피어나고

피지못할 베리꽃은 양달마중 피어나고

우리같은 인생들은 만백성을 피어난다.

모심기 노래

자료코드 : 04_21_FOS_20100120_PKS_KDN_0003
조사장소 : 부산광역시 기장군 일광면 화전리 화전마을 화전경로당
조사일시 : 2010.1.20
조 사 자 : 박경수, 서정매, 황영태, 최수정
제 보 자 : 김둘년, 여, 82세
구연상황 : 제보자가 모심기 노래를 구연하자 옆에 있던 청중들이 함께 부르기도 했다.
제보자가 가사를 기억하지 못할 때 청중들이 가사를 알려주면서 제보자의 가
창을 도와주었다.

한강에이 모를부어 쩌내기도 난감하-다-

이논빼미~ 모를숨가 금실금실 영화로-다

우리부모~이 산소등에 솔을숨거 영화로-다

서울이라 유당안에 해달뜨는 귀경가자

상주땅 홍골못에 그네노는 귀경가자

함제함서이 모를부어 잔나랙이(잔나락이) 반이로-다-

성안에-이~ 첩을두고 기생첩이 반이로-다-

꽃을심어 담장밖을~보았는데
지노가는(지나가는) 호걸양반 그꽃보고 질안간다[4]

서울갔던 이선보네야 우리선보 안오더나
오기야-이 온다마는 칠성판에 실려온다

못갈 장가 노래

자료코드 : 04_21_FOS_20100120_PKS_KDN_0004
조사장소 : 부산광역시 기장군 일광면 화전리 화전마을 화전경로당
조사일시 : 2010.1.20
조 사 자 : 박경수, 서정매, 황영태, 최수정
제 보 자 : 김둘년, 여, 82세
구연상황 : 제보자가 자진하여 구연했다. 처음에는 노래로 부르다가 가사를 바로 기억하
지 못해 잠시 멈춘 후, 노래 내용을 가사체로 읊으며 이야기하듯이 했다.

동네땅 어느하단 생금땅 장개들어
잊었구나 잊었구나 석삼년을 잊었구나

아이구야. 아이구 안 되겠네. 몬 하겠네.

[이하 이야기하듯이 읊음]

석삼년을 잊었구나
올아배요(오라버니요) 올아배요
편지한장 전해주소
천금같은 내동성아(내 동생아)
만금같은 내동성아

---

4) 지나간다.

무슨편지 전해주까
한쪽에는 모란편지
한쪽에는 부고편지

준해줄라 카더란다. 그래 쪼끄만한 도련님이 죽장지로 둘러짚고, 동래 땅 어느 하단 생금땅 장개들어 찾아가이카네, 그 총각이 인자 서울서 내 리와가지고 인자 처가집 온다꼬 인자,

아아종아 말몰아라
어른종아 짐실어라

드간카네, 총각 도련님이 인자 대짝대기 짚어지고 부고를 한 장 싣고 오거든. 저게가는 저도련님은 어데꺼정 가노 카이까네, 동네땅 어느 하단 생금땅 장개 드는 집 찾는다 카대.

한손으로 받아가
두손으로 폈보이
금아금아 이정금아
아무래나 그랬은들
내말없이 그럴소냐
홀목에도 맥이없고
목안에도 숨이없네
사흘나흘 가는길에
아아종아 말몰아라
어른종아 짐실어라
사흘나흘 가는길에
나흘밤에 도착하니

대문전에 들어서니
곡소리가 진동하네
오빠오빠

무슨 오빠라 카더라.

어던방에 들어가이
재피방에 들어가니
둘이베던 도톰베개
둘이베던 도톰베개
단청우에 던져놓고
신던버선 볼을받아
신을듯이 던져놓고
입던장삼 등을달아
입을듯이 던져놓고
엔지는 씻을때 시작튼가
분을 보를듯 ○○놓고
동네돌던 부인네는
다정한줄 알았더니

동네 돌던 부인네는 다정한 줄 알고 장개를, 그 동네 장개를 들었거든. (청중 : 나도 동네 도는데 내 아는데 다 잊어뿠다.) 장개를 들어노아카네, 참 그 처갓집에서 장개, 처갓집에서 말을 해가 장개를 들었는데,

동네돌던 부인네는
다정한줄 알았더니

새낵기는 지 입은 내 손에, 내 손 안에 피가나고 머리 끝은 보이카네

오리발이 제야중하고,

> 여름에는 음밥먹고
> 겨울에는 쉰밥먹고
> 아집살이 기양보고
> 한순간을 잊을소야

뇌뚜고 마 도망갔부더란다. 남자가 마 갔부더란다. 소리 없이 갔부더란다.

다리 세기 노래

자료코드 : 04_21_FOS_20100120_PKS_KDN_0005
조사장소 : 부산광역시 기장군 일광면 화전리 화전마을 화전경로당
조사일시 : 2010.1.20
조 사 자 : 박경수, 서정매, 황영태, 최수정
제 보 자 : 김둘년, 여, 82세
구연상황 : 제보자가 다리 세기 노래를 시작하자, 옆에 있던 청중들도 함께 불러 주었다.

> 이거리 저거리 갓거리
> 영사맹근 도맹근
> 도래줌치 장두깐

놀이요

자료코드 : 04_21_FOS_20100120_PKS_KDN_0006
조사장소 : 부산광역시 기장군 일광면 화전리 화전마을 화전경로당
조사일시 : 2010.1.20
조 사 자 : 박경수, 서정매, 황영태, 최수정
제 보 자 : 김둘년, 여, 82세

구연상황 : 제보자가 옛날에 놀이를 하면서 이런 노래도 했다고 하면서 노래를 시작했
다. 노래를 부르는 중에 옆의 청중이 조사자에게 가사를 가르쳐주기도 했다.
여럿이 모여 기와밟기, 담넘세, 대문놀이 등을 하면서 부른 노래이다.

제-불자 제-불자
몇-장을 밟았노
서른셋장 밟았다

제-불자 제-불자
몇-장을 밟았노
서른셋장 밟았다

달넘져 달넘져
오가청청 달넘져

이라제. 또 그라고.

내달내소 자네달 없소
내달내소 자네달 없소

지영사 꼬사리 껑청
어던 문으로 드가고
남대 대문을 둘라네
지영사 꼬사리 껌창

자네달 없소
내달내라 자네달 없소

나물 캐는 노래

자료코드 : 04_21_FOS_20100120_PKS_KDN_0007
조사장소 : 부산광역시 기장군 일광면 화전리 화전리 화전마을 화전경로당
조사일시 : 2010.1.20
조 사 자 : 박경수, 서정매, 황영태, 최수정
제 보 자 : 김둘년, 여, 82세
구연상황 : 다른 제보자가 짧게 구연한 것을 본인이 다시 한 번 해보겠다며 노래를 시
작하였다. 노래 가사를 모두 기억하지 못해서 중단하고 말았다.

올라가는 올고사리
내리가는 늦고사리
아금자금 꺾어다가
아리웅디(아래 웅덩이) 씻어다가
울엉디(위 웅덩이) 헹가다가
열두판상 갈라놓고
대문전에 날러가서(내려가서)
새한마리 떨쳐가주
열두판상 갈라놓고
한다리는 남는것은
앞집동생 줄라하니
뒷집동생 걸리시고
뒷집동생 줄라하니
앞집동생 걸리시고

남녀연정요

자료코드 : 04_21_FOS_20100120_PKS_KDN_0008

조사장소 : 부산광역시 기장군 일광면 화전리 화전마을 화전경로당
조사일시 : 2010.1.20
조 사 자 : 박경수, 서정매, 황영태, 최수정
제 보 자 : 김둘년, 여, 82세
구연상황 : 제보자는 자진하여 다음 노래를 불렀다.

저건네 남산밑에 나무비는 남대롱아(남도령아)

오만나무을 다비어도 초근대하나만 남가놓고

올키여(올해 키워) 명년키여 낚숫대를 후아잡자

대문전에 물이채여 옥당처녀를 낚아내자

낚는다면은 열녀로요 못낚는다면은 상사로요

열녀상사 고를맺아 고풀리도록만 살아보까

양산도

자료코드 : 04_21_FOS_20100120_PKS_KDN_0009
조사장소 : 부산광역시 기장군 일광면 화전리 화전마을 화전경로당
조사일시 : 2010.1.20
조 사 자 : 박경수, 서정매, 황영태, 최수정
제 보 자 : 김둘년, 여, 82세
구연상황 : 조사자가 양산도의 앞 가사의 운을 떼우니, 제보자가 가사가 생각났는지 바
로 다음 노래를 부르기 시작했다.

에~헤이-요~

양산읍네 물레방아 물을안고 돌~고~

열칠팔 큰애기 나를안고 돈~다

에헤라 너워라 너리 넝치렁 하야도

나는 못 놀이로다~

권주가

자료코드 : 04_21_FOS_20100120_PKS_KDN_0010
조사장소 : 부산광역시 기장군 일광면 화전리 화전마을 화전경로당
조사일시 : 2010.1.20
조 사 자 : 박경수, 서정매, 황영태, 최수정
제 보 자 : 김둘년, 여, 82세
구연상황 : 조사자가 권주가의 앞부분 가사를 부르며 노래를 청하자, 제보자가 박수를
치며 큰 소리로 노래를 불러 주었다.

> 잡으시오 잡으나시오 이술한잔을 잡으시오
> 이술이 술이아니라 먹고놀~자는 동백술이오

청춘가

자료코드 : 04_21_FOS_20100119_PKS_KMJ_0001
조사장소 : 부산광역시 기장군 철마면 장전리 대곡마을 김명조 씨 댁
조사일시 : 2010.1.19
조 사 자 : 박경수, 정혜란, 정다혜
제 보 자 : 김명조, 남, 74세
구연상황 : 조사자가 나무 하러 갔을 때 부르는 노래가 없느냐고 하자, 제보자는 이런 노
래를 불렀다고 하면서 부른 것이다. <청춘가> 가락에 머슴살이하는 신세를
노래했다.

> 가고싶은 일본동경~ 또못가게 되고요~오
> 살기싫은 머슴살이~ 좋~다 또하게 되는구나—

베틀 노래

자료코드 : 04_21_FOS_20100119_PKS_KMS_0001

조사장소 : 부산광역시 기장군 기장읍 내리 내동마을 내리마을회관

조사일시 : 2010.1.19

조 사 자 : 박경수, 정규식, 서정매, 황영태, 박지희, 최수정, 오소현

제 보 자 : 김모순, 여, 84세

구연상황 : 조사자 일행이 예전에 베 짤 때 불렀던 노래를 해달라고 하자 한참을 생각하다가 이 노래를 불러 주었다. 노래로 가창하지 않고 말로만 읊어 주었다.

> 낭야낭야 베틀낭아(베틀 놓아)
>
> 베틀다리 네다리요
>
> 내다리도 두다리요
>
> 베틀몸은 두몸이요
>
> 내몸은 한몸이요[5]

제비 노래

자료코드 : 04_21_FOS_20100119_PKS_KMS_0002

조사장소 : 부산광역시 기장군 기장읍 내리 내동마을 내리마을회관

조사일시 : 2010.1.19

조 사 자 : 박경수, 정규식, 서정매, 황영태, 박지희, 최수정, 오소현

제 보 자 : 김모순, 여, 84세

구연상황 : 조사자 일행이 다른 노래를 구연해 달라고 하자 김모순 제보자가 <제비 노래>라고 하면서 이 노래를 불러 주었다. 제보자가 앞의 노래와 같이 말로만 읊어 주었다.

> 제비제비 초록제비
>
> 능긍한쌍 물어다가
>
> 그집짓던 삼년만에
>
> 울아부지 서울양반

---

5) 노래로 부르지 않고 말로 구술하듯 구연함.

우리어메 진주떼기
우리오빠 앵주팔자
우리새이 맴매각시
내하나는 옥당처녀

모찌기 노래

자료코드 : 04_21_FOS_20100119_PKS_KMS_0003
조사장소 : 부산광역시 기장군 기장읍 내리 내동마을 내리마을회관
조사일시 : 2010.1.19
조 사 자 : 박경수, 정규식, 서정매, 황영태, 박지희, 최수정, 오소현
제 보 자 : 김모순, 여, 84세
구연상황 : 조사자 일행이 모심을 때 부르는 노래를 불러달라고 하자, 제보자가 이 노래를 가창하지 않고 읊어 주었다.

하늘에 목화갈아 목화캐기기 난감하다
한강에 모를부어 모찌기도 난감하다

모심기 노래

자료코드 : 04_21_FOS_20100119_PKS_KMS_0004
조사장소 : 부산광역시 기장군 기장읍 내리 내동마을 내리마을회관
조사일시 : 2010.1.19
조 사 자 : 박경수, 정규식, 서정매, 황영태, 박지희, 최수정, 오소현
제 보 자 : 김모순, 여, 84세
구연상황 : 조사자가 <모심기 노래>를 불러달라고 하자 제보자는 다음 노래를 했다. 다른 노래와 달리 혼자 박수를 치며 장단을 맞춰가면서 가창해 주었다.

하늘에는 앙상개비 땅에내린 무상개비

아제내딸 봉상개비

모심기 노래

자료코드 : 04_21_FOS_20100120_PKS_KBS1_0001
조사장소 : 부산광역시 기장군 정관면 두명리 두명마을 두명부락경노회관
조사일시 : 2010.1.20
조 사 자 : 박경수, 박양리, 정혜란, 정다혜
제 보 자 : 김복수, 여, 74세
구연상황 : 조사자가 다른 제보자와 대화를 하던 중에 이 제보자가 <모심기 노래>를 한
곡 불러보겠다고 했다. 처음에 부른 노래는 앞소리를 하다 잠시 가사를 잊었
지만 금방 가사를 기억하여 끝까지 불렀다. 이후 생각나는 대로 <모심기 노
래>를 이어서 불렀는데, 숨이 가쁠 때는 잠시 쉬었다가 불렀다. 청중들도 가
세하여 함께 부르기도 했다.

에야~ 도련님 병이들어~이

또 뭐라 카더노?

숭금씨야 배깎아라
숭금씨야 깎은배는~ 맛도좋고도 연하더라

해다~지고 저문날에~ 골목골목이 연개나네(연기나네)
우리야임은 어디가고~ 연개낼줄을 몰랐던고

모야모야 노랑모야~ 니언제커-서 열매열래
이달크고 훗달크고~ 칠팔월-에 열매열래

퐁당~퐁당 찰수지비~ 사우야판~에 다올랐네
애미-년은 어둘가고(어딜 가고) 딸의-동재를 맽겼더-노

모심기 노래

자료코드 : 04_21_FOS_20100120_PKS_KBS2_0001
조사장소 : 부산광역시 기장군 정관면 두명리 두명마을 두명부락경노회관
조사일시 : 2010.1.20
조 사 자 : 박경수, 박양리, 정혜란, 정다혜
제 보 자 : 김분수, 여, 72세
구연상황 : 조사자가 조사의 취지를 설명한 후 모심기 노래부터 불러달라고 요청하자,
약간 소란스러운 가운데 제보자가 나서서 다음 노래를 불렀다.

이물끼저물끼 헐어놓고~이 주인네양-반 어둘갔노
문에야전북(문어야 전복) 손에들고~ 첩우야방-에 놀러갔네

아기 어르는 노래 / 둥개요

자료코드 : 04_21_FOS_20100120_PKS_KBS2_0002
조사장소 : 부산광역시 기장군 정관면 두명리 두명마을 두명부락경노회관
조사일시 : 2010.1.20
조 사 자 : 박경수, 박양리, 정혜란, 정다혜
제 보 자 : 김분수, 여, 72세
구연상황 : 조사자가 아기를 어룰 때 "둥개둥개"로 시작하는 노래를 아느냐고 물어보자,
제보자가 한 번 잘 들어보라면서 이 노래를 실제 아기를 어르는 흉내를 내면
서 흥을 내어 불렀다.

둥둥 둥개야
이런둥개가 어데있노
하늘에서 널쪘나(떨어졌나)
따에서(땅에서) 솟았나
둥둥 둥개야
이런둥개가 어데있노

노랫가락 / 그네 노래

자료코드 : 04_21_FOS_20100120_PKS_KSP_0001
조사장소 : 부산광역시 기장군 정관면 예림리 예림마을 예림마을노인정
조사일시 : 2010.1.20
조 사 자 : 박경수, 박양리, 정혜란, 정다혜
제 보 자 : 김석필, 여, 84세
구연상황 : 조사자가 제보자에게 노랫가락으로 아는 노래가 있으면 해달라고 하자, 제보
자는 처음에는 노래하기를 꺼려하다가 조사자가 "추천당~"이라고 첫 사설을
넣자 아는 노래인지 이 노래를 불렀다.

　　추천당~ 세모시-낭게~ 그한가지에 추천을 매~자-

　　임이타면- 내가나-밀고~ 내가타-면은~ 임이-민-다-

　　임아 줄놓지마라~ 줄떨어지면은 정떨어진~다-

창부타령

자료코드 : 04_21_FOS_20100120_PKS_KSP_0002
조사장소 : 부산광역시 기장군 정관면 예림리 예림마을 예림마을노인정
조사일시 : 2010.1.20
조 사 자 : 박경수, 박양리, 정혜란, 정다혜
제 보 자 : 김석필, 여, 84세
구연상황 : 조사자가 먼저 그네 노래를 부른 제보자에게 청춘가도 많지 않느냐고 하며
노래를 불러보라고 하자 제보자가 이 노래를 불렀다.

　　노세 젊어서놀아~ 늙고병들면 못노리~라-

　　화무는 십일홍이요 달도참으로 기원하니-6)

　　인생일장 춘몽인~데~ 아니 노-지는 못하리~라-

---

6) "달도차면은 기우나니"라고 부르는 사설을 약간 달리 불렀다

돈타령

자료코드 : 04_21_FOS_20100120_PKS_KSP_0003
조사장소 : 부산광역시 기장군 정관면 예림리 예림마을 예림마을노인정
조사일시 : 2010.1.20
조 사 자 : 박경수, 박양리, 정혜란, 정다혜
제 보 자 : 김석필, 여, 84세
구연상황 : 제보자가 조사자에게 <돈타령>을 불러주겠다고 말한 뒤, 바로 이 노래를 불렀다.

    돈- 돈- 돈 돈좋다
    일전이라 하시는 돈에는 어제아래가 일전이고
    이전이라 하는 돈은 어지아래가 이전이오
    삼전이라 하는 돈에는 이삼년이가 삼전이고
    사전이라 하시는 돈에는 못시는(못쓰는) 돈이 사전이고
    오전이라 하는 돈에는 열두시 아래가 오전이고
    육전이라 하는 돈은 소고기전이 육전이고
    칠전이라 하는 돈은 편숫간이 칠전이요
    팔전이라 하는 돈은 부산사거리가 팔전이고
    구전이라 하는 돈에는 동래소전이 구전이고
    십전이라 하는 돈은 부산사거리가 십전이다

달타령

자료코드 : 04_21_FOS_20100120_PKS_KSY_0001
조사장소 : 부산광역시 기장군 기장읍 시랑리 동암마을 김성염 제보자댁
조사일시 : 2010.1.20
조 사 자 : 박경수, 정규식, 박지희, 오소현
제 보 자 : 김성염, 여, 80세

구연상황 : 제보자의 집 마루에서 구연을 하였다. 제보자는 바다에서 일을 하고 막 집으로 돌아왔기 때문에 옷도 제대로 갈아 입지 않은 상황에서 조사자들의 조사에 응해 주었다. 처음에는 아주 소극적이었는 조사자의 계속된 권유로 노래를 시작하였다. 청중은 제보자의 남편 1명이었다.

달아달아 밝은달아
이태백이 놀던달아
저기저기 저달속에
계수나무 박혀도
옥도끼를 다듬었고
금도끼를 다듬어서
초가삼간에 집을지어
양친부모 모시놓고
천년만년 살고싶다
천년을만년을 살고싶네~

각설이타령

자료코드 : 04_21_FOS_20100120_PKS_KSY_0002
조사장소 : 부산광역시 기장군 기장읍 시랑리 동암마을 김성염 제보자댁
조사일시 : 2010.1.20
조 사 자 : 박경수, 정규식, 박지희, 오소현
제 보 자 : 김성염, 여, 80세
구연상황 : <달타령> 구연을 마친 후, 조사자가 다른 노래를 구연해 달라고 하자 한 참을 생각하다가 이 노래를 구연해 주었다. 제보자는 어깨를 들썩이면서 이 노래를 구연해 주었다.

얼씨구씨구씨구 들어간다
절씨구 들어간다

일절에 한잔 들고보니
일월에 송송 야밤중에
밤중샛별이 울려나요
연자새끼 학을안고
삼만갱기에 끝나온다

모심기 노래

자료코드 : 04_21_FOS_20100120_PKS_KSY_0003
조사장소 : 부산광역시 기장군 기장읍 시랑리 동암마을 김성염 제보자댁
조사일시 : 2010.1.20
조 사 자 : 박경수, 정규식, 박지희, 오소현
제 보 자 : 김성염, 여, 80세
구연상황 : 조사자가 모심기 노래를 해달라고 요청하자 제보자가 이 노래를 불렀다.

이논에도 모를심고 저논에도 모를심고

낭카낭카 별끝에7) 이무버튼 쟁할란다
나도죽어 하상해여 이무버튼 쟁할란다
무정하는 우리오빠 애인만 건져주고
나도죽어 이세상에 태어날때 임의부터 먼저안할라꼬

창부타령

자료코드 : 04_21_FOS_20100120_PKS_KSY_0004
조사장소 : 부산광역시 기장군 기장읍 시랑리 동암마을 김성염 제보자댁

---

7) '낭창낭창 벼랑끝에'의 의미인 듯.

조사일시 : 2010.1.20
조 사 자 : 박경수, 정규식, 박지희, 오소현
제 보 자 : 김성염, 여, 80세
구연상황 : 조사자가 <창부타령>이나 <노랫가락> 등의 노래도 좋다고 하자 제보자가
이 노래를 구연해 주었다.

아니 놀지를 못하리라

아니 놀지를 못하니라

우리인생 이래살다가 여차하면 죽어지면

움이나나 싹이나나 움도싹도 아니나나고

아리랑

자료코드 : 04_21_FOS_20100120_PKS_KSY_0005
조사장소 : 부산광역시 기장군 기장읍 시랑리 동암마을 김성염 제보자댁
조사일시 : 2010.1.20
조 사 자 : 박경수, 정규식, 박지희, 오소현
제 보 자 : 김성염, 여, 80세
구연상황 : 제보자가 <아리랑>을 부를 줄 아느냐고 하자 제보자는 박수를 치면서 이 노
래를 불러 주었다.

아리랑 아리랑 아라리요

아리랑 고개로 내가넘어간다

나를 버리고 가시는님은

십리도 못가서 발뺑이난다

　아리랑 아리랑 아라리요

　아리랑 고개로 넘어간다

사랑가

자료코드 : 04_21_FOS_20100120_PKS_KSY_0006
조사장소 : 부산광역시 기장군 기장읍 시랑리 동암마을 김성염 제보자댁
조사일시 : 2010.1.20
조 사 자 : 박경수, 정규식, 박지희, 오소현
제 보 자 : 김성염, 여, 80세
구연상황 : 조사자가 다른 노래를 더 아는 것이 없느냐고 하자 이 노래를 불러 주었다.
　　　　　어깨춤을 추면서 홍겹게 노래를 불렀다.

　　　　(　　　　)8) 내사랑

　　　　앞을 보아도 내사랑

　　　　뒤를 보아도 내사랑

　　　　이렇게 좋으면 어쩨사나

　　　　얼씨구나 절씨구 지화자자 절씨구

　　　　늙어지면 못논다 이팔청춘에 놀아야지

다리 세기 노래

자료코드 : 04_21_FOS_20100120_PKS_KSY_0007
조사장소 : 부산광역시 기장군 기장읍 시랑리 동암마을 김성염 제보자댁
조사일시 : 2010.1.20
조 사 자 : 박경수, 정규식, 박지희, 오소현
제 보 자 : 김성염, 여, 80세
구연상황 : 조사자가 <다리 세기 노래>를 부를 줄 아느냐고 물어보자 제보자가 이 노래
　　　　　를 불렀다.

　　　　이거리 저거리 갓거리

　　　　청사맹근 도맹근

---

8) 녹음이 되지 않은 부분임.

이거리 저거리 갓거리

청사맹근 도맹근

도리줌치 장두깡

니한잔 내한잔

니한잔 먹고 내한잔 먹고

니한잔 묵고 내두잔 묵고

이논에다 모를심어

금슬금실 사랑한다

쾌지나 칭칭나네

자료코드 : 04_21_FOS_20100120_PKS_KSY_0008
조사장소 : 부산광역시 기장군 기장읍 시랑리 동암마을 김성염 제보자댁
조사일시 : 2010.1.20
조 사 자 : 박경수, 정규식, 박지희, 오소현
제 보 자 : 김성염, 여, 80세
구연상황 : 앞의 노래에 이어 이 노래를 매우 흥겹게 불러 주었다. 특히 노래의 끝부분
을 구연할 때는 박수도 치고 몸짓을 하면서 노래를 하였다.

쾌지나 칭칭나네

쾌지나 칭칭나네

우리부모 나길러서

요렇게 저렇게 잘생겼다

왔다갔다 우리집에

밥먹어라 이거내가 오너라

많이해서 많이줄게

니도묵고 나도묵고

너그아버지도묵고 저그아버지도묵고

할배도묵고 할매도묵고

손주도묵고 아들도묵고

우야자야우쟈 자야우야자야

창부타령

자료코드 : 04_21_FOS_20100119_PKS_KJS_0001

조사장소 : 부산광역시 기장군 기장읍 내리 내동마을 내리마을회관

조사일시 : 2010.1.19

조 사 자 : 박경수, 정규식, 서정매, 황영태, 박지희, 최수정, 오소현

제 보 자 : 김재순, 여, 75세

구연상황 : 조사자가 <창부타령>이나 <노랫가락> 등을 구연해 달라고 하자 김재순 제
보자가 이 노래를 먼저 불렀다. 그러자 다른 청중들이 함께 박수를 치면서 합
창으로 이 노래를 구연하였다.

노세놀아 젊어서놀아 늙어지면은 못노나니

화무는 십일홍이오 달도차면 기우나니

인생은 일장춘몽에 아니 놀지는 못하리라

모찌기 노래

자료코드 : 04_21_FOS_20100119_PKS_KJS_0002

조사장소 : 부산광역시 기장군 기장읍 내리 내동마을 내리마을회관

조사일시 : 2010.1.19

조 사 자 : 박경수, 정규식, 서정매, 황영태, 박지희, 최수정, 오소현

제 보 자 : 김재순, 여, 75세

구연상황 : 조사자가 청중들과 이야기를 하고 있는 중에 제보자가 갑자기 이 노래를 부
르게 되었다.

한강에다 모를부아 모찌기도 난감하다

말로 또 받아야지.

대천같은 저논빼미

모심기 노래

자료코드 : 04_21_FOS_20100119_PKS_KJS_0003
조사장소 : 부산광역시 기장군 기장읍 내리 내동마을 내리마을회관
조사일시 : 2010.1.19
조 사 자 : 박경수, 정규식, 서정매, 황영태, 박지희, 최수정, 오소현
제 보 자 : 김재순, 여, 75세
구연상황 : 앞의 노래를 마친 후 잠시 쉬었다가 다음 노래를 불러 주었다.

이물기저물기 헐어놓고 주인네양반은 어디갔노

머라 카노?

문어야전복 손에들고 첩의방에 놀러갔다

우리님이 오실란가 주챗돌에(주춧돌에) 딱빛나네
우리님이 오실란가 어젯밤에 꿈에나네

서울이라 남대문에 금빛같은 울엄마야
임의정도 좋지만은 자석정을 두고가나

서울이라 남정자여 점섬참이(점심참이) 늦어온다
서른시칸(서른 세 칸) 정지안에 도니라꼬 늦어온다

오늘해가 요만되면 골목골목에 연개나네

우리님은 어디가고 연개낼줄 모르시나

다풀다풀 다풀머리 해다진데 어데가노
우리부모 산소등에 젖먹으러 내가간다

담안에는 화초심어 담밖으로 후아난다
질로가는 호걸양반 그꽃보고 지나가네

찔레야꽃은 장가가고 석류꽃은 상각가네(상객 가네)
만인간아 웃지말어 씨종자바래서 내가간다 이후후후후후

쌍가락지 노래

자료코드 : 04_21_FOS_20100119_PKS_KJS_0004
조사장소 : 부산광역시 기장군 기장읍 내리 내동마을 내리마을회관
조사일시 : 2010.1.19
조 사 자 : 박경수, 정규식, 서정매, 황영태, 박지희, 최수정, 오소현
제 보 자 : 김재순, 여, 75세
구연상황 : 조사자가 다른 노래도 불러 달라고 하자 제보자가 이 노래를 불러 주었다.

쌍금쌍금 쌍가락지
주석질로 놋가락지
먼데보니 달일레라
잩에보니 처잘레라
그처녀 자는방에는
숨소리도 다를레라
동남풍이 내리불어
풍지떠는 소릴레라

방아깨비 놀리는 노래

자료코드 : 04_21_FOS_20100119_PKS_KJS_0005
조사장소 : 부산광역시 기장군 기장읍 내리 내동마을 내리마을회관
조사일시 : 2010.1.19
조 사 자 : 박경수, 정규식, 서정매, 황영태, 박지희, 최수정, 오소현
제 보 자 : 김재순, 여, 75세
구연상황 : 조사자가 어렸을 때 메뚜기를 잡아 놀리면서 부르는 노래도 있지 않느냐고
　　　　　 하자, 제보자가 이 노래를 불러 주었다. 아주 빠르게 읊듯이 불렀다.

　　　싸래기 받아서 니줄게
　　　방아 찧어라 방아 찧어라
　　　싸래기 받아서 니줄게

아기 어르는 노래 / 알강달강요

자료코드 : 04_21_FOS_20100119_PKS_KJS_0006
조사장소 : 부산광역시 기장군 기장읍 내리 내동마을 내리마을회관
조사일시 : 2010.1.19
조 사 자 : 박경수, 정규식, 서정매, 황영태, 박지희, 최수정, 오소현
제 보 자 : 김재순, 여, 75세
구연상황 : 조사자의 구연 유도에 의해 이 노래를 불러 주었다. 노래로 가창하지 않고 말
　　　　　 로 구술하듯 읊어 주었다.

　　　알강달강 알강달강
　　　부숙에다(부엌에다) 옇어놓이

　　[다시 시작하며]

　　　서울가서 빰한되를 주어다가
　　　부숙에다 옇어놓이

시앙쥐가 날랑달랑 다까먹고

다문하나 남안는것

뺏기가주 껍질은 묵고

보네는(보늬는) 에미묵고

살키는 새끼주고

이갈이 노래

자료코드 : 04_21_FOS_20100119_PKS_KJS_0007

조사장소 : 부산광역시 기장군 기장읍 내리 내동마을 내리마을회관

조사일시 : 2010.1.19

조 사 자 : 박경수, 정규식, 서정매, 황영태, 박지희, 최수정, 오소현

제 보 자 : 김재순, 여, 75세

구연상황 : 조사자가 예전에 이빨을 뺏을 때 불렀던 노래를 구연해 달라고 구연을 유도
하자 이 노래를 불러 주었다.

까치야 까치야

헌이빨은 니가 갖고

새이빨은 날줄까

청춘가

자료코드 : 04_21_FOS_20100119_PKS_KJS_0008

조사장소 : 부산광역시 기장군 기장읍 내리 내동마을 내리마을회관

조사일시 : 2010.1.19

조 사 자 : 박경수, 정규식, 서정매, 황영태, 박지희, 최수정, 오소현

구연상황 : 조사자가 <청춘가>나 <창부타령>을 불러보라고 권하자, 제보자가 이 노래

를 불러 주었다. <청춘가> 가락에 맞추어 불렀다.

씹고~ 떫어도~이요 막걸리가 좋구요~요

껌고 더럽아도 좋~다 본남자 좋더라

너냥 나냥

자료코드 : 04_21_FOS_20100119_PKS_KJS_0009

조사장소 : 부산광역시 기장군 기장읍 내리 내동마을 내리마을회관

조사일시 : 2010.1.19

조 사 자 : 박경수, 정규식, 서정매, 황영태, 박지희, 최수정, 오소현

제 보 자 : 김재순, 여, 75세

구연상황 : 조사자의 구연 유도에 따라 이 노래를 불러 주었다. 본래 제주도 민요이나 대중적으로 많이 부르는 노래이다.

너냥내냥 낮이낮이나 참사랑이로다

아침에 우는새는 배가고파 울고요

저녁에 우는새는 에미그리워 우노라

낮이낮이나 밤이밤이나 참사랑이로다

나물 캐는 노래

자료코드 : 04_21_FOS_20100119_PKS_KJS_0010

조사장소 : 부산광역시 기장군 기장읍 내리 내동마을 내리마을회관

조사일시 : 2010.1.19

조 사 자 : 박경수, 정규식, 서정매, 황영태, 박지희, 최수정, 오소현

제 보 자 : 김재순, 여, 75세

구연상황 : 조사자가 예전에 산에서 나물을 캘 때 불렀던 노래는 없느냐고 하자 제보자 가 이 노래를 불러 주었다. 일단 나물 캐는 노래라 하였으나, 노래 가사에 '나

물'이 들어가는 노래를 짧게 불렀다. 모심기를 할 때도 유사한 가사를 부르기도 한다.

시금시금 시금나물 맛본다고 더디온다

쌍가락지 노래

자료코드 : 04_21_FOS_20100121_PKS_KJH_0001
조사장소 : 부산광역시 기장군 장안읍 명례리 대명마을 대명마을회관
조사일시 : 2010.1.21
조 사 자 : 박경수, 정규식, 박지희, 오소현
제 보 자 : 김정화, 여, 72세
구연상황 : 제보자가 조용히 있다가 이 노래를 구연하였다. 제보자 혼자서 박수를 치면서 박자를 맞춰 가면서 노래를 불렀다.

쌍금쌍금 쌍가락지

호작질로 딱어내어

먼데보니 달을레나

짙에보니 가락질났네

아기 어르는 노래 / 불매소리

자료코드 : 04_21_FOS_20100121_PKS_KJH_0002
조사장소 : 부산광역시 기장군 장안읍 명례리 대명마을 대명마을회관
조사일시 : 2010.1.21
조 사 자 : 박경수, 정규식, 박지희, 오소현
제 보 자 : 김정화, 여, 72세
구연상황 : 조사자가 구연을 유도하자 제보자가 이 노래를 불러 주었다. 제보자 스스로 박수를 치면서 박자를 맞추는 한편 어깨춤을 가볍게 추면서 노래를 불렀다.

불매불매 불매야
이불매가 누9)불매고
정상도(경상도) 대불매

모심기 노래

자료코드 : 04_21_FOS_20100121_PKS_KJH_0003
조사장소 : 부산광역시 기장군 장안읍 명례리 대명마을 대명마을회관
조사일시 : 2010.1.21
조 사 자 : 박경수, 정규식, 박지희, 오소현
제 보 자 : 김정화, 여, 72세
구연상황 : 조사자가 <모심기 노래>를 불러달라고 하자, 제보자가 이 노래를 창부타령
　　　　　곡조로 불러 주었다.

　　　포름포름 봄배추는 찬이슬오기만 기다리고
　　　옥에갇힌 춘향이는 이대롱(이도령)오도록 기다린다

모심기 노래

자료코드 : 04_21_FOS_20100120_PKS_KTS_0001
조사장소 : 부산광역시 기장군 정관면 예림리 예림마을 예림마을노인정
조사일시 : 2010.1.20
조 사 자 : 박경수, 박양리, 정혜란, 정다혜
제 보 자 : 김태순, 여, 80세
구연상황 : 다른 제보자가 모심기 노래를 하는 동안 조용히 듣고 있던 제보자가 옆의
　　　　　청중과 같이 이 노래를 불렀다. 제보자가 "문어야전복" 부분을 미처 기억하지
　　　　　못하고 있었는데, 청중이 부르는 소리를 듣고 이어서 끝까지 불렀다. 노래를
　　　　　다 부른 후 청중들이 손뼉을 치며 잘 한다고 하며 "이-후후후"라는 소리를

---

9) 제보자가 급하게 불러서 녹음이 되지 않은 부분임.

넣었다.

찔레야~꽃은 장개가고~이 석로꽃-은(석류꽃은) 노각가네(유곽
(遊廓) 가네)

만인-간아 웃지마라~이 씨종자바-래고(씨종자 바라고) 내가간다

이물끼저물끼 다헐어놓고~이 주인네양-반 어데갔노

뭐꼬 잊어뿄다.

문어야전복 손에들고~이 첩의야방-에 놀러갔다

(청중 : [손뼉을 치며] 잘 한다.) [일동 소리로] 이~후후후후

모심기 노래

자료코드 : 04_21_FOS_20100119_PKS_KHS_0001
조사장소 : 부산광역시 기장군 철마면 웅천리 중리마을 웅천리경로당
조사일시 : 2010.1.19
조 사 자 : 박경수, 정혜란, 정다혜
제보자 1 : 김하숙, 여, 82세
제보자 2 : 최무식, 여, 85세
구연상황 : 조사자가 모심기 노래부터 해보자고 하며 노래판을 만들었다. 청중들이 김하
숙 제보자를 가리키며 한 번 해보라고 하자 제보자가 나서서 노래를 부르기
시작했다. 김하숙 제보자가 앞소리를 부르면 최무식 제보자가 이를 받아서 뒷
소리를 했다. 아침 소리부터 점심 소리, 저녁 소리까지 이어졌다. <모심기 노
래>가 한 동안 이어지자 노래판이 점점 흥겹게 변해갔다. 일부 청중들과 제
보자가 함께 일어나 어깨춤을 추면서 노래를 부르기도 했다.

제보자 1 잔채한석~이 모를부아 잔나랙이~ 반지로다
제보자 2 우리부모~이 산소등에 솔을부어 영화로다

제보자 1 뭣이 안 생각킨다. 점슴노래 또 하지. (조사자 : 예예. 점심 노래)
　　　　뭐꼬?. 둘이 다 안 생각키노. (청중 : 생각키는 거 하지.)

제보자 1 서울이라~이 왕대밭에 금비둘기- 알을나요 (청중 : 이~후후후후
　　　　후) [일동 웃음]
제보자 2 그알한배~이 조았이면(주웠으면) 금년과게 내할구로 (청중 : 이~
　　　　후후후후후)

제보자 1 지금 내 같이 해야 되네요. (조사자 : 할아버지들이 산에 가서 이
　　　　후후후~ 하는데, 거 여도 모 심으면서도 허리 펴면서 하네요 그
　　　　지요?) (청중 : 야. 모 숭굴 때도 하고.)

제보자 1 오늘낮에~이 점슴(점심)반찬 무슨고기가 올랐더노
제보자 2 전라도를~이 고신청어 마리반이 올랐더라 (청중 : 이~후후후후
　　　　후)

제보자 1 사공어~이 배둘러라 우리동생 보러가-자
제보자 2 너거-동생~이 무슨죄로 절두섬에- 귀양갔-노

제보자 1 무시고. 무시고 생각이 안 난다.

　　　　　이논빼미~이 모를심어 금실금실- 영화로-다

제보자 2 아까 핸 기다.

　　　　　우리부모~이 산소등에 솔을부어- 영화로-다 (청중 : 이~후후후
　　　　후후) [일동 웃음]

제보자 1 이물끼-저물끼 다헐어놓고~이 주인네양-반 어데갔노
제보자 2 문에야-전복 손에들고~이 첩의야방에 놀러갔다

(청중 : 이~후후후후후) [일동 웃음]

제보자 1 비묻었네 비묻었네~이 진주야덕산에 비묻었네
제보자 2 그비-가 비아니라~이 억만군-사 눈물이다

제보자 1 해다졌네- 해다넜네~이 양산밖-에 해다졌네
제보자 2 방실-방실 웃는애기~이 못다보고 해다졌네

제보자 1 해다지고 저문날에~이 어떠막행상이 떠나우노
제보자 2 이태백-이 본처죽고~이 웬행상이 떠나온다 (청중 : 이~후후후후후)

제보자 1 해다지고 저문날에~이 어떤처녀가 도망간다

  잊어뿄네.

제보자 1 퐁당퐁당 찰수제비~이 사우야판에 다올랐네
제보자 2 에미년은 어데가고~이 딸을동제를 맽깄던고

제보자 1 소주먹고 약수뜨고~이 국화정자로 놀러가자

제보자 1 머리야좋고 실한처녀~이 울뽕낭게서 앉아운다
제보자 2 울뽕줄뽕 내따주마~이 삼년살-이로 내캉사자

제보자 1 알금아삼삼 고분처녀-이 달음산고개로 넘나드네
제보자 2 오맨가매 이마보고~이 대장부간장 다녹인다

제보자 1 모시적삼 새적삼에~이 연통겉은 저젖보소
제보자 2 많이보면 뱅(병)들끼고~이 쌀날만치만 보고가소 (조사자 : 어데
    딴 데 가면 담배씨만큼만 보고 가소.)

제보자 1 솔바람이 내리불어~이 도련님손자를10) 휘날리네

제보자 2 어야그처녀 왈자로다~이 도련님손자를 도와주네

제보자 1 에야도련님 뱅이들어 숭금씨야 배깎아라

제보자 2 숭금씨야 깎은배는- 맛도좋고 연할래라

제보자 1 찔레야꽃은 장가가고~이 석로야꽃은 유곽간다

제보자 2 만인간아 웃지말어~이 씨종자낱알을 바래간다

제보자 1 늙은 영감은 장개를 가고 젊은 기 유곽을 가이카네. (조사자 : 석
류가 젊은 기다 그죠?) [일동 웃음]

제보자 1 저녁을먹고서 썩나서니~이 울명당안에서 손을치네

제보자 2 손치-는데는 밤에가고~이 첩의야집에는 낮에간다

창부타령

자료코드 : 04_21_FOS_20100119_PKS_KHS_0002
조사장소 : 부산광역시 기장군 철마면 웅천리 중리마을 웅천리경로당
조사일시 : 2010.1.19
조 사 자 : 박경수, 정혜란, 정다혜
제 보 자 : 김하숙, 여, 82세
구연상황 : 최무식 제보자가 먼저 <창부타령>을 한 뒤 계속 창부타령이 이어졌다. 다른
사람의 노래를 듣고 있던 제보자도 흥이 나서 자신도 하나 불러보겠다 하면
서 다음 노래를 불렀다. 청중들이 박수를 치며 장단을 맞추어 주었다.

도라지팽풍(도라지 병풍) 미닫이방에 잠든처녀야 문열어라

바람불고 비오신다고 날올줄모르고 문닫았나

---

10) '도련님 손수건'이란 뜻으로 보임.

얼씨구나 좋다 지화자 좋네

아니아니는 놀고서 못살겠네

황해도라 구월산밑에 비둘기 한쌍이 날라들락

암놈은 물어다가 수놈주고 수놈은 물어다가 암놈준다

암놈숫놈 구별을지어 팔도구경을 구경가니

늙은과부 한숨을수고(한숨을 쉬고) 젊은과부는 바람난다

얼씨구~ 얼씨구 아니 노지를 못하리라-

창부타령 / 노인허무가

자료코드 : 04_21_FOS_20100119_PKS_KHS_0003

조사장소 : 부산광역시 기장군 철마면 웅천리 중리마을 웅천리경로당

조사일시 : 2010.1.19

조 사 자 : 박경수, 정혜란, 정다혜

제 보 자 : 김하숙, 여, 82세

구연상황 : 전금출 할머니가 노래를 부르고 있는 동안 제보자가 혼잣말로 가사를 생각 하더니 다음 노래를 부르겠다고 나섰다. 청중들은 처음 듣는 노래인지 조용히 듣고 있었다. 늙은이가 젊게 보일려고 센 머리를 먹칠하는 등 꾸며도 젊은이 들과 어울리지 못한다는 가사가 해학적이다. 노년의 허무함을 창부타령 곡조 로 부른 것이다.

머리신데는11) 먹칠을하고 이빠진데 박씨박고

소연당12)으로 놀러를가니 소연들이가 반대한다

아니 노지를 못할래라

---

11) 머리가 센 곳은.

12) 소년당. 즉, 소년들이 모여 있는 곳.

청춘가(1)

자료코드 : 04_21_FOS_20100119_PKS_KHS_0004
조사장소 : 부산광역시 기장군 철마면 웅천리 중리마을 웅천리경로당
조사일시 : 2010.1.19
조 사 자 : 박경수, 정혜란, 정다혜
제 보 자 : 김하숙, 여, 82세
구연상황 : 제보자는 흥을 내어 앞 사람의 노래가 끝나자마자 이 노래를 불렀다. 청중들
이 박수를 치며 장단을 맞추었다.

시고 떫어도~ 주막술 좋구요~

얽구나 껌어도13) 좋~다 기생첩 좋구나~아

청춘가(2)

자료코드 : 04_21_FOS_20100119_PKS_KHS_0005
조사장소 : 부산광역시 기장군 철마면 웅천리 중리마을 웅천리경로당
조사일시 : 2010.1.19
조 사 자 : 박경수, 정혜란, 정다혜
제보자 1 : 김하숙, 여, 82세
제보자 2 : 전금출, 여, 74세
구연상황 : 조사자가 김하숙 제보자에게 노래를 참 많이 알고 있다고 부추기면서 한 곡
더 불러달라고 요구하자 다음 노래가 생각났는지 바로 부르기 시작했다. 김하
숙 제보자가 노래를 끝내자마자 전금출 제보자가 나서서 이어서 불렀다.

제보자1 간다- 못간다 얼마나 울었노~

양계장 마당에~ 한강수 되누나~

한강수 된데는~ 배띄워 놓구요~

뱃줄만 땡기도- 좋~다 임생각 나누나~

---

13) 얼굴이 얽고 검어도.

사쿠라~ 꽃팰릴때[14] 임유배 하고서

열매가 맺아도~ 우리님은 아니온다~

제보자 2 오동동 석양에~ 달이덩실 밝고요~

임의동동 생각에~ 좋~다 철이절로 나는구나~

타박네 노래

자료코드 : 04_21_FOS_20100119_PKS_KHS_0006

조사장소 : 부산광역시 기장군 철마면 웅천리 중리마을 웅천리경로당

조사일시 : 2010.1.19

조 사 자 : 박경수, 정혜란, 정다혜

제 보 자 : 김하숙, 여, 82세

구연상황 : 최무식 제보자가 <쌍가락지 노래>를 끝내자 바로 이어서 제보자가 이 노래를 불렀다. 일명 '타박네 노래'로 죽은 엄마를 그리워하는 아이를 노래한 것이다. 청중들은 조용히 제보자의 노래를 들었다. 흔히 <모심기 노래>로 부르기도 한다.

다풀~다-풀 타박머~리 해다진데 어데가노

우리~엄마 산소등에 젖먹으러 나는가요

모심기 노래

자료코드 : 04_21_FOS_20100119_PKS_KHS_0007

조사장소 : 부산광역시 기장군 철마면 웅천리 중리마을 웅천리경로당

조사일시 : 2010.1.19

조 사 자 : 박경수, 정혜란, 정다혜

---

14) 사쿠라, 즉 벚꽃이 필 때.

제 보 자 : 김하숙, 여, 82세

구연상황 : 조사자가 <모심기 노래>가 더 있을 것 같다면서 제보자에게 말을 걸자, 제
보자가 혼잣말로 읊조려 본 후에 첫 번째 노래를 불렀다. 앞소리와 뒷소리를
혼자서 다 했다. 두 번째 부른 노래는 조사자가 "낭창낭창" 하며 시작하는
노래가 없느냐고 하자, 제보자가 그런 노래가 있다고 하면서 부른 것이다.
일명 '무정한 오빠 노래'이다. 노래를 다 부르고 난 후에 노래에 대한 설명
을 붙였다.

초령~초령 영사초령~15) 임의야방-에 불밝히라

임도~눕고 저도눕고~이 저불끌이가 누있으리16)

낭창~낭창 벼루끝에~이17) 무정하다 울오랍아

나도~죽어 하승해서~이18) 낭군부텀 생각할~래

　　그래, 여동생캉 마누라캉 떨어져서 여동생은 안 건지고 저거 오빠가 인
자 저거 오래비가 올케를 건지카네 떠내려가매 하는 소리라, 떠내려 가매.
그래 지도 죽어가 생각을 하몬 낭군부터 생각한다.

아기 어르는 노래 / 불매소리

자료코드 : 04_21_FOS_20100119_PKS_KHS_0008

조사장소 : 부산광역시 기장군 철마면 웅천리 중리마을 웅천리경로당

조사일시 : 2010.1.19

조 사 자 : 박경수, 정혜란, 정다혜

제 보 자 : 김하숙, 여, 82세

구연상황 : 조사자가 아기를 어르면서 '불매불매'하면서 부르는 노래가 있지 않느냐고
　　　　　하자, 제보자가 웃으면서 바로 다음 노래를 불렀다. 부르다가 끝 부분이 잘

---

15) 초롱초롱 청사초롱.

16) 저 불 끌 이가 누가 있으리.

17) 벼랑 끝에.

18) 환생하여.

기억나지 않는지 웃으면서 노래를 끝냈다.

불-매야 불매야

이불매가 누불매고

경-상도 대불매가

이리붙이도 불매야

저리붙이도 불매야

흐르럭 떡떡 붙이라

물밑에는 송애(송어)씨

물우에는 이끼씨

높은낭게는 한가지

낮은낭게는 정가지

불매야 불매야

이불매가 누불매고

얼씨구 절씨구 내새끼야

둥굴둥굴 잘커가라

어둡운밤에 횃불

[웃으며 중단]

아기 재우는 노래 / 자장가

자료코드 : 04_21_FOS_20100119_PKS_KHS_0009

조사장소 : 부산광역시 기장군 철마면 웅천리 중리마을 웅천리경로당

조사일시 : 2010.1.19

조 사 자 : 박경수, 정혜란, 정다혜

제 보 자 : 김하숙, 여, 82세

구연상황 : 조사자가 이제 불매 소리를 했으니 애기 재울 때 "자장자장" 하며 부르는 노

래를 해달라고 요청했다. 그러자 제보자가 별 걸 다 하라고 한다면서 이 노래
를 불렀다. 손으로 무릎을 치면서 애기를 재우는 시늉을 하며 불렀다.

자장자장 자장개야
앞집개도 짖지마라
뒷집개도 짖지마라
눈에 잠이

[말을 바꾸어]

머리잠이 눈에오고
자장자장 자장개야

아기 어르는 노래 / 알강달강요

자료코드 : 04_21_FOS_20100119_PKS_KHS_0010
조사장소 : 부산광역시 기장군 철마면 웅천리 중리마을 웅천리경로당
조사일시 : 2010.1.19
조 사 자 : 박경수, 정혜란, 정다혜
제 보 자 : 김하숙, 여, 82세
구연상황 : 조사자가 "알강달강" 하며 부르는 노래도 있지 않느냐고 하면서 제보자에게
         불러보라고 하자, 제보자는 그 노래는 별 거 없다고 하면서 노래하기를 주저
         했다. 그래도 아는 대로 불러달라고 하자 다음 노래를 불렀다.

알강달강 달강
서울가서
밤을한되 주워다가
니캉내캉 다까묵고
다문(다만)한개 남았는걸

부숙안에 옇었더니[19]

이웃집 할마이가

꿀따무러[20] 와서 다까먹고

알강달강

모심기 노래

자료코드 : 04_21_FOS_20100120_PKS_NSY_0001
조사장소 : 부산광역시 기장군 기장읍 서부리 서부마을 서부마을회관
조사일시 : 2010.1.20
조 사 자 : 박경수, 정규식, 박지희, 오소현
제 보 자 : 노순영, 여, 84세
구연상황 : 조사자가 <모심기 노래>를 불러달라고 요청하자 제보자가 이 노래를 불
　　　　　렀다.

모야모야 노란모야 니언제커서 화성할래

이달크고 훗달크고 칠팔월에 열매연다

창부타령

자료코드 : 04_21_FOS_20100120_PKS_NSY_0002
조사장소 : 부산광역시 기장군 기장읍 서부리 서부마을 서부마을회관노인정
조사일시 : 2010.1.20
조 사 자 : 박경수, 정규식, 박지희, 오소현
제 보 자 : 노순영, 여, 84세
구연상황 : 조사자의 유도에 따라 제보자가 이 노래를 시작하였다.

---

19) 부엌 안에 넣었더니.
20) 꿀을 따 먹으러. "꿀 같이 단 밤을 먹으러"의 뜻으로 보임.

에~ 아니 놀지를 못할레라

아니 소지는 못할레라

빨간보따리 단보따리 처갓집에 맽기놓고

처남처남 내처남아 너거누님 뭣하더노

신던보선 볼걸어놓고 모시적삼 등받아입고

옌지분을(연지분을) 곱기볼라 자형오시도록 기다리네

모심기 노래

자료코드 : 04_21_FOS_20100120_PKS_NSY_0003
조사장소 : 부산광역시 기장군 기장읍 서부리 서부마을 서부마을회관
조사일시 : 2010.1.20
조 사 자 : 박경수, 정규식, 박지희, 오소현
제 보 자 : 노순영, 여, 84세
구연상황 : 조사자의 구연 유도에 의해 제보자가 부른 것이다. 제보자는 노래로 하지 않
고 가사를 말로 읊조렸다.

문에야대전복 손에들고 첩우집에 놀러갔네

(청중 : 첩의 방에 놀러가고.)

첩우방에 놀러가고

모심기 노래(1)

자료코드 : 04_21_FOS_20100119_PKS_MBN_0001
조사장소 : 부산광역시 기장군 철마면 웅천리 미동마을 미동경로당
조사일시 : 2010.1.19
조 사 자 : 박경수, 정혜란, 정다혜

제 보 자 : 문복남, 여, 81세

구연상황 : 먼저 노래를 한 백희숙 제보자가 노래를 한 번 해보라고 제보자에게 권유하
자 다음 모심기 노래를 불렀다. 먼저 앞소리를 한 다음, 뒷소리로 받는 사설
에 대한 설명을 한 다음, 뒷소리를 불렀다.

쭐레야꽃은 장개가고~ 석로야꽃은 요곽간다[21]

기기(그것이) 와 글나(그렇나) 하모, 나가 많애도 아가 없으이카네, 시
종자, 그 만인간아 웃지마라 시종자 바래고 내가 간다 카거든. 받는소리
는 또.

만인간아 웃지마라~ 시종자바래고 내가─간다

모찌기 노래

자료코드 : 04_21_FOS_20100119_PKS_MBN_0002

조사장소 : 부산광역시 기장군 철마면 웅천리 미동마을 미동경로당

조사일시 : 2010.1.19

조 사 자 : 박경수, 정혜란, 정다혜

제 보 자 : 문복남, 여, 81세

구연상황 : 조사자가 이 노래의 앞 부분 사설을 말하면서 모찔 때 불렀던 노래를 요청
하자, 제보자가 어떤 노래인지 생각이 났다며 바로 다음 노래를 불렀다.

한강에~이 모를부어 그모찌기─ 난감하─네
석상에~이 상추갈아 상추캐기─ 난감하─다

---

21) 찔레꽃은 장가 가고 석류꽃은 유곽간다.

모심기 노래(2)

자료코드 : 04_21_FOS_20100119_PKS_MBN_0003
조사장소 : 부산광역시 기장군 철마면 웅천리 미동마을 미동경로당
조사일시 : 2010.1.19
조 사 자 : 박경수, 정혜란, 정다혜
제 보 자 : 문복남, 여, 81세
구연상황 : 조사자가 모심기 노래도 다양한 소리가 있지 않느냐고 하면서 다른 모심기
　　　　　노래를 유도하자, 제보자가 다음 노래를 기억하여 불러 주었다. 앞소리를 한
　　　　　후 짧은 설명을 붙였다.

　　서울갔는~이 선부-네야 우리선부- 와오나치노(왜 안 오나)

그거는 인자 하는 소리고.

　　너거선부~이 칠성판-에 실려온다

모심기 노래(3)

자료코드 : 04_21_FOS_20100119_PKS_MBN_0004
조사장소 : 부산광역시 기장군 철마면 웅천리 미동마을 미동경로당
조사일시 : 2010.1.19
조 사 자 : 박경수, 정혜란, 정다혜
제 보 자 : 문복남, 여, 81세
구연상황 : 제보자가 "이런 것도 모심기 노래가 맞다."면서 다음 노래를 불렀다.

　　애기야~ 도련님 뱅이들어-
　　순금씨야 깎안배는(깎은 배는) 맛도좋고 연하더라

백발가

자료코드 : 04_21_FOS_20100119_PKS_MBN_0005
조사장소 : 부산광역시 기장군 철마면 웅천리 미동마을 미동경로당
조사일시 : 2010.1.19
조 사 자 : 박경수, 정혜란, 정다혜
제 보 자 : 문복남, 여, 81세
구연상황 : 조사자가 여러 노래의 사설을 말하며 노래를 유도했으나 그런 노래는 모르
겠다고 하고는 다음 노래를 불렀다.

　　이팔청춘 소년들아~ 백발보고 웃지마라
　　어지꺼지(어제까지) 소연이지(소년이지) 오늘잠시 백발이라

노랫가락 / 나비 노래

자료코드 : 04_21_FOS_20100119_PKS_MBN_0006
조사장소 : 부산광역시 기장군 철마면 웅천리 미동마을 미동경로당
조사일시 : 2010.1.19
조 사 자 : 박경수, 정혜란, 정다혜
제 보 자 : 문복남, 여, 81세
구연상황 : 조사자가 노랫가락의 사설 앞부분을 말하면서 노래를 유도하자, 제보자가 생
각이 났는지 다음 노래를 불렀다. 뒷부분은 기억을 못해 읊조리듯이 얼버무리
고 말았다.

　　나비야 청산을가자 호랑나비야 너도가자~
　　가다가 질저물거든 [읊조리듯이 말로] 꽃, 꽃잎에 자고가라

노랫가락 / 그네 노래

자료코드 : 04_21_FOS_20100119_PKS_MBN_0007

조사장소 : 부산광역시 기장군 철마면 웅천리 미동마을 미동경로당

조사일시 : 2010.1.19

조 사 자 : 박경수, 정혜란, 정다혜

제 보 자 : 문복남, 여, 81세

구연상황 : 조사자가 노랫가락으로 부르는 그네 노래의 사설을 말하면서 노래를 유도하
자 제보자가 다음 노래를 불렀다. 그러나 노래를 다 부르지 못하고 중간에 그
치고 말았다.

추천당 세모시낭게~ 낙낙끝에다 그네를매어~

임이타면 내가나밀고 내가타-면은 임이민다-

나물 캐는 노래

자료코드 : 04_21_FOS_20100119_PKS_MBN_0008

조사장소 : 부산광역시 기장군 철마면 웅천리 미동마을 미동경로당

조사일시 : 2010.1.19

조 사 자 : 박경수, 정혜란, 정다혜

제 보 자 : 문복남, 여, 81세

구연상황 : 조사자가 다른 제보자와 대화를 하던 중에 제보자가 갑자기 이런 노래가 있
다면서 다음 노래를 불렀다. 언제 이런 노래를 불렀느냐고 묻자 나물 캘 때
이런 노래를 불렀다고 했다.

해다지고 저문날에 옷갓을 하고서 어데가요

첩의야집으로 가실라하거든 나죽는꼴이나 보고가소

멸치 옮기는 노래

자료코드 : 04_21_FOS_20100120_PKS_PKH_0001

조사장소 : 부산광역시 기장군 장안읍 임랑리 임랑마을회관

조사일시 : 2010.1.20

조 사 자 : 박경수, 서정매, 황영태, 최수정
제 보 자 : 박기호, 남, 75세
구연상황 : 예전에 배를 타고 멸치잡이를 했는데, 그때 멸치를 잡아 옮기면서 부르는 소리를 해주었다.

목도로 가(가지고),

치경 치경 치경 치경~

치경 치경~ 어~어

고기 마이(많이) 잡았다~

치경 치경 치경 치경

고기 푸는 노래 / 가래 소리

자료코드 : 04_21_FOS_20100120_PKS_PKH_0002
조사장소 : 부산광역시 기장군 장안읍 임랑리 임랑마을회관
조사일시 : 2010.1.20
조 사 자 : 박경수, 서정매, 황영태, 최수정
제 보 자 : 박기호, 남, 75세
구연상황 : 제보자는 고기를 가래로 퍼 낼 때 부르는 노래라고 하면서 불러 주었다. 고기를 다 퍼고 나면 창부타령이나 노랫가락 등도 함께 부른다고 하였다.

에~ 가래여~

이가래가 누가래냐

대한민국 임랑가래로다

이가래가 누가래냐

대한민국 임랑가래로다

이가래를 팔고나면은

좌천장에서 소한마리 사고

이가래가 누가래냐
박기호 가래로-다

얼씨구 좋다 지화자 좋네
아니 놀지를 못하리라

얼씨구 좋다 절씨구
너무 좋다 히후후후후~

창부타령

자료코드 : 04_21_FOS_20100120_PKS_PKH_0003
조사장소 : 부산광역시 기장군 장안읍 임랑리 임랑마을회관
조사일시 : 2010.1.20
조 사 자 : 박경수, 서정매, 황영태, 최수정
제 보 자 : 박기호, 남, 75세
구연상황 : 고기를 잡을 때 기분이 좋으면 창부타령과 같은 노래도 부르면서 일한다고
하면서 다음 노래를 불러 주었다.

따릴라네~ 따릴라네 당신곁을 따릴라네
당신곁을 따르가면은 좋구나좋구~ 좋구

모르겠네.

얼씨구나 좋다 지화자 좋구 아니 노지를 못하리라

이쪽가도 난못살고~ 너지로가도~ 난못살고
없는금전을 한탄을말고 있는정이나 변치말세

얼씨구나~ 좋다 절씨구나~ 아니 노지를 못하리라

너무너무 좋고 너무너무 좋아서
춤도춤도 나온다
　아니 놀지를 못하리라

멸치 후리 소리

자료코드 : 04_21_FOS_20100120_PKS_PKH_0004
조사장소 : 부산광역시 기장군 장안읍 임랑리 임랑마을회관
조사일시 : 2010.1.20
조 사 자 : 박경수, 서정매, 황영태, 최수정
제 보 자 : 박기호, 남, 75세
구연상황 : 멸치를 후리는 소리는 메기고 받는 소리로 이루어지는데, 제보자가 메기고
　　　　청중들이 소리를 받았다.

예야
　예야
예야
　예야
예야
　예야
예야
　예야
예야
　예야
아아
예야

예야

예야

예야

예야

예야

예야

예야

예야

예야

예야

예야 하소

예야

예야

예야~아 예야

예야

예야

예야

예야

예야

예야

예야

예야~아 예야

예야

예야

예야

예야아~ 예야

예야

예야

　예야

예야~아 예야

　예야

예야~아 예야

　예야

아이예야~ 고기 마이 들어왔다.

예야~아

　예야

예야

　예야

예야

　예야

예야

　예야

예야

　예야

다드간다~

힘들내자 힘들내자

예야

　예야

예야~아 예야

　예야

예야

　예야

고만

창부타령

자료코드 : 04_21_FOS_20100118_PKS_PSY_0001
조사장소 : 부산광역시 기장군 기장읍 죽성리 두호마을 두호마을회관
조사일시 : 2010.1.18
조 사 자 : 박경수, 정규식, 박양리, 정혜란
제 보 자 : 박승열, 여, 82세
구연상황 : 제보자 옆에 있던 청중이 조사자에게 제보자가 노래가 생각이 났다고 대신
말했다. 조사자가 노래를 듣자며 제보자 옆으로 가자 제보자가 이 노래를 불
렀다. 노래 중간에 청중들이 흥에 겨워 "좋다"고 하며 추임새를 넣기도 했다.
노래 한 소절이 끝나고 조사자가 잘하신다고 칭찬을 하자 한 소절을 더 이어
서 불렀다. 그런 후 제보자는 조사자와 자신이 살아온 이야기를 잠시 하고는
다음 노래를 불렀다.

물명동천~ 백해문에 황-해도 범나비야
그-꽃도 앉지마라~ 가지가지~ 앉지마라 (청중 : 좋다.)

넘실나-무 안거무가 너를잡자고 기다린다 (청중 : 좋~다. 잘 한다.)

얼씨구나~ 절씨구나~ 아니 노-지를 못하리라 (조사자 : 아이구
잘 하시네.)

백호야22) 훨훨 날지마라 너잡으러 내안간다 (청중 : 좋다.)

나물먹고 물마시-고 팔을베고 누웠으니
대장부 살림살이- 요만하면은 넉넉하다 (청중 : 아이구 잘 한다.)

---

22) 일반적으로 "백구야"로 부르는 것을 제보자가 이렇게 불렀다.

얼씨구나 좋고- 지화자 좋네 아니 놀지를 못하리라-

배고파~ 지은밥은 이도많고 돌도많네
니(뉘)많-고 돌많은것은 임이없는 탓이로다.
언제나 임을만나서 니돌없는 밥먹으리 (청중 : 아이구 잘 한다.)

　얼씨구나 절씨구나 아니 놀지를 못하리라

친구명색~ 난장판에 바람분들 쓰러지나
송죽-같이 곧은내몸 여질한다고[23] 항복하리
아무리 기성일망정(기생일망정) 줄기조차 끊을소냐
　얼씨구나 절씨구나 아니 놀지를 못하리라

대천바다~ 한바당에 뿌리없는 낭게서야(나무에서야)
가-지는 열두가지요 잎은피여 삼백여섯
그가~지 열매가열어 일월인줄 맹월인줄(명월인줄) (청중 : 아이구 잘 한다)

　얼씨구나~ 절씨구나 아니 놀지를 못하리라- (청중 : 어이구 잘 한다)

잠자리 잡는 노래

자료코드 : 04_21_FOS_20100118_PKS_PSY_0002
조사장소 : 부산광역시 기장군 기장읍 죽성리 두호마을 두호마을회관
조사일시 : 2010.1.18
조 사 자 : 박경수, 정규식, 박양리, 정혜란

---

23) 기생질을 한다고. 여기서 '여질'은 기생질을 말하는 것으로 보임.

제 보 자 : 박승열, 여, 82세

구연상황 : 조사자가 어렸을 때 잠자리를 잡으며 불렀던 노래를 부탁하자, 다른 제보자
　　　　　 가 부른 노래와 자신이 아는 노래는 다르다면서 이 노래를 했다.

　　　잠자리 꽁꽁

　　　붙은자리 붙어라

　　　먼데가면 죽는다

도라지 타령

자료코드 : 04_21_FOS_20100121_PKS_BYS_0001

조사장소 : 부산광역시 기장군 장안읍 오리 판곡마을 판곡회관

조사일시 : 2010.1.21

조 사 자 : 박경수, 정규식, 박지희, 오소현

제 보 자 : 박예순, 여, 81세

구연상황 : 조사자가 <아리랑>이나 <도라지 타령>을 불러도 좋다고 하자, 제보자가 이
　　　　　 노래를 불렀다. 제보자가 노래를 하자 다른 청중들은 박수를 치면서 함께 따
　　　　　 라 불렀다.

　　　도라지 도라지 도라지~ 심심산천에 백도라지

　　　한두뿌리만 캐여도 바구니 반석만 되노라

　　　　엥헤요 엥헤요 에야라 난다 지화자 좋고

　　　　니가 내간장 스리살살 다녹힌다

사발가

자료코드 : 04_21_FOS_20100121_PKS_BYS_0002

조사장소 : 부산광역시 기장군 장안읍 오리 판곡마을 판곡회관

조사일시 : 2010.1.21

조 사 자 : 박경수, 정규식, 박지희, 오소현

제 보 자 : 박예순, 여, 81세

구연상황 : 제보자가 <사발가>라고 하면서 이 노래를 구연하였다. 제보자가 구연을 하
자 청중들이 다 함께 박수를 치면서 따라 불렀다.

　　　석탄백탄 타는데~ 연기도짐도 나구요~

　　　요내가심 타는데~ 연기나짐도 안난다~

모심기 노래(1)

자료코드 : 04_21_FOS_20100121_PKS_BYS_0003

조사장소 : 부산광역시 기장군 장안읍 오리 판곡마을 판곡회관

조사일시 : 2010.1.21

조 사 자 : 박경수, 정규식, 박지희, 오소현

제 보 자 : 박예순, 여, 81세

구연상황 : 조사자가 <모심기 노래>를 불러달라고 하자 제보자가 이 노래를 시작하였
다. 다른 청중이 받는 소리를 하자 제대로 구연하지 못한다고 하면서 제보자
가 혼자서 주고받는 소리를 했다.

　　　오늘해가 요만되모~이 골목골목이 연개낸데

　(청중 : [노래로] 머리좋고.) 저 친구 어데가 갖다 붙이노. (청중 : [다시
노래로] ○○○○ 한상고개로 넘어가네 [말로] 그란다 아인교.)

　　　우러님은(우리 님은) 어디가고~ 연개낼줄로 모르더라

　저거 님은 어데 가고 연개 낼 줄로 모르더란다.

　　　머리좋고 실한처녀~이 올뽕낭게 앉아우네

　　　올뽕줄뽕 내따주면 백년해를 내캉하지

이러카는데, 뭐부터 아이라 카노.

아리랑

자료코드 : 04_21_FOS_20100121_PKS_BYS_0004
조사장소 : 부산광역시 기장군 장안읍 오리 판곡마을 판곡회관
조사일시 : 2010.1.21
조 사 자 : 박경수, 정규식, 박지희, 오소현
제 보 자 : 박예순, 여, 81세
구연상황 : 조사자의 구연 유도에 의해 이 노래를 불렀다. 청중들이 함께 박수를 치면서
　　　　　함께 불렀다.

　　　아리랑 아리랑 아라리요
　　　아리랑 고개로 넘어간다
　　　나를 버리고 가시는님은
　　　십리도 몬가서 발병난다

잠자리 잡는 노래

자료코드 : 04_21_FOS_20100121_PKS_BYS_0005
조사장소 : 부산광역시 기장군 장안읍 오리 판곡마을 판곡회관
조사일시 : 2010.1.21
조 사 자 : 박경수, 정규식, 박지희, 오소현
제 보 자 : 박예순, 여, 81세
구연상황 : 조사자가 어릴 적 잠자리를 잡을 때 불렀던 노래도 있지 않느냐고 하자, 제
　　　　　보자가 이 노래를 불러 주었다.

　　　앉은뱅이 꽁꽁
　　　뒷짐뱅이 꽁꽁

붙은자리 붙어라

먼데가면 죽는다

모심기 노래(2)

자료코드 : 04_21_FOS_20100121_PKS_BYS_0006
조사장소 : 부산광역시 기장군 장안읍 오리 판곡마을 판곡회관
조사일시 : 2010.1.21
조 사 자 : 박경수, 정규식, 박지희, 오소현
제 보 자 : 박예순, 여, 81세
구연상황 : 제보자가 앞에서 부른 것과 다른 <모심기 노래>의 각편들이 기억이 난 듯, 다음 각편들을 불렀다. 노래를 시작하자 청중 중 한 사람이 따라 불렀다.

이물꺼저물꺼 헐어놓고~이 주인네양반 어데갔노
문에야전복을 손에들고~이 첩의방에 놀러갔네

낭창낭창 베리끝에~이 무정하다 울오라배
나도죽어 후승가서(후생 가서) 낭군부텀 생각할래

만장겉은 이못자리 장구판만땅(장기판만큼) 딱남았구나
장구야판이사 좋다마는 장구둘이 누있으리

모심기 노래

자료코드 : 04_21_FOS_20100119_PKS_BHS_0001
조사장소 : 부산광역시 기장군 철마면 웅천리 미동마을 미동경로당
조사일시 : 2010.1.19
조 사 자 : 박경수, 정혜란, 정다혜
제 보 자 : 백희숙, 여, 81세

구연상황 : 조사자가 제보자에게 모심기 노래를 불러줄 수 있느냐고 하며 노래를 유도
하자 처음에는 끝까지 부르지 못하고 중단했다. 노래 가사를 정리한 후에 첫
번째 노래를 불렀다. 두 번째 노래는 조사자가 제보자와 대화를 하던 중에 갑
자기 가사가 생각났는지 부른 것이다.

이물끼서물끼 헐어놓고~이 주인네양-반 어네갔노
문에야~전복 손에들고~이 첩의야집으로 놀러갔네

사공아~이 배돌려라 우리동생 보러갈-래
너거야~동생 어디가고~이 칠성판-에 실려오-네

아기 어르는 노래

자료코드 : 04_21_FOS_20100119_PKS_BHS_0002
조사장소 : 부산광역시 기장군 철마면 웅천리 미동마을 미동경로당
조사일시 : 2010.1.19
조 사 자 : 박경수, 정혜란, 정다혜
제 보 자 : 백희숙, 여, 81세
구연상황 : 조사자가 아기를 어를 때 불렀던 노래를 유도하자, 제보자는 처음에 잘 모르
겠다고 하다가 다음 노래가 생각이 났는지 노래를 시작했다.

어디갔다~ 니가왔노
하늘에서 떨어졌나
땅에서 솟아났나
금자동아 옥자동아
어디갔다 니가왔노

모심기 노래

자료코드 : 04_21_FOS_20100120_PKS_SBI_0001
조사장소 : 부산광역시 기장군 정관면 예림리 예림마을 경로당
조사일시 : 2010.1.20
조 사 자 : 박경수, 박양리, 정혜란, 정다혜
제 보 자 : 성북임, 여, 69세
구연상황 : 모심기 노래가 이어졌다. 신말숙 할머니가 모심기 노래를 부르자 제보자도
생각나는 모심기 노래를 자진해서 불렀다.

해다지고~ 저문–날에 골목골목~ 연개나–네
우리야~임은~ 어데가고 연개낼줄을 모르는고

(청중 : 이~하하하하하)

아기 어르는 노래 / 불매소리

자료코드 : 04_21_FOS_20100120_PKS_SBI_0002
조사장소 : 부산광역시 기장군 정관면 예림리 예림마을 경로당
조사일시 : 2010.1.20
조 사 자 : 박경수, 박양리, 정혜란, 정다혜
제 보 자 : 성북임, 여, 69세
구연상황 : 조사자가 "불매불매" 하면서 부르는 애기 어르는 노래가 있지 않느냐고 물
어보자 제보자가 이 노래를 불렀다. 아기를 어르는 동작을 하며 불렀는데, 앞
부분 사설만 부르고 더 이상은 모르겠다고 하며 중단하고 말았다.

불매불매 불매야
요런불매가 어딨노
돈을준들 너를사나
금을준들 너를사나
불매불매 불매야

모르겠다 마.

창부타령 / 청춘가

자료코드 : 04_21_FOS_20100120_PKS_SJS_0001
조사장소 : 부산광역시 기장군 정관면 예림리 예림마을 예림마을노인정
조사일시 : 2010.1.20
조 사 자 : 박경수, 박양리, 정혜란, 정다혜
제 보 자 : 손정수, 남, 84세
구연상황 : 조사자가 이 제보자에게도 아는 노래가 있으며 불러달라고 요구하자 제보자
가 예전에는 많이 알았는데 목이 고장 났다고 하며 아쉬워했다. 그래도 기억
나는 노래가 있으면 불러달라고 요청하고 주위에서 <창부타령>을 불러보라
고 하자 <창부타령>의 후렴만 부르고는 그만 두었다. 그런 후 <청춘가> 곡
조로 바꾸어 노래를 불러 주었다. 후자의 <청춘가>는 일제 강점기 때 노동
이민의 세태를 담은 내용으로 세태를 반영한 노래이다. 여기서는 후자의 <청
춘가>만 채록했다.

일간다 모간다~ 얼마나 울었든지
정거장 마당에 에~헤 한강수가 되놨다(되었다)

이부산 산판~산 어느잡놈이 모았던가~ 아~
꽃같은 내낭군 어~허 일본을 싣고가나
아이~좋다 가리가리다

양산도

자료코드 : 04_21_FOS_20100120_PKS_SJS_0002
조사장소 : 부산광역시 기장군 정관면 예림리 예림마을 예림마을노인정
조사일시 : 2010.1.20

조 사 자 : 박경수, 박양리, 정혜란, 정다혜

제 보 자 : 손정수, 남, 84세

구연상황 : 조사자가 <양산도>의 시작 부분을 불러보면서 양산도가 이렇게 시작하는
것이 맞느냐 하면서 노래를 유도하자, 제보자가 맞다며 이 노래를 불렀다.
그러나 양산도의 앞 사설만 하고는 숨이 가빠서 못하겠다고 하며 중단하고
말았다.

에헤이-여~

가노라 가노라 내가돌아 가~안~다~

어덜떨거리고 내가돌아 가~안~다-

쌍가락지 노래

자료코드 : 04_21_FOS_20100120_PKS_SKP_0001

조사장소 : 부산광역시 기장군 일광면 화전리 화전마을 화전경로당

조사일시 : 2010.1.20

조 사 자 : 박경수, 서정매, 황영태, 최수정

제 보 자 : 송경필, 여, 83세

구연상황 : 조사자가 "쌍금쌍금 쌍가락지"로 시작하는 노래를 아는지 묻자, 제보자는 긴
가사를 읊으며 구연해주었다. 가사를 다 읊은 뒤에는 뜻을 알아야 한다면서
보충 설명도 덧붙였다.

쌍금쌍금 쌍가락지

주석질로 놋가락지

먼데보이 달일레라

잩에보이 처잘레라

그처자 자는방에

숨소리가 둘이더라

천도복숭 올아버지

거짓말씀 말아시소

나암풍이(남풍이) 디리부이

풍지떠는 소리로다

요네내가 죽거들랑

자는듯이 죽고지라

내가 죽거들랑

석자수건 목에걸고

짜깨칼로 품에품고

아무데도 묻지말고

연대밑에 묻어주오

연대꽃이 패모

굵은비가 오거들랑

꺼적데기 좀덮어주고

갈랑비(가랑비) 오거든

꺼죽데기 덮어주고

그래 인자 오빠가 자는데, 애민 소리 한다고, 그래 수건으로 목에 걸고, 그래 인자 칼로 꼽아가 죽는다 이기라. 그래 죽어 연대꽃이 피모, 그래 인자 처이 죽었는 거이 그건가 뭐, 그렇다 그런 말이 있고.

모심기 노래

자료코드 : 04_21_FOS_20100120_PKS_SKP_0002

조사장소 : 부산광역시 기장군 일광면 화전리 화전마을 화전경로당

조사일시 : 2010.1.20

조 사 자 : 박경수, 서정매, 황영태, 최수정

제 보 자 : 송경필, 여, 83세

구연상황 : 제보자에게 <모심기 노래>를 불러달라고 부탁을 하자, 제보자는 기억나는 대로 하나씩 부르기 시작했다. 청중들이 아는 노래는 함께 따라서 불렀다. 노래판이 점점 흥겹게 되었다.

저기가는 저구름에 어떤신선- 타고가노
대부기를 천자공에 노던신선~ 타고간다

서울이라-이 왕대밭에 금비둘개 알을 나여
그알한배 주았시면[24] 금연가게 내할구로

(청중 : 이후후후후~ 잘 한다.)

초랑논을~ 맹갔노라 임의방에 불밝혀라
임도눕고 나도눕고 저불끌이~ 누있으리

진주덕산~ 안마당에 장기뜨는~ 저삼촌아
애중일생~이~ 늙어노니 남자호걸- 나를주마

알금삼사~ 곱은독에 눌리떴다 금청주야
꽃은꺾어~이 안주놓고 처자한량이 잔지가네

해다지고 저문날에 어떤행상 떠나가노
이태백이 본처죽고 유별행상 떠나간다

해다지고 저문날에 골목골목 연개나고
울언님은 어디가고 연개낼줄 모르더노

이논빼미 모를심어 금실금실 영화로다
우리부모~ 산소등에 모를숨가 (청중 : 이후후후~ 잘한다)

---

24) 두었으면.

서울이라 남정자야 점섬챔이(점심 참이) 늦어온다
미나리여 시금초는 맛본다고 더디온다

밀양삼당 궁노숲에 연밥따는 저수저야
사래질고~이 장찬밭에 목화따는 저처녀야

　밀양 삼당 궁노숲에 연밥 따는 저 총각아, 사래 질고 장찬밭에 목화 따
는 저 처녀야 연분될 줄 내 몰랐네.

창부타령(1)

자료코드 : 04_21_FOS_20100120_PKS_SKP_0003
조사장소 : 부산광역시 기장군 일광면 화전리 화전마을 화전경로당
조사일시 : 2010.1.20
조 사 자 : 박경수, 서정매, 황영태, 최수정
제 보 자 : 송경필, 여, 83세
구연상황 : 모심기 노래를 부른 뒤에 이어서 청춘가를 불러 주었다. 청중들도 잘한다며
　　　　　박수를 치고 추임새를 넣어 주었다.

노세 젊어서 놀아~ 늙어 병들면 못 노나니
화무는 십일홍이요 달도 차면은 기우나니

꿈아 무정아 꿈아~ 왔던 임으로 왜보내노
왔던님 보내지 말고 잠든 이몸을 깨아주지
이눈엔 눈물이 이고 눈물 끝으로 날새았다

청춘가(1)

자료코드 : 04_21_FOS_20100120_PKS_SKP_0004
조사장소 : 부산광역시 기장군 일광면 화전리 화전마을 화전경로당
조사일시 : 2010.1.20
조 사 자 : 박경수, 서정매, 황영태, 최수정
제 보 자 : 송경필, 여, 83세
구연상황 : 제보자가 박수를 치면서 노래를 구연하자, 청중들도 함께 박수를 치며 추임
새도 넣는 등 즐겁게 경청하였다.

어지런 다람에~ 흰양산 들고요
오동나무 수풀속을 좋~다 임찾아 가는구나

산이 높아야~ 골이 깊지요~
조그마한 여자속이 좋~다

청천하늘에 잔별도 많고요~
요내야 가슴에~ 수심도 많더라~

어지럼 달밤에~이요 흰양산 들고요~

창부타령(2)

자료코드 : 04_21_FOS_20100120_PKS_SKP_0005
조사장소 : 부산광역시 기장군 일광면 화전리 화전마을 화전경로당
조사일시 : 2010.1.20
조 사 자 : 박경수, 서정매, 황영태, 최수정
제 보 자 : 송경필, 여, 83세
구연상황 : 제보자가 처음에는 홀로 고요히 노래를 시작하였으나, 노래를 부를수록 청중
들이 박수를 치면서 분위기를 맞추어 주었다. 어떤 청중은 추임새를 넣으며
흥겨움을 더해 주었다.

노세 젊어서 놀아~ 늙고 뱅들면 못노나니
인생은 일장춘몽에 아니 놀지를 못하리라 (청중 : 잘한다.)

꿈아 무정한 꿈아 왔던 임으로 왜보내누
옳던임을 보내지 말고 잠든 내몸을 깨아주지
이불에 눈물이인데 눈물 끝으로 날새우네

청춘가(2)

자료코드 : 04_21_FOS_20100120_PKS_SKP_0006
조사장소 : 부산광역시 기장군 일광면 화전리 화전마을 화전경로당
조사일시 : 2010.1.20
조 사 자 : 박경수, 서정매, 황영태, 최수정
제 보 자 : 송경필, 여, 83세
구연상황 : 앞의 <창부타령>에 바로 이어서 <청춘가> 가락으로 바꾸어 부른 것이다.

하모니카 불거들랑 임 온줄 알고요
종달새가 울거들랑 좋~다 봄 온줄 아세요~

싫거든 두어라~싫거든 두어라~
산너메 산있고 좋~다

창부타령(3)

자료코드 : 04_21_FOS_20100120_PKS_SKP_0007
조사장소 : 부산광역시 기장군 일광면 화전리 화전마을 화전경로당
조사일시 : 2010.1.20
조 사 자 : 박경수, 서정매, 황영태, 최수정
제 보 자 : 송경필, 여, 83세

구연상황 : <청춘가>에 이어 다음 노래를 불러 주었다. 계속 노래를 연이어서 불러서 인지 즐거움과 신명이 더한 분위기에서 구연이 이루어졌다. 관중들도 모두 박수를 치며 노래를 경청하였다.

아절씨구나 지화자자 얼씨구네

꾀꼬리는 버들이오 푸른것은 꾀꼬리라

  얼씨구 절씨구나 아니 놀지 못하리라

죽장망해 단포자로[25] 천리강산 들어가자

쿵쿵치는 큰북소리 새벽장을 울리주고

둘이부는 피리소리 산상봉학이 춤을춘다

이구십팔 청년들아 일본갈라고 말어라

부산연락 쌍고동소리 고향생각 절로난다

모심기 노래

자료코드 : 04_21_FOS_20100119_PKS_SSN_0001

조사장소 : 부산광역시 기장군 기장읍 교리1리 교리1마을회관

조사일시 : 2010.1.19

조 사 자 : 박경수, 서정매, 황영태, 최수정

제 보 자 : 송소남, 여, 81세

구연상황 : 조사자의 유도에 따라 구연했다. 처음에는 작은 목소리로 노래를 시작했으나 점차 자신감을 갖고 노래를 부르면서 목소리가 커졌다. 청중들은 박수를 치며 분위기를 맞추다가 끝에 가서 함께 부르기도 하였다.

모시야적삼 안섶안에~ 연꽃겉은 저젖보소

많이걸면 병날끼고~ 쌀낱만치만 보고가소

---

25) 죽장망혜(竹杖芒鞋) 단표자(單瓢子)로.

서울갔던 선부내여~ 우리선배 안오시나

오기야- 온다마는 칠성판에~ 실려온다

이물끼저물끼 헐어놓고~ 주인네양반이 어디갔노

문에야전복을 손에들고~ 첩우야집에 놀러갔네

다리 세기 노래

자료코드 : 04_21_FOS_20100119_PKS_SSN_0002
조사장소 : 부산광역시 기장군 기장읍 교리1리 교리1마을회관
조사일시 : 2010.1.19
조 사 자 : 박경수, 서정매, 황영태, 최수정
제 보 자 : 송소남, 여, 81세
구연상황 : 조사자가 앞부분 사설을 떼어주자, 이내 이 노래가 생각이 났는지 불러 주
었다.

이거리 저거리 갓거리

천사맹근 도맹근

도리줌치 장두칸

까마구 까 열석냥

불화 통

모심기 노래

자료코드 : 04_21_FOS_20100121_PKS_SSN_0001
조사장소 : 부산광역시 기장군 장안읍 명례리 대명마을 대명마을회관
조사일시 : 2010.1.21
조 사 자 : 박경수, 정규식, 박지희, 오소현

제 보 자 : 송순남, 여, 78세

구연상황 : 조사자의 구연 유도에 따라 이 노래를 불렀다. 청중 몇몇이 박수를 치면서
추임새를 넣었다.

이물꺼저물꺼 다헐어놓고 주인네양반 어덜갔노(어디로 갔노)

문에야전복 손에들고 첩의방에 놀러갔소

이논빼미 모를심어~이 금실금실 영화로다

우리야부모님 산소등에~이 솔을숨어 영화로다

모심기 노래

자료코드 : 04_21_FOS_20100120_PKS_SMS_0001

조사장소 : 부산광역시 기장군 정관면 예림리 예림마을 경로당

조사일시 : 2010.1.20

조 사 자 : 박경수, 박양리, 정혜란, 정다혜

제 보 자 : 신말숙, 여, 83세

구연상황 : 조사자가 제보자에게 노래 하나를 불러달라고 요청하자 이 노래를 불렀다.
모심기 할 때 부르는 노래로 일명 '과거 노래'라 하는 것이었다.

서울이라~이 왕대밭-에 금비둘기- 알을낳-여

그알하나~이 주왔-으모(주었으면) 금년과게- 내가가-지

쌍가락지 노래

자료코드 : 04_21_FOS_20100120_PKS_SMS_0002

조사장소 : 부산광역시 기장군 정관면 예림리 예림마을 예림마을노인정

조사일시 : 2010.1.20

조 사 자 : 박경수, 박양리, 정혜란, 정다혜

제 보 자 : 신말숙, 여, 83세

구연상황 : 조사자가 "쌍금쌍금 쌍가락지"로 시작하는 노래를 아느냐고 물어보자 제보자
가 다음 노래를 불렀다.

쌍금쌍금~ 쌍가-락지
주석질로 놋가락-지
먼데보니~ 달일-래라
짙(곁)에보니~ 처잘래라
그처자야~ 자는방~에
숨소리가~ 둘이더-라
청두-복숭 오라바시
거짓말씀- 말아시-소
남~풍이~ 디리부니
풍입떠는- 소릴래라

모찌기 노래(1)

자료코드 : 04_21_FOS_20100120_PKS_AKN_0001
조사장소 : 부산광역시 기장군 정관면 예림리 예림마을 예림마을노인정
조사일시 : 2010.1.20
조 사 자 : 박경수, 박양리, 정혜란, 정다혜
제 보 자 : 안귀남, 여, 73세
구연상황 : 조사자가 조사의 취지를 말하고 <모심기 노래> 등 아는 노래가 있으면 불러
달라고 했다. 그러자 청중들이 안귀남 제보자를 지목하며 노래를 잘 한다고
추천했다. 제보자에게 <모찌기 노래>부터 불러달라고 요청을 하자 제보자가
부끄러워하며 이 노래를 불렀다. 목청을 길게 뽑으며 노래를 하자 청중들이
노래를 잘 한다고 칭찬을 했다. 메기는 소리와 받는 소리를 할 때마다 "이~
후후후후" 하며 청중들이 소리를 넣었다.

한강에-다~이 모를부아 모쩌내기~ 난감하-네 (청중 : 이~ 후후

후후)

　하늘에-다~이 목화-심어 목화따기~ 난감하-다 (청중 : 이~ 후
후후후)

　담장안-에~이 화초심어 담장밖을~ 후아넘-네

(청중 : 잘 한다. 이~ 후후후후)

(청중 : 상으로 말 탈지 모른다 마.)

　질로가던~이 호걸양반 그꽃보고~ 질못간-다 (청중 : 이~ 후후
후후)

모심기 노래(1)

자료코드 : 04_21_FOS_20100120_PKS_AKN_0002
조사장소 : 부산광역시 기장군 정관면 예림리 예림마을 예림마을노인정
조사일시 : 2010.1.20
조 사 자 : 박경수, 박양리, 정혜란, 정다혜
제 보 자 : 안귀남, 여, 73세
구연상황 : 조사자가 제보자에게 모심기 노래를 더 해보라고 요청하자 제보자가 이 노
　　　　　래를 불렀다. 저녁 소리로 부르는 모심기 노래이다.

　해다지-고~이 저문~날에 어떤수자(어떤 처자)~ 울고가-네

그러 카고 뭐라 카노?

　만인간아~ 웃지~마라

뭐, 뭐?

　씨종자를~ 바래간-다

맞다. 맞다. 맞다.

　　해다지-고~이 저문~날에 어떤행상~ 떠나가-네
　　이태백이~이 본댁-죽고 이별행상~ 떠나간-다 (청중 : 이~ 후후
후후)

모심기 노래(2)

자료코드 : 04_21_FOS_20100120_PKS_AKN_0003
조사장소 : 부산광역시 기장군 정관면 예림리 예림마을 예림마을노인정
조사일시 : 2010.1.20
조 사 자 : 박경수, 박양리, 정혜란, 정다혜
제 보 자 : 안귀남, 여, 73세
구연상황 : 제보자는 계속 모심기 노래가 생각나는지 앞의 노래에 이어서 이 노래를 불
　　　　　렀다.

　　치마치마~이 분홍-치마 서른대~자 끈을달-아
　　처마구경~어이 가지-말고 끈담구경 하러간-다 (청중 : 이~ 후후
후후)

　　담장안에~이 화초-심어 담장밖을~ 후아넘-네
　　질로가던~이 호걸-양반 그꽃보고~ 질못가-네 (청중 : 이~ 후후
후)

모찌기 노래(2)

자료코드 : 04_21_FOS_20100120_PKS_AKN_0004
조사장소 : 부산광역시 기장군 정관면 예림리 예림마을 에림마을노인정

조사일시 : 2010.1.20

조 사 자 : 박경수, 박양리, 정혜란, 정다혜

제 보 자 : 안귀남, 여, 73세

구연상황 : 조사자가 <모찌기 노래>부터 부른 다음 <모심기 노래>를 불러야 한다고 하자, 제보자는 이 <모찌기 노래>를 불렀다.

　　　　한강에다~이 모를－부어 모쪄내기~ 난감하－네

　　　　성안에다~이 첩을－두고 기생첩이~ 절반이－네

청춘가

자료코드 : 04_21_FOS_20100120_PKS_AKN_0005

조사장소 : 부산광역시 기장군 정관면 예림리 예림마을 예림마을노인정

조사일시 : 2010.1.20

조 사 자 : 박경수, 박양리, 정혜란, 정다혜

제 보 자 : 안귀남, 여, 73세

구연상황 : 제보자는 노래에 흥이 나는지 이 노래를 기억하여 자진하여 불렀다. 청중들이 박수를 치며 "좋~다"라고 추임새를 넣었다.

　　　　함경도 원산에~에 인심이 좋아서~어

　　　　노랑돈 한푼에~에 큰아기 열둘이 준단다~아

　　　　노세－ 놀아라~ 아~아 젊으면 놀아라~아~아

　　　　늙고나 뱅들면~ 못놀이로구나~아

　　　　우수경첩에~에 대동강 풀리고~오

　　　　우런님(우리 님) 말소리~ 좋~다 내가슴 풀린다~아

다리 세기 노래

자료코드 : 04_21_FOS_20100120_PKS_YSJ_0001
조사장소 : 부산광역시 기장군 정관면 예림리 예림마을 예림마을노인정
조사일시 : 2010.1.20
조 사 자 : 박경수, 박양리, 정혜란, 정다혜
제 보 자 : 양순자, 여, 78세
구연상황 : 조사자가 다리를 펼쳐 다리를 세는 동작을 하며 이런 자세로 부르는 노래가
있지 않느냐고 물어보자, 이 제보자가 이 노래를 불렀다.

이거리 저거리 갓거리
청사맹근 도맹근(청사망근 도망근)
도래줌치 장줏간[26]
오줌이 짤끔 빵구가(방귀가) 탱 나가라

창부타령

자료코드 : 04_21_FOS_20100118_PKS_WJO_0001
조사장소 : 부산광역시 기장군 기장읍 죽성리 두호마을 두호마을회관
조사일시 : 2010.1.18
조 사 자 : 박경수, 정규식, 박양리, 정혜란
제 보 자 : 원제옥, 여, 81세
구연상황 : 다른 사람들이 부르는 노래를 계속 듣고 있던 제보자에게 조사자가 노래를
청하자 민요 대신 유행가를 불렀다. 노래 중간에 청중들이 옛날 노래를 부르
라고 하자 제보자가 이 노래를 불렀다. 노래는 창부타령 곡조로 불렀다.

백구(白鷗)야~ 나지마라 너를잡으러 내안간다
선산이 발없사도(발없이도) 너를쫓아 여기왔나
나물묵고- 물을마시고 팔을비-고 누웠으니

---

26) 정확한 표현은 "도래주머니 장도칼"이다.

대장부 살림살이가 요만하면은 넉넉하리

다리 세기 노래

자료코드 : 04_21_FOS_20100118_PKS_WJO_0002
조사장소 : 부산광역시 기장군 기장읍 죽성리 두호마을 두호마을회관
조사일시 : 2010.1.18
조 사 자 : 박경수, 정규식, 박양리, 정혜란
제 보 자 : 원제옥, 여, 81세
구연상황 : 조사자가 다리를 세면서 부르는 노래가 있지 않느냐고 하며 좌중에서 이 노
래를 불러줄 것을 부탁하자, 제보자가 "그거는 내가 해주겠다"고 하며 나서서
불렀다. 조사자 한 명과 직접 다리 세기 놀이를 하면서 이 노래를 불렀다. 노
래 막판에 웃음을 참지 못했다.

이거리 저거리 갓거리
천세망근 두망근
도래줌치 장두칼
서울양반 두양반
전지빼기 열석냥
까마구 까
앵기 봄
봄(범) 사심(사슴)
놀리기 [웃으며] 좋이야
빵구 뺑이야 [일동 웃음]

아기 어르는 노래

자료코드 : 04_21_FOS_20100121_PKS_LKN_0001
조사장소 : 부산광역시 기장군 장안읍 오리 판곡마을 판곡회관
조사일시 : 2010.1.21
조 사 자 : 박경수, 정규식, 박지희, 오소현
제 보 자 : 이귀남, 여, 86세
구연상황 : 조사자가 아기 어르는 노래를 부를 줄 아느냐고 물어보자, 제보자가 몇 번
읊어 본 다음에 노래로 불렀다.

　　금자동아 옥자동아

　　칠기청청 보배동아

　　하늘겉이 높어가라

　　사방같이 느리가라

　　수질같이 깊어가라

　　그러카대, 할매들이.

미꾸라지 놀리는 노래

자료코드 : 04_21_FOS_20100121_PKS_LKN_0002
조사장소 : 부산광역시 기장군 장안읍 오리 판곡마을 판곡회관
조사일시 : 2010.1.21
조 사 자 : 박경수, 정규식, 박지희, 오소현
제 보 자 : 이귀남, 여, 86세
구연상황 : 조사자가 어렸을 때 놀면서 부르는 노래를 불러달라고 하자, 제보자가 이 노
래를 불러 주었다. 미꾸라지를 잡아서 놀리며 부르는 노래라고 했다. 박수를
치면서 박자를 맞추어 불렀다.

　　봉사봉사 대봉사

　　아가리 딱딱 벌기라

열무김치 드간다

다리 세기 노래

자료코드 : 04_21_FOS_20100121_PKS_LKN_0003
조사장소 : 부산광역시 기장군 장안읍 오리 판곡마을 판곡회관
조사일시 : 2010.1.21
조 사 자 : 박경수, 정규식, 박지희, 오소현
제 보 자 : 이귀남, 여, 86세
구연상황 : 조사자가 어릴 적 다리를 세면서 놀 때 불렀던 노래가 기억나는지 묻자, 제
　　　　　보자가 다음 노래를 해주었다. 실제로 다리 세는 시늉을 하면서 노래를 했다.

이거리 저거리 갓거리

천사맹근 도맹근

도리짐치 장독간

진빼이 여섯냥

까마귀 까 양지

범 노 주리야

빵구야 통 태

미인가

자료코드 : 04_21_FOS_20100121_PKS_LKN_0004
조사장소 : 부산광역시 기장군 장안읍 오리 판곡마을 판곡회관
조사일시 : 2010.1.21
조 사 자 : 박경수, 정규식, 박지희, 오소현
제 보 자 : 이귀남, 여, 86세
구연상황 : 조사자가 더 부를 수 있는 <모심기 노래>는 없느냐고 하자 제보자가 다리를

두드리면서 이 노래를 구연했다.

정승딸이 몯딸애기(맏딸애기)
허잘났다 소문듣고

이래 간다 그제.

하문가이(한 번 가니) 몬볼레라
두분가도 몬볼레라
임의섬은 볼짝새는(볼작시면)
당사실을 엮은듯네(엮은 듯하네)
뒷머리는 볼짝새는
쟁반겉이도 닦았더란다

그리 잘 났더란다.

객사한탄요

자료코드 : 04_21_FOS_20100119_PKS_EGL_0001
조사장소 : 부산광역시 기장군 철마면 와여리 와여마을 와여노인정
조사일시 : 2010.1.19
조 사 자 : 박경수, 정혜란, 정다혜
제 보 자 : 이귀량, 여, 75세
구연상황 : 제보자는 다음 노래를 읊조리듯이 천천히 불렀다. 가족을 모두 두고 멀리서
　　　　　객사한 사람의 신세를 노래한 것이다.

기장땅- 송달섬-에
팔십당사 아바두고
칠십당사 엄마두고

반달같은 본처두고

[말을 바꾸어] 아,

온달같은 본댁두고
반달같은 첩을두고
글씨문자 아들두고
바늘동참 딸을두고
충청도야 초개산에
객사죽음이 웬말이냐

이 빠진 아이 놀리는 노래 / 이갈이 노래

자료코드 : 04_21_FOS_20100118_PKS_LDH_0001
조사장소 : 부산광역시 기장군 기장읍 죽성리 두호마을 두호마을회관
조사일시 : 2010.1.18
조 사 자 : 박경수, 정규식, 박양리, 정혜란
제 보 자 : 이동희, 여, 82세
구연상황 : 조사자가 옛날에는 이를 빼고 나서도 노래를 불렀지 않느냐고 물어보자 그
런 노래를 불렀다며 이 노래를 했다. 이빨이 빠진 아이를 놀리면서 부르는 노
래를 부른 후, 윗니가 빠지면 윗집 지붕에, 아랫니가 빠지면 아랫집 지붕에
이빨을 던지며 부른다는 설명을 했다.

04_21_FOS_20100118_PKS_LDH_0001_s01 〈이 빠진 아이 놀리는 노래〉

웃니 빠진 소오지
아랫니 빠진 개오지

04_21_FOS_20100118_PKS_LDH_0001_s02 〈이갈이 노래〉

그래가지고 그만 빠지면은, 웃니가 빠지면 웃지붕케,

깐충아 깐충아

내이 물어가고

헌니('새 이'라고 해야 할 것을 잘못 노래했다.) 주가

　(청중 : 새 이.) (조사자 : 헌 니(이) 물고 가고.) "새 이 주가." 이라고. 또 인자 아랫니 빠지면 아래층에다가 인자 떤지뿌고. (조사자 : 아래층에 떤지뿌고.) 그래, "헌니 물고 가가 새이 주가." 이러했지요.

두꺼비집 짓기 노래

자료코드 : 04_21_FOS_20100118_PKS_LDH_0002
조사장소 : 부산광역시 기장군 기장읍 죽성리 두호마을 두호마을회관
조사일시 : 2010.1.18
조 사 자 : 박경수, 정규식, 박양리, 정혜란
제 보 자 : 이동희, 여, 82세
구연상황 : 조사자가 앞의 노래에 이어 모래에 손을 넣어 집을 만들면서 부르는 노래가
　　　　　있지 않느냐고 하자, 제보자가 이 노래를 불렀다.

　지아라(지어라)

　지와집을(기와집을) 지와라

　제비똥이나 놓아라

꿩 노래

자료코드 : 04_21_FOS_20100118_PKS_LDH_0003
조사장소 : 부산광역시 기장군 기장읍 죽성리 두호마을 두호마을회관
조사일시 : 2010.1.18
조 사 자 : 박경수, 정규식, 박양리, 정혜란

제 보 자 : 이동희, 여, 82세
구연상황 : 조사자가 꿩 노래를 불러달라고 요청하자 제보자가 짧게 이 노래를 불렀다.
　　　　　 꿩 소리를 흉내내며 부르는 노래이다.

　　　　꽁꽁 내 잡았다

　　이라면서, 그거 운거거든.

　　　　꽁꽁 내 반찬

　　이래는 했어요.

풀국새 노래

자료코드 : 04_21_FOS_20100118_PKS_LDH_0004
조사장소 : 부산광역시 기장군 기장읍 죽성리 두호마을 두호마을회관
조사일시 : 2010.1.18
조 사 자 : 박경수, 정규식, 박양리, 정혜란
제 보 자 : 이동희, 여, 82세
구연상황 : 조사자가 산에서 우는 뻐꾸기나 산비둘기 소리를 듣고 부르는 노래를 불러
　　　　　 달라고 하자 제보자가 읊조리듯이 이 노래를 불렀다. 제보자는 이 노래를 뻐
　　　　　 꾸기 소리를 흉내 낸 것으로 생각하여 "뿌꿈뿌꿈"이란 구음을 넣었지만, 사실
　　　　　 이 노래는 산비둘기 소리를 흉내 낸 노래로 보통 '풀국새 노래'로 칭하기도
　　　　　 한다.

　　뿌꿈뿌꿈
　　엄마죽고 애비죽어
　　내호무차(내 혼자) 어째살꼬
　　뿌꿈뿌꿈

　　이래는 했지.

창부타령

자료코드 : 04_21_FOS_20100118_PKS_LDH_0005

조사장소 : 부산광역시 기장군 기장읍 죽성리 두호마을 두호마을회관

조사일시 : 2010.1.18

조 사 자 : 박경수, 정규식, 박양리, 정혜란

제 보 자 : 이동희, 여, 82세

구연상황 : 제보자는 다른 제보자의 노래가 끝나자마자 다시 아는 노래를 해보겠다며
자진해서 이 노래를 불렀다. 노래는 창부타령 곡조로 불렀다.

포롬포롬 봄배추는 봄이슬 오도록 기다리고
옥에갇힌 춘향아무는 이대롱(이도령) 오도록만 기다린다

파랑새요

자료코드 : 04_21_FOS_20100118_PKS_LDH_0006

조사장소 : 부산광역시 기장군 기장읍 죽성리 두호마을 두호마을회관

조사일시 : 2010.1.18

조 사 자 : 박경수, 정규식, 박양리, 정혜란

제 보 자 : 이동희, 여, 82세

구연상황 : 제보자는 앞의 노래에 이어서 이 노래가 바로 생각났는지 불렀다. 창부타령
곡조로 부른 것이다.

새야새-야 파랑새야 녹두남-게 앉지마라
녹디-꽃이 떨어지면 임의정-도 떨어진다

청춘가

자료코드 : 04_21_FOS_20100118_PKS_LDH_0007

조사장소 : 부산광역시 기장군 기장읍 죽성리 두호마을 두호마을회관

조사일시 : 2010.1.18

조 사 자 : 박경수, 정규식, 박양리, 정혜란

제 보 자 : 이동희, 여, 82세

구연상황 : 제보자는 청춘가 가락에 맞추어 다음 노래를 불렀다. 철없는 어린 낭군에 대한 노래이다.

문지방 밑에서~서 밥튀정하는 낭군~

언제사 길러서~어 내낭군 되리라~

잠자리 잡는 노래

자료코드 : 04_21_FOS_20100118_PKS_LDH_0008

조사장소 : 부산광역시 기장군 기장읍 죽성리 두호마을 두호마을회관

조사일시 : 2010.1.18

조 사 자 : 박경수, 정규식, 박양리, 정혜란

제 보 자 : 이동희, 여, 82세

구연상황 : 조사자가 어렸을 때 잠자리를 잡으면서 부르는 노래가 있지 않느냐고 물어보자, 제보자가 노래를 부른 후 예전에 이렇게 불렀다는 설명을 덧붙였다.

앉은뱅이 꽁꽁

붙던자리 붙어라

먼데가몬 죽는다

이랬다. 옛날에 이전에.

모심기 노래

자료코드 : 04_21_FOS_20100119_PKS_LMS_0001

조사장소 : 부산광역시 기장군 기장읍 교리1리 교리1마을회관

조사일시 : 2010.1.19

조 사 자 : 박경수, 서정매, 황영태, 최수정
제 보 자 : 이묘숙, 여, 78세
구연상황 : 다른 제보자의 노래를 듣던 중에 갑자기 모심기 노래를 구연하였다. 마지막
엔 모심기 노래의 가사에 대한 설명도 덧붙였다.

　　　사공씨여~으~이 배둘려라~ 우리동생~ 보러갈래
　　　너거야동생은~ 무슨죄로~이 절도야섬~으로 귀향갔노

　　옛날, 요새걸으면 나라에 정치를 하다가, 나라에서 일 잘 못한다고 오
도가도 못하는 독도섬에다가 귀향 보내뺐거든. 지 여는 배가 없으면 못
나오이카네. 그래 인자 여 형제간들은 동생을 생각카이까네 찾으로 갈라
고 그래, 사공씨가 배둘려라 내 동생 보러 갈래 이카이, 사공씨가 너거 동
생은 무슨 죄로 절두섬을 귀향갔노 이래 묻는 노래라. 참 의미가 있다. 이
기 참 유식한 노래라.

　　　쫀득쫀득~ 찰수지비~사우야판~에 다올랐네 (청중 : 이휴유우~)
　　[일동 웃음]
　　　우리야 늙은이는 어디로가고~이 딸에야동~재를 맡겼던고

화투타령

자료코드 : 04_21_FOS_20100119_PKS_LMS_0002
조사장소 : 부산광역시 기장군 기장읍 교리1리 교리1마을회관
조사일시 : 2010.1.19
조 사 자 : 박경수, 서정매, 황영태, 최수정
제 보 자 : 이묘숙, 여, 78세
구연상황 : 조사자가 화투 노래를 아느냐고 하자 제보자가 자신있게 힘차게 불러 주었
다. 청중들도 모두 아는 노래여서인지 박수를 치며 함께 불러 주었다.

　　　정월속가지 속속인마음~

이월매조에 매조로다

삼월사꾸라야 산란한마음

사월흑싸리에 허송하다

오월난초야 나는나비는~

유월목단에 날라앉아

칠월홍돼지 홀로누워

팔월공~산에 달떠온다

구월국화 굳어진마음

시월에단풍에 뚝떨어졌네

동지섣달 진진밤에~

앉아생각 누워서생각~

생각~생각이 임의생각

너냥 나냥

자료코드 : 04_21_FOS_20100119_PKS_LMS_0003

조사장소 : 부산광역시 기장군 기장읍 교리1리 교리1마을회관

조사일시 : 2010.1.19

조 사 자 : 박경수, 서정매, 황영태, 최수정

제 보 자 : 이묘숙, 여, 78세

구연상황 : 다른 제보자가 부르는 노래를 듣고 생각이 났는지 바로 다음 노래를 불러
주었다.

종달새 울거든 봄이온줄~ 알고요

하모니카 울거든 임이온줄 알지-

모심기 노래

자료코드 : 04_21_FOS_20100120_PKS_LYS_0001
조사장소 : 부산광역시 기장군 일광면 용천리 회룡마을 회룡마을회관
조사일시 : 2010.1.20
조 사 자 : 박경수, 서정매, 황영태, 최수정
제 보 자 : 이애숙, 여, 82세
구연상황 : 제보자는 조사자의 요청에 따라 <모심기 노래>를 했는데, 가창하지 않고 가
　　　　　사만 읊어 주었다.

　　　　모야모야 노랑모야 언제커서 화승할래
　　　　이달가고 저달가고 오뉴월에 화승한다―

　　　　낭창낭창 베루끝에 무정하다 울오랍아
　　　　나도죽어 남자되어 여자곤석 거느릴래

다리 세기 노래

자료코드 : 04_21_FOS_20100119_PKS_LYS_0001
조사장소 : 부산광역시 기장군 기장읍 내리 내동마을 내리마을회관
조사일시 : 2010.1.19
조 사 자 : 박경수, 정규식, 서정매, 황영태, 박지희, 최수정, 오소현
제 보 자 : 이영숙, 여, 72세
구연상황 : 조사자 일행이 어릴 적 다리를 세면서 놀았던 노래를 불러 달라고 유도하자,
　　　　　제보자가 이 노래를 구연해 주었다. 실제 조사자와 다리를 엇갈려 놓고서 직
　　　　　접 다리를 세면서 즐겁게 불러 주었다.

　　　　이거리 저거리 갓거리
　　　　동사맹근 도맹근
　　　　도리줌치 장독간
　　　　아가리 크다 대구장

화투타령

자료코드 : 04_21_FOS_20100119_PKS_LYS_0002
조사장소 : 부산광역시 기장군 기장읍 내리 내동마을 내리마을회관
조사일시 : 2010.1.19
조 사 자 : 박경수, 정규식, 서정매, 황영태, 박지희, 최수정, 오소현
제 보 자 : 이영숙, 여, 72세
구연상황 : 조사자가 <화투타령>을 불러 달라고 유도하자, 제보자가 이 노래를 불러
　　　　　주었다. 노래로 부르지 않고 말로 설명하듯 구연해 주었다. 구연 도중 청중이
　　　　　부연 설명을 하기도 했다.

정월솔가지 쏙쏙한 내마음

이월매조에 맺어놓고

삼월사쿠라 산란한마음

사월흑싸리 흩어지고

오월난초 나비날아

유월목단에 앉아뿐다

칠월홍돼지 홀로누워

팔월공산에 달밝았네

구월국화 굳었던마음

시월단풍에 다떨어지고

창부타령(1)

자료코드 : 04_21_FOS_20100119_PKS_LYS_0003
조사장소 : 부산광역시 기장군 기장읍 내리 내동마을 내리마을회관
조사일시 : 2010.1.19
조 사 자 : 박경수, 정규식, 서정매, 황영태, 박지희, 최수정, 오소현
제 보 자 : 이영숙, 여, 72세

구연상황 : 제보자들에게 다른 노래를 부를 줄 아느냐고 하자 이영숙 제보자가 이 노래
　　　　 를 구연하였다. 구연 도중 가사가 기억나지 않는 듯 노래를 멈추어 가사를 읊
　　　　 조린 후 다시 구연하였다. 제보자 혼자 박수를 치면서 구연하였다. <창부타
　　　　 령> 곡조에 맞추어 불렀다.

　　임은가고 봄은오니 꽃만피어도 임의생각

　아, 글 놓고, 무슨 아이구 다 잊어뺐다.

　　광천일월이 한수석하니 낙엽만남아도 임의생각
　　눕어생각 앉아생각 생각끝에는 임의생각

창부타령(2)

자료코드 : 04_21_FOS_20100119_PKS_LYS_0004
조사장소 : 부산광역시 기장군 기장읍 내리 내동마을 내리마을회관
조사일시 : 2010.1.19
조 사 자 : 박경수, 정규식, 서정매, 황영태, 박지희, 최수정, 오소현
제 보 자 : 이영숙, 여, 72세
구연상황 : 조사자가 <창부타령>, <노랫가락>, <청춘가> 등의 노래도 좋다고 하니,
　　　　 제보자가 이 노래를 불러 주었다. 청중 한 명과 함께 박수를 치면서 흥겹게
　　　　 구연하였다.

　　나물묵고 물마시고 팔을비고 누웠으니
　　대장부 살림살이는 요만하면 만족하지

그네 노래

자료코드 : 04_21_FOS_20100120_PKS_LCY_0001
조사장소 : 부산광역시 기장군 일광면 화전리 화전마을 화전경로당

조사일시 : 2010.1.20

조 사 자 : 박경수, 서정매, 황영태, 최수정

제 보 자 : 이춘례, 여, 74세

구연상황 : 조사자가 <그네 노래>의 앞부분 가사를 읊어주며 노래를 요청하자, 제보자
가 바로 기억을 하여 다음 노래를 불러 주었다.

추천당 세-모시낭게~ 당사실~로서 추천을맺어~

너가타면 내가나밀고~ 내가타면 니가~민~다-

저임아 줄밀지말어라 줄떨어-지면은 정떨어진다

너냥 나냥

자료코드 : 04_21_FOS_20100120_PKS_LCY_0002

조사장소 : 부산광역시 기장군 일광면 화전리 화전마을 화전경로당

조사일시 : 2010.1.20

조 사 자 : 박경수, 서정매, 황영태, 최수정

제 보 자 : 이춘례, 여, 74세

구연상황 : 조사자가 <너냥 나냥>의 앞 부분 가사를 읊어주자 제보자가 바로 이어서
불러 주었다. 청중들도 아는 노래여서인지 함께 불렀으나 곧 멈추고 제보자
가 끝까지 노래를 불러 주었다. 청중들은 간간히 박수를 치며 분위기를 맞추
었다.

너냥나냥 두리둥실 가고요
낮이낮이나 밤이밤이나 참사랑이로다

아침에 우는새는 배가고파 울고요
저녁에 우는새는 임이기려워 운다
너냥나냥 두리둥실 놀고요
낮이낮이나 밤이밤이나 참사랑이로다

화투 타령

자료코드 : 04_21_FOS_20100120_PKS_LCY_0003
조사장소 : 부산광역시 기장군 일광면 화전리 화전마을 화전경로당
조사일시 : 2010.1.20
조 사 자 : 박경수, 서정매, 황영태, 최수정
제 보 자 : 이춘례, 여, 74세
구연상황 : 조사자가 화투노래를 불러달라고 부탁을 하자, 노래로 하면 가사를 잊어버릴
것 같아서 먼저 가사로만 읊어 주었다.

[가사를 읊으면서]

정월솔가지 쏙쏙한마음

이월매조에 맺어놓고

삼월사쿠라 산란한마음

사월흑사리 허사로다

오월난초에 나르는나비

유월목단에 목을맨다

칠월홍돼지 홀로누워

팔월공산에 달밝힌다

구월국화 굳었던마음

시월단풍에 다떨어지네

모심기 노래(1)

자료코드 : 04_21_FOS_20100118_PKS_JSK_0001
조사장소 : 부산광역시 기장군 기장읍 죽성리 두호마을 두호마을회관
조사일시 : 2010.1.18
조 사 자 : 박경수, 정규식, 박양리, 정혜란

제 보 자 : 장생금, 여, 83세

구연상황 : 남성 노인들을 대상으로 한 조사를 마치고, 여성 노인들 방으로 건너와서 민
요를 조사했다. 모심기 노래부터 불러보자며 민요판을 유도하자, 제보자가 이
노래를 먼저 불러 주었다. 제보자는 나이 탓으로 숨을 가쁘게 쉬면서도 목청
을 다해 노래를 했다. 청중들이 모두 잘 한다며 박수를 쳤다.

서울-이-라~이 금양자야 점섬차리~이(점심참이) 늦어오~네

서울백주~이 치락나물 맛본다고~이 더디오~네

창부타령(1)

자료코드 : 04_21_FOS_20100118_PKS_JSK_0002

조사장소 : 부산광역시 기장군 기장읍 죽성리 두호마을 두호마을회관

조사일시 : 2010.1.18

조 사 자 : 박경수, 정규식, 박양리, 정혜란

제 보 자 : 장생금, 여, 83세

구연상황 : 조사자가 제보자에게 앞에 부른 노래의 가사를 읊어달라고 하자 귀가 어두
워 듣지 못하고, 자신에게 노래를 요청한 것으로 여기고 다음 노래를 시작
했다.

아니~ 아니 노지를 못하리라-

간다-간다 나는간다~ 정들이거리고27) 나는간다

아기 어르는 노래

자료코드 : 04_21_FOS_20100118_PKS_JSK_0003

조사장소 : 부산광역시 기장군 기장읍 죽성리 두호마을 두호마을회관

---

27) 일반적으로 "건들거리고" 또는 "거들먹거리고"로 부르는데, 제보자는 모호한 표현으
로 불렀다.

조사일시 : 2010.1.18

조 사 자 : 박경수, 정규식, 박양리, 정혜란

제 보 자 : 장생금, 여, 83세

구연상황 : 조사자가 애기를 어르면서 불렀던 노래가 있지 않느냐고 물어보자 제보자가
이 노래를 불렀다.

둥둥~ 둥둥~ 둥게야~

이런 둥개가 또있-던가

창부타령(2)

자료코드 : 04_21_FOS_20100118_PKS_JSK_0004

조사장소 : 부산광역시 기장군 기장읍 죽성리 두호마을 두호마을회관

조사일시 : 2010.1.18

조 사 자 : 박경수, 정규식, 박양리, 정혜란

제 보 자 : 장생금, 여, 83세

구연상황 : 제보자는 다른 조사자의 노래를 한참 듣고 난 후, 이 노래를 부르기 시작했
다. 창부타령의 곡조로 부르는 사설을 연이어 부른 후, 숨이 가쁘다고 하면서
마쳤다. 청중들은 제보자가 노래를 잘한다며 칭찬을 아끼지 않았다. 나이에
비해 가창력이 뛰어났다.

뒷동산 도라지꽃도 바람만 불면은 실렁벌렁

정선이 내굳은이는 날봐야 볼수가 팔록팔록

　　얼씨구나 좋다 지화자 좋네 아-니 놀고 무엇하나

기차떠난~ 서울역에 껌둥연개만 날라가고

임떠난 부둣가에는 푸른물기만(푸른 물결만) 굽을치고

임떠나는 빈방안에는 백모님딸만 울음울고

손님떠난 저집에는 담배야꽁초만 흘러있네

　　얼씨구나 좋다 지화자 좋네 거덜거리고서 놀아볼세

아니~ 아니 놀고 무엇하나

궁궁치는 큰북소리는 태평양 바람으로 자랑하고
둘이앉아 부는피리는 삼천아궁녁에 춤을춘다
　　얼씨구나 좋다 지화자 좋네 아니 놀고 무엇하나

바람불어 쓰러진 나무 눈비온듯 일어나날까
　　동백겉이 굳은 내맘은 매맞는다고서 허락하리 (청중 : [박수치며]
잘한다.)
　　얼씨구나 좋다 지화자 좋네 아니 놀고 무엇하나

나물묵고 물을 마시고 폴(팔)을 비고서 누웠으니
대장부 살림살이는 요만하면 만족하네
일추간장 맺인사랑 부모님 허락에 맺었더니
니와내와 만날직에는 백년사자고 언약했지
반년일년도 못살아서 유배밸리[28] 생깄구나

아따 숨가빠라.

청춘가

자료코드 : 04_21_FOS_20100118_PKS_JSK_0005
조사장소 : 부산광역시 기장군 기장읍 죽성리 두호마을 두호마을회관
조사일시 : 2010.1.18
조 사 자 : 박경수, 정규식, 박양리, 정혜란
제 보 자 : 장생금, 여, 83세
구연상황 : 조사자가 제보자의 노래 습득과정을 묻던 중에 대답을 멈추고 이 노래가 생

---

28) 유배 별리. 유배로 인한 이별.

각이 났는지 불렀다. 창부타령 곡조로 부르는 청춘가라 할 수 있는데, 일제 강점기의 세태를 반영하고 있기도 했다.

놀자놀자~ 젊어서노자~아 늙어병들며~은 못노리로다~아

일본동경이~여 얼마나 좋아서~어 꽃겉은 나를두고~오 연락을 잊다노~오

모심기 노래(2)

자료코드 : 04_21_FOS_20100118_PKS_JSK_0006
조사장소 : 부산광역시 기장군 기장읍 죽성리 두호마을 두호마을회관
조사일시 : 2010.1.18
조 사 자 : 박경수, 정규식, 박양리, 정혜란
제 보 자 : 장생금, 여, 83세
구연상황 : 조사자가 모심기 노래를 유도하자 제보자는 이 노래를 불렀다. 노래를 부른 후 모심을 때는 앞소리 뒷소리를 구분해서 부른다고 했다.

이논에다~ 모를숨아 금실금실~ 영화로~세

우리부모~ 산소등에 솔을숨어~ 영화로-세

이물끼저물끼 헐어놓고~ 주인네양반 어디갔노

손에야전북(전복) 손에들고~ 첩의야방을 놀러갔네

모찌기 노래

자료코드 : 04_21_FOS_20100118_PKS_JSK_0007
조사장소 : 부산광역시 기장군 기장읍 죽성리 두호마을 두호마을회관
조사일시 : 2010.1.18
조 사 자 : 박경수, 정규식, 박양리, 정혜란

제 보 자 : 장생금, 여, 83세

구연상황 : 조사자가 <모찌기 노래>도 있지 않느냐며 하며 제보자에게 노래를 유도하
자, 제보자가 다음 노래가 기억이 났는지 부르기 시작했다. 그런데 앞소리를
부를 때 "이논에는"이라 잘못 시작하고, 뒷소리를 <모심기 노래>의 사설로
받는 등 사설을 정확하게 기억하지 못했다.

이논에는~ 한강에다~ 이모를~보아 모찌기~도 난감하네

이논에다~ 이모를숨아 금실금실~ 영화로~세

창부타령

자료코드 : 04_21_FOS_20100119_PKS_JKC_0001

조사장소 : 부산광역시 기장군 철마면 웅천리 중리마을 웅천리경로당

조사일시 : 2010.1.19

조 사 자 : 박경수, 정혜란, 정다혜

제 보 자 : 전금출, 여, 74세

구연상황 : 최무식이 먼저 창부타령을 부른 후, 제보자도 다음 노래가 생각났는지 최무
식의 노래가 끝나자마자 다음 노래를 불렀다. 청중들이 박수를 치며 장단을
맞추었다.

동해황해 뱃사공은 돛대를 잡고 희롱하고

하-늘-에 옥황사제 구름을 잡고서 희롱하고

우리-같은 인생들은 정든님 잡고서 희롱한다

  띠리~리리 리 띠리릴리 아니 놀지를 못하리라

노랫가락(1) / 나무 노래

자료코드 : 04_21_FOS_20100119_PKS_JKC_0002

조사장소 : 부산광역시 기장군 철마면 웅천리 중리마을 웅천리경로당

조사일시 : 2010.1.19

조 사 자 : 박경수, 정혜란, 정다혜

제 보 자 : 전금출, 여, 74세

구연상황 : 노래판이 점점 흥겹게 진행되었다. 김하숙, 최무식, 전금출이 번갈아 노래를 부르며 흥을 더했다. 이에 청중들이 박수를 치며 호응했다. 김하숙의 노래에 이어 제보자가 다음 노래를 불렀다. 시조를 유흥적인 노래의 노랫가락으로 부른 것이다.

대천바다 한가운데 뿌리없는 나무나서

가-지는 열두가지요 잎은피어서 삼백여섯

그나-무 열매가열어 일월인가 명월인가 좋다-

청춘가

자료코드 : 04_21_FOS_20100119_PKS_JKC_0003

조사장소 : 부산광역시 기장군 철마면 웅천리 중리마을 웅천리경로당

조사일시 : 2010.1.19

조 사 자 : 박경수, 정혜란, 정다혜

제 보 자 : 전금출, 여, 74세

구연상황 : 제보자는 최무식의 노래가 끝나자마자 다음 노래를 불렀다.

저산이~ 에 얼마나 명산인데~에

오동지 섣달에 좋~다 함박꽃 피느냐

노랫가락(2) / 한자풀이 노래

자료코드 : 04_21_FOS_20100119_PKS_JKC_0004

조사장소 : 부산광역시 기장군 철마면 웅천리 중리마을 웅천리경로당

조사일시 : 2010.1.19

조 사 자 : 박경수, 정혜란, 정다혜

제 보 자 : 전금출, 여, 74세

구연상황 : 제보자는 앞의 노래에 이어 계속해서 노랫가락을 불렀다. 청중들도 계속 박수를 치며 장단을 맞추었다.

앞동산 봄춘자요 뒷동~산은 푸를청자~

가지가지 꽃화-자요 굽이굽이만 내천자라~

동자야 술가득부어라 마실음자가 곤주로다~

노랫가락(3) / 나비 노래

자료코드 : 04_21_FOS_20100119_PKS_JKC_0005

조사장소 : 부산광역시 기장군 철마면 웅천리 중리마을 웅천리경로당

조사일시 : 2010.1.19

조 사 자 : 박경수, 정혜란, 정다혜

제 보 자 : 전금출, 여, 74세

구연상황 : 제보자는 계속해서 노랫가락을 불렀다. 일명 '나비 노래'라 하는 것이다.

나비야 청산을가자 호랑나비야 너도가-자~

가다가 저무르거든(저물거든) 꽃에붙어서 잠들고가-자~

그꽃이 푸대접거든(푸대접하거든) 잎에붙어서 자고가-자~

노랫가락(4) / 정 노래

자료코드 : 04_21_FOS_20100119_PKS_JKC_0006

조사장소 : 부산광역시 기장군 철마면 웅천리 중리마을 웅천리경로당

조사일시 : 2010.1.19

조 사 자 : 박경수, 정혜란, 정다혜

제 보 자 : 전금출, 여, 74세

구연상황 : 제보자는 최무식이 일명 '그네 노래'를 노랫가락으로 부른 후 바로 이어서

다음 노래를 불렀다. 노랫가락으로 계속 부른 것이다.

꽃같이 유정턴님을 뿌리같이도 맺어놓고~
가지가지 뻗어난정은 뿌리같이도 깊이들어~
이별이 잦아서 못살겠네~

아기 재우는 노래 / 자장가

자료코드 : 04_21_FOS_20100119_PKS_JKC_0007
조사장소 : 부산광역시 기장군 철마면 웅천리 중리마을 웅천리경로당
조사일시 : 2010.1.19
조 사 자 : 박경수, 정혜란, 정다혜
제 보 자 : 전금출, 여, 74세
구연상황 : 조사자가 아기 재우는 노래를 아느냐고 하자, 제보자가 다음 노래를 읊조리
　　　　　듯이 했다.

앞집개도 짖지말고
뒷집개도 짖지말고
꼬꼬닭아 우지마라
우리애기 잘도잔다

친구이별가

자료코드 : 04_21_FOS_20100119_PKS_JKC_0008
조사장소 : 부산광역시 기장군 철마면 웅천리 중리마을 웅천리경로당
조사일시 : 2010.1.19
조 사 자 : 박경수, 정혜란, 정다혜
제 보 자 : 전금출, 여, 74세
구연상황 : 제보자는 창가조로 다음 노래를 불렀다. 청중들도 이 노래를 아는지 따라 불

렀는데, 그동안 계속 노래를 했던 김하숙 할머니가 이 노래는 시집가는 친구를 이별할 때 부르는 노래라고 했다.

박수동동 같이놀던 우리동료야
변치말고 잘있거라 갔다오리다

(조사자 : 그 북간도 가는 소리, 뭐 이래.)

청중　태백산이 무너져서 강이되어도
　　　그만 강이되도 친구라고.
　　　인간이별 하는것은 정한일체요

(청중(김하숙) : 그게 인제 시집가는 친구가 시집가면 부르는 노래요. 인간 이별은 시집가니까 어찌 안할 수가 없는 기라요.)

모찌기 노래

자료코드 : 04_21_FOS_20100119_PKS_JDJ_0001
조사장소 : 부산광역시 기장군 철마면 와여리 와여마을 와여노인정
조사일시 : 2010.1.19
조 사 자 : 박경수, 정혜란, 정다혜
제 보 자 : 정덕주, 여, 88세
구연상황 : 주변 제보자들의 유도에 따라 노래를 부르기 시작했다.

한강에혜~이 모를부아 그모찌기~ 난감하다
서산에~이 상추갈아 싹쏙한매게29) 난감하다

---

29) 정확하게 알아듣기 힘들지만, '거친 밭을 매기에'의 뜻으로 보임.

모심기 노래

자료코드 : 04_21_FOS_20100119_PKS_JDJ_0002
조사장소 : 부산광역시 기장군 철마면 와여리 와여마을 와여노인정
조사일시 : 2010.1.19
조 사 자 : 박경수, 정혜란, 정다혜
제 보 자 : 정덕주, 여, 88세
구연상황 : 조사자가 모찌기 노래 다음에 <모심기 노래>를 불러달라고 유도했다. 그런
데 처음 부른 노래는 서로 다른 각편의 사설을 섞어서 부른 것이다. 이후에
가사를 바로 기억하여 하나씩 각편을 불렀다. 조사자와 청중들이 노래를 잘
한다고 부추기자 제보자는 더욱 흥을 내어 불렀다.

해다지고~ 저문날에 우옌행상-(웬 행상) 떠나-오네
만인간아~ 웃지마-라 씨종자를 바래-간다

이논에~이 모를숨가 금실금실~ 영화로다
우리부모~ 산소등에 솔을숨가 영화로-다

쭐레야꽃은 장개가고~ 성노꽃-은 요객가네[30]
만인간-아 우지마러~ 씨종자-를 바래간다

해다-지고 저문날에~ 산골마다 연기나네
우리야임은~ 어데가고~ 내낼줄은 모르던공

쌍가락지 노래

자료코드 : 04_21_FOS_20100119_PKS_JDJ_0003
조사장소 : 부산광역시 기장군 철마면 와여리 와여마을 와여노인정
조사일시 : 2010.1.19

---

30) 찔레꽃은 장가가고 석류꽃은 유곽 가네.

조 사 자 : 박경수, 정혜란, 정다혜
제 보 자 : 정덕주, 여, 88세
구연상황 : 조사자의 유도에 따라 다음 노래를 시작하였다. 그러나 노래를 다 부르지 못
하고 중단하고 말았다.

쌍금쌍금 쌍가락지~

주색질로 난가락지(놋가락지)

먼데보니 달일레리

잘에보니 처자로다

아기 재우는 노래

자료코드 : 04_21_FOS_20100121_PKS_JBH_0001
조사장소 : 부산광역시 기장군 장안읍 명례리 대명마을 대명마을회관
조사일시 : 2010.1.21
조 사 자 : 박경수, 정규식, 박지희, 오소현
제 보 자 : 정봉화, 여, 75세
구연상황 : 조사자가 아기 재울 때 부르는 노래를 유도하자 제보자가 이 노래를 불러
주었다. 박수를 치면서 박자를 맞추어 노래를 가창했다.

새는새는 낭게자고

쥐는쥐는 궁게자고

미꾸라지 뻘에자고

송에새끼(송어 새끼) 물에자고

어제왔던 새각시는

신랑품에 잠을자고

우리같은 애기씨는

엄마품에 잠을잠다

파랑새요

자료코드 : 04_21_FOS_20100121_PKS_JBH_0002
조사장소 : 부산광역시 기장군 장안읍 명례리 대명마을 대명마을회관
조사일시 : 2010.1.21
조 사 자 : 박경수, 정규식, 박지희, 오소현
제 보 자 : 정봉화, 여, 75세
구연상황 : 조사자의 구연 유도에 의해 제보자가 이 노래를 불러 주었다.

　　새야새야 파랑새야
　　녹두낭게 앉지마라
　　녹두꽃이 떨어지면
　　청포장사 울고간다

진주난봉가

자료코드 : 04_21_FOS_20100121_PKS_JBH_0003
조사장소 : 부산광역시 기장군 장안읍 명례리 대명마을 대명마을회관
조사일시 : 2010.1.21
조 사 자 : 박경수, 정규식, 박지희, 오소현
제 보 자 : 정봉화, 여, 75세
구연상황 : 조사자가 제보자에게 예전에 시집와서 고생할 때 불렀던 노래는 없느냐고
　　　　　 하자, 제보자가 이 노래를 불러 주었다. 그러나 노래를 부르다가 가사를 기
　　　　　 억하지 못해 노래를 중단하자, 노래를 듣고 있던 청중이 뒷부분을 이어서 불
　　　　　 렀다.

　　울도담도 없는집에
　　시집삼년을 살고나니
　　시어마시 하시는말씀
　　아야아가야 메늘아가

진주남강에 빨래가라

진주야남강에 빨래가니

돌도좋고 물도좋아

빨래하기가 좀좋더라

청중   하늘같은 낭군님이

구름같은 갓을쓰고

못본듯이 지나가네

흰빨래는 희고씻고

껌둥빨래는 껌기씻고

집에라고 돌아오니

시어머니 하신말씀

애야아가야 메늘아가

아릿방으로 내려가라

아래방으로 내려가니

하늘같은 낭군님이

기생첩을 옆에끼고

권주가를 하는구나

모심기 노래

자료코드 : 04_21_FOS_20100409_PKS_JJG_0001

조사장소 : 부산광역시 기장군 일광면 화전리 화전마을 화전경로당

조사일시 : 2010.1.20

조 사 자 : 박경수, 서정매, 황영태, 최수정

제 보 자 : 정장금, 여, 89세

구연상황 : 조사자가 <모심기 노래>를 제보자에게 불러달라고 부탁을 하자, 처음 부른
노래는 가창하지 않고 가사를 읊어주면서 가사에 대한 내용까지 설명해 주었

다. 그 다음 노래부터 가창해 주었다. 일부 노래는 발음이 정확하지가 않아 채록하기 힘들었다.

낭창낭창 베리끝에 무정하다 오라배요
나도죽어 화승해여(환생하여) 남자부텅 되어볼래

　이라더란다. 둘이가 떠, 동성캉 마누래캉 떠내려가는데, 마누래만 껀지고 동생은 떠내려가매 그래 노래를 하더란다.

담안에~ 꽃을숨아 담장밖에 후아넘네
질로가는~이 호걸양반 그꽃보고 질안가네

저구름아 눈들었나 비들었나
눈도비도~이 아니하고 기성청에(기생 청에) 들앉았네

새별같은~이 선부네야 우리선부 안오던가
오기여~이 오건만은 칠성판에 실리오네 (청중 : 이후후후후~ [말로] 잘한다)

나물 캐는 노래

자료코드 : 04_21_FOS_20100409_PKS_JJG_0002
조사장소 : 부산광역시 기장군 일광면 화전리 화전마을 화전경로당
조사일시 : 2010.1.20
조 사 자 : 박경수, 서정매, 황영태, 최수정
제 보 자 : 정장금, 여, 89세
구연상황 : 나물 캐는 노래를 불러달라고 하니 다음 노래를 읊어 주었다. 그러나 노래 가사를 잘 기억하지 못해서 읊다가 중단하고 말았다.

올라가는 올고사리

내리가는 늦고사리

반달같은 솥에다가

하야튼 불에다가

새파라니 데치가지고

창부타령

자료코드 : 04_21_FOS_20100119_PKS_JBS_0001
조사장소 : 부산광역시 기장군 기장읍 교리1리 교리1마을회관
조사일시 : 2010.1.19
조 사 자 : 박경수, 서정매, 황영태, 최수정
제 보 자 : 조분순, 여, 82세
구연상황 : 다른 제보자의 노래를 듣고 있다가 다음 창부 타령을 불러 주었다. 가사가
애절하여 듣고 있던 청중들도 안타까운 마음을 보이곤 했다.

수영끝에~ 집을지어~ 날면보고 들며나보아도

임이든줄 제모르데 임의품에 잔나쁜것은

빛나라 지녁에 잠수입고31)

반찬좋고 밥나쁜것 인간에 세상에도 못하리라

모심기 노래

자료코드 : 04_21_FOS_20100119_PKS_JBS_0002
조사장소 : 부산광역시 기장군 기장읍 교리1리 교리1마을회관
조사일시 : 2010.1.19
조 사 자 : 박경수, 서정매, 황영태, 최수정
제 보 자 : 조분순, 여, 82세

---

31) 가사를 정확하게 알아듣기 어렵다.

구연상황: 조사자가 <모심기 노래>를 아는지 묻자, 제보자는 다음 노래를 자신 있게 가창해 주었다.

모시야적삼 안섶안에~ 분통같은 저젖보소
많이야보면은 뱅날끼고 쌀낱기마치만 보고가소

아기 어르는 노래(1) / 불매소리

자료코드 : 04_21_FOS_20100119_PKS_JBS_0003
조사장소 : 부산광역시 기장군 기장읍 교리1리 교리1마을회관
조사일시 : 2010.1.19
조 사 자 : 박경수, 서정매, 황영태, 최수정
제 보 자 : 조분순, 여, 82세
구연상황 : 조사자가 아기 어를 때 부르는 노래를 유도하자 다음 노래를 불러 주었다. 가사에 자신이 없는지 작은 목소리로 노래를 불렀다. 손으로 바닥을 치며 장단을 맞추며 불러 주었다.

불매야 불매야
어더매 불매고
경상도 대불매다
볼록볼록 잘도분다

아기 어르는 노래(2) / 알강달강요

자료코드 : 04_21_FOS_20100119_PKS_JBS_0004
조사장소 : 부산광역시 기장군 기장읍 교리1리 교리1마을회관
조사일시 : 2010.1.19
조 사 자 : 박경수, 서정매, 황영태, 최수정
제 보 자 : 조분순, 여, 82세

구연상황 : 조사자의 유도에 따라 구연했다. 노래 중간에 가사가 잘 생각이 나지 않아 다른 청중들의 도움으로 노래를 구연했다.

알강달강 서울가서~

밤을한되 얻어다가

앞집동생 줄라하니~

뒷집동생 성낼기고

뒷집동생 줄라하니~

앞집아동생 성낼기고

찰독안에 옇여노니~

새앙쥐가 다까먹고

다문하나 남았는거~

껍데기는 애비주고

보네는(보늬는) 에미주고

양산도

자료코드 : 04_21_FOS_20100119_PKS_JBS_0005
조사장소 : 부산광역시 기장군 기장읍 교리1리 교리1마을회관
조사일시 : 2010.1.19
조 사 자 : 박경수, 서정매, 황영태, 최수정
제 보 자 : 조분순, 여, 82세
구연상황 : 조사자의 요청에 제보자는 노래를 아는 데까지 불러보겠다고 하며 부른 것이다.

에~에이요~

양산읍네 물레방아 물을안고 돌~고~

울긋불긋 큰아기 나를안고 돈~다

너냥 나냥

자료코드 : 04_21_FOS_20100119_PKS_JBS_0006
조사장소 : 부산광역시 기장군 기장읍 교리1리 교리1마을회관
조사일시 : 2010.1.19
조 사 자 : 박경수, 서정매, 황영태, 최수성
제 보 자 : 조분순, 여, 82세
구연상황 : 조사자가 앞부분의 가사를 말하자 다음 노래를 불러 주었다.

　　　너냥나냥 두리둥실 놀고요

　　　낮이낮이나 밤이밤이나 참사랑이로구나

　　　아침에 우는새는 배가고파 울고요

　　　저녁에 우는새는 임이기리바(임이 그리워) 운다 (청중 : 잘 한다.)

　　　　너냥나냥 어리둥실 놀고요

　　　　낮이낮이나 밤이밤이나 참사랑이로구나 (청중 : 잘 하네.)

태평가

자료코드 : 04_21_FOS_20100119_PKS_CMS_0001
조사장소 : 부산광역시 기장군 철마면 웅천리 중리마을 웅천리경로당
조사일시 : 2010.1.19
조 사 자 : 박경수, 정혜란, 정다혜
제 보 자 : 최무식, 여, 85세
구연상황 : 제보자가 가장 먼저 <모심기 노래>를 부르면서 민요판이 열렸다. <모심기
　　　　　 노래>가 끝난 후 노랫가락이나 창부타령도 좋다고 하자, 제보자는 흥을 내어
　　　　　 다음 노래를 불렀다. 목소리가 좋아 청중들이 잘한다고 칭찬을 아끼지 않았으
　　　　　 며, 자리에서 일어서서 춤을 추는 사람도 있었다.

　　　아니~ 아니 아니야 놀지를 못하리라

　　　하늘같이도 높은사랑 안개와 같이도 깊은사랑

칠년대한 가문날에 빗발같이도 반긴사랑

황명항해는 양귀비요 이도령에 춘향이라

일년삼백 육십에일을 하로만 못봐도 못살겠네

　띠리리- 띠리 리리리 리리리 리 아니 놀지를 못하리라

봄들-었네 봄들었네 이강산 삼천리 봄들-었네

푸른것은 버들이요 노란것은 꾀꼬리라

황금같은 꾀꼬리는 푸른수풀을 왕래하고

백설같은 흰나부는 정아리(장다리)밭으로 날아든다

　띠리리 리리 리리리 리리리 리리리 아니 놀지는 못하리라

창부타령 / 첩 노래

자료코드 : 04_21_FOS_20100119_PKS_CMS_0002

조사장소 : 부산광역시 기장군 철마면 웅천리 중리마을 웅천리경로당

조사일시 : 2010.1.19

조 사 자 : 박경수, 정혜란, 정다혜

제 보 자 : 최무식, 여, 85세

구연상황 : 제보자는 김하숙 할머니와 번갈아 가며 노래를 불렀다. <모심기 노래>로도
부르는 사설을 창부타령 곡조로 불렀다. 청중들이 박수를 치며 호응을 했다.

해다지고 저문날에 옷갓을 하고서 어디가요

첩의야방을 가실라거든 딱죽는 고기나 보고가소

첩의방은 꽃밭이오 나의집으는 연못이라

꽃과나비는 봄한철이요 연못가금붕에 사시사철

　얼씨구 절씨구 지화자 좋네 아니 놀지를 못하겠네

청춘가

자료코드 : 04_21_FOS_20100119_PKS_CMS_0003

조사장소 : 부산광역시 기장군 철마면 웅천리 중리마을 웅천리경로당

조사일시 : 2010.1.19

조 사 자 : 박경수, 정혜란, 정다혜

제 보 자 : 최무식, 여, 85세

구연상황 : 제보자는 청중들의 적극적인 호응 속에 노래를 계속 불렀다. 창부타령 곡조로 부르는 청춘가이다.

　　　세월이 가거들랑~ 저혼자만 가지~

　　　알뜰한 내청춘은~ 와다리고 갈라노

노랫가락 / 그네 노래

자료코드 : 04_21_FOS_20100119_PKS_CMS_0004

조사장소 : 부산광역시 기장군 철마면 웅천리 중리마을 웅천리경로당

조사일시 : 2010.1.19

조 사 자 : 박경수, 정혜란, 정다혜

제 보 자 : 최무식, 여, 85세

구연상황 : 조사자가 노랫가락도 한 번 해보라고 하자, 다음 노래를 불렀다. 청중들이 계속 박수를 치며 장단을 맞추었다.

　　　추천당 세모시낭게 높고낮은데 추천을매어

　　　임이타면 내가나밀고 내가타면은 저님이민다

　　　저님아 줄미지마라 줄떨어지면은 정떨어진~다

쌍가락지 노래

자료코드 : 04_21_FOS_20100119_PKS_CMS_0005

조사장소 : 부산광역시 기장군 철마면 웅천리 중리마을 웅천리경로당

조사일시 : 2010.1.19

조 사 자 : 박경수, 정혜란, 정다혜

제보자 1 : 최무식, 여, 85세

제보자 2 : 김하숙, 여, 82세

구연상황 : 조사자가 "쌍금쌍금" 하면서 부르는 노래가 있지 않느냐고 하자, 최무식 제보자가 기억이 났는지 먼저 노래를 불렀다. 노래를 부르다 더 이상 사설을 기억하지 못하자 김하숙 제보자가 나서서 이어서 불렀다.

제보자 1   쌍금쌍금 쌍가락지

　　　　　주색질로 놋가락지

　　　　　먼데보니 달일레라

　　　　　잩에보니 처잘레라

　　　　　그이처자 자는방에

　　　　　숨소리는 둘일레라

제보자 2   천도복상(천도복숭) 오라부니(오라버니)

　　　　　거짓말도 말아주소

산비둘기 소리 노래

자료코드 : 04_21_FOS_20100119_PKS_CMS_0006

조사장소 : 부산광역시 기장군 철마면 웅천리 중리마을 웅천리경로당

조사일시 : 2010.1.19

조 사 자 : 박경수, 정혜란, 정다혜

제 보 자 : 최무식, 여, 85세

구연상황 : 조사자가 산에서 "구구구구" 하는 산비둘기 소리를 듣고 흉내내면서 부르는 노래를 불러달라고 하자 다음 노래를 불렀다.

　　　　지집죽고 자석죽고

　　　　내호무차(내혼자) 어째살꼬

심청이 노래

자료코드 : 04_21_FOS_20100119_PKS_CMS_0007
조사장소 : 부산광역시 기장군 철마면 웅천리 중리마을 웅천리경로당
조사일시 : 2010.1.19
조 사 자 : 박경수, 정혜란, 정다혜
제 보 자 : 최무식, 여, 85세
구연상황 : 심청가의 내용을 특이하게 서양음악인 클레멘타인 곡조에 맞추어 불렀다. 사
설의 내용은 전통적인 것인데, 곡조는 현대식 서양음악인 셈이다. 그런데 노
래 사설을 다 기억하지 못하고 중간에서 막혀서 그만 두고 말았다.

엄마찾는 심청이를

낳으신지 칠일에

앞못보는 그의부친

갓난아를 안고서

동네집에 다니면서

동냥젖을 먹이네

젖좀주소 젖좀주소

불쌍하고 가련한

이어린거 살려주오

이와같이 구걸해

언감덕생 길러내어

나이차고 잘하라

부처님전 불공하면

어둔눈을 뜬다고

만고허열32) 심청이가

나으신지 칠일에

---

32) '만고열녀'라고 해야 할 것을 '만고허열'이라고 불렀다.

부처님전 불공하면
어둔눈을 뜬다고

뭐뭐 모르겠네.

만고허열 심청이가
나이차고 절하라

신세한탄가

자료코드 : 04_21_FOS_20100119_PKS_CMS_0008
조사장소 : 부산광역시 기장군 철마면 웅천리 중리마을 웅천리경로당
조사일시 : 2010.1.19
조 사 자 : 박경수, 정혜란, 정다혜
제 보 자 : 최무식, 여, 85세
구연상황 : 제보자는 앞의 '심청이 노래'를 부른 후에 이 노래를 이어서 불렀다. 창가조
로 약간 구슬프게 불렀다. 노래 사설은 어머니를 잃고 문전걸식하며 살아간다
는 내용이다.

복남아 울지말고 어서자거라
너를잃고 배주리는 나도있단다
전일에는 너가울면 엄마젖주지
금년부터 문전결식(문전걸식) 요내신세요
다른사람 팔자좋아 엄마손잡고
가는것을 바라보니 이내신세요

복남아 울지말고 어서자거라
우리들도 어머니가 살아계시면
남과같이 때맞춰서 밥주리련만

그것도 마 모르겠다.

모찌기 노래

자료코드 : 04_21_FOS_20100119_PKS_CBD_0001
조사장소 : 부산광역시 기장군 철마면 와여리 와여마을 와여노인정
조사일시 : 2010.1.19
조 사 자 : 박경수, 정혜란, 정다혜
제 보 자 : 최복덕, 여, 72세
구연상황 : 조사자가 <모심기 노래>를 부르기 전에 <모찌기 노래>부터 해야 되지 않느
냐고 하며, <모찌기 노래>를 유도함에 따라 제보자가 부른 것이다.

　　한강에~에 모를부-어 모쩌내기- 난감하-다
　　우리부모님 산소등-에 소를심어 영화로-다

모심기 노래(1)

자료코드 : 04_21_FOS_20100119_PKS_CBD_0002
조사장소 : 부산광역시 기장군 철마면 와여리 와여마을 와여노인정
조사일시 : 2010.1.19
조 사 자 : 박경수, 정혜란, 정다혜
제 보 자 : 최복덕, 여, 72세
구연상황 : 제보자는 조사자와 이야기를 주고받다가 갑자기 <모심기 노래>가 생각났는
지 부르기 시작했다. 처음에는 잘 부를지 모르겠다고 하면서 노래 부르기를
꺼렸으나, 조사자가 아는 부분까지 노래해도 된다고 하자 기억나는 대로 불렀
다. 중간에 다른 노래를 부른 후 다시 <모심기 노래> 1편을 더 불렀다.

　　해다-지고 저문날에~이 집집마다 연기내네
　　우리님은 어디가고~이 연기낼줄을 모르던가

알금삼사 고운독에~ 눌리떴-다 금청주야

그술-한잔 먹었으면~ 금년과거를 내볼꾸로(내 볼 것을)

진주난봉가

자료코드 : 04_21_FOS_20100119_PKS_CBD_0003
조사장소 : 부산광역시 기장군 철마면 와여리 와여마을 와여노인정
조사일시 : 2010.1.19
조 사 자 : 박경수, 정혜란, 정다혜
제 보 자 : 최복덕, 여, 72세
구연상황 : 조사자가 진주남강 노래를 아는 분이 있느냐고 하자, 제보자가 나서서 다음 노래를 했다. 처음에는 노래로 부르지 않고 읊조리듯이 하다가 나중에는 이야기하듯이 했다. 그러다 다시 노래로 불렀으나 끝까지 노래로 하는 것이 자신이 없어서인지 읊조리거나 이야기하듯이 했다. 청중 한 사람이 제보자의 이야기를 받으며 조사자들에게 내용을 확인시켜 주었다.

울도담도 없는집에

시집삼년을 살고나니

시어마님 하는말이, 말씀

아가아가 며늘아가

진주남강에 빨래를 가라

진주남강에 빨래를 가서

물도좋고 돌도좋아

오독토독 빨래를 하니

난데없는 발자죽 소리가

짜자쿰 짜자쿰 들려오네

옆눈을 훑겨보니

하늘같은 갓을쓰고

태산같은 말을타고
　　그래, 인자 남편이 오는 모양이라고. [웃음]

(조사자 : 급제해가지고.) 예. 그 그래 갓을 쓰고 말을 타고 그래 와서러, 그래 어서 빨래를 해서 그래 집을 돌아오니 기생첩을 옆에 끼고 술상을 차려놓고 옆눈도 한분 안 보더라 이거요.

그래서러 그래서러 너무너무 억울해서러, 그래 명주수건 목에 걸고, 그래 내 방에 들어와서 그래 약을 묵고, 그래 그 마누래가 자살을 해뿌고 나이카네, 그제서야 서방님이 술잔을 내버리고 일어나서 여보여보 마누라요 당신 그럴 줄 내몰랐소 기생첩은 암만 좋아도 삼년이고 본처는 백년인데 네 그릴 줄 내 몰랐소.

　　울도담도 없는집에
　　시집삼년을 살고나니
　　시어마님 하시는 말씀
　　애야아가 며늘아가
　　진주남강을 빨래가라
　　진주남강에 빨래를 가니
　　물도좋고 돌도좋아
　　오독토독 빨래를 하니
　　난데없는 말자, 발자죽 소리가
　　자자쿰 자자쿰 들려오네
　　옆눈을 훑겨보니
　　하늘같은 갓을쓰고
　　태산같은 말을타고
　　지나가네

어서, 그래 어서어서 빨래를 거돠서
빨래통을 머리에 얹고
어서어서 집으로 오니
기생첩을 옆에끼고

술상을 차려놓고 옆눈도 한번 안봐서러, 너무 억울해서러, 그래 내 방을 돌아와서 명주수건을 목에 걸고, 그래 속옷을 갈아입고, 자는 잠에 목을 매어 넘어갔다 카대.
그래 그러니까 그제서야 서방님이,

여보여보 마누라요
기생첩은 암만좋아도 삼년이고
본처는 백년인데
당신그런줄 내몰랐소

모심기 노래(2)

자료코드 : 04_21_FOS_20100119_PKS_CBD_0004
조사장소 : 부산광역시 기장군 철마면 와여리 와여마을 와여노인정
조사일시 : 2010.1.19
조 사 자 : 박경수, 정혜란, 정다혜
제 보 자 : 최복덕, 여, 72세
구연상황 : 다른 제보자가 노래를 하고 있을 때, 제보자가 갑자기 노래를 하기 시작했다. 조사자가 천천히 다시 노래를 해달라고 하여 부른 것이 첫번째이다. 이어지는 다른 노래들도 이야기 도중에 갑자기 부른 것이다.

이물끼저물끼 다헐어놓고~이 주인네양반은 어디갔나
문에전복을 애와들고~이33) 첩의야집에 놀로갔지

머리야좋고 실한처녀~이 울뽕낭개 앉아우네
울뽕줄뽕 내따주께~ 새간살림을 내캉살자(나하고 살자)

저녁을―먹고 썩나서니~ 울명당안에서 손을치네
손치는데는 밤에가고~이 첩의야집에로 놀러가세

청춘가

자료코드 : 04_21_FOS_20100119_PKS_CCO_0001
조사장소 : 부산광역시 기장군 철마면 웅천리 중리마을 웅천리경로당
조사일시 : 2010.1.19
조 사 자 : 박경수, 정혜란, 정다혜
제 보 자 : 최춘옥, 여, 75세
구연상황 : 다른 사람들이 <청춘가>를 부르는 것을 듣고 자신도 아는 노래를 했다. 그
러나 다른 사람의 도움을 받아 노래를 다 불렀다.

산이 높거든~ 내팔

아이다.

내품에 들고요~
베개가 높으거든 좋~다 내팔을 비어다오

다리 세기 노래

자료코드 : 04_21_FOS_20100119_PKS_CHN_0001
조사장소 : 부산광역시 기장군 철마면 웅천리 중리마을 웅천리경로당
조사일시 : 2010.1.19

---

33) 문어 전복을 감싸서 들고

조 사 자 : 박경수, 정혜란, 정다혜
제 보 자 : 최홍년, 여, 71세
구연상황 : 조사자가 다리를 세며 부르는 노래를 이곳에서 어떻게 하느냐고 하자 제보
자가 나서서 다리 세는 흉내를 내며 다음 노래를 불렀다.

이거리 저거리 갓거리
동시만강 도맹금
도래줌치 장독간
진주댁이 열석냥
놀개이 좋이
땅 졌다

2. 남구

부산광역시 남구 대연6동

조사일시 : 2010.7.6
조 사 자 : 박경수, 정혜란, 황영태

대연동(大淵洞)은 본래 '못골'로 불리던 곳인데, 한자명으로 지명을 바꾸면서 대연동이 되었다. 대연동은 지형적으로 황령산의 남쪽에서 동쪽으로 경사가 심하여 비가 오면 그 물길이 골짜기를 타고 이곳으로 모이게 되었다. 이렇게 해서 생겨난 못이 세 개나 있었다고 한다. 하나는 신라시대에 만들어졌다고 알려진 아랫못(현 대연초등학교 부근)이며, 다른 하나는 현 중앙고와 대연여중 입구 일대에 있던 고동골 작은못이며, 마지막 하나는 1930년대 수리조합법에 의해 축조된 윗못(현 부산예술대와 동천고 일대)이다. 이 지역은 이들 못을 이용하여 넓은 농지가 있었던 곳인데, 지금은 이들 못이 토지구획정리사업에 의해 모두 메워지고 아파트 등 주택단지로 변하고 그 이름만 '못골'로 남아 전하고 있다.

대연동은 남구에서 그 넓이가 가장 큰 동으로 남구의 중심부에 위치하고 있다. 동쪽으로는 남천동과 광안동에 접해 있고, 서쪽은 문현동, 남쪽은 우암동, 감만동, 용당동, 용호동과 접하고 북쪽은 황령산을 경계로 하여 연제구와 접하고 있다. 이 지역은 지형상 황령산을 배후로 한 배산임해를 이루고 있는데, 동쪽의 포등(浦燈 : 갯등 지금의 부경대학교 대연교정 남쪽에 있었던 언덕)과 서쪽의 천제등(天際燈 : 지금의 부산공업고교 뒷산), 호곡등(戶谷燈 : 지게골)이 담장 역할을 하고 있으며 남쪽의 전선등(戰船燈 : 우암동 뒷산 일대), 평지등(平地燈 : 지금 UN묘지 뒤편), 비사등(飛蛇燈 : 지금의 박물관 북편), 반개등(半開燈 : 지금의 대연1동 남쪽 부근의 언덕)으로 둘러싸여 있다. 대연동은 신라시대에는 생천향(生川鄉)이란 행정구역이 있었던 곳으로 조선 후기(1547년)에는 동래부 남촌면 대연리에 속했다. 1902년에는 동래부 남촌면을 동래부 남하면 대연리로 분할하여 5개동을 속하게 했으며, 1910년에 다시 남하면을 용주면으로 개칭하였다. 일제 강점기인 1914년에는 동래부 용주면 대일리(大一里)와 대이리(大二里)로 구분되었다가, 1940년대 동래부 남촌면 대연리(大淵里)로 복귀하였다. 해방 이후 대연리는 대연동으로 명명되었고 그후 6개동으로 분동되어 현재에 이르고 있다.

과거 대연동에 가장 먼저 들어온 씨족은 못골마을의 죽산 박씨로 약 600년 전에 경기도에서 화를 피하기 위해 이주하여 왔다는 설이 가장 유력하다. 이후 석포(石浦)마을에는 동래 정씨, 용소(龍沼)마을에는 금산 김씨. 당곡(堂谷)마을에는 남평 문씨, 달성 서씨들이 집단으로 씨족마을을 이루며 살아온 것으로 전해지고 있다. 그런데 1964년 토지구획정리사업이 이루어지기 전까지만 해도 대연동은 부산시의 변두리 농촌지역에 지나지 않았다. 그 당시 이 지역에 거주했던 호수를 보면 못골에 50여 호, 석포(石浦)에 30호, 당곡(堂谷)마을에 20호, 용소(龍沼)마을에 30호 정도였다고 한다. 이들 마을의 주민들은 대부분이 농사를 지었으며, 어업 및 이웃의 염전에 종사하는 사람들도 있었다.

대연6동은 대연동에서 서쪽 북단에 위치하고 있는데, 황령산의 남쪽 줄기가 뻗어 있는 산등성이에 위치한 지역이다. 대연6동은 다른 동에 비해 평지가 적어 고지대 주거지역이 많은 곳이다. 이곳에는 가장 먼저 못골마을로 들어와 토박이로 살았던 죽산 박씨들이 대연5동과 대연6동에 걸쳐 집성촌을 이루고 있었는데, 이들 문중이 중심이 되어 1973년 인묵재학원을 설립하여 대연정보고등학교를 개교하여 오늘에 이르고, 이웃 대연5동에 동천고등학교가 세워지면서 주변이 교육지역으로 급속하게 발전하였다. 그리고 1995년 남구에서 수영구가 분구되면서 대연6동의 현 위치에 남구청과 남구보건소가 들어와서 남구의 행정과 보건 중심지가 되었다. 대연6동은 2007년 12월말 기준으로 4,515세대에 12,571명의 인구가 거주하고 있다.

조사자는 남구지역을 추가 조사하기로 하고, 2010년 7월 6일(화)에 남구청을 들러 협조를 구한 다음, 미리 연락해 둔 대연6동에 있는 부안경로당을 찾아갔다. 그곳에 도착하니 남성노인들이 있는 방에는 동장과 다른 한 분만 있어서 조사의 취지를 이야기하고 여성 노인들이 있는 방을 조사한 후에 다시 오겠다고 했다. 여성노인들이 있는 방에는 문강미자(여, 86세), 박종숙(여, 86세), 배석분(여, 80세) 등이 있었는데, 조사자가 옛날 노래를 청하자 배석분이 먼저 나서서 <회심곡>과 <성주풀이> 등 무가를 했다. 그녀는 신굿(내림굿)을 받고 만신이 되었으나 자식들이 달갑게 생각하지 않아 무업을 그만두었다고 했다. 배석분이 무가를 부른 후 조사자의 유도에 따라 문강미자와 박종숙 노인이 각각 <풀국새 노래>와 <아기 어르는 노래(알캉달캉요)>를 불러 주었다. 이후 남성노인들이 있는 방으로 가니 잠시 후에 들어온 김석칠(남, 66세) 씨가 자신의 백씨가 경험했던 이

야기라며 <첫날밤 일을 말하게 한 눈깔사탕>을 구술했다. 그런데 부안경
로당에서 오후에는 남구청과 남구보건소 사이에 있는 팔각정에 여성노인
들이 모여 노래도 하고 이야기도 하며 지낸다고 일러주어 오후에는 팔각
정으로 갔다.

　　팔각정에는 여성노인들이 7~8명이 앉아 담소하고 있었다. 조사자 일행
이 조사의 취지를 말하고 팔각정 안에 들어가 노래판부터 벌렸다. 김기숙
(여, 83세) 노인이 <오봉산타령>, <오돌또기> 등 창민요를 불렀으며, 이
연이(여, 80세) 노인이 <모심기 노래>를 비롯하여 <쌍가락지 노래>,
<댕기노래> 등 서사민요와 여러 민요를 불러 주었다. 이외 김경순(여, 72
세), 문복열(여, 76세) 등이 각각 민요 1~2편씩 제공했다. 노래가 더 이상
나오지 않고 주춤하자 이야기판으로 전환했다. 조사자가 이야기 1편을 해
주자 김봉란(여, 83세) 노인이 <가난한 강태공의 출세와 복 없는 부인>
이야기를 해주었다. 팔각정에서 노래 소리가 들리자 주변에 사람들이 모
여들어 구경하는 사람들이 많았다. 모두 오랜만에 즐거운 시간을 가졌다
고 조사자들에게 치사하는 말을 해주었다.

부산광역시 남구 용호1동

조사일시 : 2010.1.25
조 사 자 : 박경수, 박양리, 정혜란, 오소현

　　용호(龍湖)1동은 부산시 남구에 속한 마을이다. 남해바다로 뻗어있는 용
호반도에 위치해 있으며, 북쪽은 바다와 접해 있고, 서쪽은 용당동과 대연
동의 일부와 접해 있다. 북쪽을 제외하고는 동쪽과 서쪽, 남쪽이 산으로
둘러싸여 있고 용호천이 남쪽에서부터 북쪽의 분개포구로 흘러 들어간다.

　　용호동의 산세는 그리 험하지 않다. 동쪽으로 장산봉이 방파제 역할을
하고, 서쪽으로 비룡산이 담장 구실을 하여 용호동을 감싸주고 있다. 북

용호1동 새마을경로당 내부

쪽 해안은 천연의 분개포구를 만들어 주고 있어 장구한 세월 동안 천일제염의 요람지였다. 그러나 지금은 제염을 하던 곳은 없어졌다. 남쪽은 백운포라고 부르는 포구를 끼고 남해 바다와 접하고 있으며, 용마산 줄기가니은(ㄴ) 자 모양으로 방파제 구실을 하여 해풍을 막아주고 있다. 용호동의 옛 이름은 분개[盆浦]이다. 조선시대에 이 지역에는 집은 별로 없고, 소금을 굽는 동이[盆]만 여기저기 있어 동이가 있는 갯가[浦]라는 뜻에서 분개라고 하였다. 분개가 용호동으로 명칭이 바뀌게 된 것은 일제강점기에 일본인들이 이곳 염전을 수탈하여 통감부(統監部)에서 이곳에 시험제염 용호출장소(試驗製鹽 龍湖出張所)를 설치한 때를 전후한 시기부터이며, 인근 용당동의 이름을 참고로 하여 큰 염전의 호수라는 뜻으로 이름이 지어졌다.

용호동은 1975년 부산직할시 남구가 개설되면서 용호 1동, 용호 2동으로 분동이 되었다. 용호 1동은 1982년에 다시 용호 1, 3동으로 분동이 되면서 오늘날의 용호1동의 행정구역을 가지게 된 것이다. 용호 1동에는 오래 전부터 거주하던 사람들이 많은 편이다. 2008년 12월 말 통계에 의하면, 용호1동에는 15,304세대에 남자 22,645명, 여자 23,516명으로 합계 46,161명이 거주하고 있다.

조사자 일행이 용호1동을 방문할 날은 2010년 1월 25일(월)이다. 용호동은 대단위 아파트 단지가 조성되어 있어서 그 지역을 피해 조사를 하는 편이 좋을 것으로 판단되어 미리 조사를 해 놓은 '새마을경로당'을 찾아갔다. 오전에 '새마을경로당'이라고 적혀 있는 2층 건물을 찾아가니 노인 5명이 모여 앉아 화투판을 펼치고 있었다. 조사자 일행이 인사를 하고 취지를 설명한 후에 누가 옛날 노래로 어떤 것이라도 좋으니 불러달라고 부탁했다. 하지만 민요를 부르려고 쉽사리 나서지 않았다. 조사자 일행은 노인들에게 거주시기 등을 물으며 분위기를 풀어 나갔다. 대화 중 왕차옥(여, 88세) 제보자가 오랜 세월 용호동의 토박이로 거주했다는 사실을 알 수 있었다. 왕차옥 제보자가 <모심기 노래>, <진주난봉가> 등의 노래와 도깨비 이야기를 구연하고, 이준연(여, 86세) 제보자가 용호동에 전해오는 이야기와 노래를 구연했다. 점심때가 가까워 오자 노인들이 점심을 먹기 위해 준비를 하는 바람에 경로당을 나왔다. 노인들이 길을 가르쳐주면서 영시노인정을 찾아가면 노래와 이야기를 잘하는 노인을 만날 수 있을 것이라고 일러주었다.

부산광역시 남구 용호2동

조사일시 : 2010.1.25
조 사 자 : 박경수, 박양리, 정혜란, 오소현

용호(龍湖)2동은 부산광역시 남구에 속한 동네이다. 남해바다로 뻗쳐있

용호2동 영시노인정

는 용호반도에 위치해 있어 동쪽과 남쪽, 북쪽은 바다와 접해 있고, 서쪽
은 용당동과 대연동의 일부와 접해 있다. 북쪽을 제외하고는 동쪽과 서쪽,
남쪽이 산으로 둘러싸여 있고 용호천이 남쪽에서부터 북쪽의 분개포구로
흘러 들어간다. 용호동의 옛 이름은 바닷물을 담을 수 있는 넓은 그릇모
양의 염전이 있는 갯벌이란 뜻으로 분개라 했는데 이를 한자로 바꾸어 쓰
면 분포(盆浦)가 된다. 용호동 일대를 분개라는 이름으로 불러오다가 용호
동이란 이름으로 부르게 된 것은 일제 강점기 때부터라고 한다. 일설에는
용호동에 작은 호수가 하나 있었는데, 이 호수에 승천하지 못한 용(이무
기)이 살았다는 설에서 용호동이란 동명이 생겼다는 이야기도 있다. 용호
2동은 장자산 자락이 남동 쪽으로 병풍처럼 둘러져 있고, 산 너머에는 오
륙도와 이기대 자연공원이 있어 천혜의 자연환경을 가지고 있다. 2008년
10월부터 (구)호농장 부지에 3천 세대의 오륙도SK뷰아파트가 준공되어

입주하고 있으며 앞으로 용호3·5구역의 재개발사업 및 주거환경개선사업 등이 완료되고 시사이드 개발로 이기대, 백운포, 신선대를 연계한 관광개발이 이루어지면 주거 환경이 좋은 곳으로 유명해질 것이다. 특히, 시 지정 기념물 제22호로 지정된 오륙도는 1978년 5월 30일에 행정구역상으로 용호2동에 편입되었다.

용호2동은 1975년 부산직할시 남구가 개설되면서 용호1동, 용호2동으로 분동이 되었다. 2008년 12월 말 통계에 의하면, 용호2동에는 5,409세대에 남자 7,461명, 여자 7,511명으로 합계 14,972명이 거주하고 있다.

조사자 일행이 용호2동을 방문할 날은 2010년 1월 25일(월)이다. 조사자 일행은 점심을 먹은 후 새마을경로당 노인들이 말해준 곳을 찾아 헤맸다. 영시노인정은 조금 허름한 건물 1층에 있었으며 조사 당일에 12명의 노인들이 나와서 두 패로 나뉘어 화투판을 벌이고 있었다. 소개를 듣고 찾아왔다고 이야기를 하자 노인정 회장은 "이 노인정은 우리가 돈을 모아 지은 곳"이라고 이야기했다. 그리고 아무나 영시노인정 회원이 되고 싶다고 되는 것이 아니라 대를 이어 소속이 될 수 있다며 자부심을 가지고 있었다. 조사의 취지를 설명하자마자 방 구석에 앉아 있던 김부금(여, 78세) 노인이 노랫가락으로 <그네 노래>를 불렀다. 이월순(여, 80세) 노인과 주거니 받거니 하며 <모심기 노래>를 부르기도 했다. 뒤늦게 노인정에 온 노인정 총무 손명금(여, 76세) 노인은 예전에 회관에서 배웠던 노래를 부르고 싶어 했지만 기억이 나지 않는다며 <쌍가락지 노래> 등을 불렀다. 조사가 막바지를 향해갈 때 이월순 제보자가 이야기를 시작했다. 예전에 각설이패 공연을 다닌 경력이 있어서 그랬는지 음담패설 7가지를 제공했는데, 매우 신나게 이야기를 하여 즐거운 분위기 속에서 조사가 이루어질 수 있었다.

▌제보자

김경순, 여, 1939년생

주 소 지 : 부산광역시 남구 대연6동
제보일시 : 2010.7.6
조 사 자 : 박경수, 정혜란, 황영태

김경순은 1939년 토끼띠로 본관은 경주
이다. 고향은 전라남도 담양군 대덕면 운암
리 하운마을이고, 중매로 경기도 파주로 시
집을 갔다가 1970년에 부산으로 내려오게
되었다. 현재는 부산광역시 남구 대연6동에
서 혼자 생활하고 있다. 결혼은 22세에 했
는데, 남편은 46세의 이른 나이로 작고했다.
슬하에는 1남 4녀가 있으며, 이들 모두 출
가하여 안양과 서울 등에서 거주하고 있다. 과거에는 농사를 짓고 살았으
며, 초등학교를 중퇴하여 공부를 많이 하지 못한 것을 아쉬워했다. 그래
서 자식은 공부를 많이 시켰다고 덧붙였다. 제보자는 항상 웃음을 얼굴에
머금고 있어 성격이 밝게 보였으며, 다른 청중들과 비교적 잘 화합하는
모습을 보였다.

제보자는 민요 2편을 제공했다. 조사자의 유도에 따라 전남 고향에서
불렀다는 <진도아리랑>을 부르고, <베틀 노래>를 임의로 가사와 가락
을 붙여 불렀다. <베틀 노래>는 전승 민요는 아니지만 특별히 변형된 노
래로 의미가 있다고 판단하여 채록했다. 이외 제보자는 <성주풀이>도 불
렀으나 대중가요로 부른 유행가였기 때문에 채록 대상에서 제외했다. 노
래판에 적극 참여하여 노래를 부르고 싶어했으나, 가사를 온전하게 기억

하고 있는 노래가 많지 않아 아쉬워했다. 노래를 할 때 목소리가 떨리는
편이었다.

제공 자료 목록

04_21_FOS_20100706_PKS_KKS_0001 베틀 노래
04_21_FOS_20100706_PKS_KKS_0002 진도아리랑

김기숙, 여, 1928년생

주 소 지 : 부산광역시 남구 대연6동
제보일시 : 2010.7.6
조 사 자 : 박경수, 정혜란, 황영태

　김기숙은 1928년 용띠로 경상북도 의성
군에서 태어났다. 본관은 강릉이며, 택호는
서울댁이다. 결혼은 일제 강점기 때인 16살
에 했으며, 남편은 5세 연상으로 대구 사람
이다. 슬하에는 4남 1녀의 자녀가 있다. 서
울에 아들 셋이 있고 부산에 딸 하나와 아
들 하나가 살고 있다. 결혼하여 남편이 있는
대구에서 살다가, 약 31년 전에 부산으로
왔다가 자식들의 공부를 위해 서울특별시 은평구에서 잠시 살았다. 택호
가 서울댁인 까닭이 여기에 있다. 서울에서 다시 부산으로 내려온 제보자
는 현재 부산광역시 남구 대연6동에 있는 딸의 집에서 거주하고 있다.

　제보자는 특히 가족 이야기를 많이 했다. 큰손자가 사법고시에 합격했
다는 이야기, 시아버지가 독립유공자라는 이야기, 남편의 군 탈영과 재입
대의 이야기 등을 했다. 제보자는 2003년에 교통사고를 당해 3년간 병원
신세를 졌고, 현재 시력이 매우 좋지 않아 장애1급자라고 했다. 학력은

무학이며, 옛날이나 지금이나 집안일을 하며 생활했다고 했다. 제보자는 8편의 민요를 제공했다. 제주도 민요인 <오돌또기>를 흥겹게 잘 불렀으며, <오봉산 타령>, <성주풀이>, <베틀 타령>, <노랫가락> 등 창민요를 차분하게 구연했다. 이외 <댕기 노래>, <다리 세기 노래> 등도 불렀다. 노래를 가창할 때 목소리는 작았으나, 차분하게 가락에 맞추어 노래를 했다. 이들 노래는 대부분 귀동냥으로 배웠고, 특히 제주도 민요인 <오돌또기>는 동생 환갑 때 제주도에 일주일 동안 머물면서 배운 노래라고 했다.

제공 자료 목록
04_21_FOS_20100706_PKS_KGS_0001 댕기 노래
04_21_FOS_20100706_PKS_KGS_0002 오돌또기
04_21_FOS_20100706_PKS_KGS_0003 오봉산 타령
04_21_FOS_20100706_PKS_KGS_0004 다리 세기 노래
04_21_FOS_20100706_PKS_KGS_0005 남의 꽃 노래
04_21_FOS_20100706_PKS_KGS_0006 노랫가락 / 나비 노래
04_21_FOS_20100706_PKS_KGS_0007 베틀가

김봉란, 여, 1928년생

주 소 지 : 부산광역시 남구 대연6동
제보일시 : 2010.7.6
조 사 자 : 박경수, 정혜란, 황영태

김봉란은 1928년 용띠로 경남 고성군 마암면 신리에서 태어났다. 본관은 김해이며, 택호는 신리댁으로 불린다. 결혼은 16세의 어린나이에 했으며, 10세 연상인 남편과의 사이에 4남 3녀를 두었다. 남편은 약 7년 전인 2003년에 작고했다. 자녀는 모두 출가하여 사는데, 제보자는 현재 둘째아들 가족과 함께 부산광역시 남구 대연6동에서 거주하고 있다. 결혼 후에는 경남 사천시 곤양면에서 농사를 짓고 살았으며, 제보자의 나이 40세

때인 1968년에 부산으로 와서 살게 되었다.
학력은 초등학교 2학년을 중퇴한 것이 전부
인데, 일제 말기에 태평양전쟁이 터져 학교
에 가지 못했기 때문이라고 했다. 제보자는
1편의 설화를 제공했다. <가난한 강태공의
출세와 복 없는 부인> 이야기였다. 매미 설
화와 유사한 내용인데, 가난한 선비 대신 강
태공이 주인공인 점이 크게 달랐다. 이 설화
는 진주 사람인 어머니가 여자의 팔자에 대해 이야기를 하면서 곁들어서
해준 이야기라고 했다. 이야기를 구술할 때 목소리가 너무 작아서 녹음기
를 가까이에 대고 있어야 했다.

제공 자료 목록
04_21_FOT_20100706_PKS_KBR_0001 가난한 강태공의 출세와 복 없는 부인

김부금, 여, 1933년생

주 소 지 : 부산광역시 남구 용호1동
제보일시 : 2010.1.25
조 사 자 : 박경수, 박양리, 정혜란, 오소현

김부금은 1933년 닭띠 생으로 부산광역시 사하구 신평에서 태어났다.
남구 용호동으로 시집을 오면서 지금까지 용호1동에서 거주하고 있다. 슬
하에는 1남을 두었는데, 21년 전 남편이 61세로 작고하면서 현재는 아들
과 같이 생활하고 있다. 초등학교를 졸업하였다. 과거에는 농사를 지었다
고 했다.

제보자는 7편의 민요를 불러 주었다. <모심기 노래>, 노랫가락으로 부
른 <그네 노래>, 서사민요인 <진주난봉가>, <못갈 장가 노래>, 그리고

<화투타령>을 불렀다. 조사의 취지를 잘 이해하고 조사에 적극 협조적이었다. 제보자는 노래를 대부분 끝까지 부를 정도로 기억력이 좋았다. 다른 제보자가 부를 때는 일어서서 춤도 추면서 흥을 내었다. 민요는 어린 시절 사하구 신평에서 자랄 때, 어른들이 부르는 것을 들어서 알게 된 노래들이라고 했다.

제공 자료 목록

04_21_FOS_20100125_PKS_KBK_0001 노랫가락(1) / 그네 노래

04_21_FOS_20100125_PKS_KBK_0002 모심기 노래

04_21_FOS_20100125_PKS_KBK_0003 진주난봉가

04_21_FOS_20100125_PKS_KBK_0004 못갈 장가 노래

04_21_FOS_20100125_PKS_KBK_0005 노랫가락(2)

04_21_FOS_20100125_PKS_KBK_0006 화투 타령

김석칠, 남, 1945년생

주 소 지 : 부산광역시 남구 대연6동

제보일시 : 2010.7.6

조 사 자 : 박경수, 정혜란, 황영태

김석칠(金錫七)은 1945년 을유년 닭띠로 경상북도 의성군 의성읍 철파동에서 태어났다. 본관은 김해이다. 의성소주 양주장에서 일을 하던 중 19살 때 군대에 지원하여 28사단 양평훈련소에서 훈련을 받았다. 일병이 되었을 때 월남으로 파병을 가서 19개월 동안 군복무를 했다. 47개월 군 생활을 하고 난 후 극동제분 일용직으로 입사하여 1년을 근무했다. 예비군이 창설되던 때 2살 아래의 의성 김씨와 결혼을 하여 3남 1녀를 두었

다. 1968년 군 제대를 한 후에 시골의 땅을 팔아 남구 문현동에 땅을 사서 부산으로 이사를 왔다. 5촌 증조부가 부산에 있어 부산에 정착하여 문현동, 명장동 등지로 이사를 다니다 현재는 남구 대연6동에서 생활하고 있다. 초등학교를 졸업한 학력을 가지고 있다.

제보자는 체험적인 이야기를 1편 구술했다. <첫날밤 일을 말하게 한 눈깔사탕> 이야기로 제보자의 백씨가 겪은 일화라고 말했다. 목소리가 크고 걸걸한 편이었다. 그리고 이야기의 줄거리보다 이야기의 상황과 배경을 강조하여 말하다 보니 이야기가 길어졌다.

제공 자료 목록
04_21_MPN_20100706_PKS_KSC_0001 첫날밤 일을 말하게 한 눈깔사탕

문강미자, 여, 1925년생

주 소 지 : 부산광역시 남구 대연6동
제보일시 : 2010.7.6
조 사 자 : 박경수, 정혜란, 황영태

문강미자는 1925년 을축생 소띠로 경상남도 김해시에서 태어났다. 8살 때 아버지를 따라 일본으로 가서, 18세 되던 해 2살 연상의 남편과 결혼을 했다. 슬하에 2남 2녀를 두었다. 남편이 영장을 받아서 경남 김해로 다시 돌아왔는데, 1945년 해방 전에 일본으로 들어갔으나 폭격으로 인해 아버지와 함께 바로 돌아왔다. 제보자는 일본 방재사회사를 다니게 되면서 창씨개명을 했는데, 이름 변경 시효를 넘겨 지금도 일본 이름으로 지

내고 있다고 했다. 학력은 무학이며, 종교는
불교이다.

제보자는 <풀국새 노래> 1편을 조사자
의 유도에 따라 구연했다. 어릴 적 남동생에
게 할머니가 불러주는 것을 들어서 아는 노
래라고 했다. 정확한 뜻도 모르고 그저 부르
는 것을 따라 불렀던 것이라고 했다.

제공 자료 목록
04_21_FOS_20100706_PKS_MKMJ_0001 풀국새 노래

문복열, 여, 1935년생

주 소 지 : 부산광역시 남구 대연6동
제보일시 : 2010.7.6
조 사 자 : 박경수, 정혜란, 황영태

문복열은 1935년 돼지띠로 부산광역시
남구 대연6동에서 태어난 부산 토박이로,
부산이 안태 고향이다. 본은 남평이며, 택호
는 만덕댁이다. 21살에 결혼하여 북구 만덕
으로 시집을 가서 살았다. 남편은 제보자 나
이 30대에 작고했으며, 슬하엔 3남 1녀가
있는데, 자녀 모두 부산 재송동, 구포, 김해
등 가까운 곳에 살고 있다고 했다. 제보자는
대연초등학교 7회 졸업생이며, 과거에는 농사와 바느질을 하며 살았다고
했다. 종교는 불교이다.

제보자는 <도라지 타령> 1편을 제공했다. 노래를 부를 때 혀가 조금

짧은 듯한 소리를 했지만, 듣기에 발음이 이상할 정도는 아니었다. 노래
는 10살 즈음 초등학교에서 배운 것이라고 했다.

제공 자료 목록
04_21_FOS_20100706_PKS_MBY_0001 도라지 타령

박종숙, 여, 1925년생

주 소 지 : 부산광역시 남구 대연6동
제보일시 : 2010.7.6
조 사 자 : 박경수, 정혜란, 황영태

　박종숙은 1925년 을축생 소띠로 경상남
도 양산시 원동면 화제리에서 태어났다. 본
은 밀양이며, 김해댁으로 불린다. 19살 때 3
살 위의 남평 문씨와 결혼을 하여 4남 3녀
를 두었다. 김해로 시집을 가면허 김해 대동
에서 농사를 짓고 살았는데, 그때 7남매를
다 낳았다. 44년 전에 부산광역시 남구 대
연6동으로 이사를 오면서 지금까지 거주하
고 있다. 30년 전에 남편은 작고하였고, 현재는 홀로 생활하고 있다. 김해
에서 부산으로 와서는 채소, 과일 장사를 하면서 생활을 해나갔다고 한다.
정규 교육과정을 받은 적은 없지만, 야학을 잠시 다닌 적이 있다고 했다.
하지만 야학도 자주 나가지 못해 한글을 깨우치지 못해 안타까워했다. 종
교는 불교이다.

　제보자는 조사자의 유도에 따라 <애기 어르는 노래>로 일명 '알강달
강요' 1편을 제공했다. 이 노래는 어린 시절 친구들과 놀면서 불렀던 노
래라고 했다. 조사의 취지를 잘 이해하고 조사자를 반겼지만, 수줍음을

타는 편이어서 노래 구연에 앞장서지 못했다.

제공 자료 목록

04_21_FOS_20100706_PKS_PJS_0001 아기 어르는 노래 / 알강달강요

배석분, 여, 1931년생

주 소 지 : 부산광역시 남구 대연6동
제보일시 : 2010.7.6
조 사 자 : 박경수, 정혜란, 황영태

배석분은 1931년 신미생 양띠로 경상북
도 칠곡군 지천면 용호리에서 태어났다. 본
관은 달성이며, 동네에서는 세탁소를 운영
하여 '세탁소댁'을 불린다. 20살 때 20살 위
의 남편과 결혼을 했으며, 슬하에 4남 1녀
를 두었으나 딸은 사망했다. 제보자는 경북
칠곡에서 살다가 대구로 시집을 갔다. 시집
을 가고 얼마 안 되어 전쟁중에 남편과 함
께 부산으로 내려와 조방앞에서 세탁소를 운영하며 살았다. 42년 전에 조
방앞에서 남구 대연동으로 이사를 와서 지금까지 거주하고 있다. 남편은
30년 전 작고하여 현재는 큰아들 가족과 함께 생활하고 있다. 제보자는
일제 강점기에 일본 교사에게 2년의 초등교육을 받은 것이 교육의 전부
이다. 당시 일본어를 배워 일본어는 조금 쓸 수 있으나 한글은 배우지 못
해 한글을 배우고 싶어서 제보자가 스스로 '가갸거겨'가 적힌 종이를 잘
라서 공부를 했다고 한다.

제보자는 예전에 신내림굿을 받은 적이 있었지만, 자녀들이 신내림 받
는 것을 달갑게 생각하지 않아 만신 일을 그만 두었다고 했다. 하지만 아

직 신기가 남아 있다고 했는데, 당시에 불렀던 <회심곡>과 <성주풀이> 두 편의 무가를 구연했다. 긴 무가를 잘 기억하여 불렀다. 이들 무가는 절에서 굿을 하는 스님이 적어준 책을 보고 익힌 노래라고 했다. 눈을 감고 구연을 했는데, 발음이 명확한 편이었으나 부분적으로 어미를 생략하여 부르는 경향이 있었다. 신이 왔을 때는 더 길게도 구연할 수 있지만 그렇지 않을 때는 혈압으로 인해 오래 구연하는 것이 힘에 부친다고 했다.

제공 자료 목록

04_21_SRS_20100706_PKS_PSB_0001 회심곡
04_21_SRS_20100706_PKS_PSB_0002 성주풀이

손명금, 여, 1935년생

주 소 지 : 부산광역시 남구 용호1동
제보일시 : 2010.1.25
조 사 자 : 박경수, 박양리, 정혜란, 오소현

손명금은 1935년 돼지띠 생으로 부산광역시 남구 용호1동에서 태어났다. 본관은 밀양이다. 제보자는 태어나서 지금까지 용호1동에서 계속 거주하고 있다고 했다. 6세 연상의 남편과 결혼하여 슬하에 2남 3녀를 두었다. 현재는 큰아들 가족과 함께 살고 있으며, 다른 자녀는 모두 타지에서 거주하고 있다. 제보자는 젊어서 운수업을 했다고 했

다. 초등학교를 졸업하였고, 현재는 용호1동 영시경로당 총무를 맡고 있다. 제보자를 비롯한 경로당 회원들은 영시경로당에 대해 아주 큰 자부심을 가지고 있었다. 동네에서 돈을 모아 지은 경로당이라서 새로 이사 온

사람들은 잘 받아주지 않고 어머니에서 며느리나 딸로 세습되어 회원이 된다고 했다.

제보자는 민요 2편을 제공했다. 제보자는 조사가 진행되던 중에 들어와서 조사의 취지를 듣고는 어릴 적 친구 어머니에게 배워 둔 노래가 있다며 불러 주었다. <쌍가락지 노래>와 <만고강산> 2편이었다. 처음에는 선뜻 불러주겠다고 나섰지만 가사가 자세히 기억이 나지 않아서인지 2편을 부르고는 다른 사람들이 노래하는 것을 듣고 장단을 맞추어 주었다.

제공 자료 목록

04_21_FOS_20100125_PKS_SMK_0001 쌍가락지 노래
04_21_FOS_20100125_PKS_SMK_0002 만고강산

왕차옥, 여, 1923년생

주 소 지 : 부산광역시 남구 용호1동
제보일시 : 2010.1.25
조 사 자 : 박경수, 박양리, 정혜란, 오소현

왕차옥은 1923년 돼지띠 생으로 부산광역시 남구 용호1동에서 태어났다. 본관은 개성이다.

17세에 7살 연상의 남편과 결혼하여 영도구 동삼동에 있는 한국해양대학교 근처에서 살았다. 슬하에 2남을 두었는데, 큰아들은 올해 62살로 조선소를 다녔으며, 작은아들은 군대에 있다고 했다. 남편은 농사를 지으면서 배를 타기도 했는데, 1978년 62세로 작고했다. 제보자는 남편의 사후 남구 대연동을 거쳐 13년 전에 고향인 남구 용호1동으로 돌아와 큰

아들 가족과 함께 살고 있다. 제보자는 무학으로 학교에 다닌 적은 없으며 주로 농사를 짓고 살았다. 종교는 불교이다.

제보자는 민요 4편과 설화 1편을 제공했다. 민요는 <모심기 노래> 여러 편과 <보리타작 노래>, <진주난봉가>, <다리 세기 노래> 등을 불렀다. 이들 노래는 처녀 시절 일하면서 불렀던 것들이라 했다. 제보자는 쑥스러움을 타는 듯 했지만 손동작을 해가며 노래를 불러 주었다. 조사자와 눈을 마주쳐 가며 노래를 불러 주었으며, 노래 중간에 부연 설명까지 해주는 등 성의를 다했다. 설화 1편은 도깨비 방망이 이야기였다.

제공 자료 목록
04_21_FOT_20100125_PKS_WCO_0001 방망이로 무엇이든 도와주는 아치섬 도깨비
04_21_FOS_20100125_PKS_WCO_0001 모심기 노래
04_21_FOS_20100125_PKS_WCO_0002 진주난봉가
04_21_FOS_20100125_PKS_WCO_0003 보리타작 노래

이연이, 여, 1931년생

주 소 지 : 부산광역시 남구 대연6동
제보일시 : 2010.7.6
조 사 자 : 박경수, 정혜란, 황영태

이연이는 1931년 양띠로 경상북도 포항시 남구 환여동에서 태어났다. 본관은 월성이며, 택호는 월동댁으로 불린다. 주민등록증에는 1932년생으로 되어 있으나, 실제 나이는 1931년생으로 80세라고 했다. 18살 때 1살 연하인 영일 정씨인 남편과 결혼하여 경상북도 영일군 신광면(현재는 포항시 북구 신광면)에서 살다가 49살 때인 1980년에

부산으로 왔다. 남편은 제보자의 나이 36세 때에 젊은 나이로 작고했다. 현재 자제는 1남 5녀인데, 이 중 2명이 미국 이민을 갔으며, 아들 중 한 명이 부산 동래에서 살고 있다고 했다. 부산에 내려온 제보자는 처음 연제구 양정동에서 살았는데, 그동안 다섯 번 이사하여 현재의 거주지인 남구 대연6동으로 와서 혼자 지내고 있다. 부산으로 오기 전에는 농사를 지었으며, 부산에 와서는 조그만 가게를 운영하여 생계를 꾸렸다고 했다.

제보자는 9편의 민요를 제공했다. 과거 농사를 지을 때 불렀던 <모심기 노래>를 3편 했으며, <아기 어르는 노래>, <자장가>의 가사노동요와 <쌍가락지 노래>의 서사민요, 그리고 <청춘가>, <파랑새요>를 불렀다. 적극적으로 민요를 구연했는데, 대부분 제보자가 자진해서 부른 것이다. 노래를 부를 때 목청이 떨리고 숨을 조금 가쁘게 쉬었다. 이들 노래는 대부분 농사일을 할 때 듣고 알게 된 것들이라고 했다.

제공 자료 목록

04_21_FOS_20100706_PKS_LYI_0001 모심기 노래(1)
04_21_FOS_20100706_PKS_LYI_0002 쌍가락지 노래
04_21_FOS_20100706_PKS_LYI_0003 청춘가(1)
04_21_FOS_20100706_PKS_LYI_0004 모심기 노래(1)
04_21_FOS_20100706_PKS_LYI_0005 모심기 노래(2)
04_21_FOS_20100706_PKS_LYI_0006 청춘가(2)
04_21_FOS_20100706_PKS_LYI_0007 파랑새요
04_21_FOS_20100706_PKS_LYI_0008 아기 어르는 노래 / 불매소리
04_21_FOS_20100706_PKS_LYI_0009 아기 재우는 노래 / 자장가

이월순, 여, 1931년생

주 소 지 : 부산광역시 남구 용호2동
제보일시 : 2010.1.25
조 사 자 : 박경수, 박양리, 정혜란, 오소현

이월순은 1931년 양띠 생으로 경상남도 거제시 하청면 칠전도에서 태어났다. 본관은 전주이다. 3살 연상의 남편(현 83세)과 16살 때 결혼하여 현재 남구 용호2동에서 거주하고 있다. 슬하에는 3남 2녀를 두었는데, 5남매가 타지에서 거주하고 있다. 제보자의 부모가 일제 강점기 모두 돌아가는 바람에 일찍 가장이 되어 어릴 적부터 어업에

종사를 했으며 한때 엿을 팔기도 했다고 한다. 동생 3명을 돌보기에도 정신이 없었기에 학교를 다니지 못했다고 한다. 한글을 깨우치지 못했다는 아쉬움으로 60대에 학원에서 한글공부를 하여 한글을 깨우치고, 사칙연산도 배웠다고 했다. 짧게 역학도 공부하여 관상과 손금을 조금 볼 줄 알아서 동네 사람들이 '이보살'이라고 부른다고 했다. 제보자는 목걸이, 귀걸이 등의 장신구를 화려하게 차고 손톱에는 봉숭아물도 들였는데, 매우 멋쟁이였다. 종교는 불교라고 했다.

제보자는 민요 8편과 설화 7편을 제공했다. <쾌지나 칭칭나네>, <사발가>, <어랑타령>, <신세한탄가> 등 창민요뿐만 아니라 <아기 어르는 노래>, <보리타작 노래> 등 기능요도 잘 불렀으며, 특히 <각설이 타령>을 재미있게 사설을 붙여 잘 불렀다. 그리고 비록 구송을 했지만 <월령가>도 귀한 자료이다. 이들 노래는 제보자가 결혼 후, 엿 장사를 하며 전국을 돌아다녔는데, 그때 많은 노래를 배웠다고 했다. 흥에 겨워 손으로 박자를 맞추며 일어서서 춤도 추면서 노래를 불렀다. 노래를 하고 난 후 부연 설명도 하면서 적극적으로 조사에 임했다. 설화는 모두 우스개 이야기였다. 이야기를 한 편씩 할 때마다 청중들이 박장대소를 했다. 이들 이야기 역시 엿 장사를 하면서 전국을 돌아다닐 때 들어 알게 되었던 것이라고 했다.

제공 자료 목록

04_21_FOT_20100125_PKS_LWS_0001 신이 나고 혼이 나는 신혼여행

04_21_FOT_20100125_PKS_LWS_0002 코 풀 때 질식사망

04_21_FOT_20100125_PKS_LWS_0003 방귀쟁이 딸의 호각소리

04_21_FOT_20100125_PKS_LWS_0004 조치원의 유래

04_21_FOT_20100125_PKS_LWS_0005 담치를 가지고 과거 보러 간 사람

04_21_FOT_20100125_PKS_LWS_0006 동냥 귀는 어두워도 좆 귀는 밝은 부인

04_21_FOT_20100125_PKS_LWS_0007 길이만 좀 더 길게 해 주소

04_21_FOS_20100125_PKS_LWS_0001 쾌지나 칭칭나네

04_21_FOS_20100125_PKS_LWS_0002 사발가

04_21_FOS_20100125_PKS_LWS_0003 어랑타령

04_21_FOS_20100125_PKS_LWS_0004 신세한탄가

04_21_FOS_20100125_PKS_LWS_0005 아기 어르는 노래(1) / 둥개요

04_21_FOS_20100125_PKS_LWS_0006 아기 어르는 노래(2) / 알강달강요

04_21_FOS_20100125_PKS_LWS_0007 시집살이 노래

04_21_FOS_20100125_PKS_LWS_0008 각설이 타령

04_21_FOS_20100125_PKS_LWS_0009 월령가

이준연, 여, 1925년생

주 소 지 : 부산광역시 남구 용호1동
제보일시 : 2010.1.25
조 사 자 : 박경수, 박양리, 정혜란, 오소현

이준연은 1925년 소띠 생으로 경상북도 구미시 선산읍에서 태어났다. 6살 때 일본으로 가 초등학교까지 졸업했다. 일본에서 18살 때 부산 용호동에 사는 남자를 만나서 결혼을 하고, 20살 때 부산 용호동으로 돌아왔다. 남편은 3년 전 87세의 나이로 작고 했는데, 슬하에 4남 1녀를 두었다. 딸은 맏

이로 창원에 있으며 아들 세 명은 모두 부산에서 살고 있다. 남편의 성을 따라 마을에서 왕씨네 또는 분포주유소집으로 불린다. 종교는 불교인데, 특별히 조계종이라 했다. 나이가 많아 이가 많이 빠지고 발도 틀어지고 허리도 구부정해 보였다.

제보자는 노랫가락으로 부른 <그네 노래> 1편을 제공했다. 옛날 설화를 하지 않고 해방 후 부산에 돌아와서 듣고 경험했던 체험담을 주로 이야기했다. 다른 제보자가 노래를 부를 때 중간중간 따라 부르기도 했다.

제공 자료 목록
04_21_FOS_20100125_PKS_LJY_0001 노랫가락 / 그네 노래

가난한 강태공의 출세와 복 없는 부인

자료코드 : 04_21_FOT_20100706_PKS_KBR_0001
조사장소 : 부산광역시 남구 대연 6동 남구보건소 옆 팔각정
조사일시 : 2010.7.6
조 사 자 : 박경수, 정혜란, 황영태
제 보 자 : 김봉란, 여, 83세
구연상황 : 조사자가 좌중에게 알고 있는 이야기를 두 편 하면서, 이야기 값으로 누가 이야기를 해 달라고 하며 이야기를 유도했다. 그러자 제보자가 나서서 다음 이야기를 구술했다. 매미 설화와 매우 비슷한 이야기인데, 매미 설화와 달리 선비가 아닌 강태공이 주인공인 점이 크게 다르다.
줄 거 리 : 옛날 강태공이 부인을 얻어 살았다. 집이 가난하여 부인이 매일 진주 의암뜰에 가서 강피를 훑었다. 강태공은 낚싯대 삼천 개를 강물에 띄워야 벼슬을 할 수 있었다. 강태공이 부인을 시험하기 위해 조화를 부려 소나기가 오게 했다. 소나기가 와서 늘어놓은 강피가 모두 떠내려가고, 남편은 고기도 못 잡은 낚싯대만 던지고 있었다. 부인이 이를 참지 못하고 도망을 갔다. 그 후 강태공은 낚싯대 삼천 개를 띄워 경상감사가 되어 내려왔다. 진주 의암뜰을 지나가는데 옛 부인이 여전히 강피를 훑고 있었다. 옛 부인이 강태공을 보고 말죽을 끓여주는 일을 하더라도 같이 살고 싶다고 했다. 강태공은 엎질러진 물을 다시 담을 수 없다고 하며 거절했다.

옛날에 강태공이, 저 저 마느래를 하나 얻었는데, 강태공이, 강태공이 낚시로, 강태공이 낚시로 삼천 개를 띄우야 저 그기 베슬을(벼슬을) 할 낀데, 이 안사람이 복이 작아가이고 맨날 진주맹기(진주 명기(名妓)) 의앰이 뜰에(의암(義菴)의 뜰에) 피만 훑고 있는 기라.

그기 뭐꼬 같으몬, 이 강태공이 인자 낚시로 그때 낚시로 한다꼬, 지임매(부인이) 지랄로 해가 부로(일부러) 지가 조화를 부리가이고, 우찌하도록 소내기가 대기 오도록 맨들고, 그래 인자 강태공 부인은 인자 진주맹

기 의앰이 뜰에 가서 피로 훑터가 만날 널어가 그거로 때로(끼니로) 살고
있는데, 이 강태공은 만날 낚시대로 삼천 개를 띠아야지, 저 강태공 낚시
는 저 울이 후아져야(바늘이 휘어져야) 고기로 낚을 낀데, 딱 뻗어가 부로
○○○○(심한 바람소리로 녹음이 되지 않았다.).

그래 한 분은, 여자가 하도 그래 싸서 인자, 아까 말대로 인자 그 우지
자제 비가 오구러 해가지고, 인자 비가 오닌께네, 이 여자가 하도 몬 살아
서 인자 갔는 기라. 도망을 갔는 기라.

그래 하자 강태공이 때가 되가이고 인자, 그 낚싯대 삼천 개를 띠우고
인자 정상감사를(경상감사를) 해가 말로 타고 가는데, 그래 진주맹기 의앰
이뜰로 또 지내가니께레, 여자가 그 들어가 내나 피로 훑고 있는 기라.

그래 인자 강태공이 하는 말이,

"진주맹기 의앰이뜰에 장피(강피) 훑는 저 여자야. 무슨 팔자가 그리 좋
아 니는 간 데마다 피로 훑노?"

그런께네. 그래 다부 돌아오가지고, 그 질에서 인자,

"내가 안자 따라가서 소로, 아 말죽을 끓이줘도 같이 살겠다."

쿤께네, 그래 그 강태공이,

"물로 한 그릇 떠 오라."

카는 기라. 그래 물로 한 그릇 떠 와서,

"땅에다 부우 보라."

카거든. 그래 땅에 부우면 땅에 다 흘러가삔다 아이가.

"그럼 니가 이런데 지금 올 수가 있나꼬."

방망이로 무엇이든 도와주는 아치섬 도깨비

자료코드 : 04_21_FOT_20100125_PKS_WCO_0001

조사장소 : 부산광역시 남구 용호1동 새마을경로당

조사일시 : 2010.1.25

조 사 자 : 박경수, 박양리, 정혜란, 오소현

제 보 자 : 왕차옥, 여, 88세

구연상황 : 조사자가 이제 노래 말고 이야기도 하나 해달라고 하면서 도깨비 이야기 들
은 것이 없느냐고 물어보자, 제보자가 간단하게 다음 이야기를 했다.

줄 거 리 : 옛날에 어떤 할아버지가 아치섬에 살았다. 그 섬에서 도깨비가 나와서 해달
라고 하는 것을 모두 해주었다. 도깨비 방망이로 밥 나오라고 하면 밥 나오고
쌀 나오라 하면 쌀이 나오게 했다.

그 할배가 들어가이고 아치섬에 살았다 하는데, 그래가 그때는 아무도
없고, 또깨비가 밭에 나와가이고, 해줄라 카모 밭에 나와가 밭도 쪼사주
고(매주고), 아 뭐다 일로 해주고 같이 하고 그랬다 하대.

또깨비가 나와가 그래 했다. (조사자 : 아, 도깨비가 일을 해줬네.) 어.
[명령하듯이] 밥 나오라 하몬 밥 나오고, 쌀 나오라 카몬 쌀 나오고, 그래
하더라 하대 옛날에. 그랬다 하더라.

(조사자 : 또깨비가 뭐 달라 카모.) 또깨비가 나와가 응. 밭도 쪼사주고,
밭도 갈아주고, 그래 마 무울(먹을) 게 없이몬 밥 나오라 카모 밥 나오고,
옷 나오라 카모 옷 나오고 옛날에 그랬더라 카대.

(조사자 : 도깨비 방망이로?) 응, 또깨비 방마이로 그라모. 또깨비와 나
와 그래.

신이 나고 혼이 나는 신혼여행

자료코드 : 04_21_FOT_20100125_PKS_LWS_0001

조사장소 : 부산광역시 남구 용호1동 영시노인정

조사일시 : 2010.1.25

조 사 자 : 박경수, 박양리, 정혜란, 오소현

제 보 자 : 이월순, 여, 80세

구연상황 : 조사자가 재미있는 이야기를 해달라고 부탁하자, 제보자가 우스개 이야기도
　　　　　되느냐고 물어보았다. 조사자가 그런 이야기가 좋다고 말하자, 그럼 이야기를
　　　　　하나 해 보겠다고 한 후에 다음 이야기를 했다.
줄 거 리 : 딸이 결혼을 하여 신혼여행을 갔다. 신혼여행 첫날밤에 딸이 집으로 돌아왔
　　　　　다. 어머니가 놀래서 왜 왔느냐고 묻자, 신랑이 무엇을 꺼내서 손에 쥐게 했
　　　　　는데, 그것이 무서워서 왔다고 대답했다. 그래서 한 명은 신이 나고 한 명은
　　　　　혼이 난다 해서 신혼여행이라고 한다.

　　딸로 집에 키와가지고 신혼여행을 보내논께, 이놈의 딸이가 밤에 왔는
기라.

　　엄마이가 기가 차서,

　　"아이구, 야야 와 왔노?"

　　칸께,

　　"엄마 말도 하지 마라. 그 사람이 뭐로 꺼내가 손에 지와주는데 어찌
크는지, 시방 한방 되가 있을 끼다." [일동 웃음]

　　그래서 하나는 신이 나고, 하나는 혼이 나는 기 신혼여행이라.

코 풀 때 질식사망

자료코드 : 04_21_FOT_20100125_PKS_LWS_0002
조사장소 : 부산광역시 남구 용호1동 영시노인정
조사일시 : 2010.1.25
조 사 자 : 박경수, 박양리, 정혜란, 오소현
제 보 자 : 이월순, 여, 80세
구연상황 : 제보자가 앞의 우스개 이야기를 구술하고 나니 조사자와 청중 모두 웃으며
　　　　　재미있어 했다. 이에 신이 났는지 제보자는 이야기를 하나 더 해주겠다고 하
　　　　　며 다음 이야기를 했다.
줄 거 리 : 옛날에 과부가 해가 질 무렵 시장을 가는데 박상장수를 만났다. 박상장수가
　　　　　약간 바보같이 보였으나 코가 커서 쓸만 했다. 일을 조금 도와주고는 젊은 박
　　　　　상장수를 데리고 집에 왔다. 집에서 몸을 씻기고 밥을 해주어도 밤에 아무런

반응이 없었다. 화가 난 과부가 박상장수의 코에 대고 자신의 성기를 문질렀다. 그런데 박상장수가 질식하여 죽고 말았다. 사망 사유는 '코 풀 때 질식사망'이다.

옛날에 과부가 해가 슬슬 다 져가는데, 시장 간다고 슬슬 간께네, 박상쟁이가 박상을 풍풍 태아쌌거든. 그래 보이카네, 아가 마 꺼주리해도(바보 같아도) 코가 크다란 기 씰만한(쓸만한) 기라.

그래서 대강 이래 거들아가이고, 과부가 마 홀치가이고 저녁땁에 저그 집으로 데꼬 왔는 기라. 덕고(데리고) 와가 아무리 씻거가 해믹이도 이놈의 자석 밤에 꼼작도 안 하는 기라.

밉아서(미워서) 과부가 마 옷을 벗고 마 그놈 마 코에다가 쎄리 문땠는 기라. 코에다 문때고나이 마 죽어뿄어. 숨을 못 써(쉬어) 죽었는 기라.

(조사자 : 박상장수가?) 아, 아. 죽어뿄어. 그래서 인자 초상을 칠라 카이께네, 인자 출장소나 어데 동에 가서 어째 죽었다, 가서 떡 사망신고 내라 카이께네,

"우째 죽었습니까?"

칸께,

"예, 마 코 풀 때 죽, 질식사망."

그래가. [일동 웃음]

방귀쟁이 딸의 호각소리

자료코드 : 04_21_FOT_20100125_PKS_LWS_0003
조사장소 : 부산광역시 남구 용호1동 영시노인정
조사일시 : 2010.1.25
조 사 자 : 박경수, 박양리, 정혜란, 오소현
제 보 자 : 이월순, 여, 80세
구연상황 : 조사자가 이 제보자에게 이야기를 잘한다며 이야기를 하나만 더 해달라고

요구하자 이 제보자가 그럼 하나 더 해주겠다며 이 이야기를 했다.

줄 거 리 : 어느 집에 방귀쟁이 딸이 있었다. 딸을 시집을 보내면서 밤을 깎아 궁둥이에
끼워 보냈다. 그런데 그 딸은 하필 교통순경과 결혼을 했다. 남편이 출장을
간 사이에 밤을 빼고 방귀를 시원하게 끼고 있었다. 그런데 출장을 갔던 남편
이 일이 빨리 끝나서 집에 들어왔다. 급한 김에 남편의 호각을 엉덩이에 끼웠
다. 신랑이 밤에 자는데, 신부가 방귀를 끼니 호각소리가 났다. 신랑이 잠결에
손을 저으며 교통정리를 하는 시늉을 했다.

인자 전에 인자 딸로 키아가, 딸이 방구를 끼서 시집 올라카이 방구로
못, 방구쟁이가 돼가이고, 요새는 밤이 사시사철 나매, 옛날에 밤이 가을
에빽에 없단 말이야. 그래 인자 시집을 보낼라 카이케네, 시집을 보낼라
카이, 인자 밤이 인자 낮으로 밤을 인자 살살 깎아가이고 인자, 궁디다 똥
구역에다 살 끼아가, 이래 인자 시집을 보내는데,

그래 인자 시집을 갔는데, 해필 교통순경잔테 시집을 갔어. 그래 시집
을 가서 사는데 신랑이 출장을 가뿌고 없었어.

떡 자는데, '에이 씨바' 밤도 빼나놓고 방구로 퉁퉁 끼고 자이케네, 아
신랑이 마 출장 갔다 뭐시 일이 잘 풀리 돌아왔어.

그러니까 이기 보니카, 신랑이 눕어가 잠질에 엉겁결에 신랑 호각을 빼
가 똥구녕에 끼가 이래가 인자 자이까네, 방구로 퉁 끼이께 호각이 호르
르륵, 퉁 끼니까 호르르륵 이란께 이놈의 신랑은 교통정리한다고 손을 가
[웃으며] 이래 젓고.

조치원의 유래

자료코드 : 04_21_FOT_20100125_PKS_LWS_0004
조사장소 : 부산광역시 남구 용호1동 영시노인정
조사일시 : 2010.1.25
조 사 자 : 박경수, 박양리, 정혜란, 오소현

제 보 자 : 이월순, 여, 80세

구연상황 : 제보자는 계속 우스개 이야기를 했다. 앞의 방구쟁이 딸 이야기를 한 다음,
변강쇠와 옹녀 이야기를 알고 있지 않느냐고 조사자에게 묻고는 다음 이야기
를 했다.

줄 거 리 : 변강쇠와 옹녀가 만나 사흘밤낮을 그짓을 했다. 사흘이 지나고 변강쇠가 성
기를 꺼내자 성기가 부풀어 올라 있었다. 그것을 꺼내 철길에 널어 말리고 있
었다. 기차 운전수가 멀리서 오면서 그것을 보고, '좆치워- 좆치워-'라고 말
했다. 그곳이 조치원이 됐다. 이야기를 듣고 있던 청중들이 박장대소를 했다.

변강쇠하고 옥녀(옹녀)하고는 책에 봐도 너거는 한 쌍이제. 와, 책에 봐
도 나온다.

변강쇠하고 인자 옥녀하고 탁 둘이 만내가이고 얼마나 좋는지 사흘 밤
사흘 낮으로 붙어가 떨어지도 안하고 마, 얼매나 담가 있었던지, 사흘 밤
삼일만에 슬슬 꺼내이 자지가 마 뿔어가(부풀어서) 마 이마한(이만한) 기
라. [웃음]

그래가 인자 슬슬 빼가이고 인자 그 여름에 오뉴월에 몰룰라꼬(말리려
고) 철도길에다가 널어놓고 널어낳는 기라. 그래노이 기차가 저 오면서
보이 좆을 내났거든.

그래서 [일도 웃음] 기차 운전수가,

"좆치워- 좆치워-."

그래 조치원이 됐붔어.

(조사자 : 아- 아.)

담치를 가지고 과거 보러 간 사람

자료코드 : 04_21_FOT_20100125_PKS_LWS_0005

조사장소 : 부산광역시 남구 용호1동 영시노인정

조사일시 : 2010.1.25

조 사 자 : 박경수, 박양리, 정혜란, 오소현
제 보 자 : 이월순, 여, 80세
구연상황 : 제보자가 이야기를 하나 더 해주겠다고 하면서 다음 이야기를 했다.
줄 거 리 : 옛날에 한 양반이 부인과의 그것에 마음을 잡지 못하고 과거를 보지 못하고
　　　　　 망설였다. 부인이 이를 알고, 담치를 한 마리 구해 자기 것을 뺀 것이니 가지
　　　　　 고 가서 과거를 잘 보라고 했다. 과거를 보러 가다 문경새재에 들렀는데, 그
　　　　　 것이 보고 싶어 부인이 준 것을 꺼내어 보고 있는데, 개가 그것을 뺏어 먹고
　　　　　 말았다. 과거도 못 보고 집으로 돌아오니, 부인이 자신의 것을 보고 과거를
　　　　　 보고 왔느냐고 절을 하고 있었다.

　저 서울 과거 보러 갈긴데, 서울 과게를(과거를) 볼라 한께, 저거 마누
라가 그 저거 밑에 그거 때민에 다시 마음을 못 잡고 못 가는 기라. 못
가서 옛날에 양반은 과거를 해야 묵고 살지, 그람 못 먹고 사는 기라.

　그래서 여자가 어디 가 담치를 한 마리 딱 띠가 싸다 주민서,

　"엣소, 이거 내 거를 뺐인카네(뺐었으니) 단디 가이고 가서 과게를 해가
오라."

　이래노이, 옛날에 문경새재를 안 도리몬(들르면) 못 가거든. 문경새재
가서 그기 어찌 보고짚아서(보고싶어서) 드다본께, 아 개가 달랑 주우 묵
어뺐는 거라.

　이래서 이기 마 과게도 못 보고 마 맥이 풀어 저거 집에 돌아온 기
라.

　돌아오이 해가 꾸꾸룸정한데 각시가 부뚜막에다, 옛날에 중간에 안 내
리나, 얹이 놔놓고 불로 떼놓고 수제비 뜬다고 이래 쌓이, 보이 벌거이
(발갛게) 해가 있는 기라, 불 밑에 보이카네.

　"와이고 그 철합, 아이구 문경새재로 돌아왔습니까? 아이구 서울 과게
로 갔다 오십니꺼?"

　[일동 웃음] 그거로 디다보고 절로 하더란다.

동냥 귀는 어두워도 좆 귀는 밝은 부인

자료코드 : 04_21_FOT_20100125_PKS_LWS_0006
조사장소 : 부산광역시 남구 용호1동 영시노인정
조사일시 : 2010.1.25
조 사 자 : 박경수, 박양리, 정혜란, 오소현
제 보 자 : 이월순, 여, 80세
구연상황 : 이 제보자가 이제 중 이야기를 해주겠다며 바로 이 이야기를 했다.
줄 거 리 : 옛날에 중이 동냥을 하러 왔다. 그 집 마님이 방구를 낀다고 스님이 온 줄
몰랐다. 마님은 스님이 동냥을 좀 달라고 했지만 잘 듣지 못하고 거절했다.
스님이 마당에 있는 황소를 보고 좆이 크다고 말하자, 스님이 무슨 소리를 하
느냐고 타박을 했다. 그러자 스님은 "동냥 귀는 어두워도 좆 귀는 밝다"고 한
마디 했다.

또 인자 중이 떡 동냥을 얻으러 갔는 기라. 가이카네, 그놈 마님이 마
방구를 떨떨떨 낀다고 스님 오는 줄을 몰랐어. 그래,

"아이구 이놈의 중아."

스님 아 저,

"마님 동냥 옸습니더."

카이께,

"이놈의 중이 언제 왔노."

카이,

"마님 보지 볼 올릴 적 옸습니다(왔습니다)."

그래 놓고,

"마님 동냥 좀 주이소."

칸께,

"동냥 없다."

카거든. 그래가 나오카네, 마당에 옛날에는 큰 소 그런 기 자랑이라, 소
로 매 났는데,

"아따 그놈의 황소 거 참 좆 참 크다."

이러칸께,

"저놈의 저 중이 뭐라 카노,"

이래카이,

"아따 동냥 귀는 어둡아도 좆귀는 앵가이 밝네."

이래더란다고. [웃음]

길이만 좀 더 길게 해 주소

자료코드 : 04_21_FOT_20100125_PKS_LWS_0007
조사장소 : 부산광역시 남구 용호1동 영시노인정
조사일시 : 2010.1.25
조 사 자 : 박경수, 박양리, 정혜란, 오소현
제 보 자 : 이월순, 여, 80세
구연상황 : 제보자가 이제 마지막 이야기를 하겠다고 하고는 다음 이야기를 했다.
줄 거 리 : 어떤 사람이 강원도에 관광을 가서 오줌이 마려웠다. 오줌을 누는데 마침 땅
벌 집에 누었다. 땅벌이 와서 그 사람의 성기를 쏘았다. 성기가 부어올라 집
으로 오니, 부인이 땅벌 집을 찾아가 "몸뚱이는 그만 하면 됐고, 길이만 좀
더 길게 해달라"고 빌었다.

강원도 산이 그냥 있을 적에, 옛날에 어느 놈이 관광을 가가이고, 쫌
날만치 짓궂은 놈이 있던 모양이라.

오줌이 누룹운데(마려운데), 땡삐(땅벌) 굴에다 대놓고 오줌을 철철철
싼케, 땡삐가 나아가(나와서) 좆을 탁 쐈뺐는 기라. 그러이 얼마나 알리겠
노. 알리가 한게는 옇고 마 아칙에 눕어있으이카 마누라가 와가,

"와 그라노 와 그라노?"

칸께, 자꾸 이불밑에 이래 손을 갈치매 여 디다보라(들여다보라) 칸다.
디다보이 자지가 부아가(부어서) 이래가 있거든. 그래 각시가 인자 오곡

잡곡밥을 해가 이고 인자 그 땡삐 굴에 갔는 기라.

"굴 사자님네요, 땡삐 혼신님네요. 몸띠는 그만하면 됐고, 질이만 쪼금 더 질구로 해주소."

[일동 웃음]

첫날밤 일을 말하게 한 눈깔사탕

자료코드 : 04_21_MPN_20100706_PKS_KSC_0001
조사장소 : 부산광역시 남구 대연6동 부연경로당
조사일시 : 2010.7.6
조 사 자 : 박경수, 정혜란, 황영태
제 보 자 : 김석칠, 남, 66세

구연상황 : 조사자가 할머니방에서 나와 할아버지방으로 자리를 옮긴 후 노인을 대상으로 설화를 채록하려고 했다. 이때 마침 경로당에 들린 제보자에게 이야기를 청하자, 음담패설도 되면 내가 이야기를 하나 해보겠다고 하면서 다음 이야기를 했다.

줄 거 리 : 70년대 말쯤에 있었던 일이다. 나이가 어려서 장가를 간 친구가 있었다. 짓궂은 친구들이 비바람이 치는 신혼 첫날밤에 문구멍으로 부부가 하는 일을 훔쳐보았다. 신랑이, "비가 오나? 바람이 부나?"라고 말하자, 신부가 "비가 와도 좋고, 바람이 불어도 좋고"라고 응답했다. 몇 년 세월이 흘러 품앗이를 하는 날이었다. 신혼부부의 아이가 엄마품을 떠나 말을 조금 할 때, 한 친구가 아이에게 눈깔사탕을 주며 시키는 대로 말을 하라고 했다. 아이가 눈깔사탕이 먹고 싶어 "비가 와도 좋고, 눈이 와도 좋고." 하는 말을 이리 저리 외고 다녔다. 신부가 이 말을 듣고 얼굴이 빨개졌다.

친구들이 있었거든요. 친구들이 인자 얼매 정도 아이고, [생각하며] 한 70년대 말인가 그래 됐는데, 우리 백씨 쪽에 그 혼사가 인제, 글때 어지간하면 중신이 되고 이래가 혼사가 됐는데, 그 당시에 어떤 게 나왔나 카마 눈깔사탕이라고, 왕사탕이라고 요새 눈깔사탕이 왕사탕인데, 참말로 거짓말 보태가지고 주먹띠(주먹 덩어리) 만한 기라. 아들 입에 고마 넣을라 카모 욕을 좀 보는 기라.

그런 그 왕사탕이 이래 나와가지고 할 적에 그거 하나 사먹을라 카마 참 힘듭니다. 그걸 인자 자아(장에) 가가지골랑 그걸 사가 와도, 거기 물건 좋으이끼네 사가 와도, 요새같이 비니루가 있으몬 비니루에 싸오고 이라는데, 글때는 신문지 조오에(종이에) 이래 싸가지고 고마 삼십리 길, 재(산 고개) 한 두 넘어, 두어 재 넘어가가지고 집에 가몬 녹아뿌고 없는 기라. 에, 입에도 안 댔는데.

아, 글때는 아이스께끼로 지게 작대기 인제, 이래 자아서(장에서) 사가지골랑 좋다고, 먹으몬 맛이 좋거든. 이거 아 주겠다고 사가지고, 지게 작대기 떡 걸어가주 드갈 때 보이 젓가락 하나뿐이라.

이래가지고 우리 백씨 쪽에 그 그런 식으로 장개를 가가지골랑 인제 이래 됐는 기라. 이래 인제 장개 가가지고 인자, 옛날에는 참 많이는 열여덥에도 장개 가고, 스물 안쪽에 혼사가 이래 돼 가모, 요만한 집에는 스무살 알로(아래로) 인제 저 아들이 생산이 된다고. 생산이 되가, 늦게 장개 가는 거 이거, 스물 네 살이나 스물 한 대여섯 짜리 이런 것들은 전부 이거 하거든. 이거 품앗이라 카는 거 하거든요. 농촌에 품앗이를 한다 말입니다.

농촌 품앗이로 인자, 오늘 너거 모 숭가(심어) 주몬, 내일 모 숭가 주고, 이런 모 숭가 주고 이래 하는데, 우리 그 백씨 친구들이 인제 장개 가가지고 인제 그, 신혼 이래 참말로 옛날 초가집에, 창 구이로(구멍으로) 요만한 거 내놓고 이래 하는 기라. 한 분썩 정탐을 했단 말이오. 글때는 막 수박도 따 먹고, 여 감자 서리도 하고, 오만 걸 다 그래 하고, 그러이 돼지도 자먹(잡아먹고), 소는 안 잡아묵지만은, 마 소도, 소는 안 잡아묵지만은, 마 닭서리도 하고 돼지도 자묵고 이래 되거든.

이래 되가 인제 그, 첫눈은 안 오고 인제 그, 집을 인자 시월 가을을 다 하고, 인제 영기를 엮어가지골랑 이 용마름 문턱을 해가지고, 보통 담에도 보몬 용마람을 틀어가지고 담을 이래 덮는다고. 그래가 마 새끼재이로 하몬 글타고(그렇다고) 해가, 실기로 해가지고 마 꽁꽁 묶아갖고 그래 영겄다(엮었다) 말이오. 양쪽 껍데기 갖다 대가지골랑. 그 인자 십일월쯤 되가 바람이 인자 어떻할노 하만 사라락 불만 이 갈대가 인자 이기 몸에 자기한테 스치가 소름끼치는 그런 큰 그 바람이 불어 제끼거든. 이라모 사르르르 글고 이라모, 그러이까 보통 이제 촌에 그 당시에만 해도 새마을 사업 하고 이래가지고 전기는 안 들어오고, 이 저저 석유를, 석유를 인제 호롱불은 없어지고 남포불이 있었다고. 남포불. 남포불이라 카모, 우리 군대에서도 남포불이라고 이리 있지만은, 그 기름 자아먹는 기 남포불이구만. 남포불이라고 집집매중(집집마다) 하나썩 막 새마을사업이라고 하나썩 나오다시피 했는 기라.

그러면서 호롱불 쓰고 이랬는데, 근데 석유를 무담보로 오늘 한 말 받았을 겉으모 무조건 남포불 하나 써놔야 돼. 그 안에 초갓집 안에서야 호롱불 쓰든 말든. 그래 인자 그 몇 시까지 쓰라 이래 돼 있었는, 그래 강제적으로 쓰게 돼 있어. 그래야 동네가 밝고 그 모 그렇제. 그래 인제 그 사랑방에 인자, 그라모 큰방 있고, 사랑방 있고, 초갓집 이래 있을 거 겉으모 신혼이 인제 눕어잔단 말이라. 그래 인제 이 친구들을 인제 창문으로 대가 보니까, 바람이 사라락 부이 그래 인자 신랑인데,

"비가 오나? 바람이 부나?"

카디, 밑에서 색시가,

"바람이 불어도 좋고 비가 와도 좋고."

이기 이래 됐는 기라. [웃음]

"바람이 불어도, 비가 와도 좋고."

이래 됐거든. 원래 그 좋으면 비가 와도 좋고 바람이 불어도 좋지 뭐.

이래 돼가 인자 해가 인자 착 넘어가지고, 그 인자 모심기 할 때쯤 됐는 기라. 모심기 하면 인제 서로 품앗이를 이해 하이께네, 먼저 장개 간 그 사람이, 아들이 인제 엄마품은 벗어나가지고, 엄마품은 벗어나가지고 인자,

"점심 이고 오마."

참 이고 오고, 이고 오게 되몬, 저거 어마이 따라 오기 될, 이래 됐는 기라.

그래 참을 이래 먹고 이라모 인자, 아를한테 어예 이 짓궂은 그 친구가 그걸 눈깔사탕을 이만한 걸 구해가지고,

"이 눈깔사탕 주이께네 시키는 대로 해라."

눈깔사탕 먹고 싶어가지고, 그래이께 이래,

"바람이 불어도 좋고, 비가 와도 좋고, 아이고 좋아라. 아이고 좋아라. 바람 불어도 좋고, 비 와도 좋고."

그래 임마는 이 눈깔사탕 하나 얻어먹은 죄로, 자꾸 참하는 데서 이카고 댕긴께네, '임마가 무슨 말이고? 무슨 말이고?' 이기 이래 되는 기라. 그라이 이 색시가 메느리가 가마이 생각해보이, 자기 했는 짓이 있어가이고 [웃음] 얼굴이고 뭐고 빨개지는 기라. 아들은,

"비가 와도 좋고, 눈이 와도 좋고."

그기 개발할 적에, 한창 농촌 새마을운동하고, 자고 나몬 새똥보자 니도 나도 어서 일어나자, 그 저저저저 새마을운동할 당시에, 인자 거기 먹는 것도 신식이 따라가지고 눈깔사탕이 이런 기 튀이나오고 동동구루미도 나오고 이래 됐거든.

그래 그 동, 요새는 왕사탕, 왕사탕, 왕사탕이지. 왕사탕. 왕사탕 이런 거, 글때는 그랬다고. 요새는 그런 거 없어. 그런 사탕이 없다. 그런 거 한 개 넣으몬 석달 열흘 먹거든.

거기 우리 동네 그 빌호라(일화라). '비가 와도 좋고, 바람 불어도 좋고' 이카는 거, 좋으이카네 어짜노. 이기 다 그기 근간에 개발 때 생긴 그 일화라. 그럴 듯 하잖아요.

베틀 노래

자료코드 : 04_21_FOS_20100706_PKS_KKS_0001
조사장소 : 부산광역시 남구 대연6동 남구보건소 옆 팔각정
조사일시 : 2010.7.6
조 사 자 : 박경수, 정혜란, 황영태
제 보 자 : 김경순, 여, 72세
구연상황 : 조사자가 좌중에게 <베틀 노래>를 하실 분이 있느냐고 하자, 제보자가 옛날
　　　　　 에 살짝 들어보았다고 한 뒤 자신이 없지만 한 번 해보겠다고 하며 노래를
　　　　　 시작했다. <베틀 노래>의 일반적 가사와 달리 제보자가 임의로 가사를 넣어
　　　　　 불렀으며, 가락도 임의로 변화시켰다. 일반적으로 전승되는 <베틀 노래>는
　　　　　 아니지만, 특별히 변형된 노래의 경우도 채록할 필요가 있다고 생각했다.

베틀놓세 베틀놓아
목화베를 베틀놓아
밤에는- 호령불밑에서
덜커덩 덜커덩 베를짜세~
일하면 여덟새
일하면 아홉새
열두새가 제~일고~운- 목화베로다~
베틀놓세 베틀놓아
이밤중에 덜커덩 덜커덩 베를짜세
삼베도 짜고 목화도 짜고
봄가을에 여름에 풀을잘해서
손다리미로 다려~서
시부모님 입혀드리고

오일날 장서면

우리 시어머니 시아버지 깨끗하-게-

장에갔다 오시게 섬기세-

덜커덩 덜커덩 덜커덩

삼베도 덜커덩

목화도 철석

그좋은것도 명주베 모시베

우리한국에 일등최고 시원한 옷이다~

진도아리랑

자료코드 : 04_21_FOS_20100706_PKS_KKS_0002
조사장소 : 부산광역시 남구 대연6동 남구보건소 옆 팔각정
조사일시 : 2010.7.6
조 사 자 : 박경수, 정혜란, 황영태
제 보 자 : 김경순, 여, 72세
구연상황 : 조사자의 유도에 따라 제보자가 아리랑을 불렀다. 제보자가 전남 담양 출신
이기 때문에 진도아리랑을 불렀다. 비교적 많이 아는 노래라 조사자와 다른
청중들도 호흡을 맞추며 같이 불렀다.

아리아리랑 스리스리랑 아라리가 났~네~에

아-리랑 응응응 아라리가 났네~

청천하늘에 잔별도 많고-

요내가슴에 수심도 많다-

　아리아리랑~ 스리스리랑~ 아라리가 났~네~에

　아-리랑 응응응 아라리가 났네~

놀다-가~세 놀다-가~세

저달이 떴다지도록 놀다-가~세

　　아리아리랑 스리스리랑 아라리가 났~네~에

　　아-리랑 아리랑 아라리가 났네~

언제는 좋다고 사랑사~랑 하더니~

언제는 싫다고 구두발로 차느냐

　　아리아리랑 스리스리랑 아라리가 났~네~에

　　아-리랑 응응응 아라리가 났네~

호박은 늙으면 맛이~있고~

사람은 늙으면 공동묘지로 간다~

　　아리아리랑 스리스리랑 아라리가 낳~네~에

　　아-리랑 응응응 아라리가 났네~

댕기 노래

자료코드 : 04_21_FOS_20100706_PKS_KGS_0001

조사장소 : 부산광역시 남구 대연6동 남구보건소 옆 팔각정

조사일시 : 2010.7.6

조 사 자 : 박경수, 정혜란, 황영태

제 보 자 : 김기숙, 여, 83세

구연상황 : 청중 한 분이 제보자가 노래를 잘 한다고 하며 추천을 했다. 조사자와 청중의
　　　　　 권유에 따라 다음 <댕기 노래>를 부르게 되었다.

　　우리아배 떠온댕기

　　우리어매 접은댕기

　　울오라배 용심쟁이

우리형님 심술쟁이

삼단같은 내머리로

우리어매 반달같은 얼긴빗을~

곱게빗어 땋아서는

머리끝에 물린댕기

널띄다가 담넘어로 넘어갔네

도령님아 도령님아

내댕기를 나를다고

니댕기는 내가 가졌다만은

분통같은 방에다가

오동장농 걸어놓고

어화병풍 둘러치고

원앙금침 잣베개를

둘이빌때 너를주마

오돌또기

자료코드 : 04_21_FOS_20100706_PKS_KGS_0002

조사장소 : 부산광역시 남구 대연6동 남구보건소 옆 팔각정

조사일시 : 2010.7.6

조 사 자 : 박경수, 정혜란, 황영태

제 보 자 : 김기숙, 여, 83세

구연상황 : 제보자가 자처해서 제주도 노래를 하겠다고 해서 구연한 노래이다. 제주도 민요 오돌또기였다. 조용히 차분하게 노래를 불렀다.

둥그레 당실 둥그레 당실 놓고도 당실

연자머리로 달~도밝~고 해가 머리로 갈꺼나

한라-산 꼭대기 시든게 본듯만~듯

흰머리- 사장님 굳은비 온숭만~숭

　둥그레 당실 둥그레 당실 놓고도 당실

　연자머리로 달~도밝~고 해가 머리로 갈꺼나

한라-산 허리에 시감게 돈듯만~듯

서귀-포 해녀 바당에 든숭만~숭

　둥그레 당실 둥그레 당실 놓고도 당실~

　연자머리로 달~도밝~고 해가 머리로 갈꺼나

서귀-포 칠십리 파도가 인숭만~숭

해녀들 머-리가 에루와 보일듯말~듯

　둥그레 당실 둥그레 당실 놓고도 당실

　연자머리로 달~도밝~고

용지-포 포에 용놀던 자리 없~고

삼석-열매 자리 흔적이 있는숭만숭

　둥그레 당실~ 둥그레 당실~ 놓고도 당실~

　연자머리로 달~도밝~고 해가 머리로 갈이거나

오봉산 타령

자료코드 : 04_21_FOS_20100706_PKS_KGS_0003

조사장소 : 부산광역시 남구 대연6동 남구보건소 옆 팔각정

조사일시 : 2010.7.6

조 사 자 : 박경수, 정혜란, 황영태

제 보 자 : 김기숙, 여, 83세

구연상황 : 제보자가 앞의 <오돌또기>를 부르고 난 후에 다음 노래를 불렀다. 노래를

다 부르고 난 후에 조사자가 무슨 노래인지 묻자 <오봉산 타령>이라고 알려주었다. 느리고 길게 빼면서 노래를 불렀다.

오봉-산~ 꼭대-기~ 에루하 돌배-나무는
가지-가지- 꺾어-도 에루하 모양만 나누~나

오봉-산~ 제일봉에~ 에~ 닭이 춤추~고
단풍진- 숲속에 새울음도 처량~타

오봉-산~ 꼭대-기~ 홀로섰는 노숭낭구(노송나무)
단풍-을 못잊-어 한-춤만 춘다~

구름-아~ 일어-라~ 바람-아~ 불어-라~
부평초- 이내-몸 끝없이 한없이 가잔~다

다리 세기 노래

자료코드 : 04_21_FOS_20100706_PKS_KGS_0004
조사장소 : 부산광역시 남구 대연6동 남구보건소 옆 팔각정
조사일시 : 2010.7.6
조 사 자 : 박경수, 정혜란, 황영태
제 보 자 : 김기숙, 여, 83세
구연상황 : 조사자가 다리를 세면서 부르는 노래를 부탁하자 여러 사람이 노래를 불렀다. 제보자도 혼자 웅얼거리며 노래했는데, 조사자가 다시 해볼 것을 요청하자, 제보자는 잘 생각이 안 난다면서 빠르게 가사를 읊었다.

이거리 저거리 갓거리
동서맹근 도맹근
수구리 바꾸 도빠꾸
김피단지 열두양

꽃 노래

자료코드 : 04_21_FOS_20100706_PKS_KGS_0005
조사장소 : 부산광역시 남구 대연6동 남구보건소 옆 팔각정
조사일시 : 2010.7.6
조 사 자 : 박경수, 정혜란, 황영태
제 보 자 : 김기숙, 여, 83세
구연상황 : 옛날에 부모님께 들어본 노래라며 불렀다.

　　　　파란부채 청도피리 꽃을보고 지나치네
　　　　꽃이사 곱건마는 남의꽃을 손댈손가

노랫가락 / 나비 노래

자료코드 : 04_21_FOS_20100706_PKS_KGS_0006
조사장소 : 부산광역시 남구 대연6동 남구보건소 옆 팔각정
조사일시 : 2010.7.6
조 사 자 : 박경수, 정혜란, 황영태
제 보 자 : 김기숙, 여, 83세
구연상황 : 조사자가 좌중에 노랫가락을 부탁하자 제보자가 나서서 다음 노래를 불렀다.

　　　　나비야 청산가-재 호랑나-비야 너도-가자
　　　　가다가 날저물거든 꽃속에서나 잠자고가~세-
　　　　그꽃이 푸대접하거든 꽃잎에-서나 자고가~세-

베틀가

자료코드 : 04_21_FOS_20100706_PKS_KGS_0007
조사장소 : 부산광역시 남구 대연6동 남구보건소 옆 팔각정
조사일시 : 2010.7.6

조 사 자 : 박경수, 정혜란, 황영태

제 보 자 : 김기숙, 여, 83세

구연상황 : 조사자가 <베틀 노래>를 유도하자 제보자가 다음 노래를 구연했다. 베틀에 베를 짜면서 불렀던 <베틀 노래>가 아니고 후렴을 다듬어 발달시킨 통속민 요로 경기민요에 속한다.

베틀을놓세 베틀을놓세 옥난강에도[34] 베틀을놓세~

　에헤~이요 베짜-는 아가씨 사랑노래 베틀에 수심만 지노라

이베를짜서 누구를주나 바디칠성 눈물이로구나

낮에짜는거는 일광단이요 밤에짜는거는 월광단이라

　에헤~이요 베짜-는 아가씨 사랑노래 베틀에 수심만 지노라

반공중에 걸린저달은 바디장단에 다넘어가네

닭아닭아 우지를마라 이베짜기가 다넘어간다

　에헤~이요 베짜-는 아가씨 사랑노래 베틀에 수심만 지노라

노랫가락(1) / 그네 노래

자료코드 : 04_21_FOS_20100125_PKS_KBK_0001

조사장소 : 부산광역시 남구 용호1동 영시노인정

조사일시 : 2010.1.25

조 사 자 : 박경수, 박양리, 정혜란, 오소현

제 보 자 : 김부금, 여, 78세

구연상황 : 조사자가 노랫가락을 권유하며 "추천당" 하며 시작하자, 제보자가 이를 받아 서 불렀다. 일명 <그네 노래>이다.

수천당 세모진낭게 오색가지에 열매가열어~

---

34) "옥난간에다"를 이렇게 불렀다.

그 다음 뭐라 카요? 했소? [웃음]

님이타면 내가서밀고 내가타면은 정님이민-다
임아임아 날미지마라 줄떨어지면은 정떨어진-다

모심기 노래

자료코드 : 04_21_FOS_20100125_PKS_KBK_0002
조사장소 : 부산광역시 남구 용호1동 영시노인정
조사일시 : 2010.1.25
조 사 자 : 박경수, 박양리, 정혜란, 오소현
제 보 자 : 김부금, 여, 78세
구연상황 : 제보자가 <그네 노래>를 부른 후, 조사자가 제보자에게 <모심기 노래>를
불러달고 요청하자, 제보자가 바로 다음 노래를 불렀다. 제보자 스스로 손
뼉을 치면서 장단을 맞추어 노래를 불렀다.

이물꺼저물끼 헐어놓고 주인네양-반 어디갔소
문에야전복을 손에들고 첩의야방에 놀러갔네-

모야모야 노랑모야 너운제커서 열매열래

(청중 : 아이구 잘한다.)

이달크고 홋달크고 칠팔월에 열매열지

(청중 : 아이구 잘한다.)

진주난봉가

자료코드 : 04_21_FOS_20100125_PKS_KBK_0003

조사장소 : 부산광역시 남구 용호1동 영시노인정
조사일시 : 2010.1.25
조 사 자 : 박경수, 박양리, 정혜란, 오소현
제 보 자 : 김부금, 여, 78세
구연상황 : 조사자가 진주남강 빨래하러 가는 노래도 있지 않느냐고 물어보자, 제보자가
그런 것도 있다고 말하면서 다음 노래를 불렀다. 그러나 노래의 뒷부분 가사
를 다 생각하지 못하고 노래를 중단했다.

울도담도 없는집에

시집삼년을 살고나니

시어머니 하시는말씀

야야아가 메눌아가

너거낭군님 볼라커든

진주야 남강에 빨래가라

진주남강 빨래를가서

껌둥빨래는 껌기씻고

흰빨래는 희기씻고

집으로 돌아오니

시어머니 하시는말씀

야야아가 메눌아가

너거야 낭군님 볼라거든

사랑방으로 내러가라

사랑방을 내러가니

우리야 낭군님

하, 모르겠네.

기생의첩을 옆에놓고

니주거니 네주거니

권주야가를 하는구나

못갈 장가 노래

자료코드 : 04_21_FOS_20100125_PKS_KBK_0004
조사장소 : 부산광역시 남구 용호1동 영시노인정
조사일시 : 2010.1.25
조 사 자 : 박경수, 박양리, 정혜란, 오소현
제 보 자 : 김부금, 여, 78세
구연상황 : 조사자가 못 갈 장가 노래의 앞부분을 이야기하면서 그런 노래를 부른 적이
         없느냐고 물어보자 제보자가 그 노래를 조금 안다고 말했다. 조사자가 제보자
         에게 노래를 불러달라고 요청하자 제보자가 다음 노래를 불렀다.

열하고 스물이되니

못갈장가를 가라카네

앞집에라 궁합을보고

뒷집에라 책력보고

책력에도 못갈장가

궁합에도 못갈장가

못갈장가를 가라카네

한고개 넘어서니

까막까치가 깍깍짖네

또한고개를 썩넘어서니

길밑에있던 여우새끼

길우로 진동하네

또한고개를 썩넘어서니

신부야 죽었다 부고오네

또한고개 썩넘어서니

집으로 썩들어서니

꽃쟁이는 꽃만들고

곽쟁이는 곽을짜네

사우사우 내사우야

이왕이케(이왕 이렇게) 온걸음에

신부야방을 들어가자

날줄라고 만들은음식

발연제나(발인제나) 잘지내고

날줄라고 지은밥은

아이고 마 또 잊어뿠다. 발연제나, 그걸 발연제라 카는데. 잘 지냈어.

가오가오 나는가오

왔던나길로 나는가오

노랫가락(2)

자료코드 : 04_21_FOS_20100125_PKS_KBK_0005
조사장소 : 부산광역시 남구 용호1동 영시노인정
조사일시 : 2010.1.25
조 사 자 : 박경수, 박양리, 정혜란, 오소현
제 보 자 : 김부금, 여, 78세
구연상황 : 제보자가 자진해서 처량한 신세를 무심한 달에 가탁하여 불렀는데, 노랫가락
의 곡조에 맞추어 불렀다.

달아 뚜렸현달아(뚜렷한 달아) 임의사창에 비춘달아(비친 달아)
저달이 나심중알면 저래밝기는 만무하다

화투 타령

자료코드 : 04_21_FOS_20100125_PKS_KBK_0006
조사장소 : 부산광역시 남구 용호1동 영시노인정
조사일시 : 2010.1.25
조 사 자 : 박경수, 박양리, 정혜란, 오소현
제 보 자 : 김부금, 여, 78세

구연상황 : 조사자가 화투 노래는 어떻게 불렀는지 제보자에게 물어보자, 제보자가 다음 노래를 불렀다.

> 정월속가지 속삭한마음
> 이월매조에 맺어놓고
> 삼월사꾸라 산란한마음
> 사월흑싸리 흩어지고
> 오월난초 나비가날아
> 유월목단에 춤잘춘다
> 칠월홍돼지 홀로누워
> 팔월공산에 달도밝다
> 구월국화 굳었던마음
> 시월단풍에 다떨어지고
> 오동추야 달밝은데
> 흰양산 씌고가는 저잡년아

풀국새 노래 / 산비둘기 소리 노래

자료코드 : 04_21_FOS_20100706_PKS_MKMJ_0001
조사장소 : 부산광역시 남구 대연6동 부연경로당
조사일시 : 2010.7.6
조 사 자 : 박경수, 정혜란, 황영태

제 보 자 : 문강미자, 여, 86세

구연상황 : 배석분 제보자의 성주풀이가 끝이 나자 조사자가 산에서 산비둘기나 뻐꾸기
소리를 흉내 내는 소리를 하지 않았느냐고 좌중에게 물었다. 그러자 제보자가
이렇게 소리했다고 하면서 노래를 했다.

     지집죽고(계집 죽고) 자석죽고(자식 죽고)

     내호무차(내 혼자) 우째살꼬

푸꾹푸꾹하이까 그러카대.

도라지 타령

자료코드 : 04_21_FOS_20100706_PKS_MBY_0001

조사장소 : 부산광역시 남구 대연 6동 남구보건소 옆 팔각정

조사일시 : 2010.7.6

조 사 자 : 박경수, 정혜란, 황영태

제 보 자 : 문복열, 여, 76세

구연상황 : 다른 청중이 먼저 <도라지 타령>을 불렀는데, 마음에 들지 않는지 제보자가
같은 노래를 다시 불렀다. 이 노래는 통속적인 신민요로 널리 유행한 것이다.

     도라지 도라지 백도~라지 심-심산~천에 백도라지

     한두-뿌리만 캐어~도~ 바구니 반섬만 되노~라

       앵에헤헤요 앵에헤에요 에헤여가~ 난다~ 지화자~ 좋~다

       니가 내간장 스리스리스리 다녹인다-

아기 어르는 노래 / 알강달강요

자료코드 : 04_21_FOS_20100706_PKS_PJS_0001

조사장소 : 부산광역시 남구 대연6동 부연경로당

조사일시 : 2010.7.6
조 사 자 : 박경수, 정혜란, 황영태
제 보 자 : 박종숙, 여, 86세
구연상황 : 조사자가 아기를 어를 때 "알강달강" 하면서 부르는 노래도 있지 않느냐고
　　　　　하면서 좌중에 묻자, 제보자가 확실히는 모른다고 한 다음 갑자기 다음 노래
　　　　　를 말로 읊조렸다. 제보자가 갑자기 노래를 시작하는 바람에 처음 사설이 녹
　　　　　음되지 않았다.

　　알강달강 서울가서[35]

　　밤을한되 주워다가

　　쌀독안에 옇놓으니

　　새앙쥐가 다까먹고

　　다문하나(다만 하나) 남은거로

　　보니는(보늬는) 애미주고

　　껍질은 애비주고

　　알키는(알맹이는) 니캉내캉 갈라묵자

　　알강달강

쌍가락지 노래

자료코드 : 04_21_FOS_20100125_PKS_SMK_0001
조사장소 : 부산광역시 남구 용호1동 영시노인정
조사일시 : 2010.1.25
조 사 자 : 박경수, 박양리, 정혜란, 오소현
제 보 자 : 손명금, 여, 76세
구연상황 : 조사자와 청중이 이야기를 하면서 "쌍금쌍금" 하는 노래도 있다는 말이 나
　　　　　오자, 제보자가 노래의 가사를 말로 읊조리면서 구연했다.

---

35) 녹음이 되지 않은 부분이다.

쌍금쌍금 쌍가락지

주석질로 놋가락지

먼데보니 달일래라

잩에보이 처잘래라

그처자 자는방에

숨소리가 두가지네

천도복숭 오라부시

[조사자에게 설명하듯이] 옛날에 오빠를 오라부시라고 했거든.

거짓말쌈 말아주소

동남풍이 드리부니

풍지우는 소릴래라

만고강산

자료코드 : 04_21_FOS_20100125_PKS_SMK_0002

조사장소 : 부산광역시 남구 용호1동 영시노인정

조사일시 : 2010.1.25

조 사 자 : 박경수, 박양리, 정혜란, 오소현

제 보 자 : 손명금, 여, 76세

구연상황 : 제보자가 어릴 적에 가사를 적어 놓고 배운 노래라고 말하면서 다음 노래를 불렀다. 만고강산을 비교적 힘있게 흥을 내어 잘 불렀다.

만고강산 유람할제

봉래산이 어드메요

죽장짓고 풍을서려

봉래산으로 올라서니

천봉만학 부용담에

하늘높이 솟아있고

나는나비 우는새는

춤과춤색을36) 자랑하고

봉래산 좋은경치

지척에다가 묻어두고

못본지가 몇해더냐

모심기 노래(1)

자료코드 : 04_21_FOS_20100125_PKS_WCO_0001
조사장소 : 부산광역시 남구 용호1동 새마을경로당
조사일시 : 2010.1.25
조 사 자 : 박경수, 박양리, 정혜란, 오소현
제 보 자 : 왕차옥, 여, 88세
구연상황 : 조사자가 <모심기 노래>를 부탁하자, 청중이 제보자가 잘한다며 권유했다.
그러자 제보자는 자신이 없다는 말을 하고는 첫 번째 노래를 불렀다. 두 번째
노래는 이런 것이 있다면서 제보자가 갑자기 부른 것이다.

이논에 [사설을 바꾸어]

이물끼저물끼 헐어놓고 주인네양~반 어디갔소

이등저등 건니등에(건너 등에) 칠기야녁줄 더디오네

비묻았네 비묻았네37) 진주야 덕산에 비묻았네

그비가 비아니라 억만군사의 눈물일세

---

36) 춤과 춘색을.
37) 갑자기 부르는 바람에 미처 녹음되지 않은 부분이다.

진주난봉가

자료코드 : 04_21_FOS_20100125_PKS_WCO_0002
조사장소 : 부산광역시 남구 용호1동 새마을경로당
조사일시 : 2010.1.25
조 사 자 : 박경수, 박양리, 정혜란, 오소현
제 보 자 : 왕차옥, 여, 88세

구연상황 : 조사자가 진주남강에 빨래하러 간다는 노래도 있지 않느냐고 하자, 제보자가
그런 게 있다고 한 후에 다음 노래를 불렀다. 노래 끝부분에서 말로 내용을
일부 설명한 후에 다시 노래를 이어서 마무리했다.

진주야 남강에 빨래질가

흰빨래는 희게씻고

껌둥빨래는 껌게씻고

집이라고 돌아올라하니

과게갔던 서방님이

하늘겉은 갓을씨고

태산같은 용말로타고

집이라고 돌아오니

서방님이 돌아옴매

못본듯이도 지내가네

집이라고 썩들어서니

시어마님 하는말씀

아가아가 메늘아가

사랑방에 내리가봐라

저거 뭐꼬. 아, 그래서 시어마님 말씀 듣고, 사랑방으로 인자 빨래통을
내라놓고 인자 사랑방을 내려가이

열두가지 안주를놓고

콩거이 작거이 하고있네

기생첩을 옆에놓고

열두가지 안주를놓고

콩거이 작거이 하고있네

버선발로 뛰어내러옴서

맹지수건을 목을매고

딱개칼로 품에품고

자는듯이 죽어뺐네

　와이고 시어마님이 할마씸, 그러카네 목을 매이 죽으니 소리가 났다 아이가. 시어마이가 드다(들여다) 보이카네, 마 목을 매가 죽았거든. 와이고 그래 마 저 아들로 오라고 꽘을(고함을) 지르이카네,

"애기가 목을 매고 죽었다."

카이케네, 버선발로 뛰이 내려오가이고 서방님이 그래,

아이고여보 당신이랄줄은 내몰랐네

기성첩은 석달인데

본댁어는 백년인데

당신이랄줄 내몰랐다

카민서러, 그라면서 서방님이 탄식을 하더란다.

모심기 노래(2)

자료코드 : 04_21_FOS_20100125_PKS_WCO_0003
조사장소 : 부산광역시 남구 용호1동 새마을경로당
조사일시 : 2010.1.25

조 사 자 : 박경수, 박양리, 정혜란, 오소현

제 보 자 : 왕차옥, 여, 88세

구연상황 : 조사자가 제보자에게 노래를 참 많이 알고 있는 것 같다고 이야기하자, 제보
자가 흥에 겨워 노래를 하나 더 불렀다.

서울이라 왕대밭에 금비둘기 알을낳아

그걸한개 주웠으몬 금년과게로 내갈구로(내 갈 것을)

이논-에-다 모를숨아 금실금실 영화로-다

이물끼저물끼 헐어놓고 주인네양반 어디갔소

보리타작 노래

자료코드 : 04_21_FOS_20100125_PKS_WCO_0004

조사장소 : 부산광역시 남구 용호1동 새마을경로당

조사일시 : 2010.1.25

조 사 자 : 박경수, 박양리, 정혜란, 오소현

제 보 자 : 왕차옥, 여, 88세

구연상황 : 조사자가 보리타작을 하면서 노래를 부르지 않았느냐고 물어보자, 제보자가
그거야 다 똑같이 "옹헤야" 한다고 하면서 다음 노래를 했다.

옹-헤야

　　옹-헤야

옹-헤야

　　옹-헤야

여게있다

　　때리라

옹-헤야

　　옹-헤야

옹혜야
　옹혜야
잘넘어간다
　용혜야
용혜야

모심기 노래(1)

자료코드 : 04_21_FOS_20100706_PKS_LYI_0001
조사장소 : 부산광역시 남구 대연6동 남구보건소 옆 팔각정
조사일시 : 2010.7.6
조 사 자 : 박경수, 정혜란, 황영태
제 보 자 : 이연이, 여, 80세
구연상황 : 조사자가 <모심기 노래>를 부탁하자, 제보자가 자처해서 불러 주었다. 차분
　　　　한 목소리로 노래 한 편씩 끊어서 구연했다. 노래가 끝나자 청중들이 모두 잘
　　　　한다고 하며 박수를 쳤다.

머리야~좋고도 잘난처녀~이 울뽕낭게 걸앉았네(걸터 앉았네)
울뽕아~줄뽕아 내따줌세~이 백년아언-약을 나캉하세(나와 하세)

진개야~맹개야 너른들에~이 점심참-이 늦어오네
밤으나낮으나 구억하네~이 돌고나-니 늦어오네

사래야~질고도 광찬밭에~이38) 목화따-는 저처자야
목화야~필목을 내따줌세~이 백년아언~약을 나캉합세-

이물끼저물끼 헝헐어놓고~ 주인네양~반은 어더로갔노
문에야대전복 양손에들고~이 첩의야방에 놀라가네

---

38) 일반적으로 '장찬밭에'로 부르는 것을 제보자는 이렇게 발음했다.

산이~높아서 그늘지나~ 해가빠-자서 그늘지지

우리야~임은~ 어더로가고~이 연기낼-줄을 모르더냐

쌍가락지 노래

자료코드 : 04_21_FOS_20100706_PKS_LYI_0002

조사장소 : 부산광역시 남구 대연6동 남구보건소 옆 팔각정

조사일시 : 2010.7.6

조 사 자 : 박경수, 정혜란, 황영태

제 보 자 : 이연이, 여, 80세

구연상황 : 조사자가 "쌍금쌍금 쌍가락지"로 시작하는 노래는 참 듣기 어렵다고 하면서
누가 노래를 알면 불러달라고 요청했다. 제보자가 오래 전에 들은 노래라서
가사를 까먹었다고 하고는 다음 노래를 읊조리듯이 구연했다.

쌍금쌍금 쌍가락지

호작질로 닦아내어

먼데보이 달일레라

잩에보이 처잘레라

홍돌홍돌 올아바님(오라버님)

거짓말씀 말아주소

숭평이39) 디리불어

풍지우는 소릴래라

청춘가

자료코드 : 04_21_FOS_20100706_PKS_LYI_0003

---

39) 흔히 "동풍" 또는 "동남풍"이라고 부르는 부분을 이렇게 불렀다.

조사장소 : 부산광역시 남구 대연6동 남구보건소 옆 팔각정

조사일시 : 2010.7.6

조 사 자 : 박경수, 정혜란, 황영태

제 보 자 : 이연이, 여, 80세

구연상황 : 조사자가 댕기 노래를 아는지 좌중에게 묻자, 제보자가 쑥스러워 하며 다음 노래를 짧게 구송했다.

칠래동 팔래~동~ 난갑사 저댕기~이

석달도 몬디리고~이 좋~다 날받이가 왔구~나-

모심기 노래(2)

자료코드 : 04_21_FOS_20100706_PKS_LYI_0004

조사장소 : 부산광역시 남구 대연6동 남구보건소 옆 팔각정

조사일시 : 2010.7.6

조 사 자 : 박경수, 정혜란, 황영태

제 보 자 : 이연이, 여, 80세

구연상황 : 제보자가 가사를 잊어버렸다고 하면서 자신이 없는 듯이 구연한 <모심기 노래>이다. 한 소절이 끝나고 조사자의 유도에 따라 노래를 불렀다.

진주야남강에 모를부여~어 장잎이넓-아도 정잘레라

석노야~꽃으는40) 장가를가고~이 찔레야꽃으는 유곽가-네

씨종자~ 받을고41) 장가를가-지~

---

40) 석류야 꽃은.

41) "만인간아 웃지마라" 부분을 생략하고, "씨종자 받으려고" 하는 부분을 이렇게 불렀다.

모심기 노래(3)

자료코드 : 04_21_FOS_20100706_PKS_LYI_0005
조사장소 : 부산광역시 남구 대연6동 남구보건소 옆 팔각정
조사일시 : 2010.7.6
조 사 자 : 박경수, 정혜란, 황영태
제 보 자 : 이연이, 여, 80세
구연상황 : 조사자가 다른 청중들과 대화를 하던 중에 제보자가 갑자기 다음 노래를 구
연했다. 노래를 부르고 나서 멋쩍은 듯이 웃었다.

모시야~적삼에 반적삼에~이 분통같-은 저젖보소
많이나~보면은 병이나고~이 담배씨만-치만 보고가소

청춘가

자료코드 : 04_21_FOS_20100706_PKS_LYI_0006
조사장소 : 부산광역시 남구 대연6동 남구보건소 옆 팔각정
조사일시 : 2010.7.6
조 사 자 : 박경수, 정혜란, 황영태
제 보 자 : 이연이, 여, 80세
구연상황 : 어릴 때 들었던 노래라면서 부른 것이다.

치바다 보아라~42) 희꼬기43) 떴지요~오
오늘바다 부어라~44) 연락선 떴지요~오

일본아 동경이~이 얼마나 좋아서~어
꽃겉은~이 나를두고 좋~다 연락선 타느냐~

---

42) 쳐다보아라.
43) 비행기의 일본어.
44) "보아라"라고 하면 자연스러운데 "부어라"라고 불렀다.

고향이 따로있나~ 정들면 고향이지~이

고향은 저점점~ 타향이 되고요~오

타향은 저점점~ 고향이 되노라~하

파랑새요

자료코드 : 04_21_FOS_20100706_PKS_LYI_0007

조사장소 : 부산광역시 남구 대연6동 남구보건소 옆 팔각정

조사일시 : 2010.7.6

조 사 자 : 박경수, 정혜란, 황영태

제 보 자 : 이연이, 여, 80세

구연상황 : 제보자가 앞의 노래를 부르고 난 뒤에 자진하여 다음 노래를 구연했다. 노래
가 끝나자 멋쩍다고 생각하는지 크게 웃었다.

새야새야 파랑새야

녹두낭게 앉지마라

녹두꽃이 얼어지면

청포장사 울고간다

아기 어르는 노래 / 불매소리

자료코드 : 04_21_FOS_20100706_PKS_LYI_0008

조사장소 : 부산광역시 남구 대연6동 남구보건소 옆 팔각정

조사일시 : 2010.7.6

조 사 자 : 박경수, 정혜란, 황영태

제 보 자 : 이연이, 여, 80세

구연상황 : 조사자가 "불미불미" 하면서 애기 어르는 노래가 있지 않느냐고 하면서 노래
를 유도하자, 제보자가 그런 노래를 불렀다고 하며 다음 노래를 했다.

불미불미 불미야

이불미가 어더메 불미고

경상도 대불미

후루루루룩 딱딱 불미야

후루루루룩 딱딱 불미야

아기 재우는 노래 / 자장가

자료코드 : 04_21_FOS_20100706_PKS_LYI_0009
조사장소 : 부산광역시 남구 대연6동 남구보건소 옆 팔각정
조사일시 : 2010.7.6
조 사 자 : 박경수, 정혜란, 황영태
제 보 자 : 이연이, 여, 80세
구연상황 : 조사자가 제보자에게 애기 재우는 자장가도 있지 않느냐고 하면서, 옛날에
　　　　　　자장가를 어떻게 불렀는지 묻자, 제보자가 그냥 "자장자장" 했다고 하며 다음
　　　　　　노래를 불렀다.

자장자장 자장자장

개야개야 뒷집개야

짖지마라

우리아기 잠안든다

자장자장 자장자장

쾌지나 칭칭나네

자료코드 : 04_21_FOS_20100125_PKS_LWS_0001
조사장소 : 부산광역시 남구 용호1동 영시노인정
조사일시 : 2010.1.25

조 사 자 : 박경수, 박양리, 정혜란, 오소현
제 보 자 : 이월순, 여, 80세
구연상황 : 김부금 제보자가 <모심기 노래>를 부른 후, 조사자가 "쾌지나 칭칭나네" 소
　　　　　리를 붙여가며 노래를 불렀던 것도 있지 않느냐고 물어보자, 제보자가 그런
　　　　　노래가 있었다며 이 노래를 불렀다. 청중들이 박수를 치며 뒷소리를 따라 붙
　　　　　였다. 노래 중간에 가사를 잊은 부분에서는 노래를 잠시 멈추었다가 다시 불
　　　　　렀다. 청중 중에 이제 진짜 노래가 나온다고 말하기도 했다.

　　　청천 하늘에 잔밸도45) 많다
　　　　　치기나 칭칭나네

　　(청중 : 인자 진짜배이 나오네.)

　　　우리야 가슴에 수심도 많다
　　　　　치기나 칭칭나네

　　　청천하늘 [가사를 잘못 말한 것을 표시하며] 아네, 아이다.
　　　대밭에는 모대도46) 많다
　　　　　치기나 칭칭나네
　　　솔밭에는 가지도 많다
　　　　　치기나 칭칭나네
　　　시내 갱변에47) 돌도 많다
　　　　　치기나 칭칭나네
　　　청천하늘에 밸이 많아
　　　　　치기나 칭칭나네

　　[잠시 가사를 잊었는지] 잊이삐렀다.[웃음]

───────────────

45) 잔별도.
46) 마디도.
47) 강변에.

청천하늘에 밸이 많아
  치기나 칭칭나네
칠성별이 몇몇인고
  치기나 칭칭나네
우리부모 자식이 많아서
  치기나 칭칭나네
종신자식이 몇몇인고
  치기나 칭칭나네
대밭에는 대가 많아
  치기나 칭칭나네
툉숫대가 몇개던고
  치기나 칭칭나네
솔밭에는 솔이 많아
  치기나 칭칭나네
지개가지가 몇개던고
  치기나 칭칭나네
시내갱변에 돌이 많아
  치기나 칭칭나네
주춧둘이 몇개던가
  치기나 칭칭나네
얼씨구 절씨구 지화자 좋다
  치기나 칭칭나네
뻐드렁거리고 많이 놀자
  치기나 칭칭나네

[일동 웃으며 박수]

사발가

자료코드 : 04_21_FOS_20100125_PKS_LWS_0002
조사장소 : 부산광역시 남구 용호1동 영시노인정
조사일시 : 2010.1.25
조 사 자 : 박경수, 박양리, 정혜란, 오소현
제 보 자 : 이월순, 여, 80세
구연상황 : 김부금 제보자가 <진주남강요>를 부른 후, 조사자가 "석탄백탄"으로 시작하
　　　　　는 노래를 불러달라고 요청하자, 제보자가 나서서 다음 노래를 불렀다. 노래
　　　　　를 마치고 안 부르다 부르려고 하니 잘 안 된다고 말하기도 했다.

　　　석탄백탄 타는데 연기만 폴폴 나구요
　　　요내심장 타는데는 연기도짐도 안난다
　　　에헤~야 에여라 난다 디여라~ 모두가 내사랑이로다

어랑타령

자료코드 : 04_21_FOS_20100125_PKS_LWS_0003
조사장소 : 부산광역시 남구 용호1동 영시노인정
조사일시 : 2010.1.25
조 사 자 : 박경수, 박양리, 정혜란, 오소현
제 보 자 : 이월순, 여, 80세
구연상황 : 제보자가 앞의 노래를 부른 후에 노래를 하나 더 불러 보겠다며 하면서 다
　　　　　음 노래를 불렀다.

　　　바람아~ 바람아~ 네가불지를 말어라
　　　머리단장 곱게하고 바람에 흩어나지누나
　　　　어랑어랑 어허야 어허야 디야 모두가 내사랑이로다~

신세한탄가

자료코드 : 04_21_FOS_20100125_PKS_LWS_0004

조사장소 : 부산광역시 남구 용호1동 영시노인정

조사일시 : 2010.1.25

조 사 자 : 박경수, 박양리, 정혜란, 오소현

제 보 자 : 이월순, 여, 80세

구연상황 : 제보자가 노래를 하나 더 불러보겠다고 말을 한 후 이 노래를 불렀다. 청중
들이 모르는 노래가 없다고 감탄하기도 했다. 제보자는 노래를 부르고 난 후
이 노래의 뜻을 조사자에게 친절하게 설명했다.

　　세파에 시달린몸이 만사에도 뜻이없어

　　모든시름을 잊으려고 홀로일어서 배회할제

　　달리는~ 기적한대 귀뚜라미가 슬피울어

　　가석한 남은간장을 어이마저 썩히겠나

　　가뜩이나 심난한데 중천에 뜬기러기가

　　짝을불러서 슬피울제 일경일경 삼사오경에

　　뜨는듯이 새벽일세~

아기 어르는 노래(1) / 둥개요

자료코드 : 04_21_FOS_20100125_PKS_LWS_0005

조사장소 : 부산광역시 남구 용호1동 영시노인정

조사일시 : 2010.1.25

조 사 자 : 박경수, 박양리, 정혜란, 오소현

제 보 자 : 이월순, 여, 80세

구연상황 : 조사자가 아기들을 재울 때나 어를 때 불렀던 노래를 알면 불러달라고 요청
하자, 제보자가 다음 노래를 불렀다.

　　둥개둥개 둥천아

날라가는 학천아

옹구전에는(옹기전에는) 바내기

챙이끝에는48) 싸래기

등불밑에 무쭐래는

까시나 돋치거나

미나리깡에 속잎풀은

햇기끼나49) 안았거나

은자둥아 금자둥아

칠부처상에 보배둥아

부모님 잘에는 효도종아(효도동아)

나라님, 인자 새도(혀도) 안 돌아간다.

임금님 잘에는 충성동아

오색비단에 채색동아

채색비단에 오색동아

동네방네는 귀염둥아

부모님 잘에는 효자동아

동네방네는 귀염둥아

성지간에는(형제간에는) 우애동아

일가간에는 화목동아

천태산 폭포처럼

줄기차게도 잘크거라

모래밭에 수박둥글

둥글둥글 잘크거라

---

48) '챙이'는 키의 방언.
49) "햇것이나"의 뜻인 듯함.

아기 어르는 노래(2) / 알강달강요

자료코드 : 04_21_FOS_20100125_PKS_LWS_0006

조사장소 : 부산광역시 남구 용호1동 영시노인정

조사일시 : 2010.1.25

조 사 자 : 박경수, 박양리, 정혜란, 오소현

제 보 자 : 이월순, 여, 80세

구연상황 : 조사자가 애기 어를 때 "알강달강"으로 시작하는 노래도 하지 않았느냐고
물어보자, 제보자가 다음 노래를 바로 불렀다. 노래는 읊조리듯이 했다.

    울아버지 서울가서

    밤한톨이 사가와서

    부뚜막에 나았더니(놓았더니)

    새앙쥐가 다까먹고

    알캉달캉 알캉달캉

시집살이 노래

자료코드 : 04_21_FOS_20100125_PKS_LWS_0007

조사장소 : 부산광역시 남구 용호1동 영시노인정

조사일시 : 2010.1.25

조 사 자 : 박경수, 박양리, 정혜란, 오소현

제 보 자 : 이월순, 여, 80세

구연상황 : 제보자가 애기 어르는 노래를 부른 다음, 다음 노래도 불러보겠다고 했다.
그러나 가락이 생각나지 않아 가사만 말로 하겠다고 한 후에 그렇게 했다.

    성아성아 사촌성아

    쌀한되만 지짔으모50)

    니도묵고 내도묵고

---

50) "꾸어 주었으면"의 뜻이다.

딩기는(등겨는) 받아서 니소주고

싸래기는 받아 니달주고(너 닭 주고)

뜨물은 받아서 또니소주고

각설이 타령

자료코드 : 04_21_FOS_20100125_PKS_LWS_0008

조사장소 : 부산광역시 남구 용호1동 영시노인정

조사일시 : 2010.1.25

조 사 자 : 박경수, 박양리, 정혜란, 오소현

제 보 자 : 이월순, 여, 80세

구연상황 : 제보자가 각설이 타령을 해보겠다고 하자, 청중이 시작 후렴을 넣어주니 노
래를 시작했다. 노래가 흥겹고 재미가 있어서인지 청중들이 박수를 치며 웃기
도 하고, 일부는 제보자의 노래를 많이 들어서 알고 있는 듯이 사설을 따라
하기도 했다.

얼씨구씨구 들어간다

절씨구나 들어간다

요놈의 각설이 요래도

정상감사 자제분으로

팔도강산을 마다꼬

돈한푼에 팔려서

문전걸식을 나왔네

품마하고도 잘한다

지리고지리고 잘한다

이라자라 홋청지

농부작태 노리개

뽀로롱 뽀로롱 물레질을

늙은이샅에 노리개

올고나뽈고나 당사실

큰애기샅에 노리개

마당탱탱 벌어졌네

문지닦는놈이 제적이고(제격이고)

또구(도구)탱탱 벌어졌네

보리쌀이 제적이요

지둥나무 벌어전데는(벌어진 데는)

거미줄이 제적이요

몽치기란놈 벌어전데는

빈대베룩이 제적이요

얼씨구씨구 들어간다

요놈의 각설이 요래도

꾸중물보나 먹었나

끌적끌적을 잘한다

탁주말이나 묵었나

텁텁하기도 잘한다

하물도나 먹었나

시원시원이 잘한다

참지름 또나먹었나

매끌매끌 잘한다

요놈의 각설이 요래도

목구역에다가 불을캤나

훤~하게도 잘한다

요놈의 각설이 요래도

새끼살리나 먹었는가

새름새름이 잘한다
품마하고도 잘한다
지리고 지리고 더잘하나

[웃고 난 후] 그래 하께 인자.

얼씨구 디간다(들어간다)
복개통 안에는 조대통
방안에는 성냥통
부뚜막에는 밥통
마루밑에는 개밥통
마당에는 절구통
소마구안에는 소여물통
화장실 안에는 오줌통
대문밖에는 쓰레기통
기생방에는 장구통
가시나 못된거는 젖통
머시마 못된것은 대가리통
이통저통 다팔아먹고
백수건달이가 되었구나 [웃음]
이산저산 골지고
영감할매는 등지고
처녀총각은 배지고
얼씨구 들어간다
이파저파는 망파요
한량은 주머니는 공파요

병든다리는 춤파요

물가전담은 수파요

제집에 죽어서 낙파요

얼씨구 들어간다 [웃음]

월령가

자료코드 : 04_21_FOS_20100125_PKS_LWS_0009

조사장소 : 부산광역시 남구 용호1동 영시노인정

조사일시 : 2010.1.25

조 사 자 : 박경수, 박양리, 정혜란, 오소현

제 보 자 : 이월순, 여, 80세

구연상황 : 제보자가 이제 마지막으로 노래를 한 곡 부르고 더 이상 부르지 않겠다는 말을 한 후 다음 노래를 불렀다. 노래로 부르지 않고 말로 읊조려서 구연했다. 읊조리는 중간에 조사자 일행을 보며 사설의 내용을 설명하거나 내용을 아는지 확인하고자 했다.

정월이라 십오일은 망월하는 맹절이라

청춘남녀 짝을지어 양양쌍봉이 가관인데

울의님은 어데가고 날찾아올줄 모르노

이월이라 한식날은 개자추억이 아이던가

북망산천, 개추가가 알제?

북망산천 찾아가서 무덤을안고 통곡하니

무정하고 야속한님이 뉘오느냐 말이있나

삼월이라 삼짇날에는 제비가 옛집을 돌아오는데

우런님은51) 어데가고 날찾아올줄 모르노

사월이라 초파일에는 석가모니 탄일이라

집집마다 등을달고 자손발원을 하건만은
하늘을봐야 별로따지[52] 임없는내야 소양있나[53]
오월이라 단옷날은 추천하는 맹절이라
녹의홍산에 미인들은 민갓으로 뛰노는데
우런님은 어데가고 날찾아올줄 모르노
유월이라 십오일날은

유월 십오일날 유두맹절이거든.

유두맹절이 아니던가
금장명춘 찌진전병

전병은 찰떡이다.

쭐깃쭐깃 맛도좋다
임없는 빈방에는 혼자먹기 등창이막혀 못먹겠네
칠월이라 칠석날에는 견우직녀 만나는날
은하작작 먼먼길에 일년에 한분씩 만나는데
우런님은 어델가고 십년에한번도 못만나노

이런 좋은 노래가 어딨노?

팔월이라 한가위날에는 그날도 달구경하러 간단다
팔월이라 한가위날에는 춘추가절이 아이던가
청춘남녀 짝을지아
청춘남녀 짝을지아 양양쌍봉 가관인데

---

51) 우리 님은.
52) 별을 따지.
53) 소용 있나.

구월이라 구일날에는 기러기가 옛집에 날라온다

우리님은 어데가고 날찾아올줄 모르노

시월이라 상달에는 집집마다 고사칠성

옛날에 농사를 지모 새 쌀로 떡을 해가이고,

집집마다 고사추청

우린님전에는 무설기요 터주전에는

우리님전에는 백설기요 터주전에는 무설기요

동짓달에 동짇날에는 동지팥죽 묵고나이

은수에 나이는 한살 더무었네

나이는한살 더뭀는데 임은더 안생기노

섣달은 막달이라 빚진사람 졸린사람

복조리사라고 애건만은[54]

임껀지는[55] 조리는 왜안파노

노랫가락 / 그네 노래

자료코드 : 04_21_FOS_20100125_PKS_LJY_0001

조사장소 : 부산광역시 남구 용호1동 새마을경로당

조사일시 : 2010.1.25

조 사 자 : 박경수, 박양리, 정혜란, 오소현

제 보 자 : 이준연, 여, 86세

구연상황 : 조사자가 <그네 노래>를 불러달라고 요청하자, 제보자가 다음 노래를 불렀
다. 노래 중간부터 왕차옥 제보자도 함께 불렀다.

---

54) 외치건마는.

55) 임 건지는.

수천당 세모시낭게 가지-가지다 추천을매-여~
임이타면 내가밀고요 내가타-면은 임이밀-고~
임아임아 줄미저마라 줄떨어-지며는 정떨어-진~다

회심곡

자료코드 : 04_21_SRS_20100706_PKS_PSB_0001
조사장소 : 부산광역시 남구 대연6동 부연경로당
조사일시 : 2010.7.6
조 사 자 : 박경수, 정혜란, 황영태
제 보 자 : 배석분, 여, 80세
구연상황 : 조사자가 조사의 취지를 설명한 후 아는 옛날 노래가 있으면 불러달라고 요
청했다. 그러자 제보자가 노래가 길다고 하면서 양치를 하고 와서 불러주겠다
며 한 후에, 양치를 하고 와서 바로 다음 노래를 불렀다. 끝부분에서 약간 읊
조리듯이 구연했으나 긴 회심곡을 거의 쉬지 않고 불렀다.

일심으로 공들이니

극락세계가 염불이며

동서사방 신중님네

평생신중 잡순마음

연만하신 백발노인

일평상을 잘노시고 잘사시다

왕생극락으로 발원하오

젊은신네 생남발원

없던낙이 생낙이오

장남하신 서방님들

호자충남56) 도련님들

한낱여자에게 저겉에는 금년생들

일년생을 사시다가

---

56) 효자 충남(孝子:忠男).

삼봉결거 불법만체

감제구슬 삼대팔란

호환질병 걱정근심

힘으로다 부인도 깊은심중

둥실이 타버리고

소원성취 발원하니

이댁아중 대통할때

대명당에 집을짓고

수명당에 우물받아

아들낳이면 호자놓고[57]

딸을후이면 열녀로다

동방석에 맹을빌고[58]

강대공에 나이빌어

선팔시 후팔시

일백육십으로 점지하고

석중에다 복을 빌어다가

물복은 흘러들고

구룡복은 숨어

시시깨몽 만복래요

피리소리 한금추리다

일생오복으로 문수태평으로

귀한아들 딸님전에

명복축원 하옵니다

허란 나무아미타─불 관세음─보살

---

57) 효자 놓고.
58) 명을 빌고.

억조창생 만명하라

신주님 이내말쌈 들어보소

이세상에 나온사람

사람밖에 또있나요

탄구탄세 불법말쌈 들어보니

제이열에 석가여래에 공덕으로

어머님전 살을빌고

아버님전 피를받아

칠성님전에 명을

칠성님전 복을빌어

석달만에 피를보고

여섯달만 육신생겨

십생만에 탄생하니

그부모가 우리길러낼때

어떤공덕 들어서

진자리는 어머님이

불쌍하신 어머님이 누워시고

마른자리는 아기들 눕히시고

음석이라도 맛을보고

순대썬것은 어머님이 잡수시고

맛있는것은 아기를 주고

오뉴월 단한밤에

모기빈대 들쎄리

곤곤한잠을 못다 주무시고

다떨어진 살부채를 손에들고

혼갓씨름59) 다하다

어리둥실 나를 주시면은

동지섣달 서남풍에

백설이 날시

그자손이 추울세라

덮은데 덮어주고

바른팔 왼젖을 물리놓고

양인양친이 앉아서

그자손의 엉덩이를 뚝딱치며

사랑스러워서 하신말쌈이

은자동아 금이로구나

만지천산에 보배동아

순지건곤 일월동아

나라에는 충신동아

부모에는 호자동아

형지간에60) 우애동아

일가친척에는 화목동

동네방네 귀염둥아

오색비단에는 새색동아

비단에는 오색동

금을주니 너를사나

은을주니 너를살까

애지중지 길른정

사람마다 부모은공 생각하며

태산이라도 무겁지 않겠습니다

---

59) 온갖 씨름.
60) 형제간에.

어란 나무아미타—불 관세음보살—

여보시오 사자님네

죽은길에도 노소가 있소

늙은신네나 젊으신네나

늙으신네 먼저가고

젊은청춘 나중갈때

공명천지 하나님말에

흘러가는 우리라도

선후나중 있겠군요

수미산천 만잠봉에

천상녹수가 나린들

차례로마 차례로야

흘러흘러 사왕극락으로 나리소

길러보니 부모은공

갚자하니 인간뱅

사자하니 공들이자

면치못할 죽음이라

껌은머리 백발되어

얼굴은 주름잡아

아니먹던 귀가 칠백되고

박씨같은 이가 다빠져

이아니도 원통한데

자손들은 나를보고

망년이라 하는소리

애닯고도 원통하다

다는문을 탁차면서

여보시오 청춘들아

너가 본래부텅 청춘이면

낸들 본래부텅 백발인냐

백발보고 웃지마라

나도 어저끼[61] 청춘소년해라 하였거늘

금일백발 혼수로다

우리부모 나를 빌렸을때

백일정성 산천기도를

명산대천을 찾으시며

온갖정성 다들이니

힘든낭기 꺾어지며

공든탑이 무너질까

지성이마 감천이라

부모님의 뼈를빌러[62]

삼각산에 탄생하니

지극하신 우리부모

나를곱게 길러서

겨울이마 추울새라

따뜻한데 눞히시고

여름이마 더울새라

시원한데 눞히시고

온각정성 다들이서

천금주고 나를 곱게길러

무정세월 우수같이

---

61) 엊그제.
62) 뼈를 빌려.

가는봄도 오고가고 하는

인생한변 늙어지마[63]

다시 젊지는 못하는가

어제오날 성튼몸이

지난나절 빙이들어

실낱같은 약한몸에

태산같은 빙이드니

부르나니 어머니오

찾는것은 냉수로다

인삼녹용 드신들

아무의미나 있을까

맹인불러 설경한들[64]

경덕이나 있을손가

명산대첩 찾아가서

소지한장 받친

하나님전 비나니오 비나니오

모진목숨 꺾어질때

제일전에 진강대왕

제이전에 초강대왕

제삼전에 송비대왕

제사전에 옥황대왕

제오전에 염라대왕

제육전에 평선대왕

제칠전에 태산대왕

---

63) 인생 한번 늙어지면.
64) 설경(說經)한들. 즉, 경을 읊은들.

제팔전에 평든대왕

제구전에 토씨대왕

제십전에 청루대왕

열대왕에 맹을받아

한손에는 잔금짚고

또한손엔 쇠사줄을 빗기차

활동같이 구은길을[65]

화살같이 날라와서

당너문을 탁차면서

성명삼자 불러내어

어서가자 바삐가자

누본부라 지체하면

누명령이라 지체하면

팔뚝같은 쇠사줄로

실낱같은 이내몸에

걸빵하여 끌어내니

혼비백산 내죽겠네

애고답답 사자님아

분하고도 원통하다

내일신이 인간하중 망극

명사십리 해당화야

꽃진다고 설어말아

명년춘삼월 봄이오면

너는다시 피건만은

---

65) "활등같이 굽은 길을"을 이렇게 노래했다.

우리인생 한변죽어지마

북망산천 험한길을 어이가

옛노인이 하신말쌈이

저승길이 머다더니

대문밖을 썩나서

적삼내어 손에들고

혼백불러 추원할때[66]

어떤곳은 낭자하

일적사자 손을긋고

월적사자 등을밀어

풍우같이 재촉하면

천방지방 몰아간다

높은데는 낮아진다

동기간이 많다한들

어느누구 대신가며

친구벗이 많다한들

어느누구 도행하[67]

애고답답 사자님아

이내말쌈 조금들어주

시장한데 점슴하나 시계[68] 잡수시고

신발이나 고쳐신고

노잣돈이나 갖고 쉬어가세

액일하 들은치도 만치하고[69]

---

66) 축원할 때.
67) "동행하나"를 다 부르지 않고 이렇게 노래했다.
68) 점심 하나 세게, 즉 많이.

신몽치를 등을

어서가자 바삐가자

서성에 문닫는다

달라들어 인정사정 슬픔없다

열두대문 들어가니

무섭기도 끝이없고

두렵기도[70] 침낭없다

대명하고 기다릴때

옥사장에 분부듣고

남자죄인 등대할때

정신차려 살피보니

열세왕에 차개하고[71]

재판관이 무섭구나

남자죄인 여자죄인 들어봐라

인간세상 살어갈때

무슨공덕 하얏는가

바른대로 아리오라[72]

임금에게 극간하고

나라에는 충신되고

부모에는 호자되고

배고픈이 밥을주어

하사구제하야

---

69) 들은 체도 만체하고.

70) 두렵기도.

71) 처결하고.

72) 아뢰어라.

헐벗은이 옷을주어
훈화공덕 하얐던가
배고픈이 밥을주어
급수공덕 하얐던가

[잠시 머뭇거리고 목을 가다듬은 후에]

깊은물에 다리놓아
월천공덕 하얐던가
부처님에 고향올려[73]
마음닦어 성심하여
염불공덕 하얐던가
높은산에 불당지어
중생공덕 하얐던가
병든중생 약을주어
할인공덕[74] 하야
방방곡곡 학당지어
맹인공덕 하였던가
너의죄목 신중하니
풍두옥에 가두니
차례대로 재결할때
도산지옥 하산지옥
함변지옥 급수지옥
달사지옥 독사지옥
천륭지옥 거해지옥

---

73) 공양 올려.
74) 활인공덕(活人功德).

컴컴한 험한지옥

공경하매 하는말이

이내말을 들어봐라

시부모께 지성으로 하얐던가

동생행렬 우애하며

부모말쌈 거양하고

형지부모[75] 하였으니

충두옥에 가두이다

나무본산 아미타불

대자대비 관세음보살

다 차례대로 재결하여

다 장군몸이 되었으니

산신불러 앤원하고

석가여래 아미타불

바삐 시행하라

[잠시 가사를 정리하고]

여보시오 동포님네

이내말쌈 들어보소

선녀되어 가겠느냐

선녀되어 가겠으니

극락으로 가겠느냐

나무아미타불

여보시오 사바세계

---

75) 형제부모

[갑자기 읊조리듯이]

사는중생들 들어보이소

이세상에 날작에도[76)]

변손변몸[77)] 들고나고

갈적에도 변손변몸 들고가는데

무릇탄식 내지마소

만당잴랑 모아놓고

묵고가나 지고가나

두손끔뜩 배우에얹고 가는인생

한심하고 가련하구나

끝이없는 부평초로다

천년살면 만년사요

단백년을 못사는

인생목숨겉이 사람되어

태평하게 사시다가

회심곡을 가소롭게 쉽게여겨

선심공덕 아니하고

모실룰 수상하며

구롱백 성백되어

우만겉게 못면한다

인생고생 하는거는

전생죄로 그러하니

한을말고 운을말고

---

76) 날적에도
77) "빈손 빈몸"을 이렇게 말했다.

전생죄를 벗어놓고

후생지금 되어 가봅시다 [청중과 조사자 일동 박수]

성주풀이

자료코드 : 04_21_SRS_20100706_PKS_PSB_0002

조사장소 : 부산광역시 남구 대연6동 부연경로당

조사일시 : 2010.7.6

조 사 자 : 박경수, 정혜란, 황영태

제 보 자 : 배석분, 여, 80세

구연상황 : 조사자와 청중이 제보자에게 기억력이 너무 좋다며 칭찬을 했다. 조사자가
　　　　　 성주풀이도 가능하겠냐고 물어보자, 제보자가 잘 될지 모르겠다고 말을 한 후
　　　　　 다음 노래를 불렀다.

성주본이 어데든고

주홍국이 본이던강

주홍국도 본아니오

황토섬이 본이던가

황토섬도 본아니오

서충국이 정본이라

성주부친 천군대왕

성주모친 옥진

성주조보78) 정반왕씨

성주조모 월밀부인

성주부친 천공대왕

다말대왕이 무자석하며

---

78) 성주 조부.

첩의제로서 있다만
이국산의 부처님이
영험이 있다하니
우리도 정신으로 빌어나보사
대왕이 하는말쌈이
부인의 말쌈과 같을진대
무자석하니까 뉘이있으리오
그런말쌈 말아시오
옛날에 수양은
이국산에 빌어다가
공부자를 두었건
우리도 정신으로
빌어나 보사이다
부인이 대왕에게 허락받아
그날문전에 도사리니
그날 도사를 불러다가 점을하니
도사가 하는말쌈이
이십삼십전에 두는자석
사주팔자 있건만은
사십평생에 두는자석
성인공덕 저이하며 불온시지만
우리후인 되어리까
부인이 그말쌈듣고
그날부터 정신할때
상탕에 머리감고
중탕에 모욕하고[79]

하탕에 수족씻고

삼천의복 저이하고

머리감아 다시빗고

우문산 절을찾아

석경에 쫍은길로

점점이 들어가

좌핀에는[80] 청산이오

우핀에는[81] 녹수로다

녹수청산 봉봉이 소아있고[82]

성주본 울울하고

서경치는 관쇠소리

영영이 들리사대

차차로 삼은밥 다달아

금자로 사귀시되

우문산 절간이 다 두루하게

반길그날 반기하

성암대에 밥을지어

천제당에 천제하고

칠성당에 발원하고

산제당에 산제하고

부처님께 축원하고

사기시든 지앙당에[83]

---

79) 목욕하고.
80) 좌편에는.
81) 우편에는.
82) 솟아 있고.
83) 정확하게 알아듣기 어렵다.

선달열흘 백일불공하여
내집으로 돌아올때
아기부체[84] 동방화초
평생태몽이 완연하다
그달부텅 태기있어
식사를 고히가
그달부터 태기있어
달은 떨어져서
대왕에게 험하시고
해는 떨어져서
부인에게 험하시고
아기부채 평생태몽이 완연하다
그달부텅 태기있어
식사를 고히가려

여기 가다가 자꾸 끝치졌다. 요서, 요서 또 불리졌다. 두 분 나온다.

천상선녀 하강하여
부인네 순산날을 가리받아
부인네 순산날을 가리받아
아기를 탄생하매
활달한 귀남자라
부인이 반길하고
아기를 살피고
얼굴은 관옥이오

---

84) 아기부처.

풍재는85) 두목지라

등에는 사방 칠성정기가 흐르고

후중미간에는 천지풍월 조화가 감아있고

대왕이 당에 들어와

영감사십에 낳은자석

후사를 전쟁할줄 알고

관상장이 불러들여

아기상을 평론할때

명지간에 지피어놓고

요지연에 물을주어

오미봉에다 먹을감아

화목한필 붓을잡고

기억력이 기로하여

청정이 높이시니

부귀영화 하란만은

아미간이 직지시니

이십전에 부모이별

관상이 분명하다

대왕이 깜짝놀라

영감사십에 두은자석

이별이 웬말이냐

작명장이 불러들여

아기이름 잘지이마86)

이별수나 없어질까

---

85) 풍채는.
86) 잘 지으면.

아기이름 지을때
이룰성자 구할구자
성국이 배로는
성주씨라 하시더니
성주님 거동보소
한살먹어 말을할마
수진장이 굽어임이오
두살묵어 인사
충성본을 받고
세살묵어 걸음걸어
못갈데가 저이없고
네살묵어 서당에 입학하
맑은세상 무불통지하야
모른것이 천상천지 없나니
세월이 여루하여
성주나이 십오세라
우리도 이세상에 나서
이천지에 빛나는
이름을 전하리라 생각하고
주인공 살펴보니
인생이 인간에서
집이 수풀로 삼고있건
그날 부모양육 전하고
하신이 개구수 열고
산림개 사리열고
옻나무에 옻이열고

밤나무에 밤이열고
성주님 거동보소
오만산천 다둘러도
나무한주 없는걸로
나랏님께 상소하여
솔씨서말 담아주신 그날
성주님 거동보소
지울씨를 받아다
무주야 남산에다 흩쳐놓고
부모양위전에 보아하신
부모님이 반길하고
성주님 장가들을 의논할때
김정승 이정승 모두앉아
성주님은 부모님의 불로하여
황토섬에 삼년기약 마련할때
알수없다 성주팔자
황토섬에 나려갈때
엄동설한 찬바람은
살손듯이 불어오고
성주곤 울울한데
엄동설한 나무열매 밥을삼고
이삼월이 당도하야
칠부지 신고 밥을
유월염천 더운날에
바닷가에 나려가서
고기잡아 묵게하고

하숙염장 모묵은
오만식들이 나서
사람인지 짐승인지
분간할수 없는지다
이에 성주모친 흑준부인
성주님을 이별하고
이날저날 소식을
이리한참 한탄할때
난데없는 청조새 날라든다
새야 청조새야
우리성주 소식전해주가
너를낳여 지를때에[87]
젖은자리 옷만
마른자리 가리가며[88]
고히고히 질렀는데
엄동설한 춥다하마 덮어주고
유월염천 덥다하마 목욕시기
애지중지 질렀는데
말년잠이 보자하니
이리 한탄할때
난데없는 청조새 날라들어
새야새야 청조새야
우리성주 소식전해주가
새야새야 청조새 거동보소

---

87) 기를 때에.
88) 가려 가며.

편지를 입에물고
임의전에 전할그날
반기하고 띄어보니
성주글씨 분명하다
재출어 하야사대
엄마엄마 우리엄마
연강사십에 나를낳아
고히고히 길러내어
말년잠이 보자한들
사주팔자 할수있소
내년춘삼월 봄이오면
나도고국에 나리가서
부모양위 모시고
인연유전 하오리까
지체한보 하옵소서
부대부대 지체한보 하오
성주님 성주모친 그날부로
성주님을 모시러 가자시야
황토섬에 들어가 낭글비어[89]
크다큰 배를모아
아미타불 주인되고
천상옥경을 시장사공되
앞의물에 세존실고
뒷물에 극락실고

---

89) 나무를 베어.

침대우에 여왕실고

옥담에다 성주님을 모시고

동남풍을 빌리다가

출렁출렁 뱃질하고

이와중에 나리와서

부모양위 전에 인사하고

지어보세 지어보세

이집으로 지어보세

나무위로 나갈

앞집에 김대목아

뒷집에 박대목아

어장망태 들러미고90)

서른세명 엮은듯

뒷동산 천지천지 달라들아91)

서렁서렁 톱질하여

곱픈나무92) 곱다듬고

굽은나무 굽다듬고

오행으로 들어서

기생금을 주치놓고

유리기도 행장목을 둘러서

충정목을93) 들보삼고

오갈비 상낭에다

---

90) 둘러 메고.
91) 달려들어.
92) 곱은 나무.
93) 충장목을.

만대유전 색깔에다
거무줄로 할매치고
연잎으로 울을넣어
사모에 팬경달아[94]
동남풍아 때리불아
팬경소리 완연하다

94) 편경 달아.

3. 수영구

증편 한국구비문학대계 ● 부산광역시 ①-동부산권

▌조사마을

부산광역시 수영구 광안4동

조사일시 : 2010.1.21
조 사 자 : 박경수, 박양리, 정혜란, 정다혜

광안4동(廣安4洞)은 부산광역시 수영구에 속한 행정동으로, 1982년 9월 광안2동이 분동이 되면서 생긴 동이다. 그런데 광안1동부터 4동을 포함한 광안동은 동래구에 속해 있었는데, 1975년 10월 행정구역이 개편될 때 남구에 속했다가, 다시 1995년 3월부터 남구가 분구되면서 새로 생긴 수영구에 속하게 되었다. 광안4동은 좌로 광안1동과 우로 남천1동을 끼고 있는 마을로, 뒤로는 부산청소년수련원이 있는 금련산을 등지고 있으며, 앞으로는 광안2동과 광안리해수욕장을 마주 보고 있다. 수영로터리에서 남천동으로 가는 큰 도로를 기준으로 말하면, 광안리 입구 맞은편 오른쪽에 위치한 마을이 광안4동이다. 이 광안4동은 마을 뒤에 범처럼 생긴 범바위가 있어, 한때 범바위골이라 부르기도 했다.

2010년 1월 말 통계에 의하면, 광안4동에는 5,431세대에 남자 6,941명, 여자 7,932명으로 합계 14,873명이 거주하고 있다. 광안4동은 아파트보다 일반 주택이 밀집한 지역으로 비교적 조용한 주택지구이다. 광안4동 주민들은 큰 도로에서 여러 방면으로 가는 버스, 지하철 등 대중교통 수단을 편리하게 이용할 수 있는데, 부산지하철 광안역과 금련산역을 주로 이용한다.

조사자 일행이 2010년 1월 21일(목) 금련산과 관련한 설화를 조사하기 위해 광안4동 노인회관을 찾아갔다. 금련정이란 별도의 간판이 있는 광안4동노인회관에는 8명의 노인들이 있었는데, 4~5명의 노인들이 화투판을 펼치고 있었다. 조사자 일행이 인사를 하고 조사 취지를 설명한 후에 누

광안4동 금련정(광안4동노인회)

광안4동노인정

가 <모심기 노래>를 불러줄 수 있느냐고 유도하자, 제보자가 나서서 노래를 했다. 그러나 화투를 치고 있는 노인들은 조사자 일행을 불청객처럼 달갑지 않게 생각하고 빨리 나가줄 것을 말했다. 어쩔 수 없이 조사판을 접고 노인회관을 나오려는데, 제보자가 한 가지만 더 듣고 가라고 하며 일명 '모 노래'란 <모심기 노래> 한 편을 더 불러 주었다. 제보자는 더 구연할 노래들이 있는 것으로 보였지만, 노인회관의 분위기가 더 이상 구비문학 조사를 하기가 힘들다고 판단하여 아쉽지만 조사를 접고 서둘러 노인회관을 빠져 나왔다.

조사자 일행은 금련정 노인회관을 나와 가까이 있는 광안4동노인정을 찾아갔다. 그곳에는 이창우(남, 80세) 외에 1명의 노인이 있었다. 조사의 취지를 이야기하자, 이창우 노인이 <도깨비와 씨름한 사람> 이야기부터 해주었다. 이어서 <고려장 하려다 되돌아온 부자(父子)> 이야기를 하고 <자식을 희생시켜 노모를 봉양한 효자 곽씨> 이야기를 했다. 설화 구술을 마치고 민요 <모심기 노래> 2편을 구송했으나, 바쁜 일이 있어 가야 한다는 바람에 더 이상 민요를 조사할 수 없었다. 민요와 설화를 차분하게 구연했는데, 제보자의 바쁜 사정 때문에 제보자를 상대로 충분한 조사를 하지 못해 아쉬웠다.

부산광역시 수영구 남천1동

조사일시 : 2010.1.21
조 사 자 : 박경수, 박양리, 정혜란, 정다혜

남천1동(南川1洞)은 부산광역시 수영구에 속한 행정동으로, 1983년 10월에 남천동이 1, 2동으로 분동되면서 생겼다. 그리고 1995년 3월 이전에는 남구에 속했다가 행정구역 개편으로 남구가 분구되면서 새로 생긴 수영구에 편입되게 되었다. 남천1동은 수영구의 남쪽 끝에 자리를 잡고 있으며, 남천2동과 광안4동 사이에 위치한 곳으로 수영구의 중심 지역이라고 말할 수 있다. 이 지역에 KBS 부산방송총국, 한나라당사, 부산도시가스가 위치하고 있을 뿐만 아니라 세무서, 등기소, 국제우체국, 구시장관사 등의 관공서가 밀집하고 있다. 2010년 말 통계에 의하면 남천 1동에는 5,551세대가 거주하고 있으며, 남자 6,891명, 여자 7,583명으로 합계 14,474명이 있다. 남천동은 과거 남천이 흘렀던 곳이라 하여 '남칭이'라 불렀다 하며, 옛 지명으로는 가장골[假葬谷]·둔고개·사패·삼밭골·범바웃들·중보(中洑) 등이 있다. 가장골은 현재의 남부교육청 일대로, 옛날에는 부모나 연장자보다 먼저 사망할 경우 불효라 하여 매장하지 않고, 원두막 모양의 초분(草墳)을 만들어 가매장했다가 적당한 시기에 매장하는 풍습이 서남해안 지방에서 성행하였었는데, 가매장을 했던 지역을 가장골이라 불렀다. 그리고 남천1동은 배산임해(背山臨海)의 전형적인 주거지로 해변시장 주변에는 횟집과 각종 상설 강습소가 밀집해 있다.

조사자 일행이 남천1동 우성보라아파트노인정에 도착했을 때는 노인정 문이 열리지 않아 노인 한 명만이 노인정 앞에 있었다. 조사의 취지를 이야기 한 다음 나중에 다시 오겠다는 말을 남기고 근처를 탐색한 후 큰 소득 없이 다시 우성보라아파트노인정을 방문했다. 문이 열린 지 얼마 되지 않았는지 7명의 노인이 따뜻한 곳에서 몸을 녹이고 있었다. 먼저 만나서 조사 취지를 들은 최천숙(여, 80세) 노인에게 노래를 부탁하자 노랫가락으로 <그네 노래>를 시작했다. 그 노래를 듣고 난 후 옆에 앉아 있던 김선이(여, 84세) 노인도 노랫가락 1편을 불렀다. 노래판이 끝난 후 최천숙 제보자가 이야기를 해 주겠다고 이야기를 시작했다. <잉어로 변한 세 아들을 살려주어 부자 된 어사> 이야기에 이어 <스님에게 풍수, 의학, 약학을 배워 부자 된 고아 삼형제> 이야기를 했는데 이야기가 꽤 길었다. 그런데 노인 건강 운동을 가르쳐 주기 위해 봉사활동 팀이 밖에서 기다리고 있었던 상황이어서 노인회장이 이야기를 빨리 끝내라며 재촉을 하는

남천1동 삼익뉴비치아파트 경로당 전경

남천1동 삼익뉴비치아파트경로당 조사 현장

바람에 이야기를 서둘러 끝내고 말았다. 이야기를 제대로 듣지 못해 아쉬웠지만, 봉사활동 팀도 시간이 촉박한 듯하여 아쉬움을 접고 노인정을 나왔다. 나오기 전에 노인들이 삼익뉴비치아파트노인정에도 노인들이 많이 모인다는 이야기를 해주어서 바로 그곳을 찾아갔다.

삼익뉴비치아파트노인정은 할아버지 방과 할머니 방으로 나뉘어 있었다. 먼저 할아버지 방을 찾아가니 두 명이 TV를 보면서 바둑을 두고 있었다. 조사의 취지를 설명하였지만 잘 모르겠다는 말을 하면서 할머니 방에 가보라고 했다. 할머니 방에 들어서니 7명의 할머니가 둘러앉아 이야기를 나누고 있었다. 조사의 취지를 설명한 다음 노래와 이야기를 부탁하자 4명의 노인이 조사에 응했다. 먼저 노래를 청하자, 구경희(여, 81세) 노인이 <꼬부랑 노래>와 <애기 어르는 노래>를 부르고, 임순임(여, 83세) 노인이 <다리 세기 노래>를 불렀다. 이어서 이야기판이 이루어져 구경희 제보자가 <호랑이를 속여 호식을 면한 아이들>과 <배가 고파 죽어 풀국새가 된 사연> 이야기를 하고, 장복이(여, 84세) 노인이 <친정아버지 챙기다 손해 본 며느리>와 <배가 고파 너무 많이 먹은 남동생의 노래> 이야기를 하고, 조호순(여, 85세) 노인이 <도깨비와 씨름한 사람> 이야기를 했다. 저녁시간에 가까워졌기 때문에 더 이상의 조사가 어렵다고 여겨 조사를 마쳤다.

부산광역시 수영구 남천2동

조사일시 : 2010.1.21
조 사 자 : 박경수, 박양리, 정다혜, 최수정, 오소현, 박지희

남천2동(南川2洞)은 부산광역시 수영구에 속한 행정동으로, 1983년 10월에 남천동이 1, 2동으로 분동되면서 생겼다. 그리고 1995년 3월 이전에는 남구에 속했다가 행정구역 개편으로 남구가 분구되면서 새로 생긴 수

영구에 편입되게 되었다. 남천2동은 광안리 해변의 왼쪽에 위치한 곳으로 수영구의 중심 지역이라고 말할 수 있다. 이 지역에 수영구청, 수영세무서가 위치하고 있을 뿐만 아니라 주변에 상가가 많고, 삼익빌라아파트, 삼익타워아파트, 남천삼익비치아파트, 그리고 최근에 들어선 코오롱하늘채골든비치아파트 등을 포함하여 아파트 밀집 지역을 형성하고 있기 때문이다. 2010년 1월 말 통계에 의하면, 남천2동에는 5,225세대에 남자 6,868명, 여자 7,671명으로 합계 14,539명이 거주하고 있다.

남천동은 과거 남천이 흘렀던 곳이라 하여 '남칭이'라 불렀다 하며. 남천2동에서도 언덕쪽은 과거 야산이 자리 잡고 있었던 곳으로 죽은 용의 형상을 한 지역이라 하여 '죽은골산' 또는 '중골산'이라 불렀다 한다. 그리고 남천삼익비치아파트가 있는 해안가 지역은 과거 바다를 매립한 지역인데, 1980년대부터 이 지역부터 개발되기 시작하여 근처 언덕 쪽도 아파트가 들어서면서 신흥 부촌을 형성했다. 지금은 부촌의 이미지가 해운대 쪽의 센텀시티나 마린시티 쪽의 아파트 단지에 밀려 상당히 퇴색했지만, 광안리해수욕장을 끼고 있고, 광안대교를 조망할 수 있는 입지적 조건 때문에 여전히 많은 사람들이 살고 싶어 하는 선망 지역이 되고 있다.

조사자 일행이 남천2동 남천삼익비치아파트에 사는 김순옥(여, 68세) 제보자를 만난 곳은 수영구 수영동 수영사적공원 내에 있는 수영사적원에서이다. 제보자는 수영사적원에서 수영의 민속과 문화에 대한 문화관광 해설사로 봉사 활동을 하고 있었는데, 조사자 일행이 수영민속보존회 사무실을 찾아 사무국장에게 구비문학 제보자를 탐문한 후에 이곳에 들러 수영민속 관련 자료를 관람하던 차에 제보자를 만나게 된 것이다. 제보자는 문화관광 해설사로 조사자 일행에게 수영야류의 담비탈이 수영의 지세와 관련하여 만들어졌다는 이야기와 정서가 동래에 유배를 와서 <정과정>을 지은 이야기 2편을 차분하게 구술했다. 제보자의 이야기 구술이 비록 문화관광 해설을 목적으로 한 의식적 훈련에 따른 것이지만, 제보자가 구술하는 이야기가 많은 사람들에게 다시 구비 전승될 수 있다는 점에서 채록을 하기로 했다.

부산광역시 수영구 망미1동

조사일시 : 2010.1.22
조 사 자 : 박경수, 박양리, 박지희, 오소현, 정다혜, 최수정

망미1동 수미경로회 입구

망미동이란 지명은 배산에서 유래된 것으로 풀이하고 있다. 즉 배산은 『동래부지』 산천조에 척산(尺山) 또는 배산(盃山, 또는 盈山)이라고 불리며, 산 위에는 김겸효(金謙孝)가 살았다는 겸효대(謙孝臺)가 있다고 전한다. 배산의 연산동 기슭에는 배미산신을 모시는 성황당이 있어 지금도 주민들은 이 산을 '배미산(盃美山)' 또는 '잘미산'이라고 부르고 있다.

수영동과 부산광역시 수영구 망미동 사이에 잇는 산을 '망산(望山)'이라
하는데 망미동은 망산의 '망(望)'과 배미산의 '미(美)'자가 합쳐서 된 동명
으로 보인다. 또 다른 한편으로는 망미동은 동래부의 고읍성(古邑城)이 있
던 자리로 좌수영성의 북문 밖에 위치하며, 좌수영의 수사(水使)가 초하루
와 보름에 망배(望拜)를 올렸다는데서 임금을 사모한다는 뜻의 망미인(望
美人)에서 유래되었다는 설도 있다.

망미동은 1979년 1월 부산광역시 수영구 수영동에서 분동하여 망미동
이라는 동이 생겼으며, 1982년 9월 신흥주택지의 조성으로 망미1, 2동으
로 분동되어 오늘에 이르고 있다. 자연마을로는 무덕동마을, 북외동마을,
홍정마을, 구락리마을이 있다.

망미1동의 수미경로회에는 할머니 경로당으로 5명의 할머니들이 담소
를 나누고 있었다. 민요는 거의 제공받지 못하였고, 설화의 구연이 주로
이루어졌다. <부인을 살린 '참을 화'자가 적힌 책>, <두꺼비로 변신하여
부인을 살린 죽은 신랑>, <해골이 되어 부인에게 나타난 죽은 남편>,
<구렁이를 죽여서 망하게 된 집안> 등이 구연되었다.

부산광역시 수영구 망미2동

조사일시 : 2010.1.22
조 사 자 : 박경수, 박양리, 박지희, 최수정, 정다혜, 오소현

망미2동(望美2洞)은 부산광역시 수영구 망미동에 속한 행정동이다.
1942년 10월 당시에는 부산시 수영동출장소 관할로 수영동에 포함되어
있었다. 그러다 1975년 10월에 남구의 행정구역이 만들어질 때 수영동에
서 망미동을 분할했다. 그후 망미동은 1982년 9월에 망미1동과 망미2동
으로 분동이 되었다가, 1995년 3월 1일에 남구에서 수영구가 분할되면서
수영구의 행정구역에 속하게 되었다.

망미2동은 토곡을 뒤로 하면서 수영강변을 끼고 있는 배산임수 지형에 있는 마을이다. 수영강변에 도시하수종말처리장이 있고, 그 안쪽에 큰 팽나무가 있는 옆에 '정과정(鄭瓜亭)비'가 있다. 이 정과정비가 있는 곳을 '오옹건니'라고 하는데, 정서가 귀양살이를 할 때 성씨가 오씨인 노어부가 나룻배로 정서를 건네주었다고 하여, 그 나루터가 있는 곳을 그렇게 불렀다고 한다. 정과정곡(鄭瓜亭曲)은 고려 의종 때 과정(瓜亭) 정서(鄭敍)가 이곳에 유배를 와서 임금을 그리워하는 노래를 지은 것인데, 망미2동은 정서를 기리는 정과정비를 통해 충의를 자랑하고 있다. 그리고 도시고속도로인 번영로가 마을을 관통하여 수영강변 쪽으로 빠져 나가고, 수영강변의 북쪽에는 중소공장들이 있지만, 남쪽으로는 기존 주택들과 함께 아파트가 여러 동 들어서 있다. 과거에 비해 유입 주민이 많아 마을의 활력이 점차 높아지고 있다. 2001년 당시 12,794명이었던 주민 수가 2010년 현재 14,509명으로 늘어난 것으로 집계되고 있다.

조사자 일행은 2010년 1월 22일 망미1동의 수미경로당 조사를 마치고, 망미2동 망미노인정('망미정경로당'이라고도 함)을 방문했다. 이 노인정은 2009년 부산광역시 최우수 경로당으로 선정되었는데, 그만큼 노인정 노인들의 자부심이 대단했다. 이 노인정에서 여성노인들을 대상으로 조사가 이루어졌는데, 조사 성과는 기대에 크게 미치지 못했다. 민요로는 박제임(여, 90세) 제보자가 부른 <아기 어르는 노래>가 전부이고, 설화로 김호선(여, 92세) 제보자가 4편, 김복순(여, 88세), 박제임(여, 90세), 양모여(여, 98세), 전남옥(여, 90세) 등이 각각 1편씩 구술했다. 김복순 제보자를 제외한 제보자들의 나이가 모두 기억력에 한계를 보이는 90세 이상이어서 그런지 구술력은 상당히 약했다.

부산광역시 수영구 민락동

조사일시 : 2010.1.22

조 사 자 : 박경수, 박양리, 박지희, 최수정, 정다혜, 오소현

민락동 민락경로당

　민락동(民樂洞)은 부산광역시 수영구에 속한 행정동명으로, 과거 동래구에 속해 있다 1975년 10월 행정구역 개편 때 남구에 속했다가, 1995년 3월부터 남구가 분구되면서 지금의 수영구에 속하게 되었다. 민락동은 왼쪽으로 수영강을 끼고 길게 아파트촌을 형성하면서 수영구와 인접하고, 오른쪽으로는 광안리 해수욕장 동편에서부터 회센터가 밀집한 수변공원(水邊公園)을 돌아가는 해안가 지역과 MBC 부산방송국이 있는 백산(白山) 주변의 주택지구를 포함하는 넓은 지역이다. 2010년 1월 조사 통계에 따르면, 민락동에는 8,629가구에 남녀를 합해 22,140명이 거주하고 있다. 민락동이 언제부터 형성되었는지는 알 수 없으나, 300년 전부터 백산 북

쪽의 보리전(또는 포이진, 지금의 수영교 근방) 백산 남족의 널구지(혹은 널곶이, 지금의 민락교 부근) 마을이 있었다고 한다. 이들 자연마을은 일 제강점기에 각각 덕민동과 평민동이라 했다가, 후에 두 마을이 합쳐지면 서 민락동이 되었다.

민락동은 광복 이전까지 50여 호의 어촌마을이었으나, 1926년 중앙부 두 조성공사 때 이곳으로 그곳의 주민을 정책적으로 이주시켰고, 1969년 토지구획정리사업 때 태창목재(주)가 자리를 잡기도 했다. 민락동의 중심 에는 백산이 있는데, 과거 학들이 산 정상에 많아 '백학산'이 불렸다가 지 금의 백산이 되었다는 설이 있다. 그리고 이 백산이 수영을 두고 바다를 향해 달아나는 사자의 형상을 하고 있어 담비로 사자가 떠나지 못하게 달 래는 뜻으로 수영야류의 제4과장에 사자와 담비가 나온다는 이야기가 전 한다. 백산의 남쪽인 진조말산의 꼭대기에 백산점이대라 하여 왜구의 동 태를 살피던 자리에 폿말을 세워놓았으며, 놀이공원이 있는 무궁화동산에 는 토향회에서 노계 박인로의 가사비를 2002년 건립해 놓았다. 오늘날 민락동은 광안대교가 보이는 왼쪽과 수변공원이 있는 곳에 횟집이 밀집 되어 있어 부산의 유명한 횟집촌을 형성하고 있으며, 민락동과 광안2동 을 끼고 있는 광안리 해변에서 해마다 정기적으로 열리는 광안리어방축 제, 부산바다축제, 그리고 부산불꽃축제를 보기 위해 수많은 인파가 몰려 든다.

조사자 일행은 2010년 1월 22일(금) 수영구의 구비문학을 조사하기 위 해 백산과 수변공원이 있는 민락동을 조사하기로 하고, 광안리 해변가에 서 가까운 곳에 위치한 민락경로동을 찾아갔다. 민락경로당은 갈매기살 전문 음식점이 있는 2층 안쪽에 있었는데, 9명의 남녀 노인들이 담소를 하고 있었다. 먼저 설화를 조사하기 위해 이야기판을 조성했다. 최진동 노인이 민락동의 옛 지명인 보리전과 널구지 관련 이야기를 했으나, 설화 성이 없어 참고로 듣기만 하고 자료를 채록하지는 않았다. 다음으로 수영구 광안2동에 사는 홍영대(남, 78세) 노인이 <호랑이를 물리치기 위해 돌로 쌓은 서낭당> 이야기를 했는데, 짧지만 흥미로운 이야기였다. 조사자는 할머니들에게도 재미있는 이야기를 해달라고 하자, 김복동(여, 83세) 노인이 <바지 벗고 물구나무서서 범을 물리친 노인> 이야기를 하고, 이어서 백남순(여, 81세) 노인이 <아버지가 어머니 배 위에서 자요>와 <꼬끼오 하면 삐악삐악 하고 오너라>는 육담을 했다. 청중들이 모두 우스워 박장대소를 했다. 이들 이야기들을 통해 도시 구비설화의 한 특징을 엿볼 수 있다. 김복동 제보자는 이야기를 마치고 <다리 세기 노래>를 실제 다리 세는 흉내를 내며 불렀는데, 심복달(여, 84세)과 백남순도 사설이 조금씩 다른 노래를 연이어 불렀다.

▌제보자

구경희, 여, 1930년생

주 소 지 : 부산광역시 수영구 남천2동
제보일시 : 2010.1.21
조 사 자 : 박경수, 박양리, 정혜란, 정다혜

　구경희는 1930년 말띠 생으로 경남 김해
에서 태어났다. 본관은 영주이다. 23살 때
마산으로 시집을 가서 살다가 2년 후에 부
산으로 이사를 와서 지금까지 거주하고 있
다. 현재 제보자는 수영구 남천2동 코오롱
하늘채골든비치아파트에 살고 있는데, 친구
들이 있는 남천1동 삼익뉴비치아파트 노인
정에 놀러온 것이라 했다. 남편은 7년 전인
1993년에 작고하였고, 슬하에 1남 3녀의 자녀를 두었다. 자녀 중 2명은
미국으로 이민 가서 살고 있고, 한 명만 부산에서 거주하고 있다. 제보자
는 당시에 여자들은 공부를 많이 하지 않았지만 자신은 고등학교까지 졸
업을 하여 당시에 상당히 많이 배운 여성에 속했다고 했다. 제보자는 공
부만 하느라고 농사를 지어 본 적은 없다고 했다.

　제보자는 2편의 민요와 2편의 설화를 구연했다. 민요로 <꼬부랑 이야
기 노래>와 <아기 어르는 노래>를 했는데, 가창하지 못하고 말로만 읊
조렸으며, 사설을 충분히 기억하지 못했다. 설화로는 <호랑이를 속여 호
식을 면한 아이들>과 <배가 고파 죽어 풀국새가 된 사연> 이야기를 했
다. 비교적 짜임새가 있게 이야기를 구술했지만, 말이 빠른 편이어서 이
야기 전개도 빨랐다. 제보자는 노래와 이야기를 어렸을 때 어른들이 하는

것을 듣고 알게 된 것이라고 했다.

제공 자료 목록

04_21_FOT_20100121_PKS_GKH_0001 호랑이를 속여 호식을 면한 아이들
04_21_FOT_20100121_PKS_GKH_0002 배가 고파 죽어 풀국새가 된 사연
04_21_FOS_20100121_PKS_GKH_0001 꼬부랑 이야기 노래
04_21_FOS_20100121_PKS_GKH_0002 아기 어르는 노래 / 알강달강요

김복동, 여, 1928년생

주 소 지 : 부산광역시 수영구 민락동
제보일시 : 2010.1.22
조 사 자 : 박경수, 박양리, 정다혜, 최수정, 오소현, 박지희

김복동(金福童)은 1928년 용띠 생으로 경
상남도 양산시 동면 금산리 동산마을에서
태어났다. 따라서 택호는 동산댁이다. 19살
때인 1959년에 결혼하여 부산으로 시집을
와서 공장에서 일하면서 생활했다. 그러나
지금은 나이가 일을 하지 못하고 쉬고 있다
고 했다. 남편은 50년 전 작고했고, 슬하에
4남 2녀를 두었으나 아들과 딸을 1명씩 잃
고 현재는 3남 1녀라고 했다. 자녀들은 모두 부산에서 살고 있으며, 제보
자가 부산광역시 수영구 민락동에 살게 된 지는 32년 정도가 되었다고
했다. 학교는 다닌 적이 없으며, 종교는 불교이다.

제보자는 <다리 세기 노래>를 실제 다리 세는 시늉을 하며 불러 주었
고, <바지 벗고 물구나무 서서 범을 물리친 노인> 이야기를 짧게 했다.
이야기를 듣고 청중들이 박장대소를 했다. 제보자는 어렸을 때 어머니가
부르는 노래를 들어서 알게 되었으며, 이야기는 친구로부터 들은 것이라

했다.

제공 자료 목록
04_21_FOT_20100122_PKS_KBD_0001 바지 벗고 물구나무서서 범을 물리친 노인
04_21_FOS_20100122_PKS_KBD_0001 다리 세기 노래

김복순, 여, 1923년생

주 소 지 : 부산광역시 수영구 망미2동
제보일시 : 2010.1.22
조 사 자 : 박경수, 박양리, 정다혜, 최수정, 오소현, 박지희

　김복순(金福順)은 1923년 돼지띠 생으로
부산광역시 동래구 사직동에서 태어났다.
마을에서는 사직댁으로 불린다. 18살 때 부
산광역시 해운대구 재송동으로 시집을 가서
살다가 20년 전에 수영구 망미2동으로 이사
를 와서 지금까지 거주하고 있다. 46년 전
작고한 남편과의 사이에는 2남 2녀를 두었
다. 자녀들은 부산과 청주에서 거주하고 있
다. 제보자는 학교에 다닌 적은 없으며, 과거에 농사를 조금 짓다 지금은
숨이 차고 걷기가 힘들어 쉬고 있다고 했다. 노인정에는 거의 매일 나오
며, 종교는 불교라고 했다.

　제보자는 조사자의 요청에 "이거리 저거리 갓거리"로 시작하는 <다리
세기 노래>를 했으나, 사설을 제대로 기억하지 못하고 중단하는 바람에
채록에서 제외했다. 그리고 이야기판에서 <벙어리와 봉사 부부가 살아가
는 방법> 1편을 했다. 이야기를 구술할 때 손동작을 많이 쓰면서 벙어리
가 하는 시늉을 했다. 이야기를 하면서 즐겁게 웃는 등 구연태도로 보아

성격이 호탕해 보였다.

제공 자료 목록

04_21_FOT_20100122_PKS_KBS_0001 벙어리와 봉사 부부의 대화법

김선이, 여, 1927년생

주 소 지 : 부산광역시 수영구 남천1동
제보일시 : 2010.1.21
조 사 자 : 박경수, 박양리, 정혜란, 정다혜

　김선이는 1927년 토끼띠 생으로 경상북
도 김천에서 태어났다. 본은 김녕이고, 택호
는 따로 없고 아파트 601호에 살아서 601
호라고 불린다고 했다. 23살 때 3살 연상의
남편과 김천에서 결혼을 했는데, 슬하에 1
남 1녀를 두었다. 남편은 약 50년 전, 한국
전쟁 때 작고했으며, 딸은 결혼하여 타지에
서 살고 있고, 아들은 현재의 주소지인 남천
1동 우성보라아파트에서 제보자를 모시고 가족과 함께 살고 있다. 제보자
는 한국전쟁 당시에 충남 계룡으로 가서 농사를 지으며 피난생활을 했으
며, 30살 때 부산 당감동으로 와서부터는 장사를 하며 생활하였다. 현재
우성보라아파트 노인정 총무를 맡고 있다.

　제보자는 5편의 민요를 불렀는데, <노랫가락>, <사발가> 등이었다.
이들 노래는 최천숙 제보자가 먼저 부른 노래를 듣고 생각을 하여 부른
것이다. 제보자는 어릴 적 김천에서 농사를 지으면서 일할 때 듣고 배운
노래라고 했다.

제공 자료 목록

04_21_FOS_20100121_PKS_KSI_0001 노랫가락 / 그네 노래

04_21_FOS_20100121_PKS_KSI_0002 청춘가

04_21_FOS_20100121_PKS_KSI_0003 사발가

김순옥, 여, 1943년생

주 소 지 : 부산광역시 수영구 남천2동

제보일시 : 2010.1.22

조 사 자 : 박경수, 박양리, 정다혜, 최수정, 오소현, 박지희

　김순옥은 1943년 계미년 양띠 생으로 부산광역시 동구 초량동에서 태어났다. 본관은 의성이다. 26살 때 4살 위의 남편과 결혼을 했으며, 슬하에 2남 1녀를 두었다. 제보자는 1988년에 현재 살고 있는 수영구 남천2동 남천삼익비치아파트로 이사를 와서 22년간 계속 거주하고 있다고 했다. 제보자는 부산대학교를 졸업하고 중학교 국어 교사를 지냈으며, 정년퇴임 후에 현재 남구 수영동 수영사적공원 내에 있는 수영사적원에서 문화관광 해설사로 봉사하고 있다. 조사자가 수영사적공원에 들러 수영민속보존회 사무국장을 만나 제보자를 탐문한 뒤에, 일행과 함께 수영민속 자료들이 전시되어 있는 수영사적원을 관람하기 위해 들렀다가 문화관광 해설사로 있는 제보자를 만났다.

　제보자는 수영의 지세와 관련하여 수영야류의 담비탈이 있게 된 연유를 이야기하고, 고려가요 <정과정>을 지은 정서가 동래에 귀향을 오게 된 이야기를 했다. 비교적 정확한 역사 이해를 토대로 정사(正史)에 가까운 이야기를 했다. 특히 정서의 <정과정>에 대해 자세하게 뜻풀이하면서

조사자 일행에게 설명하기도 했다. 그리고 좌수영 어방놀이와 농청농요에 대한 해설도 했으나, 설화적 요소를 갖추지 않아 채록 대상에서 제외했다. 제보자는 과거 중학교 국어 교사로 있었던 때문인지 가능한 표준어로 정확한 발음을 구사하고, 또한 청중들이 잘 알아들을 수 있도록 천천히 그리고 차분하게 말했다. 제보자는 자신이 한 이야기는 학교를 다닐 때 어른들에게 듣고 또한 책을 보고 알게 된 것이라 했다.

제공 자료 목록
04_21_FOT_20100122_PKS_KSO_0001 사자 모양의 백산과 사자 먹이의 담비 / 담비
탈의 유래
04_21_FOT_20100122_PKS_KSO_0002 동래에 귀향 온 정서와 정과정

김호선, 여, 1919년생

주 소 지 : 부산광역시 수영구 망미2동
제보일시 : 2010.1.22
조 사 자 : 박경수, 박양리, 정다혜, 최수정, 오소현, 박지희

김호선은 1919년 양띠 생으로 부산광역시 중구 보수동에서 태어났다. 본관은 경주이다. 18살 때 6살 연상의 남편과 결혼을 하여 3남 1녀를 두었으나, 남편은 30년 전에 작고했다. 현재는 큰아들 가족과 함께 생활하고 있으며, 다른 자녀들은 서울과 인천 등지에서 거주하고 있다. 현재 살고 있는 수영구 망미1동 로얄아파트에는 13년 전에 이사왔다고 했다. 학교 공부는 하지 못했으며, 상점을 운영하면서 생활했다고 한다. 종교는 기독교이다.

제보자는 이야기판에서 가장 적극적으로 설화를 구술했는데, 모두 4편

을 제공했다. <시어머니를 내쫓고 벌 받은 며느리>, <머슴과 사는 과부의 말 둘러대기>, <가난한 집 머슴과 몰래 혼인한 부잣집 처녀>, <자신을 골리는 부인을 혼낸 봉사 남편>으로 주로 혼사담이나 부부생활 이야기를 했다. 제보자는 92세라는 나이를 믿을 수 없을 정도로 목소리가 맑고 발음도 분명했으며, 구연하는 동안 손짓을 많이 사용했다. 제보자가 한 이야기들은 시집을 와서 듣고 알게 된 것이라 했다.

제공 자료 목록

04_21_FOT_20100122_PKS_KHS_0001 시어머니를 내쫓고 벌 받은 며느리
04_21_FOT_20100122_PKS_KHS_0002 머슴과 사는 과부의 말 둘러대기
04_21_FOT_20100122_PKS_KHS_0003 가난한 집 머슴과 몰래 결혼한 부잣집 처녀
04_21_FOT_20100122_PKS_KHS_0004 자신을 골리는 부인을 혼낸 봉사 남편

박제임, 여, 1921년생

주 소 지 : 부산광역시 수영구 망미2동
제보일시 : 2010.1.22
조 사 자 : 박경수, 박양리, 정다혜, 최수정, 오소현, 박지희

박제임은 1921년 닭띠 생으로 경상남도 의령군 지정면에서 태어났다. 택호는 태동댁이다. 외갓집이 일본에서 공장을 운영하고 있었는데, 13살 때 일본 외갓집으로 가서 잠시 살다가 해방이 되기 전에 전쟁을 피해 부산으로 왔다. 일본에서 초등학교를 졸업했다. 20살 때 결혼을 했으며, 슬하에 3남 2녀를 두었다. 남편은 72세로 작고했으

며, 아들 3명과 딸 1명은 모두 부산에서 거주하지만 딸 1명은 결혼 후에 미국으로 이민 가서 산다고 했다. 현재 살고 있는 수영구 망미2동에는 22

살 때 왔다고 했다. 제보자는 안경을 쓰고 옷을 곱게 차려 입고 있었는데, 90세의 나이를 짐작하기 힘들었다.

제보자는 조사자의 요청에 <아기 어르는 노래> 1편을 불렀는데, 가사를 짧게 기억하여 불렀다. 그후 이야기판에서 제보자는 <계모의 구박에 죽은 아들의 원수를 갚은 부인> 이야기를 했다. 이야기 중간에 이야기가 길어도 되느냐고 묻기도 하면서 구술했으나, 끝 부분에 가서 이야기를 잘 기억하지 못해 청중의 도움을 받기도 했다. 그러다 청중의 이야기가 자신이 알고 있는 이야기와 다르다고 하면서 다시 이야기를 이어 받아서 끝까지 마무리했다. 조사자가 제보자에게 어디서 들은 이야기인지 묻자, 소설책을 보고 알게 된 것이라고 했다.

제공 자료 목록
04_21_FOT_20100122_PKS_PJI_0001 계모의 구박에 죽은 아들의 원수를 갚은 부인
04_21_FOS_20100122_PKS_PJI_0001 아기 어르는 노래

백남순, 여, 1930년생

주 소 지 : 부산광역시 수영구 민락동
제보일시 : 2010.1.22
조 사 자 : 박경수, 박양리, 정다혜, 최수정, 오소현, 박지희

백남순은 1930년 말띠 생으로 경상남도 하동군에서 태어났다. 본관은 수원이며, 택호는 하동댁이다. 20살 때 결혼을 했고 두 아들을 두었으나, 29살 때 남편이 작고했다고 했다. 제보자는 부산에서 대연동에서 살다가 10년 전에 수영구 민락동으로 이사하여 거주하고 있다. 학교는 다닌 적이 없으며, 과거에는 농사를 지었다고 한다.

제보자는 <아버지가 어머니 배 위에서 자요>와 <꼬끼오 하면 삐악삐악하고 오너라>라는 소화(笑話) 2가지와 <다리 세기 노래> 1편을 했다.

청중들이 이야기를 들으며 한참이나 웃었으
며, 한 청중은 이런 것은 이야기도 아니라고
하면서 민망하게 생각하기도 했다. 조사자
가 오히려 재미있는 이야기라고 말하자 제
보자는 거리끼지 않고 재미있게 구술했다.
이들 이야기는 친구들과 잡담을 하면서 듣
고 알게 된 것이라 했다. 그리고 김복동 제
보자가 <다리 세기 노래>를 부를 때 자신
도 부른 <다리 세기 노래>는 어릴 때 놀면서 부른 것이라고 했다.

제공 자료 목록
04_21_FOT_20100122_PKS_BNS_0001 아버지가 어머니 배 위에서 자요
04_21_FOT_20100122_PKS_BNS_0002 꼬끼오 하면 삐악삐악 하고 오너라

손정식, 남, 1930년생

주 소 지 : 부산광역시 수영구 광안4동
제보일시 : 2010.1.21
조 사 자 : 박경수, 박양리, 정혜란, 정다혜

　손정식은 1930년 경오년 말띠 생으로 본
관은 보성이다. 경상남도 김해에서 태어나
그곳에서 벼농사를 짓고 사과농사도 했는데,
1959년 태풍 사라호 때문에 큰 피해를 입
고, 그 해에 부산광역시 수영구 광안4동으
로 이사를 와서 지금까지 살고 있다고 했다.
1950년 6·25전쟁 때에는 피난을 여러 곳
으로 다녔다고 했다. 슬하에 2남 1녀가 있

는데, 모두 출가하여 서울 등 타지에서 살고 있으며, 현재는 1살 연하의 부인과 둘이 지내고 있다. 학교는 다니지 못했다.

조사자 일행이 광안4동노인회관에 들렀을 때 노인들이 화투를 치고 있었기 때문에 제보자는 <모심기 노래> 2편만 부르고 말았다. 화투를 치고 있는 노인 중에 조사자 일행이 거북스러웠던지 그만 조사하고 가보라고 종용했기 때문에 제보자는 더 이상 민요 구연을 할 수 없었다. 제보자는 <모심기 노래>가 고향에서 농사를 지을 때 어른들이 부르는 것을 듣고 알게 된 노래라고 했다. 나이에 비해 발음도 분명하고 목소리도 좋았다.

제공 자료 목록
04_21_FOS_20100121_PKS_SJS_0001 모심기 노래(1)
04_21_FOS_20100121_PKS_SJS_0002 모심기 노래(2)

양모여, 여, 1913년생

주 소 지 : 부산광역시 수영구 망미2동
제보일시 : 2010.1.22
조 사 자 : 박경수, 박양리, 정다혜, 최수정, 오소현, 박지희

양모여는 1913년 소띠 생으로 경상남도 진주시 사천면에서 태어났다. 택호는 진주댁이다. 현재 98세이며, 남편은 20년 전에 작고했다. 슬하에 7남매를 두었는데, 모두 타지에 살고 있다고 했다. 학교는 다닌 적이 없으며, 젊었을 때는 농사를 지으며 생활했다고 했다.

제보자는 다른 사람이 이야기하는 것을 듣고 있다가 자신도 이야기를 하나 하겠다고 하면서 <선생을 장가 보낸

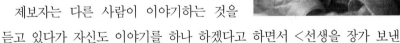

어린 학동> 이야기 1편을 했다. 98세의 나이를 믿을 수 없을 정도로 손
동작을 많이 쓰면서 이야기를 실감나게 구술했다. 제보자는 이 이야기를
베를 짤 때 시동생이 한 이야기를 듣고 알게 된 것이라 했다.

제공 자료 목록

04_21_FOT_20100122_PKS_YMY_0001 선생을 장가보낸 어린 학동

윤정화, 여, 1927년생

주 소 지 : 부산광역시 수영구 망미1동
제보일시 : 2010.1.22
조 사 자 : 박경수, 박양리, 정다혜, 최수정, 오소현, 박지희

윤정화는 1927년 정묘생으로 경상남도
양산에서 태어났다. 올해 84세로 토끼띠이
며, 본관은 파평이며 양산댁이라는 택호로
불린다. 18세에 남편을 만나 결혼하였고 슬
하에 1남 3녀의 자녀를 두고 있다. 현재 아
들은 뉴질랜드에 살고 있고, 딸은 서울에서
거주하고 있다. 남편은 5년 전에 작고하였
고 지금은 딸과 함께 부산에서 살고 있다.

일본에서 고등학교를 졸업하였으며, 종교는 불교이다. 양산에서 살다가,
아버지와 함께 6살 때 일본으로 건너가서 생활하다가 20년 전부터 이곳
망미1동으로 이사를 왔다고 한다.

제보자는 손짓을 많이 사용하며 이야기를 구술해 주었다. <두꺼비로
변신하여 부인을 구한 죽은 신랑>, <해골이 되어 부인에게 나타난 죽은
남편> 등의 이야기를 해 주었는데, 일본에서 살다가 한국에 들어왔을 때
할머니에게 듣게 된 이야기라고 했다.

제공 자료 목록

04_21_FOT_20100122_PKS_YJH_0001 두꺼비로 변신하여 부인을 구한 죽은 신랑
04_21_FOT_20100122_PKS_YJH_0002 해골이 되어 부인에게 나타난 죽은 남편

이창우, 남, 1931년생

주 소 지 : 부산광역시 수영구 광안4동
제보일시 : 2010.1.21
조 사 자 : 박경수, 박양리, 정혜란, 정다혜

  이창우(李昌雨)는 1931년 신미년 양띠 생
으로 경상남도 창녕군에서 태어났다. 본관
은 경주이다. 40년 전에 부산으로 와서 장
사를 하며 생활하다 10년 전 수영구 광안4
동으로 이사를 와서 생활하고 있다. 현재는
광안4동노인정 회장을 맡고 있다. 21세에 4
살 연하의 부인과 결혼을 하여 슬하에 3남
2녀를 두었다. 부산에 오기 전에는 농사를
지었으며, 부산에 와서는 장사를 했다고 했다. 학력은 초등학교 졸업이다.

  제보자는 민요 2편과 설화 3편을 제공했다. 설화 3편을 먼저 구술하고
난 뒤에 민요 2편을 불렀다. 민요는 제보자가 창녕에서 농사를 지으면서
불렀던 노래를 기억하여 부른 <모심기 노래> 2편이다. 더 많은 민요를
구연할 수 있는 능력을 가진 것으로 보였으나, 제보자가 바쁘다며 자리를
뜨는 바람에 더 이상 민요 조사를 할 수 없어 아쉬웠다. 설화로는 <도깨
비와 씨름한 사람> 이야기와 <고려장 하려다 되돌아온 부자(父子)> 이
야기, 그리고 <자식을 죽여 노모를 봉양한 효자 곽씨> 이야기를 했다.
이들 이야기는 어릴 때 서당에 다니면서 알게 된 것이라고 했다.

제공 자료 목록

04_21_FOT_20100121_PKS_LCW_0001 도깨비와 씨름한 사람

04_21_FOT_20100121_PKS_LCW_0002 고려장 하려다 되돌아온 부자(父子)

04_21_FOT_20100121_PKS_LCW_0003 자식을 죽여 노모를 봉양한 효자 곽씨

04_21_FOS_20100121_PKS_LCW_0001 모심기 노래(1)

04_21_FOS_20100121_PKS_LCW_0002 모심기 노래(2)

임구례, 여, 1930년생

주 소 지 : 부산광역시 수영구 망미1동

제보일시 : 2010.1.22

조 사 자 : 박경수, 박양리, 정다혜, 최수정, 오소현, 박지희

임구례는 1930년 경오년 생으로, 충청남도 금산군에서 태어났다. 올해 81세로 말띠이며 택호는 없다. 남편에 관한 이야기를 꺼려서 제보를 받을 수는 없었는데, 자식도 없다고 했다. 농사를 지으며 살아왔으며, 학교에 다닌 바가 없고, 종교는 불교이다. 시집을 오게 되면서 이곳 망미1동에서 지금까지 살고 있다.

제보자 카드를 작성할 때 질문을 할 때마다 왜 묻느냐고 되물어서 어려움을 겪었다. 제보자는 구비문학 조사에 소극적으로 임해 주었는데, 어른들에게 들었던 이야기라며, <구렁이를 죽여서 어렵게 된 집안> 이야기 1편을 구술해 주었다.

제공 자료 목록

04_21_FOT_20100122_PKS_YGR_0001 구렁이를 죽여서 어렵게 된 집안

임순임, 여, 1928년생

주 소 지 : 부산광역시 수영구 남천1동
제보일시 : 2010.1.21
조 사 자 : 박경수, 박양리, 정혜란, 정다혜

임순임은 1928년 용띠 생으로 경상북도 구미에서 태어났다. 노인정에서 제보자는 살고 있는 아파트 동수인 503동으로 불린다고 했다. 17살 때 부산으로 시집을 온 이후에 부산에서 계속 거주하게 되었다고 했다. 제보자는 5살 위의 남편과의 사이에 3남 2녀를 두었으며, 현재 수영구 남천1동 남천 삼익뉴비치아파트에서 남편과 큰아들 가족들과 함께 생활하고 있다. 초등학교를 중퇴했으며, 직장생활을 한 적은 없다고 했다. 종교는 불교이지만, 특별히 절에서 행사가 있을 때에만 절에 간다고 했다.

제보자는 <다리 세기 노래>를 실제 다리를 세는 동작을 조사자와 함께 하면서 불렀다. 이 노래는 어렸을 때 친구들과 함께 놀면서 불렀던 것이라고 했다.

제공 자료 목록
04_21_FOS_20100121_PKS_LSY_0001 다리 세기 노래

장복이, 여, 1927년생

주 소 지 : 부산광역시 수영구 남천1동
제보일시 : 2010.1.21
조 사 자 : 박경수, 박양리, 정혜란, 정다혜

장복이는 1927년 정묘년 토끼띠 생으로 부산광역시 남구 감만동에서 태어났다. 본관은 인동이며, 손녀 이름을 따서 혜정이 할머니라고 불린다고 했다. 18살 때 부산광역시 서구 대신동으로 시집을 가서 살았는데, 슬하에 3남 3녀를 두었다. 남편은 농업과 어업을 함께 하면서 생활했는데 16년 전에 작고했으며, 자식들은 모두 출가하여 외지  또는 미국으로 가서 산다고 했다. 제보자는 23년 전에 현재의 수영구 남천1동으로 이사를 와서 동생과 함께 살고 있다고 했다. 학교를 다니지 못했으며, 종교는 불교이지만 다리가 불편하여 절에 자주 가지 못한다고 했다.

제보자는 2편의 설화를 구술했다. <친정아버지 챙기다 손해 본 며느리>와 <배고파 너무 많이 먹은 남동생의 노래> 이야기를 했다. 두 이야기 모두 먹는 것과 관련된 이야기였다. 이들 설화는 모두 친할머니에게 들어서 알게 된 것이라고 했다.

제공 자료 목록
04_21_FOT_20100121_BKS_JBE_0001 친정아버지 챙기다 손해 본 며느리
04_21_FOT_20100121_BKS_JBE_0002 배고파 과식한 남동생의 노래

전남옥, 여, 1921년생

주 소 지 : 부산광역시 수영구 망미2동
제보일시 : 2010.1.22
조 사 자 : 박경수, 박양리, 정다혜, 최수정, 오소현, 박지희

전남옥은 1921년 닭띠 생으로 경상북도 울진에서 태어났다. 본관은 대

명이고, 택호는 울진댁이다. 19세에 결혼하
여 2남 1녀를 두었으나, 남편을 군에서 잃
고, 큰아들까지 세상을 버렸다고 했다. 제보
자는 큰며느리와 울진에서 농사를 지으며
같이 살다가, 큰며느리의 오빠가 부산에서
살고 있어서 약 40년 전에 현재의 부산광역
시 수영구 망미2동으로 와서 살게 되었다고
했다. 공부는 어렸을 때 야학으로 조금 한
것이 전부라고 했다.

　제보자는 <결혼하자 신랑 죽은 신부> 이야기 1편을 했는데, 일찍 남
편을 여읜 자신의 처지를 생각했는지, 이야기 중에 상여 나가는 대목에서
슬픔에 겨워 말하기도 했다. 이야기를 구술할 때, 대화 부분은 가사를 읊
듯이 말했으며, 이야기가 완성된 형태는 아니었지만 실감나게 구술했다.
제보자는 이 이야기를 어렸을 때 어른들이 해주어서 알게 되었다고 했다.

제공 자료 목록
04_21_FOT_20100122_PKS_JNO_0001 결혼하자 신랑 죽은 신부

정봉점, 여, 1923년생

주 소 지 : 부산광역시 수영구 망미1동
제보일시 : 2010.1.22
조 사 자 : 박경수, 박양리, 정다혜, 최수정, 오소현, 박지희

　정봉점은 1923년 계해년에 경상남도 충무시(현재 통영시)에서 태어났
다. 올해 88세로 돼지띠이며, 충무댁이라는 택호로 불린다. 19세에 남편
을 만나 결혼하였는데, 구씨 성을 가진 남편은 30년 전에 작고하였다. 슬
하에 3남 4녀를 두었으며, 자녀들은 모두 부산에서 거주한다.

농사일과 장사로 생계를 이어왔는데, 학
교는 다닌 바가 없으며, 종교는 불교이다.
충무에서 살다가, 고성의 배둔마을로 이사
를 갔고, 40년 전에 이곳 부산광역시 수영
구 망미1동으로 이사를 와서 지금까지 살고
있다.

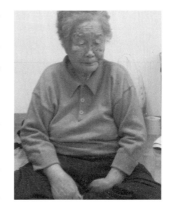

제보자는 귀가 잘 들리지 않아서 몇 번을
반복하며 질문을 해야 알아듣곤 하였다.
<사주 책을 사서 부인을 살린 남편>을 구술해 주었는데, 이는 어릴 적에
들었던 이야기라고 했다.

제공 자료 목록
04_21_FOT_20100122_PKS_JBJ_0001 사주 책을 사서 부인을 살린 남편

조호순, 여, 1926년생

주 소 지 : 부산광역시 수영구 남천1동
제보일시 : 2010.1.21
조 사 자 : 박경수, 박양리, 정혜란, 정다혜

조호순은 1926년 병인년 호랑이띠 생으
로 부산광역시 사하구에서 태어났다. 본관
은 함안이며, 특별히 불리는 택호는 없다고
했다. 20살 때 결혼을 하여 부산광역시 서
구 암남동인 송도로 가서 살았으며, 현재 살
고 있는 수영구 남천1동의 남천삼익뉴비치
아파트에 이사를 온 지는 10년이 훨씬 넘었
다고 했다. 슬하에 1남 1녀의 자녀를 두었

는데, 딸은 경주에 가서 살고, 아들은 결혼하여 제보자와 함께 살고 있다. 남편은 7년 전에 작고했다. 제보자는 학교를 다닌 적은 없으며, 예전에 농사를 짓기도 했지만, 현재는 아무것도 하고 있지 않다고 했다. 제보자는 현재 뉴삼익비치아파트 노인정에서 회장을 맡고 있다. 불교를 믿지만 절에는 자주 가지 않는다고 했다.

제보자는 도깨비와 씨름한 사람 이야기를 한 편 구술했다. 도깨비 이야기는 여러 번 들어서 알게 된 것이라 했다.

제공 자료 목록

04_21_FOT_20100121_PKS_JHS_0001 도깨비와 씨름한 사람

최천숙, 여, 1931년생

주 소 지 : 부산광역시 수영구 남천1동
제보일시 : 2010.1.21
조 사 자 : 박경수, 박양리, 정혜란, 정다혜

최천숙은 1931년 양띠로, 경상북도 청도군 금천면에서 태어났다. 본은 경주이며, 청도에서 태어났다고 하여 청도댁으로 불린다. 청도에서 결혼을 하여 슬하에 2남 4녀를 두었다. 50년 전에 부산광역시 수영구 남천1동으로 이주하여 지금까지 생활하고 있다. 남편이 일찍 작고하여 현재는 아들과 함께 살고 있다. 학교는 다니지 않았으며, 종교는 불교라고 했다.

제보자는 8편의 민요와 2편의 설화를 제공했다. 민요로 <모심기 노래>, <아기 어르는 노래>, <다리 세기 노래> 등 기능요와 함께 <노랫

가락>, <사발가>, <창부타령>, <도라지 타령> 등 창민요를 연이어 불렀다. 조사자 일행이 노인정을 찾았을 때 노인정 문이 잠겨 밖에서 기다리던 제보자를 만난 후 다른 노인정을 조사하고 다시 찾았을 때, 제보자는 여러 편의 민요를 미리 생각해 두었는지 먼저 나서서 적극적으로 민요를 구연했다. 그러나 일부 노래의 경우, 사설을 충분히 기억하지 못해 불완전한 상태로 노래를 끝낸 경우도 있었다. 이들 민요는 고향 친구들과 모여서 놀 때 불렀거나 일꾼들이 일 하는 것을 듣고 알게 된 것이라 했다. 제보자는 어릴 때 아버지에게 들었던 이야기라고 하며 2편의 설화도 구술했는데, 민요보다 설화의 구연에 더 자신이 있어 보였다. 그가 제공한 설화는 <세 아들을 살려 부자가 된 어사>와 <스님에게 풍수 등을 배워 부자가 된 고아 삼형제> 이야기였는데, 특히 후자의 이야기를 매우 길게 구술하자 이야기를 빨리 마치라는 종용을 청중들로부터 심하게 받기도 했다. 노인들에게 안마를 해주는 자원봉사자들이 노인정 밖에서 기다리고 있었기 때문이다. 제보자는 이 때문에 이야기의 뒷부분을 급하게 마무리했다. 그렇지만 제보자는 기억력이 좋아 이야기의 세세한 부분까지 구술했다.

제공 자료 목록

04_21_FOT_20100121_PKS_CCS_0001 용왕의 세 아들을 살려 부자 된 어사
04_21_FOT_20100121_PKS_CCS_0002 스님에게 풍수 등을 배워 부자 된 고아 삼형제
04_21_FOS_20100121_PKS_CCS_0001 노랫가락 / 그네 노래
04_21_FOS_20100121_PKS_CCS_0002 다리 세기 노래
04_21_FOS_20100121_PKS_CCS_0003 모심기 노래
04_21_FOS_20100121_PKS_CCS_0004 도라지 타령
04_21_FOS_20100121_PKS_CCS_0005 아기 어르는 노래 / 불매소리
04_21_FOS_20100121_PKS_CCS_0006 사발가
04_21_FOS_20100121_PKS_CCS_0007 창부타령
04_21_FOS_20100121_PKS_CCS_0008 노랫가락

홍영대, 남, 1933년생

주 소 지 : 부산광역시 수영구 민락동
제보일시 : 2010.1.22
조 사 자 : 박경수, 박양리, 정다혜, 최수정, 오소현, 박지희

홍영대(洪永大)는 1933년 경상북도에서 태어났고, 본관은 남양이다. 23세에 동갑인 이씨와 결혼하여 2남 2녀의 자녀를 두었다. 자녀는 모두 타지에 살고 있고, 제보자는 현재 부산광역시 수영구 광안2동에서 부인과 함께 생활하고 있다. 과거 신문사에서 일하다 정년퇴임을 했으며, 20살 때 직장 때문에 부산에 왔는데 지금까지 57년이나 되었다고 했다. 학력에 대해서는 밝히지 않았으며, 종교는 불교라고 했다.

제보자는 <호랑이를 물리치기 위해 돌로 쌓은 서낭당> 이야기 1편을 했는데, 신문사에서 일하면서 알게 된 것이라고 했다.

제공 자료 목록

04_21_FOT_20100122_PKS_HYD_0001 호랑이를 물리치기 위해 돌로 쌓은 서낭당

호랑이를 속여 호식을 면한 아이들

자료코드 : 04_21_FOT_20100121_PKS_GKH_0001

조사장소 : 부산광역시 수영구 남천1동 뉴삼익비치아파트 노인정

조사일시 : 2010.1.21

조 사 자 : 박경수, 박양리, 정혜란, 정다혜

제 보 자 : 구경희, 여, 81세

구연상황 : 다른 제보자가 이야기를 하는 도중에 제보자가 갑자기 다음 이야기를 시작
했다. 제보자는 이야기의 끝부분이 정확하게 기억나지 않는지 급하게 이야기
를 마무리했다. 본래 <해와 달이 된 오누이> 이야기인데, 아이들이 줄을 타
고 올라가 해와 달이 되는 이야기를 하지 않고 호랑이가 우물에 빠져죽는 것
으로 끝을 맺었다.

줄 거 리 : 옛날에 묵을 파는 할머니가 묵을 팔러 가다가 호랑이를 만났다. 호랑이는 묵
을 한 덩어리씩 뺏어먹고 나중에는 할머니와 할머니 옷까지 먹었다. 호랑이는
할머니로 변장을 해서 할머니의 집으로 찾아갔다. 할머니 집에는 아이들이 둘
있었다. 호랑이는 아이들에게 할머니라 했지만, 호랑이에게 속지 않고 문을
열어주지 않은 채 뒷문으로 도망을 갔다. 우물가 큰 나무 위로 도망을 친 아
이들은 호랑이가 다가와 올라가는 방법을 가르쳐달라고 하자 부엌에서 참기
름을 바르고 올라오면 된다고 했다. 호랑이는 나무에 참기름을 바르고 올라오
다 떨어져 우물에 빠져 죽고 말았다.

그게 호랑이던가 봐.

그렇게 해가지고 이제 묵을 팔러 가가 한 도가리(덩어리) 한 도가리 다
비주고 묵디가(묵 덩어리가) 없으이께네, 인제 또 옷 벗어 돌라 캐서, 옷
을 한 가지 두 가지 다 벗어주고,

그래 저 저그 집에 가가, 인자 할마이, 할매로 그 묵장시 할매로 변장
을 해가, 집에 아들 둘이를 놔두고 왔는데, 그 저,

"뭐시야 문 열으라."

고 카이커네, 말 음성을 들어보이 엄마 말소리가 아이더라 카네. 그래 안에서 애들이.

"그래 그러면 엄마, 내가 엄마 맞다."

이러 카는데,

"엄마 저 손 한 번 보자."

이러 카이께네, 그래 문구녕 창호지, 그 문에 손을 푹 여이꺼네(넣으니까), 그 이래 손이 사람손이 아니고 호랑이로 되가이꺼네, 그 털이 뷔이꺼네(보이니까) 이래가,

"울 엄마 손은 안 이렇는데 왜 이렇노?"

이러카이께네,

"너검마(너의 엄마) 손 맞다."

이러캐가지고 인자, 머 어찌 해가지고 문을 열어, 아 뒷문을 그 애들이 나가가 우에 저게 우물가 뒤에 큰, 큰 저 거기 나무가 있었는데, 그리 인자 타고 그 아들이 피해가 올라갔어.

올라가가지고 있으이꺼네, 그서러(그곳에서) 인자 눈물을 뚜둑뚜둑 흘리이꺼네,

"느그 저 왜 할머니, 저 느그가 와 눈물을 흘리노?"

이러카이, 니도 여기 올라 올라 카거든. 인자 그때선 애들이 그기, 저거 엄마가 아이고 변장한 호랑인 줄 알았어.

"그래 뭐 우리 부엌게 가면, 저 참지름 병이가 있는데 그 기름을 참지름을 요래 나무에 발라가지고 올라오면은 저게 우리로 우리 따라 올라 온다."

이러캤는데, 그 저 기지로, 애들이 인자 그래 오몬 못 올라오고 미끄러져서 우물에 빠질 기라고 그리 시겼더만은. 그래 그 참지름을 타고 올라오다가 미끄러바서러(미끄러워서) 그 호랑이가 빠져 죽었다고 하는 그런 기 조금 생각는데.

배가 고파 죽어 풀국새가 된 사연

자료코드 : 04_21_FOT_20100121_PKS_GKH_0002
조사장소 : 부산광역시 수영구 남천1동 뉴삼익비치아파트 노인정
조사일시 : 2010.1.21
조 사 자 : 박경수, 박양리, 정혜란, 정다혜
제 보 자 : 구경희, 여, 81세
구연상황 : 다른 제보자가 구연을 하는 동안 이 제보자가 조사자에게 뻐꾸기 이야기를
　　　　　하나 알고 있다고 말을 했다. 그래서 앞선 제보자가 구연이 끝나자마자 바로
　　　　　이 이야기를 해주었다.
줄 거 리 : 옛날에 동서지간에 살았다. 아랫동서가 배가 너무 고파서 무엇을 얻어먹을
　　　　　수 있을까 싶어 형님 집으로 갔다. 형님이 밀가루 풀을 쑤고 있었다. 아랫동
　　　　　서가 그거라도 먹으면 허기진 배를 채울 수 있겠다 싶었지만 형님은 그것을
　　　　　버리고 주지 않았다. 아랫동서는 배고픔을 이기지 못하고 죽고 말았다. 한이
　　　　　맺혀 죽은 아랫동서는 풀국 풀국 하고 우는 뻐꾸기가 되었다.

　뻐꾸기가 그게 왜 그러냐 하몬, 너무너무 배가 고파서러 인자, 동시 이
래 형님이 있고, 인자 저 동시간에 이래 있는데, 그 밑에 동시가 너무 배
가 고파가지고, 그 동시집에, 우 형님 집에, 저게 뭣이 무울(먹을) 게 있는
가 싶어 가이께네, 그 형님이 풀로 해가지고, 옛날에는 밀가리 풀 이런 거
해가지고, 어 그래 해가지고, 이래 짜가지고 노믄 짜가지고 나믄 그 풀국
안 있나? 그게 그기라도 남으몬 '저거 날로 좀 줄란가.' 싶어서 이래 해도
마 안주고 팍 부어 내삐리더란다.

　그기라도 마셨시몬 허기진 배가 낫을란다 이랬디, 그 부우 내삐래서 그
래 그 배가고파 죽어가지고 그 사람이 그 한이 되가지고 그리 풀국 풀국,
이래 없어가. (조사자 : 아, 풀국 풀국.) 어. 그래 운을 하고 그래 운다 카
대, 그 전설로. 풀국 풀국 배가고파 죽겠네.

바지 벗고 물구나무서서 범을 물리친 노인

자료코드 : 04_21_FOT_20100122_PKS_KBD_0001
조사장소 : 부산광역시 수영구 민락동 민락경로당
조사일시 : 2010.1.22
조 사 자 : 박경수, 박양리, 박지희, 오소현, 정다혜, 최수정
제 보 자 : 김복동, 여, 83세
구연상황 : 이 제보자가 이야기도 하나 하겠다고 말을 한 다음 이 이야기를 구술했다.
줄 거 리 : 옛날에는 범이 많아서 산 고개를 넘기 힘들었다. 한 노인이 고개를 넘기 위
해 머리를 썼다. 바지를 내리고 물구나무를 서서 기어서 가니 호랑이가 도리
어 무섭다고 하며 도망을 갔다. 노인은 무사히 산 고개를 넘을 수 있었다.

옛날에 고개 인자 넘어몬, 안 넘으면 길이 없거든.

산 고개로 넘어가는데, 인자 하도 호랭이가 많애가지고 사람들이 가기
가 인자 힘이 들어서러, 한 노인이 중구체나(정확하게 알아들을 수 없다.
"중년 정도나"의 뜻으로 보인다.) 되는 사람이 그 고개 넘는 구로(넘는 것
을) 머리로 썼는 기라.

범이 마마 잡아무싸서러 마 몬 댕기는데, 그 논에 가기는 가야 되제,
그래 머리를 써가지고 말이지, 주우로(바지를) [강조하여 길게 말하며]
딱- [두 손으로 무릎 주위로 바지를 내리는 시늉을 하며] 요만치 내라가
지고 거꿀로 요래 딱 이래가 기이는(기는) 기라. 범이 와글거리는 거서로
(그곳에서).

기니까 말이지 밑에 있으니까 마 덜렁덜렁 하니까, [일동 웃음] 범이
보이 마 참 지카마(자기보다) 더 무섭거든. 그래가 뭐 범이 다 달라내부뿌
가(달아나버려서). [일동 웃음]

벙어리와 봉사 부부의 대화법

자료코드 : 04_21_FOT_20100122_PKS_KBS_0001
조사장소 : 부산광역시 수영구 망미2동 망미노인정
조사일시 : 2010.1.22
조 사 자 : 박경수, 박양리, 박지희, 오소현, 정다혜, 최수정
제 보 자 : 김복순, 여, 88세
구연상황 : 조사자가 아무 이야기라도 좋으니 기억나는 이야기가 있으면 한 편 해달라
고 부탁하자, 제보자가 벙어리와 봉사 이야기를 해 주겠다고 하며 다음 이야
기를 했다. 제보자는 여러 가지 시늉을 하면서 이야기를 했으며, 이야기를 하
는 도중에 웃음을 참지 못하고 자주 웃었다.
줄 거 리 : 옛날에 벙어리와 봉사가 부부로 살았다. 벙어리는 말을 할 줄 몰라서 항상
손으로 두드려서 말을 대신했다. 어느 날 동네에서 불이 났다. 불이 난 것을
보고 온 벙어리 할멈이 봉사 영감에게 전하려고 등을 툭툭 쳤다. 그러자 영감
이 "등 넘어서?"라고 말을 하자 맞다고 고개를 끄덕거렸다. 벙어리 할멈이 다
시 영감의 불알을 만지자, 무엇을 하다가 불이 났는지 알았다. 이렇게 벙어리
와 봉사가 부부로 살아도 서로 해득을 잘 해야 잘 산다.

버버리하고(벙어리하고) 봉사하고 둘이가 살았거든. 둘이가 사는데, 버
버리 이거는 말로 할 줄 모른다 아이가. 말로 할 줄 몰라. 손을 가, 항상
손을 가 그걸 하거든.

동네 가카네 불이 났거든. 불이 나이 영감한테 와가지고 이래 등더리를
뚜드린다고,

"등너매?"

이러 카거든(이렇게 하거든). 그 고구(고개) 끄떡끄떡 하거든. 그래,

"와?"

이래 카이께네, 손을 갔다 이라거든. 그래,

"불 났더나?"

이라거든, 봉사가. 불 났더나 카이까, 그래 또 고구 끄떡끄떡 하거든.
그래 또 쪼깨(조금) 있디마는 영감 불알을 이래 막 몬치는(만지는) 기라.

[조사자 웃음] 인자 말로 몬 하고, 부랄도 몬치이까 보이,

"와? 와?"

이기 인자, 봉사 저기 인자 자꾸 얘기는 봉사 저기 해득을(해독을) 다 하는 기라. 저거는 말로 할지 모리이(모르니) 자꾸 이런데 몬치고 이런데 몬치고 이러케만 하거든. 그래,

"와? 와? 불알 와그라노?"

이라거든. 그러카네,

"그래 뭐 하다가 불 났는가?" [일동 웃음]

영감이 또 이럭(이렇게) 카거든. 그러카이까 [웃으며] 또 고개를 *끄덕끄덕*. [웃음]

"그래, 그러케. 하이아! 큰일났구나."

영감이 또,

"아, 큰일났구나. 그래, 그래도 어짜노. 동네 사람들이 오고 다 꺼주겠지."

영감이 또 이라거든. 그러니까 또 고개 *끄덕끄덕*. [웃음]

그래, 그래가 영감 저, 영감이 한단 말이, 봉사가 한단 말이,

"그래 또 가봐라."

이러 카거든. 그러카이카네 이기 마 쫓아간다. 가디만 또 쪼깨 있으이 또 탁탁탁탁 하고 오거든. 오니까,

"왜 불 다 껐더나?"

카이까네, 또 고갤 *끄덕끄덕* 하거든. [웃음] 고개를 *끄덕끄덕*. 그래 '하이고', 또 오디마는 궁디이를 또 톡톡톡톡, 영감 궁디이를 또 톡톡톡톡 뚜드리거든. 뚜디리,

"와? 내 궁디이는 와 뚜드리노? 와?"

이러카이, 그래 저 인자 영감이 해득을 다 해야 되는데, 해득 안 하몬 저 버버리 저거는 말로 할 줄 모르이까네, 모른다 아이가.

그래 뚜드리다 가마히(가만히), 영감이 가마히 이래 생각는데, 생각쿠이 '어째 이리 와 뚜드리는고?' 싶어서 아라이,

"와? 와?"

자꾸, 영감이 자꾸 이라거든. 그라이카 또 [손으로 두드리는 시늉을 하며] 이라거든. [웃음] 이 영감이 다시 해득을 못 하겠는 기라. 궁디이를 뚜디리카니. 또 가마이 생각는다, 생각허서,

"와? 궁디이 요 뭐 불 났더나?"

이러카이까, 그러카이 또 고개를 짤짤 흔드는 거야. 그서 아이라고 [웃으며] 짤짤 흔들고 있어.

또 영감이, 저 봉사지. 또 인자 '어째서 궁둥이를 뚜드리노?' 싶어가지고 생각는다 인자. '뭣을 어쨌길래 궁디이를 이리 뚜드리노?' 싶어가주 가마이 이래 생각코 있으카이,

"그래 언놈이 궁디이 뚜드리더나?"

하카이, 꼭, [일동 웃음] 그래, 그랬더라네. 그래 버버리한테는 자꾸 인자 봉사가 머리를 써야 되는 기라.

그래가지고 또 가, 고개 끄덕끄덕해서, '아아 그런 넘이(놈이) 있던 갑다.' 싶어가지고 봉사가 지가, 봉사 지가 마 그런 놈이 있든가 저런 놈이 있든가 가서 말 한 모디(마디) 할 수가 있나, 갈 줄을 아나 몬 간다 아가. 그러카네 버버리 저거만 쫓아댕기는 기라 자꾸.

그래 인자 헐떡헐떡 하고 또 오더란다. 또 오디만은,

"그래, 인자 불도 다 끄고, 다 사람들도 다 헤어졌나?"

이러 카이카, 또 막 [가슴을 치는 시늉을 하며] 가슴을 또 뚜디리더라카대.

"와? 와?"

또 와와 이러 카이까, 봉사 저거 눈도 어둡제, 뭐 어째 아노. 그래 와와 카이카네, 또 [답답한 듯이] 와그그그그 와그그그그 또 쨈박 이래 쌌더라

카던 기라, 버버리라 노이케네.

"참 기가 찬다. 참 기가 찬다."

이러카이, 이러카거든 영감이. 그러카이카, 맞다 기가 찬다 카이 맞다 쿠던다. [웃음] (조사자 : 기가 찬다고.) 아아, 기가 찬다 카이카, 맞다고 또 톡톡 뚜디리더라 카는 기 인자, 그래, 이놈의 씨발 해득을 할 줄 알아야 뭐 그걸 하제. 그래 자꾸 영감이 인자 머리를 써가지고 말로 해야 저기 인자 알아듣는 기라. 알아듣는 기라.

그래가지고 버버리하고 저 봉사하고 살아도 해득을 잘해야 잘 산다 카는 기라. 그 얘기라.

사자 모양의 백산과 사자 먹이의 담비 / 담비탈의 유래

자료코드 : 04_21_FOT_20100122_PKS_KSO_0001
조사장소 : 부산광역시 수영구 수영동 수영사적공원 내 수영사적원
조사일시 : 2010.1.22
조 사 자 : 박경수, 박양리, 정다혜, 최수정, 오소현, 박지희
제 보 자 : 김순옥, 여, 68세
구연상황 : 조사자가 수영야류에는 담비가 나오는데, 어떻게 담비탈이 있게 되었는지 제
　　　　　보자에게 물어보자, 제보자가 자신이 알고 있는 대로 이야기한다고 하면서 다
　　　　　음 이야기를 시작했다.
줄 거 리 : 수영의 백산이 앉아있는 사자가 마치 뒤로 돌아 도망가는 형태를 하고 있다.
　　　　　이 사자를 잡기 위해 단비를 먹이로 가져다 주면 사자무 과정이 일어난다.

수영에 인자 주산이 백산인데, 그 백산이 앉아있는 모습이 사자가 모양을 하고, 인자 그게 마치 뒤를 돌아가 도망가는 형태를 하고 있대요.

그래 인자 그 형태, 사자를 잡기 위해서 그 먹이로써 이 담비를 갖다가 (가져다가) 인자 주는 거에요. 그렇게 해가지고 사자무 과정이 일어나게 됩니다. 예, 공연하게 되는 거지요.

동래에 귀향 온 정서와 정과정

자료코드 : 04_21_FOT_20100122_PKS_KSO_0002
조사장소 : 부산광역시 수영구 수영동 수영사적공원 내 수영사적원
조사일시 : 2010.1.22
조 사 자 : 박경수, 박양리, 정다혜, 최수정, 오소현, 박지희
제 보 자 : 김순옥, 여, 68세
구연상황 : 조사자 일행이 수영사적원 안에 전시된 액자 안에 정과정이 씌어져 있는 것
을 보고 있으니, 제보자가 와서 정과정에 대해 자세히 설명해 주겠다고 하면
서 다음 이야기를 시작하였다.
줄 거 리 : 정서는 고려가요 정과정을 지은 사람이다. 그는 동래 정씨로 고려 인종 임금
의 부인인 공예태후의 여동생과 결혼했다. 정서는 인종 임금과 동서지간으로
인종의 사랑을 많이 받았다. 그러나 인종의 동생을 임금으로 추대하려 했다는
모함을 받고 동래로 귀향을 오게 되었다. 인종이 죽고 조카인 의종이 임금이
되어, 이모부인 자신을 불러주겠다고 했지만 7년 동안 아무 연락이 없었다.
이에 정서는 의종 임금을 그리워하며 정과정을 지었다.

이기 정과정(鄭瓜亭)인데, 이 이 고려가요예요.

고려가요는 보통 구전으로 전해져오는데, 이거는 정서(鄭敍, 고려 인종
때의 문인)라는 작자가 있다는 데에서 이거는 역사적인 가치를 두는 겁
니다.

내님을 그리사와 우니다니
산접동새 난이슷하요이다
아니시면 거칠어지신달
아흐 잔월효성에 아르시이다.

내 님이라 하는 거는 저 의종임금을 그리는 거예요.

정서가, 인자 정서에 대해서 좀 얘기를 할 것 같으면, 정서는 저 동래
정씨 아시지요? 동래 정씨, 정문도공의 증손자예요.

증손잔데, 인자 그 이 증손자가 누구하고 결혼을 하게 되나 하면 그 당

시 인종 임금의 [잠시 생각하며] 응 부인 공예태후, 그 인종 임금의 부인 하고, 부인의 여동생하고 결혼을 하게 되요.

그러께네 인종 임금하고는 동서지간이 되요. 그래가 인종 임금의 귀여움을 많이 받게 되는데,

그래가지고 이 정서가 공, 인종 임금의 동생을 추대해가, 대연구경을 갔다가 추대해가(환관세력과 내료세력간의 권력 다툼에 의한 대령후 사건을 말한다.) 임금이 되게 한다는 참소를 받아가지고, 그래가지고 동래에 귀향 오게 됩니다.

그래 귀향 오게 되가지고, 그래 인자 이 의종이, 인종이 돌아가시고 나서 의종이 임금이 됐을 때에, 자기 조카지요, 조카니까 인자 의종이 됐을 때에,

"인자 가 계시면은, 이모부 가 계시면은 내가 얼마 있다가 부를테니까."

그렇게 언질을 줘요. 그랬는데 칠년이 되도 돌아, 인자 부르지를 않애요. 그래가지고 임금을 그리워하면서 그리워하면서, 음 적은 글이 이 정과정이에요.

그래가지고 자기가 동래에 와가지고 인자 그 참외밭을 가꾸면서 그렇게 해가지고 인자 임금이 부르기를 기다리는 게, 기다리면서 적은 글이 이 정과정이에요.

그러께네 오이 과(瓜)자에, 그래 정자를 심어가지고, 정자를 지어가지고 임금을 기다리는데, 내 님이다 하는 게 의종 임금을 말하는 거에요. 그래가 그리워하는 게 내가 마치 산접동새 같다 하는 거예요.

시어머니를 내쫓고 벌 받은 며느리

자료코드 : 04_21_FOT_20100122_PKS_KHS_0001

조사장소 : 부산광역시 수영구 망미2동 망미노인정

조사일시 : 2010.1.22

조 사 자 : 박경수, 박양리, 박지희, 최수정, 정다혜, 오소현

제 보 자 : 김호선, 여, 92세

구연상황 : 조사자가 노인정에 모인 노인들에게 조사의 취지를 설명하고 난 후 재미있
는 야기를 해 달라고 부탁하자 제보자가 나서서 "내가 하나 해보겠다."고 하
며 다음 이야기를 했다. 남성 청중 한 분이 먼저 좋은 이야기를 하라고 했다.
차분하게 이야기를 했다.

줄 거 리 : 옛날에 홀어머니가 자식을 다 키워 며느리를 봤다. 며느리가 아이를 낳으려
고 하자 시어머니는 손자 본다고 좋아서 출산 준비를 다 했다. 그런데 며느리
는 시어머니에게 팔자가 나쁘다고 하며 자기 방에 들어오지 말라고 했다. 시
어머니는 그 말에 충격을 받고 이웃사람에게 그 이야기를 했다. 그러자 실,
골무, 바늘을 짊어지고 팔러 다니라고 했다. 시어머니는 그 길로 집을 나섰다.
날이 어두워지자 어느 집에 가자 젊은 여자가 반가워하며 같이 살자고 했다.
마침 그 집 시아버지도 홀로 있어 둘이 인연을 맺고 아들까지 낳아 잘 살고
있었다. 한편, 시어머니를 내쫓은 며느리는 아이만 낳으면 아이가 죽게 되어,
어디 가서 물어보았다. 그러자 산 조상이 돌아앉았다는 말을 듣고, 아들이 엿
장사를 하면서 어머니를 찾으러 돌아다녔다. 어느 골목에서 어머니를 만나 잘
못을 빌었으나 어머니가 너 같은 자식을 두지 않았다고 하며 가버렸다. 친구
의 도움으로 어머니의 마음을 돌려 두 집안이 아들을 낳고 모두 잘 살았다.

옛날에 저거 홀어머니가 혼자 메느리를 봐가 키우거든. 아이까 메느리
로 봤거든. 메느릴 봤는데, 그 메느리가 마 애, 애를 낳는다고 자꾸 애 낳
는다고, 아 아를 틀고 그래요.

배가 아프다 하고 그러이까, 이 저거 시어머니가 그거 저기 마 좋아서
아들 하나 키워 손자 본다고 좋아서 막 그거 물을 데피고 마 방으로 들락
날락하고 이러니까네, 그 저거 메느리 하는 말이, 어머이는 팔자가 나빠
서 자기 방에 들오지도 못하락(못하도록) 해요. (청중 : 손자를?) 아를 트는
데, 예, 안주(아직) 아 낳지도 안 하고, 손자를 트는데 시어머니가 물을 데
피고 막 좋아서 이라노니까, 그 메느리가 시어머니 팔자 더럽다고 홀어머
니 됐다고 방에 들어오지도 못하락 해요.

그래서 그 어머니가 그만 분해서 이웃사람한테 가가 얘기를 했어. 얘기를 하니까,

"저 그냥, 옛날에 실 바늘 골무, 그런 걸 가지고 장사나 돌아다니라."

해요. 장사나 돌아다니라고 해서 그 분이 그 말 듣고 고만 실을 받아갖고 나갔어요. 마 이 집은 내버리고 나가서, (청중 : 그런 소리 듣고 가만히 있겠나?) 예, 나가가지고 인자 밤이 어두워져서 어느 집으로 들어가니까 젊은 아줌마가 반가하면서(반가워하면서) 그 자기 집에 있으면서 명도(미영도) 이렇게 물레로, 명도 잤어주고 자기 집에 있자 하거든.

그래서 인자 그래 그러고로 있는데, 하루는 그 매, 그 사람 들어간 그 집 마누라가 옷을 하고 금반지를 하고 그래가지고 자기 아랫방으로 내려가라 하더래요. 아랫방으로. 그래 내려가니까, 아 그래 시아부니가 계셨어. 시아부니하고 그래가 재미나게 살아요. 그분이 가서 인자 또 거게 가서 아들도 두 개 낳고. (조사자 : 홀어머니가 시아버지 하고?) [웃으며] 그래 가, 그 메느리 있는 집에를 가서 인자 그 메느리가 시아부지한테 붙여줬어 거. 에에. (청중 : 메느리가 중신을 했구만?)

아 그래. 그래가지고 그래가지고 인자 사는데, (청중 : 재미나게 산다.) 야. 그래가 사는데, 이 먼저 메느리가 팔자 나쁘다고 그 방에 못 들오락한 그 분이 애를 낳으몬 죽고, 애를 낳으몬 죽고 그래요. 그러니까 그거 저거 어디 가서 물어보니까,

"그 뭐 산 조상이 돌아앉았다고. 산 조상이 돌아앉아서 아를 못 키우겠다."

고 하니까, 그 실례이(실제로) 그말 듣고 엿판을 짊어지고 어머니를 찾으러 막 나섰어. 악- 어머니를 찾아 나서니까, (청중 : 자석을 못 키운.) 예, 예. 자식 키울라고. 머 그래 마 나가니까 어느 꼴묵에(골목에) 머시마 둘 데리고 이래 나오더래요. 나오디이 엿을 사가, 사거든 그래.

"어머니."

그러니까,

"나는 니같은 아들 없다."

아, 그러고 마 돌아서 들어가요. 들어가는데, 우리 어무이가, 나는 그리 박대를 하니까 자기 친굴 보고,

"어디 어디 있으니까 가봐라."

그래가지고 그 친구가 가서,

"어머니, 그렇게 아무거시가 아를 못 키우고, 산 조상이 돌아앉았다 카니까 어무이가 좀, 마음을 돌려갖고 그래 하라고."

그러니까 인자 부모 마음으로써 고만 그 아들을 만냈어요. 만내가지고 인자 먼저 그 영감 얻어 온 그 집에도 아들이 있고 하는데, 그리 잘 살았대요, 아 키우고.

머슴과 사는 과부의 말 둘러대기

자료코드 : 04_21_FOT_20100122_PKS_KHS_0002
조사장소 : 부산광역시 수영구 망미2동 망미노인정
조사일시 : 2010.1.22
조 사 자 : 박경수, 박양리, 박지희, 최수정, 정다혜, 오소현
제 보 자 : 김호선, 여, 92세
구연상황 : 조사자가 이야기를 참 잘한다고 하면서 제보자에게 하나 더 해달라고 부탁
하자, 제보자가 바로 다음 이야기를 했다.
줄 거 리 : 과부가 남편이 죽고 머슴과 같이 살았다. 과부가 비손을 하면서 머슴을 위한
말을 하니까, 자식들이 무슨 말을 하느냐고 물었다. 과부가 무안하여 둘러대
는 말을 했다.

머슴을, 머슴을 데리고 사는데, 머슴을 데리고 사는데, 이래 옛날에 비손을 하는데, 저게 머슴이 인자 남편이 죽고 머슴하고 같이 살았던가 봐요.

(조사자 : 과부가?) 과부가. 아, 그래. 마 이래 빌면서 하는 말이,

"머슴도 대주요, 명감도 과일이라." [조사자 웃음]

그러니까 저 그 자식들이 아가 옆에서 보고,

"엄마, 뭐라 캤노?"

하니까, 저게,

"아, 머슴 떡 주게 아 대접이(대접을) 가져오게 했다."

그러더래요. [조사자 웃음]

가난한 집 머슴과 몰래 결혼한 부잣집 처녀

자료코드 : 04_21_FOT_20100122_PKS_KHS_0003
조사장소 : 부산광역시 수영구 망미2동 망미노인정
조사일시 : 2010.1.22
조 사 자 : 박경수, 박양리, 박지희, 최수정, 정다혜, 오소현
제 보 자 : 김호선, 여, 92세
구연상황 : 제보자가 이야기를 하나 더 하겠다고 하면서 자진하여 다음 이야기를 했다.
줄 거 리 : 옛날에 유기 장사를 하던 가난한 총각이 돌아다니다가 부잣집에서 머슴을
살았다. 그 부잣집 처녀가 머슴에게 몰래 편지를 주고 만나자고 했다. 편지에
말한 대로 가니 처녀가 돈을 많이 가지고 왔다. 총각은 이 처녀를 데리고 시
골집으로 내려왔다. 부잣집 딸은 어려운 일도 잘 하면서 자식들을 낳고 부자
로 잘 살았다. 한편 부잣집에서는 딸이 호식을 당했다고 믿고 산에 가서 제를
지내기도 했다. 한참 후에 친정에 딸이 찾아오자 모두 반가워했다. 친정에서
돈을 많이 받아서 부자가 되고, 자식들도 벼슬을 하고 잘 살았다.

총각이 유구장사를, 있죠? 그릇. (조사자 : 유기장사.) 응, 유기. 유기장
사를 만날 총각이 다니거든. 다니다가 그 부잣집에 가서 소죽도 끓이고
불도 때고 그러고로 인자 있는데.

그 집에 주인처녀가, 부잣집 그 딸이 뭔 편지를 앞에다 훌쩍 던지고 가
요. 그 총각. 유구장수 총각 앞에다가, 불 때는 앞에다가. 편지를 보니까,

'오늘 저녁에 주위에 저 큰 나무 밑으로 오라.'고 이러고 써놓았어요. 그래 참 저녁에 그 총각이, 아이가 저녁에 그 총각이 인자 갔어.

그 나무 밑으로 가니까 처녀가 돈을 많이 갖고 왔어요. 그래 마 자기 집이 없어, 시골에. 없으니까네 그래, 그래가지고 인자 처녀하고 갈라고 막 이러는데, 옛날에 결혼할 때 와 가마 있죠? 가마, 가마에다가 딴 사람 태워다 주고 인자 빈 가마가 가는 거라요.

그래 그 처녀를 빈 가마에다 태워가지고 마 자기 집으로 시골에 갔어. 가갖고, 가가지고 그래 자기 어머니가 홀로, 혼자 계시는데, 그거 어머이 도 좋다 카지요.

그래 색시가 와서 그래가 사는데, 이 부잣집 딸인데도 막 시골에 오만 일을 다 하고 사는 거라 마. 별별 일, 나무 일도 하고 나무도 하고 마 별 별 일을 다 하고 사는데, 난중에 부자가 되고 아들 딸 낳고 잘 사는 거라 그래가.

사는데, 그래 이 친정집이는 그 처녀가 갤혼할라고 날 받아놨거든. 날 을 받아놨는데, 처녀가 없으니까 어떡해? 그래 인자 마 저 범이 호식해 갔다고, 그러고 개를 잡아서 산에다가 뿌려놓고, 그래놓고 인자 사는데, 난중에 그 잘 살면서 친정에 찾아왔더래요.

찾아와갖고는 친정에서 돈도 마이 줘서 그렇게 잘 살고 자식들도 마 벼슬하고 그러고 잘 살았대요.

자신을 골리는 부인을 혼낸 봉사 남편

자료코드 : 04_21_FOT_20100122_PKS_KHS_0004
조사장소 : 부산광역시 수영구 망미2동 망미노인정
조사일시 : 2010.1.22
조 사 자 : 박경수, 박양리, 박지희, 최수정, 정다혜, 오소현

제 보 자 : 김호선, 여, 92세

구연상황 : 이 제보자가 이제 마지막 이야기라고 말을 한 다음 이 이야기를 했다.

줄 거 리 : 옛날에 봉사가 건강한 부인과 함께 사는데, 부인이 자꾸 자기를 골렸다. 화
가 난 봉사 남편이 부인을 혼내려고 생각을 했다. 쌀자루를 집으라 하면서 그
안에 들어가 보라고 했다. 영문도 모르고 들어간 부인에게 봉사 남편이 쌀자
루를 잡고 때리며 앙갚음을 했다.

그 건 건강한 사람하고 그래 사는데, 저게 그 봉사, 그 마누라가 자꾸
봉사를 애 믹이거든(먹이거든). 자꾸 애를 믹여. 그러니까,

"하 저거 어째가 저 여자를 좀 그거 하꼬?"

마 있으이, 어 그래.

"자리를 하나 길게 저 집으라."

했거든. 자리를 그 와 뭐 옇는 쌀 자리. 그래 집으라 해갖곤 자리 다 집
었다고 인자 내놓으니까,

"그 좀 들어가 봐라. 저게 내 키만한가 한 번 들어가 봐라."

어데 [웃으면서] 들어가니까 아가리를 잡고 좀 그래 때렸다 카대. [웃
음] (조사자 : 봉사가?) 어, 봉사가. 때릴 길이 없는 거라 그냥. 응, 그러까
네, (조사자 : 자루 안에?) 응. 자루를 집으라 해가가지고 딱 좀 들어가 봐
라 그러이까, 들어가니까 우에를 잡고 마 그러더래.

계모의 구박에 죽은 아들의 원수를 갚은 부인

자료코드 : 04_21_FOT_20100122_PKS_PJI_0001

조사장소 : 부산광역시 수영구 망미2동 망미노인정

조사일시 : 2010.1.22

조 사 자 : 박경수, 박양리, 박지희, 최수정, 정다혜, 오소현

제 보 자 : 박제임, 여, 90세

구연상황 : 제보자가 이야기를 하나 하겠다고 말을 한 다음 이야기를 했다. 이야기가 길
어지자 길어도 괜찮겠느냐고 중간중간 물어보면서 구술했다. 이야기를 하다

가 끝에 가서 제보자가 정확하게 기억을 하지 못하자, 청중이 끼어들어 이야기를 잇기도 했다. 그후 제보자와 청중이 번갈아 이야기를 하면서 경쟁적으로 자기가 하는 이야기가 맞다고 하면서, 서로 자신이 이야기를 하려고 했다.

줄 거 리 : 옛날에 조씨란 사람이 아들을 하나 두고 배씨와 재취 장가를 갔다. 아들이 계모 배씨의 구박에 몸이 야위어 갔다. 아버지가 아들에게 야위는 이유를 물으니, 절에 가서 공부를 하고 싶어서 그렇다고 거짓말을 했다. 아버지는 아들을 절에 보내고 오면서 동네 사람들에게 전처 아들을 두고 재취 장가는 가서 안 된다고 했다. 그후 꿈에 전처가 선몽을 하여 아들 장가를 보내려고 비단을 준비했는데 계모 배씨가 다 빼갔다고 했다. 아버지가 절을 찾아 아들을 데려오려고 하니, 중이 너무 어린 나이에 결혼을 하면 좋지 않다고 했다. 아버지는 이를 무시하고 어린 나이에 아들 장가를 보냈다. 그런데 계모 배씨가 종을 시켜 장가를 가는 새서방을 몰래 죽이게 했다. 이를 모르는 동네 사람들과 아버지는 신부가 잘못 들어 자식이 죽었다고 오해했다. 신부가 울면서 상여를 따르고, 빈소를 지켰다. 빈소에서 신부가 자는데 꿈에 용이 하늘로 올라가는 꿈을 꾸었다. 첫날밤에 임신을 한 것이다. 그후 다시 꿈에 남편의 목이 치마에 떨어지는 꿈을 꾸고 도장에 가니 남편 목이 밀가루 통에 들어 있었다. 부인이 시아버지에게 말하니, 처음에는 말을 믿지 않으려 했다가 신부가 가자는데로 가니 죽은 아들의 목이 들어 있었다. 초상을 치고 아버지가 집을 떠나려 하다, 머슴의 행동이 이상한 것을 알고 자초지종을 물으니 모든 것을 실토했다. 계모 배씨와 그 자식들을 죽이고 부인이 남편의 원한을 갚았다. 후에 신부가 낳은 아들이 금강산 절을 찾아서 할아버지를 모셔와 함께 잘 살았다.

옛날에 한 사램이 성은, 성이 조씬데, 조씨가 아들로 하나 낳아놓고 말에 죽어뿄는 기라.

그래가 죽어서 배씨 어마니로 재추 장개를(재취 장가를) 갔어. 재취 장가를 가갖고, 그래 조 부자가 사는데, 그 아들로 갖다가 어찌 구박을 하고 괄시를 하던지, (조사자 : 새엄마가?) 계모가. 하도하도 괄시를 해서, 그래 저거 아부지가 그 아들로 불렀다. 괄시를 하고 그래서 아가 자꾸 철볼을 지는 기라(철골처럼 말라가게 되는 것이라.). 철볼이 져가지고 형편없이 말라 들어가는 기라, 그래서 아부지가 아들을 불렀다. 불러갖고,

"니, 와 요새 이렇노. 배가 고파 그렇나? 무슨 근심이 있어 그렇나? 니

와 이렇노?"

물으께네,

"그래 아부지, 옛날에 어머이가 '나는 저 금강산 절에 가서 공부 하몬 좋겠다' 소릴 들었는데, 어마이한테."

"거짓말이다 그거."

아바이가. 들었는데,

"그런데 절로 가고 짚어서 내가 마른다."

카거든. 절로, 절에 가고 짚어서 내가 마른다 한께네, 그래 아바이가,

"거짓말이다. 니 말이 거짓말이다. 니가 어마이가 있으몬 가라 캐도 안 갈긴데, 그래 갈라 카는 거 보이께네, 니가 구박을 받고 괄시를 너무 마이 받는 갑다."

그래 해가 그 소리를 듣고, 그 아버지가 절로 델로(데리고) 갔어. 그래 델로 가가 하룻밤을 자고 나온께네, 그라고 아들이 뭐라 쿠는게 아이라,

"저게 아버지, 몇 밤 자고 날 찾아 올기냐?"

하고 묻거든.

"일찍 오모 한 사흘밤 자고 니 찾으러 올기고, 늦게 오면 삼년 후에 오 꺼마."

이라거든. 그러쿠면서 돌아왔다 아이가. 돌아와갖고, 하도 슬퍼서 동네 가 들통, 동네마장 들어오매,

"동네 사람들아, 전처 몸에 자식 두고 후처 장개 조심해라."

카거든. 노래를 부르고 오는 기라. 동네마다 들몬, 전처 몸에 자식 두 고, 후처 장개 조심하라고.

그래 와갖고 살았거든. 사는데, 그 좀 사단께 그좀, 그 아 아바이 저 본 마누래가 꿈에 선몽을 하는 기라. 꿈에 선몽을 하면서,

"그래 내가 우리, 이름이 영안데, 우리 영아 줄라고 참 좋은 비단, 비단 같은 거 마이 장만해 났는데, 저 배가라, 계모는 배간데, 배가년이 다 빼

낸다."

카는 기라. 다 빼낸다 칸께네, 그래 그 소릴 듣고, 그래 인자 저거 아부
지가 절에 갔다. 절에 가가지고, 덜고(데리고) 올라고 갤혼식을, 열 세살
묵는, 갤혼 시킬라고, (조사자 : 아들을?) 응. 갤혼 시킬라고 덜러 간께네,
절에 중이,

"야는 나이 차가 장개를 보내야 되지, 어릴 때 장개 보내면 안 좋다."
카더란다. 그래,

"지가 뭘 알아. 지가 뭘 알아."

이러 쿠면서 그래 덜고 왔어. 덜고 와가지고, [조사자를 보고] 이차 얘
기가 질어도 되겠나? (조사자 : 괜찮아요. 재미있어요.)

그래 덜고 와가지고, 그 참 옛날에는 열세 살, 열두 살 묵어 장개가거
든. 그래 인자 장개를 보냈는 기라.

그래 장개를 보냈는데, 장씨 집으로 장개를 보냈는 기라. 보내놓고 참
잘 해가 보냈는데, 그래 이 계모가 말이야, 종을 갖다가 가지 마라 캤는
기라, 종을 갖다가.

"그래 니는 내 말 듣고 가지 마라."

이란께네, 그래 참 그 종이 말을 듣고서 배 아프다 쿠고, 아프다고 안
갔는 기라. 안 가고 장개를 갔거든. 가는께네, 그래 첫날밤에 신랑 각시
뭐 누워가고, 온갖 얘기를 다 하고, 마 참 부모 없이 큰 얘기, 온갖 얘길
다 하고 누우서(누워서) 얘길 하고 잠을 잤어. 잠을 자고 난께네, 한 정
자고 난데 와이렇노 그 저저저 거서기 말이야. 종놈. 그거를 갖다가, 그거
로 갖다가 우째 시긴 게 아이라,

"니 배 아프다고 장개 갈 때 따라가지 말고, 배 아프다고 있다가 그 뒤
를 따라가갖고 그 새서방 목을 비가 오몬 한 살림 주겠다."

고 캔 거라. (청중 : 아이고 무시라.) 그래 이이 그 소리를 들었어. 그래
그 소리를 듣고 한 살림 줄라 소리 듣고, 그래 종놈이 따라갔어. 종놈이

따라가가지고 참 목을 비어갔뿠다고. (청중 : 아이고 우짜겠노.) (청중 : 아이고 무시라.)

목을 비어 가고 난께네, 그래 참 그때 꿈을 꿨다 카네, 그기 신부가. 꿈을 꾼게, 꿈에 용이 한 마리 와가지고 지 몸에 참 갬기더란다. 그래 꿈을 꾸고 꿈을 깨고 본께네 물만 거득 물이 거득 방바닥에 피가, (청중 : 아, 그렇지, 그렇지.) 피가 홍덩하이(홍건하게), 피가 그득해가 있는데, 그래 통곡을 하민서 문을 차고 나갔다 아이가. 나가이,

"이기 왠 일고?"

나가노이, 동네 사람들이 모다 쑥덕쑥덕 한 기라 고마. 처녀가 무슨 감보가 있어갖고 그랬을 기라고. (청중 : 아이고 우짜고.) (청중 : 모함을 덮어씬다.) 모함을 덮어씨는 기라 인자. 부모도 의심을 하제, 마 참 조부자, 아부지, 저거 신랑 아부지도 마 의심을 하제, 전부 의심을 하고 마 그렇는 기라. 그러이 열 받았는 기라.

그래갖고 참 행상을, 인자 죽은 행상을 해가고, 인자 생이를(상여를) 메고 오는데, 그 새각시가 머리 풀고, 옛날에 머리 풀고 신 벗고 그래가 따라가거든. 그래 하고 나서니까 시아바이가 오지 마래.

"니는 우리 집에 올 자격이 없다."

고 오지 마래. (청중 : 말도 못하고.) 응. 그래도 울민성 따라가거든. (청중 : 자기가 죄가 없으니까.) 으잉. (청중 : 자기가 죄가 없으니까.) 응. 그래 죄 없어 울민 울민 따라간게네, 시아바가 하는 말이, 그래 동네 들어서민서,

"동네 사람 면 사람아, 전처 몸에 자식 두고 조심하라. 이런 일이 어딨겠노."

커모 시아바가 우는 기라. 자기 자신은 내 따라가고 시아바이 안고 따라가는 기라.

시아버지가 따라가매 하도 구불고, 구불러싸서 그래 울민 따라가고, 둘

이서 울민 따라가는 기라. 그래 따라가고 동네 바퀴 떡 들어선께네 서모가 막 따러 골믹에(골목에) 나서민서,

"불쌍한 내 자식아, 허다 처녀 다 두고 원수 집에 니 갔더나. 원수년 집에 니 갔더나."

하고 막 울맨서 나서거든. 그래 그래도 인자, 이것도 시어마이가 그랜 줄 모르거든.

"그래 어무니 참어라."

카거든, 각시가. 그래 울고 들어가가지고 초상 치고. 촌에 변수방이라 (빈소 방이라) 있거든. [조사자를 보고] 알제? 빈수 방에다가 초상을 앉히고, 곽을 여났는 기라.

부잣집이 되어 논께, 원체 부잣집이다 보니 곽을 딱 옆어논께네, 옆어놓고 인자 아들 머리 찾을라고. 머리 찾을라 기다리는 기라. (청중 : 신체를 여놓고.) 응. 머리 찾아가 기다리고 있은께네, 그래 그거 각시가, 참 각시가 거게, 빈수방 거 자고 있는 기라.

인자 각시가, 신부가. 그 자고 있으몬 종년들이 밥이라고 주는 거마당 누룽지, 개밥 주듯이 그리 주는 기라. 개밥 주득기, 개밥같이 얻어 묵고, 그 신랑 원수 갚을라고 사는 기라, 거기서.

원수 갚을라고 산께네, 그래 그리 살고, 눈물로 살고, 울미 울미 살고 있은께네, 하룻밤에 꿈을 꾸더란다. 꿈에 선몽을 하더란다. 꿈에 선몽을 하는데, 그 신랑 머리가 오더란다. 신랑 머리가 와가 각시 치매에다 앵기가고 치매에 피를 묻혀놓고. 그래 따라갔어. 따라간께네, 내 저거 저거 도장에, (청중 : 사당.) 사당에. 사당에, 사당에, 사당에, 거기 옛날 나는 도장이다. 도장에 밀가루 통이 밀가루 통에 머리를 여났더란다. (청중 : 머리로?) 머리로. 그래가 갖다 여났는데, 그 질로 꿈을 꾼 데서 나와가 시아바이한테 갔어. (청중 : 머리 치마에다가 안고.) 응, 안고. 시아바이한테 가가고 그 얘기를 했는 기라.

얘기를 하이 거짓말이라 쿠고, 아 처음에는 그 소릴 안하고, 그래[청중에게] 뭐라 캤노? 뭐라 쿠더노? 처음에 그 소리 안하고 뭐 얘길 한께네, 시아바가 안 들을라 카더란다. (청중 : 그렇지, 거짓말이라고.) 거짓말이라고. (청중 : 그리 안 하고, 저게 꿈을 꾸니까 그렇고 그렇고.) 그러니까,

"아부님, 사당으로 한 가보입시다."

이래가 참 가니까 핏자국이 조로로니 있어요. 응 핏자국이 있어. 응, 핏자국이 있어. 그 피를 따라 사당을 보니까 머리가 커가 들어 있어. 그래 인자 시아부지가 '마 이놈의 이기 우리 집안에서 이런 것이니까, 우리 집안 그거라.' 하민서 마 초상을 쳤다 아요. 초상을 쳐놓고. (청중 : 초상을 치고.) 그래. 초상을 쳐놓고 난께네, 이이 시아바가 고마 집을 떠날라 쿠는 기라.

아이 인자 또. 그거 저거 그 자식이 자꾸 인자, 저거 영감쟁이가 인자 자식 죽고 마 살 수가 없으니까 자기가 어디로 떠날라고 그 사람보고, 그 머슴, 머리 띠온 그놈보고,

"그래 같이 내하고 가자."

그러이까 안 갈라 캐. 그러이까 인자,

"니가 무슨 먼저 그때도 그렇고, 배 아프다고 처지더이 또 그러는 기 니가 무슨 일이 있다."

이러니까 그 사람이 다 불었다 아이요. 머리 띠 왔다 카고.

그래갖고는 인자 그 아들, 배가년, 배가인 년 아 둘, 아들 둘 있는 것도 마 그 자석보고, 그기 아고. 그래 가고, 그래 가고. 시아버이가 떠날라 쿠거든. 그래 떠날라 칸께네, 그래 못 가구로 하는 기라, 시아바이로. 못 가구로 해도 그냥 갈라 쿠거든. 갈라칸게네, 그래 뭐라 쿠는기 안자, 자기 몸에 애기 들어가 있는 거, 첫날밤에 애기 들었어. (청중 : 아이고 야.) 애기 들어가 그 얘길 했는 기라. 시아바이보고 하나 안 갈란가 싶어서. 애기 가진 걸 애길 한게, 그것도 실없다 카민서 떠날라 카거든.

그래 떠날라 쿠고 또 그거는 인자 조사 받는 거는, [말을 바꾸어서] 아 조사 받고 나서 떠날라고 캤다. 그래 가고 저게 그 첩산이 몸에 난 아들 둘 있거든. 둘이 하고, (청중 : 그 뭐 첩산이한테 난 아들 둘을 그 종놈보고 그 앞에서 막 쥑이라 캐요.) 목을 처 직이라 캤거든. (청중 : 그래, 목을 처 죽이라 하이까 마 목을 처 죽이고, 막 그러니까, 이 장씨 그 부인이.) 오데? 이러쿠더라. 목을 치이, 치라 컨게네, 그래 치라 컨게네,

"저기 도련님이 무슨 죄가 있노? 내가 죄가 있제. 내 목꺼정 처 달라."

카거든. 처란게,

"장개 간 새서방은 무슨 죄가 있어 첫날밤 죽있노? 그만 말고 당장 내 앞에 처 직이라."

그래가 아들 둘 목을 안 쳤나. 아들 목을 치고, 지 목 지 처 직이라 캐고. (청중 : 아, 영감댕이로.) 영감이. 종놈 목은,

"니 목 니가 처 죽어져."

지 목 지 처 죽고, 그래 인자 그거 배가년 그거 말이야 서모로 갖다가 뭐 마즈 낭개(나무), 무슨 낭개에 매까시로 달아주는 기라. 그래 달아놓고, 낭기 달아놓고, 그래 저저 메느리, 장씨 부인, 메느리한테 칼로 주는 기라.

"이 칼로 가 니 마음대로 하라."

고. 그래가 그 칼로 가고 막 살키(살을) 떴어. 어데 계모를 갖다가 살로 완전히 마 떴어. 떠가지고 판에 채리 와가지고, (청중 : 얄궂어라.) 그래 저거 신랑 앞에 갖다놓고 우는 기라. 울민서, (청중 : 신랑이 죽었잖아.) 어? 그래. 그걸 판에 채리다 놓고 울민서,

"그래 참 배가년한테 당신 원수 갚았다고. 인자 마음 놓고 후세상에 잘 살아라고."

그래 마 했거든. 그라고, [웃으며] 너무 지다 아가. (조사자 : 아이고 재미있어요, 할머니.) [일동 웃음]

(청중 : 그래갖고 인자 이렇게 다 자식들 죽고 나이, 그 영감이 마 경황

이 없어서 뜬다 아요. 떠나. 그러카네 떠나뿐 뒤에 난중에 그 애를 낳아가지고.) (조사자 : 자식 며느리가.) (청중 : 응. 장씨 부인이. 그 애를 낳았는데, 아들을 낳았어요. 아들을 낳아갖고.) 이름은 천란이라고 지었어.

(청중 : 얼마만큼 크는데, 그 엄마가?) 열 살. 열 살 때. (청중 : 으이. 할아버지를 찾아 가라고, 마 얻어묵든지 어쩌든지 그래면서 옷을 몇 벌 해주면서 찾으라고 보냈거든. 보냈는데, 어느 절에 가 있더래요.)

금강산 절에 갔어. (조사자 : 금강산 절에.) 10년을 찾았다, 10년을. 10년을 돌아댕기면서 찾은게네, 하무 어데 그래 인자 그랑을(냇물을, 조그만 하천을) 건네케네, 금강산 절에서 스님이 내려오면서 얘기를 하는데, 얘기를 들은게 이상하더라 그래. 그래 스님한테 물었는 기라. 물은께네 맞더라 캐.

그래서 그 절로 올라갔다 아가. 그 절에 올라가가 참 저거 할배를 만냈다 아가. 저거 할배를 만내가지고, 참 막 대성통곡, 마 끌어안고 통곡을 하고, 절로 하고, 절로 하고, 안자 모시고 왔다 아가. 모시가 온께네 저거 엄마한테 모시고 왔다 아가. 모시고 와서 살았다 어야.

(청중1 : 옛날에 조웅전, 조웅전이라 그기.) (청중2 : 아이 조웅전이 아이라 그거다. 그 뭐꼬. 그 아 이름은 영이다 영.) 천내이. 천낭이다 카더라. 천낭이고. 아가 그래 난, 첫날밤에 저그 엄매 갬기서 난 그 아 이름이 천낭이라. (청중2 : 그 인제 부인이 밤에 이야기하고 잠, 잠시 잠이 들어 꿈을 꾸니까 비몽사몽간에 그래, 용의 새끼 한 마리가 자기 몸에 감기고, 눈을 떠보이 마 피가 마 난설, 그래갖고 있었어.)

아버지가 어머니 배 위에서 자요

자료코드 : 04_21_FOT_20100122_PKS_BNS_0001

조사장소 : 부산광역시 수영구 민락동 민락경로당
조사일시 : 2010.1.22
조 사 자 : 박경수, 박양리, 박지희, 오소현, 정다혜, 최수정
제 보 자 : 백남순, 여, 81세
구연상황 : 조사자가 이야기를 유도하기 위해 이야기를 한 편을 하고 난 후, 제보자에게
　　　　　도 이야기를 하나 해달라고 부탁하자, 제보자가 다음 이야기를 시작했다.
줄 거 리 : 옛날에 고구마를 캐서 좁은 방에 모아놓았다. 하루는 손자가 할아버지에게
　　　　　방에 고구마를 담을 가마니를 치워 달라고 했다. 왜 그러냐고 하니, 손자는
　　　　　고구마 때문에 방이 좁아서 아버지가 어머니 배 위에서 잔다고 했다.

옛날에 고구마를 캐갖고, 작은방에 요래 막 따시게(따뜻하게) 마 요래
우다갖고(오목하게 가운데로 모아서.) 이리 고구마를 태산같이 해놓거든,
작은방에다가.

그래 손주가 저 아, 아들이 봤어. 그래,

"할아버지, 할아버지 저 작은방에 고구마 좀 치우소. 방이 솔아서(좁아
서) 방이 쫄아서 어무니 배 우에서 자요."

그러더래. [일동 웃음]

"고구마 차, 가마이를 좀 치아주소. 할아버지, 할아버지. 요 고구마 자
리 좀 치아주이소. 방이 솔아갖고 어무이가, [말을 바꾸어] 아부지가 어무
이 배 우에서 자요."

(조사자 : 아, 아버지가 어머니 배 우에서 자요. 아들이 뭘 몰라가지고
그죠?) 응, 아들이 몰라가.

꼬끼오 하면 삐악삐악 하고 오너라

자료코드 : 04_21_FOT_20100122_PKS_BNS_0002
조사장소 : 부산광역시 수영구 민락동 민락경로당
조사일시 : 2010.1.22
조 사 자 : 박경수, 박양리, 박지희, 오소현, 정다혜, 최수정

제 보 자 : 백남순, 여, 81세

구연상황 : 조사자가 앞의 이야기가 참 재미있다고 하면서 한 가지 더 해달라고 부탁하
        자, 제보자가 다음 이야기를 했다. 제보자가 이야기를 마친 후, 한 청중이 "그
        게 뭐 이야기라." 하면서 음담이 멋쩍은 듯이 말했다.

줄 거 리 : 옛날에 한 집에서 자식을 많이 낳았다. 노부부가 한 방에서 자려니 부부관계
        를 할 수가 없었다. 그러자 노부부가 부부관계를 가지기 위해 약속을 정했다.
        밤에 아랫방으로 간 남편이 '꼬끼오-' 하면 부인이 '삐악삐악'하고 신호를 해
        서 만나기로 했다. 그런데 어느 날 어머니가 '삐악삐악'하며 일어나서 나가는
        데, 자식들이 모두 일어나 '삐악삐악'하며 뒤따라갔다.

아들 많이 놔갖고(놓아서), 아들 막 우르르 생긴대로 난다야, 아들을.
옛날에 하모.

아를 그래 놔논게, 한 방에서 잘라 카이까노, 한 방에서 잘라 카이까노,
도저히 영감 할멈 잠을, 인자 하리(하루) 저녁 붙어 잘 수가 없는 기라.

그래 인자 저 아랫방으로 내려가서 할마이보러(할머니에게) 인자 약속
을 했어.

"[조용히 속삭이듯이] 할마이 할마이, 밤중에 내가 꼬께- 하면 삐약삐
약하고 나오라고."

그렇게로 '꼬께-' 한께, '삐약삐약' 하고 나간께, 아들이 전부 다 일나
서 '삐약삐약' 하고 [웃으며] 뒤를 따라 가더래. [웃음]

(청중 : 그게 뭐 이야기라.) (조사자 : 재미있는데예.)

선생을 장가보낸 어린 학동

자료코드 : 04_21_FOT_20100122_PKS_YMY_0001
조사장소 : 부산광역시 수영구 망미2동 망미노인정
조사일시 : 2010.1.22
조 사 자 : 박경수, 박양리, 박지희, 최수정, 정다혜, 오소현
제 보 자 : 양모여, 여, 98세

구연상황 : 제보자가 다른 제보자의 이야기를 듣고 난 후, 자신도 이야기를 하나 해 주겠다고 하면서 다음 이야기를 했다.

줄 거 리 : 옛날에 동네에서 이집 저집을 다니며 글을 가르쳤던 홀아비 선생님이 있었다. 하루는 열 다섯 살 먹은 학동이 선생님께 장가가고 싶은지 묻고는, 자기 시키는 대로 하면 장가갈 수 있다고 했다. 선생님이 한 번 해보라고 하자, 과부가 대문 쪽으로 나오면 빨리 과부가 자는 방에 들어가서 있으라고 했다. 다음날부터 동네의 부자 과부인 도과부 집에 가서 계속 선생님을 찾는 소리를 질렀다. 도과부가 선생님이 오지 않았다고 해도 학동은 계속 와서 선생님을 찾았다. 하루는 도과부가 그 학동이 또 와서 선생님을 찾자 혼을 내줘야 하겠다고 하며 대문 밖으로 나왔다. 대문 밖으로 나온 과부가 학동을 혼내는 사이 선생님이 몰래 과부 자는 방에 들어가 누워있었다. 뺨을 세 대 맞은 학동이 선생님이 있는지 한 번 보자고 하여, 방문을 여니 선생님이 방에 있었다. 도과부는 어쩌지 못하고 그 선생님과 인연을 맺어 살았다. 학동은 논 서 마지기를 뺨 세 대 맞은 대가로 받았다.

옛날에 한 사람이, 저 이 나이 많으면 요새는 선생이라 쿠는데, 그전에는 접쟁이라 캤어. 나이 많은께로 접쟁이, 인자 한 동네에 간 기라. 요 호불애비가, 호불애비가 인자 한문은 알았던 모양이제.

한문을 알고 한 동네 드가서 아들로 글로 갈추는데(가르치는데), 한 여나문씩(열 명 남짓.) 갈추는데, 열 닷 살 묵는 아가,

"선상님, 선상님, 장개 안 가고 짚소?"

이라거든. 그 돌라, 전부 이리 돌라서, 인자 한 달은 이 집에 해주고, 아들 공부 갈출라고 이 집에 밥 해 주고, 일년에 모다가이고 옷을 한 벌 해주고 이리 인자 선상질로(선생질을, 선생 노릇을) 하는데. 선상질을 한께, 열 다섯 살 묵는 아가,

"선상님, 선상님, 장개 안 가고 짚소?"

이러쿠거든. 아들이 안그러 쿠니라. 선생이 머라 쿠거든(야단을 치거든). 머라 쿤께네,

"내 말 들으면 장개 가요. 좋은데."

이라거든.

"그러모 해봐라."

말이 인자, 여나문, 열 닷 살 묵는 기 중신을 할라 쿠는데, 그게 귀엽거든.

그래서 인자 해봐라 쿤께, 저 성은 도가고, 도과부가 있는데, 그 동네, 그 동네 도과부가 참 잘 산대, 머슴 덱고(데리고) 살고, 남자는 없고 자석도 없는 기라. 그래가 사는데, 그래서 인자 그 집에 가가이(가서), 대문 밖에 가가이고,

"선상님! 선상님!"

부르거든. 부른께,

"너거 선상님 여 안 왔다."

이러쿠거든. 그래 또 왔다. 고 이튿날 지역(저녁) 대문 안에 디가가이고 (들어가서),

"선상님, 선상님."

부른께네,

"너거 선상님이 어(어디) 있노. 저 어는 자식이 만날 선상님 부르노. 너거 선상님 안 왔다."

이라거든. 그래 인자 왔다.

"오늘 지녁은 가서 내 시키는 대로 하소. 청(마루) 밑에 가 엎디리 있시모 문턱 밑에, 저 축담 밑에 가서 선상님 부르몬 쫓아나오걸랑, 내가 대문 밖에 나오다가 그럼 잽히걸랑 바아(방에) 가서 도과부 누웠는 거시게 베개를 비고 누우까?"

이라거든. 그 그럴 듯 싶어, 그 저 선상도. 그래 인자 때그 와 대문은 안 잠갔든공 모르제. 청 밑에 가서 엎디리라 쿠고. 또 또 축담 밑에 가서 선상님 부른께,

"사흘 저녁 우떤 자식이 나와가이고 너거 선상님 여 안 왔는데, 부

르노."

"우리 선상님 바아 없는가 보까요?"

이러거든.

"그래 돌아(들어와) 봐라. 마 요놈의 자석을 오늘 좀 때리줘야 되겠다."

고 쫓아나온다. 그래 뻐거정 뻐거정 나오다가, 대문이 있는데 고마 가
는 잽헜다. 뺨을 딱 쎄리주거든.

"참, 날 뺨 때리오. 우리 선상님 없는가 가보까요?"

"가자."

마 멱살을 들고 뺨을 세 번을 쎄리고 왔다. 온께 도과부 누웠던 자리에
딱 요래 누웠는 기라. 마 띠고 넘을 수가 없는 기라.

그래서, 하도 기가 차서, 고마 이거는 고마 뺨을 맞고 고마 해청을 하
고(청하거나 부탁한 것을 해결하고.), 해청을 하고.

"도과부가 이적지(이때가지) 수절하고 사더만은, 야 우리 선상님을 덱
고 잤다, 사흘 저녁을."

이라거든. 그랑께네 고마 그래 해청을 하고 간께네 마 기가 차는 기라.
저서(저 곳에서) 훌쩍훌쩍 운께, 머스마는 마 감을(고함을) 지르고 나오고,
그래서 동네 사람도 다 알았제.

저 머스마가 전부 붉히제, 그래서 저 서서 운다, 도과부가. 도과부가 운
께네,

"이적지 수절하고 살았더이 이기 우짠 꼴고."

카면서 운께네,

"인자 뛰고 빠질 수가 없으니 여 들오시오. 그 연연인(인연인) 갑소."

함서 디가가이고 누워잔께네 좋거든.

그래가이고 인자 쇠 한 마리 잡고, 술로 한 도가지 해 옇어놓고, 온
동네 사람들 청해서, (청중: 잔치를 했네.) 잔치를 하고. 그래가 잘 사더
라요.

그 아는 논 서 마지기 주고. 논을 서 마지기. 뺨 시 번 때리는 머리(뺨을 세 번 때리는 바람에) 논을 서 마지기나 탔어. 그래가 머스마도 좋고. (청중 : 부자든 갑네.) 참 부자라, 도과분데. (조사자 : 중신 잘 섰네요. 아가 열 다섯 묵은 아가.) 그라. 그 아가 참 논 서마지기. 뺨 시 번 맞고 논 서 마지기 타고.

두꺼비로 변신하여 부인을 구한 죽은 신랑

자료코드 : 04_21_FOT_20100122_PKS_YJH_0001
조사장소 : 부산광역시 수영구 망미1동 수미마을 수미경로회
조사일시 : 2010.1.22
조 사 자 : 박경수, 박양리, 박지희, 오소현, 정다혜, 최수정
제 보 자 : 윤정화, 여, 84세
구연상황 : 손짓을 해 가면서 천천히 이야기를 구술해 주었다. 구술을 실감나게 잘 하여서 청중들도 귀를 기울이며 이야기를 경청하였다.
줄 거 리 : 혼자 사는 과부가 늦은 저녁에 잠 드려 누우니, 갑자기 천정에서 지네가 내려와 자기를 잡아먹으려고 하였다. 그런데 마침 그때 갑자기 큰 두꺼비가 들어와서 지네하고 싸움이 벌어졌고, 다행히 두꺼비가 이겨서 목숨을 구할 수 있었다. 감사의 마음이 부인은 두꺼비를 방에다 모셨는데, 그 날 밤 꿈에 죽은 신랑이 나타나 두꺼비가 바로 자신이었다며, 이제 걱정하지 말고 잘 살라고 얘기하고는 사라졌다.

옛날에, 옛날에 아주 그거, 그 전설의 고향인데, 전설의 고향인데, 어, 어떤 인자 과수댁이 살았는 기라, 혼자서.

(조사자 : 과수가?) 응, 과수, 과수댁이 항상 소복을 입고 이래 혼자 사는데, 한 번은 집안에 이래, 들어 갈라카이 천장에서러 부스럭부스럭 소리가 나거든. 천장에서러 인제 그 옛날에 집은 전부다 짚을 가지고 지은 집 아이가.

짚을 가지고 지은 집인데, 그 천장에서 부시럭부시럭 소리가 나서르,

소복 입은 과수댁이 가만히 생각해보이 좀 무서운 기 있어서 가마히 앉아 있으니께네, 큰 지네가 나오거든.

지네가 천장에서. 지네가 슬슬 기어 나오이, '아이구 이, 내가 혼자 사는데 저 지네를 내가 죽일 수도 없고, 내가 저 지네한테 물려 죽이몬 어짜노.' 싶어서 벌벌 떨고 인자 이래 있은께네, 이 지네가 스르륵 스르륵 나오더만은, 그래 한바꾸(바퀴) 방안을 한바꾸 빙 도니까네, 두꺼비가. 두꺼비가, 또 방문에서 두꺼비가, 큰 두꺼비가 들어오더란다, 배겉에서러(바깥에서).

큰 두꺼비가 들어오더만은, 두꺼비하고 지네하고 붙었어, 싸움을 붙었어. 싸움을 붙었는데, 지네는 막 인자 기어서 발이 많거든, 지네는 이래 발이 많으니 발로 가지고 인자 막 움직이서니. 두꺼비는 입으로 마, 그 입으로 연기를 팍팍 품는 거라. 입으로 짐을 팍팍 품으니까네, 고마 이 지네가 뒤비따가(뒤집었다가), 눕었다 하다가, 슬슬슬 하더만은, 마 지네가 죽더란다.

지네가 죽은께, 그 마누라가, 아주머이가 얼매나 좋겠노. 하, 두꺼비가 나와서 지네를 쳤다. 그래 두꺼비로 상전 삼으몬 싶고, 저거 방에다가 인자 두꺼비로 모셨어, 지 살려준 은인이라고.

모시노니께, 하루 밤 자고 나이끼네, 꿈에 저거 신랑이 나타나가지고.

그 두꺼비가 신랑이라. 두꺼비가 신랑이래, 두꺼비가 되어서 왔는거라, 마누라 지키러.

그래, 인자 신랑인데,

"내가 죽을까 싶어서러 먼 데서 기 오는(기어오는) 소리를 듣고 왔는데, 자기가, 인제 두꺼비가 왔는데. 두꺼비가 죽었으니께네, 마음 놓고 살아라."

카면서 고마 사라지더란다.

해골이 되어 부인에게 나타난 죽은 남편

자료코드 : 04_21_FOT_20100122_PKS_YJH_0002
조사장소 : 부산광역시 수영구 망미1동 수미마을 수미경로회
조사일시 : 2010.1.22
조 사 자 : 박경수, 박양리, 박지희, 오소현, 정다혜, 최수정
제 보 자 : 윤정화, 여, 84세
구연상황 : 천천히 이야기를 재미있게 구술해 주었다. 입담이 좋아서 청중들도 즐겁게
　　　　　경청하였다.
줄 거 리 : 일찍 세상을 떠난 남편을 보고 싶어 점을 보러 갔다. 무당을 만나 시키는 대
　　　　　로 했더니, 정말 남편이 왔다. 그런데 사람의 형상이 아닌 해골 모습으로 와
　　　　　서 제사 음식을 모두 먹었다. 부인은 너무 무서워서 남편을 만나보고 싶어 한
　　　　　것을 후회했다.

　인자, 어느 마을 어느 집에서러, 남편이 세상을 베렸거든(비렸거든). 남
편이, 둘이 살다가, 세상을 베리고 나이 마누라가 어찍이(어찌나) 남편이
보고 싶어서. 하, 꿈에라도 하문(한번) 만나보고 싶어 이래가지고 인자,
어디가서러 점을 치니까는,

　"베포쟁이(질경아) 기름을 제삿날에, 베포쟁이 기름을 탁 서놓고, 깨끗
이 몸을 하고 소복입고 앉았으몬 남편이 올끼니 만내보라."

　그러거든. 그러니까 인자 그대로 했어. 남편 만내 볼끼라고, 정성껏 음
식을 해가 마이(많이) 채려놓고. 이래가 인자, 그 시간이 되어서러 인자
베포쟁이 기름을 피워놓고 싹 소복을 입고 앉아있으니께네, 시간이 되이
끼네, '와라락 와라락, 부시럭 부시럭' 소리가 나더란다.

　그래가 소리가 방에 턱 들오는데, 이래 소리가 나서 보이께네, 해골뼈
가, 사람이 아니고, 완전히 뼈가 이래, '바스삭 바스삭 바스삭' 걸어오더
만은, 그래, 제사상 앞에 앉아가지고, 언자 앉아가지고 제사 음식을 먹는
데, 전부 다 제사 음식을 그 뼈, 해골 손을 가지고 다 집어먹더래.

　그래서 마누라가, 마 하, '내가 백지(괜히) 보고 싶어 했다' 싶어서, 정

이 마 뚝 떨어지더란다. 무섭기도 하고마. '다시는 내가 보고 싶어 안 하지' 싶어가지고, 그래 마, 제사 지내고 나서 그 음식을 다부 가지고(부어서) 여 개천에 갖다 버렸대.

도깨비와 씨름한 사람

자료코드 : 04_21_FOT_20100121_PKS_LCW_0001
조사장소 : 부산광역시 수영구 광안4동 광안4동노인정
조사일시 : 2010.1.21
조 사 자 : 박경수, 박양리, 정혜란, 정다혜
제 보 자 : 이창우, 남, 80세
구연상황 : 조사자가 여러 옛날이야기를 간추려 물어보면서 제보자에게 아는 이야기를 해달라고 요구하자 제보자가 이 이야기를 했다.
줄 거 리 : 옛날 한 영감이 오일장을 가서 술을 마시고 집으로 가는 길이었다. 골짜기를 넘는 중에 갑자기 도깨비가 나타나서 싸움을 하게 되었다. 영감이 술을 마셔 정신은 없었지만 기골이 장대하고 용감하여 결국 도깨비에게 이겼다. 도깨비를 나무에 매어놓고 이틀 후 다시 가보니 도깨비가 아닌 빗자루가 묶여 있었다.

영감님이 술을 묵고, 시장 갔다가 오일장인데, 오다가 보몬, 아직 농촌에 살았는데, 요만한 산골재를 넘어서 자기 집으로 오는데, 자기 정신이 흔들리서 그렇던 모양이제.

토깨비가 나타났어. 그게 인자 토깨비인지 그것도 모르지. 우얀(어떤) 사람이 귀신매로(귀신처럼) 이래 나타나가지고, 이 영감이 정신이, 그래도 기골이 장대해가지고 용감했던 모양이라. 같이 토깨비하고 씨름을 하고 싸움을 했는 기라.

싸움을 했는데, 그래가 인자 옛날에는 한복을 입으마, 한복에 바지를 입으모 허리끈을 있거든. 허리끈 이놈을 가지고 마 이깄어(이겼어), 영감

이. 이겨가 토깨비를 마 낭개에다가(나무에다가) 챙챙 자맸다(잡아매었다)
카는 기라.

그래 자매놓고 왔는데, 영감이 용감해가 이깄는데, 2일날 인자 그 산에
나무하러 떡 가니까 토깨비가 아이고 모, 빗자리, 빗자리가 꽁꽁 매이가
있더란다. 그러이 눈에 인자, 이기 보이, 옛날에 그 토깨비가 아이고 2일
날 가니깐 빗자리로 꽁꽁 나무에 자매났더란다.

그런 이야기도 우리 들은 이얘기가 있어. 우리는 직접 본 거는 아이고.

고려장하려다 되돌아온 부자(父子)

자료코드 : 04_21_FOT_20100121_PKS_LCW_0002
조사장소 : 부산광역시 수영구 광안4동 광안4동노인정
조사일시 : 2010.1.21
조 사 자 : 박경수, 박양리, 정혜란, 정다혜
제 보 자 : 이창우, 남, 80세
구연상황 : 조사자가 다른 재미있는 이야기가 없느냐고 물어보자, 제보자가 그럼 이야기
를 하나 더 해주겠다고 하며 이 이야기를 했다.
줄 거 리 : 옛날에는 나이가 70이 되면 고려장을 시켰다. 그래서 아들이 아버지와 함께
할아버지를 지게에 싣고 냄비와 쌀, 연장을 들고 산으로 갔다. 산에 가서 굴
을 파서 할아버지를 내려놓고, 연장을 다시 챙겨 내려오려고 했다. 아버지가
아들에게 연장을 그냥 두고 가자고 하니, 아들이 나중에 아버지가 칠십이 되
면 고려장을 또 해야 하기 때문에 필요하다고 했다. 아버지가 그 말을 듣고
아무리 법으로 고려장을 해야 하지만 안 되겠다는 생각에 할아버지를 도로
모시고 내려오게 했다.

옛날에 그 저 이런 이야기도 있어. 인간칠십고래해(人間七十古來稀)
라,[95] 인간칠십고래해라. 칠십이 되면은 자기 부모를 고래장을 인자 시키

---

95) 인간칠십고래희(人間七十古來稀)와 고려장(高麗葬)은 직접적인 연관이 없다. 그러나
'고래희'와 '고려장'이 발음이 비슷한 데다 과거에 칠십까지 생존하는 것이 매우 드물

는 기라, 그때는 법으로써.

칠십이 넘으면은 고래장을 시키는데, 인자 아무리 효도자식이라도 칠십이 되면은 자기 아부지를 지게에다, 바지개('발채'의 방언)에다 짊어지고, 산에다 굴로 파가지고, 굴로 파가 거가지(거기까지) 짊어지고 가서, 자기 아부지 짊어지고 단지하고 뭐 장단지하고 냄비 쫌 하고 쌀 좀 하고 요것만 꿇이잡숬고(끓여 잡수시고) 아부지 그 자리에서 죽어라 카는 그기라.

그래가 인자 부자간에 인자 짊어지고, 아들은 본인은, 아들은 자기 아부지를 바지개다가 짊어지고, 인자 아들은 인자 깽이(괭이), 삽 이래 머 연구, 연장을 짊어지고, 이래 둘이 갔는 기라. 산에 가서 인자 땅을 파가, 굴로 파가지고, 비 안 새도록 굴로 파가지고,

"아버지 요 기시라."

카민서는, 그래 인자 짊어지고 자기 아부지를 거 모시놓고, 그래 인자 쌀하고 냄비하고 장단지하고 니라놓고(내려놓고),

"요 끼리잡숬고, 요 있으라."

카민서, 그래가 인자 저거 아부지가 돌아온, 돌아온다 아이가. 돌아오는데 아들이 하는 말이, 저거 아부지가 인자 돌아 그냥 오이끼네, 오면서 그 인자 아들이 지게하고 바지개하고 짊어지고 가이,

"야야 그거 내비리뿌라."

이래 됐는 기라. 그래 아들이 저거 아부지한테 하는 말이,

"아부지요. 이거 바지개하고 연장하고 짊어지고 가야, 이거로 도로 가(가지고) 가야, 뒤에 또 아부지 칠십이 되몬, 아부지 이 지게에다가 담아 실어, 짊어지고 와야지요."

인자 이런 이야기를 하니까, 저거 아부지가 감동을 해서, '아― 나도 이래 되겠구나. 아― 아 그러모,' 참 자기 한 생각에, '우리 아부지 아무리

었다는 관념이 결합되어 고려장 설화와 연관이 있는 것처럼 와전된 것이다.

법으로써 고래장이지만은 이래가 안 되겠다. 할아부지 도로 짊어지고 가자.'

고래장은 안 시키고 도로 짊어지고 왔더라 카는 그런 이야기가 있어. (조사자 : 감동적이네요.) 아, 그럼. 안 글캤어(그러겠어)?

자식 죽여 부모 봉양한 효자 곽씨

자료코드 : 04_21_FOT_20100121_PKS_LCW_0003
조사장소 : 부산광역시 수영구 광안4동 광안4동노인정
조사일시 : 2010.1.21
조 사 자 : 박경수, 박양리, 정혜란, 정다혜
제 보 자 : 이창우, 남, 80세
구연상황 : 제보자가 이야기를 하나 더 해주겠다고 한 후에 다음 이야기를 했다. 중국에 전해지는 곽거의 효행담인 곽거매자(郭巨埋子) 이야기인데, 제보자는 현풍에 사는 곽거매자의 효행담으로 이야기했다.
줄 거 리 : 옛날에 현풍에 곽거매자가 노모, 부인, 그리고 세 살 먹은 아이와 함께 매우 가난하게 살았다. 항상 먹을 것이 부족하였는데, 어느 날 어린 자식이 노모의 밥을 빼어 먹는 것을 보게 되었다. 곽씨는 아이 때문에 어머니가 배를 굶게 해서는 안 되겠다고 생각하여, 부인에게 아이는 다시 낳으면 되긴 아이를 생매장하자고 이야기했다. 부인도 그 말에 동의하여 밤에 산에 가서 아이 묻을 곳을 팠다. 그런데 땅 속에서 큰 가마솥이 있었다. 가마솥의 뚜껑을 열어 보니 금은보화가 가득 들어 있었다. 곽씨 부부는 그것을 가지고 집으로 와서 온 가족이 행복하게 살았다.

옛날에 그 저 그 효행록에 보믄, 현풍에, 현풍 가면 곽씨가 마이 살거든. 소리 곽씨에. 그 인자 곽거매자(郭巨埋子)라 카는 사람이 효행록에 보면 그 이름이 있어.[96]

곽거매자라 카는 사람이 애 인자 참 있었는데, 자기 노모가 계시고 또

---

[96] 곽거매자(郭巨埋子)는 중국 후한 때의 사람인 곽거(郭巨)가 자식을 땅에 묻었다는 뜻이다. 이 이야기는 명심보감 효행 편에 손순매아(孫順埋兒) 이야기와 함께 나온다.

지 아들이 인자 세 살 묵은 아가 있고 이런데, 그때는 너무나 초근목피(草根木皮)하고 몬 살았는 기라.

못 살아가 때꺼리(끼니)는 없고, 이래가지고 큰 밥을 쪼매 짓고 인자 반찬을 이래 하면은 이놈의 손자가 만날 할매 밥을 뺏아묵는 기라. 뺏어묵는 기 아이고, 지 밥 다 묵고 끙끙거리싸이 할매는 배가 고파도 자기 묵, 덜 먹고 손자를 남가주는 기라. 그것도 때마중 남가주거든. 손자는 저거 할매 밥 남가주는 그걸 바래가지고 때마중 할매 밥상에 가서 앉았는 기라. 할매 밥 남가주도록, 그 배가 고픈 시절이 되노이.

그래 그걸 한 분 두 분 보고, 아들이 보고 '하 이래가 내 저놈', 자기 자석 이름을 대매, '저놈 따문에 어무이 배 골리겠다.' 이런 생각이 들었어. 이런 생각이 들어가지고 자기 처한테 캤는 기라.

"이 사람아, 엉 딴 기 아이고 우리가 자석은 또 놓으만 자식이니까, 우리 저 아 저놈을 어디 갖다가 우리 생매장, 묻어뿌자. 묻어뿌고 자식은 또 놓으몬 안 되나. 부모는 다시 얻을 수 없으이끼네."

이런 이야기를 핸 거야. 하니까, 그 인자 자기 처가 하는 말이, 그거를 반응 안 하고,

"그래요. 우리는 자식은 또 놓으만 자식이고, 어무이 배 곯는 기 너무 한, 안시럽다(안스럽다) 이기라. 아이구 내가 진작 당신한테 그 말 할라 캤디, 당신이 어떻게 생각할란가 몰라서 몬 캤는데, 우리 아 저놈을, 아무 거시 저놈을 마 온(오늘) 지역에(저녁에) 우리 가에 묻어뿌모, 저놈이 없이 모 어무이 배가 안 고플 거 아이요."

그말이제. 만날 때마중 밥을, 할매밥을 반틈 깎아무이께네, 그러이 그기 효자의 심리라.

"아, 그래요."

두 부부가 합의가 됐어. 합의가 되가 지역을 묵고, 저거 아를 바지개 짊어지고, 남자는 짊어지고 응, 이래 연장하고 가가지고 인자 곡깽이하고

(곡괭이하고) 이래가 뒤 산에 가서 땅을 팠는 기라. 땅을, '이미 하는 거, 불쌍하기 할매를 위해서 죽어가는 내 새끼지만 깊이 묻어주자' 이런 마음으로 말이지. 그 인자 깊이 파니까, 칵 파니까 곡깽이로 찍으니까, 밑에 뭣이 머 찍으니까 돌매로 쇳소리가 나는 기라.

쇳소리가 나서 그거 인자 자꾸 파니 이상하다 싶어가, 또 큰 솥뚜껑이라. 응, 가마솥 뚜껑이 떡 있는 기라. 그래 그 뚜껑 그놈 딱 들시니까(드니까) 거게 아주 금은보화가 들었더래. 금은보환데, 그 인자 그 보화에 거 금괴에 보몬, '이 물건은 인부도 탈이요 친부도 탈이라. 아무 나라에서도 뺏어가지 몬 하고, 남도 몬 가가가고, 곽거매자의 그 사람의 보배'라고 써 있더란다.

그 효심이 지극하니까, 그래가 그 보화를 가지고 자기 자석도 안 묻고 짊어지고 와서 잘 살았다는 이런 이야기가 있어.

구렁이를 죽여서 어렵게 된 집안

자료코드 : 04_21_FOT_20100122_PKS_YGR_0001
조사장소 : 부산광역시 수영구 망미1동 수미마을 수미경로회
조사일시 : 2010.1.22
조 사 자 : 박경수, 박양리, 박지희, 오소현, 정다혜, 최수정
제 보 자 : 임구례, 여, 81세
구연상황 : 손짓을 하면서 구렁이 모양을 그려가며 이야기를 했다.
줄 거 리 : 매우 큰 구렁이가 방에 들어와서 잡아 죽였다. 그 후에 근처 구렁이들이 몰려
          와서 야단을 부렸다. 굿을 했더니 구렁이가 더 이상 나타나지 않았다.

구리가(구렁이가) 엄청시리 큰 기라. (조사자 : 우리 동네에서 그럽니까? 덕진골에서?)

구리가(구렁이가) 난데없이 나와갖고, 이 그 마누래 혼치(혼자) 있는데.

여름인께 문을 이리 휘떡 열어 놓을꺼다 아이가. 열어논께, 큰 구랭이가 방에 들어와갖꼬, 이리이리 스름스름 기대 있더란다.

그 기대있는 건 놔둬야 될 것 아이가, 지 어매한테(자기 엄마에게) 가거로. 그거를 고마 때려잡았어. 잡아나 놓은께, 쥑이나놓은께 말도 못하게 마 오는 기라. 작은 거, 큰 거, 마 모이갖고 오는 기라. 그래갖고마 그 집이 난리가 났어.

그 될기가? 집안이 안 되지 그래. 그래, 막 굿을 하고 마 그래한다쿠대. 참, 별 희안한. 그 쥑이가 될기가 시상(그것을 죽여서 될 일인가).

(조사자 : 그라몬 구렁이 죽이몬 안 되겠네. 집에 들어오몬) 마 놔둬야하지. 지 맴대로 가구로. 놔뒀으면 될긴데, 쥑이나니까네(죽여버렸으니까). 마마, 큰 구랭이 엄청시리 큰 기라. 큰 기 와갖고 마 소리를 함서 이래 오는데, 큰 거, 작은 거, 마 마 탁 묻어오더란다.

아이고 얼매나 송시할기고(송사를 할 것인가). '그래, 이래 안되것다. 굿을 해야 되겠다' 싶어가, 그래 굿을 하고. (조사자 : 굿 하니까 뱀이 없어지던가요?) 그래 한께 좋은 데 가라고 그래 전설을 하고, 그랑께 괘않더란다(괜찮더란다).

친정아버지 챙기다 손해 본 며느리

자료코드 : 04_21_FOT_20100121_BKS_JBE_0001
조사장소 : 부산광역시 수영구 남천1동 뉴삼익비치아파트 노인정
조사일시 : 2010.1.21
조 사 자 : 박경수, 박양리, 정혜란, 정다혜
제 보 자 : 장복이, 여, 84세
구연상황 : 다른 제보자가 이야기를 시작하려다가 이야기를 정확히 모르겠다며 이 제보자에게 이야기를 해보라고 권했다. 그러자 제보자가 다음 이야기를 했다.
줄 거 리 : 친정아버지가 못 살아서 딸이 살고 있는 집으로 찾아갔다. 딸이 닭을 삶아서

친정아버지와 시아버지에게 드렸는데, 친정아버지에게 더 많은 양을 드렸다. 그러자 시아버지가 상을 살짝 돌려 그릇을 바꿔 더 많은 양의 그릇을 차지했다. 그렇게 먹고나서 시아버지가 친정아버지에게 잘 먹었냐고 물어보니 친정아버지가 화를 내며 자리를 박차고 나갔다. 딸이 친정아버지를 챙기려다 오히려 손해를 본 것이다.

친정아버지가 몬 살아서 딸네 집을 갔는 거라.

딸네 집을 갔는데, 딸이 닭을 한 바리 삶아가이고 친정아부지하고 시아부지하고 무우라고 갖다드렸는데, 상에 채리가지고 갖다드렸는데, 친정아부지는 마이 담고 시아부지는 작게 담았는 기라.

그런데 시아부지가 가만 보이 자기 앞에 기 작거든. 옛날에 겸상이라고 있다 두 분서 요래 묵는 거. (조사자 : 예, 마주보고.) 요 상이 있거든. 마주보고 앉아 묵는데, 그래 살짝 바깠는(바꾸었는) 기라. 살짝 바까가 많은 거를 자기 앞에 갖다놓고, 작은 거를 친정아부지 앞에 갖다났거든.

그래 친정아부지가 또 자심은(잡수시면) 가만히 있으면 될 긴데, 나오면서,

"응 어데 저거 해가지고."

그래 시아부지 하시는 말씀이,

"아이고, 잘 묵었다. 사돈 잘 묵았느냐?"

이라거든. 이라이카네,

"잘 묵기는 뭐를 잘 묵아. 개 콧구녕을 잘 묵았나. 배고파 죽겠다."

카고 그래가 나가더란다.

그래이 그거를 메느리가 잘 못 했는 기라. 똑같이 해가 줬으면 될 긴데, 친정아부지 생각할라 카다가 다부 손해 봤는 거라.

그런 일도 옛날에는 있었다 한다. 그게 얼마나 친정이야기가 못 살아서 그랬겠노.

배고파 과식한 남동생의 노래

자료코드 : 04_21_FOT_20100121_BKS_JBE_0002
조사장소 : 부산광역시 수영구 남천1동 뉴삼익비치아파트 노인정
조사일시 : 2010.1.21
조 사 자 : 박경수, 박양리, 정혜란, 정다혜
제 보 자 : 장복이, 여, 84세
구연상황 : 조사자와 청중이 대화를 하는 도중에 제보자가 갑자기 다음 이야기를 시작
했다. 먼저 한 이야기로부터 생각난 이야기인 듯하다.
줄 거 리 : 옛날에 못 사는 동생이 잘 사는 누나 집에 갔다. 동생은 너무 배가 고파 많이
먹었다. 배가 너무 불러 너삼대로 배를 감고 노래를 부르면서 고개를 넘었다.

누나 집에 또 갔는데, 너무 너무 못 살아 가가, 누나는 잘 살아서 너무
마이 묵았는 기라.

그래가 옛날에는 너삼대라('너삼'은 한약명으로 고삼, 너삼대는 고삼의
줄기. 고삼 뿌리는 약재로 쓰이며 매우 맛이 쓰다.) 카는 기 있다.

그걸 가이고 감고, 막 배가 마 너무 불러가지고 문전에서 문등에 올라
가는데, 너무 배가 부르이 그거를 감아가 올라가는데 답답하거든. 그래,

[노래로 읊조리면서]
듣는터라 듣는터라 누구밥이 듣는터라
찔기더라 찔기더라 너삼대가 질기더라

그런 노래로 하고 산을 넘어갔단다. 그런 일도 다 있었단다. 옛날에 너
무 몬 살아가지고.

결혼하자 신랑 죽은 신부

자료코드 : 04_21_FOT_20100122_PKS_JNO_0001
조사장소 : 부산광역시 수영구 망미2동 망미노인정

조사일시 : 2010.1.22

조 사 자 : 박경수, 박양리, 박지희, 최수정, 정다혜, 오소현

제 보 자 : 전남옥, 여, 90세

구연상황 : 조사자가 제보자에게도 이야기를 하나 해 달라고 부탁하자 다음 이야기를
했다. 이야기를 하다 상여 나가는 대목에서 감정에 북받쳐 울먹이는 듯이 이
야기하기도 했다. 이야기가 완성되지 못하고, 중간에 끊어진 듯이 마무리했다.

줄 거 리 : 옛날에 양양춘이란 사람이 장가를 가자마자 병이 들었다. 신부가 약을 지어
와서 백년언약을 두고 자식도 없이 어찌 죽느냐고 통곡을 했다. 그러나 병이
든 신랑을 결국 죽고 말았다. 신부가 행상을 나갈 모든 준비를 했다. 하루는
시어머니와 같이 살다 산에 가서 나무를 하다 가시에 온 몸이 찔렸다. 시어머
니가 머슴 두고 그런 일을 하지 말라고 당부했다.

성은 양가요 이름은 양춘인데, 장개가가지고 이제 각시 들여다 놓고 마
뱅이(병이) 들었어.

백년을 사자고 언약을 해놔두고 마 뱅이 들어 죽어. 죽으이,

"여보 당신, 그래 죽으몬 어쩌냐고?"

그래 상, 약 지러 가가지고, 약 지어 가서, 약 지어 하는 말이,

"일어나 약 자시소. 뱅이 들몬 다 죽나."

고 그래 각시가 그러거든. 그런께네 이 각시가,

"뱅이 들면 다 죽나"

고 그런께네, 이 각시가 하는, 그래 남자가 하는 말이,

"그래 어린 자식 바이 없고."

[말을 바꾸어] 으응, 여자가 하는 말이,

"어린 자식 바이 없고, 상주 없어 어예 가요."

어 인자 각시가 그랜다. 그래 마 죽었어 남자가. 죽어버려놓으께, 그
래 여자가 그래 참 통곡을 하고, 울고,

"그래 숱한 사람 다 모였는데, 당신은 일어날 줄 모르시오. 일어날 줄
모르시오."

그래 인제 서른 둘 상여꾼, 신발 행전 두건꺼지 다 지놓고(지어놓고),

그래 인제 행상이 갔는 길에 가고,

"신체는 어디 가고 혼백만 돌아오요."

그래 [감정에 북받쳐 약간 울먹거리는 소리로] 우더란다. 그래 안 됐잖아.

그래 그러다가, 그래 인제 그래 시어마이 같이 사다가, 하루는 일기가 잔잔하여 등지산천(登之山川), 낟을(낫을) 갈아 손에 들고 지게를 등에 걸고 등피산천 올라가 낭가(나무를) 할라 하이, 이놈의 가시가 온 일신을 찔러가 피가 나이카네, 시어마이가 뱎에(밖에), 대문 뱎에 벗겨놔둬서 바랗다가,

"에구 애야, 머슴 두고 이래 먹지, 그일 부대(부디) 하지 마라."

사주 책을 사서 부인을 살린 남편

자료코드 : 04_21_FOT_20100122_PKS_JBJ_0001
조사장소 : 부산광역시 수영구 망미1동 수미마을 수미경로회
조사일시 : 2010.1.22
조 사 자 : 박경수, 박양리, 박지희, 오소현, 정다혜, 최수정
제 보 자 : 정봉점, 여, 88세
구연상황 : 적극적으로 이야기를 선뜻 자신이 해주겠다고 했음.
줄 거 리 : 가난한 부부가 살았다. 신랑이 돈을 벌어서 오다가 점 보는 사주 책을 샀다. 그 책에는 참을 인자(구술에서는 화자)가 적혀있었다. 그런데 집에 왔더니, 부인의 신 옆에 남자 신이 있었다. 누군지 죽이려고 하다가, 참을 인자를 생각하며 참았다. 알고 보니 남자 신은 이웃집 처녀의 신이어서, 그 책으로 인하여 각시가 살았다.

옛날에 부부끼리 사는데, 신랭이(신랑이) 못 묵고 살어서, 벌이러 나갔어.

벌이러 나가서러 우째우째 하다가 인제 벌이갖고, 정월 초하룻날 설을

실라카몬(쓸려고 하면), 돈을 쪼금 가와 쌀이라도 팔아야 될 꺼 아이가.

그래가 인자 못 팔고, 인자 돈을 조깸(조금) 벌어갖고 가 오는데, 오다 보까네 책을 패놓고 말이지, 어떤 사람이 사주 본다고 있거든. 떡 이래 드다보고 있으니께네,

"저저 이 책을 한 권 사가 가면 묵고 살 일이 생긴다."

이라거든. 돈 조금 벌은 거 갖고 책 그거로 사삤단 말이다. 쌀은 안 팔고, 가만 있어보라모. 그래서 책 그거로 샀단 말이다. 사가지고 무슨 '참을 화'자가 써 있는 기라. '참아라' 카는 '참을 화'자가.

그래서 이 옴서 보니까네 글 한 자 이기(이것이) 돈을 얼매나 주고 아까베(아까워) 죽겠거든. 쌀은 팔아야 가서 묵을낀데, 각시는 돈 벌어 오기를 기다리고 있는데, 우짤 수가 없어서, 그래 인자 갖고 그놈의 책을 하나 들고 오께나(오니까), 신이 나란히 두 켤레, 남자하고 여자하고 있거든. 그래까는 남자가 의심을 산다 아이가.

'씨바, 니 내도 없는데 어느 놈을 데꼬 자나' 싶어서, 그래서 인자 도치를(도끼를) 갖고 쪼사 쥑일꺼라고, 구석에 헛간에 가서 도치를 갖고 쪼사 뿔라고. 각시가,

"아이고, 여보 언자 오요."

돈 벌어 온다고 이런데, 여보고 저보고, 마, 마, 쪼사 쥑일꺼라고 이러이니까네, 처녀가, 이웃집 처녀가 하나 쏙 나오거든.

"처녀는 웬 처이고, 여게?"

"아. 저거 집에 손이 와서로 잘 데가 없어서, 그래서 내한테 와서로 자러 왔다."

쿠던다.

"그래 신은, 남자 신은, 웨인 남자 신인고?"

이라이까네, 총왕조(경황없이, 급하게) 옴서러, 지그 아부지 신을 끌고 왔는 기라, 처녀가. 그러니까그 남자 신이 있고, 저거 각시 신이 있으니께

네 의심을 살 거 아이가. 의심을 샀는데,

"아, 이기 살렸구나."

하모, 이기. '참을 화'자가 이기, 인자 참말로 인자. 그래 안 했으몬 쪼아 죽있을 거 아이가, 지그 마누라로. 그거 때밀에 참을 화자 그거 때밀에 각시가 살아난 기라.

이웃집 처년데, 남자라고, 남자신은 또 나란히 각시신이랑 뇌논께미, 의심 안 사겠나 하모 남자라고? 그래갖고 참 안 맞아 죽고 잘 살더란다 고마.

도깨비와 씨름한 사람

자료코드 : 04_21_FOT_20100121_PKS_JHS_0001
조사장소 : 부산광역시 수영구 남천1동 뉴삼익비치아파트 노인정
조사일시 : 2010.1.21
조 사 자 : 박경수, 박양리, 정혜란, 정다혜
제 보 자 : 조호순, 여, 85세
구연상황 : 조사자가 옛날에 도깨비 이야기가 많지 않았느냐고 하며 도깨비 이야기를
유도했다. 조사자가 도깨비에 관해 다른 사람들과 이야기를 나누고 있는데,
제보자가 도깨비 이야기가 생각났다고 하면서 다음 이야기를 했다.
줄 거 리 : 옛날에 장사로 불리는 어떤 사람이 소를 팔고 돌아오는 길에 도깨비와 마주
쳤다. 장사가 길을 비키라고 했는데, 도깨비들이 앞에서 놀렸다. 화가 난 장사
가 도깨비와 씨름을 해서 겨루었다. 장사가 이겨서 자기 옷고름을 풀어 도깨
비를 나무에 묶어 두었다. 다음날 아침에 찾아가니 나무에 빗자루가 묶여 있
었다.

산 고개를 넘어서러 밤 늦가, 옛날에는 소 팔러도 댕기고 뭐, 소를 팔고 떡 오이께네, 허실이가 막 앞에서 팔딱팔딱 도깨비놀이 해쌓거든.

이 사람이 별명이 장산데,

"네, 이놈! 나가거라."

카이카네, 캬- 앞에서러 막 막 이래가 놀리거든.

"이놈! 붙어보까, 붙어보자."

카이, 산에 가서 막 둘이서 붙어가지고, 마 이 할아버지가 막 이놈을 잡고, 막 자기 옷구름(옷고름), 두루막 옷구름 톡 띠가지고 마 나무다 싱싱 감아놓고는,

"낼 아침에 보자."

카고, 와가지고 가는 기라. 빗자루 몽댕이가 있더란다.

용왕의 아들을 살려 부자 된 어사

자료코드 : 04_21_FOT_20100121_PKS_CCS_0001
조사장소 : 부산광역시 수영구 남천1동 우성보라아파트 노인정
조사일시 : 2010.1.21
조 사 자 : 박경수, 박양리, 정혜란, 정다혜
제 보 자 : 최천숙, 여, 80세
구연상황 : 조사자가 제보자에게 재미있는 이야기를 알고 있으면 해달라고 부탁하자, 제
　　　　　 보자가 다음 이야기를 했다.
줄 거 리 : 옛날 용왕이 아들 삼형제를 두었다. 세 아들은 육지로 놀러가고 싶어 했다.
　　　　　 세 아들의 간청에 용왕은 세 아들을 잉어로 변신시켜 주었다. 잉어로 변한 세
　　　　　 아들은 낚시꾼의 낚시에 걸려 모두 잡혔다. 어느 날 어사의 꿈에 용왕이 선몽
　　　　　 하여 잉어로 변한 자신의 아들 셋을 살도록 해주면 은공을 갚겠다고 말했다.
　　　　　 어사가 잠을 깨고 일어나 잉어를 낚은 어부를 찾아 달라는 대로 돈을 주고
　　　　　 잉어들을 샀다. 어사는 세 마리의 잉어를 바다로 보냈다. 어사는 용왕이 은공
　　　　　 으로 준 보물로 큰 부자가 되었다.

용왕님이 참 아들로 삼형제를 뒀는데, 그래 이 아들이 자꾸 육지에 놀러 갈라 카는 기라.

육지에, 용왕님 아들이. 놀러 갈라 카이꺼네, 그러면 놀러를 안 보내줄 수도 없고, 그 사람 아버지가 내나 용왕님이, 안 보내줄 수도 없고, 인자

변동을 시기야 보내줄 수 있는 기라, 육지에.

그래 인자 임금님, 저저 뭐꼬 용왕님 아들이지만은, 인자 그 바까야(바꾸어야) 안 내보내겠나. 이러놓이(이러니) 인자 고기를 맨들었는 기라. 잉어로. 잉어를 삼형제를 서이 다 맨들었어.

그래가 인자 떡 참 나오다가 이놈 또 고기로 변해놓은께노, 이놈의 낚싯밥, 거 뭐 안 먹고 짚은가배, 고 나가가주고. 그래가 떡 나가노이, 기경하러(구경하러) 온다고 나와노께네, 참 고기로 인자 낚고 있거든.

고기로 낚고 있으이께네, 마 그 한 놈이 물렸다. (조사자 : 한 놈이.) 응. 서인데, 하나 물리노이, 아 또 두째 또 물렸는 기라. 그래가 또 시째도 보냈는 기라, 삼형지다 보이께.

그래 물리가 떡 인제 원칸(원체), 원칸 크노이께네 크단한 다라이다(다라에다) 이래 꼬추는 거 있거든. 있으이꺼네, 그라고 있으이꺼네, 저 옛날에 어사가 낮잠을 자는데, 낮잠을 자이께, 그래 저 물밑에 용왕님이라 카매 와가지고, 꿈은 선몽을 대거든.

"내 자석 서이가 다 뺐들렸으이카네(붙들렸으니) 인지 저 어떡(빨리) 안 설몬(살리면) 죽을 모냥이니 내가 좀 빼내돌라."

하거든. 빼내주면 자기가 은공할라고.

그라 꿈도 이상하다 싶어. 낮에 뭐 이런 꿈을 꾸겠나 싶어서 참말로 똑 나왔는 기라. 나와가지고 고기 낚시 낚고 하는데, 그래 또 있이이 가 보이께네, 창을 막 이리 뭐 이막금 시 마리로 다라이다 담가놨는 기라. 그래가,

"이 잉어가 누긴공(누구 것인고)? 내가 사자."

이카니까네, 그 모두,

"선생이 팔아가 살란가 말란가."

어사다 보이까 안 알겠나.

"그거 사가 뭐할란교?"

"뭘 하긴 내가 필요있다. 내가 사자,"

카이,

"그래 얼마 돌라 카노."

카이카네,

"몰라예. 뭐 주고짚은 대로, 너거 부르는 대로 불러라. 부르는 대로 주꾸마."

그래 인자 떡 샀다. 사가지고, 참 안다 모른다, 그놈의 다라이 척 가져가가지고 큰 바다 속 여줬는(넣어주었는) 기라. 안 살렀나 인자. 그래 떡 살리.

"그래 참 친구로 만내가 내 자석을 살린데 내가 우예 그저 있겠노. 내 그 은공을 하꾸마."

카더란다. 그래 참 그 사람 살아가 나갔어. 그라고 그 어사가 사람들 고기 못 낚구로 한단다. 무슨 변동이 되가 또 뭐시 되가 나온지 모르이까(모르니까).

그래 저거 삼형제 다 살렀어. 살리고 이 집에는 베락부자(벼락부자) 됐지 뭐. 거서 용왕님이 자꾸 도와줬으이까. 그래거러 부자 됐단다. [웃음]

스님에게 풍수 등을 배워 부자 된 고아 삼형제

자료코드 : 04_21_FOT_20100121_PKS_CCS_0002
조사장소 : 부산광역시 수영구 남천1동 우성보라아파트 노인정
조사일시 : 2010.1.21
조 사 자 : 박경수, 박양리, 정혜란, 정다혜
제 보 자 : 최천숙, 여, 80세
구연상황 : 제보자가 이야기를 하나 더 하겠다며 하며 다음 이야기를 했다. 이야기를 하
         던 중에 청중이 이야기가 너무 길다고 하며 그만 하라고 재촉하자 제보자는
         한두 번 괜찮다고 하면서 이야기를 계속 했으나, 계속된 청중의 종용에 이야

기를 급하게 마무리를 했다.

줄 거 리 : 옛날 큰길가 오두막집에 부모와 삼형제가 가난하게 살고 있었다. 어느 날 아
버지가 죽고 얼마 되지 않아 어머니도 죽으면서 삼형제는 부모를 잃었다. 큰
아들이 남의 집 머슴을 살고 있었는데, 그 집에서 동생 둘까지 같이 먹여주지
는 못하여 결국 그 집을 나왔다. 삼형제가 밥을 빌어먹으며 살다가 이래서는
안 되겠다 하고 절에 들어갔다. 절에서 일을 도와주며 스님에게 글을 배웠다.
큰아들은 산서, 즉 풍수 보는 법을 배우고, 작은아들은 의술을 배우고, 막내아
들은 약학을 배웠다. 삼형제는 의논하여 절을 떠나 1년 후에 만나자고 약속을
하고 헤어졌다. 큰아들은 초상 난 집을 찾아갔는데, 그 집에서 줄초상을 맞자
풍수를 잘 보아 죽었던 사람도 살려낸다. 그리고 풍수를 잘 본다는 소문이 퍼
져 큰 부자가 된다. 작은아들은 어느 부자 집에 가서 딸의 병을 고쳐주고 딸
과 혼인했다. 막내아들도 약을 잘 써서 부자가 되었다. 1년 후, 삼형제가 모두
부자가 되어 만나서 한 동네에 집을 짓고 같이 살았다. 그리고 부모님 묘를
찾아 갔는데, 명산에 묻혀 있는 것을 알았다.

큰 질가(길가) 집인데 오두막집이라. 오두막집인데, 아들을 서이를 낳는
기라. 서이를 낳는데, 살림이 너무너무 없어가지고, 이래 사는데, 한날은
저거 아부지가 죽었붔는 기라.

아들 삼형제, 부모 다섯 식구 사는데, 죽어버려가지고 우엘(어쩔) 도리
도 없고, 인자 이래 있으이, 저거 아부지 삼웃날 저거 엄마가 또 죽었붔는
기라. 얼마나 가득하겠노(기가막히겠는가) 그제.

그래 죽었부고 난께네, 그 집에 아들이 열네 살 묵은 기 제일 큰 기라.
(조사자 : 큰아들이?) 그래. 어, 옛날에는 없이 사는 사람은, 와 열 몇 살
되면은 넘우(남의) 점섬겉은 거, 소 꼴도 비주고, 그런 거 하거든.

그라이까 인자 하나 큰아는(큰아이는) 머슴을 사는데, 그래 적엄마 적
아부지 죽었부고 난께, 동상(동생) 둘로 그 주인집에서 누가 멕여주나?
그래 못 멕여주니까, 믹여줄 수도 없고 그래가 할 수 없이 야가 나왔는
기라.

나와가 밥을 얻어 묵었어. 옛날 밥 바가치 들고 얻어 무우께네, 하도

개가 옛날에 똥개를 많이 믹있거든, 농촌에는. 이기 막 개가 광광 짓고 물라고 달라들고 하이까 겁도 나잖아.

그래가 이리 얻어먹고 한 사람씩 얻어가지고는 언덕 밑에 가가지고, 그래 따신 데 앉아가 먹고 이랬는데.

그래 큰아가 가마이(가만히) 생각하이 그 아들이 잘 될라 카이, 아가 그리 머리가 그리 돌렸어(돌아갔어). 그래 우리 동상아, 논둥제(논둑에) 앉아 밥을 무매,

"저 우리가 이래가 안 되겠다. 쪼매는 집 저게 팔아가지고 아무 데 거 절이 있으니까, 절에 가서 우리 나무도 해주고 밥도 해주고, 나무도 해주고 밥도 해주고 설거지도 하고 그래 마 스님 저 혼차 계시는데, 가몬 얘기하모 안 되겠나,"

이카이께네, 동생들이 글카거든.

"형아 얘기해 보라몬(보면), 그 딴 데 가는 것보다 아무 안 낫겠나. 개한테 물릴 듯이 가거나카마(가는 것보다) 안 낫겠나,"

카거든. 그래 떡 갔다 안자. 가가 그래,

"스님예, 우리 여기 일도 해주고 밥도 해 먹고 설거지도 하고 다 할 모냥이니께, 우리 여 좀 사입이다."

카이,

"좋다."

카거든.

"그라고 스님어는 우리한테 글만 배아주면 됩니더. 글은 배아주겠지요?"

카이,

"글은 배아주꾸마."

카거든. 그래 인자 거서 참 그걸 했다. 글로, 지녁에는 글 배우고 낮으로는 청소하고 밥 해먹고 전부 이랬거든. 이래고, 이놈어는 그루그루 크

이께네, 이넘 산에 나무를 하러 가이, 나무 하루 석 짐이라. 이놈 재도 퍽 도 안 재이겠나 그제.

그래 그렇도록 재놓고 때고, 그 스님은 나무도 안 하고, 때는데, 그래 참 잘 입는데, 그래 큰 사람은 뭐로 배았나 하모, 산서를 배았거든.

산서 카먼 너거 아나? 모르제. (조사자 : 산서요?) 산서. 산서는 인자 산 에 공부를 배운다 말이, 산에서. (조사자 : 산서?) 산서. 모터겉은(묘터같은) 거 보는 사람. (조사자 : 아― 풍수 보는 거. 예.) 음음.

그래 그거로 배우고, 한 사람은 의술로 배우고, 하난 사람은 의학을 배 우고, 서이가 한, 거서 다 배았거든. 다 배아가 그럭저럭 생각하이 나이가 스물 남 살, 열아홉 이래 되거든. 이래 되이께네,

"이래가지고 이래가 안 되겠다. 우리가 에 시님(스님) 은대만(은혜만) 입을 수도 없고, 그래 인자 우리가 우리로 인자 앞을, 장래로 살아야 안 되겠나. 가자."

"그래 행임(형님) 마음대로 해라."

그래 나뭇짐을 떡 해가 내려와보이께네, 이러다 쉬는 거라 디가(대가, 힘들어서). 쉬이께네, 산서 배운 사람이 산에 두리두리 살피이꺼네, 마 저 거는 묵미고, 저거는 맹산이고, 저거는 뭣이고, 환하이 다 눈에 드러나거 든.

첫날은 떡 보이케네 그카고 잔주고(전주고, '겨누고'의 방언. 어림잡아 생각하고.) 왔다. 또 이튿날 또 나무를 해가 내리오민서, 또 가마 앉아 쉬 매 이래 보이께네 또 그렇거든. 그래놓으케네, '이럴 게 아이라 동상한테 얘기 해보고 우리가 나가야되겠다.' 그래 그 앉아가 얘기를 했는 기라.

"동상아, 사실 이렇고 이런데 그래 저 너거는 다 어떠노?"

이카이카네,

"그래 형아, 형은 너 그렇지만은 우리도."

의술 배운 사람도, 의술은 침주는 거 이거를 의술이라 하거든, 의학 배

안(배운) 사람은 나무 이파리 따가지고 약 맨드는 거. 우리가 몰라 그렇지 전부 산에 나무이파리 약이라. 음. 그 사람, 그 사람도,

"아이고 저 형아 나는, 나도 그거 따가지고 무슨 이파리 무슨 이파리 따가 말라가 빠자 놓으며는, 고기 어떤 빙에(병에) 쓰고 어떤 빙에 쓴다."

이카고, 그래 인자 또 의술 배안 사람은, 카거든 또.

"형아, 나는 또 침을 누자 어느 맥에 치고, 어느 맥에 혈에 주충축 하모 된다."

이카거든.

"그럼 다 되나? 너거 그래 나가모 할로 하겠나?"

카이,

"하겠다,"

카거든. 그래가 인자 하루 떡 나섰다. 그날 지녁,

"우리가 이렇게 있을 기 아이고, 저 시님인테 얘기해가지고 우리 앞길을 찾자."

그래 앞길로 찾아 나갔는데, 지녁에 인자 와가 지녁을 먹고, 마캉(모두) 목욕을 하고 와가 스님 앞에 절을 떡 하거든.

"스님예, 인자 인제까징(이제까지) 스님 은혜를 입고 이리 잘 되, 커 나왔는데, 우리 우째야 되겠는공. 그래 시님을 떠나야 안 되겠습니꺼?"

이카거든. 그카이까,

"그래, 너 그칼(그렇게 할) 줄 알았다."

이카더란다. 고기 아를 공부를 시키보이 너무너무 잘 했는 기라.

"그칼 줄 알았다. 그렇거들랑 너거 요령해서(요량대로) 알아가 해라."

이카더란다. 그러고 저거가 간다 해서 스님을 반대하고 그렇지 않은 모냥이라. 내중꺼징 모실 모냥이꺼네.

"그래, 걱정하지 말고 사라."

이카거든. 그래 인자 떡 참 갔다. 인자 삼거리 겉은 이런 집에 가가지고,

"요 삼거린데, 니는 요 질로 가고, 니는 요 질로 가고, 나는 요 질로 가고."

(조사자 : 삼형제가?) 삼형제가 삼 갈래 길로 가는 기라. 가가,

"오늘 날짜로 쳐 가지고 1년 만에 요서 만내자. 니가 맹했기나 흥했기나 고때 만내자."

이랬거든. 그래, 만내자 카이까, 그래 참, 1년 동안 맏이는 인자 산서를 떡 배웠거네, 그 질로, 그카로 인자 한 질로 떡 간다.

한 질로 가이, 어데 부자집에서 막 초상이 나가지고, 초상 나가지고 초상난데 가만히 치다보이,

"참 저 산 명산 잡기는 잘 잡았는데, 저거 아는, 살은(산) 짐승을 빼내야 되는데, 할은(혈은) 집구석 할은 되는데, 살은 짐승을 못 빼내면 접구석 할은 안 된다."

이카거든.

"그래 동상아 봐라 나는 보니 그렇다, 그런데 저 일로 우애야 되겠노."

"아 그라고, 가마이 거 마 있어보자."

그래 떡 있으이카네, 부잣집이다 보이 뭐 얻어먹고 이래 있으이꺼네, 초상집에. 그래 맏상주가 이래 봉거로(봉분을) 모오머는(모으며는) 저 달구노래하면은(덜구 노래하면은) 상주들이 니러오거든. 니러오고 인자, 거 봉은독 하는(봉분을 다져 만드는) 사람들, 일꾼들 다 도아놓고 그리 오거든.

그래 상주들이 떡 오디만은 맏상주가 대문 탁 발 디디카네 또루루 구부러지고 죽어뿌거든. 또 두째 들어오이 또 그렇거든. 시째 들어오이 또 죽었뿠다. '아, 이래가 안 되겠구나.' 인자 그 사람 살렸는 기라. 풍수가. 그래가,

"이래가 안 되겠심더. 그런 참에 집안사람 다 있겠나. 저 논 작단해가지고 우리 일하는데, 일하는데 저 올라가보자."

고 이카이께네 그러 카거든. 그래 인자 풍수가 올라갔다. 올라가이꺼네,

"마 이 미친놈들이 말이지. 다리 일만딘디 이 풍수가 어떤 풍수가 저 잡은 줄 알고, 이래 이따구로 했나, 막 두드려패라."

하거든. 수군포로(수군포는 '삽'의 방언. 삽으로) 마 찔러 죽일라 카거든.

"그런 기 아이라, 당신네들 보는 눈에 비이(보여) 줄 모양이니 잔주고 있으라."

카거든.

"안 그라몬 이 집 망한다."

이카거든. 그래 우야노 집에 집안사람도 그라라(그렇게 하라) 그라고, 내 이 사람들도 인자 살려줄라 카이께네 상주 다 일받았고(일어나게 했고) 그래가 올라갔다. 올라가이께네, 그래가 참 그 풍수가 가가 측량을 딱 내루매(내리며),

"요서 몇 치, 몇 자 몇 치나 파내루라(파서 내려라)."

카거든. 파내리오면 산 짐승이 튀올거라 카는 기라. 그래 딱 파내리꺼네, 마 저게, 하얀 백야시 한 마리 톡 튀어나오더란다. 그거로 잡아내뿌리야 집이 붙는데, 안 잡아내고 믹이끼네 다 절단나뿌는 기라.

그래가 인자 그 사람들 다 봉내 다 파내고, 튀어나오고 이라이께네, 그란까네 저 사람들도 마 선생님 카매 빌거든.

"잘못했다고. 때리죽일라 캤는 거 잘못했다고."

빌고 이라이카네, 그 질로 인자 그 집을 내려가이 마 아무데도 가지 마라 카거든. 행여 또 무슨 화가 날까 싶어가. 그 집에서 그걸 풍수가 빼낸 줄 알고. [중 중 한명이 기다리는 손님이 있으니, 어서 조사를 끝내라고 말했다. 제보자가 잠시 쉬면서 금방 이야기가 끝난다고 말하고 다시 하던 이야기를 했다.] 그래 빌고 있는데, 그 초상난 집에서 어데 갈라 카이께네, 몬 가구로 하는 기라. 해나 무슨 성질 나까 싶어가.

(청중 : 간단하이 하고 끝내소.) 그래 간단하이 다 했다 카이 자꾸 그카

노. 쫌 있어도 괴안타(괜찮다) 카는데. (조사자 : [웃으며] 이야기해 주세요.) 그래가 인자 그 집에 마 묵고 잔다. 묵고 자고 있으이, 옛날에 돈 전부 엽전아인가배, 엽전을 이만한 오장치에다(오쟁이에다, '오쟁이'는 짚으로 만든 작은 주머니.) 한 옹치(뭉치) 넣어가지고 가가라(가져 가라) 카매 주거든. 주고, 조랑말 한 마리하고 이래 주거든.

"나는 집도 절도 없는 사람 주객인데, 이거 가져가도 놔둘 데도 없고 하니 땅을 파고 단지 안에 묻어 돌라."

카거든. 그래 그 돈을 인자 땅 파고 묻어놓고, 그래놓고 인자 그기 되가지고 나갔는 기라. 풍수가 되가 나갔는 기라.

마 가만이 앉아도 여도 돈 주제, 저 돈 주제, 돈 자꾸 몰치는(모아지는) 기라, 용한(용하게) 알아노이. 그래 부자 됐어.

그런데 삼형제가 다 한날한시에 다 됐뿠는 기라. 한 사람은 우에 되나 하몬 의술을 배안 이 사람은 우예 되나, 한날 어데 가, 옛날에는 부잣집이라고 후자손님 카거든.

"행수님, 밥쫌 주이소. 요구쫌(요기쫌) 하게,"

밥을 떡 채리주는데, 이놈의 영감할매가 앉아가지고 내 담배만 풋고(피우고) 앉아 눈물을 툭툭 흘리거든.

"참 이런 댁에 무슨, 무슨 그거 해가지고 이래 눈물을 흘리냐고? 제가 쫌 배운 게 있는데, 해나 서로 연대나(인연이나) 될란가, 그래 쫌 갈차 주소."

카거든. 그래 사실 얘기했다.

"우리 딸이 무남독녀 외동인데, 딸이 지금 3년째 앓고 있다."

칸단다. 앓고 있고, 노라이 꼬쟁이처럼 말라가주 요래 있는데, 그래 인자 침 주는 그 사람이 가마 보이께네, 그래 글타(그렇다) 이러카이께네,

"그래요. 그 처자 진맥을 한번 해봅시다."

카이, 옛날엔 처자 손목같은 거 몬 만치거든. 그래노이 카네 몬 만치고.

(청중 : 이야기도 참 질다.) 질지. 유명한 것은 진 기라. 그래 몬 만치고,

"그렇거들랑 만지기가 어렵거들랑 그거로 실패로 가 갖다 돌라."

카거든. 손으로 진맥 안 하고, 실로 감아 실패로 진맥을.

"뭘 또 이런 걸 가오노."

진맥으로 해야 되이께네, 첨에는 저기 아는가 모르는가 싶어가지고 철사를 딱 내줬는 기라. 그래노이 딱 진맥을 하더이마는, 이 철이라 카거든. [조사자에게] 얼마나 용하노 그제.

그래가 이 참, 이 사람 뭐좀 알라고 인연이 될란가 싶어가, 그래 인자 사정 닿아가지고 철사를 풀어보고 실패로 실로 맺어. 실로 매가 진맥을 딱 하이께네, 맞다 카거든.

"맞는데, 이쯤은 걱정하지 마이소. 내가 낫아 드리지."

카거든. 아이고 노란 약 하나, 새파란 약 하나, 빨간 약 하나 세 첩을 닳여 맨들은 것 딱 주거든. 주고 요래 처먼(처음엔) 빨간약을 믹이고, 고 거는 혈 돌리는 약이라. 고 다음 노란약은 인자 삐(뼈) 여물게(단단하게) 하는 거, 고런 약이고, 시 번째는 인자 얼굴에 화색 나는 약, 그런 약이라.

그래 시 첩을 딱 믹이꺼네, 아침에 믹이고 낮에 믹이고, 저녁에 믹이니까 마 지색이 돌아오더란다. 그래,

"요 시 첩을 이래 먹고나면은, '아이고, 내가 와 이렇게 엄마를 애를 믹 있는고.' 카매 일날 깁니더."

이러카거든. 그래가 그 지집애를 일받췄어. 그래가 인자 성공 둘이 안 했나. 그래 막내 그것도 그러고 핸 기라.

다 할라 카모 좀 질다, 그래. (조사자 : 괜찮아요) 막내 그거는 또 참 아파가지고 일도 못하고 이랬는데. (청중 : 널 아척꺼정 할 기가.) 뭐. 안자 다 했어. (조사자 : 막내 얘기만 해주시면 되요. 마지막 막내 얘기는 해줘야조 할머니. 막내 얘기까지 합시다.) 안 바뿌다 카는데, 안 바뿌다고. (조사자 : 예. 막내 얘기.) 그래 막내 애는, 내가 뭐라 카다 잊어뿠노 (조사

자 : 막내는 약초.)

그래 그것도 내 아파가지고 이래 있었는데, 참 이래 보이께네. 참 내나 약국을 해가지고 참 믹있어. 하루 시 첩을 믹이고 나이께네,

"하이고 내가 와 이래 눕었던고, 엄마, 내 밥 하꾸마."

그라이 일나더란다. 하나는 저런 사람 내 딸 주모 안 죽을 긴데 하매 주고, 또 풍수는 풍수대로 부자 됐붔고, 하루에 서이가 다 부자 됐붔어. (조사자 : 하루밤만에.) 하루밤만에, 하루만에. 서이가 다 잘 걸렀어.

그래 참 부자가 됐는데, 인자 동네를 한 동네를 사가지고 삼형제가 집을 한테(함께) 지이가지고 그래 같이 사더래. 같이 살민서,

"우리가 인자 이만치 사니까네 인자 엄마 모를(묘를) 한번 찾아봐야 안 되겠나."

묘로 떡, 그래가 모를 떡 찾으러 가가 저거도 나 어리 갈 때 고무산 밑에 아무데나 묻어두고 묻어났거든, 죽은 사람을. 이래 놓으께네, (조사자 : 묘를 찾으러 갔더니. 엄마 묘를 찾으러 갔더니.) 그래 모를 떡 찾으러 갔디만은 참 가본, 산수 배운 사람이 떡 보이께네 아주 대명산이더란다. 아무데나 묻었는데.

그래 물명산이라. 물 치르한 공산 묻었는데, 물명산인데 아주 잘 됐더란다. 그래가 마 아주 참 삼형제가 봉분 모으고 날 받고 해가, 그래 잘 해가 잘 살더란다.

호랑이를 물리치기 위해 돌로 쌓은 서낭당

자료코드 : 04_21_FOT_20100122_PKS_HYD_0001
조사장소 : 부산광역시 수영구 민락동 민락경로당
조사일시 : 2010.1.22
조 사 자 : 박경수, 박양리, 박지희, 오소현, 정다혜, 최수정

제 보 자 : 홍영대, 남, 77세
구연상황 : 제보자가 조사자에게 서낭당이 생긴 이유에 대해서 이야기해 해주겠다고 하
　　　　　면서 다음 이야기를 했다.
줄 거 리 : 옛날에 원님들이 정치를 하려면 고개를 넘어 다른 고을을 가야 했다. 그런데
　　　　　산 고개를 넘으려 하니 호랑이 떼가 있어서 넘을 수가 없었다. 그래서 산을
　　　　　넘을 때 돌멩이를 하나씩 주워 고개 꼭대기에 두고 넘어가게 했다. 호랑이가
　　　　　덤벼들면 그 돌을 던질 수 있도록 하기 위해서였다. 그렇게 산 고개에 쌓아진
　　　　　돌이 서낭당이 되었다.

　원님들이 가마(가만히) 보니까, ‘이래가지고는 안 되겠다. 우리가 넘을,
이 고을을 넘어가지고 저짜도(저쪽에도) 정치를 해야 되는데.’ 정치를 할
라 카이 힘이 들거든.

　산골을 넘을라 카이까, 호랑이 때민에(때문에) 동시에(도대체) 넘을 수
가 없는 기라. 그래 인제 정승들이 머리를 썼는 거라.

　“반다시 여게 넘어갈 지는 서낭당을 하나 지어나노, 돌메로(돌맹이를)
한 개를 산 꼭지에 놔놓고 넘어가라.”

　이래났거든.

　“그래(그래야) 산다.”

　이랬거든. 그래 그게 맞는 거라. 뭐로 대들면은 산우에 올라가가 대들
면은 고 돌가 던져가지고 그거 때릴라꼬.

　그래, 그래가지고 산봉우리 매쪽에(“그쪽에”의 뜻인 듯함.) 서낭당이 생
깄는 거라. 그 돌을 가지고 방어할라고.

꼬부랑 이야기 노래

자료코드 : 04_21_FOS_20100121_PKS_GKH_0001
조사장소 : 부산광역시 수영구 남천1동 삼익뉴비치아파트노인정
조사일시 : 2010.1.21
조 사 자 : 박경수, 박양리, 정혜란, 정다혜
제 보 자 : 구경희, 여, 81세
구연상황 : 다른 제보자가 <꼬부랑 노래>를 하다 다 부르지 못하고 멈추자, 제보자가
이렇게 부른다고 하면서 다음 노래를 했다. 제보자도 노래 끝 부분이 자신이
없는지 노래를 부르다 말로 얼버무리고 말았다.

꼬꾸랑 할무니가
꼬꾸랑 작대기 짚고
꼬꾸랑 길로 가다가

꼬꾸랑 똥을 놓다 카던가 뭐이 카더라. 그라더라. [웃음]

꼬꾸랑 할매가
꼬꾸랑 작대기 짚고
꼬꾸랑 길로 가다가
꼬꾸랑 똥을 놓단다

카던가 뭐 이렇더라.

아기 어르는 노래 / 알강달강요

자료코드 : 04_21_FOS_20100121_PKS_GKH_0002

조사장소 : 부산광역시 수영구 남천1동 삼익뉴비치아파트노인정
조사일시 : 2010.1.21
조 사 자 : 박경수, 박양리, 정혜란, 정다혜
제 보 자 : 구경희, 여, 81세
구연상황 : 조사자가 애기를 어를 때 부르는 노래를 불러달라고 하자, 노래로 부르지 못
하고 가사를 읊조리듯이 말했다. 조사자가 거듭 노래로 불러보라고 했지만 다
시 읊조리듯이 하다 중단했다. 청중이 뒷부분 가사를 이렇게 한다며 제보자가
한 가사에 덧붙여 마무리했다.

알캉달캉 새앙쥐가
들락날락 밤한되로
사다났디
들락날락 다까먹고
이밤을 어느

　(청중 : [말로] 보니는 깍아 에미주고 알은 깍아 니하고 나하고 알콩달
콩 갈라먹자 그러는데.)
　(조사자 : 가락은 생각나세요 할머니?) 가락이야. (조사자 : 가락, 노래.)
가락을 맨 처음에 머라 카요?

알랑달랑
알랑달랑 밤한되로
사다났더니
들랑날랑 새앙쥐가
다까먹고

　그 그게 가락이 생각. (청중 : 다모 하나 남은 걸로 껍데기는 애비 주고
보늬는, 저기 알키는 니캉 내캉 갈라 묵자.)

다리 세기 노래

자료코드 : 04_21_FOS_20100122_PKS_KBD_0001
조사장소 : 부산광역시 수영구 민락동 민락경로당
조사일시 : 2010.1.22
조 사 자 : 박경수, 박양리, 박지희, 오소현, 정다혜, 최수정
제보자 1 : 김복동, 여, 83세
제보자 2 : 심복달, 여, 81세
제보자 3 : 백남순, 여, 81세
구연상황 : 조사자가 <다리 세기 노래>를 해달라고 부탁하자, 김복동 제보자가 먼저 다
리세기 흉내를 내며 짧게 불렀다. 조사자가 다시 노래를 불러달라고 부탁하자
심복달 제보자가 이 노래를 다시 불렀다. 그후 김복동 제보자가 다시 "앵기
댕기"로 시작하는 노래가 있다고 하면서 부르다 사설이 생각나지 않은지 그
만두고 말았다. 그러자 백남순 제보자가 나서서 <다리 세기 노래>를 다시
불렀다. 각자가 부른 <다리 세기 노래>가 조금씩 다르다.

제보자 1 이거리 저거리 갓거리

　　　　동서맹거 도맹거

　　　　시기둥 걱정 입머리

　　　　오줌이 짤끔 똥주고 탱

제보자 2 이거리 저거리 갓거리

　　　　진거맹거 저맹거

　　　　짝발로 해양근

　　　　도래 주머니 사래육

　　　　육두육두 전라육

　　　　하늘에 숨군 제비 콩

　(청중 : 이기 다 여러 가지라.) (제보자 1 : 이기 다 여러 가진데, 그라모
"이거리 저거리" 안 하고, "앵기 댕기" 한다.)

앵기 댕기 [웃으며] 도맹기

아이고 그 생각 안 난다. 그기 더 재미있는데 생각이 안 난다. [웃음]

제보자 3 이거리 저거리 갓거리
　　　　진주맹근 도맹근
　　　　짝발이 희양근
　　　　도래줌치 작두 칼

노랫가락 / 그네 노래

자료코드 : 04_21_FOS_20100121_PKS_KSI_0001
조사장소 : 부산광역시 수영구 남천1동 우성보라아파트 노인정
조사일시 : 2010.1.21
조 사 자 : 박경수, 박양리, 정혜란, 정다혜
제 보 자 : 김선이, 여, 84세
구연상황 : 최천숙 제보자가 먼저 노랫가락으로 <그네 노래>를 불렀는데, 제보자가 자
　　　　　기도 한번 불러보겠다고 하며 다음 노래를 불렀다. 그러나 사설이 중간 부분
　　　　　을 생략한 채 불러서 노래가 온전하지 못했다

수천당 세모진낭게 늘어진가지다 줄매지말-고~

줄떨어지면은~ 정떨어진다- 정떨어지면은 임떨어진다

청춘가

자료코드 : 04_21_FOS_20100121_PKS_KSI_0002
조사장소 : 부산광역시 수영구 남천1동 우성보라아파트 노인정
조사일시 : 2010.1.21
조 사 자 : 박경수, 박양리, 정혜란, 정다혜

제 보 자 : 김선이, 여, 84세

구연상황 : 조사자들이 노래를 하나 더 불러달라고 부탁하자, 제보자가 청춘가 가락에
맞추어 1편을 부른 다음 연이어 또 1편을 불렀다.

가나 못가나~ 얼마나 울었나~

정기정마당에(정거장마당에) 에헤~ 좋다 한강수 되노라—

청춘하늘에~ 잔별도 많고요~

요내야 가슴에~에 좋~다 수심도 많구나~

사발가

자료코드 : 04_21_FOS_20100121_PKS_KSI_0003

조사장소 : 부산광역시 수영구 남천1동 우성보라아파트 노인정

조사일시 : 2010.1.21

조 사 자 : 박경수, 박양리, 정혜란, 정다혜

제 보 자 : 김선이, 여, 84세

구연상황 : 조사자가 "석탄백탄"으로 시작하는 노래가 있지 않느냐고 물어보자, 제보자
가 그런 노래도 있다면서 다음 노래를 불러 주었다.

석탄백탄 타는데— 연기는풍풍 나노라

요내가슴 타는데는 연기도짐도 안나—네

아기 어르는 노래

자료코드 : 04_21_FOS_20100122_PKS_PJI_0001

조사장소 : 부산광역시 수영구 망미2동 망미노인정

조사일시 : 2010.1.22

조 사 자 : 박경수, 박양리, 박지희, 최수정, 정다혜, 오소현

제 보 자 : 박제임, 여, 90세

구연상황 : 조사자가 애기 어를 때 불렀던 다른 노래를 해달라고 부탁하자, 제보자가 읊
조리듯이 다음 노래를 했다.

금자동아 옥자동아
은을주면 너를사랴
금을주면 너를사랴

모심기 노래(1)

자료코드 : 04_21_FOS_20100121_PKS_SJS_0001
조사장소 : 부산광역시 수영구 광안4동 광안4동노인회(금련정)
조사일시 : 2010.1.21
조 사 자 : 박경수, 박양리, 정혜란, 정다혜
제 보 자 : 손정식, 남, 81세
구연상황 : 조사자가 <모심기 노래>의 앞 소절을 부르면서 어떻게 하는지 좀 불러 달라
고 유도하자, 제보자는 처음에 잘 모른다고 하며 노래하기를 꺼려하다가 조사
자의 거듭된 부탁에 마지못해 다음 노래를 구연했다. 다른 노인들이 조사자
일행이 거북스럽다는 태도를 취하며 화투를 치고 있었다. 일명 '첩 노래'라
하는 <모심기 노래>인데, 제보자는 첩 대신 작은집이라 했다.

물꼬야~청청 헐-어-놓-고~ 주인네양~반 어디갔소
물꼬야~청청 헐-어-놓-고~ 작은집에~ 모실갔네[97]

모심기 노래(2)

자료코드 : 04_21_FOS_20100121_PKS_SJS_0002
조사장소 : 부산광역시 수영구 광안4동 광안4동노인회(금련정)
조사일시 : 2010.1.21

---

97) 마실가다. "마을에 놀러가다"의 뜻임.

조 사 자 : 박경수, 박양리, 정혜란, 정다혜

제 보 자 : 손정식, 남, 81세

구연상황 : 노인회관 방에서 화투를 치고 있는 노인 중에 조사자 일행에게 그만 가보라
고 종용하기도 했다. 이런 상황에서 제보자가 노래 한 가지만 더 불러줄 테니
듣고 가라고 하면서 한 노래이다. 일명 '모 노래'로 불리는 모심기 노래이다.

모-야~모-야~ 노-랑-모-야~ 너언제커-서~ 한성-할래

이달~크고~ 훗달커-서~ 칠팔월-에~ 시집가-지

모심기 노래(1)

자료코드 : 04_21_FOS_20100121_PKS_LCW_0001

조사장소 : 부산광역시 수영구 광안4동 광안4동노인정

조사일시 : 2010.1.21

조 사 자 : 박경수, 박양리, 정혜란, 정다혜

제 보 자 : 이창우, 남, 80세

구연상황 : 조사자가 제보자에게 예전에 모를 심으면서 노래를 부르지 않았느냐고 물어
보자, 제보자가 노래를 많이 불렀다며 기억나는 대로 해보겠다며 다음 <모심
기 노래>를 했다.

모야-모야~ 노랑모야~ 니언제커-서 열매열-래

이달-크~고 저달크고~우 칠팔월~에 열매열-지

모심기 노래(2)

자료코드 : 04_21_FOS_20100121_PKS_LCW_0002

조사장소 : 부산광역시 수영구 광안4동 광안4동노인정

조사일시 : 2010.1.21

조 사 자 : 박경수, 박양리, 정혜란, 정다혜

제 보 자 : 이창우, 남, 80세

제보자가 급하게 나가려던 참이었다고 하면서 마지막으로 이 노래만 부르겠
다고 하면서 불렀다.

서마~지기~ 이논빼미~ 반달반달 떠나온다
제가~무슨 반달이냐~어 초생달-이 반달이-지

이물꼬-저물꼬 폭파놓고~ 주인네양-반 어디-갔노
첩의야집에 등넘어로 갔네~에

다리 세기 노래

자료코드 : 04_21_FOS_20100121_PKS_LSY_0001
조사장소 : 부산광역시 수영구 남천1동 뉴삼익비치아파트 노인정
조사일시 : 2010.1.21
조 사 자 : 박경수, 박양리, 정혜란, 정다혜
제 보 자 : 임순임, 여, 83세
구연상황 : 조사자가 다리를 펴는 동작을 하면서 이런 동작을 하고 부르는 노래가 있지
않느냐고 물어보자, 제보자가 다리 세는 동작을 하면서 다음 노래를 불렀다.

이거리 저거리 갓거리
천도만도 도만도
짝발래 새양사
도래 짐치 사리 얍

노랫가락 / 그네 노래

자료코드 : 04_21_FOS_20100121_PKS_CCS_0001
조사장소 : 부산광역시 수영구 남천1동 우성보라아파트 노인정
조사일시 : 2010.1.21

조 사 자 : 박경수, 박양리, 정혜란, 정다혜
제 보 자 : 최천숙, 여, 80세
구연상황 : 조사자가 <그네 노래>의 앞 부분을 사설을 말하며, 이런 노래를 알고 있으
면 불러달라고 부탁하자 제보자가 잠시 생각을 한 뒤에 다음 노래를 불렀다.
그런데 노래를 부르는 중간에 쑥스러운지 웃기도 하고, 읊조리듯이 노래해서
가창력은 많이 떨어졌다.

수천당 세모지98) 낭게(나무에) 그낭게다가 추천을매어
임이타면 내가밀고 내가타면은 임이민다
임아임아 줄밀지마라 줄떨어지면은 정떨어진다

다리 세기 노래

자료코드 : 04_21_FOS_20100121_PKS_CCS_0002
조사장소 : 부산광역시 수영구 남천1동 우성보라아파트 노인정
조사일시 : 2010.1.21
조 사 자 : 박경수, 박양리, 정혜란, 정다혜
제 보 자 : 최천숙, 여, 80세
구연상황 : 조사자가 제보자에게 다리 세기 놀이를 하면서 불렀던 노래가 있지 않느냐
고 물어보자 제보자가 자신의 다리를 직접 치면서 다음 노래를 불렀다.

이거리 저거리 갓거리
동사맹금 도맹근
소머리바꾸 돌빼꾸
연대창개 열두양
가사 머리
앵두에 칼
양두목에 사리 용

---

98) "추천당 세모 진"을 이렇게 불렀다.

모심기 노래

자료코드 : 04_21_FOS_20100121_PKS_CCS_0003
조사장소 : 부산광역시 수영구 남천1동 우성보라아파트 노인정
조사일시 : 2010.1.21
조 사 자 : 박경수, 박양리, 정혜란, 정다혜
제 보 자 : 최천숙, 여, 80세
구연상황 : 조사자가 모를 심으면서 불렀던 노래를 불러달라고 부탁하자 제보자가 다음
　　　　　 노래를 불렀다.

　　낭창~낭창 베리끝에 무정하-다 울오랍아
　　나도죽어 후생가서~ 낭군님부-텅 섬겨줄래

도라지 타령

자료코드 : 04_21_FOS_20100121_PKS_CCS_0004
조사장소 : 부산광역시 수영구 남천1동 우성보라아파트 노인정
조사일시 : 2010.1.21
조 사 자 : 박경수, 박양리, 정혜란, 정다혜
제 보 자 : 최천숙, 여, 80세
구연상황 : 조사자가 도라지 타령은 부르지 않았냐고 물어보자, 그 노래도 불렀다며 바
　　　　　 로 이 노래를 했다. 이 노래는 통속민요로 유행한 신민요이다.

　　도라지 도라지 도라-지~ 심심산천에 백도라지
　　한두-뿌리만 캐어도~ 바구니반석만 되노라
　　　에혜용 에혜용 에혜용 에혜라 난-다 지화자자 좋다
　　　니가 내간장 스리살굼 다녹인다

아기 어르는 노래 / 불매소리

자료코드 : 04_21_FOS_20100121_PKS_CCS_0005
조사장소 : 부산광역시 수영구 남천1동 우성보라아파트 노인정
조사일시 : 2010.1.21
조 사 자 : 박경수, 박양리, 정혜란, 정다혜
제 보 자 : 최천숙, 여, 80세
구연상황 : 조사자가 아기들 어르면서 했던 노래가 없느냐고 물어보자, 제보자가 애기를
　　　　　어르는 시늉을 하며 다음 노래를 했다.

　　불매불매 불매야
　　이불매가 어디불매
　　경상도 대불매
　　푸루락푸루락 디디라 [웃음]

사발가

자료코드 : 04_21_FOS_20100121_PKS_CCS_0006
조사장소 : 부산광역시 수영구 남천1동 우성보라아파트 노인정
조사일시 : 2010.1.21
조 사 자 : 박경수, 박양리, 정혜란, 정다혜
제 보 자 : 최천숙, 여, 80세
구연상황 : 제보자가 앞의 노래를 부른 후 바로 이어서 다음 노래를 했다. 노래의 후렴
　　　　　을 부르다 멋쩍은 듯이 웃으며 마무리했다.

　　석탕백탕99) 타는데~ 연기도 퐁퐁 나노라
　　요내-가슴 타는데는~ 연기도짐도 안나네
　　　에헤야 엠마 둥게야 [웃음]

---

99) 석탄백탄.

창부타령

자료코드 : 04_21_FOS_20100121_PKS_CCS_0007
조사장소 : 부산광역시 수영구 남천1동 우성보라아파트 노인정
조사일시 : 2010.1.21
조 사 자 : 박경수, 박양리, 정혜란, 정다혜
제 보 자 : 최천숙, 여, 80세
구연상황 : 조사자가 다음 노래의 앞부분을 말하면서 한번 불러보라고 부탁하자, 제보자
는 그 노래를 알고 있다고 하면서 노래를 부르기 시작했다.

포름포름 봄배추는 밤이슬 오기만 기다리고
우리겉은 중년들은 낭군님 오시게 기다린다
　얼씨구나 좋다 지화자 좋네 아니 놀고 무엇하리

노랫가락

자료코드 : 04_21_FOS_20100121_PKS_CCS_0008
조사장소 : 부산광역시 수영구 남천1동 우성보라아파트 노인정
조사일시 : 2010.1.21
조 사 자 : 박경수, 박양리, 정혜란, 정다혜
제 보 자 : 최천숙, 여, 80세
구연상황 : 김선이 제보자가 노래를 하는 동안 제보자는 다음 노래의 가사를 생각하는
듯 했다. 김선이 제보자의 노래가 끝나자 바로 제보자가 노래를 불러 주었다.

녹수천당 흘으난물에 배차씻는 저큰아가―
그에배차 내씻어줄게 요내품안에 잠들거라
잠들기사 숩구라만은100) 배차씻기가 늦어지네

---

100) 쉽기는 하지만.

4. 해운대구

부산광역시 해운대구 반송1동

조사일시 : 2010.2.3
조 사 자 : 박경수, 박양리, 정혜란, 정다혜

반송1동 송원경로당

　반송1동(盤松1洞)은 부산광역시 해운대구에 속한 행정구역으로 법정동인 반송동에서 반송1~3동으로 나누어진 행정 동명의 하나이다. 반송동은 북쪽으로 운봉산이 있고, 동쪽과 북쪽은 기장군 철마면, 서쪽은 금정구 회동동·금사동, 남쪽은 반여동과 접해 있다. 동명은 이 지역에 키가 작고 가지가 가로 뻗어서 옆으로 퍼진 모양을 하고 있는 소나무인 반송(盤松)이 많이 있어서 붙여진 이름이다. 조선시대에는 동래군 동상면(東上面) 지역이었고,

1896년에 부산부에 편입되었다. 1914년 행정구역 통폐합에 따라 동래군 동래면(東萊面) 반송리(盤松里)로 되었고, 1942년에 부산부로 재편입되었다. 1957년에 동래구에 속하였다가 1980년에 해운대구 관할로 되었다.

반송지역의 관문인 반송1동은 정책이주지역으로서 4층 다세대주택이 밀집되어 있으며, 지하철 3호선 건설, 석대천변 도로개설, 주거환경개선사업의 시행 등으로 갈수록 주거 여건이 향상되고 있다. 반송1동은 1998년 10월 1일부터 석대동과 통합하여 운영되고 있다. 반송1동과 통합된 석대지역은 옛날에 물이 맑고 경치가 좋아 이 일원에 풍류를 즐길 만한 좋은 자리가 있었던 곳이었기 때문에 오늘날 '석대'란 지명이 유래된 것으로 보인다. 이 지역은 많은 화훼농원이 위치해 있어 갖가지 꽃과 나무들로 아름다운 정경을 연출하고 있다. 2010년 10월 말 통계에 의하면, 반송1동은 5,140세대에 남자는 5,950명, 여자는 5,733명으로 합계 11,683명이 거주하고 있다.

조사자 일행은 2010년 2월 3일(수) 반송1동에서 제일 크다는 송원경로당을 방문했다. 오전 11시 30분쯤 송원경로당에 도착했는데, 경로당은 새로 지은 건물인지 크고 깔끔했다. 건물 내부는 거실과 할아버지 방, 할머니 방으로 나뉘어 있었는데, 먼저 할아버지 방을 열어보았으나 아무도 없어서 할머니 방으로 갔다. 그곳에는 5명의 노인들이 화투를 치고 있었다. 조사자가 조사의 취지를 설명하자 2명의 노인이 화투를 멈추고 조사에 임해주었다. 홍제분(여, 80세) 제보자가 먼저 『삼국유사』에 실려 있는 '손순매아(遜順埋兒)'형 설화와 함께 효행담 2편을 이야기한 후에 연달아 <모심기 노래> 등을 불러 주었다. 다음으로 이복자(여, 78세) 제보자가 <사발가>를 불렀으나 가사를 많이 잊어 제대로 부르지 못했고, "산이 높아야"로 시작되는 타령요 1편만 겨우 부르고 노래를 마쳤다. 어느덧 점심시간이 되어 노인들이 점심을 준비해야 한다고 서두르는 바람에 조사를 접어야 했다.

부산광역시 해운대구 반송2동

조사일시 : 2010.2.3
조 사 자 : 박경수, 박양리, 정혜란, 정다혜

반송2동 운봉경로당

　반송2동(盤松2洞)은 부산광역시 해운대구에 속한 행정 동명이다. 북쪽
으로 운봉산이 있고, 동쪽과 북쪽은 기장군 철마면, 서쪽은 금정구 회동
동·금사동, 남쪽은 반송1, 3동과 접해 있다. 과거 반송(盤松)이 많았다 하
여 붙여진 반송은 조선시대에는 동래군 동상면(東上面) 지역이었고, 1896
년에 부산부에 편입되었다. 1914년 행정구역 통폐합에 따라 동래군 동래
면(東萊面) 반송리(盤松里)로 되었고, 1942년에 부산부로 재편입되었다.
1957년에 동래구에 속하였다가 1980년에 해운대구 관할로 되었다. 오늘
날 법정동인 반송동은 행정동인 반송1~3동으로 이루어져 있으며, 이 중
반송2동은 반송의 중심지로 자연마을인 반송마을(본동, 웃반송), 신리마

을, 운봉마을을 합한 지역을 이루고 있다.

반송2동은 국도 14호선인 반송로에서 기장 방면으로 가다 영산대학교 반송캠퍼스로 가는 입구를 지나 그 위쪽에 위치하고 있는데, 동부산대학과 반송여자중학교, 운송중학교, 운봉초등학교, 운송초등학교 등이 있는 아파트와 일반주택이 밀집한 지역이다. 운봉초등학교 뒤편 주위로 아파트가 둘러싸고 있으며, 운봉초등학교와 송운초등학교 앞쪽으로 일반주택들이 밀집해 있다. 그리고 반송로 오른쪽에는 반송시장 등 상업지구가 형성되어 있고, 왼쪽으로는 동부산대학, 반송여자중학교, 운송중학교 등 학교가 있다. 그런데 반송2동은 과거 저소득층 집단 거주 지역으로 영세서민들이 많이 거주하고 있는 편인데, 앞으로 기장과 동래를 잇는 반송로가 확장되고, 지하철 4호선인 반송선이 개통되면 교통과 주변 환경이 좋은 주거지역으로 탈바꿈될 전망이다. 2010년 10월 말 통계에 의하면, 반송2동은 12,801세대에 남자는 15,943명, 여자는 16,294명으로 모두 32,237명의 주민들이 거주하고 있다. 이 마을에는 오래전부터 남원 양씨들이 집성촌을 이루며 살았는데, 임진왜란 때 순절한 남원 양씨 3인(양지, 양조한, 양통한)의 충절을 기리는 삼절사(三節祠, 반송2동 143번지, 부산광역시 문화재 자료 제1호)가 있으며, 이외 대명 전씨, 여산 송씨, 광주 김씨, 골매기 할매 3인을 모시는 운봉당산(반송2동 164번지)이 있다.

조사자 일행은 반송1동 조사를 끝내고 반송2동으로 향했다. 반송지역에서 제일 먼저 형성된 운봉마을을 반송2동의 첫 조사지로 선택하고 그곳으로 갔다. 운봉마을은 반송로의 왼쪽에 위치한 동부산대학과 반송여자중학교 뒤편에 있었는데, 새로 지은 집들이 꽤 있었지만 그래도 자연마을의 느낌을 많이 간직하고 있었다. 운봉마을에서 미리 탐문한 제보자를 찾아 나섰지만 애석하게도 그 제보자는 출타중이었다. 아쉬운 마음을 뒤로하고 운봉경로당을 찾아가니 3-4명의 여성 노인들이 앉아서 담소를 나누고 있었다. 이들에게 조사의 취지를 설명하자, 문차순(여, 95세) 노인이

<진주난봉가>, <도라지 타령> 등을 불러 주었다. 그러나 청중 한 분이 유난히 목소리를 높이면서 분위기를 흐리기도 했고, 문차순 노인이 치매 증상이 있어서 더 이상 조사가 힘들다고 판단하여 조사를 마쳤다. 운봉마을에는 과거 신라 선덕여왕 때 창건되었다는 운봉사가 빈대 때문에 망했다는 전설과 아버지를 따라 죽었다는 효녀 김씨 이야기, 그리고 선녀들이 무지개를 타고 내려와 놀았다는 무지개산(개운산 뒤의 산, 해발 129.8m) 이야기가 전해오지만, 아쉽게도 이들 설화를 조사하지 못했다.

조사자 일행은 운봉경로당에서 택시도 들어오지 않는 길을 한참이나 걸어 나갔는데, 동부산대학 앞쪽 주택지구에 운송경로당이 있는 것을 알고 그곳으로 발길을 옮겼다. 운송경로당에는 10여 명의 여성노인들이 있었는데, 대부분 화투에 열중하고 있었다. 화투를 치고 있는 노인들에게 가서 조사의 취지를 설명하자, 김차수(여, 75세) 노인이 <청춘가>, <사발가> 등 민요 8편을 불러 주었다. 그러나 청중들이 여전히 화투판에 더 관심을 보이고 제보자의 노래에 별 관심을 보이지 않자 김차수 노인도 노래 부르기가 민망하다고 하면서 그만하자고 했다. 시간을 두고 더 조사하면 더 많은 노래를 들을 수 있을 것으로 생각되었지만, 청중들의 무관심과 비협조 분위기에서 제보자가 더 이상 노래 부르기를 꺼렸던 까닭에 조사를 마치고 경로당을 나올 수밖에 없었다.

부산광역시 해운대구 반여1동

조사일시 : 2010.2.4
조 사 자 : 박경수, 박양리, 정혜란, 정다혜

반여1동(盤如1洞)은 부산광역시 해운대구에 속한 행정 동명이다. 동쪽으로 장산(634m)이 있으며, 장산의 북서쪽 산록에 솟은 위봉(210m)이 반여1동과 반여3동의 경계를 이루고 있다. 동쪽은 반송동·좌동, 서쪽은 동래구 명장동, 남쪽은 재송동, 북쪽은 반송동·석대동과 접해 있다. 해운대구에서 가장 오래된 동으로 동명은 이곳의 지형이 소반처럼 동그랗다는 뜻에서 유래한 것이다.

반여1동 신촌할머니경로당

반여동은 조선시대에는 동래군 동상면(東上面) 지역이었고, 1896년에 부산부에 편입되었다. 1914년 행정구역 통폐합에 따라 동래군 동래면(東萊面) 반여리(盤如里)로 되었고, 1942년에 부산부로 재편입되었다. 1957년에 동래구에 속하였다가 1980년에 해운대구 관할로 되었다. 법정동인 반여동은 행정동인 반여1~4동으로 이루어져 있다. 문화유적으로 반여동 고분군(古墳群)은 청동기시대 주거지를 포함한 대규모 유적지이며, 고분의 종류는 토광목곽묘·수혈식석실묘·횡구식석실묘 등 다양하다. 부산지역 대규모 고분군인 복천동·연산동 고분군과 함께 위치상 삼각형을 이루고 있는 중요 고분군으로, 현재는 유적의 대부분이 훼손되었으나 고대 부산 지역의 문화 연구에 귀중한 자료를 제공하였다. 반여동은 현재 풍산금속 일대로 제일 위쪽에 있는 마을이라 하여 상리, 중간에 위치한 마을이라 하여 중리, 왕자아파트 주변으로 옹기를 만드는 곳이라 하여 고기등, 1960년대 후반에 새로 생긴 마을인 신촌 등의 자연마을로 이루어져 있다. 이곳에 동부산권의 대표적인 농산물시장인 반여농산물도매시장이 위치하고 있으며, 준공업지역에서 최근 아시안게임 선수촌아파트와 한화꿈에그린아파드 등 대단위 아파트가 건립됨으로써 반여동은 새로운 주거지로 각광받고 있다. 2010년 10월 말 통계에 의하면 반여1동은 15,051세대가 거주하고 있으며, 반여동 전체는 남자 22,576명, 여자 22,837명으로 합계 45,413명이 살고 있다.

제보자 일행은 반여1동 신촌할머니경로당에 2010년 2월 4일(목) 12시 50분쯤 도착을 했다. 신촌할머니경로당은 버스가 다니는 도로 옆 골목길에 위치해 있었는데, 골목 입구에 현판이 보여 찾아가는 것이 어렵지는 않았다. 경로당에 도착을 하니 노인 4명이 식사중이어서 식사가 끝날 때를 기다린 후에 조사를 했다. 조사를 시작할 무렵에 1명의 노인이 경로당을 들어와 총 5명의 노인이 조사에 참여했다. 임명순(여, 76세) 노인이 제일 먼저 노래를 시작하여 그 뒤로 박말순(여, 75세), 곽도선(여, 76세), 이순덕(여, 73세), 김차선(여, 75세) 노인 순으로 조사에 참여를 했다. 소주도 한잔 해 가며 흥겨운 분위기 속에서 <그네 노래>, <청춘가>, <화투타령> 등을 노랫가락과 창부타령의 곡조로 흥겹게 불러 주었다. 조사가 끝나자 노인들이 조사자 일행에게 덕담을 해주며 오히려 즐거운 시간을 보내서 고맙다는 말을 했다. 조사자 일행은 기분 좋게 경로당을 나올 수 있었다.

부산광역시 해운대구 우1동

조사일시 : 2010.2.4

조 사 자 : 박경수, 박양리, 정혜란, 정다혜

우1동 우동경로당

우1동(佑1洞)은 부산광역시 해운대구에 속한 행정 동명이다. 우1동이 속한 우동은 장산 남쪽에 있는 해운대의 관문 지역으로 동쪽은 좌동·중동, 서쪽은 재송동, 남쪽은 마린시티 지역과 요트경기장이 있는 해안과 접해 있다. 동명은 중동(中洞) 일대의 옛 온천지역인 귀남평원(龜南平原)을 가로질러 동백섬 옆 수영만으로 흐르는 춘천천(春川川)의 오른쪽에 자리한 마을이란 뜻으로 붙여진 이름이다. 조선시대 말기에는 동래군 동하면(東下面) 우동리(右洞里)였고, 일제 강점기에는 남면(南面) 우리(右里)로 되었다. 1942년에 부산부에 편입되었고, 1957년에 동래구 소속으로 되었다가 1980년에 해운대구 관할로 되었다.

법정동인 우동은 행정동인 우1·2동으로 이루어져 있다. 우1동은 장산 남쪽의 주택지구와 해운대역과 스펀지 주변, 동백섬과 마린시티, 요트경기장, 벡스코(BEXCO)를 포괄하는 지역이며, 우2동은 장산 아래 서쪽의 주택지구와 신세계백화점, 롯데백화점 등 상업시설과 영상센터를 포함하는 지역이다. 최근 우1동과 우2동은 일명 '서울의 강남'으로 불리는 곳으로 해운대구에서 그 개발 속도가 가장 빠른 곳이며, 해운대해수욕장, 동백섬, 요트경기장 등 해양레저와 관광의 중심지로 자리를 잡고, 센텀시티 내 벡스코과 영상센터 등이 들어서면서 영상컨벤션의 중심지로도 각광을 받고 있다. 그리고 이 지역 주민들은 고급아파트, 주변의 대형 백화점과 상가단지, 8개의 초·중·고등학교 및 도서관, 특급호텔 등이 있어 부산에서 문화적인 수혜를 가장 많이 받는 곳으로 부상한 곳이다. 2010년 10월 말 통계에 의하면 우1동에는 15,856세대에 남자는 20,196명, 여자는 21,527명으로 합계 41,723명이 거주하고 있다.

조사자 일행은 반여1동을 조사하고 우1동으로 왔다. 몇 군데 경로당을 갔으나 노인들이 없거나 조사에 관심을 기울이지 않았다. 그 대신 우동경로당을 가보라고 알려주어 우동경로당을 찾아갔다. 이 경로당은 장산 아래 남쪽의 해운정사가 가까운 일반주택 지구에 있었는데, 주택가 골목길을 이리저리 헤매다 간판을 보고 겨우 찾을 수 있었다. 건물에는 '우동경로당'이라는 현판이 걸려 있었는데, 할머니방에는 '우동장지부녀경로당'이라는 현판이 따로 붙어 있었다. 조사자 일행이 우동경로당에 도착한 시간은 오후 3시 20분쯤이었는데, 9명의 노인들이 과자를 먹으며 TV를 보던 중 조사자 일행을 맞이했다. 조사의 취지를 설명한 후에 <모심기 노래> 같은 옛날 노래를 불러줄 수 있느냐고 물어보자, 이소매(여, 82세) 노인이 먼저 <모심기 노래>를 불러 주었다. 그 뒤로 박동연(여, 95세), 김말순(여, 82세), 최복순(여, 77세), 김정금(여, 80세) 노인이 조사에 참여했다. <모심기 노래> 여러 편과 <청춘가>, <그네 노래> 등 유흥적인 민요 등을 불렀는데, 김정금 노인이 한 동안 조사를 못마땅하게 여기는 것 같아 걱정하였지만, 조사 막바지에 <시집살이 노래> 등을 부르며 조사에 적극 참여함에 따라 좋은 분위기로 조사를 마칠 수 있었다.

부산광역시 해운대구 중1동

조사일시 : 2010.2.4
조 사 자 : 박경수, 박양리, 정혜란, 정다혜

중1동 7통경로당

중1동(中1洞)은 부산광역시 해운대구에 속한 마을이다. 해운대구의 남쪽 해안에 위치하고 있으며, 서쪽은 우동, 북쪽은 좌동, 남쪽은 해운대해수욕장 주변의 온천지구와 호텔과 상가지역을 포함하면서 해안에 접해 있다. 중동(中洞)이란 해운대의 중심 지역이란 뜻에서 붙여진 동명이다.

조선시대 말기에는 동래군 동하면(東下面) 중리(中里)였고, 1896년에 부산부에 편입되었다. 1914년에 동래군 남면(南面) 중리가 되었고, 1942년에 부산부에 재편입되었다. 1959년에 동래구 소속이었다가 1980년에 해운대구 관할로 되었다.

해운대구 중동 관내에는 해운대구청, 해운대보건소 등 행정관서와 해운대해수욕장 주변의 온천지구와 각종 호텔, 그리고 달맞이 언덕의 해월정, 추리문학관 등이 있다. 이 중 중1동은 횟집과 선착장이 있는 미포(尾浦) 지역, 로데오아울렛과 중동역 주변 지역, 그리고 해운대구청과 파라다이스호텔 등이 있는 해안지역까지 걸쳐 있으며, 중2동은 달맞이언덕의 주택지구, 해월정과 추리문학관이 있는 관광지구, 그리고 해운정사가 있으면서 횟집이 밀집한 청사포(靑沙浦) 지역을 포함하고 있다. 말하자면 중동은 해운대의 행정 중심 지역이면서 관광의 중심지이다. 이중 중1동과 우1동에 걸쳐 있는 해운대해수욕장은 국내 최대 규모이자 국제적으로도 유명한 해수욕장으로서 1965년에 개설되었다. 백사장 길이는 1.6km, 폭은 35~50m이다. 2010년 10월 말 통계에 의하면, 중1동에는 9,086세대에 남자 10,687명, 여자 11,383명으로 합계 22,070명이 거주하고 있다.

조사자 일행은 우1동 조사를 마치고 중1동 7통경로당에 왔을 때는 이미 오후 4시 30분을 향하고 있었다. 중1동 7통경로당은 해운대초등학교 근처 길가 골목에 위치하고 있었는데, 해운대 신도시 지역에 가깝지만 주변에는 주택들이 들어서 있어서 신도시 지역보다 조사가 좀 더 용이할 것으로 생각한 곳이었다. 조사자 일행은 오전에 이곳을 지나가면서 나중에 찾아뵙겠다는 말을 한 뒤라서 그런지 좀 늦은 시간임에도 8명의 노인들이 앉아서 이야기를 하고 있었다. 이들 노인들 중에서 조사자 일행과 먼저 만난 노인의 도움으로 조사를 쉽게 시작할 수 있었다. 5명의 노인이 조사에 참여했는데, 오명선(여, 77세) 노인이 <종지 돌리는 노래>를 부른 것을 제외하고는 구금자(여, 83세), 신계선(여, 73세), 조분이(여, 71세), 성귀자(여, 71세) 노인이 모두 설화를 구술해 주었다. <도깨비불이 올라온 구청자리> 등 도깨비 이야기와 <바보 형님을 골탕 먹인 똑똑한 동생> 등 바보 관련 이야기를 주로 구술했다. 도시 노인들이 앉아서 노래보다 우스개 이야기를 주로 하며 지내는 상황을 구연현장을 통해 짐작할 수 있었다. 이야기판이 재미있게 진행되었으나, 저녁을 하러 집에 가야 하는 제보자가 생기면서 자연스럽게 이야기판이 끝이 났다.

▌제보자

곽도선, 여, 1935년생

주 소 지 : 부산광역시 해운대구 반여1동
제보일시 : 2010.2.4
조 사 자 : 박경수, 박양리, 정혜란, 정다혜

곽도선은 1935년 을해년 돼지띠로 경상
남도 김해시 진영면에서 태어났다. 진영이
고향이라서 택호는 진영댁이다. 17살 때 부
산으로 시집을 와서 지금까지 계속 거주하
고 있다. 20여 년 전에 작고한 남편과의 사
이에는 4남 2녀의 자녀를 두고 있다. 자녀
들은 모두 타지에 가 살고 있으며, 제보자
혼자 현재의 해운대구 반여1동 중리마을에
서 지내고 있다. 학교는 초등학교를 졸업한 것이 전부이다. 제보자는 현
재 마을의 노인회장을 맡고 있는데, 성격이 매우 호탕해 보였다. 과거에
농사를 지었으나 지금은 일하지 않고 쉬고 있으며, 종교는 불교를 믿어
절에 나가곤 한다고 했다. 제보자는 3편의 민요를 불렀다. 이들 노래는
부산으로 시집 와서 듣고 알게 된 것이라고 했다.

제공 자료 목록
04_21_FOS_20100204_PKS_GDS_0001 창부타령(1)
04_21_FOS_20100204_PKS_GDS_0002 창부타령(2)
04_21_FOS_20100204_PKS_GDS_0003 화투타령

구금자, 여, 1928년생

주 소 지 : 부산광역시 해운대구 중1동
제보일시 : 2010.2.4
조 사 자 : 박경수, 박양리, 정혜란, 정다혜

구금자는 1928년 무진년 용띠 생으로 경
상남도 진주시 중촌면에서 태어났다. 본관
은 능성이다. 진주에서 살다가 7살 때 부산
광역시 해운대구 우동으로 이사를 왔다. 17
살 때 결혼을 하여 중1동으로 시집을 왔으
며 지금까지 계속 중1동에서 거주하고 있다.
1년 전에 작고한 남편과의 사이에는 5남 3
녀의 자녀를 두었는데, 현재는 모두 출가하
여 따로 살고 있다. 제보자도 현재의 집에서 홀로 생활하고 있다. 학력은
야학을 3년 다닌 것이 전부이다. 결혼 후에 농사일과 집안일을 주로 했다
고 했다. 종교는 불교이다. 제보자는 도깨비담 2편을 구술했다. 중1동에
오래 살아서인지 과거 구청 자리와 관련한 도깨비불 이야기를 하고, 도깨
비와 씨름한 사람 이야기를 한 편 더 구술했다. 이야기를 구술할 때 습관
적으로 '마, 요' 등의 간투사를 많이 사용했다. 나이에 비해 발음은 분명
하게 했다.

제공 자료 목록
04_21_FOT_20100204_PKS_GKJ_0001 도깨비불이 올라온 구청 자리
04_21_FOT_20100204_PKS_GKJ_0002 도깨비와 씨름한 사람

김말순, 여, 1929년생

주 소 지 : 부산광역시 해운대구 우1동
제보일시 : 2010.2.4

조 사 자 : 박경수, 박양리, 정혜란, 정다혜

김말순은 1929년 뱀띠 생으로 부산광역시 해운대구 좌동에서 태어났다. 본은 김해이다. 8남매의 막내로 태어나 일찍 어머니를 잃어 어머니에 대한 그리움이 컸다고 했다. 19살 때 남편과 결혼을 하여 우동으로 옮겨와 지금까지 거주하고 있다. 슬하에 3남 2녀를 두었는데, 26년 전 남편이 작고하면서 현재는 큰아들 가족과 함께 생활하고 있다. 과거 해운대 신도시가 개발되기 전에 논밭이 많았기 때문에 농사를 지었다고 했다. 학교는 초등학교를 중퇴했으며, 종교는 불교라고 했다.

조사자 일행이 민요 조사를 시작하자 제보자가 가장 먼저 나서서 노래를 불러 주었다. 모두 4편의 민요를 제공했는데, 이들 노래는 주로 친구들과 함께 놀면서 불렀던 노래라고 했다.

제공 자료 목록

04_21_FOS_20100204_PKS_KMS_0001 모심기 노래

04_21_FOS_20100204_PKS_KMS_0002 청춘가

04_21_FOS_20100204_PKS_KMS_0003 사발가

04_21_FOS_20100204_PKS_KMS_0004 아리랑

김정금, 여, 1931년생

주 소 지 : 부산광역시 해운대구 우1동
제보일시 : 2010.2.4
조 사 자 : 박경수, 박양리, 정혜란, 정다혜

김정금은 1931년 양띠 생으로 부산광역시 해운대구 우동 장지마을에서 태어났다. 본은 김해이다. 마을에서는 우동댁으로 불린다고 했다. 20살 때

결혼을 하여 슬하에 2남 2녀를 두었다. 남
편은 30년 전에 작고했는데, 제보자는 현재
큰아들 가족과 함께 생활하고 있다. 다른 자
녀들은 모두 타지에서 거주하고 있다고 했
다. 무학이어서 한글을 잘 알지 못한다며 아
쉬워하는 모습을 보였다. 예전에는 농사를
짓기도 했으나 현재는 특별한 일을 하고 있
지 않다. 종교는 불교라고 했다.

　제보자는 5편의 민요를 불렀다. 목소리가 차분하고 좋았다. 그러나 마
지막 <자장가>는 노래로 하지 않고 말로 읊조렸다. 이들 노래는 산에 나
무를 하면서 또는 일을 하면서 알게 되었다고 했다. 처음에는 노래 부르
는 것을 꺼렸으나 다른 제보자들이 노래를 부르는 모습을 보고 자극을 받
아 뒤늦게 참여하여 노래를 불렀다.

제공 자료 목록
04_21_FOS_20100204_PKS_KJK_0001 노랫가락 / 그네 노래
04_21_FOS_20100204_PKS_KJK_0002 남녀연정요
04_21_FOS_20100204_PKS_KJK_0003 주머니 노래
04_21_FOS_20100204_PKS_KJK_0004 화투타령
04_21_FOS_20100204_PKS_KJK_0005 아기 재우는 노래 / 자장가

김차선, 여, 1936년생

주 소 지 : 부산광역시 해운대구 반여1동
제보일시 : 2010.2.4
조 사 자 : 박경수, 박양리, 정혜란, 정다혜

　김차선은 1936년 병자년 쥐띠생으로 울산광역시 울주군 청량면 항남 2
리 해학마을에서 태어났다. 본관은 김해이다. 21살 때 8세 연상의 남편을

만나 부산으로 시집을 오면서 지금까지 계속 부산에서 거주하고 있다. 남편은 29년 전에 작고했는데, 남편과의 사이에 4남 1녀를 두었지만 아들 1명이 사망하면서 현재는 3남 1녀만이 남았다고 했다. 자녀들과는 따로 살아 현재는 혼자 해운대구 반여1동에서 생활하고 있다. 학교는 초등학교 졸업이 전부이다. 초등학교를 졸업하고 농사를 지으

며 집안일을 하다가 남편의 작고 후에 공장을 다니며 생계를 이었다고 했다. 현재는 반여1동 노인회 총무를 맡고 있다.

제보자는 2편의 민요를 불렀는데, <모심기 노래>와 <파랑새요>였다. 이들 노래는 어른들이 하는 것을 듣고 배워서 알게 된 것이라고 했다.

제공 자료 목록
04_21_FOS_20100204_PKS_KCS_0001 모심기 노래
04_21_FOS_20100204_PKS_KCS_0002 파랑새요

김차수, 여, 1936년생

주 소 지 : 부산광역시 해운대구 반송2동
제보일시 : 2010.2.3
조 사 자 : 박경수, 박양리, 정혜란, 정다혜

김차수는 1936년 쥐띠 생으로 중국 만주에서 태어났다. 본관은 김해이다. 14살 때 경남 하동에 있는 외갓집으로 이주를 한 후 한국전쟁이 일어났다. 그 뒤, 18살 때 8살 연상의 남편을 만나 김해로 시집을 갔다. 슬하에 2남 1녀를 두었는데, 34년 전 남편이 작고하면서 부산에 거주하고 있던 큰아들과 함께 지내기 위해 30년 전 부산으로 왔다. 처음에는 부산광

역시 남구 용당동에서 생활하다가 해운대구
반송2동으로 이사를 와서 지금까지 생활하
고 있다. 일제 강점기에 일본인이 쏜 총에
외삼촌이 맞아 다리 한 쪽이 불구가 되었다
고 하면서 지난 세월의 아픔을 이야기하기
도 했다. 하동과 김해에 있을 때는 주로 농
사를 지었다고 했다. 제보자는 만주에 있는
일본인 학교에서 3년, 한국으로 돌아와서
초등학교 3년을 더 다녔다. 제보자는 8편의 민요를 불렀다. 이들 노래는
하동과 김해에 거주하고 있을 때 동네 어른들이 부르는 걸 듣고 알게 된
것들이라고 했다. 눈을 지그시 감고 기억을 떠올리며 노래를 불렀다.

제공 자료 목록

04_21_FOS_20100203_PKS_KCS_0001 노랫가락(1) / 그네 노래

04_21_FOS_20100203_PKS_KCS_0002 노랫가락(2) / 청춘가

04_21_FOS_20100203_PKS_KCS_0003 창부타령

04_21_FOS_20100203_PKS_KCS_0004 청춘가(1)

04_21_FOS_20100203_PKS_KCS_0005 사발가

04_21_FOS_20100203_PKS_KCS_0006 청춘가(2)

04_21_FOS_20100203_PKS_KCS_0007 권주가

04_21_FOS_20100203_PKS_KCS_0008 화투타령

문차순, 여, 1916년생

주 소 지 : 부산광역시 해운대구 반송2동
제보일시 : 2010.2.3
조 사 자 : 박경수, 박양리, 정혜란, 정다혜

문차순은 1916년 용띠 생으로 부산광역시 해운대구 반여동 중리마을에
서 태어났다. 택호는 없고, 반여동에서 계속 살다가 17세 되던 해 반송으

로 시집을 오게 되면서부터 지금까지 반송2
동 운봉마을에서 생활하고 있다. 남편과의
사이에는 4남 3녀를 두었으나, 아들 한 명
은 죽어 현재는 3남 3녀의 자녀가 있다. 남
편은 약 20여 년 전에 작고했으며, 현재 큰
아들 가족과 함께 생활하고 있다. 제보자는
어릴 적 여자는 공부를 할 필요가 없다는
집안 어른들로 인해 학교를 다니지 못했고,
농사를 지으며 집안일만 했다고 했다. 머슴을 3명이나 두고 있는 집으
로 시집을 갔으나 시어머니가 2명이나 있어서 시집살이를 고되게 했다
고 했다.

제보자는 현재 치매증상도 있고 귀도 어두워서 조사자와 청중의 말을
인지하는 능력이 떨어졌고 발음도 정확하지 않았다. 하지만 조사자가 옛
날 노래를 해달라고 요구하자 웃으면서 민요를 3편 불렀다. <노랫가락>,
<도라지 타령>, <진주난봉가> 등인데, 그다지 오래된 노래는 아니었다.
청중들은 제보자가 노래를 부르자 박수를 치면서 장단을 맞추어 주었으
며, 치매가 있는 양반이 노래는 잊지 않았다고 신기해 하는 사람도 있었
다. 제보자는 이들 민요는 시집와서 살림을 살면서 주변에서 부르는 것을
들어서 알게 된 것이라 했다.

제공 자료 목록

04_21_FOS_20100203_PKS_MCS_0001 진주난봉가
04_21_FOS_20100203_PKS_MCS_0002 도라지 타령
04_21_FOS_20100203_PKS_MCS_0003 노랫가락 / 그네 노래

박동연, 여, 1916년생

주 소 지 : 부산광역시 해운대구 우1동
제보일시 : 2010.2.4
조 사 자 : 박경수, 박양리, 정혜란, 정다혜

박동연은 1916년 용띠 생으로 경상남도 밀양에서 태어났다. 본은 밀양이며 밀양댁으로 불린다고 했다. 18세에 부산으로 시집을 와서 지금까지 계속 부산에서 거주하고 있다. 슬하에 1남 3녀를 두었는데, 남편은 20년 전에 작고하고 현재는 큰아들과 함께 생활하고 있다. 과거에는 농사를 지었다고 했다. 학력은 무학이며, 특정한 종교는 없다.

제보자는 5편의 민요를 제공했다. <모심기 노래>, <사발가>, <쌍가락지 노래>, <남녀 연정요>, 그리고 제주도 민요인 <너냥 나냥>을 불러 주었다. 제보자는 나이에 비해 정정해 보였으나, 한쪽 눈을 실명하여 뜰 수 없다고 했다. 제보자가 부른 노래는 어릴 때 어른들에게 듣고 배운 것이라고 했다.

제공 자료 목록
04_21_FOS_20100204_PKS_PDY_0001 모심기 노래
04_21_FOS_20100204_PKS_PDY_0002 사발가
04_21_FOS_20100204_PKS_PDY_0003 쌍가락지 노래
04_21_FOS_20100204_PKS_PDY_0004 창부타령
04_21_FOS_20100204_PKS_PDY_0005 너냥 나냥

박말순, 여, 1936년생

주 소 지 : 부산광역시 해운대구 반여1동
제보일시 : 2010.2.4
조 사 자 : 박경수, 박양리, 정혜란, 정다혜

박말순은 1936년 병자년 쥐띠 생으로 경
상남도 진주시 완사동에서 태어났다. 택호
는 소실댁이다. 17세 때 진주 대평으로 시
집을 갔다가 40세 때 부산으로 와서 지금까
지 거주하고 있다. 진주에 있을 때 댐공사로
집이 잠기게 되는 바람에 보상금을 받아 진
주 시내에서 살기도 했다고 했다. 22년 전
에 작고한 남편과의 사이에는 2남 2녀를 두

었고, 현재는 큰아들과 함께 생활하고 있다. 다른 자녀들은 모두 객지에
거주하고 있다. 정규 학교는 다니지 못했고, 야학을 통해 한글만 겨우 알
게 되었다고 했다. 종교는 불교이다.

제보자는 민요 4편을 제공했다. 모두 노랫가락으로 부른 것들인데, 나
이에 비해 목청이 좋았다. 이들 노래는 모두 어릴 적 어머니가 부르는 것
을 듣고 알게 된 것이라고 했다.

제공 자료 목록
04_21_FOS_20100204_PKS_PMS_0001 노랫가락(1) / 정 노래
04_21_FOS_20100204_PKS_PMS_0002 노랫가락(2) / 님 노래
04_21_FOS_20100204_PKS_PMS_0003 노랫가락(3) / 그네 노래
04_21_FOS_20100204_PKS_PMS_0004 노랫가락(4) / 나비 노래

성귀자, 여, 1940년생

주 소 지 : 부산광역시 해운대구 중1동

제보일시 : 2010.2.4
조 사 자 : 박경수, 박양리, 정혜란, 정다혜

성귀자는 1940년 경진년 용띠 생으로 경
상북도 영천시에서 태어났다. 본관은 창녕
이다. 20살 때 결혼을 하여 대구광역시 북
구 유천동에서 살다가 1977년에 부산으로
이사를 왔다. 남편은 11년 전에 작고했으며,
슬하에 2남 2녀의 자녀를 두었다. 자녀들은
모두 객지에서 거주하고 있고, 현재는 해운
대구 중1동에서 혼자 생활하고 있다. 학교
는 초등학교를 다닌 것이 전부이다. 예전에는 농사를 지으면서 생활했으
며, 종교는 특별히 없다고 했다.

제보자는 2편의 설화를 구연했는데, 영천에서 살던 시절 외가의 오촌
아저씨에게 들은 이야기라고 했다. <바보 형님을 골탕 먹인 똑똑한 동
생>과 <부인의 기를 꺾고 순종하게 한 남편> 이야기를 재미있게 구술했
다. 어린 시절 오촌 아저씨가 친척들을 모아 놓고 이야기를 자주 해주었
는데, 다 기억을 하지 못해 안타까워했다.

제공 자료 목록
04_21_FOT_20100204_PKS_SGJ_0001 바보 형님을 골탕 먹인 똑똑한 동생
04_21_FOT_20100204_PKS_SGJ_0002 부인의 기를 꺾고 순종하게 한 남편

신계선, 여, 1938년생

주 소 지 : 부산광역시 해운대구 중1동
제보일시 : 2010.2.4
조 사 자 : 박경수, 박양리, 정혜란, 정다혜

신계선은 1938년 무인년 호랑이띠로 경
상남도 사천시 축동면에서 태어났다. 본은
평산이며, 택호는 따로 없다고 했다. 20살
때 결혼을 하여 슬하에 1남 1녀의 자녀를
두었다. 남편은 20년 전에 작고하였고, 현재
아직 시집을 가지 않은 딸과 함께 생활하고
있다. 29살 때 부산으로 왔는데, 처음에 해
운대구 장산마을에서 살다가 중1동을 거쳐

현재 좌동 한일아파트에서 살고 있다고 했다. 학교는 다니지 못하였고,
예전에는 농사를 지으며 생활을 했다고 한다. 종교는 불교이다.

제보자는 설화 1편을 제공했는데, <곡소리도 못하는 바보 사위> 이야
기였다. 이 이야기는 어렸을 때 어른들이 하는 이야기를 듣고 알게 된 것
이라고 했다.

제공 자료 목록

04_21_FOT_20100204_PKS_SGS_0001 곡소리도 못하는 바보 사위

오명선, 여, 1934년생

주 소 지 : 부산광역시 해운대구 중1동
제보일시 : 2010.2.4
조 사 자 : 박경수, 박양리, 정혜란, 정다혜

오명선은 1934년 갑술년 개띠 생으로 경상남도 양산에서 태어났다. 택
호는 옥산댁이며, 본관은 해주이다. 18세에 결혼을 하여 슬하에 2남을 두
었다. 남편은 20년 전에 작고를 했다. 양산에서 태어나 양산으로 시집을
갔다가 53년 전에 부산으로 와서 부산에서 계속 거주하고 있는데, 해운대
구 중1동에서 살다 현재 좌3동 주공4차아파트로 이사 와서 큰아들과 함

께 생활하고 있다. 학교는 초등학교를 졸업
한 것이 전부이며, 과거에는 농사를 지어 생
계를 유지했다고 했다. 종교는 불교이다.

제보자는 1편의 민요의 2편의 설화를 제
공했다. 민요는 어려서 종지 돌리는 놀이를
하면서 불렀던 <종지 돌리는 노래>이며,
설화는 모두 바보 남편담인데 <죽은 여치
를 자기 아이로 안 바보 남편>과 <첫날밤
에 이불보고 절한 바보 남편> 이야기이다. 이야기를 듣는 청중들이 모두
웃었다. 이들 민요와 설화는 어릴 때 어른들에게 듣거나 친구들과 함께
놀면서 알게 된 것이라고 했다.

제공 자료 목록

04_21_FOT_20100204_PKS_OMS_0001 죽은 여치를 자기 아이로 안 바보 남편
04_21_FOT_20100204_PKS_OMS_0002 첫날밤에 이불보고 절한 바보 남편
04_21_FOS_20100204_PKS_OMS_0001 종지 돌리는 노래

이복자, 여, 1933년생

주 소 지 : 부산광역시 해운대구 반송1동
제보일시 : 2010.2.3
조 사 자 : 박경수, 박양리, 정혜란, 정다혜

이복자는 1933년 계유생으로 닭띠이고, 부산광역시 동구 초량에서 태
어났다. 본관은 경주이며, 택호는 없다고 했다. 20살 때 결혼했는데, 결혼
을 하고서도 계속 초량에서 살았다. 그런데 초량 집이 철거되는 바람에
현재의 반송으로 오게 되었다고 했다. 남편은 약 20년 전에 작고했으며,
슬하에 2남 1녀를 두었다. 남편이 작고한 뒤에 42세부터 생계를 위해 속
옷 공장에 약 20년간 다녔다고 했다. 자식들은 모두 출가하여 부산 시내

에 거주하고 있지만 같이 살고 있지는 않다고 했다.

제보자는 민요 1편을 제공했다. 어렸을 때 어머니가 부르는 것을 듣고 알게 되었다는 <청춘가> 1편을 불렀다. 그런데 이 노래에 앞서 <사발가>를 먼저 불렀지만, 사설을 제대로 기억하지 못해 채록 대상에서 제외했다. 자신은 민요 1편만 제공했지만 다른 사람이 노래를 할 때 박수를 치면서 흥을 내도록 북돋아 주었다.

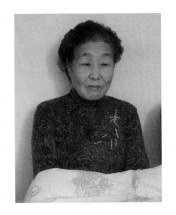

제공 자료 목록
04_21_FOS_20100203_PKS_LBJ_0001 청춘가

이소매, 여, 1929년생

주 소 지 : 부산광역시 해운대구 우1동
제보일시 : 2010.2.4
조 사 자 : 박경수, 박양리, 정혜란, 정다혜

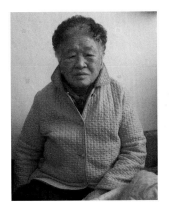

이소매는 1929년 뱀띠 생이다. 본은 경주이며, 마을에서 송근댁으로 불린다. 19살 때 해운대구 우1동으로 시집을 오면서 지금까지 생활하고 있다. 슬하에 2남 2녀를 두었다. 20년 전 남편이 작고하면서 현재는 큰아들 가족과 함께 생활하고 있다. 증손주를 보면서 4대가 함께 살고 있다고 웃으며 말했다. 과거에는 농사를 지었는데, 지금은 특별히 하는 일이 없이 지낸다고 했다. 학력은 무학이며, 종교는 불교이다.

제보자는 1편의 민요를 혼자 부르고 1편의 민요는 박동연 제보자와 함께 불렀는데, 모두 <모심기 노래>이다. 이 모심기 노래는 옛날에 어른들이 하는 것을 듣고 알게 된 것이라고 했다.

제공 자료 목록
04_21_FOS_20100204_PKS_LSM_0001 모심기 노래

이순덕, 여, 1938년생

주 소 지 : 부산광역시 해운대구 반여1동
제보일시 : 2010.2.4
조 사 자 : 박경수, 박양리, 정혜란, 정다혜

이순덕은 1938년 무인년 호랑이띠로 경상북도 영덕에서 태어났다. 고향마을에 가면 부산집이라는 택호로 불리지만, 부산에서는 택호를 부르지 않는다고 했다. 당시에는 늦은 나이인 25세에 시집을 가서 슬하에 2남 3녀를 두었다. 남편은 23년 전에 작고하였다고 했다. 결혼을 한 후 농사를 짓고 살다가 남편이 작고한 후에 생활이 어려워져 부산으로 자식들을 데리고 와서 회사 생활을 했다. 현재는 큰아들과 함께 생활하고 있으며, 다른 자녀는 모두 객지에서 거주하고 있다. 가끔 절에 나가는 것을 빼곤 특별히 하는 일이 없다고 했다.

제보자는 <노랫가락> 1편을 불렀다. 어릴 때 어른들이 하는 것을 듣고 배운 노래라고 했다.

제공 자료 목록
04_21_FOS_20100204_PKS_LSD_0001 노랫가락

임명순, 여, 1935년생

주 소 지 : 부산광역시 해운대구 반여1동
제보일시 : 2010.2.4
조 사 자 : 박경수, 박양리, 정혜란, 정다혜

임명순은 1935년 을해년 돼지띠로 경상
남도 남해군에서 태어났다. 본관은 나주이
다. 남해가 고향이라서 남해언니라고 부른
다고 했다. 19살 때 남해에서 결혼을 하여
생활하다가 남편이 작고하고 난 후 부산으
로 와서 지금까지 거주하고 있다. 현재는 제
보자 혼자 해운대구 반여1동에서 생활하고
있다. 초등학교 4년을 다니다가 중퇴한 학
력을 가졌으며, 남해에서는 농사를 지으며 살았다. 종교는 특별히 없다.

제보자는 2편의 민요를 불렀다. 노랫가락으로 부른 노래 1편과 창부타
령으로 부른 노래 1편이다. 이들 노래는 30세쯤 친구들과 놀면서 알게 된
것이라고 했다. 노래를 부르는 도중 내내 박수를 치면서 어깨춤을 덩실덩
실 추기도 하면서 매우 흥겨워했다.

제공 자료 목록
04_21_FOS_20100204_PKS_LMS_0001 노랫가락
04_21_FOS_20100204_PKS_LMS_0002 창부타령

조분이, 여, 1940년생

주 소 지 : 부산광역시 해운대구 중1동
제보일시 : 2010.2.4
조 사 자 : 박경수, 박양리, 정혜란, 정다혜

조분이는 1940년 경진년 용띠 생으로 경상북도 포항시 북구 청하면 신

관리에서 태어났다. 택호는 선촌댁이며, 본
관은 함안이다. 17세에 같은 면에 거주하는
8세 연상의 남편과 결혼하여 슬하에 2남 2
녀의 자녀를 두고 있다. 아들 한 명은 현재
일본에서 살고 있고, 나머지 자녀들도 출가
하여 객지에서 거주하고 있다. 제보자는 현
재 남편과 같이 지내면서 가끔씩 손녀를 봐
주기도 한다고 했다. 학교는 초등학교를 졸
업했으며, 예전에는 농사도 짓고 장사도 해보았다고 했다. 20년 전쯤 포
항에서 부산광역시 해운대구 중1동으로 이사를 와서 지금까지 살고 있으
며, 종교는 기독교를 믿는다고 했다.

제보자는 2편의 이야기를 구술했는데, 모두 체험적인 이야기이다. 어릴
때 아버지와 어른들에게 직접 들은 이야기라고 했다. 곱상한 외모를 가졌
으며, 이야기를 구술할 때 천천히 차분하게 말을 했다.

제공 자료 목록
04_21_MPN_20100204_PKS_JBE_0001 가죽 외투를 물고 간 호랑이
04_21_MPN_20100204_PKS_JBE_0002 아이를 함께 낳은 며느리와 시어머니

홍제분, 여, 1931년생

주 소 지 : 부산광역시 해운대구 반송1동
제보일시 : 2010.2.3
조 사 자 : 박경수, 박양리, 정혜란, 정다혜

홍제분은 1931년 신미생으로 양띠이고, 충청남도 계룡산 밑에서 태어
났다. 제보자의 부친이 6살 때 할머니와 함께 계룡산에 들어가 부처를 모
시며 살았는데, 그곳에서 제보자를 포함하여 7남매가 태어났다. 충청도댁

이라는 택호를 가지고 있다. 23살 때 경상
북도 청도로 시집을 가서 15년 정도 살다가
부산광역시 반송1동으로 온 지는 40년가량
되었다고 했다. 슬하에 6명의 아들을 두었
는데, 35년 전 막내아들이 4살 되던 해에
남편이 작고했다고 했다. 학교는 다니지 못
하고 농사를 지으며 살았다. 종교는 불교이
다. 제보자는 마을에서 경로당 총무를 1년
반 정도 맡았다고 했다.

제보자는 2편의 민요와 2편의 설화를 제공했다. 민요는 <모심기 노
래>와 노랫가락으로 부른 <그네 노래>였다. 그리고 2편의 설화는 모두
효행담이었는데, 효행의 주체를 자신의 선대조 인물인 '홍기섭'이라고 말
했다. 먼저 한 이야기는 <자식 죽여 부모 봉양하려다 쇠북을 얻은 효자>
이야기로 『삼국유사』에 나오는 이른바 손순매아(孫順埋兒) 설화이며, 두
번째 이야기는 <여름에 어머니께 홍시를 구해준 효자> 이야기였다. 이들
이야기는 어려서 계룡산에 있을 때, 주변 어른들이 이야기하는 것을 듣고
알게 된 것이라 했다. 말이 약간 빠른 편이었으며, 구술할 때 충청도 방언
이 많이 사용되었다. 그리고 구술할 때 손짓을 많이 사용하는 편이었으며,
주변을 두루 살피는 등 여유를 보였다.

제공 자료 목록

04_21_FOT_20100203_PKS_HJB_0001 자식 죽여 부모 봉양하려다 쇠북을 얻은 효자
04_21_FOT_20100203_PKS_HJB_0002 여름에 어머니께 홍시를 구해준 효자
04_21_FOS_20100203_PKS_HJB_0001 모심기 노래
04_21_FOS_20100203_PKS_HJB_0002 노랫가락 / 그네 노래

도깨비불이 올라온 구청 자리

자료코드 : 04_21_FOT_20100204_PKS_GKJ_0001
조사장소 : 부산광역시 해운대구 중1동 7통경로당
조사일시 : 2010.2.4
조 사 자 : 박경수, 박양리, 정혜란, 정다혜
제 보 자 : 구금자, 여, 83세
구연상황 : 제보자가 자기가 이야기를 하나 해보겠다고 한 후에 바로 다음 이야기를 시
　　　　　작했다.
줄 거 리 : 옛날 구청이 있던 자리에 날이 좋지 않으면 불이 올라왔다. 그 불이 멀리 솔
　　　　　밭까지 갔다가 다시 오고 했다. 그것은 도깨비불이었다.

　우리 여게도, 여 옛날에 구청 안 있나, 여, 지금 그라몬 어데고? 여여,
여, 아파토 제일교회 이 앞에, 제일교회 이 앞에, 그 옛날에 거 구청 안
있나, 옛날에 그 구청. 그 아파트 지아난 그다(그곳이다). 거가 구청이 있
었다. 있었는데, 그런데 거기서로 불이 올라오는 기라.

　날이 꾸름하고 이라몬 인자, 우리 집 인데(있는데) 거서로 인자, 이래가
나와가이고 이래가 보몬, 불이 이래 불덩거리가 하나 쑤욱 올라오던 기라.
올라 오이케노 그 불덩거리가 어디로 가노 카몬, 저 우동 올라가는데 그
솔밭 안 있었나, 이리 지금은 지리, 대치 말고, 요 요래 요래가 있는데, 요
고(여기고) 복판에 도론데, 요쪽에 산이고 요쪽에 산이고, 요래 있었거든.

　그래 여서 불이 올라오몬, 구청 요 전에 했던데 여서 불이 올라오면,
이 불이가 어데꺼지 읽히나 하몬, 우동 그 저저 뭐고 솔나무 있제. 그꺼정
가는 기라.

　갔다가, 또 주르르룩 왔다가,

　(청중 : 그 도깨비불이라 칸다이.)

어. 그래가 주르르룩 갔다가.

(청중 : 그 도깨비불이라 캐.)

갔다가 날이 꾸지리하먼(궂으면) 인자, 그래 나와가이고 그놈이, 어 그
놈이 거서 또 이리 올라와가이고, 또 일로 쭉 오고, 또 이쪽에서 또 그놈
이 오가이고, 또 여기서 또 주르룩 가고.

도깨비와 씨름한 사람

자료코드 : 04_21_FOT_20100204_PKS_GKJ_0002
조사장소 : 부산광역시 해운대구 중1동 7통경로당
조사일시 : 2010.2.4
조 사 자 : 박경수, 박양리, 정혜란, 정다혜
제 보 자 : 구금자, 여, 83세
구연상황 : 조사자가 도깨비와 씨름을 하기도 했다는 이야기가 있지 않았냐고 물어보자,
　　　　　제보자가 다음 이야기를 했다.
줄 거 리 : 밀양 사람이 밀양 5일장을 다녀갔다 오는 길에 친구가 자기를 부르더니 씨
　　　　　름을 하자고 해서 씨름을 했다. 아무리 힘을 줘도 안 되자, 들고 다니던 칼로
　　　　　찌르고 겨우겨우 집으로 왔다. 그 다음날 그 자리에 가보니 칼이 빗자루에 꽂
　　　　　혀 있었다. 그 칼이 얼마나 세게 꽂혔던지 장정 둘이서 겨우 칼을 뺐다.

우리 아랫방에 있는 사람이, 저 밀양사람 아니가, 밀양사람인데, 거도 5
일장이라 하대.

5일장을 이래가 보는데, 그래 인자 가을인데, 인자 가을에 가가 보리쌀
로 한 가마이 팔아가이고, 인자 시골서러 자아(장에) 가몬 모두 친구들 만
내가이고 술 묵고 막 이래 그거하고 이야기하고, 이러다가 오래만에 안
오나.

그래 시간이 늦까되가 올라옸어. 올라오이, 짊어지고 올라오이꺼네 저
중간에 나오이께네, 그 사람이 이름이가, 금 머신데 인제 잊이뺐다.

"아무거시 아니가?"

카더란다. 그래 보이께노 친한 친구더래.

"어, 그래 어데 갔다오나?"

이카이께,

"아 나는 자아 갔다 온다."

"그래. 내캉 씨름 함분 붙어볼래."

카더란다. 그래 가가이고요, 그놈을 지고 가는 보리 그거로 갖다가, 지게로 갖다가 놔났는 기가 얼마나 씨게(세게) 그걸 해놨던동 이 지게가 논에 그 빠져가이고, 아침에 지로 인자 가는데, 그거로 몬 빼서 둘이가 빼냈단다.

그래 씨름하자 캐서, 그 인자 씨름을 해보자 카며 둘이가 씨름을 했는데, 죽을판 살판 했는데 이길라고 얼마나 용을 씨고. 그래가이고 칼로 이래 할배들, 칼 짝게칼 이런 거 안 징기고 안 댕기나. 그놈을 빼가이고 마 기운이 부치가 나중에는 안 되겠더란다, 그래가 그놈을 마 찔러뺐어.

찔러뻐고, 그래가 마 참 사람이 물에 빠진겉이 이래가이 인자 올라옸는데, 근근이 그래가 집에를 어찌옸는지 옸더래. 오가이고,

"그래 와 이렇느냐?"

고 카이께네,

"그래 아무것이가 나타나가 내카(나하고) 씨름을 하자 캐가 내가 한판 붙어가이고 내가 그놈을 직이뿌고 왔다."

이러카더래. 그날 아침에 일나가이고 인자 식구들캉 모도 이우지(이웃) 사람하고 인자 그 자리로 갔어. 가이께네 빗자리 몽디더라요. 빗자리, 요만한 빗자린데, 빗자리 복판에 그래 칼이 꼽히가 있더래요.

그래가 그 보리쌀 가마이로 빼내는데, 장골이가 둘이서 얼마나 용을 씨고 빼, 그거로 갖다 얼마나 갖다 힘이 좋았건데, 그렇기 갖다 쳐박았노 카는 기라.

그래가이고 그래가 죽을, 내가 고비를 넘갔다 카매 그리 얘기를 하더라.

바보 형님을 골탕 먹인 똑똑한 동생

자료코드 : 04_21_FOT_20100204_PKS_SGJ_0001
조사장소 : 부산광역시 해운대구 중1동 7통경로당
조사일시 : 2010.2.4
조 사 자 : 박경수, 박양리, 정혜란, 정다혜
제 보 자 : 성귀자, 여, 71세
구연상황 : 청중들이 제보자에게 이야기를 하나 해보라고 권유하자, 제보자가 다음 이야기를 했다. 이야기를 하던 중에 바보 형님이 바지를 벗는 대목에서 제보자와 청중, 조사자가 모두 웃음을 참지 못했다.
줄 거 리 : 옛날에 바보 형님과 똑똑한 동생이 있었는데, 형님이 장가를 간다고 하니 동생이 샘이 났다. 동생이 사돈집에 예물을 가지고 가서, "나중에 형님이 오면 노래하라고 시키지 말고, 내 놓으라고 하면 형님이 노래를 할 것이다."라고 거짓말을 했다. 형님이 장가를 가자 그 집에 모인 사람들이 돌아가면서 내 놓으라고 했다. 바보 형님이 어쩔 수 없이 내 놓으라고 하면 내놓겠다고 하면서 바지를 벗고 자신의 성기를 내 놓았다. 그러자 모두 웃었다. 집에 돌아온 형에게 동생이 잘 지내느냐고 묻자, 그것을 한번 내놓았더니 모두 웃더라고 했다.

옛날에 형님은 바보고 동생은 좀 똑똑했는데, 형님이 장개간다고 카이
끼레, 이 동생이 샘이 나가주고. 그때는 인자 장개간다 카몬 이쪽 집에서
러 뭐를 해가 짊어지고 가가 그 사돈하는 집에 머 갖다 주는 예물이 있어
가 가지고 가가지골랑,

"그래 우리 형님도 장개 오거들랑 노래하라 카지 마고(말고)."

형님 우사시켜뿔라고, 샘이나가지고.

"형님이 만약에 장개 오거들랑 노래시길 때, 노래하라, 노래하라, 소리
하지 마고 내놓으라 카라."

캤거든.

"내 놓으라 커몬 노래를 한다."

이라이께네, 마 새신랑 다룬다꼬 마 저녁에 마 장개 가가지고 마 둘
러앉아가 있으매,

"이 사람아 내놓게." [청중 웃음]

돌아가매,

"이 사람아 내놓게."

카이, 이건 노래로 안 내놓고, 이건 마 홀떡 벗어가,

"내 놓라카몬 내놓지."

카매 이거로 홀떡 내놔뻤나네. [일동 웃음] 한 ○○ 사람이 얼마나 웃고, '아이고, 저거 내 놓으라 카몬 노래 내놓는다 카디 와 저거로 내놓노.' 싶어가. [일동 웃음]

그래가 한 방아치(바가지) 웃고 그래 지나고, 집에 와가지고,

"어 저게 그래, 형님아 가가지고 노래 잘 하고 그래 잘 장개 가가 잘 지냈나?"

이카이께네,

"어. 지내기는 잘 지내는데 마이 웃었다 아이가."

"머 따문에 마이 웃었노?"

카이께네,

"그래 자꾸 내놔라 캐가 그거로 한문(한번) 내놨니 모두 다 잘 웃더라."

그래가 끝이 났대요.

부인의 기를 꺾고 순종하게 한 남편

자료코드 : 04_21_FOT_20100204_PKS_SGJ_0002

조사장소 : 부산광역시 해운대구 중1동 7통경로당

조사일시 : 2010.2.4

조 사 자 : 박경수, 박양리, 정혜란, 정다혜

제 보 자 : 성귀자, 여, 71세

구연상황 : 제보자는 다른 제보자의 이야기가 끝나자, 다음 이야기가 생각났는지 갑자기
　　　　　 이야기를 시작했다.

줄 거 리 : 옛날 어느 집에 기가 센 처녀가 있었다. 너무 기가 세서 아무도 장가를 오려
고 하지 않자 여자 집에서 논 서마지기를 줄 테니 누구든 장가를 오라고 했
다. 어떤 총각이 "내가 기를 죽여서 데리고 살겠다."고 하고 그 집에 장가를
갔다. 장가 간 첫날 부인의 기를 죽이기 위해 궁리를 하던 남편이 부인의 옷
을 다 벗겨 놓은 다음 장모를 찾았다. 그리고 생콩을 갈아 찬물에 탄 '냉탱탱
이'를 한 그릇 달라고 하여 먹었다. 밤에 속이 안 좋아진 남자가 설사를 부인
의 가랑이 사이에 볼일을 보고, 뒤처리를 하기 위해 장모에게 '요요개' 한 마
리를 넣어 달라고 했다. 남편이 부인에게 모든 것을 뒤집어씌우자 부인이 기
가 죽어 남편 말에 잘 순종하며 시집을 잘 살았다.

옛날에 여자가, 여자가 바보겉고 하면서러 어찌 이기 기갈이(기가) 시
가(세어서) 아무도 장개 올 놈이 없는 거라.

어떤 놈이 하나 인자 마,

"내 자신하고 가가 그 기 꺾고 살겠다. 인자 내가 가겠다."

이라고, 인자 뭐든지 너무 기가 시고, 여자가 그거 하이,

"논 서 마지기 주꾸마. 우리 집에 딸 데꼬 갈 사람 있으모 오라."

카이, 너무 기가 시나놓이 아무도 안 갈라 카는데, 동네 어떤 총각이,

"내가 가가지고 기 꺾고 인자 데꼬 와가 살겠다."

이래가 장개로 떡 가나놓이께네, '저걸 우예 기를 꺾으꼬.' 싶어가 첫날
저녁(저녁) 인자 딱 들라줬는데 옷 다 벗기놓고 인자 저게,

"[큰소리로 부르듯] 장모요, 장모요."

사우라 카는 기,

"요 냉탱탱이 한 그륵(그릇) 주소."

이이 카거든. 장모도 냉탱탱이를 모르논 거라. 잔칫꾼이 아무도 냉탱탱
이를 모르논 거라. 그래가 장모가 문악에(문 앞에) 가가,

"이 사람아, 냉탱탱이가 뭔고?"

카이께데,

"저게 장모님, 저게 생콩가리 찬물에 후리가 주는 거, 그기 냉탱탱인데,

그것만 한 그륵 주이소."

이카거든. 아이고, 생콩가리로 한 그륵 찬물에 태아 주는 거로 마시고
나이, 자다가 나이께 마 배가 우글우글 해가, 마 글때는(그때는) 이거 고
랭이, 고쟁이 그거 뒤에 벌어짓는 거 입었는데, (청중1 : 꼬장주.) 꼬장주
그거 입었는데 마, (청중1 : 남가가 그런 거로 입었나?) 아이 여자가 입었
는데 마, 이거 마 냉탱탱이 그거 생콩가리 그거로 마 찹은 물에 한 그륵
무놓나이(먹어 놓으니) 마 배가 우글우글겉디 마, '이걸 우예 기를 꺾으
고' 싶어가, 그래가 마 주우(바지) 가래이(가랑이) 대고 마 설사 똥을 싸뿟
는 기라. [일동 웃음] 그래가지고, 그래가지고 놓고는 인자,

"쪼매 있다 갈라."

지가 싸놓고,

"쪼매 있다 갈라."

"[큰소리로 부르듯] 장모님! 장모님!"

부르이께레,

"아이고, 이 사람아. 왜 부르는가?"

이라이께데,

"장모님, 장모님. 요 오요개를 한 마리 불러 주소."

이카이께네, 이 장모가 인자 마,

"그래 와 오요개를 부르는가?"

카이께데, (청중 2 : 요요개가 뭐꼬?) (청중 3 : 개, 개.)

"오요개를 한 마리 불러주소."

이카이께데,

"아이고, 이 사람아. 와 오요개를 부르는가?"

이카이께데,

"머 어제 머 잘못 묵우가 과석을(과식을) 했는가 똥을 싸가지고 요, 오
요개가 있어야 처리를 하겠습니다."

이러카이까, 이놈의 장모가 [큰소리로] 온통 집에 돌아댕기매,

"[강아지를 부르는 소리로] 오요요요요요요 오요요요요요 오요요요 오요개야,[웃음]오요요요요 오요개야."

카이께네, 개가 한 마리 와가지고 방에 들라주나 놓이 그걸 다 훑어 묵고는, 마 인자 색시한테 덮어씌았뿟는 거라.

"어제 뭘 어째 먹었길래 당신이 이래 어 똥을 싸가지고 내가 밤새도록 잠을 못 잤다."

카이께네, 그거로 인해서 야꼬가(콧대가) 죽어가지고 마, 그 기가 다 죽어뿌고, 신랑 있는데 마, '예예, 예예' 하민서러 시집을 잘 살았대요.

곡소리도 못하는 바보 사위

자료코드 : 04_21_FOT_20100204_PKS_SGS_0001
조사장소 : 부산광역시 해운대구 중1동 7통경로당
조사일시 : 2010.2.4
조 사 자 : 박경수, 박양리, 정혜란, 정다혜
제 보 자 : 신계선, 여, 73세
구연상황 : 바보 이야기가 계속 이어졌다. 제보자도 바보 이야기 하나를 생각했는지, 웃으면서 다음 이야기를 해주었다.
줄 거 리 : 옛날에 바보가 장가를 갔는데, 장인이 죽었다. 그런데 장인상에 가서 어떻게 해야 되는지 몰라 어머니에게 물었다. "어이어이" 하면 된다고 했는데, 냇물을 건너다 빠지는 바람에 그만 어머니가 말해준 것을 잊고 말았다. 냇가에 빠져 미꾸라지를 잡으니 미꾸라지가 삐악삐악하며 울었다. 장인상에 간 바보가 미꾸라지가 울던 대로 계속 삐악삐악하며 울었다.

그래 어느 놈이 장개로 가야 되는데, 바보라.

그래 저 엄마가 장개로 가는 기 아이라, 쟁인이 죽었는데, 가는데,

"어찌 헐꼬? 엄마."

카이께네,

"어이어이 해라."

캐가 보냈거든. 꼬랑, 내 가다가 이래 마, 어이어이 하고 갔는데, 오이 중간쯤 간께, 돌다리가 이리 있어가 물로 건니야 되는 기라. [웃으며] 그 건니디고 마 어이가 잃어뿌진 기라.

그래 인자 물에서 잊이뺐은께, 물에 들이가 껀지아(건져야) 가꺼(갈 것) 아이가, 처갓집에. 쟁인 죽어가. 물에 들어가서러 옇어 뭣을 주물께네(주물럭거리니) 미꾸래이가(미꾸라지가) 한 마리 잽히가, [괴성을 지르며] 삐아악.

그래 고마 쟁인 죽은 데 가서 내(계속) 삐약-. (조사자 : 어이어이야 해 야 되는데, 어이어이야 못하고.) 어이어이야 몬 하고, 인자 잊어뻤인께, 거 서 건진께네 미꾸래이 그놈이 삐약 삐약, 미꾸래이 잡으몬 삐삐 한다. 그 래가 내 그리 울더란다.

죽은 여치를 자기 아이로 안 바보 남편

자료코드 : 04_21_FOT_20100204_PKS_OMS_0001
조사장소 : 부산광역시 해운대구 중1동 7통경로당
조사일시 : 2010.2.4
조 사 자 : 박경수, 박양리, 정혜란, 정다혜
제 보 자 : 오명선, 여, 77세
구연상황 : 앞에서 신계선, 조분이 제보자가 계속 바보가 장가 간 이야기를 했다. 제보 자도 앞의 이야기를 듣고 난 후 다음 이야기가 생각났는지 바로 이야기를 시 작했다.
줄 거 리 : 옛날에 남편은 바보고 아내는 똑똑한 부부가 있었다. 그런데 시간이 지나도 아이를 놓지 못했다. 남편이 나무를 하러 산에 간 사이 부인이 여치를 잡아 날개와 다리를 떼고 생리하는 피를 묻혀 놓았다. 남편이 나무를 해서 집에 오 니 오뉴월 더운 날임에도 부인이 이불을 덮고 있었다. 남편이 이유를 묻자 부

인이 유산을 했다고 대답하며 죽은 여치가 있는 것을 보라고 했다. 남편은 죽은 여치를 죽은 자기 아이라고 생각하고 매우 슬퍼했다.

옛날에 바보가, 이기 좀 남자가 바보든가 봐. 그래나노까네 안자 여자는 쪼깨 똑똑했는데 암만(아무리) 있어도 아로 안 놓거든.

한 날은 남자가 떡 나무하러 가고 난 뒤에 오뉴월 염천, 대기(매우) 덥었는 기라. 그래가 여치 안 나나, 여치, 여치. 메떼기(메뚜기) 여치 크다란 거, 그걸 한 바리 잡아가지고, 인자 맨수(menses, 생리)가 있었는 기라.

있어. 옛날에는 이 들통심기를 거다가 떡 인자 피를 좀 묻히가지고 그저 날개카 다 띠뿌고, 다리도 다 띠뿌고 딱 내놓고, 지는 인자 한 이불 떡 덮어씨고 오뉴월 염천 눕우 있으이, 남자가 나무를 해가 오이 떡 눕어 있거든.

"와 이리 눕었노?"

"유산됐다."

카거든.

"그래, 어딨노?"

이라이,

"저 가봐라."

카이, 거 떡 있거든. 그래 가오디만(가지고 오더니),

"아이구, 눈대 훌렁 까진 거는 등 너매(등 너머) 삼촌 닮고, 아랫두리 밋죽한 건 내 닮고, 가슴이 히떡 디비진(뒤집어진) 거는 니 닮았네."

카매, 그래 엉엉 울더란다. [웃음]

첫날밤에 이불보고 절한 바보 남편

자료코드 : 04_21_FOT_20100204_PKS_OMS_0002

조사장소 : 부산광역시 해운대구 중1동 7통경로당
조사일시 : 2010.2.4
조 사 자 : 박경수, 박양리, 정혜란, 정다혜
제 보 자 : 오명선, 여, 77세
구연상황 : 잠시 조사를 멈춘 사이 제보자가 "첫날밤에 이불보고 절한다."는 말이 있다
　　　　　고 하면서 다음 이야기를 했다.
줄 거 리 : 옛날에 바보가 장가를 갔다. 첫날밤에 바보가 어떻게 하는지 사람들이 궁금
　　　　　해서 방문의 창호지를 손으로 뚫어 보았다. 그리고 사람들이 "이불보고 절하
　　　　　라"고 하니, 바보 신랑은 그렇게 해야 되는 줄 알고 이불보고 절을 했다.

　옛날에는 와 자꾸 와 첫날밤에 뭐 이불보고 절하라 카는거로, 이불보고
절하라 카이께네, 바보는 이불보고 절 한다 카네요. 그기로 모르고 이불
보고 절하는 줄 알고.

　그래 인자 저거 처음에 인제 옷고름도 풀고 이래 뭐 하나썩 하나썩 빗
긴다(벗긴다) 하대. (청중 : 첫날밤에?) 첫날밤에. 쪽두리도 먼저 빗기고 이
라는데, 아 밖에서 문을 이래 뚤버가(뚫어서) 그때는 창호지 문 뚫고, 뒤
에 봉창 있으면 봉창문 다 열어가. 그거하고 이리이까네, 내 머머 언니들
하고 마마, 우리 형부들 하고 머머, 전부 자고 나이까네, 마 그냥 다 뚤버
놓고, 봉창도 없고 그랬대. 그래,

　"이불보고 절하라고. 이불보고 절하라."

　카이,

　"진짜 이불보고 절해야 됩니까? 절해야 됩니까?"

　이라더라고, 우리 아저씨가.

자식 죽여 부모 봉양하려다 쇠북을 얻은 효자

자료코드 : 04_21_FOT_20100203_PKS_HJB_0001
조사장소 : 부산광역시 해운대구 반송1동 송원경로당

조사일시 : 2010.2.3
조 사 자 : 박경수, 박양리, 정혜란, 정다혜
제 보 자 : 홍제분, 여, 80세
구연상황 : 조사자가 옛날 우스개 이야기도 좋으니 재미있는 이야기를 해달라고 하자,
제보자가 다음 이야기를 해주었다. 『삼국유사』에 나오는 손순매아(孫順埋兒)
설화인데, 이 이야기에서는 효자가 조선 후기의 인물인 '홍기섭'이란 사람으
로 제보자의 선대 인물로 변형되어 있다.
줄 거 리 : 옛날에 홍기섭이란 훌륭한 사람이 있었다. 아이를 낳았는데, 아이가 자꾸 할
머니 밥을 뺏어 먹었다. 그래서 아이는 또 낳으면 되니 아이를 땅에 묻자고
부부가 의논했다. 아이를 묻으려고 땅을 파니 큰 쇠북이 나왔다. 그 쇠북을
들보에 걸어두고 치니, 쇠북의 종소리가 임금의 귀에까지 들렸다. 임금이 쇠
북을 치는 사연을 듣고, 나라에서 쌀을 주어서 가족 모두 잘 살게 되었다.

옛날에 뭐 저기 뭐꼬, 홍기섭이라는, 옛날에 그 좀 훌륭한 사람이, 저기
뭐꼬 애를 낳는디, 밥은 빌어다가 어머니를 공경을 하는데, 애가 밥을 자
꾸 뺏어먹거든 그자. 그랑께,

"자식은 또 나몬(낳으면) 자식이고, 엄마는 인제 한 번 평생에 한 번이
니까, 이 애를 갖다가 땅에다가 갖다 묻자."

이랬는 기라. 그래갖고 인자 자기 마누라하고 인자 신랑하고 둘이 애를
데리고 인자 깽이를(괭이를) 큰 걸 가지고 산 위를 갔는 기라.

가가지고 땅을, 땅을 그냥 파가지고 애를 묻을라고, 엄마 밥을 뺏어 먹
으니까, 그래가 땅을 파가 묻을라 하니까, 그 속에서 큰 돌 쇠북이 나왔는
기라.

쇠북이 나와갖고 '아 이거는 애가 복이 있어서 그러니깐, 애를 묻으몬
안 된다.' 이래갖고 그 애를 다시 인자 데리고 와가지고 그걸 갖다가 큰
돌, 쇠북을 가지고 저 들보에다가 매달아놓고 쳤는 기라.

치니깐 마 그때 나랏님이,

"이이, 이게 무슨 소린고?"

하니까,

"이 어떤 그 효자가 그래 자식을 묻을라고, 엄마 밥을 뺏어묵어서 묻을라 카니까, 그거를 저기 서에, 탕에 땅을 파니깐 쇠, 돌북이 나왔다. 이래 가지고 그걸 인자 애 복인가 보다 싶어서 애를 안 묻고, 이걸 갖다가 어디 알리야 되겠다 싶어서 들보에 매달아놓고 종을 쳤다."

이러거든. 그란께 그 사람, 나랏님이, 그 애는 저 효자고, 복이 많은 사람이께, 이 애는 죽이지 안 하고, 나라에서 쌀 50석씩 매일 줘갖고 어른도 잘 살고 애도 잘 살더래요.

여름에 어머니께 홍시를 구해준 효자

자료코드 : 04_21_FOT_20100203_PKS_HJB_0002
조사장소 : 부산광역시 해운대구 반송1동 송원경로당
조사일시 : 2010.2.3
조 사 자 : 박경수, 박양리, 정혜란, 정다혜
제 보 자 : 홍제분, 여, 80세
구연상황 : 조사자가 제보자에게 정말 이야기를 재미있게 한다고 하면서, 이야기를 하나만 더 해달라고 요청했다. 그러자 제보자가 마지막이라면서 하나를 더 이야기해 주었다. 앞의 이야기에 이은 효행담이었다. 그런데 이야기 앞부분에서는 어머니가 홍시를 찾은 때가 6월달이라고 했는데, 이야기 중간에 갑자기 추운 겨울로 바뀌기도 했다.
줄 거 리 : 홍기섭이라는 사람의 어머니가 평소에 홍시를 참 좋아했다. 6월 달 밤중에 어머니가 홍시를 너무 먹고 싶어 했다. 홍시를 어떻게 구할지 걱정하면서 밖에 나가보니, 호랑이 한 마리가 앞을 가리며 타라고 했다. 호랑이를 타고 가보니 산속의 어떤 움막집에 가게 되었다. 그 집에서 제사를 지내고 있었는데, 제사상에 홍시가 많이 놓아져 있었다. 그 집에 들어가서 이 집까지 오게 된 사정을 말하자, 그 집에서 홍시를 많이 싸서 주었다. 집으로 돌아와서 어머니에게 홍시를 드렸다.

홍기섭이라고 하는 사람은, 엄마가 평소에 홍시를 참 좋아했는 기라. 그래갖고 6월달이니까, 6월달에는 홍시가 없잖아요 그자. 옛날에야, 지금

이야 냉장고 있고, 막 어디 전장에 내놔도 있지만, 옛날에는 없거든.

그래갖고서러는 인자, 만날 땅을 파갖고 드러넣으니, 홍시를 자기 어무이를 줄라고, 땅속에 묻어놓고, 그걸 제사에 쓸라고 인저, 제사에 쓸라고 묻어놨는디, 그 애는 그냥 저기 뭐고 저기 한 몇 개가 없는 기라. 인자 다 많이 묻어 놔도, 그때 되면 다 썩고 몇 개 없는 기라. 자기 어머니를 줄라고, 그래 인자 제사에 쓸라고 그러는데.

그래 어떤 사람이 효잔데, 저기 뭐고 밤에 저 어머니가 밤중에 막 그냥 홍시를 먹고 싶다고 막 이라는 기라.

그라니께 저기 뭐꼬, 아들이 저 방에 가갖고, '이 추분데 어디 가서 홍시를 구할까' 싶어가지고, 딱 나와가지고 저 배깥에서(바깥에서) 방황하고 있으니까, 그래 호랭이가 하나 큰 놈이 앞에 딱 가래(가려) 있거든.

그래가이고 인자 그 사람이 그걸 타라는 거 같아갖고 그걸 탔는 기라. 타니깐 마 어데 어디 가가지고 살골짜기를 가더니, 우막집이 있는디 불이 빤하더라네.

그래 그 집이를 딱 들어간께, 그 집에 제사를 지내더라네. 제사를 지내는데 보니께, 제삿밥을 내놨느니 보니깐, 홍시가 그냥 막 놔 있더라네.

그라니께 인저 그 얘기를 했는 기라. 그 인저 객이,

"그래 우리 어머니가 그래 홍시를 잡숫고 싶다 캐서 홍시를 구할라고 그래 인자 이랬는디, 그래 호랭이가 앞을 가려서 타고 오니께 여기를 왔다."

이러께,

"그 네 효성이 지극해가지고, 마 마 천지 여 하느님이 도와서 호랭이를 보내가지고 이곳에 왔는가 비라."

홍시를 그걸 그냥 마이 싸주더래요. 싸줘갖고 자기 어무니를 갖다 드리더라고.

가죽 외투를 물고 간 호랑이

자료코드 : 04_21_MPN_20100204_PKS_JBE_0001
조사장소 : 부산광역시 해운대구 중1동 중1동7통경로당
조사일시 : 2010.2.4
조 사 자 : 박경수, 박양리, 정혜란, 정다혜
제 보 자 : 조분이, 여, 71세
구연상황 : 조사자가 호랑이 이야기나 도깨비 이야기 같은 옛날이야기를 해달라고 하자,
제보자가 가장 먼저 나서서 이야기를 하나 해 보겠다고 하고는 다음 이야기
를 했다. 제보자의 아버지가 겪은 체험적인 이야기이다.
줄 거 리 : 늦여름 어느 날 밤에 대밭이 있는 집에서 가족들이 멍석을 깔고 자고 있었
다. 아버지가 이불이 모자라 만주에서 사온 가죽 외투를 덮고 잤다. 아침에
자고 일어나니 가죽 외투가 없어졌다. 한참을 찾았으나 보이지 않았다. 어느
날 아버지가 누룩을 숨기기 위해 산을 갔는데, 그곳에 가죽 외투가 땅에 펼
쳐져 있었다. 호랑이가 사람인 줄 알고 가죽 외투를 물고 간 것이라고 생각
했다.

대밭이 있어가, 내가 골때가(그때가) 한 한 아홉 한 여덟 살인가? 예,
학교 안 들어갈 때, 나는 아홉 살 무가(먹어서) 학교 갔거든. 그래가지고
는 주민등록 나이가 적어가지고 내가 아홉 살, 열 살 다 되가 들어갔다.

그래가지고 인자 저 우 뒤에 대밭이 있는데, 대밭이 와 꽉 있어. 있는
데, 그래가지고 인자 그때 대게 덥울 때 겉으몬 우리 아버지가 그거 저거
오바로 빠이루 오바, 옛날에 빠이루 오바라 카제.

우리 아부지가 만주 가가지고 그걸 입고 왔더라고. 입고 왔는데, 이래
멍시길(멍석을) 피아놔(펴 놓아) 놓고 이래 쭉 안 잡니꺼? 자는데 인자, 우
리 엄마도 요 자고, 인자 우리 아버지는 거 안 자고, 그저 사랑방에 자다
가 일나가 보이까네, 이슬이 오잖아.

이제 여름, 여름이라도 좀 늦게, 인자 늦게 여름인데, 그래 눕어지는데 우리 동생들하고 내가 맏이라고 보이까네 쪽 이래 눕었는데,

우리 아버지가 인자 그 삼베 이불 하나까(하나로) 덮으카네 모지래가지고(모자라서), 인자 아 자기 아 인자 그 오바 그거를 삐기가지고(벗겨서) 덮았어. 덮았는데, 아이고, 자고 나이까네 오바가 없는 기라

그래가 마 우리는 마 오바 덮았는 줄도 모르고 있었는데, 아버지가 그라더라고.

"너거 그 어째 오바를 요거 만날 여 걸어놓는데 와 오바가 없노, 오바가 없노."

이래쌓더라. 그래 그 자기가 덮았다고 그거 한데, 그래 대나무밭에 무슨 일이 있어가지고 옛날에는 그와 막 누룩 추러(숨겨둔 것을 찾으러) 댕기고, 옛날에는 뭐 추러 댕기고. 와글노 카모(왜 그랬는가 하면) 술도가에 안 하고 집에서 술 한다고.

그래가지고 인자 우리 아버지가 인자 누룩 그거 인자 숨쿠러(숨기러) 간다고 가이께네, 오바가 그 인자 이래 퍽 이래 눌파가(눕혀서) 있더란다. 있는데, 범이 물어 가가. (청중 : 그기 사람이라고 물고 갔다.) 그기 사람이라고 물어 가가지고 그 버들쳐(펼쳐) 났는 기라.

그래 밤에 오밤중에 그 넘, 도둑놈은 안 올끼고. 그 틀림없이 오바를 갖다 범이 물어 가가지고 그 놔낳다고(놓아 두었다고). 자고 일나가이 아버지.

아이를 함께 낳은 며느리와 시어머니

자료코드 : 04_21_MPN_20100204_PKS_JBE_0002
조사장소 : 부산광역시 해운대구 중1동 중1동7통경로당
조사일시 : 2010.2.4

조 사 자 : 박경수, 박양리, 정혜란, 정다혜

제 보 자 : 조분이, 여, 71세

구연상황 : 청중이 제보자에게 이야기 하나 더 해보라고 하자, 제보자가 바로 다음 이야
기를 했다.

줄 거 리 : 옛날에 며느리를 일찍 보니까, 며느리도 아이를 낳고 시어머니도 아이를 낳
았다. 그래서 서로 다른 사랑방에서 개를 부르니까, 개가 며느리 쪽으로 가는
바람에 며느리와 시어머니가 싸움을 하기도 했다.

저거 메느리 일찍 봐놔놓으까네, 메늘도 아 놓고, 시어마이도 아들 놓
고 그래.

그래 사랑채에서 시어마이로 워리워리 카고, 또 메느리는 이쪽 사랑채
에서 또 워리워리 카고, 마 메늘 방에 마마마마 ……. (청중 : 오요요요요
요. 오요요요요요 카는 사람도 있고.)

저놈의 개가 저거 내가 먼첨 불렀는데, 여기 안 오고 마 메늘방에 갔다
고, 둘이 난중에는 마 싸움을 하고 난리더라 카대. [웃음]

창부타령(1)

자료코드 : 04_21_FOS_20100204_PKS_GDS_0001
조사장소 : 부산광역시 해운대구 반여1동 신촌할머니경로당
조사일시 : 2010.1.28
조 사 자 : 박경수, 박양리, 정혜란, 정다혜
제 보 자 : 곽도선, 여, 76세
구연상황 : 박말순 제보자가 노랫가락으로 부른 <그네 노래>가 끝나자마자, 제보자가
　　　　　바로 다음 노래를 시작했다. 창부타령으로 부른 노래이다.

　　　노세노세 젊어서놀아 늙어지-며는 못노나니~

　　　화무는 십일홍이여 달도차면은 기우나니-

　　　인생은 일자춘몽에(일장춘몽에) 아니- 놀지는 못하리-라-

창부타령(2)

자료코드 : 04_21_FOS_20100204_PKS_GDS_0002
조사장소 : 부산광역시 해운대구 반여1동 신촌할머니경로당
조사일시 : 2010.1.28
조 사 자 : 박경수, 박양리, 정혜란, 정다혜
제 보 자 : 곽도선, 여, 76세
구연상황 : 임맹순 제보자의 <배추 씻는 처녀 노래>가 끝나자, 제보자가 다음 노래가
　　　　　생각났는지 갑자기 노래를 부르기 시작했다. 부분적으로 잘 기억하지 못하는
　　　　　부분은 청중의 도움을 받아서 불렀다. 창부타령 곡조라 부른 것이다..

　　　포름포름 봄배추는 참이슬 오기만 기다리고

　　　백설같은 흰나비는 정든님 오기만 기다린다

화투타령

자료코드 : 04_21_FOS_20100204_PKS_GDS_0003
조사장소 : 부산광역시 해운대구 반여1동 신촌할머니경로당
조사일시 : 2010.1.28
조 사 자 : 박경수, 박양리, 정혜란, 정다혜
제 보 자 : 곽도선, 여, 76세
구연상황 : 조사자가 화투 노래는 부르지 않았느냐고 물어보면서 앞 소절을 조금 이야
기하자, 제보자가 그 노래를 알고 있다고 한 후에 바로 다음 노래를 불렀다.

정월속가지 속속한마음

이월매조에 맺어놓고

삼월사쿠라 산란한마음

사월흑싸리 허송하다

오월난초 나비가날라

육월목단에 앉았구나

칠월홍돼지 홀로누어

팔월공산에 달뜨온다

구월국화 굳은 마음

시월단풍에 똑떨어졌네

모심기 노래

자료코드 : 04_21_FOS_20100204_PKS_KMS_0001
조사장소 : 부산광역시 해운대구 우1동 우동장지부녀노인당
조사일시 : 2010.2.4
조 사 자 : 박경수, 박양리, 정혜란, 정다혜
제 보 자 : 김말순, 여, 82세
구연상황 : 조사자가 제보자에게 모를 심을 때 어떤 노래를 불렀는지 물어보자, 제보자

가 다음 노래를 불렀다.

이논에다 모를심어 금실금실 영화로세
우리부모 산소등에 솔을심어 영화로세

청춘가

자료코드 : 04_21_FOS_20100204_PKS_KMS_0002
조사장소 : 부산광역시 해운대구 우1동 우동장지부녀노인당
조사일시 : 2010.2.4
조 사 자 : 박경수, 박양리, 정혜란, 정다혜
제 보 자 : 김말순, 여, 82세
구연상황 : 조사자가 예전에 청춘가도 부르고 했지 않느냐며 노래를 유도하자, 제보자
가 다음 노래를 불렀다. 창부타령으로 서두를 시작했다가 "간대족족이"부터
는 청춘가 가락으로 바꾸어 불렀다. 후자 쪽에 비중을 두어 제목을 청춘가로
했다.

노세노세 젊어놀아 늙어지면은 못노리라

아니- 아니아니 노지는 못하리라

아니 서지는 못하리라

간대족족이~(가는 데마다) 정들이 놓고요

이별이 잦아서 어~허 내몬사리로다(내 못 살리로다)

사발가

자료코드 : 04_21_FOS_20100204_PKS_KMS_0003
조사장소 : 부산광역시 해운대구 우1동 우동장지부녀노인당
조사일시 : 2010.2.4

조 사 자 : 박경수, 박양리, 정혜란, 정다혜

제 보 자 : 김말순, 여, 82세

구연상황 : 조사자가 "석탄백탄" 하면서 부르는 노래를 해달라고 요청하자, 제보자가 청
중들과 함께 다음 노래를 불렀다.

석탄백탄 타는데는 연기짐이나 나고요
요내가슴 타는데 연개도짐도 안난다

아리랑

자료코드 : 04_21_FOS_20100204_PKS_KMS_0004

조사장소 : 부산광역시 해운대구 우1동 우동장지부녀노인당

조사일시 : 2010.2.4

조 사 자 : 박경수, 박양리, 정혜란, 정다혜

제 보 자 : 김말순, 여, 82세

구연상황 : 조사자가 아리랑을 불러달라고 요청하자, 제보자가 아리랑 그거야 이렇게 부
르지라고 말하면서 다음 노래를 불렀다. 그러나 한 소절만 하고 웃으면서 중
단하고 말았다.

아리랑 아리랑 아라리요
아리랑 고개로 넘어간다
아리랑 고개는 열두개 고개
정든님 고개는 한고개야

노랫가락 / 그네 노래

자료코드 : 04_21_FOS_20100204_PKS_KJK_0001

조사장소 : 부산광역시 해운대구 우1동 우동장지부녀노인당

조사일시 : 2010.2.4

조 사 자 : 박경수, 박양리, 정혜란, 정다혜
제 보 자 : 김정금, 여, 80세
구연상황 : 조사자가 <그네 노래>를 불러달라고 요청하자, 제보자가 다음 노래를 불
　　　　　렀다.

　　　수천당 세모시낭게 둘이타자고 군데줄매어
　　　임이타면 내가나밀고 내가타면은 임이민다
　　　임아야 줄미지마라 줄떨어지면은 정떨어진-다

남녀연정요

자료코드 : 04_21_FOS_20100204_PKS_KJK_0002
조사장소 : 부산광역시 해운대구 우1동 우동장지부녀노인당
조사일시 : 2010.2.4
조 사 자 : 박경수, 박양리, 정혜란, 정다혜
제 보 자 : 김정금, 여, 80세
구연상황 : 최복순 제보자의 노래가 끝난 후, 제보자가 다음 노래를 생각하여 바로 부르
　　　　　기 시작했다.

　　　불숭아 쪽쪼구리(쪽저고리) 이틀숭아101) 다홍처마
　　　주름잡아서 들치입고요 양가집에 놀로가니
　　　양가가 간곳없고 하늘에 산수한가
　　　손목을 잡고서 놀자고 하니
　　　명자야 칼가온나 이내손목 자빠라자102)
　　　밤이가 낮걸으면은 넘우세나103) 하지만은

---

101) "이틀 걸려"의 뜻인 듯함.
102) "잡아 비틀자"의 뜻인 듯함.
103) 남우세나. 남에게 웃음거리가 되게.

주머니 노래

자료코드 : 04_21_FOS_20100204_PKS_KJK_0003
조사장소 : 부산광역시 해운대구 우1동 우동장지부녀노인당
조사일시 : 2010.2.4
조 사 자 : 박경수, 박양리, 정혜란, 정다혜
제 보 자 : 김정금, 여, 80세
구연상황 : 조사자가 제보자에게 아는 노래가 참 많은 것 같다고 하면서 한 곡 더 해달
라고 요청하자, 제보자가 다음 노래를 불렀다. 주머니 노래의 가사와 시집살
이 노래의 가사를 합쳐서 부른 것으로 보인다. 노래 제목은 일단 '주머니 노
래'로 했다. 뜻을 알기 어려운 표현이 더러 있다.

　　　옥아옥아 단지옥아

　　　그베짜서 누줄라노

　　　서울갔던 울오래비

　　　자지탈랑 염탈랑에104)

　　　나은봉사105) 줌치꺼내

　　　부은봉사106) 허리꺼내

　　　알쏭달쏭 칼을차고

　　　접피방에(재피방에) 들어가니

　　　짓이안방이107) 흘렀구나

　　　대왕질에 묻어노니

　　　은접시는 은꽃피고

　　　놋접시는 놋꽃패고

　　　성아성아 올키성아

　　　시접살이가 어떻더노

---

104) 무슨 뜻인지 알기 어렵다.
105) 무슨 뜻인지 알기 어렵다.
106) 무슨 뜻인지 알기 어렵다.
107) "깃이 안방에"에 뜻인 듯하나 정확하지 않다.

동글동글 도래판에(둥근 판에)

수제놓기도 애럽더라

화투타령

자료코드 : 04_21_FOS_20100204_PKS_KJK_0004
조사장소 : 부산광역시 해운대구 우1동 우동장지부녀노인당
조사일시 : 2010.2.4
조 사 자 : 박경수, 박양리, 정혜란, 정다혜
제 보 자 : 김정금, 여, 80세
구연상황 : 조사자가 <화투 타령>을 불러 달라고 요청하자, 제보자가 다음 노래를 불렀다.

정월속가지 속속한마음

이월매조에 맺어놓고

삼월사꾸라 산란한나비

사월흑싸리에 허송하고

오월난초 나비가날라

유월목단에 춤을추네

칠월홍돼지 홀로서누워

팔월공산 달이밝아

구월국화 굳은마음

시월단풍에 뚝떨어짔네

오동지섣달 긴긴밤에

앉아서니 임이오나

누웠으니 잠이오나

임도잠도 아니나오고

요일감당을 누가하꼬

아기 재우는 노래 / 자장가

자료코드 : 04_21_FOS_20100204_PKS_KJK_0005
조사장소 : 부산광역시 해운대구 우1동 우동장지부녀노인당
조사일시 : 2010.2.4
조 사 자 : 박경수, 박양리, 정혜란, 정다혜
제 보 자 : 김정금, 여, 80세
구연상황 : 조사자가 아기들을 재우며 불렀던 자장가가 없느냐고 물어보자, 제보자가 그
런 노래를 불렀다고 하면서 다음 노래를 말로 읊었다.

자장자장 우리애기

엄마품에 폭안겨서

칭얼칭얼 잠노래를

잠노래를 끄쳤다가 또하면서

저녁노을 사라지면

돌아오는 밝은달에

우리애기 잠든얼굴

곱게곱게 비쳐주네

모심기 노래

자료코드 : 04_21_FOS_20100204_PKS_KCS_0001
조사장소 : 부산광역시 해운대구 반여1동 신촌할머니경로당
조사일시 : 2010.1.28
조 사 자 : 박경수, 박양리, 정혜란, 정다혜
제 보 자 : 김차선, 여, 75세

구연상황: 조사자와 청중들이 모심기 노래를 한 번 불러보라고 제보자를 부추기자, 제보자가 다음 노래를 불렀다.

이논-빼미 모를심어 금실금실 영화로다-

인자 뒷노래는 또,

우리야부모님 산소등에~ 솔을심-어서 영화-로다

파랑새요

자료코드 : 04_21_FOS_20100204_PKS_KCS_0002
조사장소 : 부산광역시 해운대구 반여1동 신촌할머니경로당
조사일시 : 2010.1.28
조 사 자 : 박경수, 박양리, 정혜란, 정다혜
제 보 자 : 김차선, 여, 75세
구연상황: 조사자가 "새야새야 파랑새야" 하며 부르는 노래를 불러달라고 요청하자, 제보자가 바로 다음 노래를 불렀다.

새야새야- 파랑새야

녹두낭게- 앉지마라

녹두꽃이- 떨어지면

청포장수 울고간다-

노랫가락(1) / 그네 노래

자료코드 : 04_21_FOS_20100203_PKS_KCS_0001
조사장소 : 부산광역시 해운대구 반송2동 운송경로당
조사일시 : 2010.2.3
조 사 자 : 박경수, 박양리, 정혜란, 정다혜

제 보 자 : 김차수, 여, 75세

구연상황 : 조사자가 노랫가락으로 부르는 그네 노래를 불러달라고 요청하자, 제보자가
　　　　　나서서 다음 노래를 불렀다.

　　수-천당 세모시냥게 둘이타-자고 그네를매여~

　　내가타면 님이가밀고 님이타-면은 내가민~다

　　임아임아- 줄살살밀어라 줄떨어지-면은 정떨어진~다

노랫가락(2) / 청춘가

자료코드 : 04_21_FOS_20100203_PKS_KCS_0002

조사장소 : 부산광역시 해운대구 반송2동 운송경로당

조사일시 : 2010.2.3

조 사 자 : 박경수, 박양리, 정혜란, 정다혜

제 보 자 : 김차수, 여, 75세

구연상황 : 조사자가 예전에 청춘가도 부르면서 놀았지 않느냐고 하면서 제보자에게 청
　　　　　춘가를 불러달라고 부탁하자, 제보자가 다음 노래를 불렀다. 노랫가락으로 부
　　　　　르는 청춘가이다.

　　벽창에 걸린시계야 얼그덕철-그덕 네가지마~라~

　　네가가면 세월이~가고 세월이가~면은 나도간다~

　　내가는것은 일차로두고 만당청춘이 다같이간~다~

창부타령

자료코드 : 04_21_FOS_20100203_PKS_KCS_0003

조사장소 : 부산광역시 해운대구 반송2동 운송경로당

조사일시 : 2010.2.3

조 사 자 : 박경수, 박양리, 정혜란, 정다혜

제 보 자 : 김차수, 여, 74세

구연상황 : 조사자가 또 다른 노래가 없느냐고 물어보자, 제보자가 다음 노래를 불렀다.
창부타령으로 부른 또 다른 청춘가이다.

노자 좋~다 젊어서놀~아 늙고병들면 못노나~니-

화무는 십일홍이~요 달도차-면은 기우나~니-

청춘가(1)

자료코드 : 04_21_FOS_20100203_PKS_KCS_0004

조사장소 : 부산광역시 해운대구 반송2동 운송경로당

조사일시 : 2010.2.3

조 사 자 : 박경수, 박양리, 정혜란, 정다혜

제 보 자 : 김차수, 여, 75세

구연상황 : 제보자가 앞의 노래에 이어서 다음 노래를 불렀다.

청천~ 하늘에~에 잔별도 많고요~오

요내야 가슴에 좋~다 수심도 많구나~

사발가

자료코드 : 04_21_FOS_20100203_PKS_KCS_0005

조사장소 : 부산광역시 해운대구 반송2동 운송경로당

조사일시 : 2010.2.3

조 사 자 : 박경수, 박양리, 정혜란, 정다혜

제 보 자 : 김차수, 여, 75세

구연상황 : 조사자가 "석탄백탄" 하며 부르는 노래도 있지 않느냐고 물어보자, 제보자가
그런 노래가 있다고 하면서 다음 노래를 불렀다.

석탄-백탄 타는데는 연기라도몰싹 나지만은

요내가슴 타는데는 짐도-연기도 아니나네-

청춘가(2)

자료코드 : 04_21_FOS_20100203_PKS_KCS_0006
조사장소 : 부산광역시 해운대구 반송2동 운송경로당
조사일시 : 2010.2.3
조 사 자 : 박경수, 박양리, 정혜란, 정다혜
제 보 자 : 김차수, 여, 75세
구연상황 : 제보자가 이런 노래도 불렀다고 말하면서 다음 노래를 불렀다.

간다~ 못간다~ 얼마나 울었던가~아

정거장 마당이 좋~다 한강수가 되었구나

한강수~ 마당에~에 배띄워 놓구요~오-

못가시는 손님아 좋~다 내배에 올라라~

권주가

자료코드 : 04_21_FOS_20100203_PKS_KCS_0007
조사장소 : 부산광역시 해운대구 반송2동 운송경로당
조사일시 : 2010.2.3
조 사 자 : 박경수, 박양리, 정혜란, 정다혜
제 보 자 : 김차수, 여, 75세
구연상황 : 조사자가 권주가를 알고 있느냐고 물어보자, 제보자가 알고 있다고 대답한
        후에 바로 다음 노래를 불렀다.

잡으시요 잡-으나시요 이슬한-잔을 잡으시~요~

이슬이 술이~아니라 먹고놀자는 백년초~요~

화투타령

자료코드 : 04_21_FOS_20100203_PKS_KCS_0008
조사장소 : 부산광역시 해운대구 반송2동 운송경로당
조사일시 : 2010.2.3
조 사 자 : 박경수, 박양리, 정혜란, 정다혜
제 보 자 : 김차수, 여, 75세
구연상황 : 조사자가 화투 노래를 불러달라고 요청하자, 제보자가 마지막이라고 말하면
서 다음 노래를 불렀다.

정월속속 속속한마음

이월매조에 맺아놓고

삼월사꾸라 산란한마음

사월흑싸리 허송하야~

오월난초 나는나비

유월목단에 춤을춘다

칠월홍돼지 홀로만누워

팔월공산을 바라보고

구월국화야 피지를마라

시월단풍에 다떨어진다

진주난봉가

자료코드 : 04_21_FOS_20100203_PKS_MCS_0001
조사장소 : 부산광역시 해운대구 반송2동 운봉경로당
조사일시 : 2010.2.3
조 사 자 : 박경수, 박양리, 정혜란, 정다혜
제 보 자 : 문차순, 여, 95세
구연상황 : 조사자가 진주남강 노래의 앞부분을 잠시 말하면서 제보자에 불러줄 수 있

느냐고 하자, 제보자는 이에 바로 다음 노래를 불렀다. 청중들이 박수를 치며 장단을 맞추어 주었다. 노래를 부르는 중간에 사설을 반복하는 부분도 있고, 잠시 멈춘 부분도 있다. 진주남강요의 가사를 온전하게 기억하지 못한 채 노래했다.

울도담도 없는집에

시접삼년을 살고나니

시어마니 하는말쌈

아가아가 메늘아가

진주난간을 빨래가자

진주난간을 빨래가서

흰빨래는 희기씻고

껌덕빨래(검은 빨래) 껌기씻고

오도롱탕 씻거싸니(씻고 있으니)

하늘같은 갓을씨고

구름같은 말을타고

몬본듯이 돌아나네

그걸음을 뛰어나가

흰빨래는 희기씻고

껌덩빨래 껌기씻고

집으로사 돌아오니

진주낭군을 볼라카거든

싸륵방에(사랑방에) 내리가니

열두가지 술을놓고

할떡바지벗어[108] 안주놓고

기생첩을 옆에다두고

---

108) 사설을 정확하게 기억하지 못한 부분인 듯하다.

기생첩을 옆에다두고

권주가를 하는구나

그걸음을 뛰어아서(뛰어와서)

맹지수건 석자수건

목을잘라 죽었구나

시어머니 하시는말씀

아야아가 메늘아가

기생첩은 삼년이고

본처는 백년인데

○금같이 원통하다

도라지 타령

자료코드 : 04_21_FOS_20100203_PKS_MCS_0002

조사장소 : 부산광역시 해운대구 반송2동 운봉경로당

조사일시 : 2010.2.3

조 사 자 : 박경수, 박양리, 정혜란, 정다혜

제 보 자 : 문차순, 여, 95세

구연상황 : 조사자가 도라지 타령은 부르지 않았느냐고 물어보자, 제보자는 옛날에 그런 노래를 불렀다고 하면서 다음 노래를 불렀다. 청중들이 계속 박수를 쳐서 장단을 맞추어 주었다.

도라지 도라지 도~라지~ 심심산천에 백도라지

도라지 캐러~간-다고~ 요핑기저핑기 대여고~[109]

총각낭군~ 무~덤에 삼오시[110]지내러 간다~고

　에헤~요 에헤요 에헤~요 어이야로 난-자 지화자자 좋다

---

109) 요 핑계 저 핑계 대어서.

110) 삼우제.

니가 내간장 사리살살 다녹는다

노랫가락 / 그네 노래

자료코드 : 04_21_FOS_20100203_PKS_MCS_0003
조사장소 : 부산광역시 해운대구 반송2동 운봉경로당
조사일시 : 2010.2.3
조 사 자 : 박경수, 박양리, 정혜란, 정다혜
제 보 자 : 문차순, 여, 95세
구연상황 : 조사자가 노랫가락으로 부르는 그네 노래를 불러달라고 요청하자, 제보자가
　　　　　 나서서 다음 노래를 불렀다.

　　　수-천당 세모시낭게 둘이타-자고 그네를매여~
　　　내가타면 님이가밀고 님이타-면은 내가민~다
　　　임아임아 줄살살밀어라 줄떨어지-면은 정떨어진~다

모심기 노래

자료코드 : 04_21_FOS_20100204_PKS_PDY_0001
조사장소 : 부산광역시 해운대구 우1동 우동장지부녀노인당
조사일시 : 2010.2.4
조 사 자 : 박경수, 박양리, 정혜란, 정다혜
제보자 1 : 박동연, 여, 95세
제보자 2 : 이소매, 여, 82세
구연상황 : 다른 제보자가 모심기 노래를 부르고 난 후, 제보자가 다음 노래가 생각이
　　　　　 났는지 부르기 시작했다. 그러나 앞소리만 하고 뒷소리를 하지 못하자 이소매
　　　　　 제보자가 뒷소리를 넣었다.

제보자 1 해다지고 저문날에 우연행상 떠나가노

뭐라 카노? [웃음]

제보자 2 우리야 부모님 어데가고 메늘죽고 모르던가

제보자 1 아이구 잊어뿌고 모르겠다.

사발가

자료코드 : 04_21_FOS_20100204_PKS_PDY_0002
조사장소 : 부산광역시 해운대구 우1동 우동장지부녀노인당
조사일시 : 2010.2.4
조 사 자 : 박경수, 박양리, 정혜란, 정다혜
제 보 자 : 박동연, 여, 95세
구연상황 : 다른 제보자가 부르는 <사발가>를 듣고 난 후, 제보자도 노래를 해보겠다며
　　　　　불렀다. 수줍음을 많이 타서 그런지 마지막 후렴 부분은 웃으면서 창부타령의
　　　　　여음으로 마무리했다.

　　석탄백탄 타는데 연기짐이 나는데
　　요내가슴 타는데는 연기야짐도 안난다
　　　　얼씨구나 좋다 지화자 좋다 아니노지를 못하리라

쌍가락지 노래

자료코드 : 04_21_FOS_20100204_PKS_PDY_0003
조사장소 : 부산광역시 해운대구 우1동 우동장지부녀노인당
조사일시 : 2010.2.4
조 사 자 : 박경수, 박양리, 정혜란, 정다혜
제 보 자 : 박동연, 여, 95세
구연상황 : 조사자가 "쌍금쌍금" 하며 시작하는 노래도 있지 않느냐고 물어보자, 제보자
　　　　　가 그런 노래가 있다면서 바로 다음 노래를 음송하듯이 불렀다. 노래 뒷부분

에서 가사가 생각나지 않아 약간 망설였다가 다시 가사를 생각해서 마무리
했다.

쌍금쌍금 쌍가락지
주석질로 놋가락지
먼데보이 달일레라
잩에보이 처잘레라
그처자 자는방에
숨소리가 두가지
청도복시 오라부니
거짓말씀 말으시소
남풍이 디리부니
풍지떠는 소리로다

창부타령

자료코드 : 04_21_FOS_20100204_PKS_PDY_0004
조사장소 : 부산광역시 해운대구 우1동 우동장지부녀노인당
조사일시 : 2010.2.4
조 사 자 : 박경수, 박양리, 정혜란, 정다혜
제 보 자 : 박동연, 여, 95세
구연상황 : 조사자가 "포름포름"으로 시작하는 노래도 있지 않느냐고 물어보자, 제보자
　　　　　 가 다음 노래를 불렀다. 창부타령 곡조로 부른 것이다.

　포름포름 봄배추는 찬이슬 오기만 기다리고
　옥에갇힌 춘향이는 이대롱(이도령) 오기만 기다린다

너냥 나냥

자료코드 : 04_21_FOS_20100204_PKS_PDY_0005
조사장소 : 부산광역시 해운대구 우1동 우동장지부녀노인당
조사일시 : 2010.2.4
조 사 자 : 박경수, 박양리, 정혜란, 정다혜
제 보 자 : 박동연, 여, 95세
구연상황 : 조사자가 "너냥 나냥" 하면서 부르는 노래를 불러달라고 부탁하자, 제보자가
         다음 노래를 시작했다. 청중들도 따라서 같이 불렀다.

낮이낮이나 밤이밤이나 참사랑이로다-

아침에 우는새는 배가고파 울고요

저녁에 우는새는 임이기러워 운다

　　너냥내냥 두리둥실 놀고요

　　낮이낮이나 밤이밤이나 참사랑이로다-

노랫가락(1) / 정 노래

자료코드 : 04_21_FOS_20100204_PKS_PMS_0001
조사장소 : 부산광역시 해운대구 반여1동 신촌할머니경로당
조사일시 : 2010.1.28
조 사 자 : 박경수, 박양리, 정혜란, 정다혜
제 보 자 : 박말순, 여, 75세
구연상황 : 이순덕 제보자가 창부타령을 부르고 난 후, 제보자가 나도 한 곡 해보겠다고
         한 후 바로 다음 노래를 불렀다.

에-헤~

꽃같이 고으나님을 열매같이도 맺어놓~고

가지가~지 뻗어난정을 우리곁~이도 깊은정-을 (청중 : 잘 한다.)

아무렴 백년하리를 이별없~이만 살아주-소

노랫가락(2) / 님 노래

자료코드 : 04_21_FOS_20100204_PKS_PMS_0002
조사장소 : 부산광역시 해운대구 반여1동 신촌할머니경로당
조사일시 : 2010.1.28
조 사 자 : 박경수, 박양리, 정혜란, 정다혜
제 보 자 : 박말순, 여, 75세
구연상황 : 조사자가 한 곡 더 불러달라고 요청하자, 제보자는 바로 다음 노래를 불렀다.

에-헤~

창밖에 창치는님아 내창-친다고 내나가-리
너보다 더고운님을 내팔비-고서 잠들었~네-

노랫가락(3) / 그네 노래

자료코드 : 04_21_FOS_20100204_PKS_PMS_0003
조사장소 : 부산광역시 해운대구 반여1동 신촌할머니경로당
조사일시 : 2010.1.28
조 사 자 : 박경수, 박양리, 정혜란, 정다혜
제 보 자 : 박말순, 여, 75세
구연상황 : 조사자가 청중들에게 그네 노래를 불러 달라고 부탁하자, 제보자가 조금 생각한 후에 이 노래를 불렀다. 청중이 "님아님아"라고 부르는 대목에 개입을 하여 잠시 불렀다.

에-헤~

수천당 세모시낭개 둘이타자고 그네를매여
내가타면 네가밀고 네가타면은 내가민다
님아님아 줄살살밀어라 줄떨어지면은 정떨어진다

노랫가락(4) / 나비 노래

자료코드 : 04_21_FOS_20100204_PKS_PMS_0004
조사장소 : 부산광역시 해운대구 반여1동 신촌할머니경로당
조사일시 : 2010.1.28
조 사 자 : 박경수, 박양리, 정혜란, 정다혜
제 보 자 : 박말순, 여, 75세
구연상황 : 제보자가 앞의 <그네 노래>를 부른 다음 바로 이어서 다음 노래를 생각하여
　　　　　불렀다. 노랫가락이 이 노래까지 계속 이어졌다.

에~헤~

나비야 청산을가자 노랑나비도 너도가~자

가다가 저무나지면 꽃밭속-에로 잠드세~요

꽃밭이 불편하-걸랑 이내품안에 잠드세-요

종지 돌리는 노래

자료코드 : 04_21_FOS_20100204_PKS_OMS_0001
조사장소 : 부산광역시 해운대구 중1동 7통경로당
조사일시 : 2010.2.4
조 사 자 : 박경수, 박양리, 정혜란, 정다혜
제 보 자 : 오명선, 여, 77세
구연상황 : 조사자가 조사 취지를 이야기 한 후, 어렸을 때 놀면서 부르던 노래가 있으
　　　　　면 불러달라고 부탁하자, 제보자가 먼저 나서서 다음 노래를 했다. 여러 사람
　　　　　이 원형으로 둘러앉아 치마 밑으로 종지를 돌리는 놀이는 현대의 수건돌리기
　　　　　놀이와 유사한 놀이이다.

기어라 장금아 비끼(비켜서, 몰래) 돌리라

오늘은 우리손에 하리 종바리(종지)

종바리꽃이 만발할 때

여기도 빤짝 저기도 빤짝 빤짝거리네

청춘가

자료코드 : 04_21_FOS_20100203_PKS_LBJ_0001
조사장소 : 부산광역시 해운대구 반송1동 송원경로당
조사일시 : 2010.2.3
조 사 자 : 박경수, 박양리, 정혜란, 정다혜
제 보 자 : 이복자, 여, 78세

구연상황 : 제보자는 먼저 <사발가>를 불렀으나 가사를 많이 잊어 제대로 부르지 못했
　　　　　다. 조사자가 "산이 높아야"로 시작하는 노래를 다른 곳에서 들었다고 하면서
　　　　　제보자에게 노래를 해볼 것을 부탁하자, 제보자가 예전에 불렀다며 다음 노래
　　　　　를 부르기 시작했다.

　　　산이 높아야~ 골도나 짚우지~
　　　조그만한 여자가슴 좋~다 얼마나 깊을소냐~

모심기 노래

자료코드 : 04_21_FOS_20100204_PKS_LSM_0001
조사장소 : 부산광역시 해운대구 우1동 우동장지부녀노인당
조사일시 : 2010.2.4
조 사 자 : 박경수, 박양리, 정혜란, 정다혜
제 보 자 : 이소매, 여, 82세

구연상황 : 조사자가 제보자에게 모심기 노래를 어떻게 불렀느냐고 물어보자, 제보자가
　　　　　다음 노래를 불렀다. 그런데 두 번째 노래부터는 가창하지 않고 말로 읊었다.

　　　이논에다 모를심어 금실-금~실 영화로다
　　　우리-부모님 산소등에~ 솔을심~어 영화로다

　　　낭창낭창 베랑끝에(벼랑 끝에) 무정한 울오빠야
　　　나는죽어 후승가서 임부터 생각할란다

노랫가락

자료코드 : 04_21_FOS_20100204_PKS_LSD_0001
조사장소 : 부산광역시 해운대구 반여1동 신촌할머니경로당
조사일시 : 2010.1.28
조 사 자 : 박경수, 박양리, 정혜란, 정다혜
제 보 자 : 이순덕, 여, 73세
구연상황 : 박말순 제보자가 <정 노래>를 마치자, 제보자가 다음 노래를 불렀다.

  녹수청산 흐르난물에 배차씻는[111] 저처녀야
  끝에떡잎 다제쳐놓고 속에속대를 나를주소

노랫가락

자료코드 : 04_21_FOS_20100204_PKS_LMS_0001
조사장소 : 부산광역시 해운대구 반여1동 신촌할머니경로당
조사일시 : 2010.1.28
조 사 자 : 박경수, 박양리, 정혜란, 정다혜
제 보 자 : 임명순, 여, 76세
구연상황 : 조사자가 한 곡 더 불러달라고 요구하자, 옛날 노래는 많다고 하면서 바로
다음 노래를 불렀다.

  옛날-옛적 과거사로 잊어라 모도다 꿈이로다
  잊어야만 하를줄을(할 줄을) 나도 번연이 알건만은
  날속여라~ 미련이남아 그래도 못잊어 한이로세

---

111) 배추 씻는.

창부타령

자료코드 : 04_21_FOS_20100204_PKS_LMS_0002
조사장소 : 부산광역시 해운대구 반여1동 신촌할머니경로당
조사일시 : 2010.1.28
조 사 자 : 박경수, 박양리, 정혜란, 정다혜
제 보 자 : 임명순, 여, 76세
구연상황 : 청중들이 제보자를 보고 노래를 참 많이 기억하고 있다고 이야기를 하면서
더 불러보라고 부추기자 바로 다음 노래를 불렀다.

녹두청산 흐르는물은 이내 낙동강을 흘러가고 (청중 : 좋다.)
이내가슴 타는데는 하늘땅도 물이더라
　　얼씨구 절씨구 지화자가자가 좋네
　　아니 놀고서 무엇하리

새야새야 뱅뱅~돌아라 백년의새밸이(새 별이) 등넘어온다
까치야자자~ 오감사야자자~ 밤중새별이 담넘어온다~
　　얼씨구 절씨구 자고 지화자가자가 좋네
　　아니 노지를 못하리라

모심기 노래

자료코드 : 04_21_FOS_20100203_PKS_HJB_0001
조사장소 : 부산광역시 해운대구 반송1동 송원경로당
조사일시 : 2010.2.3
조 사 자 : 박경수, 박양리, 정혜란, 정다혜
제 보 자 : 홍제분, 여, 80세
구연상황 : 조사자가 제보자에게 기억나는 노래를 불러달라고 요청하자 다음 노래를 시
작했다. 그러나 "언제커서"부터는 노래를 하지 않고 암송하듯이 읊었다.

　　모야~모야~ 노랑모야

언제커서 열매열래.

한달크고 두달커서 구시월에 열매연다

노랫가락 / 그네 노래

자료코드 : 04_21_FOS_20100203_PKS_HJB_0002
조사장소 : 부산광역시 해운대구 반송1동 송원경로당
조사일시 : 2010.2.3
조 사 자 : 박경수, 박양리, 정혜란, 정다혜
제 보 자 : 홍제분, 여, 80세
구연상황 : 조사자가 제보자에게 기억력이 좋다고 하며 다른 노래도 불러달라고 부탁하
자, 제보자가 흔쾌히 다음 노래를 불렀다.

세천당(추천당) 세모진낭게~ 청실-홍-실로 그니를(그네를)매~여
임이뛰면- 내가~밀고 내가-뛰-면은 임이밀~고
임아-임아- 줄밀지마라~ 줄떨어-지면은 정떨어-진다

■엮은이 소개

박경수 부산대학교 국어교육과를 졸업하고, 한국학중앙연구원 한국학대학원에서 문학석사, 부산대학교 대학원에서 문학박사 학위를 받았다. 현재 부산외국어대학교 한국어문화학부 교수로 있으면서 한국문학회 회장을 맡고 있다. 주요 저서로『한국 근대문학의 정신사론』(삼지원, 1993),『한국 근대 민요시 연구』(한국문화사, 1998),『한국 민요의 유형과 성격』(국학자료원, 1998),『한국 현대시의 정체성 탐구』(국학자료원, 2000),『아동문학의 도전과 지역 맥락』(국학자료원, 2010),『현대시의 고전텍스트 수용과 변용』(국학자료원, 2011) 등이 있고, 편저로『부산민요집성』(세종출판사, 2002),『증편 한국구비문학대계 8-16~19(경상남도 함양군①~③)』(한국학중앙연구원, 2014) 등이 있다.

정규식 동아대학교 국어국문학과를 졸업하고, 동아대학교 교육대학원에서 국어교육학석사, 동아대학교 대학원에서 문학박사 학위를 받았다. 현재 동아대학교 교양교육원에서 조교수로 있으며, 동남어문학회·남도민속학회·한국문학회의 편집위원으로 활동하고 있다. 주요 저서로는『즐거운 고전 삶으로서의 고전』(세종출판사, 2008),『한국 고전문학 연구의 지평과 과제』(동아대 출판부, 2011),『고소설의 주인공론』(공저, 보고사, 2014),『한국 고소설과 섹슈얼리티』(공저, 보고사, 2009) 등이 있다.

서정매 계명대학교 작곡과를 졸업하고, 영남대학교 대학원에서 음악학석사, 부산대학교 대학원에서 한국음악학박사 학위를 받았다. 현재 부산대학교에 출강하고 있다. 주요 논문으로「정읍우도농악의 오채질굿 연구」(2009),「밀양아리랑의 전승과 변용에 관한 연구」(2012),「부산지역 범패승 계보 연구」(2012),「범패 짓소리에 관한 연구」(2015) 등이 있다.

증편 한국구비문학대계 8-20
부산광역시 ①—동부산권

초판 인쇄 2015년 12월 1일
초판 발행 2015년 12월 8일

엮 은 이 박경수 정규식 서정매
엮 은 곳 한국학중앙연구원 어문생활사연구소
출판기획 김인회

펴 낸 이 이대현
펴 낸 곳 도서출판 역락
편   집 권분옥
디 자 인 이홍주

주   소 서울시 서초구 동광로46길 6-6(반포4동 577-25) 문창빌딩 2층
등   록 1999년 4월 19일 제303-2002-000014호
전   화 02-3409-2058, 2060
팩   스 02-3409-2059
이 메 일 youkrack@hanmail.net

값 50,000원

ISBN 979-11-5686-266-6 94810
      978-89-5556-084-8(세트)